역사와 인간

구중서 문학평론 선집

작가

30대 시절의 저자

40대 초, 가족과 함께 화계사에서

1995년 신경림, 민영과 함께 단양에 있는 신동문 시비를 찾아. 오른쪽이 저자

김정한 · 박두진 선생과 부산에서(1988)

황명걸 시인과 로마에서(1981)

1988년 요산문학상을 받고, 요산 김정한 선생과 함께

시인 박두진 선생과 부산 남포동 바닷가에서(1988)

저자의 고향인 경기도 광주의 너른골문학회 회원들과 함께,
시인 신경림, 정희성, 도종환, 김희식도 동참했다(1990년대)

아내인 시인 김윤희와 함께(1990년대)

1993년 가을 개심사에서. 왼쪽부터 저자, 임형택, 백낙청, 고은, 정해렴, 유홍준

야유회 자리에서. 왼쪽부터 김희식, 저자, 신경림, 도종환, 정희성(1990년대)

모처럼 한가한 시간의 저자
(1990년대의 어느 날)

民族文學의 길
具仲書 文學評論集
圖書出版 새 밭

創批新書 60
韓國文學과 歷史意識
具仲書 評論集
創作과批評社

문학과 현대사상
구중서 평론집
문학동네 평론집
문학동네

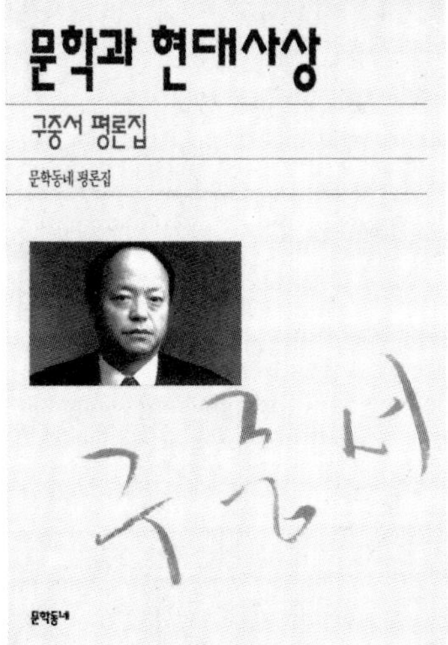

저서 표지들

한국적 리얼리즘의 형성이 원만히 형
성되는 데에 따라서 오늘의 한국문학이
비로소 근대적인 체질과 능력을 갖추게
될 것이며, 이 리얼리즘의 문학은 한국
현대문학의 광락적 실제와 문학사의 진
전에 토대가 되는 원리를 제공하게 될
것이다.
아울러 이 리얼리즘의 문학이 일시적,
지역적 풍조로 이해되거나 획일주의를
고집하는 도식으로 이해되어서는 안된다.
대하의 수심은 산만한 요동이 없이 전
진하는 것처럼 리얼리즘의 문학은 대하
주류의 저변을 이루는 데에서 그쳐야
할 것이다.

주 중 서

저자의 자필

■ 일러두기

1. 각 글의 말미에 발표 당시의 연도를 밝혀 읽는 이에게 시대적 배경을 인지하도록 도왔다.
2. 인용문의 표기는 원전의 원칙에 따르되, 띄어쓰기는 현행 원칙을 따랐다.
3. 본문에 사용한 기호는 다음과 같다.
   · 장편소설, 단행본 —『 』
   · 연속간행물, 일간지 —《 》
   · 작품, 평론, 논문 —「 」
   · 각 기관 및 단체 —〈 〉
   · 대화, 인용 —" "
   · 짧은 인용, 강조 —' '

역사와 인간

글쓴이 / 구 중 서
펴낸이 / 孫 貞 順
펴낸곳 / 작가

초판 1쇄 인쇄 / 2001년 5월 15일
초판 1쇄 발행 / 2001년 5월 25일

서울 서대문구 북아현3동 180-22
전화 / 365-8111~2
팩시밀리 / 365-8110
E-mail : morebook@netsgo.com
등록번호 / 제13-630호 (2000. 2. 9.)

ⓒ 구중서
ISBN 89-89251-01-X

* 잘못된 책은 구입하신 서점에서 바꾸어 드립니다.
* 지은이와의 협의 하에 인지를 붙이지 않습니다.

값 19,000원

역사와 인간

비평도 창작이라고 말하던 때가 있었다. 생뜨 뵈브가 그렇게 주장하였다. 20세기 분석주의 인문학의 영향으로 문예비평이 문예학적 과학성을 띠면서 성격이 변모하게 되었다.

그러나 분석을 하면 다시 종합할 수 있어야 하며, 총체적 세계관이야말로 인간의 정신작업이 끝내 도달하게 되는 대하요 바다가 아니겠는가. 다만 노래하는 실개천과 고요한 호수 같은 다양성들은 소중하게 인정하면서, 결국 일치해 흐르게 되는 주류와 그 저변의 중심적 저력은 있는 것이다.

이러한 의식의 지향에서 리얼리즘 문예원리·민족문학·제3세계문학의 일익·세계문학에 조화있게 이바지할 일이 우리 한국문학 안에서도 긍정되고 있다.

미력하나마 나는 근 40년에 걸치는 문예비평 활동을 리얼리즘에 일치시켜 왔다. 오늘도 이 성향에서 나는 흔들림이 없으며 오히려 당위의 사명을 느끼고 있다.

1990년을 고비로 세계 현실에 변화가 왔다. 이른바 현실사회주의 세계권이 체제를 개방하는 방향으로 변모하였다. 이 때를 계기로 종래에 자본주의적 근대와 사회주의적 현대를 구분해 생각하던 이들의 세계관에 혼란이 왔다.

원래 1968년 프랑스의 학생시위 무렵 이래 형성되어 온 진보적 분석주의 인문학에 연대되면서 이른바 '해체'의 철학 계열이 계속 '근대 이후' 또는 '탈근대'를 모색하고 있다. 그러나 이 모색이 현실적 대안은 찾아내지 못하고 있다.

이와는 다르게 오늘날에도 근대적 이성과 『의사소통의 사회이론』을 추구하는 하버마스의 경우도 있다. 루카치와 괴테로 소급하며 이 이성과 보편적 가치관의 미학은 오늘에도 대하의 저변을 지속하고 있는 것이 아닌가.

이러한 관점에서 나는 오늘도 리얼리스트이다. 루카치는 유럽의 고대에서부터 리얼리즘을 보았다. 우리 한국에도 고대와 중세의 최치원·이규보를 거쳐 조선조 실학의 맥통이 있다. 정다산에 뿌리를 두는 주체적 개화인 맥이 오늘날까지 이 나라 정신사의 정통임을 우리는 새삼 인식해야 할 것이다.

역사의 어느 단계에도 오류는 있다. 그러나 그 과오들이 끝내 독주할 수 있는 것은 아니고 제지되거나 조절되지 않을 수 없다. 근대 안에서 일어난 일들도 마찬가지이다.

중요한 것은 인간 사회의 자유와 책임이며, 문화와 인간존엄을 드높이는 일이다. 근대든 근대 이후든 목표는 이것이다.

근대의 역사는 니무 지루할 징도로 오래된 것일까. 샤르댕의 진화론에 의하면 지구상에 인간이 살기 시작한 것은 100만 년 전이다. 인간이 지혜를 가지고 살기 시작한 것은 3만 년 전의 일이다. 이 때부터 인간의 진화는 자연진화가 아닌 창조적 진화에 진입하였다. 역사는 종말이 아니고 창조하기에 따라서는 무한한 미래가 남아 있다.

창조를 본분으로 삼는 문학예술의 사명은 오늘의 한국 현실 안에 크게 남아 있다. 이러한 인식 안에서 나는 세계관, 문학사, 국문학, 시와 소설, 70년대 이래 30년의 비평사를 이 책에 챙겨 넣었다.

이것은 나름으로 오늘의 한국문학 저변의 흐름을 내게 육화하는 일이었으며 또한 문학에 대한 순정의 자기구현이다.

2001년 4월
구 중 서

차례

Ⅰ. 문학과 세계관

자연과 리얼리즘

1. 존재근원으로부터 오는 '말'

체코의 극작가로서 대통령이 되기도 한 바츨라프 하벨은 '말'의 위력을 믿는 사람으로 알려져 있다. 1989년에 그는 「말에 관한 말」이란 제목으로 연설을 하였다. 그는 "몇 마디의 말이 10개 사단의 병력보다도 더 강력하다"고 하였다.

이보다 앞서 1968년에 체코의 지식인들은 2천어로 된 성명서를 통해 체코의 자유, '프라하의 봄'을 선언하였다. 이 선언의 위력을 방치할 수 없어서 구소련군의 탱크들이 체코에 진입하였다. 지금 구소련 자체가 와해되었다. 체코는 자유롭게 되고 개방적인 국가체제를 운영하려고 노력하고 있다. 끝내 2천어의 말은 강대국의 탱크들을 물리친 셈이 되었다.

한 문학가로서 자유 체코의 대통령이기도 한 하벨은 자신의 연설 원고를 손수 썼다. 말의 힘을 믿었기 때문이다. 이것은 문학가 하벨의

'리얼리즘' 이기도 하다.

한국 문학계에서 지금 리얼리즘 이론가들이 시에 대해 빈번히 논의하고 있다. 70년대 이래 한국에서는 우선 원리론으로서 리얼리즘 문학론이 전개되어 왔다. 그 다음에는 소설을 대상으로 리얼리즘 논의가 이루어졌다. 소설이 리얼리즘의 속성에 보다 친근하기 때문이다.

그러다가 이제 90년대에 와서야 시 분야에 대해서도 리얼리즘으로 조명하려 하고 있다. 어차피 문학의 모든 장르를 감당해야 한다는 리얼리즘 나름의 의욕이라고 볼 수 있다. 실상 90년대의 한국 리얼리즘 문학론은 한 차례 자체 정돈을 해야 하는 단계에 있다. 이 정돈은 지구상의 사회주의 세계권이 와해된 데에 관계가 있다.

1980년에 광주 민중항쟁을 치른 뒤로 이 땅의 젊은 문학세대는 현실의식(리얼리즘)의 주체를 기층민중으로 설정하였다. 군사통치 계열의 지배가 오래 계속되는 데 대한 거부의 한 양상이었다. 이 양상은 원리적 대안으로 자연히 사회주의 리얼리즘에 상당히 소통되었다. 그런데 1991년에 사회주의 세계권이 스스로 와해되었다. 국내 지식인들 중에는 소련과 동유럽 현실사회주의의 붕괴가 우리와 무관하다는 주장을 제기하는 이도 있다.

그러나 사회주의 자체가 국제주의의 원리를 지니고 있다. 무엇보다도 '사회주의 리얼리즘' 문학론은 1930년대 초 러시아에서 태동한 것이다. 그러므로 지금 한국의 리얼리즘 문학론은 사회주의 리얼리즘과 그 전단계로서의 비판적 리얼리즘을 대비연구하는 단계에 머물러 있기만 해서는 안될 것이다. 또 다른 면으로는 후기자본주의의 몰도덕적 부산물이라고 하는 포스트모더니즘을 경계하는 대응에 급급하고만 있어도 안될 것이다.

지금 한국 문학계의 리얼리즘론이 시를 다루게 되어가는 계기는 근본적으로 논의의 차원을 확장하고 심화하는 호기로 삼아야 할 것이다.

리얼리즘 시는 다만 역사적 사회적 '현실'을 반영한다는 정도로서는 부족하다. 시 장르의 특질은 독특하고 심오하다. 그러면서 시는 문학의 다른 모든 장르에도 잠재적으로 그 저변에 침투해 작용한다.

논자에 따라서는 시에 있어서 '리듬'의 비중을 높이 평가한다. "거짓 없는 자기 목소리로서의 시는 우선 리듬에 나타난다. 감동을 주는 리듬은 격앙된 충동에서 생기며 인품을 드러내는 생명의 기능"이라고 한다.

자끄 마리땡은 시가 이루어지는 과정을 다음과 같이 설명하였다. 처음에는 존재의 원천인 인간본성으로부터 마음의 동요가 일어난다. 이 동요는 귀로써 듣는 것이 아니라 마음으로 듣는 음악이다. 이 음악은 의식 이전, 개념 이전, 생명 속의 섬광이다. '말'은 그 다음에 솟구치며, 원고지에 안배하는 것은 마지막 처리이다.

칼 라너는 누구보다도 엄청난 설명을 시에 부여하고 있다. 그에 의하면 시에서 쓰이고 있는 '말'은 살아 움직이는 원초적인 말이어야 한다. 기계적으로 죽어 있는 말, 등에 핀이 꽂혀 채집함에 나열된 죽은 잠자리와 나비처럼 사전 속에 배열된 말이 아니다. 화학자가 H_2O라고 하는 것과 시인의 '물'은 다르다. 영혼과 육체의 결합이라는 설명 이전에 '인간'이 있다. 마찬가지로 사고와 기호적 발성의 결합이라는 설명 이전에 '말'이 있다. 이것이 '원초적인 말'이다. 이 원초적인 말은 체현된 사고이지 사고의 체현이 아니며, '육화된 존재'이다. 이렇게 살아 있는 원초적인 말은 직감과 초월, 형이상학과 역사, 실체와 그림자, 전체와 부분을 분별하면서도 일치케 한다. 이러한 '말'은 누를 수 없이 솟구치고, 사람들의 마음을 사로잡고, 사물과 세계가 머물러 있기 싫어하는 어둠으로부터 밝은 데로 끌어낸다.

말의 이처럼 큰 능력은 절대자로부터가 아니고서는 올 수가 없다. 이것이 생명이며 빛이다. 빛이 어둠을 물리친다는 것은 해방이며 통일이며 구원이다. 칠흑의 밤, 먼 데서 비치는 등대는 구원의 약속이다. 시가 이러해야 하기 때문에 진정한 시인은 사제와 같다고 라너는 말한다.

약속에서 끝나지 않고 약속을 구현하는 것은 리얼리즘의 몫이라고 하자. 리얼리즘의 시는 여기까지 이를 수 있을까. 이를 수 있을까가 아니라 여기까지를 마땅히 '범위'에 넣는 것이 인생의 현실을 감당하는, 균형 있고 풍요한 리얼리즘인 것이다.

외치지 마세요
때는 와요
우리들이 조용히 눈으로만
이야기할 때
좋은 언어로 이 세상을
채워야 해요

이 땅의 60년대 토착 시인 신동엽이 노래한 시 「좋은 언어」의 몇 줄이다. 그는 예지의 시인이었으므로 가장 소중한 '말의 힘'을 알았다. 그러나 세상에는 좋지 않고 오염된 언어들도 있다. 증오·폭력·죽음을 부추기는 언어들도 있다. 이 어둠의 말들로 씌어지는 시들도 있다. 살아있는 원초적인 말에 의한 진정한 시와 그렇지 못한 시를 어떻게 분별할 수 있을까. 이 분별을 위해서도 문예비평은 상대적 차원의 혼돈을 헤치고 절대적 차원의 본질과 생명을 볼 수 있어야 한다.

2. 삶의 현실 자체인 자연

예로부터 동양에서는 사람들이 하늘을 보고 땅을 보았다. 앙천부지

仰天俯地라는 것이 그것이었다. 6세기경 양나라의 유협이 지은 『문심조룡文心雕龍』은 우주관을 담은 문학이론서이다. 이 책은 『역경易經』을 인용해 하늘과 땅을 가리키고, 그 가운데에 사는 ‘사람’은 우주의 ‘마음’이라고 하였다. 마음으로부터 ‘말’이 생기고 말에 의해 글이 형성되니 문학은 더없이 소중한 것이라고 하였다. 왕희지의 명문 「난정서蘭亭敍」도 하늘을 우러러 크나큰 우주를 보고 땅을 굽어 만물의 무성함을 살피면서, 그 가운데에서 시를 읊는 사람들의 그윽한 정취를 표현한 것이다. 우리나라 조선조의 시인 송순이 지은 「면앙정기」도 우주의 세 요소인 하늘, 땅, 사람을 노래한 데에서 같은 의식세계를 보이고 있다.

다시 현대 동유럽의 하벨이 쓴 글을 연상하게 된다. 1984년의 한 연설문 앞부분으로서 「하늘을 더럽히는 문명」이라는 제목으로 우리에게 소개되었다. 하벨의 글에도 하늘과 땅이 나오고 그 속에 뿌리내리고 사는 사람이 거론된다. 그런데 마찻길 위로 트인 하늘을 군수공장 굴뚝의 짙은 갈색 연기가 더럽히고 있는 것을 죄스럽게 생각하는 소년이 있다.

“자연계는 바로 그 존재 자체로 인해 자기의 근원이 되고, 테두리를 만들며, 생기를 불어넣어 주고 방향지워 주는 절대자를 자신의 내부에 가진다.” 하벨의 이 글은 자연을 절대자에 일치시키고 있다.

철학자 칸트는 이성으로 세계를 이해하려 했지만, 자연에는 ‘보편적’이고 내재적인 법칙이 있음을 긍정하였다. 이것은 우회적으로 절대자를 인정한 논리이다. 이렇게 볼 때 자연을 파괴하거나 오염시키는 것은 자연법칙을 거역하는 죄가 된다. 그 결과로서는 자연 안에 사는 사람들에게 재앙이 온다. 자연과 사람들이 함께 죽음을 당하는 재앙이다.

문학예술이 생명을 북돋우고 꽃피우는 일일진대, 현대세계가 환경공해로 죽어가고 있다면 이 재앙을 막는 일에 문학인들도 나서야 할 것이다. 일찍이 이 일에 적극적으로 나선 이는 러시아의 작가 알렉산드르 솔제니친이었다. 그는 누구보다도 러시아를 사랑한 사람이다.

그 사랑하는 조국으로부터 추방을 당하기 직전인 1973년 그는 「소련 지도자들에게 보내는 편지」를 썼다.

이 편지에서 솔제니친이 쓴 내용은 노벨문학상을 받은 그의 소설 『이반 데니소비치의 하루』라든가 『수용소군도』에 나타나는 인권 문제가 아니다. 그가 우선적으로 바란 것은 러시아의 대지 위에 펼쳐진 깨끗하고 고요한 하늘을 회복하는 것이었다.

거대한 비행기 편대들의 지겨운 굉음으로부터 우리의 하늘을 보호해야 합니다. 비행기 편대들은 밤낮 할 것 없이 신이 만든 모든 시간에, 음속을 돌파하면서 수많은 사람들의 하루의 생활과 휴식과 잠과 신경을 손상시킬 뿐 아니라, 머리 위로 벼락 같은 소리를 내며 두뇌까지 흐리게 만들면서 우리의 대지 위로 간단없이 비행훈련을 하고 있습니다. 이러한 짓들이 수십 년 동안 계속되고 있으나 그것은 나라를 보호한다는 것과는 아무런 상관이 없습니다. 쓸데없는 힘의 낭비에 불과합니다. 나라에 건전한 정적(靜寂)을 되돌려 주어야 합니다.

그것 없이는 건전한 백성을 가질 수 없을 것입니다.

이렇게 하늘과 땅, 자연을 있는 그대로의 건전한 상태로 누려야 한다는 인식은 동양이나 서양, 옛날이나 오늘의 문학인들에 있어서 일치되고 있다. 그러나 세계의 현실은 시인과 소설가들의 바람과 반대되는 방향으로 나아갔다. 그 결과로서 세계 현실에 커다란 변화가 왔다. 소련과 동유럽, 거대한 사회주의 세계권이 스스로 와해되었다. 이 와해의 과정이 정치·경제를 지배한 이데올로기적 획일주의의 동맥경화 현상이었다고 보는 것은 아직 관념적이다.

실제로 피할 수 없는 붕괴는 자연환경의 심각한 오염에서 왔다는 것이 결과론적인 설명이다. 자본주의 나라들이 저지른 공해의 역사는 더 오래고 그 피해도 더 크다. 그러나 그런 것 같지 않았으므로 사회주의권의 공해에 새삼 눈을 돌려보는 것이다. 시베리아 북쪽 티유멘 유정 지대에서 번지는 유독성 연기가 시베리아 전역의 하늘을 어둡게 하고 드넓은 산림지대에 산성비가 오게 한다. 모스크바 동쪽에 있는 거대한 레닌 제철소가 광막한 땅을 오염시키고, 볼가강의 물도 썩을 대로 썩었다. 구 동독에서도 강물이 썩고 산의 나무들이 산성비를 맞아 죽어갔다. 특히 라이프치히 공업지대의 환경오염은 동유럽에서도 대표적인 경우였다.

산업화·도시화·군사강국화의 뒷전에서 자연을 토대로 하는 농업은 낙후일로를 걸었다. 러시아는 수세기 동안 곡물을 수출했었다. 그런데 혁명 후 55년이 지나고 집단농장제가 생긴 지 40년이 지난 때에 러시아는 2천만 톤의 곡물을 수입하고 있음을 솔제니친이 1973년에 소련 지도자들에게 보낸 편지에서 지적하였다.

"눈먼 동지를 따라왔으니 되돌아가야겠다"고 척후병들이 아우성을 쳐도 때는 이미 늦었다는 것이다. 매사에 미명美名이 된 이른바 '진보'의 개념은 무엇일까. 그것은 끝없는 계급투쟁일까. 계급투쟁이 끝이 없어야 한다면 계급의 해소는 영원히 불가능하다는 뜻이 된다. 그래서인지 1991년 7월 25일 소련은 당 강령에서 '계급투쟁'이란 말을 삭제하였다. 그리고 오히려 그 누구도 "출신성분에 의해 차별대우를 받아서는 안 된다"는 말을 첨가하였다. 이제 소설에서 이반데니소비치가 출신성분 때문에 군대에서조차 쫓겨나야 했던 비극은 더 발생하지 않아도 되게 되었다.

또한 '진보'는 산업의 끝없는 성장을 뜻하는가. 이 문제에 관해 솔제니친은 한 떼의 사과벌레들이 한 개의 사과를 놓고 끝없이 파먹으려

드는 격이라고 하였다. 지구의 공간과 자원이 유한한 만큼 산업의 끝없는 성장도 불가능하다는 것이다. 어디쯤에선가 차라리 제로성장에 자족하며 인간공동체의 조화로운 삶과 지구의 환경 및 자원을 보호해야 한다는 것이다. 그리고 "다만 진리를 위해서만 사람들이 경쟁하게 되어야 한다"는 것이 솔제니친의 슬라브 정통주의 문화인식이다. 러시아는 지금 이 작가의 귀국을 독촉하고 있으며 솔제니친 자신도 귀국 준비를 하고 있다고 한다.

어느 쪽이 어느 쪽을 이겼다기보다, 오늘 우리는 어떻게 하면 이 지구상에서 푸른 하늘을 넓혀갈 수 있으며 산성비를 맞아 잎이 지는 나무들을 살릴 수 있고 오염으로 썩는 강물을 맑게 할 수 있을까 하는 문제 인식이 필요하다. 이 문제는 문학적 현실의식에서 역시 주된 대상이 되지 않을 수 없다.

3. 리얼리즘과 진리

문학의 현실의식을 다른 말로 하면 '리얼리즘'이 될 수 있다. 한국 문학계에서 70년대부터 본격적으로 논의되어 온 리얼리즘은 획일주의적 지배를 의도하는 것은 아니다. 다만 주류의 형성은 바라고 있다. 문학예술이 민족의 역사적 현실에 책임을 느끼며 참여하고자 하는 지향이다.

리얼리즘을 주장하는 대표적인 한 비평가가 백낙청이다. 그는 「민족문학의 새로운 고비를 맞아」(1983)라는 평론에서 '화해에 대하여'라는 대목을 설정하였다. 현실의식의 문학이라고 해서 사회고발이나 저항 일변도일 수 없다. 특히 1980년의 그 유혈이 낭자한 광주 민주 항쟁을 감당하고 나서, 이 땅의 지식인들과 민중은 그 누구에 대해서보다도 자신의 내부에 대해 화해하지 않을 수 없었다. 민족 분단의 아픔이라고 하는 것도 휴전선을 사이에 둔 남북 대치가 전부는 아니게 되었다.

적어도 자신에게 인간성이 남아 있음을 긍정하고 신뢰하기 위해 필요한 내적 화해는 거의 종교적인 차원의 것이다.

그러나 화해가 어디 입으로 외쳐댄다고 저절로 굴러 들어오는 물건이란 말인가. 소망이 간절할수록 우리는 근원의 진리로 돌아갈 필요가 있다. 오직 진리만이 자유케 한다는 것은 예나 이제나 변함없는 진실이며, 진실의 바탕 위에서만 참된 화해와 화합이 가능하다는 것도 또한 진리이다.

…리얼리즘론에서는 이를 자연주의의 파편성에 대비되는 진정한 리얼리즘의 총체성이라는 말로 곧잘 표현하기도 하지만, 이것도 단지 부분의 인식과 전체의 인식을 양적으로 대비시키는 이야기라면 빈말에 불과하다.

…한편으로 생각컨대, 부처 되기가 석학이나 운동선수 되기보다 쉬운 일이라면 우리가 예수나 석가모니를 인간 누구나의 스승으로 받들 까닭이 없을 듯하다.

문장의 앞과 뒤를 생략하며 뽑아 보았지만 백낙청의 이러한 발언은 리얼리스트로서는 드문 경우일 것이다. 동시에 백낙청은 "성불成佛을 해야만 문학에서 리얼리스트가 되고 현실 속의 화해자가 될 수 있다는 이행불능의 짐을 사람들에게 지우려는 것은 아니다"라고 말하였다. 실로 문학인에게는 문학인으로서의 임무가 있다. 문학인이 부처가 되어 버리면 문학은 누가 맡아서 하겠는가.

그러나 문학은 문학 이상의 그 무엇이어야 할 필요도 있다. 즉 "진리만이 자유케 한다"는 발상의 경지쯤에 문학이 드나들 수 있어야 한다는 말이다. 필자로서도 전에 「문학과 세계관의 문제」(1982)라는 평론에서 이와 같은 뜻의 말을 한 적이 있다. "예술이 다만 심미적 가치에 머문다면 그것도 더는 예술로 살아 나아가지 못한다. 그런 예술은 인간과 역사의 번민에 일시 마취제로 작용하다가 스스로 소모되어 사라진다. 창조하는 일, 가장 작은 사람을 가장 존엄한 존재로 일으켜 세우고, 갇힌 사람을 해방하고, 민족의 끊어진 허리를 이어 살리는 창조와 구원의 일에 우리의 문학은 나아가야 할 것이다. 이런 데에서 문학은 문학 이상의 것이 되면서 부단히 문학으로 존재해 가게 될 것이다." 즉 문학에다 구원의 능력을 요구한 것이다. 그럴 수 있을 때에만 문학은 계속 문학일 수 있다고 하였다.

문학예술은 결코 단순한 표피적 현상의 반영일 수 없다. 리얼리즘의 '총체성'이라는 것도 그것이 한낱 양적 개념인 것은 아니다. 석학으로서 리얼리즘 이론가였던 루카치는 총체성의 두 면에 대해 설명하였다. 첫째로는 외연적 총체성이 있다. 이것은 객관적 현실을 가리킨다. 두번째로는 내포적 총체성이 있다. 이것은 역사적 환경에 연대된 인간의 무한한 깊이를 가리킨다. 보다 큰 비중은 내포적 총체성 쪽에 있다. 이 깊이나 비중은 결코 '정태적인 관념'이 아니라고 루카치는 말하였다.

그런데도 리얼리즘 비평가들 속에는 루카치를 정태적 관념주의자로 보고 싶어하는 이들이 있다. 1956년의 부다페스트 봉기로 탄생한 애국정부의 문화상이 되었던 그의 행동을 정태주의로 볼 수 있을까. 그는 때로 인내하지만 스탈린주의에 대해 끝내 분명한 비판을 가하였다. 소련에서 주관주의를 키운 것은 바로 스탈린에 의해 조성된 개인숭배였다는 것, 거기에는 전형성이 없으므로 리얼리즘이 되지 못한다는 점을 그는 지적하였다. 더욱이 직접적인 선전과 선동의 폐해에 대해서도 그는 비판하였다. 이러한 점은 오늘에 와서 볼 때 용감한 하나의 행동이었다.

설혹 루카치가 대체로 마르크스주의에 의거했다 하더라도 예술을 탐구하는 데에서 심오한 경지에 들어갔다면 그는 진리와 만날 수 있었을 것이다. 무신론자인 예술가도 '아름다움'에 깊이 들어가면 진리와 만난다고 한다. 무신론자인 앙리 마티스가 프랑스 남쪽 지방 방스의 도미니코 수녀원을 미술로 치장했는데 그 결과는 매우 성공적이었다는 일화가 있다.

이 세계에는 사과를 떨어뜨리는 중력이 내재해 있다. 그러나 그 중력의 큰 법칙 안에서는 개개의 사물이 각기 인력과 척력을 가지고 개별성을 유지한다고 한다. 그러면서 하나의 구심력에 일치해 조화를 이룬다.

다양성 안의 일치, 일치 안의 다양성, 서로가 별개로 만나 서로를 풍요케 한다. 이 관계에 있어서의 '일치', 이것은 진리의 다른 이름일 것이다.

세계문학의 오랜 역사 안에는 방만한 아이디얼리즘과 성실하고 건강한 아름다움으로서의 리얼리즘이 있다. 육화된 실체로 살아있는 원초적인 '말'과 오늘날 점점 더 인류를 죽이고 살리는 현실 자체인 자연에 대해 리얼리즘은 가장 친밀할 수 있다. 이 친밀한 관계는 곧 진리와 문학예술의 건강한 아름다움이 만나는 것이다.

여기에는 1934년 소련의 계급적 당파성 이데올로기가 만들어낸 사회주의 리얼리즘이라든가, 자본주의의 난숙과 탈선이 빚어낸 것이라는 모더니즘 및 포스트모더니즘이 절대적인 위협이 되지는 않는다. 그러한 요인들은 그것대로 자유로이 해보라고 하면 그만이다. 리얼리즘은 자신을 지키기 위해 싸우거나 지혜를 짜야 할 만큼 상대적 차원에서 충동적 대응을 하지 않아도 되지 않을까 하는 생각이 든다.

객관적 현실과 내재적 깊이를 하나의 총체성으로 지니며 창조와 구원의 작업을 통해 진리에 교분을 갖는 것, 여기까지를 리얼리즘의 테두리로 생각할 수 있을 것이다. 이 테두리는 어디엔가로 계속 질주해 달아나는 진보가 되지 않아도 괜찮을 것이다. 본성과 자연에 따라 '자기완성'을 구현하고 있으면 될 것이다. 이것이 이 불안하고 혼란스러운 시대에 오히려 문학예술이 취할 바 길이 아닌 길이요 진리요 생명이 되는 것이 아닐지 새삼 숙고하게 되는 바이다.

(1992)

문학과 현대사상

'문학의 위기'인가

근래에 '문학의 위기'라는 말이 여기저기에서 들려오고 있다. 이 현상은 주로 1990년대에 들어와 두드러지게 나타났다. 우리 문학계의 중진과 소장을 막론하고 이러한 말을 한다. 소장 세대에 드는 신승엽이 최근에 다음과 같은 말을 하였다

문학의 위기가 논의된 것이 어제 오늘의 일이 아닌데, 그러나 그 위기의 극복은 쉽사리 점쳐지지 않고 있다. 그만큼 '위기'가 근본적인 차원의 것이기 때문일 터이다. 이러한 위기에 대해서는 섣부른 처방전의 제시가 오히려 위기 극복을 저해하는 결과를 낳을 수도 있다. 물론 그렇다고 해서 그 극복의 전망이 거의 없는 절대절명의 위기에 우리가 놓여 있다고 할 수도 없다.[1]

---

1) 신승엽, 「인물 탐구의 객관성과 민중성」, 《창작과비평》 1996년 가을호, 창작과비평사, 281쪽.

우리 문학이 '위기'에 쉽사리 주저앉아 있지 않으리라는 전망의 한 근거로서 신승엽은 "중진·중견 작가 및 시인들이 과거에는 보기 어려웠던 꾸준한 활동을 지속하고 있다"는 점을 들었다. 그러면 이 중진·중견 작가들은 과연 어떠한 생각을 가지고 어떠한 작품을 쓰고 있는가. 이들의 작품 안에 '위기'의 극복 방안이 들어 있다는 말인가. 이만한 중진·중견 작가 시인들이 있는데 왜 여기저기에서 '위기'론을 쉽사리 거론했던가. 모두가 모호한 이야기이다. 필자가 보기로 이 '위기'론은 1990년대로 넘어서는 시기에 이 지구상에서 이른바 현실사회주의 세계권이 붕괴해가고 있었다는 것이 첫번째 이유이다. 두번째로는 포스트모더니즘의 국내 유입이라는 것이었다. 사회주의는 원래 이데올로기 면에서 강세를 보여왔는데 사회주의권이 와해되면 이데올로기의 시대가 간다는 것이다. 한국의 70·80년대 문학은 30여 년에 걸치는 군사 쿠데타 정권에 저항하는 과정에서 좋든 싫든 진보적 이데올로기에 일부 횡적인 연관을 가졌다는 것이다. 따라서 현실의식과 리얼리즘을 원리로 지녀온 민족문학 계열에 이데올로기 성향이 있었는데 이제 이데올로기의 시대가 갔으니 앞으로 어떻게 할 것이냐는 뜻이다.

반면에 포스트모더니즘은 해체와 다양성을 원리로 지니면서 후기자본주의 시대의 산물로 정의되고 있다. 자본주의가 세계를 통일하며 물질로써 인간성을 말살해가니 이 현상 또한 문학을 위기로 모는 요인이라는 것이다. 이와 같은 정황에서 의식·무의식 간에 많은 이들이 '문학의 위기'를 독백처럼 되뇌고 있는 것이 실상이라고 필자는 보게 된다. 그러면 이제 어떻게 할 것인가. 앞에서 중진·중견 작가들의 지속적 작업에 위기 극복의 한 근거가 있다는 견해도 나왔거니와, '문학의 위기'론은 너무 소홀히 유포된 점이 있다. 이 점에서 문제를 보며 필자는 현실사회주의의 와해와 포스트모더니즘 양쪽의 추이를 헤아려보고자 하였다. 이 두 요인이 오늘날 한국에서 문학을 협공하여 위기에 빠뜨리는 듯이 말하는 이들이 있다. 필자가 보기로는 이 두 요인이 기이하게도 상반되는 것이 아니고 오히려 하나의 덩어리로 얼려 있는 현상을 보게 된다. 그런데 한국의 현대문학이 스스로 투시력을 갖지 못하고 불안해하는 것이 아닌가 생각된다. 이러한 복잡한 문제를 어떻게 하면 접근해 파악할 수 있을까. 최근 우리나라에서 월러스틴의 이론들이 많이 소개되고 있다. 그 이론들 중에서 비교적 일리가 있다고 필자가 수긍하는 한 가지가 있다. 그것은 사회를 분석하는 데 있어서 인문사회 분야의 학문 방법들이 각기 너무 고립되어 있다는 것이다.

　　19세기 사회과학의 가장 끈질긴, 그리고 가장 그릇된 유산은 경제·정치·사회문화라는 세 분야, 세 논리, 세 차원으로 칸막이하여 사회분석을 하는 것이다. …바야흐로 이 문제와 진지하게 맞서 싸울 때가 되었다. 이들 세 영역 가운데서 어느 한 영역이라도 가설상으로나마 자율적 활동을 한다고 생각할 수 있을까?[2]

　　조심스럽지만 이렇게 인문사회 분야들이 경계를 넘나들며 사회와 역사의 문제를 논의할 수 있다는 데서 문학 종사자도 정치·경제·철학에 대해 어느 정도 함께 생각하고 논의할 명분이 생기는 것 같다. 이 소론은 이러한 생각으로 시도되는 것이다.

해체와 이성의 길

좀 지난 시대의 구조주의에서부터 오늘의 포스트모더니즘에 연결되

---

2) Ⅰ. 월러스틴, 『사회과학으로부터의 탈피』, 성백용 역, 창작과비평사, 1994. 9. 249쪽.

며 진행된 유럽 현대사상의 한 흐름을 보면 그 구체적 발단이 1968년 5월에 있었던 프랑스 파리의 학생혁명이라고 생각된다.

구조주의적 마르크스주의자로 널리 알려진 알튀세르의 활동도 이 사태와 궤를 같이하며 본격화하였다. 알튀세르는 "사회적·경제적 구조가 개인에 우선한다"는 신념을 지니고 있었다. 그는 일찍이 파리의 윌름 고등사범학교에서 교수자격 시험을 지도하는 조교*caïman*로 오래 근무하는 동안 푸코와 데리다를 길러낸 사람이다.

이 인맥이 주로 탈구조주의에서 포스트모더니즘으로 진전했으며, 미국의 사회학자 월러스틴도 이 계열에 이어지는 위치에 있다. 월러스틴 자신이 자기는 68혁명의 후예라고 말한 바 있다. 이렇게 보면 이 계열의 지적 작업은 상당히 오래 지속되는 셈이다. 그런데 순서대로 살펴보면 68혁명 자체는 단기간에 끝난 사건이었다. 1968년에 프랑스의 대학생들은 졸업 후의 진로에 대해 암울한 현실을 느꼈다. 사회적으로 실업률이 1964년보다 4배나 늘어나 있었다. 학생 세대가 격정적으로 봉기해 가두 시위에 나서고 그들의 손에는 마르크스와 레닌 그리고 모택동의 사진 피켓까지 들려 있었다. 그러나 학생들과 시위 군중에게는 대안이 없었고 대체 질서의 역량도 없었다. 시위를 주도하던 젊은이들은 별장으로 이탈해 들어갔고, 개인적 쾌락의 행태들이 생겨났다. 이 사태의 현장에서 레이몽 아롱은 『잃어버린 혁명』이란 책을 간행하였다. 그는 혁명의 실패를 단언했고, 이 사태를 가리켜 일종의 '사회적 사춘기 현상'이라고 하였다.

상황이 이러했지만 지식인들의 신념은 지속되었다. 혁명으로 자본주의 부르주아 체제를 전복할 수 있기를 희구하였다. 그러나 현실적으로 상황은 너무 힘들었다. 이미 1956년에 흐르시초프가 스탈린을 비판하는 비밀 연설을 했다는 사실, 그리고 같은 해에 소련의 탱크들이 헝가리 혁명을 강제 진압한 사건은 역사상 돌이킬 수 없는 약점으로 굳어져가고 있었다. 사회주의자의 현실은 정치이며 정치는 스탈린을 옹호해야 했는데 이 일이 너무 힘들게 되었다. 그리하여 알튀세르는 소쉬르의 언어학과 레비스트로스의 인류학에 의거해 학술논문을 쓰는 것을 유일하게 가능한 행동방법으로 택하게 되었다. 그러나 이와 같은 관념론적 방법은 노동자 계급 자체의 의식활동을 배제하고 있다는 모순에 부닥뜨리게 되었다. 알튀세르의 개인적 정황을 보면 말년에 아내를 교살한 혐의를 받았고, 정신 병원에 입원해 지내었다. 이 점은 개인적인 문제이다. 그러나 이 소론은 현대의 사상과 문학의 관계를 생각하는 것이다. 문학은 인간성 자체도 중시한다. 한 인간의 일상적 처신 자체에도 관심을 갖게 된다.

알튀세르의 지도를 받은 바 있는 푸코의 성향은 어떠한가. 그는 니체의 반관념론에서 영향을 받아 역사에 의미를 부여하지 않는다. "역사에는 본질적으로 질서가 없으며 '역사 기술' 자체가 질서"라고 그는 말하였다. 따라서 그에게 있어서 역사는 항상 '현재의 역사'이다. 그는 고정된 거대담론을 거부하며, 구조는 계속 변하므로 종합을 거부한다고 말하였다. 그리하여 그는 탈구조주의자로 불리었다. 사상적으로 그는 한때 공산당원이기도 하였다. 교조적 구속이 싫어서 1950년대 초에 그는 당과의 관계를 끊었다. 그러나 그는 끝내 마르크스주의적 인식틀을 벗어날 수는 없었다. 그러면서 그는 잘 알려진 대로 동성연애자였고 에이즈 환자로서 죽었다. 『탈현대 사회사상의 궤적』에서 푸코에 대해 집필한 정일준은 말하였다. "철학자, 대학교수보다 '미친 놈'이란 호칭이 그에게 잘 어울렸을 것이다."[3]

데리다는 알제리의 유태인 가정에서 태어났고, 파리로 가 윌름 고등사범학교에 입학해 역시 알튀세르의 지도를 받았다. 그도 마르크스

---

3) 정일준, 「푸코 – 국가를 넘어선 권력과 '주체'의 형성」, 『탈현대 사회사상의 궤적』, 새길, 1995, 311쪽.

주의를 나름으로 견지하였다. 그는 아리스토텔레스 이래 서구 철학사의 전통인 동일성(일치·보편)의 개념에 도전하였다. 그는 말하였다. "자연(루소의 완전성 개념)에도 때로는 결여되는 것이 있다. 젖이 모자라는 어미처럼." 동일성을 인정하지 못하니까 '차이'들이 생기는데, 이 '차이'는 미처 개념화될 수도 없는 채로 연장된다. 이것을 '차연差延'이라고 한다. 이러한 생각은 소쉬르의 언어학에서도 개진된 바 있다. "언어를 통해 이루어지는 실질에 비하면 글쓰기는 2차적이며, 심지어는 언어의 '해체'라는 것이다. 언어학의 의미론에서 말하는 '심층구조'와 통하는 뜻이다. 같은 뜻에서 데리다는 차연을 해체 이론으로 발전시켰다. 진실이나 진리를 탐구하는 데 있어서 사려 깊은 관점이다. 그러나 차이라든가 다양성만 생각하고 있으면 결국 어떻게 될까. 1960년대에 데리다가 '해체'라는 용어를 쓰기 시작했을 때 그 것은 언어의 기호체계에서 '의미'를 분석하는 과정으로 여겨졌었다. 그러나 이 분석주의적 진지성이 여러 곳으로 전파되어나아가는 과정에서 '현실'의 가치를 위축시키고 허무주의를 주장하는 현상들이 철학에 생겨났다. 객관성·합리성·민주주의 개념들이 빛을 잃는 것 같기도 하였다.

최근 미국 버클리대학의 철학 교수 존 설*John Searle*이 해체 이론의 허무주의적 일탈에 대해 단도직입적으로 비판하였다. 그의 저서 『사회적 실체의 구축』[4]이 이러한 비판을 담고 있다. 이 비판은 물론 포스트모더니즘까지 대상으로 삼고 있다. "현대 사회에서는 시민들의 약속에 의해 소통되는 실체로서 정부·화폐·재산 등이 기능하고 있는 현실을 어떻게 설명하려는가. 오늘날 해체를 적용하는 포스트모더니즘은 허무주의를 발전의 발판으로 삼을 생각을 해야 하는데 그것을

---

4) John Searle, *The Construction of Social Reality*, Free Press, 1995.

목표로 여기는 듯한 경향이 있다"는 것이다. 현대의 분석주의적 인문학 방법은 충실성에 있어서는 인정받을 수 있다. 그러나 이것은 인간과 사회의 전모를 보는 데에 장애가 되는 수가 있다. 분석을 하면 다시 종합도 할 수 있어야 할 것이다. 다양성이 있으면 또한 일치와 보편성도 있어야 할 것이다. 궁극적으로는 무엇보다도 창조가 필요하다. 거기에 생명이 있기 때문이다.

1968년 혁명 계열의 사상가들에게는 공통점이 있다. 그 첫째는 관념의 바닥에 마르크스주의가 스며 있다는 점이다. 다음으로는 구조 분석의 방법을 쓴다는 것이다. 이 계열에 들면서도 비교적 현실 세계의 문제를 감당하려 드는 이가 미국의 월러스틴이다. 그는 역시 해체주의 사고방식을 가지고 있다. 동시에 근본적으로 '근대 자유주의'의 인식틀 자체를 거부한다. 따라서 그는 프랑스혁명의 의의를 경시한다. 그는 말하기를 19세기의 프랑스혁명은 부르주아혁명도 아니었다고 한다. 부르주아지의 지배는 이미 16세기에서부터 시작되었기 때문이라는 것이다. 그리고 그는 자유주의 자체를 자본주의에 대한 민중의 저항을 막기 위한 방패로 본다.[5]

월러스틴은 자본주의가 해결 불가능의 모순을 지니고 있다고 본다. 자본주의의 잉여가치 착취는 한 강대국이 다른 국가지역까지 확대해 감행하며, 시장경제는 독점을 낳는다고 본다. 또한 자본주의는 인종과 성의 차별까지 자행한다고 본다. 이러한 자본주의가 마침내 세계체제를 실현하고 있는 것이 월러스틴에게는 가장 큰 문제이다. 자본주의 세계체제가 마침내 민족별 문화의 경계도 허물어 민족사도 유럽사도 없고 세계사만 있게 될 단계를 그는 우려한다. 이렇게 되는 세계는 말하자면 문화의 소멸이며 인류의 종말이 될지도 모른다는 생각이다.

---

5) 월러스틴, 『역사적 자본주의/자본주의 문명』, 나종일 역, 창작과비평사, 1993, 101쪽.

이성에 근거하여 계몽주의가 문을 연 근대라는 역사적 단계에 대해 주로 '자본주의'를 비판하며, 자본주의가 극복할 수 없는 내적 모순을 안고 있다고 보는 것은 전적으로 마르크스와 엥겔스의「공산당 선언」에 담긴 관점이다.

낡은 지역적·민족적 단절과 자급자족 대신 모든 방면에서는 상호교류, 민족들 간의 보편적 상호의존이 나타난다. 이는 물질적 생산뿐 아니라 정신적 생산에서도 마찬가지이다. 개별 민족의 지적 창조물은 공동의 재산이 된다. 민족적 편향성과 편협성은 점차 불가능해지며, 수많은 민족적·지역적 문학들로부터 하나의 세계문학이 생겨나는 것이다.

「공산당 선언」의 이러한 대목은 바로 자본주의가 지닌 내적 모순, 즉 '자기 파괴의 씨앗'을 의미하는 것이다. 마르크스는 이렇게도 말하였다. "자본의 자기 증식이라는 명령에 복종하는 어떠한 문명도 자기 파괴의 씨앗을 자신 안에 품고 있지 않을 수 없다. (…) 그러한 문명은 가격으로 표시되지 않는 어떠한 중요한 것들에 대해서도 눈을 감고 있기 때문이다." 월러스틴의 '자본주의 세계체제론'은 이와 같은 자본주의적 종말론의 재현이라고 볼 수 있다. 이러한 관점들은 역사의 미래에 대한 일종의 '예측 결정론'이다. 그런데 이 예측은 다른 결과의 도래를 목도하게 되었다. 월러스틴이 1996년에 펴낸『자유주의 이후』의 서문은 다음과 같이 시작된다.

베를린 장벽의 붕괴와 연이은 소연방의 해체는 근대 세계에서 공산주의들의 몰락과 이데올로기로서의 마르크스 - 레닌주의의 붕괴로 찬미되었다. 의심할 여지없이 옳은 말이다. [6]

---

6) 월러스틴,『자유주의 이후』, 강문규 역, 당대, 1996, 346쪽.

이렇게 말하면서도 월러스틴은 한 가지 첨가하는 말이 있다.

　　이데올로기로서 자유주의의 궁극적인 승리로 환호되기도 했다. 이것은
현실을 전적으로 잘못 이해하는 것이다. 오히려 그 반대이다. 바로 이 사
건이 자유주의가 붕괴했고 우리가 '자유주의 이후' 세계에 확실히 들어섰
음을 한층 선명하게 보여준다.

　　월러스틴은 원래 프랑스혁명 과정을 설명하면서 '자유주의'를 자본
주의 옹호의 이데올로기라고 하였다. 그런데 지금 마르크스주의의 몰
락이 "의심할 여지없이 옳은 말"이라고 하면서 아직 분명히 살아 있는
자본주의 이데올로기로서의 자유주의도 붕괴했다고 말한다. 그리고
이미 우리가 '자유주의 이후'의 세계에 확실히 들어섰다고 말한다. 그
는 계속 말한다. "우리가 진입하고 있는 시대는 그러함에도 불구하고
심지어 더 불안정하다. 우리는 미지의 바다를 항해하고 있는 중이다."
그는 계속 말한다. "약 2050년경에 역사적 자본주의로부터 어떤 다른
것으로 가는 전환에서 새로운 체제가 등장할지도 모른다."[7] 2050년은
1996년으로부터 54년이 남은 시기이다. 월러스틴은 1991년에 쓴 『사
회과학으로부터의 탈피』에서 말하였다. 자신의 자본주의 세계체제론
연구는 "웬만큼 결실을 맺기까지 수만 명의 학자가 족히 50년은 매달
려야 할 고된 작업이다."[8] 그 50년에서 이제 5년이 지나고 다시 2050
년이라는 미래 예측이 나왔다. 이러한 이론은 월러스틴 자신의 말처럼
불안정하고 미지의 바다를 항해하고 있는 느낌을 준다. 월러스틴으로
서 한 가지 모색이 달리 있는 것은 '시민사회*civil society*'의 건설이
라는 것이다. 그런데 이 건설은 국가라는 구조 안에서의 개혁을 협상

---

7) 위의 책, 343쪽.
8) 월러스틴, 『사회과학으로부터의 탈피』, 351쪽.

하는 것이 되어서는 안 된다고 한다. 지난 자유주의 이데올로기 시대
에 모든 반체제 세력들, 심지어 가장 투쟁적이었던 세력도 이 협상이
라는 함정에 빠졌었다고 그는 말한다. 이것은 하버마스의 '의사소통
민주주의'와는 반대되는 것이고 끝내 '해체주의' 성향을 띠는 것이다.
그러나 해체 이후에는 어떻게 해야 할까. 건설을 위해서는 재종합과
소통의 과정이 필요한 것이 아닌가.

　현대 세계의 석학 위르겐 하버마스의 이론은 68 계열의 해체주의와
입장을 달리한다. 하버마스는 독일 프랑크푸르트학파의 제2세대로 불
리운다. 제1세대에는 호르크하이머, 아도르노, 프롬, 마르쿠제 등이
있었다. 유럽 지성사의 현대가 원래 그렇다고 할 만큼 이들도 처음에
는 마르크스주의의 세례를 받았다. 그러나 이들은 헤겔의 '이성'을 떠
난 일은 없다. 초기에 프랑크푸르트학파는 이성과 합리주의로 자본주
의의 질주에 대립코자 하였다. 그러나 1933년 이후 독일에서의 노동
운동이 실패하였고, 또 더 뒤에는 소련의 스탈린주의가 독일의 나치즘
에 못지 않게 역사를 파괴하는 현실을 보고 실망하였다. 그리하여 2차
대전 중 프랑크푸르트학파는 소련이 아닌 미국으로 망명하였다.[9] 이
들이 소련을 기피한 사실은 뒷날 소연방의 와해에 연관해 볼 때 시사
하는 바가 있다.

　하버마스는, 경제가 사회 전체를 지배하는 것으로 생각하는 마르크
스의 가치이론에 호르크하이머와 아도르노가 기울어 있는 데에 따르
지 않았다. 그가 비록 아도르노의 조교로 있었지만, 그러면서 하버마
스는 헤겔에게서 근대성 개념의 거점을 보며 또한 이성과 합리주의에
신뢰를 걸었다. 그는 프랑스의 푸코와 데리다 그리고 포스트모던 계열
이 이성에 대해 불신하는 이론을 반박한다. 그는 박사학위 논문을 '절

---

9) 신일철 편, 『프랑크푸르트 학파』, 청람, 1992, 11쪽.

대와 역사'를 주제로 하여 썼다. 절대·보편성·동일성(일치)에 대해 하버마스는 계속 탐구하고, 복합적인 현대사회에서도 '이성적인 동일성'이 가치기준이 되어야 한다고 생각한다.

그는 세계사회로서의 동일성은 세계상 자체에 편입하는 것이 아니고 보편적인 도덕적 가치에 귀속되어야 한다고 본다. 마르크스주의에 대해서 하버마스는 그 원래의 이론 중에서 비판받지 않고 남아 있는 것이 거의 없다고 말한다. "볼셰비키 혁명은 처음부터 사회주의를 왜곡했으니, 생산수단을 민주적으로 사회화하는 대신에 국유화해버렸다. 따라서 사회주의가 전체주의적 지배기구가 되어 관료주의로 후퇴할 수밖에 없었다"고 본다. 마르크스주의 자체가 프롤레타리아 독재로의 이행을 제도화하는 외에 '자유의 제도화' 자체에 대해서는 한 마디도 하지 않았다고 비판한다.

자본주의와 사회주의를 비교하면서 하버마스는 다음과 같이 말한다. "자본주의가 법치국가·복지국가·대중민주주의의 형식 안에서 장점도 발전시켜온 데 대해, 급진 개혁을 추구한 사회주의는 자기비판을 통해 변화되어야 한다. 이 비판이야말로 모든 것이 통과해야 할 바늘구멍이다."[10]

그러나 자본주의 사회에 잔존하는 심각한 문제점에 대해 하버마스는 지나쳐 보지 않는다. 그것은 소수집단들의 주변화 문제이다. 노동사회에서의 고전적 분배 갈등은 자본진영과 노동진영 사이의 문제로 명료하게 분별되었다. 그리고 노동진영은 파업이라는 항의 수단을 활용할 수 있었다. 그런데 복지제도를 갖춘 사회에 와서는 분배 갈등의 양상이 달라졌다. 비교적 향상된 급여를 받는 다수의 취업집단은 비대칭성(非對稱性) 계층으로서 좀처럼 동요하지 않는다. 그러나 부랑자·걸인·빈민 등 소수집단은 다수집단의 외면 속에서 자신들의 여

---

10) 하버마스, 『이성적인 사회를 향하여』, 장일조 역, 종로서적, 1980, 315쪽.

건을 개선할 길이 없다.[11)

이러한 문제를 해결하기 위해 하버마스는 해체주의적 체념이라든가 과격한 투쟁을 생각하지 않는다. 역시 도덕화, 공론화, 이해利害의 일반화가 필요하다고 말한다. 즉, 부자와 빈자가 궁극에는 사회의 이익과 손해에 함께 참여하게 된다는 인식의 일반화가 필요하다는 것이다. 이 인식의 실현을 위한 방법이 하버마스의 '의사소통' 이론이다. 이 경우에도 그는 상호인정, 법적 제도화의 보장을 강조한다. 또 국가경제의 영역과 '생활영역'의 개념도 구체화하여 이 두 영역 사이에 역시 의사소통이 이루어져야 한다고 본다. 하버마스는 이성에 의한 의사소통과 생활철학을 추구하고 있는 것이다.

소련의 붕괴 이후 사회체제 간의 차이는 감소되었으나, 배경이 다른 문화 사이에 의사교환이 필요하다. 민주주의 시대에도 철학의 효용이 가능하다. "철학과 민주주의는 역사적으로 함께 성립되었다는 관련을 갖고 있으며, 구조적으로도 서로 의존하고 있다"[12)고 그는 말한다. 이와 같은 견해를 하버마스는 올해 5월 한국을 방문했을 때「철학과 현실」을 주제로 한 세미나에서 발표하였다. "인간은 사회화를 통해서만 보편적으로 개체화하는 존재이다. 인간이 이 사회를 구원하려 한다기보다 스스로 사회화함으로써 구원받아야 한다"는 것도 같은 자리에서 한 말이다.

세계사회에 대한 이론에서 하버마스는 세계가 보편적인 도덕에 귀속되어야 하는데, 이 도덕의 실현은 '이성적인 언어의 규범'을 통해서 가능하다고 하였다. 이 이론은 곧 세계문학의 원리로 이해할 수 있다. 이에 비추어 마르크스의 세계문학론은 민족별 문화전통의 개성을 상

---

11) 앞의 책, 313쪽.

12) 하버머스,「현대 철학의 사회적 역할과 영향」,『철학과 현실』, 철학문화연구소 세미나, 1996, 13쪽.

실하고 동일한 물질이 되는 양 주장된 데에 시정이 가해져야 할 것이다. 원래 괴테가 1827년에 「세계문학론」을 발표했을 때에도 그것은 민족별 문학이 서로 만나서 서로를 풍요케 한다는 의미였다.

개성과 보편성, 민족과 세계는 서로 대립하거나 하나로 통일된다기보다 서로 만나서 서로를 풍요케 한다는 조화관계로 보아야 한다. 아무리 자본주의나 물질이 지구를 지배한다 하더라도 가까운 이웃나라끼리도 민족문학을 공유할 수는 없다. 중국의 언어문자는 단음절 표의문자로서 무문법 언어로 표현된다. 한국의 언어는 다음절 어휘로서 명사와 조사, 어간과 어미를 지니는 문법구조의 표현이다. 수천 년 역사에서 한국 민족이 결코 중국어를 생활 속에서 사용한 일이 없으며 역사를 병합한 일이 없는 것도 이 문화전통의 독자성 때문이었다. 이제 세계화 시대가 도래한다 하더라도 한국문학은 제3세계 동아시아권의 독자적 민족문학으로 의연한 과업이 있고 또한 기품이 있어야 한다.

동아시아의 민족문학

오늘날 한국문학 안에서 소장 세대에 속하는 작가들이 자신의 작품집에 붙인 '작가의 말' 이라든가 또는 작품 안에서 다음과 같은 말을 한 것이 있다. 윤대녕의 「은어낚시통신」에 다음과 같은 구절들이 나온다.

일테면 우리에게도 헌법이 있는 거예요. 제2조 1항 마리화나, 2항 카메라와 프리섹스…[13]

---

13) 윤대녕, 『은어낚시통신』, 문학동네, 1994, 71쪽.

　　그 먼 존재의 시원, 말하자면 내가 원래 있어야만하는 장소로 돌아가기까지, 나는 보다 많은 밤과 낮을 필요로 해야 했다. …아침이 오기까지 나는 그녀의 손을 잡고 내 살아온 서른 해를 가만가만 벗어던지며, 내가 원래 존재했던 장소로, 지느러미를 끌고 천천히 거슬러 올라가고 있었다.[14]

　　여기에서 존재의 시원을 환기시키는 예로는 비둘기 · 꿀벌 · 연어 · 송어 · 문어 등 귀소동물들이 제시되었다. 이 예들은 물론 존재의 시원이 단순한 동물 차원이라든가 돌아가야 할 곳이 어떤 거리를 지닌 장소를 가리킬 뿐이라고 편협하게 속단하지는 않아야 할 것이다. 그러나 작품 전체를 통해 인간존재에 대해 다른 어떤 속 깊은 인식이 드러난 데가 없으며, 프리섹스라든가 밀실에서 여자와 누워 있는 서술이 있다. 그러므로 '그 먼' 존재의 시원, 내가 원래 존재했던 '장소'라는 표현에 독자의 느낌이 이끌린다. 그렇다면 인간으로서의 '존재의 시원'은 과연 무엇일까. 그것은 시간적 · 공간적 거리를 지니는 어떤 장소 개념이 아니다. 그것은 바로 인간본성이 끝없는 내면적 깊이를 가리키는 것이다. 그것은 참으로 '인간다움'의 끝없는 의미와 고뇌와 또는 풍요일 수 있다. 인식이 이와 같은 성향을 띠지 않고 은어의 상류 회귀 이미지를 빌리면서 어두운 밀교적 공간의 섹스가 제시될 때 여기에는 퇴영적 허무 외에 그 무엇이 있을 수 있겠는가.

　　구효서는 작품집 『깡통따개가 없는 마을』에 붙인 '작가의 말'에서 다음과 같이 말하고 있다.

　　소설다운 소설을 써보겠다는 순수한 의지 따위는 이미 오래 전에 바래 없어졌는지도 모릅니다. 하지만 소설로 생존해야만 한다는 엄연한 현실 앞

---

14) 앞의 책, 80쪽

에서는 그저 맥을 놓고 있을 수만은 없지요.···소설이라는 것이 사회를 진
단하고 문제를 제기하고 나아가서는 바람직한 치유책 같은 것까지 제시할
수 있는 작업이라곤 생각하지 않으니까요.[15]

이렇게 말한 작가는 실제 작품 「깡통따개가 없는 마을」의 첫 페이지
에서 또한 다음과 같은 서술을 보인다.

소설 쓰기란 결국 하찮은 것을 진지하게 생각하거나 진지한 것을 하찮
게 생각하기 둘 중의 하나다.[16]

구효서는 「깡통따개가 없는 마을」을 발표하기 4년 전에 장편 『늪을
건너는 법』을 통해 치열하고 주도면밀한 문체를 과시했었다. 이 작품
은 강화도에 근거를 둔 항몽 삼별초의 후예 '나림'의 무리가 임란·호
란·척양·항일·해방기 민족해방 관철 운동에 걸쳐 계속 앞장을 섰
다는 이야기의 신화적 전개이다. 그런데 '나림'의 무리가 수세기에 걸
쳐 숱한 토벌을 당했으면서도 끈질기게 존재해온 이유는, 그들의 존재
를 토벌 당국이 바라고 있었기 때문이라는 것이다. "우리가 제사 때
쓸 닭을 키우듯이."[17]
이 소설의 주제라고 볼 수도 있는 이와 같은 관점의 의미는 무엇인
가. 그것은 이 나라의 민중적 저항이 수세기에 걸쳐 집권 세력에 의해
농락이나 당하다가 죽어 사라졌다는 일종의 역사 허무주의라고 보게
된다. 비록 허무주의라 하더라도 이만한 정도의 비범한 투시 논리는
주목할 만한 것이었다. 그런데 이러한 역사적 투시를 거치고 난 작가

---

15) 구효서, 『깡통따개가 없는 마을』, 세계사, 1995, 7쪽.
16) 앞의 책, 11쪽.
17) 구효서, 『늪을 건너는 법』, 중앙일보사, 1991, 186쪽.

가 몇 해 후에 「깡통따개가 없는 마을」 '작가의 말'에서 "이야기 만들
어 주는 걸 직업으로 삼고 사는 사람이 있다니" 하면서 글쓰기와 생존
의 고단함을 자탄하고 있다. 소설 「깡통따개가 없는 마을」의 실제 내
용은 어떠한가. 한 작가가 아내에게 "잘 팔리는 소설 한 번 구상해 보
려고" 여행을 떠나야겠다는 구실을 대고 대청호가 내려다보이는 언덕
의 한 암자를 찾아간다. 거기서 작가는 한결같이 된장에 버무려져 있
는 반찬들이나 바라보면서 무료해진다. 그는 야생화들을 꺾어다가 꽂
아둘 기명器皿삼아 깡통 70개를 모으고, 깡통따개를 구하기 위해 언덕
아래 마을을 헤매고 다닌다. 이 소설의 주제는 '깡통따개가 없는 마
을'이 연상시킬 수 있는 '무공해' 상황과는 전혀 관계가 없다. 플롯의
큰 부분은 지난날 서커스단에서 '탈출사' 역할을 한 경험이 있는 불
목하니가 역시 무료해, 내객인 작가 앞에서 결박으로부터의 탈출 묘
기를 연속으로 보여주는 해프닝이다. 그리고 나서 다시 집으로 돌아
오는 작가는, 버스에서 내려 담배 한 대를 피우고 나서 공중전화로 가
아내에게 전화를 건다. "어떡하지? 여기가 어딘지 모르겠어." 이것이
끝이다.

과연 오늘의 한국 소설은 서 있는 자리를 모르는 것인가, 몰라도 되
는 것인가. 윤대녕과 구효서는 90년대 작가로 가장 문체가 세련된 편
에 속한다. 70년대·80년대의 군사독재 현실에서 치열하게 저항해온
작가들이 주로 사회의 구조적 부조리와 연행·투옥 등 어두운 고난의
소재를 그리면서 주제만 강해지고 문체가 거칠어진 예들이 있었다. 이
경우도 예술 창작의 원리 면에서 결함이 지적된 나머지 다시 문학은
문학다워야 한다는 뜻에서 '문학주의'가 거론되기도 하였다. 그러나
다른 한 편에서 모처럼 세련된 문체를 가지고도 주제의식의 허약으로,
생활수단으로서의 글쓰기가 고단함을 독자들 앞에 드러낸다든가 지금
작가가 서 있는 위치를 모르겠다고 하는 결말은 또한 문제가 아닐 수

없다.

작가의식의 허약화는 근래에 이른바 포스트모더니즘의 유입과 더불어 더욱 조장되고 있는 것 같다. 글쓰기ecriture의 문제라든가 그 어려움을 거론한다는 것, 소설 안에서 소설을 거론하는 메타픽션의 의도 같은 것들이 곧잘 눈에 띈다. 그러면서 한 편으로는 프리섹스라든가 포르노 요소를 가미하는 것까지가 적지 않게 포스트모더니즘의 영향인 것으로 보인다. 그러나 이러한 현상들이 한때 산발적으로 나타날 수 있겠지만 이것이 새롭고 신선한 시도라고 인정하기는 어렵다. 포스트모더니즘이 후기자본주의 시대의 산물이라고 하는 논리도 있지만 이 경향이 내거는 이른바 '탈근대'라고 하는 것이 좀처럼 어떤 문명적 대안으로 인정받지 못하고 있다.

포스트모더니즘이 고전과 전통의 해체를 의도한다는 것도 용이하게 납득되지 못한다. 특히 동아시아 문화 안에서 그러한 의도는 별로 수용되지 못한다. 1960년 일본 센다이仙台시 박물관 구내에는 중국의 소설가 노신魯迅에 대한 기념비가 세워졌다. 1940년에 노신이 센다이의 학전문학교에 입학해 1년 반 동안 공부한 일이 있다. 이 학교는 지금 도호쿠대학 의학부로 병합되어 있다.

센다이 의학전문학교 시절에 노신은 이 학교의 한 계단강의실에서 강의를 듣곤 하였다. 이 강의실의 앞쪽으로부터 세번째 줄에 있는 한 의자에 흰빛 설명지 한 장이 얹혀 있다. 바로 이 자리에 앉아서 노신은 학교에서 보여주는 환등기의 한 장면을 보았다는 것이다. 이 사실이 1996년의 오늘에도 대단한 사건으로 사람들에게 소개되고 있다. 그 때 노신이 보았던 환등(슬라이드)의 한 장면은 무엇이었던가.

지금은 얼마나 진보되었는지 알 수 없으나 하여튼 그 때에는 영화를 이용하여 미생물의 형상을 가르쳐 주었고, 이런 까닭으로 강의가 한 단락을 고하고도 시간이 남으면 교수는 풍경이나 시사에 관한 영화를 비추어 학생들에게 보여서 나머지 시간을 채웠다.

그 때는 마침 일로전쟁 때이라 전쟁에 관한 영화가 다른 것보다 자연 많았었다. 나는 이 강당 안에서 때때로 동창들의 기뻐하는 박수 소리를 들을 수 있었다. 어느 때 나는 화면 위에서 오랫동안 보지 못하던 여러 중국 사람을 볼 수 있었다. 한 사람은 맨 가운데 묶여서 앉았고 다른 여러 사람들은 그 좌우에 서 있는데 다같이 건장한 체격에 어리둥절한 표정을 나타내고 있었다. 설명을 들어보니 묶여 있는 것은 러시아 사람을 위하여 군사정탐이 되었던 사람으로 일본 군인에게 목을 베여 여러 사람에게 보이게 될 장면이라고 한다. 이것을 에워싸고 있는 사람들은 이 굉장한 행사를 구경하는 사람들이라 한다.

이 학년이 채 끝나기 전에 나는 벌써 도쿄로 왔다. 이런 일이 있은 뒤로부터 의학이란 것이 그다지 긴요한 일이 아니며, 무릇 어리석은 국민이란 체격이 아무리 건전하고 웅장하다 하더라도 조금도 거침없이 남의 구경거리와 놀림감이 될 뿐이요 병사(病死)라는 것은 어느 정도까지 그다지 불행으로 여길 것이 아니라는 것을 깨달은 까닭이다. 따라서 우리가 제일 먼저 착안할 것은 그들의 정신을 개혁하는 데 있고 정신을 개혁하기 쉬운 것은 그 때 나는 당연히 문예를 첫 손가락으로 꼽아야 했다. 여기에서 문예운동을 제창할 생각을 갖게 된 것이다.[18]

노신의 이 글은 그의 소설집 『납함』의 서문에 들어 있는 것이다.

이 글은 뒤에 소장 중국문학 전공자에 의해 더 유창하게 번역되어 있다. 그러나 필자로서는 1946년판 검은 마분지에 인쇄된 『노신 단편소설집』 제1권의 그 앞선 시절 감동을 아끼고 있다. 노신은 소년 시절

---

18) 노신, 『단편소설집 I』, 김광주 역, 서울출판사, 1946, 11~13쪽.

에 가문이 몰락한 가운데 아버지의 병사를 막을 길이 없었던 것이 한이 되어 일본으로 의학을 공부하러 갔던 처지였다. 또한 그 의학을 통해 청나라 말기 조국의 몽매함을 개혁할 뜻도 품고 있었으나, 먼저 중요한 것은 몸의 건강보다 정신의 건강임을 그는 센다이의학전문학교 환등실에서 깨닫게 된 것이다.

7년 간의 유학 끝에 1909년 중국으로 돌아간 노신은 모국어로 소설을 쓰기 시작했고 1921년 『아큐정전阿Q正傳』을 발표해 타락한 중국을 밑에서부터 비판해 올라갔다. 즉, 더 망할래야 망할 것이 없는 머저리 '아큐' 라는 주인공을 통해 유지급 위선자들을 신랄히 풍자했던 것이다. 이 수법을 가리켜 필자는 노신의 '상향식 계몽주의' 라고 부른다. 「광인일기」, 「아큐정전」, 「약」 등 노신의 소설들은 중국의 근대화를 위해 신해혁명의 군대보다 더 큰 공헌을 한 것으로 평가받고 있다. 그리고 프랑스의 로맹 롤랑은 「아큐정전」에 대해 위대한 리얼리즘의 작품이라는 찬사를 보내었다. 대조해 보건대 우리나라 문학사의 같은 연대에 소설가 이광수가 보인 하향식 계몽주의의 문제가 있다. 소설의 주인공이 『무정』의 이형식이라든가 『흙』의 허숭처럼 전문학교를 다니고 교사라든가 변호사가 되어 있는 신분이 불쌍한 동포들을 깨우쳐 주기 위해 민중 속으로 들어가는 것이다. 이것이 이광수 소설의 수법이다. 여기에는 다분히 선민의식, 시혜의식, 자기만족적 비장감이 있어 본질적으로는 위선이게 된다. 따라서 민족주의자로 출발한 작가가 뒤에 극단적인 친일에 기울어 민족을 배반한 결과에 이르게 되었다.

그러나 한국문학사에는 오류만 있는 것이 아니라 한용운, 이육사, 윤동주에게서 보듯이 민족문학의 대통이 있었다. 요는 노신의 경우 동아시아 근대 문학사에서 어떠한 모습, 어떠한 의미를 띠고 있는지를 90년대 오늘의 현실에서도 되새겨볼 필요가 있다는 것이다. 과연 문학예술이 오늘의 한국에서 "하찮은 것을 진지하게 생각하거나 진지한 것을 하찮게 생각하는 것"이라는 유희적 표현이 독자 앞에 공언되어도 괜찮은 것인가. 의식적인 엄숙주의의 촌스러움은 경계되어야겠지만 문학예술이 서야 할 항구한 '창조'의 자리는 마땅하다 아니할 수 없다.

중국의 노신은 말년에 국민당과 공산당 양쪽으로부터 혹독한 비판을 당하였다. 특히 젊은 후배들로부터 비방을 들었다. 그는 한때 은둔과 같은 상태에서 말하였다. "나는 지난 날 늙은이들만 죽으면 중국이 개혁되리라 믿었다. 그러나 지금 보건대 문제는 젊은이들에게도 있다." 1936년 그가 죽었을 때 사람들은 그의 관 위에 '중국혼'이라고 쓴 휘장을 덮었다. 오늘날에도 중국에서는 그의 고향인 소흥紹興의 '노신고거魯迅古居'로부터 시작해 남경·항주·북경·광주·하문·상해에 걸쳐 그의 족적이 있는 데마다 기념 박물관이 서 있다. 심지어는 남의 나라인 일본의 한 지방도시 센다이에서도 그의 거처였던 하숙집과 강의시간에 환등의 한 장면을 보고 앉아 있던 책상까지 소중하게 보존되고 있다. 그리고 일본 현지인들이 이 노신의 자취들을 자랑스럽게 여기며 사람들에게 소개하고 있다. 이것이 아직도 제3세계 동아시아 문학이 힘있게 생동하는 현장이다.

오늘 한국의 민족문학은 다른 나라들의 문학 상황에 비해 넓은 사회소통을 구사하며 여러 명의 작가 시인들이 충직하게 창작에 임하고 있다. 그 중에서 아직 소장의 위치에 있는 한 작가의 작품에서 의미 깊은 한 대목을 되새겨보면서 이 소론을 마무리짓고자 한다.

"아이엔진 거라."

"뭐라고?"

"그만 얘기하고 그만 덮어두고 그만 울고 그만 그만 하고 싶어도 할 수 없어. 역사란 그런 거야. …그러드키 오일팔이 따로 있는 게 아냐. …역사

앞에서 자유로운 사람은 없는 거거든."

"아니야, 그게 아니라 미스 조는 김대중이 대통령 안 되었다고 죽은 거야. 단순한 걸 왜 그리 복잡하게 얘기해. 미성년자 고용한 악덕업자 주제에."

현순 씨는 면회 시간에 쫓기며 재빨리 말했다.

"김대중이가 지 할애비냐?"

"언니가 그랬잖아. 김대중 대통령 안 되면 모두들 혀 깨물고 죽어야 한다고."

"옘병, 죽을 각오로 살자 그거여. 누구 좋으라고 죽냐 죽기를."[19]

공선옥의 소설 「목마른 계절」에 나오는 주인공, 장사 안 되는 음습한 지하 맥주집의 주모 그 하찮은 인생 현순의 오기에 찬 자살 냉소론이다. 이 인물을 노신의 머저리 주인공 아큐에 비하는 것이 적절치 못할지는 모른다. 그러나 하찮은 작은 불씨 하나가 마치 요원의 불길로 번져 나아갈 수도 있다는 환영, 한 인간의 불패의 자기긍정 저력이 역사의 지평을 완강한 걸음으로 걸어 나아가는 모습이 보인다. 문학은 이러한 것이다. 이성과 보편성 안에서 항구히 인간다운 본성을 말하고 이야기하고 노래하며 역사의 내일을 향해 걸어 나아가는 것이다.

(1996)

---

19) 공선옥, 「목마른 계절」, 『피어라 수선화』, 창작과비평사, 1994, 32~33쪽.

세계 현실의 변동과 한국문학

상황의 변화

지난 6월에 작가 김동리 선생이 세상을 떠났다. 더 여러 해 전에 별세한 평론가 조연현에 이어 이번 김동리의 작고는 한국문단 판도에서 나름으로 뚜렷했던 한 흐름이 끝나는 것을 의미한다고 해도 지나친 말은 아닐 것 같다. 그 흐름은 이른바 한국적 '순수문학'의 논리를 전개해온 것을 가리켜 하는 말이다. 그 흐름에는 논리뿐 아니라 거기에 부응하는 창작의 실제도 있었다. 그러나 작품에 대한 평가문제를 포함해 한 문학적 흐름에 대한 의의를 분별하는 데엔 역시 이론이 적절한 대상이 된다.

특히 작가 김동리는 이론을 갖춘 이로서 작품 자체도 흔히 한국문학의 최고봉에 이르렀다는 평판이 있어 왔다. 이제 그의 활동 시기가 끝난 단계에서, 그가 특히 강조했던 '구경적究竟的 삶'과 순수문학의 원리를 결산해 볼 수 있다고 생각된다. 이러한 검증이 오늘의 한국문학 안에 어떤 새로운 인식과 자성의 계기를 줄 수 있다는 점에서도 이 일은 의미가 있다.

그 다음으로는 1950년대 후반부터 제기된 사회참여문학이 70년대를 거치면서 리얼리즘을 원리론으로 삼고 '민족문학'을 표방해온 상황에도 어느 정도 달라진 상황이 있다. 이 변화는 1990년을 고비로 소련과 동유럽을 망라하는 사회주의 세계권이 와해된 데서부터 영향을 입고 있다. 한국의 70년대 리얼리즘은 원래 사회주의에 기댄 점이 있다거나 사회주의 리얼리즘을 자처한 것이 아니었다. 1980년에 광주민주항쟁이 일어났고 그 결과 신군부 휘하 진압군의 무차별 총격으로 수백 명의 애국 시민이 참혹하게 학살을 당하였다. 이 때부터 민족문학은 자주 민중문학으로 표방되며 부도덕한 군사독재 정권에 맞서 작품으로써 뿐 아니라 작가 시인들이 몸을 던져 행동으로도 저항하며 80년대라는 한 시대를 감당해왔다. 이것은 명목뿐인 자유민주주의 체제에 대한 도전이었으며 이 과정에서 리얼리즘 문학은 "싫든 좋든 사회주의 리얼리즘에 관련이 되었다"는 것이 수긍되는 대목이다.

필자로서는 이러한 관련이 시대적 정황에 따른 부차적 차원의 문제인 것으로 보고 있다. 그러나 사회주의권의 와해라는 세계사적 전환으로 인해 이른바 진보적 문학운동에 부담이 생긴 것으로 보는 견해들도 있다. 이 부담감은 리얼리즘 자체에서 끝나지도 않고 몇 단계의 파장을 더 일으키고 있다. 그 파장의 두번째 단계가 되는 셈으로 자본주의의 전지구화가 몰고 올 문명적 위기에 대한 우려가 있다. 세번째로는 사회주의권이 존재하던 시대에 자본주의 시기를 근대로 보았고 사회주의 시기를 현대로 보기도 했었는데 이제 현대가 사라졌으니 이 역사관의 문제를 과연 어떻게 해결해야 되겠느냐는 문제가 있다. 네번째로는 한국적 특수 상황으로서 남북 분단체제는 또한 어떻게 극복해야 할 것이냐는 문제이다. 다섯째로는 문학과 '진리' 사이의 문제도 논의의 대상으로 떠올라 있다.

해방과 6·25 전쟁을 겪고 1960년의 4·19 시민혁명이 일어나는 무렵부터 순수 대 참여로 갈려 문학 원리와 세계관을 각기 전개해 왔고, '진리' 지향에서는 서로 만나는 현상이 오늘의 한국문학 안에 있다.

같은 지향에 이르면서 달리 되어온 두 흐름의 그 내용은 무엇이고 논리는 무엇이었던가. 그리고 무엇보다도 바로 오늘 이 단계에서 한국의 문학은 국내외적으로 달라진 현실을 어떻게 인식하는 것이 바람직하며, 미래 세계의 문명은 어떻게 전개될 것으로 보아야 할 것인가. 이러한 문제들을 밝혀 나아가면 필경 궁극의 진리 문제에도 접근하게 되지 않을까 생각된다.

문학이론의 전개과정은 때로 진지한 치열성에 치우쳐 개념의 과잉에 휘말려드는 수가 있다. 그렇게 되는 동안에는 실상 문학과 세계가 절실히 요청하는 역할에서 비평이 벗어나 있는 것이 아닐지 자성하게 된다. 지금 우리 사회에서 문학작품에 대한 평가는 신문의 광고 문안들이 대행하고 있다는 극단적인 비판의 소리도 문예 비평계가 경청해야 될 것 같다. 이러한 자성을 동기로 하여 앞에 제기된 문제들을 더욱 구체적으로 검증해보고자 한다.

구경적 삶과 샤머니즘 사이

작가 김동리의 와병이 3년에 이르렀고, 작고 2년 전인 1993년에 김윤식이 김동리 문학을 총괄한 평론으로 「'구경적究竟的 삶의 형식'의 문학관 형성과정에 대한 연구」[1]를 발표하였다. 이 평론은 전체 내용이

---

1) 김윤식, 「'구경적(究竟的) 삶의 형식'의 문학관 형성과정에 대한 연구」, 《한국학보》 제71집, 1993년 여름, 일지사.

고증에 있어서 충실하다. 그는 김동리 문학의 문학사적 의의를 높이 평가하고 있다. "문학을 시대 정신의 반영이라든가, 오락의 일종이라든가, 시민적 삶의 산물이라든가 등등의 범속한 수준에서, 종교나 철학에 버금가는 '높고 참된' 자리로 이끌어 올리고자 혼신의 힘을 기울였다는 것, 그로 말미암아 시대성에 관련된 문학관을 비판, 견제할 수 있었다는 것은 김동리 문학만이 갖는 독보적 위치가 아닐 수 없으며 그것이 갖는 문학사의 의의도 이에서 말미암는다. 우리 근대문학사에서는 그 누구도 문학을 이처럼 높고 참된 자리에 올려놓고자 노력하는 문인이 없었다는 사실로 말미암아 김동리의 이러한 주체적 문학관이 빛날 수 있었다고 할 때 그것이 어째서 문학사적 사실일 수 있는가. 그것이 해방 공간의 소용돌이를 뚫고 남한 단독정부의 이념까지를 포함하는 이른바 문협 정통파의 문학이념이었다는 사실을 아무도 부인할 수 없음에 위의 물음이 관련된다."[2]

이것은 김동리 문학에 대한 아마도 최대의 찬사일 것이며, 또한 김동리의 문학관이 '문협 정통파의 문학이념' 즉 순수문학 계열의 이념이었다는 뜻으로도 풀이된다. 우선 '높고 참된' 문학을 기본전제로 내걸었다는 점에 대해서는 그야말로 존중하지 않는 이가 없을 것이다. 이 전제는 김동리의 평론 「문학하는 것에 대한 사고(私考) ― 나의 문학정신의 지향에 대하여」에 나오는 것으로서 중요한 내용이므로 그 대목을 여기에서 다시 살펴 보기로 한다.

　　높고 참된 의미에 있어서는 '문학하는 것' 이란 무엇인가. 그것은 어떤 구경적인 생의 형식이 아니어서는 아니 된다고, 나는 생각한다.
　　……우리는 한 사람씩 한 사람씩 천지 사이에 태어나 한 사람씩 한 사람

───────────────

2) 김윤식, 앞의 글, 17~18쪽.

씩 천지 사이에 사라지고 있다는 사실을 통하여, 적어도 우리가 천지 사이엔 떠나려야 떠날 수 없는 유기적 관련이 있다는 것과 우리들에게는 공통된 운명이 부여되어 있다는 것을 발견하게 되는 것이다. 이 운명의 전개에 지향하지 않으면 안 된다. 우리가 이 사업을 수행하지 않는 한 우리는 영원히 천지의 파편에 그칠 따름이요, 우리가 천지의 분신임을 체험할 수는 없는 것이며, 이 체험을 갖지 않는 한 우리의 생은 천지에 동화될 수 없기 때문이다. ……이 운명의 타개에 노력하는 것, 이것이 곧 구경적 삶이라 부르며 또 문학하는 것이라 이르는 것이다. 왜 그러냐 하면 이것만이 우리의 삶을 구경적으로 완수할 수 있는 길이기 때문이다.[3]

천지의 분신으로 동화되어야 할 운명의 완수를 위해 김동리 소설은 자연히 종교 차원의 궁극적인 주제들을 섭렵하였다. 기독교적인 주제의 소설로 그는 「목공 요셉」, 「마리아의 회태」, 「사반의 십자가」 등을 썼다. 이 중의 대표작은 「사반의 십자가」(1955)이다. 그런데 이 소설에 대해 기독교의 대표적 신학지인 안병무 교수는 평하기를 "기독교의 메시아 사상과는 무관한 동양의 도술사상과 흡사하다"고 평하였다. 이 평을 예로 들어 김윤식은 김동리의 기독교 주제 소설에서 "구경적 삶의 형식이 창출되지 못했던 것"이라고 하였다. 다음으로 김동리가 불교를 주제로 해 쓴 소설의 대표작은 「등신불」(1961)이다. 불교는 동양 종교로서 작가 김동리에게 생소한 편이 아니었고, 이 경우에는 어느 정도 구경적 삶의 형식에 접근했다고 볼 수 있다. 그런데 이 「등신불」에서는 한 가지 독특한 성격이 드러난다. 소설의 주인공은 1943년 중국에서 일본군으로부터 탈출한 조선인 학병으로 되어 있다. 그러나 소설 내용에서는 일본의 제국주의 침략전쟁이라든가 식민지 조선 출신

---

3) 김동리, 「문학하는 것에 대한 사고」, 《백민》 1984년 3월호, 『문학과 인간』, 인간사, 1952, 97~101쪽 발췌.

지식 청년의 민족의식 등에 대해서는 전혀 언급이 없다. 다만 정원사라는 절의 만적 스님이 어린 시절에 겪은 가족관계의 회한과 입산 후 소신공양(분신)을 하는 이야기가 전부이다. 이 소설에서는 주인공의 현실적 위상이 의도적으로 철저히 배제되었다고밖에 볼 수가 없다. 이 점에 대해 김윤식은 침략전쟁이라든가, 식민지 통치하의 백성이라든가, 지식인의 양심 따위에 대해서는 작가가 관심을 두지 않았으니 이것은 곧 "근대성 부정으로밖에 볼 수 없는 것"[4]이라고 하였다.

여기에서 김동리가 '근대성'을 부정했다는 것은 이미 도래해 있는 근대로부터의 탈출을 의미하는 것이 아니다. 그것은 아예 '근대 이전'에 집착하기를 고집하는 것이다. 이렇게 될 때 김동리 소설의 핵심 주제는 필경 한국의 일종 원시신앙인 샤머니즘에 자연스럽게 기반을 두게 된다. 과연 김동리 필생의 소설적 주제는 그가 작가로서는 출발기에 쓴 「무녀도」(1936)로부터 말기에 쓴 회심작 『을화』(1978)에 이어지는 샤머니즘이다. 작가는 이 맥락의 작업에 대해 스스로 다음과 같이 말하였다.

나는 이번의 『을화』를 통하여 먼젓번 「무녀도」에서 줄거리의 일부에다 분위기만 붙여 두었던 이 샤머니즘의 세계를 문학적으로 형상화시키는 일과 아울러 샤머니즘에서 이승과 저승에 관련되는 새로운 문제점을 한국문학과 나아가서는 세계문학에 제의해보고자 하는 것이다.[5]

「무녀도」는 50년대 이래 우리나라 중고등학교 국어 교과서뿐 아니라 대학의 교양 국어 교과서에도 실리는 예가 있을 만큼 이미 고전화한 명작인 양 여겨져 왔다. 이 동안에 작가 자신은 「무녀도」를 몇 번

---

4) 김윤식, 위의 글, 36쪽.
5) 김동리, 『을화』 후기, 《문학사상》 4월호, 문학사상사, 1978, 354쪽.

약간씩 개작을 하기도 하였다. 그런데 1978년에 이르러 작가는 「무녀도」가 줄거리의 일부에다 분위기만 붙여두었고 형상화도 되지 않았던 작품이라고 『을화』의 후기를 통해 말하였다. 그렇다면 또 『을화』는 어떠한 내용으로 된 작품인가.

우선 작가 김동리는 어떠한 경위로 일관되게 샤머니즘을 추구해 오게 되었는가. 이 점에 대해 그는 1986년에 단행본으로 펴내게 된 『을화』 안에 덧붙인 작가의 말을 통해 다음과 같이 말하였다.

> 『을화』의 전신은 「무녀도」다. 「무녀도」의 모티프는 그 당시 내가 직면했던 민족적 상황이다. '민족적 상황' 이것을 어떻게 간단히 설명할 수 있겠는가. 당시의 침략자 일제는 우리 민족이 가진 모든 민족적인 것을 말살하려 들었다. 이에 대한 나의 울분과 원한은 무엇으로도 형언할 길이 없었다. 나는 나의 문학을 통해서라도 우리 민족의 얼과 넋을 영원히 전해야 하리라고 결심했다. …거기서 내가 만난 것이 샤머니즘이었다.[6]

그는 20세기의 서구문명이 그리스도교의 신을 반대하는 '근대 인간주의'로 혼돈과 파괴를 초래하고 있다는 데에 착안한다. 그리스도교의 신은 원래 초자연적인 신이었지만 이제 우리 민족 안에서 대안을 찾자면 "좀더 자연적인 신이라야 하며 새로운 형의 인간은 좀더 신을 내포한 인간 즉 여신적與神的 인간형이라야 한다"고 본다. 샤머니즘의 신은 철저한 자연적인 신이며 샤머니즘의 인간은 소위 '신들린 인간'이라고 할 만큼 여신적 인간형이라고 그는 보고 있다.

일제가 우리 민족의 모든 것을 말살하려 드는 데 대한 울분과 원한을 형용할 길이 없었던 시절에 문학을 통해서라도 우리 민족의 얼과 넋을 전하려고 샤머니즘을 택한 작가 김동리의 의식 세계는 우선 긍정

---

6) 김동리, 「무속과 나의 문학」, 『을화』, 문학사상사, 1986, 277~78쪽.

될 수 있다. 샤머니즘이 상고 시대에 우리 민족의 원시신앙이었으므로 아직도 우리 민족 정서나 풍속의 저변에 그 원형질의 작용이 남아 있다는 것도 인정할 수 있다. 오늘날 대학가에서 탈춤반이 성행하고, 사회적으로도 어떤 행사를 마칠 때엔 이른바 '뒤풀이' 술판을 벌이는 현상이 있다. 신바람·신명·살풀이·씻김굿 등에서 오늘날에도 우리 사회의 일상 안에 작용하는 샤머니즘의 성향을 긍정적으로 평가하게 된다.

그런데 『을화』 후기에서 나타나는 것처럼 작가 김동리가 이 샤머니즘을 '이승과 저승을 잇는 문제점으로 한국문학과 나아가서는 세계문학에 제의해보고자 한다"는 데엔 어려움이 따른다고 보지 않을 수 없다. 구경적(궁극적) 삶의 형식을 구현하는 것은 이승과 저승이라고 하는 어떤 영역을 연결하는 일 자체로 보기가 어렵다. 이것이 근대 보편 세계의 신학이나 철학이 지니는 영원 또는 영생에 대한 견해이다.

인간은 '신들린' 여신적 인간이라기보다 일상의 현실에서 유한하고 평범한 인간일 때 오히려 더욱 인간다워진다. 이러한 인간만이 무한 실재의 절대적 세계를 제대로 인식할 수 있다. 이 때에 유한은 무한에, 시간은 영원에 전제가 되는 것으로 관련을 갖는다. 마찬가지로 유한한 인간 존재도 무한한 실재로서의 절대적 존재에 전제가 되는 것으로서 관련을 갖는다. 따라서 가장 인간다운 인간으로서의 '자기 완성'이 오히려 '구원'이라고 볼 수 있다. 어떤 기복적 욕구에 대한 시혜의 형식으로 이승에서 저승으로 가는, 또는 인간이 천지에 동화되는 위치개념이 '구경적 삶'의 완수라고 보기는 어렵다.

김동리 소설의 실제에서 이 문제를 살펴 본다. 단편 「황토기」와 「바위」에는 짙은 허무주의가 나타나고 「무녀도」와 『을화』에서는 샤머니즘이 무언가를 성취한다기보다 오히려 참담하게 파탄에 이르는 형상을 보여준다. 특히 『을화』에서 보면 무당 태주할미가 네 살배기 소년 기호의 사지를 묶고 헝겊으로 입을 틀어막은 후 독에 넣어 굶겨 죽인다. 나흘 만에 죽은 남의 집 귀한 자식의 손가락 끝 마디를 가위로 잘라 깜장 비단에 싸서 고의 속에 찬다. 그리고 시체는 뒤뜰에 묻는다. 이렇게 함으로써 무당은 이른바 명도明圖를 얻어 신통력이 생기는 셈이 된다. 이것은 근대 시민사회의 양식으로서는 이해할 수 없는 몽매하고 야만적인 살인 행위로서, 샤머니즘의 성취가 아니라 파탄이다. 또 소설 속의 이러한 무속에 대해 독자들은 어떠한 인식과 가치 평가가 가능할 수 있을까.

일제에 지배당한 불행 속의 한국 민족과는 달리 서양 나라들은 기독교를, 중국은 유교를 정신적 지주로 지니고 있는 것을 보고, 작가 김동리는 이러한 완성 종교들이 들어오기 이전 상고 시대에 우리 민족이 지녔던 원시신앙으로서의 샤머니즘에서 민족의 '얼과 넋'을 취하려 했다고 한다. 이 취지가 비록 민속신앙의 원형질을 취하려 한 것이라 하더라도 그 결과는 편협을 벗어나기 어렵게 되었다. 샤머니즘 시대 이후에 들어온 유교·불교·그리스도교는 지금 인류 공동의 정신유산으로 우리에게 소화되어 있다. 이 현실을 떠난 가치창조 작업은 불가능하다. '현실의 배제'는 이 작가가 1961년에 발표한 「등신불」에서도 짙게 나타났다. 이 때는 '형용이 불가능' 했던 일제 시대가 아니다. 그런데 일제 말기인 1943년 중국에 진주해 있는 일본군에서 탈출하는 조선인 학병이 이 소설의 주인공으로 되어 있으면서도, 일제에 대한 작가의 감정은 한 마디로도 나타나지 않는다. 이 점은 이 작가가 원래 가지고 있는 비현실적, 반근대적 정신의 생리인 것으로 보인다.

김동리는 서양의 '근대 인간주의'가 기독교의 신을 거부하는 것으로 보았다. 그러나 니체가 '신은 죽었다'고 한 사신론死神論의 참된 의미는 신의 이미지가 인간들 속에 잘못 묻어 들어온 데 대한 쇄신의식으로서, 순수하고 인간다운 인간이 오히려 무한 실재의 절대자를 더

잘 인식케 하는 신학적 출구를 연 것으로 평가되기도 한다. 세계 보편
사회에서 신이 배제되어 혼돈과 파괴가 온다는 우려에서 한국문학이
신들린 여신적 인간형을 형상화한다는 것은 한 소설로서는 자유일 수
있다. 그러나 오늘날에도 인류 보편사회가 무한 실재와 진리에 대해
일치되는 신뢰를 결코 상실한 것이 아니며, 종교를 통해 오히려 인간
존엄의 정신과 정의로운 질서가 고양되는 현실이기도 하다.

　당초 작가 김동리가 '높고 참된 문학'을 표방하고 '구경적인 삶의 형
식'을 추구해야 한다고 선언했을 때에도 그의 인간관은 "천지에 속한
운명을 잊지 말고 결국 천지에 동화되어야 한다"는 것이었다. 그러나
원래 동양 사상에서도 인간은 천지의 분신인 정도로 그치는 것이 아니
었다. 고대 『역경』의 「계사하전」에서 보면 "하늘·땅과 더불어 인간이
우주의 세 주역인데, 하늘과 땅 사이에서 인간이 능력을 발휘한다(成
能)"고 되어 있다.

　이렇게 보면 인간관과 더불어 민족의 넋으로서의 샤머니즘이 작품
적 실제에서 창조적 성취에 이르기에는 차질을 빚고 있다. 『을화』의
샤머니즘 주제에 대해서는 작가 자신이 "엄청나게 크고 벅찬 것"이라
고 전제했지만 "물론 이것으로 충분한 해답이 된다거나 완전히 이치에
적합하다는 것은 아니며 다만 그러한 일면과 가능성은 얼마든지 엿볼
수 있으므로 문학적 창조에다 이것을 시도했다는 데 그친다"[7]고 하여
시도적 한계를 스스로 인정하였다. 이 시도와 차질의 원인 및 실상에
대해서는 별도의 고찰이 좀더 충분히 가해질 수 있는 문제이다. 아울
러 우리 문학사에서 김동리 문학이 차지한다고 여겨온 위치에 대해서
도 재고가 있어야 하며, 이른바 한국적 순수문학의 한 중심 기둥을 이
루어 온 이론적 명분 또한 재고되어야 할 것이다. 다만 '높고 참된 문

---

7) 김동리, 앞의 글, 280쪽.

학'을 위해 구경적 삶의 형식을 추구하고자 한 작가 김동리의 당초 의
도 자체는 계속 높이 긍정될 만한 것이다.

탈근대 논의를 둘러싼 문제들

한국 문예비평계는 1990년대 전반기에 '근대성' 논의를 제기하였
다. 이 논의의 비교적 뚜렷한 출발점은 백낙청의 평론 「지구 시대의
민족문학」[8]이었다고 볼 수 있다. "동구권 붕괴 이후 자본주의적 근대
의 전 지구적 현재성이 한층 부각되면서, 인류의 문학적 성취마저도
소멸시키는 자본주의적 위력은 더 적나라해졌다"고 했는데 여기에서
자본주의적 '근대'라고 한 데에 주목할 필요가 있다. 이것은 1988년
에 이병천 교수가 '한국 근현대사의 성격과 민족운동'을 주제로 하여
개최된 한 좌담에서 "사회구성사적 관점에서 보면 일반적으로 세계사
적 근대는 자본주의이고 현대는 사회주의로 이해되고 있다"고 한 논리
를 예시하며 백낙청이 쓴 말이다. 그런데 1990년을 고비로 동구권 나
라들과 구 소련에 걸치는 사회주의 세계권이 와해되었으니 사회주의
에 해당된 시대 개념으로서의 '현대'가 논리상 사라지고 '근대'가 전
지구를 지배한 셈이 되었다는 뜻이다.

이와 같은 시대적 변화가 한국문학에 미치는 영향을 가장 솔직하게
감당하려는 견해는 최원식의 평론 「한국문학의 근대성을 다시 생각한
다」[9]에 나타난다.

<hr>

8) 백낙청, 「지구 시대의 민족문학」, 《창작과비평》 1993년 가을호.
9) 최원식, 「한국문학의 근대성을 다시 생각한다」, 『민족문학과 근대성』, 문학과지
성사, 1995(1994년 민족문학연구소 심포지엄에서 발표한 내용의 보완 수록).

'근대 이후'를 자처했던 현존 사회주의의 붕괴로 근대성(modernity)이 다시 문제적 범주로 떠올랐다. 1917년 볼셰비키 혁명으로 출현한 사회주의 체제의 '근대 이후' 지향은 진정한 의미의 '근대 철폐'가 아니었고 근대의 연장이거나 또 다른 방식의 '근대 따라잡기'였음이 이제는 명백해졌다. …진보적 문학도들의 의식을 직·간접으로 규제해왔던 '근대-부르주아 문학/현대-프롤레타리아 문학'이란 명쾌한 도식은 그 의의를 훼손당했다. …좌익 헤게모니를 신주 단지처럼 모시는 통일전선 전술은 낡아빠진 술책으로 떨어졌다는 점을 염두에 둘 때, 우리 근대문학 전체상 속에서 프로 문학의 주류성을 이제 진정으로 해소하자.

최원식의 이러한 표현은 그 과단성이 허심탄회 안에 펼쳐지고 있다. 그리고 뒤이어서 최원식은 다음과 같이 말하고 있다. "근대성의 쟁취와 근대의 철폐를 자기 안에 통일하는 모색, 민족문학 운동의 한 대안적 운동… 나라와 민족의 경계를 빠르게 지워나가는 전 지구적 자본의 운동이 더욱 강화되는 요즘, 이 대안적 자각은 고양되어야 한다." 여기에서 다시 어려운 문제가 제기되고 있다. 비록 실패했지만 '근대의 철폐'가 다시 모색되어야 하는 것이 민족문학의 '대안적 운동'이 되어야 한다면 과연 이 대안은 무엇일까. 요는 자본주의의 철폐를 다시 모색해야 한다는 뜻으로 해석되기도 한다.

자본주의에는 확실히 인류의 도덕적 압력에 의해 조절되어야 할 위험의 요소들이 있다고 말할 수 있다. 가령 경제운영의 목적은 이윤추구에만 있는 듯이, 경쟁의 종국은 독점에만 있는 듯이, 사유재산권에는 사회적 의무가 없듯이 탈선할 우려가 있고 또 그러한 탈선이 적지 않게 발생한다. 그리고 시장개방의 원리도 구매자라든가 약자편에서 억울함이 없는 관계에서만 정당한 것인데 이 관계도 잘 지켜지기가 쉽지는 않다. 그러나 도덕적 압력을 제도적으로 강구하고 정부와 시민단체들이 노력하기에 따라서는 자본주의적 운영이 부단히 어느 정도의 자기 쇄신과 조절을 수행할 수 있는 것도 사실이다. 실제로 이러한 자기 수정의 여지 때문에 자본주의는 아직까지 망하지 않았고, 오히려 자본주의의 멸망을 예언하던 사회주의가 스스로 붕괴되는 현실이 나타났다. 여러가지 위험에도 불구하고 또한 자본주의 안에는 인간본성과 자연법에 합치되는 두 가지 주요한 요소가 있다는 것도 널리 설득력을 발휘하고 있다. 그 첫째는 정당한 정도의 사유재산권 원칙이다. 이것은 인간다운 삶의 기본인 자유권의 연장선에서 인정되어야 한다는 것이다. 사회주의권의 경험으로 밝혀진 것은 국유재산제로 인해 전체 인민이 잠재적 태업상태에 떨어져 가난으로 평등화되었다는 점이다. 둘째로 시장개방의 원리는 역시 사회주의적 통제경제가 도저히 따라올 수 없을 만큼 창의와 능률을 발휘한다는 점이다. 오늘날 중국이 해변의 대도시들을 경제특구로 만들고 시장개방 원리를 쓰면서 그것을 '중국식 사회주의'라고 말한다. 그러나 독일에 체재하는 송두율 교수의 저서 『역사는 끝났는가』에서 보면 이것이 역설적으로 '중국식 자본주의'라는 뜻이라고 회화화되고 있다. 인간본성과 자연법에 입각한 이 두 원리에 대한 실제적 대안이 발견되지 못한다면 조급히 '근대철폐' 운동을 제창하더라도 그 이상이 구현되지 못하고 관념화에 공전하게 될 우려가 있다.

자본주의 다음으로는 그 동반 개념인 '근대' 자체에 대해서도 생각할 필요가 있다. 서양에서 '근대'는 대체로 산업혁명 후 공업화의 도약 과정을 기점으로 잡으면서, 여기에 정신적 영역을 보태어 프랑스 시민혁명 이후 민주주의 시기를 뜻하는 것으로 되어 있다. 그러면서 중세의 기점이 애매하듯이 근대의 기점도 애매하며 나라마다 사정이 다르고 다만 편의적으로 헤아려 설정하는 시대 개념이다. 중세가 수백 년에 걸쳐 있고 고대는 더 아득히 긴 시기인 데 비하면 18세기 후반의 산업혁명에서부터 치더라도 근대는 아직 연조가 짧다. 더욱이 서양에서 근대를 Modern Times로 적을 때 이것은 '현대'와 동의어가 되기도 한다. 그러므로 편의적인 현대 지칭은 '최근', '동시대' 정도의 뜻이 되고 만다. 그런데 1917년의 볼셰비키 혁명을 '현대'의 기점으로 간주한 데에는 얼마나 당위성이 있으며 또 지금 그 사회주의권마저 스스로 와해된 단계에서 '근대 이후' 지향이니 '탈근대' 모색이니 하는 데에는 또 얼마나 과학성이 있을 것인가 하는 것은 숙고할 문제라고 생각된다. 더욱이 문학작품을 통해 가치창조의 내용과 예술적 성취도를 평가하는 작업을 가지고 굳이 역사의 시대구분을 수행하는 것이 가능한 일이겠는지 확언하기가 어렵다.

다만 종래에 하우저가 『문학과 예술의 사회사』에서 적어도 1830년경부터 뚜렷해지는 19세기에 오늘날 우리가 속해 있는 사회질서·경제체제·문학형식들이 최초로 제기되었다고 한 말을 우리는 유의할 필요가 있을 것이다. 1830년경은 또 근대화의 이론적 근거로 인용되는 로스토우W. Rostow의 '경제 도약 도표'[10]에서 프랑스 사회에 해당되는 시점이다. 그리고 이 때가 소설가 발자크의 활약이 시작된 시기이다. 그가 『고리오 영감』을 발표한 해가 1834년이다. 이만한 시기가 오기 이전 1789년에 시작된 프랑스혁명은 그 당년에 파리 시민들이 몰려가 바스티유 감옥의 문을 열어젖혔고 '인간과 시민의 권리 선언'을 채택케 하였다. 1792년에 파리 코뮌이 의회와 국왕의 권리를 중지시켰고, 그 다음해엔 국왕 루이 16세를 단두대에서 처형하였다. 1830년에는 입헌군주제가 시행되기 시작하였다. 중도에 나폴레옹의 쿠데타로 상황이 뒤집히기도 했지만 1871년에 다시 강화된 파리 코뮌은 오천 명쯤의 사람을 처형하기도 하였다. 그뒤 1848년의 2월혁명으

---

10) 양병우, 「근대화의 개념」, 《역사학보》 제33호, 역사학회, 1967, 88쪽.

로 보완하여 공화제의 기틀이 확립되었다. 세계 정치사에서 삼권분립의 민주주의가 확립되는 데엔 19세기 근 백 년의 기간이 소요되었다. 그 안에서 인간 사회의 이상과 열정을 둘러싸고 온갖 극단적인 투쟁이 전개되었다. 이 시기가 일반사의 근대를 열어 오늘에까지 이어져오고 있으며, 또한 세계 문학사의 근대도 같은 시기에 시작되었고 특히 1830년대에는 발자크 리얼리즘의 작품적 전개가 시작되었다.

오늘날 우리는 한국문학 전통 안에 조선조 실학의 '실사구시' 문학도 리얼리즘 맥락으로 인정하고 있다. 그러나 세계문학 판도에서는 서구의 19세기 근대 리얼리즘을 우리의 민족문학에도 원리론으로 원용하고 있다. 1970년대 이래 한국문학계에서 고양되어온 민족문학이 원리론으로 삼은 것은 서구의 19세기 리얼리즘이었다. 하우저의 『문학과 예술의 사회사』가 소개되고 그 안에서 하우저의 1830년경 근대문학 기점 견해가 보이고, 이 시기에 발자크의 소설이 해당된다. 그리고 같은 책에서 엥겔스가 하크니스에게 보냈던 편지에 나오는 '발자크 리얼리즘의 위대한 승리' 이론이 또한 소개되었다.

올바른 민족의식을 지닌 작가는 서구문학의 가장 선진적인 주제를 자기 것으로 삼는 동시에 20세기 서구문학에서는 거의 끊어지다시피 된 19세기 리얼리즘 대가들의 전통마저 계승할 수 있는 것이다. [11]

이것은 백낙청의 민족문학론이 19세기 리얼리즘의 방법을 채택할 수 있다고 한 견해였다. 20세기 서구문학에서 리얼리즘의 맥이 거의 끊어진 이유는 서구 나라들이 외국에 나가 식민지를 개척해 원주민을 착취한 것이 본국의 지식층에 가책을 갖게 하고, 따라서 서구의 문학

---

11) 백낙청, 「민족문학 개념의 정립을 위해」(《월간중앙》 1974. 7.), 『민족문학과 세계문학』, 창작과비평사, 1978, 136쪽.

이 혼돈과 난삽을 초래했다는 뜻이다. 이러한 도덕적 가책이 없는 제3세계 나라의 문학은 19세기 리얼리즘의 전통을 살려서 계승할 수 있는 다행한 위치에 있다는 뜻도 된다. 이러한 인식의 대목은 백낙청 비평에 있어서 매우 중요한 단계였다고 생각된다.

그런데 사회주의 세계권의 와해를 보면서 백낙청은 새로운 위기의식을 느끼게 된다고 말한다. "현실사회주의 사회들의 위기와 포스트모더니즘 문화의 대량 유입이라는 극심한 도전, 이는 사회주의 리얼리즘에 대한 도전이자 리얼리즘론 전체에 대한 도전이요, 민족문학론에 대한 도전이기도 하다"[12]는 것이다. 그 이유는 리얼리즘론과 민족문학론이 본디 불가분의 관계에 있는 데다가, 그 사이 리얼리즘은 좋든 싫든 사회주의 리얼리즘에 결부된 바 있었고 심지어 전적으로 그래야 옳다는 주장 또한 적지 않았기 때문이라는 것이다. 그러나 1970년에 리얼리즘 문학론이 고양되기 시작할 때 사회주의 리얼리즘과의 결부는 없었으며, 백낙청도 앞에서 보았듯이 서구 19세기 리얼리즘의 계승이 가능하다고 했었다. '좋든 싫든' 사회주의 리얼리즘과의 결부가 있었다면 그것은 1980년 5월 광주에서의 민중 학살과 20여년의 군사독재에 대한 적개심의 격화에서 빚어진 감정적 충동이었던 점이 있다. 그러나 그것이 공식적이거나 지배적인 현상이었던 것은 아니다. 그러므로 당초에 '19세기 리얼리즘의 전통계승'을 의식했던 한국 70년대 이후 리얼리즘이라든가 여기에 불가분의 관계를 맺고 있는 민족문학론이 도전을 받고 있다고 굳이 생각하지 않아도 될 것이다. 또한 "포스트모더니즘 문화의 대량 유입이라는 도전"도 그것이 실제로 극심하다고 보기가 어렵다. 포스트모더니즘 자체가 하나의 새로운 문명적 대안이 되지 못하는 취약성을 지니고 있기 때문이다.

---

12) 백낙청, 「민족문학론과 리얼리즘론」, 『현대문학을 보는 시각』, 솔, 1991, 174쪽.

필자로서는 루카치가 고대 그리스의 호머와 소포클레스에서부터 시작해 셰익스피어, 디킨즈, 괴테를 거쳐 19세기의 발자크에 이른 리얼리즘 맥락의 범주를 제시한 것과 우리나라 조선조의 실사구시 맥락을 포함해 '광의의 리얼리즘 문학론'[13]을 발표한 바 있다. 이것은 사회주의 세계권의 변동 이후인 1992년에 발표한 것으로서 세계 사정의 그러한 변동에 관계없는 리얼리즘의 의연함을 강조하려 한 것이다. 이때 나는 리얼리즘과 아이디얼리즘의 항구적 대립구도를 제시하려 한 것이 아니라 '리얼리즘 주류론'을 거듭 주장한 것이었다. 고금을 막론하고 인간 각자는 자유의지를 지녔으므로 정신작업의 분야에서는 원칙적으로 다원주의를 인정하지 않을 수 없다. 그 위에서 '주류'를 형성한다는 것은 실상 거의 전적인 지배를 뜻하는 최선의 효과라고 생각해야 한다. 오늘날에도 포스트모더니즘을 봉쇄할 수는 없는 것이며 역시 다원주의에 입각해 그러한 경향의 존재를 긍정하되 하나의 '지류' 정도로 평가하면 그만인 것이다. 필자의 이러한 생각이 '항구적 대립구도'로 리얼리즘이 한계 긍정을 자초하는 양 오해받는 경우도 있다. 또 근대로부터 더 소급되는 중세나 고대의 경우 민주주의 개념의 결여 현상은 시대적 한계로 양해되어야 한다고 필자가 한 말에 대해서도 당파성의 결함을 양해하는 '2분법'이 아니냐는 의문이 제기되기도 한다. 그러나 실상 소포클레스나 셰익스피어 또는 박연암에게서 어떻게 당파성을 기대할 수 있겠는가. 그들은 군주제 자체를 거부하지 않은 시대적 한계를 가지고 있지 않은가. 이러한 생각을 하면서 요는 과거에 대해서도 미래에 대해서도 우리는 좀더 의연하고 넉넉하게 대응하는 것이 바람직하다고 생각된다. 사회주의 세계권이 와해되었다고 해서 자본의 지구화가 과연 나라와 민족의 경계를 빠르게 지워나가게 되거

---

13) 졸고, 「광의의 리얼리즘 문학론」, 《창작과비평》, 1992년 가을호, 창작과비평사.

나, 개별 민족문학이나 세계문학마저 연기처럼 사라질 위험에 처하게
될까. 경제적 유통관계에서 강대국의 이익추구가 강화되는 위험이 있
는 것은 사실이겠으나 세계의 역사가 장차 물질적 역학관계만으로 빠
르게 파탄에 떨어지고 만다고 예상하기도 어려운 문제일 것이다.

유럽의 나라들이 경제적인 사정에서 하나의 유럽 공동체를 형성하
기는 했으나 그렇다고 해서 영국·프랑스·독일이 과연 민족과 국가의
경계를 본질적으로 허물게 되리라고 보기는 어렵다. 미국으로부터 강
요가 있더라도 그 결과는 마찬가지이다. 오늘날 프랑스가 세계의 비난
에도 불구하고 왜 핵 실험을 강행하고 있을까. 그것은 프랑스의 지속
정도가 아니라 위대한 프랑스의 재건에 꿈을 거는 명분이라고 한다. 언
어와 문화전통과 민족적 개성은 인류가 생존하는 동안 좀처럼 소멸되
기는 어려울 것이다.

본질적으로 물질과는 전혀 다른 정신적 존재인 인간과 인류의 미래
운명은 인간본성과 자연법적 질서를 준수하는 노력 여하에 따라 타락
할 수도 있고 발전할 수도 있다는 전망을 버릴 수 없다.

'자본주의적 근대'를 의식하면서 '근대' 극복의 모색은 또한 '분단
체제론'에 연결되기도 한다. 백낙청은 자신의 창안이며 지론인 분단체
제론을 외면하고도 "근대 극복론이 가능할 수 있겠는가"라고 말하기
도 하고, 분단체제론이 민중운동 전체에 방향감각을 보낼 수 있지 않
을까 싶다고 하였다. 무엇보다도 "분단체제 하 어느 한 쪽의 변화는
매우 제한적이다"라는 견해를 말한 바 있다. 80년대에 우리 사회를 휩
쓸었던 사회구성체론과 더불어 "선민주·선통일을 지양한 '분단체제
론'은 논리적 범주에 불과하고 실현은 불가능하다"고 이종오 교수는
보고 있다.[14] 과연 사회 구성체론은 지금 실질적 의미를 인정받지 못

---

14) 이종오, 「분단과 통일을 다시 생각해보며」, 《창작과비평》, 1993년 여름호, 창작과비평
사, 294쪽.

하고 있다. 선통일론도 설득력을 잃었고 누가 더 주장하지도 않는다. 그러면 선민주론은 어떠한가. 분단체제하라고 해서 이것도 제한적이고 불가능한가. 그렇다고는 생각되지 않는다. 4·19 민주혁명도 필요했고 1987년 6월의 시민항쟁은 제5공화국 군사 독재 아래서 대통령 직선제와 민주화에 대한 약속인 6·29선언을 쟁취했다.

앞으로는 군사독재 계열과의 야합이었던 이른바 문민정권의 과도적 시대를 끝내고, 해방 후 누적된 친일과 군사독재 잔재를 청산해 민족의 정체성과 민주주의 정통성을 성취해야 할 것이다. 분단체제 하 남한에서만이라도 인간다운 삶과 정의를 향해서는 제한 없이 역사발전을 추구해야 할 것이다. 그리고 궁극적으로 민족의 통일은 어떻게 이룩해야 할까. 민족문학의 미래 과제도 여기에 연결된다.

"베트남은 총으로, 독일은 돈으로 이러한 양자택일적 논리를 현실적으로 가능케 하였지만 미래에 대한 책임으로서의 우리의 통일이 그러한 방법들을 통해서 가능한지 또한 바람직스러운지에 대해서 깊은 생각을 나누어야 할 것 같다. …풍부한 상상력과 지혜를 위해서 철학과 사회과학의 지식도 필요하고, 과학과 기술은 물론, 문화·예술 그리고 종교 등 모든 것이 동원되어야 한다."[15] 이것은 송두율 교수의 견해이다. 물론 총체적 지혜가 필요할 것이다. 그러나 베트남은 총만으로 된 것이 아니듯이 독일도 돈만으로 통일이 되었다고 하는 것은 간명한 표현 탓이겠지만 논리의 비약이다. 요는 서독으로서도 흡수 통일을 의도하지 않았는데 동독 쪽에서 먼저 스스로 와해되어 이루어진 통일이었다고 한다. 독일의 경우와 한반도의 통일은 성격이 다르다고 말하는 이들이 있지만 궁극에 가서는 다르지 않을 수도 있다는 것이 이종오 교수의 견해이다. 그는 계속해서 말하였다. "남·북의 정치 사회

---

15) 송두율, 「양자택일이 아닌 총체적 지혜를」, 『역사는 끝났는가』, 당대, 1995, 186~87쪽.

16) 이종오, 「해방 50년의 근대화 그리고 통일에 관하여」, 《창작과비평》 1995년 가을호, 창작과비평사, 31, 46쪽.

적 성공은 역설적으로 분단의 안정화를 의미한다. …진정한 근대성의 성취 위에서 분단체제가 해소되어야 한다"[16]고. 이러한 견해는 '근대성의 성취'가 분단체제 해소의 기반이 되어야 한다는 것이다. '탈근대, 근대 극복, 근대 이후'가 민족문학 운동의 대안적 자각으로 고양되어야 한다는 견해와는 다르다. 이것은 필경 문명사적 대안으로서 현실적 가능성이 구체적으로 검증되는 선에서 실천적으로 주장되어야 한다. '탈근대'인가 '근대의 성취'인가. 이것이 분단 극복과 민족문학의 대안으로서 계속 숙고되어야 할 것이다.

같은 시대 상황에서도 서로 다른 견해들은 있을 수 있으며, 이견들 사이에는 정면으로 마주 앉아 서로 직결되는 내용의 대화를 가져야 한다. 대화의 동기는 바로 진리에 대한 사랑이다.

진리와 문학

사회주의 세계권의 와해라는 세계사적 대변동은 그 당시에 한국의 지식사회와 젊은 세대에 예리한 충격을 주었다. 이것은 적어도 80년대라는 한 시대에 걸쳐 반독재 운동을 격화시켜 오는 가운데서 지식인들의 양심이 진보적 성향으로 촉진되었던 사정 때문에 더욱 그러하였다.

우리 사회 전반을 지배하는 정치 냉소주의 또는 극단적인 개인주의와 인간성의 황폐, 그리고 세계적 보수화의 흐름은 진보적 지식인이나 문화 예술가들은 물론이고 젊은 세대에까지 무기력을 확산시키고 있는 것 같다.[17]

---

17) 김종철, 「혁명과 사라진 시대의 변화」, 『아픈 다리 서로 기대며』, 창작과비평사, 1995, 50쪽.

이것은 언론인이면서 문학평론가이기도 한 김종철의 90년대 초 사회 시평이다. 그는 이와 같은 시대 분위기의 갈등을 더 구체적으로 말하였다. "이 사회에서 합법적으로 출판된 수많은 책들을 근거로 보면, 레닌은 목숨을 걸고 인민의 삶을 행복하게 만들려는 세력의 대표였고, 로마노프 왕가는 절대 다수인 인민을 억압하면서 비인간적 삶을 강요하는 지배계급의 최상부였다고 말할 수밖에 없을 것이다." 구 소련의 와해 이전에는 한국에서 뿐 아니라 세계의 모든 나라에서 러시아 혁명사에 관한 책들이 그와 같은 내용으로 되어 있을 수밖에 없었다. 그것이 소련 현장에서의 현실이었기 때문이다. 그런데 그 소련 안에서 스스로 페레스트로이카(개혁) 운동이 일어나 현실이 바뀌었다. 스탈린은 더 먼저 격하되었고 레닌에 대한 추앙에도 이상이 생기기 시작하였다. 그리하여 '레닌그라드'라는 도시 이름이 다시 제정 러시아 시대의 이름인 '페트로그라드'로 바뀌게까지 되었다. 1994년 9월의 모스크바발 외신에 의하면, 러시아의 초·중등학교 역사 및 사회 교과서에서 러시아 정부는, 볼셰비키 혁명을 무장 봉기·쿠데타로 규정하고 "레닌은 권력욕에 사로잡혔던 사람"이라고 기술했으며… 경쟁을 통한 시장경제 이론에 관한 내용을 싣고 있다는 것이다(《조선일보》 1994. 7. 7. 1면). 러시아 현장의 현실이 이렇게 된 후에도 한국의 지식사회에서는 기존 서적 속의 러시아 혁명사 내용을 기억하며 갈등을 떨쳐버리지 못하는 현상이 있다. 진보적 지식인이라고 할 때 '진보'의 개념에 대해서도 이제는 더 생각해야 될 것 같다. 진보는 정치·경제·이데올로기에만 의존하는 것이 아니고 인간본성과 인격의 촉진을 포함하는 개념이 되어야 할 것이다. 또 세계 현실의 갑작스런 변동에 낙담하여 한국의 지식사회나 젊은 세대가 마냥 냉소주의와 무기력에 떨어져 있게 되지도 않을 것이다.

과연 1995년 가을에 이르러서는 광주 5·18의 규명에 지식사회가 나서고 있으며, 젊은 이십대·삼십대층에서도 정치참여를 위한 조직적 연대 움직임이 가시화되었다. 김종철의 「혁명이 사라진 시대의 문화」라는 글에서도 결론은 다음과 같다. "인간이 인간답게 살려고 동지와 하나가 되어 목숨까지 바치는 혁명은 아름답고 숭고한 것이다. … 그것은 혁명일 수도 있고 이런 이름을 받지 못하는 작은 움직임일 수도 있다." 역사에서 쿠데타로 격하받는 혁명도 있고, '작은 움직임'이지만 그것이 진정한 혁명의 견실한 발걸음일 수도 있을 것이다.

본질적으로는 역사적 평가에서 격하당하지 않는 진실, 불변의 '진리' 같은 데에 우리의 문학적 관심이 연결의 끈을 던져야 할 것이다. 리얼리즘을 추구하는 백낙청으로서도 다음과 같은 말을 하기도 하였다.

'근원적 진리'에의 물음에서 나온 이론은 그 자체가 이미 실천과 떼어 생각할 수 없고 실천을 통해 스스로 드러내는 진리의 힘을 지닌다.[18]

그는 「지구 시대의 민족문학」 안에서 이런 말도 하였다. "곡예라면 곡예지만, 사실은 개인의 문학이 민족의 문학이고 세계의 문학이며 마땅히 그 모두가 되어야 하는 문학 본연의 됨됨이를 충실히 따르는 길일 뿐이다." 이것은 '곡예'가 아니다. 원래 '개인'은 하나의 소우주이며 근원적 절대자의 한 분신이다. 구체성 안에서 보편성을 보는 것도 미학적 인식의 한 요체이다. 진리와 더불어 한 인간의 무한한 존엄성에까지 이르면 문학은 완전히 편안해진다. 이것은 나태로서의 편안이 아니고 다만, 충족의 상태이다. 여기에서는 굳이 '탈근대' 추가 자체가 강박이 될 필요도 없다. 또 작가 김동리가 근대 이전 집착으로 일종의

___

18) 백낙청, 「학문의 과학성과 민족주의적 실천」, 『민족문학의 새 단계』, 창작과비평사, 1990, 348쪽.

서사 무가에 머무를 필요도 없었을 것이다. 그가 일찍이 표방한 의미 그대로 '구경적 삶의 형식' 추구로 '높고 참된 문학'에 이르면 되는 것이다.

　김종철의 '작은 움직임', 백낙청의 '근원적 진리에의 물음', 김동리의 '구경적 삶'은 모두 진리에 관련을 맺고 있는 점에서는 같다. 다만 각기 궁극에 이르는 과정에서 인식의 실제 내용과, '현실'에 충실하지 못하는 개념의 과잉 내지 공전이 문제가 된다. 중요한 것은 과거와 미래보다 오늘 우리 앞에 전개된 사건을 책임지는 현실이다. 일반 사물과는 전혀 다른 인간 존재의 문학이므로 초자연적 정신차원과 내면의 끝없는 깊이를 포괄한다 하더라도 그 가운데에 '현실'의 가늠자를 지녀야 진정한 총체성이 이루어진다. 이 현실은 꼭 정치·경제적 의미만이 아니고 '궁색한 일상'의 의미까지 포괄해야 할 것이다. 이렇게 된 다음에 진리에 연대되어야 할 것이다.

　이 글은 일상에서의 의미 긍정까지 다루고 싶었으나 이 대목은 다른 기회로 미룬다. 또한 현단계 한국문학 안에 성취된 작품들을 더불어 논급하는 일도 미처 수행하지 못하였다. 역시 다음 기회의 일로 미루고, 대개 이론적 측면에서 이 변동의 시대 현실과 문학의 문제에 대해 한 차례 검토하였다.

(1995)

Ⅱ. 한국 현대 문예비평사

한국 리얼리즘문학의 형성

1. 객관적 진실의 방법

　문학예술의 기본 방법을 크게 두 가지로 나눌 수 있는데, 그 하나가 아이디얼리즘이며 다른 하나가 리얼리즘이다. 리얼리즘이 객관적 진실의 방식인 데 반하여 아이디얼리즘은 주관적 관념의 방식이다.

　리얼리즘 경향의 문학예술은 그리스·로마 시대와, 중세기 르네상스 시대에도 뚜렷이 나타나 있었지만, 그것이 이론적인 체계로 형성된 것은 19세기에 이르러 발자크의 소설을 근거로 해서였다.

　발자크는 1848년에 완결한 『인간극』의 서문에서 리얼리즘의 방법에 공리성功利性을 투입하는 발언을 하고 있다.

　"작가는 도덕이나 정치의 문제에 관하여 뚜렷한 의견을 가지고 있지 않으면 안 된다. 작가는 자기가 사람들을 교육하는 자라고 보아야 한다. 왜냐하면 의심하기 위해서는 사람들이 스승 따위를 필요로 하지 않기 때문이다."

발자크의 이 발언은 1880년에 에밀 졸라가 발표한 「실험소설론」과 비교할 필요가 있다.

"요컨대 우리는 성격에 대해, 정열에 대해, 인간사에 대해, 또한 사회의 모든 사상에 대해 절개수술을 가해야 한다. 과학적 연구, 실험적 추리야말로 이상주의의 가상을 낱낱이 싸워서 뺏는다."

이와 같은 졸라의 과학주의, 실험주의는 리얼리즘을 자연주의로 전환시킨 계기가 되었다. 그리고 이 자연주의는 결국 한 시대에 국한된 사조가 되었다.

졸라뿐 아니라 플로베르와 모파상까지도 평면적 소재의 사실적 묘사를 추구한 자연주의자였다고 볼 수 있지만, 발자크는 거기서 그치는 작가가 아니었다. 그의 작가적 풍모를 본다면, 복합적 요소가 많아서 사상적으로는 왕당파王黨派와 부르조아 계급의 지지자였으며 소설 문체에는 로맨티시즘의 상상력과 멜로드라마풍의 과장벽이 섞여 있었다.

발자크의 문체가 지닌 이와 같은 특색에 대한 테느의 설명과 변호에 의하면 "발자크는 17세기와 18세기의 살롱 독자들이 아니라 신기하고 센세이셔널하고 과장된 것이 아니면 받아들이지 않는 당대의 사람들, 결국 신문소설의 독자들을 염두에 두었다"는 것이었다. 당시의 다른 작가들이 발자크의 문체를 싫어했지만, 그 시대와 가장 밀착해 있었다는 사실로 볼 때 테느의 관점은 뛰어난 사회학적 문예비평이었던 것이다.

발자크는 무엇보다도 당대의 현실에 밀착해 있었으며 인물과 풍속의 묘사에서 탁월하게 리얼리티를 구사하였다. 당시의 프랑스 사회는 산업주의의 개화기였으며 황금만능의 속물주의가 판을 치는 형국이었다. 그런데 발자크가 소설을 쓸 때에는 철저하게 객관정신이 토대가 되며 그 점에 있어서 발자크는 귀족이 아니었다.

그 결과 빅톨 위고는 "발자크 본인이 원했는지 원하지 않았는지에 관계 없이 그는 작가의 한 사람이었으며 그의 작품으로 미루어 보아 그 작가는 진정한 민주주의자인 것이 분명하다"고 주장하였다.

작가와 작품 사이의 이와 같은 모순의 의미는 다음과 같이 정의되기도 하였다. "작가의 정치적 입장과 작품 사이의 모순을 학문적 연구의 기초가 되는 양상으로 택했는데, 그 이래 진보적인 작품의 작가가 정치적으로 보수적이라는 사실이 모순되는 것이 아니며, 현실을 충실하고 공정하게 묘사하는 진정한 작가는 모두 발자크의 예에서와 같이 이미 계몽적·해방적인 역할을 낳는다는 사실이 명확해진 것이다."(아르놀트 하우저『문학과 예술의 사회사』)

요는 작가의 충실한 리얼리즘이 낡은 상황을 부수면서 새로운 현실을 형성해 나아가는 독자적 기능이 가능하다는 사실이 무엇보다도 중요한 것이다. 비록 발자크가『인간극』서문에서 밝힌 바와 같이 문학 예술의 공리성을 인정했다고 하더라도, 발자크가 취한 길은 '객관적 충실'이라는 태도를 거쳐 목표에 이르는 리얼리즘의 방법이었다.

근대적 리얼리즘의 원형이라고 할 수 있는 19세기 '발자크 리얼리즘'은 뒤이어 러시아에 들어가서 사회주의 리얼리즘으로 파생되었다. 그리하여 20세기 말의 오늘에 있어서 리얼리즘을 논의하려면 사회주의 리얼리즘을 비켜놓고 지나갈 수 없게 되었다.

'사회주의 리얼리즘'이란 용어를 최초로 사용하기 시작한 것은 혁명 초 막심 고리끼에 의해서였지만, 그것이 공식적으로 제창된 것은 1932년 소비에트 공산당 중앙위원회에서였다. 이 자리에서 〈러시아 프롤레타리아 예술동맹〉(RAPF)과 그 외의 문학단체들을 해산하면서 소비에트 작가의 단일 조직 결성을 결정하였다.

그리하여 종래의 '프롤레타리아 문학'에 대치하는 소비에트 문학이라는 명분을 가지고 '사회주의 리얼리즘'의 슬로우건을 내걸었다. 뒤

이어 1934년에 개최된 제1회 러시아 작가대회에 이르러서 사회주의 리얼리즘이 공식적으로 천명되었다.

한국에서도 러시아의 라프, 일본의 나프(NAPF)에 뒤이어 1925년에 카프(KAPF)를 결성함으로써 우선 프롤레타리아 문학운동이 시작되었다. 이 때부터 1930년대에 이르는 동안에 카프는 루나찰스키의 예술론에 영향을 입어 "내용은 형식을 규정한다"고 믿었다. 그리하여 "전위의 눈으로 사물을 보라", "예술은 당의 예술이 되어야 한다!"는 구호를 외치며 볼셰비키화하는 경향이 있었다.

그러나 1928년대에 이르자 카프의 이론가였던 박영희 자신이 프롤레타리아 문학의 어려움을 절감하게 되었다.

예술은 정치가 아니다. 그러므로 작품이 구성되는 조건으로서는 정치나 법률의 조문처럼 일일이 꼭꼭 무엇 무엇에 적합해야 한다는 것은 결코 아니다. 우리는 작품을 자살케 해서는 안 된다. 예술운동이 대중을 획득하려면 작품 없이 가능한 일이 아니다.

— 1928년 10월 3일 《조선일보》

프롤레타리아 문학의 볼셰비키적 공식주의公式主義가 실제에 있어서 참다운 예술작품을 생산하지 못하고 작품 가운데서 생경한 의식의 노출만을 일삼고 있는 데에서 그들은 스스로 당황하지 않을 수 없었던 것이다.

이 시절의 실패상을 뒷날 이원조가 그 원인 면에서 분석한 것을 보면 다음과 같다.

첫째, 인식수단의 하나인 예술을 철학적으로 구명하지 않고 사회학적 범주로 속박시킨 것.

둘째, 조선의 경제적·정치적·사회적인 현실적 토대를 무시하고 외국의 문학이론을 무비판적으로 섭취한 것.

셋째, 따라서 작품 비평에 있어 무사려한 재단을 한 것.

프롤레타리아 문학의 이와 같은 반성도 그 본고장인 러시아에서 먼저 태동했었다. 그리고는 1945년에 가서야 제2회 러시아 작가대회가 열렸는데, 이 작가대회의 토론회 석상에서 작가인 콘스탄틴 헤친이 다음과 같은 발언을 하였다. "사회주의 리얼리즘이란 것이 어떠한 것이냐고 물을 때 '여러 소비에르 작가들의 뛰어난 작품 전체를 통해서 나타나 있어요'라는 답변을 듣는데, 이 때 우리는 번번이 상대의 얼굴에서 실망의 빛을 발견합니다."

과연 이와 같이 사회주의 리얼리즘은 소비에트의 우수한 작품들 전체를 통해서 알 수 있다고 하는 애매한 정의로 그치게 될 때 사회주의 리얼리즘의 이론적 심화란 기대하기 어려운 문제인 것으로 보인다.

오늘날 사회주의 세계권에서 리얼리즘의 일급 이론가로 게오르그 루카치가 있다. 루카치에 대하여 일본의 사사끼 기이찌佐木基一는 "로망에 관한 현대 일류의 이론가로서 리얼리즘 문학론을 조립한 문예학자"라고 말하고 있다. 그런데 이 논문의 결미에서 사사끼는 다시 다음과 같이 평하고 있다.

새로운 리얼리티의 요소가 구체적으로 어디에 있는가에 대해서는 언급하지 않는다. 참된 비평가는 예술적, 역사적 사회분석을 거치고, 리얼리즘에 관해 오늘날 무엇이 가능한 것인가를 보여 주지 않으면 안 된다고 루카치는 말하고 있는데, 여기에 루카치 리얼리즘의 연역적 성격이 명확하게 드러나고 있는 것으로 생각한다.

루카치의 이 연역적 성격이라는 것을 다른 말로 표현하자면 마르크스주의의 공식성에서 떠나 있다는 뜻이 된다.

사실상 루카치 리얼리즘의 생성과정은 사회주의 리얼리즘의 기본 강령에 비하여 이질적인 요소를 띠고 있다. 루카치가 리얼리즘론을 발단시킨 「로망의 이론」에서 그는 로망의 추상적 성격이 가져오는 위험을 다음과 같이 말하였다. "이 세계의 비완결성을, 허약성을, 그리하여 자기소외성을 의식적으로 철저히 끝장을 낸 그 현실을 분명히 하는 것 외에는 없다." 결국 여기에서 리얼리즘의 기초가 서야 한다는 것이다.

이렇게 태도가 완화된 루카치는 첫째 '민주의의적 정신'(고대 그리스에서 개화되었던 민주주의 사회의 이상)을 강조하고, 둘째로 '현실의 객관적 전체성*objektive totaliät*' 이라는 것으로 자신의 사상과 리얼리즘을 요약시키고 있다.

그가 긍정하는 문학권의 범위도 다양하게 확대되어서 톨스토이와 발자크, 그리고 최근대의 보수적 작가들 속에서까지 위대한 리얼리스트상을 찾으려드는 태도를 보였다.

1953년 1월까지도 루카치는 2차대전 후의 자유주의 사회권을 비합리주의 사회라고 지적하고, 특히 "서독의 이데올로기에 파시즘의 중요한 여러 형태가 남아 있다"고 주장하기도 하였다.(『이성의 파괴』)

그가 이 『이성의 파괴』를 탈고한 부다페스트 그 자리에서, 바로 3년 후에 조국 항가리의 자유화를 부르짖는 시민봉기가 발생하였다.(1956년 10월) 그리고 1968년 3월에는 체코슬로바키아의 프라하에서 역시 같은 이유로 정부와 시민이 함께 자유화 선언을 했다. 특히 체코의 자유화 선언 코뮤니케의 제1항은 '완전한 예술의 자유' 였다.

동구의 지성으로서 사회주의 세계의 대표적 문예 이론가라는 루카치는 그러면 오늘에 와서 어떠한 심경에 이르러 있을까. 항가리 봉기가 있은 다음 해에 루카치는 일본 독서계에 「사상적 자전」을 기고한 일이 있다. 그 속에서 루카치는 술회하기를 모스크바 혁명 직후인 1930년대 초두의 그는 마르크스의 기초적 저작, 특히 「경제학·철학 초고」 및 레닌의 철학 유고를 알게 되면서 커다란 기대에 넘쳐 흥분하였으나 그 기대는 날이 감에 따라서 음산한 색채를 띠게 되었다고 한다. 그리고 또한 말하기를 마르크스주의는 이미 자신의 논리학, 미학, 윤리학, 심리학을 소유하고 있는 것이 아니라는 것이었다.

이와 같은 루카치의 태도는 물론 그가 마르크스주의나 사회주의 리얼리즘에 대하여 완전히 실망을 느끼고 전향을 결심했다는 뜻이 되는 것은 아니며 그의 그러한 결심을 쉽게 기대하는 것도 지나친 속단일 것이다. 그러나 적어도 현대 사회주의 세계의 일급 문예 이론가로서도 이른바 사회주의 리얼리즘의 이론적 발전이나 그 적용에 있어서 이미 한계를 드러낸 것이 사실이라는 점만은 앞에서 살펴본 바에 의하여 우리가 알 수 있는 것이다. (이 점에 대해서는 최근에 『이성과 파괴』를 번역한 일본의 데루오까 료우조日暉凌峻三도 역시 증언하고 있다)

그러므로 오늘날 리얼리즘 문학을 논의하는 마당에서는 사회주의 리얼리즘에 대하여 막연히 열패의식을 갖거나 또는 막연히 동경할 필요가 없는 것이라고 생각하게 된다. 그와 같은 두 가지 태도는 똑같이 비지성적인 태도이기 때문이다.

그러므로 세계 문학사 가운데에 의연히 살아서 흐르고 있는 본래의 리얼리즘 기능만을 고구하고 그것을 민족문학의 추진에 유효하게 채용하는 일이 오늘날 우리에게 요청되고 있다.

2. 민족의 전통과 개성

한국에도 리얼리즘 문학이 있었다고 말하는 이들이 있다. 그 경우

염상섭·현진건·채만식·김유정 등의 작가를 드는 것이 보통이다. 그러나 나는 이들이 대체로 자연주의적 성격을 띠고 있었다고 보게 된다. 그들은 인간과 자연과 사회를 있는 그대로 묘사하여 재현하였다. 그들이 사회적 부조리의 문제에 갈등을 느끼고 비판하기도 했지만 그것이 사회의 전모에 대한 충실한 객관적 묘사를 거쳐서 창조적 결실로 발전하지는 못했기 때문이다.

염상섭과 현진건은 당시에 비로소 밀려 들어오던 서구 문예사조에 영향을 입었으며 마치 에밀 졸라를 본뜬 듯이 어두운 뒷골목의 가난한 생활상을 예리하게 묘사해내는 데에 특출한 재질을 보였었다. 그뿐 아니라 그들은 당시 식민지 민족의 울분을 작품에 담기도 하였다.

"적개심이나 반항심이란 것은 압박과 학대에 정비례하는 것이나 기실 그것은 민족적 활로를 얻는 유일한 수단이다…" 이것은 염상섭의 「만세전」에 나오는 귀절이다. 그러나 이 대목에서 보듯이 염상섭의 울분은 아직 어떤 탁월한 비전에는 이르지 못한 상태였다.

또 현진건이 「고향」에는 다음과 같은 노래가 나타난다.

벼섬이나 나는 전토는
신작로가 되고요—
말마디나 하는 친구는
감옥으로 가고요—
담뱃대나 떠는 노인은
공동묘지로 가고요—
인물이나 좋은 계집은
유곽으로 가고요—

소설 속의 주인공이 술에 취해서 부르는 노래인데, "시간과 장소를 떠나서는 아무 것도 존재치 못하는 것이다. 조선문학인 다음에야 조선의 땅을 든든히 디디고 서야 할 줄 안다…"고 그가 말한 일이 있듯이 현진건의 울분은 증언적인 성격을 띠는 상태였다.

염상섭과 현진건에 비하면 채만식의 경우가 현실사회에 대한 인식에 있어서 더욱 포괄적이며 구조적이었던 것 같다. 채만식은 1930년대 중엽부터 일제 말엽에 걸쳐서 활약한 작가로서 가장 현실의식이 강한 진취적 작가이기도 하였다. 일제의 식민지적 통치라는 억압된 상황 속에서 현실의식 내지는 사회의식이 있던 이 작가가 선택한 길은 풍자적 수법이었다. 「레디메이드 인생」, 「치숙痴叔」등이 탁월한 풍자 소설이었으며 그의 대표작이라 할 수 있는 장편 『탁류濁流』에도 풍자적 요소가 섞여 있다.

그의 풍자적 수법에는 이데올로기 성향이 직설적으로 노출되어 있었는데 이데올로기 성향에도 불구하고 그의 소설적 결론은 막힌 사회의 벽을 의식하는 데에서만 그치는 일종의 좌절이었다.

> 노동자와 농민은 무대를 잡았다. 그들에게는 조선 문화의 향상이나 민족적 발전이나가 도리어 무거운 짐을 지워 주었을지언정 덜어 주지는 아니하였다.
>
> 인텔리… 인텔리 중에도 아무런 손끝의 기술이 없이 대학이나 전문 학교의 졸업증서 한 장을 또는 조그마한 보통 상식을 가진 직업 없는 인텔리… 부르조아지의 모든 기관이 포화상태가 되어 더 수효가 아니 느니 그들은 결국 꾀임을 받아 나무에 올라갔다가 흔들리우는 셈이다. 개밥의 도토리다.
>
> —「레디메이드 인생」 중에서

단지 눈에 띄는 남의 불행을 차마 보지 못해 제 힘 있는 껏 그를 도와주고 도와주고 하는 데서 만족하지 않고, 그 불행한 사람들의 존재라는 것을 인식하는 데로 눈을 돌리게 된 것은 승재로서 일단의 발육이라 할 것이었었다.

그러나 그는 겨우 양으로 눈이 갔을 뿐이지 질을 알아낼 시각엔 이르지 못했다. 그렇기 때문에 소박한(타고난) 휴머니즘 밖에 없는 시방의 승재의 결론은 절망적이었다. 아무렇게도 할 수 없다는 대답 밖에 나오지 않았다.

승재는 갑갑했다. 그러나 마침 계봉이로 해서 서울로만 가고 싶었다. 그러던 계제에 서울로 올라갈 기회가 생겼다.

—『탁류』 중에서

이와 같은 이론들이 채만식 소설의 결론이었다. 이 소설들을 분석해 볼 때에 철두철미 생활의 구체성 속으로 밀착해 들어가지 않고 기존 이데올로기의 논리를 표면에 노출시킨 것이 첫째 과오였다고 지적할 수 있다. 둘째로는 이 노출된 논리 때문에 기존 사회체제의 지배적 제재를 떠밀고 전진해 나간 반도가 없어져 버렸다.

채만식의 논리적 좌절이 사회주의 이데올로기의 전망을 숨기고 있다고도 볼 수 있기는 하다. 그러나 어떠한 사상에 관해서든 간에 리얼리즘의 소설은 거기에 전제적으로 속박되어 있어서는 안되는 것이다. 다만 객관적 충실성을 가지고 인간 정신의 승리로서의 진실을 형상화해야 하며 그렇게 할 수 있는 것이 리얼리즘인 것이다.

때문에 보수주의자였던 발자크였는데도 민주주의적인 작품을 쓰게 되었던 것이며 여기에 리얼리즘의 비결이 있는 것이다. 이 비결을 체득하지 못한 때문에 가장 리얼리스트가 될 수 있었던 채만식에게서도 리얼리즘 문학이 탄생하지 못했으며, 30년대 한국문학에서 리얼리즘의 성립이 실패했던 것이다. 채만식과 그 외의 자연주의 작가들에게 리얼리즘의 요소가 적게 또는 상당히 내포되어 있었던 것은 사실이다.

그러나 그것이 완성된 리얼리즘은 아니었다는 말이다.

리얼리즘을 자연주의, 그 외의 모든 아이디얼리즘으로부터 구분하는 데에는 커다란 신중이 필요하게 된다. 리얼리즘의 요소는 모든 시대의 모든 작가에게 공존해 있을 수 있기 때문이다. 한 작가의 작품들 가운데서도 어떤 작품은 리얼리즘 계열인가하면 다른 작품은 아이디얼리즘 계열인 수가 있다. 심지어는 한 작가의 한 작품 속에서까지도 리얼리즘과 아이디얼리즘이 섞여 있는 예가 있는 것이다.

그러나 이와 같이 혼성적인 성격을 지닌 작가는 혹 리얼리즘 스타일의 작품을 써도 그것이 내용에 있어서는 리얼리즘에 비해 역시 일정한 차질을 드러내게 된다.

아이디얼리즘 속의 애매성에서 발생하는 위험을 더욱 세분해 보면 "서정적인 한계, 극적인 것에의 초월, 시대적인 상황을 목가풍의 한 소박한 장소에 국한시키는 것, 또는 단순한 오락적 읽을거리에의 타락"으로 나타나게 되는 것이다.

신문학 출발 이후 오늘날까지도 한국문학 속에 강력히 작용한 성격은 이 '아이디얼리즘의 애매성'이었던 것이다.

여기에서 우리는 한국문학 속에 비로소 리얼리즘의 양식이 실현되어야 하겠다는 본질적인 요청을 깨닫게 되는 것이다.

다음으로 리얼리즘이 적용될 주체적 바탕이 확인되어야 한다. 이것을 민족적 전통이라는 말로 바꾸어 불러도 좋을 것이다.

현대에 있어서도 포괄적인 세계관이 뿌리박을 수 있는 근거는 역시 민족일 수밖에 없다는 인식이 우리의 문학작업 속에서도 긍정되어야 할 것이다. 여기에서 민족을 존중하는 뜻은 인류학적, 동물학적 민족주의가 아니다. 또는 일부 사회주의자들이 우려하는 국수주의, 비합리주의, 제국주의화의 성격을 지닌 민족주의도 전혀 아닌 것이다.

원래 순수한 원형의 민족주의는 독일에서 피히테와 당시의 역사학

파에 의해 형성되었으며 19세기의 서구 정치사상을 지배하는 원리였
다. 그것이 한 때 파시즘에 이용되었고 또 자본주의의 진전에 따라 제
국주의적 요소가 끼어든 점을 부정하기는 힘들 것이다. 그러나 제2차
대전 후 식민지적 예속에서 해방된 동남아시아와 아프리카 지역의 신
생국들이 현실적으로 채택하게 된 근대적 민족주의는 오늘날 세계사
의 새로운 전환을 촉진시키고 있다.

이 신생국들은 경제적으로 신민지적 자본시장의 입장을 벗어나 자
주적인 근대 산업을 촉진하고 있으며 선진 자본주의 국가들에 대한 상
대적인 수출국가로 성장하고 있다.

이와 같은 새로운 현상은 "민족문화의 유지와 강화, 문화적 개성의
가치와 그 결정으로서의 참된 민족주의"의 구현을 전망케 하고 있다.
설혹 이와 같은 전망에 현실적인 어려움이 잔존한다 하더라도 그것이
우리의 이상인 것만은 사실이다. '문학적 개성의 명맥' 그것이 곧 민
족의 전통이다.

세계문학사상 민족적 토양을 떠나서 개화할 수 있었던 문학의 예는
거의 없다. 영문학의 사실상 첫 장인 초서기期의 문학도 한 좋은 예가
된다. 영어와 프랑스어의 혼혈어였던 앵글로 노르만어가 득세하던 시
대에 초서(*Geoffrey Chaucer*, 1340~1400)는 프랑스와 이탈리아 두
선진 문화권으로부터 세련된 언어와 문학의 형식을 직접 번역하면서
배우고 받아들이기에 몰두하였다. 그러나 그것은 모방이 아니라 소화
였으며 종국에 가서 초서는 아직 거칠었던 앵글로색슨의 언어로 독창
적인 문예 작품을 창작하는 데 성공하였다. 그 때에 씌어진 작품이
「켄터베리 이야기」로서 이 한 편으로써 이미 프랑스와 이탈리아의 시
에 어깨를 겨루는 경지에 올라섰다.

우리 나라에서 최초로 씌어진 소설 형식의 글은 『금오신화金鰲新話』
다. 작가 김시습은 이 소설을 중국의 유명한 전기소설인 『전등신화剪燈

新話』에서 그 형식을 빌어 왔으며 또한 사용한 문자도 한자인 것이다. 그러나 그 소설의 내용, 즉 작품의 배경과 인물, 풍속 일체가 순수하게 한국적인 것으로 되어 있다. 그리고 더욱이 중국·일본 등 외족의 침략에 대한 적개심과 창업 이래의 민족사에 대한 절절한 송사頌詞까지 들어 있다. 그런데 이『금오신화』가 1884년에 일본에 전해져 도쿄에서 출판되었을 때 그 곳 학자들이 서문에서 말하기를 중국의『전등신화』보다 그 질에 있어서 더욱 우수한 작품이라고 하였던 것이다.

『금오신화』와 같은 단적인 예 뿐 아니라 신라의 향가문학에서부터 고려가요, 이조 말의 판소리 문학, 그리고 신문학 60년대에 이르는 전통의 저변적 맥락이 현대 한국문학의 주체적 바탕이 된다.

이 바탕 위에서 30년대의 자연주의 문학은 한국 리얼리즘 문학의 예비적 수련의 성격을 띠고 사실적 문장을 개척해 놓았다. 그리고 다시 60년대를 전후해서 리얼리즘의 요소를 내포하는 작가들이 상당히 등장하였다.

한국 사회에 시민의식과 역사의식을 성숙시킨 4·19 혁명에서 이들은 한층 리얼리즘의 경향으로 촉진되었다. 60년대 말, 70년대 초에 이르러 이들은 각기 양식이 다양한 채로 한국적 리얼리즘 문학을 담당하고 나설 수 있는 체질을 갖추고 있는 것으로 보인다.

그리고 이 리얼리즘 경향의 창작적 실제는 지금 어떠한 상태에 이르렀는가. 이 점까지를 검증해 두는 것이 오늘 우리가 한국적 리얼리즘 문학의 형성을 살피는 마지막 과제가 될 것이다. 이 과제를 푸는 데 있어서 하근찬의 소설「삼각의 집」을 예로 들 수 있을 것 같다. (이 작품을 예로 들 수 있는 것은「수난이대受難二代」,「왕릉王陵과 주둔군駐屯軍」,「붉은 언덕」등 이 작가의 다른 작품들이 참작된 결과다.)

— 국내 사진 콘테스트에 두어 차례 입선한 일이 있는 P군한테 놀러 갔

다가 책 한 권을 빌려가지고 왔다. 책꽂이에서 아무거나 한 권 뽑아 펼쳐
보다가 꽤 재미있는 것이 있어서 좀 차근차근 보고 싶은 생각이 들었던 것
이다. 이 사진책을 보자, 나보다도 국민학교 2학년짜리 영일이가 더 좋아
했다.

　"야! 이 자식 깡통하고 꽃하고 들고 있다!"

　「알제리아의 소년」이라는 제목의 사진을 보고 하는 말이다. 중동아시아
나 북아프리카 사막 지대에 흔히 있는 소도시의 뒷골목, 그 비뚜름하고 희
끄무레한 담벼락에 남루한 옷을 걸친 소년이 한 손에는 불란서 문자가 선
명하게 찍혀 있는 깡통을 들고, 한 손에는 하얀 꽃을 한 송이 들고 있는 사
진이었다. 영일이가 "야! 이 자식"하고 두 눈을 반짝거린 것처럼 나에게도
무엇인가 생각하게 하는 사진이었다.

　나는 단순한 미적 감각만을 앞세우고 찍은 사진은 별로 높이 사지 않는
다. 물론 미의식이 결여되어서는 작품이 되질 않지만, 그것과 함께 현실을
보는 눈이랄지 인생과 역사를 생각하는 마음 같은 것이 잘 작용해 있지 않
으면 깊은 맛이 우러나질 않는 것이다 ―

　「삼각의 집」 서두를 추려 보면 이렇게 되어 있다. 이 인용 부분의
끝에서 보이는 '미의식, 현실을 보는 눈, 인생과 역사를 생각하는 마
음, 깊은 맛' 등에서 이미 이 작가의 리얼리즘이 개진되고 있다. 그러
나 사실상 이 작가는 소설 속에 이데올로기의 논리를 노출시키는 것을
극히 경계하는 편이다. 앞에 인용된 논리적 요소도 실은 사진을 구경
하는 맛이라는 조건 속에 감추어져 있는 상태다.

　따라서 「삼각의 집」의 소설적 전개도 자연스러운 생활의 구체적 진
전에 밀착하여 사실적인 묘사로써만 이루어져 있다. 그런데 그 사진첩
에서 크리스마스 장식을 한 미국의 '개집'이 나타난다. 큼직한 삼각형
의 집이었다. 소설 속의 주인공 '나'는 "개집보다도 못하지만" 새로

집을 지었으니 한 번 놀러 오랬다는 사촌 처남의 집 이야기에 착상되어 미아리 산꼭대기를 찾아간다. 그것은 흡사 개집이었다. 아직 글자가 생생한 레이션박스 등으로 이은 지붕만이 뾰족한 삼각의 집. 그 집에서 처남은 낡은 트럼펫으로 아리랑을 불어대며 꿩 새끼들을 기르고 있다. 처남네 집은 결국 무허가 판자촌이라 철거를 당하는데 그 자리에 역시 뾰족한 삼각형 지붕의 교회가 선다고 그 투시도가 신문에 발표된다. 신문기사의 제목은 다음과 같았다. "가난한 자에게 하나님의 은혜를" "미아리에 새 교회 건립 확실시."

주인공 '나'가 역시 그 사진하는 P군이 구하는 '한국적인 소재'를 안내하느라고 미아리 삼각의 집을 다시 찾아갔을 때 막 판자집이 강제 철거를 당하고 있으며 처남은 꿩 새끼들을 황급히 불러 모으느라고 트럼펫으로 아리랑을 정신 없이 불어대고 있고, '나'는 콧잔등이 시큰해진다. 그 판자촌이 철거된 자리에 가난한 자에게 은혜를 베푼다는 교회 건립 기사를 우연히 발견했을 때 '나'는 "어취! 어취! 어취!…" 재채기를 한다.

이 소설의 전편을 통해 작가의 사실적인 디테일 묘사는 계절적인 기후에서부터 생활의 풍속, 어색한 미소의 표정, 소주에 취한 처남의 눈꼽에 이르기까지 착실하여 오늘의 역사 속에 들어 있는 인간과 생활과 한국적 상황 현실을 객관적으로 충실하게 형상화해 놓은 것이다. 그러면서 이 소설에서 부각되는 몇 가지 요점이 있다. 그것은 개집과 판자집과 진리의 교회라는 동형의 삼각형 집들이 일으키는 갈등이며, 알제리아의 깡통에 찍힌, 그리고 한국의 판자집 지붕에 찍힌 외국 문자의 유사성이다.

그 결과 이 소설에서 재음미하게 되는 문제는 "콧잔등이 시큰하는 것과 연발하는 재채기"의 의미다. 관점에 따라서는 이 의미를 소극주의라고 풀 것이다. 그러나 이것은 우선 한국인의 성격 그대로를 의미

한다. 용렬할 정도로 착하게만 참으면서 안으로 도사려 의젓해지는 성격이다.

다음으로 문학예술의 방법으로서 이 의미를 어떻게 풀어야 할까. 리얼리즘의 소설이 가장 경계해야 할 것은 설교와 열띤 웅변과 시사적 설명과 더욱이는 관념화한 사설의 노출이다. 이러한 요소들은 리얼리즘이 최후로 배제해야 할 선입견의 군더더기이기 때문이다.

하근찬이 코와 목구멍의 생리적 충동만으로써 소설의 결론에 대해 시치미를 떼는 기교가 일견 희화적 발상의 인상을 줄지도 모르겠다. 그러나 그것은 다만 앞에 보인 요소들의 군더더기를 피하는 방편이 된다. 그리하여 소설 속에서는 코와 목구멍의 충동으로 끝나고 있지만 독자에게 가서는 머리의 이데올로기적 요인과 가슴의 열기가 스스로 시동하게 해 주는 결과가 된다고 할 수 있다.

「三角의 집」이 독자에게 스스로의 시동을 주는 강도에 있어서는 충분치 못한 점이 있다 하더라도 독자가 수동인이 되지 않고 능동인이 되도록 해 준 기교는 리얼리즘의 객관성에 합치하는 방법으로 평가될 수 있다. 이 하근찬의 예는 종국적으로 만족할 만한 성과라는 뜻은 물론 아니며 다만 방법상의 가능성을 지적했을 뿐이다.

한국적 리얼리즘의 대하와 같은 문학은 이제부터 미래에 거는 우리의 기대인 것이다.

여기까지로서 한국의 현대문학이 리얼리즘을 방법론으로 그리고 비평정신으로 적용하고 육화해야 할 긴요성 및 그 원리에 대해 살펴 보았다. 이 한국적 리얼리즘의 형성이 원만히 성취되는 데에 따라서 오늘의 한국문학이 비로소 근대적인 체질과 능력을 갖추게 될 것이며, 이 리얼리즘의 문학은 한국 현대문학의 창작적 실제와 문학사의 전진에 토대가 되는 원리를 제공하게 될 것이다.

아울러 이 리얼리즘의 문학이 일시적, 지역적 풍조로 이해되거나

획일주의를 고집하는 도식으로 이해되어서는 안된다. 대하의 수심은
산만한 요동이 없이 전진하는 것처럼 리얼리즘의 문학은 다만 주류의
저변을 이루는 데에서 그쳐야 할 것이다.

(1970)

70년대 비평문학의 현황

1.

  한국의 비평문학은 1960년대로부터 1970년대 전반기에 걸쳐 활발
한 작업을 벌여 왔다. 큰 주제들만을 보아도 이 기간에 '참여문학',
'리얼리즘문학', '민족문학'을 둘러싼 일련의 비평작업이 때로는 왕성
한 논쟁을 수반하면서 전개되어 왔다. 70년대 후반기에 접어들면서 쟁
점에 따른 토의가 가라앉았으므로 겉으로는 비평문학계의 작업이 부
진한 것처럼 보인다. 그러나 실제로 내면을 보면 전반기까지에 있었던
주요한 작업들을 한 차례 정리하고 있는 사실이 눈에 띈다. 이 정리작
업은 최근에 출간된 몇 권의 문예 비평집 안에 나타나고 있다.

  염무웅 저『한국문학의 반성』, 김병익 저『한국문학의 의식』, 이상
섭 저『말의 질서』, 김현·김주연 편『문학이란 무엇인가』, 임헌영 편
『문학논쟁집』(『한국문학대전집』 부록 1) 등이 1976년 1월부터 6월 사
이에 출간되었다. 『문학이란 무엇인가』 속에는 유종호·천이두·김
현·염무웅·김치수·김주연·김우창 등의 비평과 이 밖의 몇 명의

비평이 더 실려 있다. 『文學論爭集』 속에는 한국 근대 문예비평의 주요 사조 및 쟁점별로 수많은 비평들이 실려 있다. 이 논쟁집에서 70년대의 비평 주제들에 직결되는 바에 따라 이철범 · 백낙청 · 임헌영 · 필자 등의 비평이 우선 논거를 제공할 수 있겠다.

위에 든 비평집 외에도 신간된 약간의 비평집이 더 있다. 그러나 여기에서는 60년대와 70년대 전반기에 주요 비평 주제로 제기된 '참여문학', '리얼리즘문학', '민족문학'에 관련된 범위 안에서 비평 문헌들을 살펴보려 한다. 이 세 가지 주요 주제에 관련하여 더 많은 비평들이 있기도 하지만, 위에 든 비평가들의 비평 속에서 문제의 핵심들이 다루어질 수 있겠으므로 검토와 논급의 범위를 여기에 맞추려 한다.

위 주제들이 논의되어 오던 과정에서 서로 다른 관점에 따라 상반되는 비평계열이 형성되기도 하였고, 논쟁의 내용 중에는 다소 미숙한 논리 표현들이 개재되기도 하였다. 그러나 위 주제들은 한국 현대 문예비평사에 있어 가장 광범하고 첨예한 지성을 필요로 하는 것이었으므로, 어느 정도의 혼란이나 부작용은 불가피한 것이었을 것이다. 이 과정을 한 차례 거친 현단계에 있어서는 비평가 각자의 주관과 개성이 드러나게 되었고 비평의 시각과 유형들도 대체로 정돈이 된 느낌이 있다. 이제부터는 어떤 유형의 비평방법이 보다 가능성을 가지며, '한국문학'의 존립과 발전을 위해 당위성을 지니는지를 구명할 단계가 앞으로 남아있다. 이 소론은 그 당위성을 밝히는 일에 이바지될 수 있기를 목적으로 삼는다. 그러기 위해 앞에 든 비평 이론들을 서로 대응시키면서, 필요한 경우 필자의 견해를 개입시켜 보충하는 방법을 사용하려 한다.

2.

문예 창작의 자세와 방법론에 관련하여 유종호는 '무엇'과 '어떻게'라는 두 요소를 제기하였다.[1] 이 두 요소는 서로 떼어놓을 수 없는 것이지만 작가나 비평가의 개성에 따라서 '어떻게'를 보다 중시하는 경우가 있고 반대로 '무엇'을 보다 중시하는 경우가 있다. 당자들은 수긍하지 않을 수도 있지만, 70년대의 한국 문예비평계에 나타난 방법론의 유형이라는 것은 바로 이 '무엇'과 '어떻게'에 보다 접근되어 있는 상태에 따라 형성되었다고 여겨지고 있다.

> 문학의 본류는… 단정하는 것보다 제시하는 것이며 알으켜 주는 것이라기보다 보여주는 것이다. …보여줌은 보여줄 사실의 발견이 있기 전에는 불가능하다. 대체로 작가는 테크닉에 의해서 취급할 가치가 있는 사실을 발견한다.[2]

이와 같이 '테크닉'을 중시하는 이상섭은 '어떻게'에 보다 접근되어 있다고 보게 된다. 그는 "테크닉은 곧 발견"이라는, 보여줄 만한 사실의 발견이라는 마크 숄러의 주장은 받아들일 만한 데가 충분하다고 말함으로써 이 입장을 더욱 분명히 하고 있다.

그는 "좋은 작품은 작가의 내면적 충돌과 갈등의 결과"라고 말하며 선택주의와 획일주의를 거부한다. "예컨대 민족주의, 계몽주의, 또는 참여문학이라는 결론은 획일주의나 선택주의의 한 표본임이 틀림없다"[3]고 말한다. 이렇게 될 때 '발견으로서의 기법'은 그 구체적인 방법과 가능성을 더 상세히 밝혀줄 것을 요청받게 된다. 그러나 이상섭은 이 문제에 관하여 '작가의 내면적 충돌과 갈등' 외에 별다른 표현

---

1) 유종호, 「누구를 위해 쓸 것인가」, 『文學이란 무엇인가』, 문학과지성사, 1976, 69쪽 참조.
2) 이상섭, 『말의 秩序』, 민음사, 1976, 17. 21쪽.
3) 앞의 책, 26쪽.

을 보여주지 않고 있다. 그리고 그는 다시 작가의 비전, 신념, 비판정신, 해석, 사상체계 등을 긍정적으로 언급하면서, 작가가 사물을 보는 각도는 "역사를 통해 인류의 체험을 폭넓게 해석한 근본적 사상체계와 주요 종교와 이념이 줄 수 있을 것"이라고 말한다. 이 '각도'야말로 기법의 첫걸음이 된다고도 볼 수 있겠는데, 그렇다면 사상체계와 이념을 내용으로 하는 '무엇'으로부터 기법 즉 '어떻게'가 나온다는 이론처럼 들리기도 한다. 결국 이상섭은 "문학의 사상성 운운하면서 테크닉과 형식을 무시한다든지, 탈이념적 심미주의를 내세우며 순수 형식의 미 운운하는 것은 위험스럽다"[4]고 말하고 있다. 이렇게 되면 이 비평의 초두에서 강조된 '발견으로서의 기법'은 새삼스레 강조되었어야 할 동기를 잃게 된다. 왜냐하면 '무엇'을 중시하는 편이라고 하는 리얼리스트라 할지라도 '어떻게' 즉 기법을 무시하는 문학가는 원칙적으로 존재하지 않기 때문이다. 이 점에 관해서는 유종호의 비평에서 대응점이 제시되고 있다.

'무엇'과 '어떻게'란 본시 경직한 이원적 판별을 허용치 않는 하나의 응어리임은 '무엇'을 쓸 것이냐는 필연성이 스스로 하나의 형태로 발전되어 나간다는 표현의 실제를 상기해 보면 알 수 있다. 그러나 '어떻게'가 선행하지는 않는다. '무엇'의 필연적 발현으로서의 형태가 '무엇'에 앞설 수는 없고, '무엇'에 앞서서 '어떻게'에 기울이는 성실도는 그것이 아무리 가상한 경우에도 필경은 장인적 성실을 넘어서지 못한다. '어떻게'의 강조는 '어떻게'를 경시하는 사람에 대한 경고가 될 수 있을 뿐 그 자체가 자립적인 명제가 될 수는 없다.[5]

---

4) 앞의 책, 29쪽.
5) 유종호, 「어떻게 쓸 것인가」, 앞의 책, 69쪽.

이렇게 주장한 유종호는 더욱 부연하여 '어떻게'에 중점을 두면서 달리는 아무 여유가 없어하는 작가는 실상 자신의 무력감을 고백하는 것이며, 그 태도를 미덕으로 본다 하더라도 소극적인 미덕 이상일 수가 없다고 하였다. 또한 유종호는 '참여' 문제를 거론함으로써 이상섭에 대응되고 있다. 이상섭이 획일주의라는 이유를 들어 참여를 거부한 데 비해 유종호는 '선전'으로 모함당하는 사실에 항의하면서 '참여'를 옹호한 데서 약간의 뉘앙스의 차이는 있으나, 참여에 대한 찬·반 관계로서 대응되고 있다.

참여문학은 문학 본래의 기능을 의식하고 현세기의 중요 특징인 이성의 확대를 다시 의식화한 것에 지나지 않는다. 참여에서 곧 선전을 연상하는 못된 버릇이 우리에게는 있다. …우리는 교육을 교육이라고 부르며 선전이라고 부르지는 않는다. 휴머니스트의 인류애의 호소를 선전이라고 부르지 않는다. 그러나 우리가 서 있는 현실을 밝히고 거기에 서 있는 자기를 드러내어 공명을 얻고 또 무심히 간과할지도 모르는 상황에 부단히 눈떠 있게 하는 것을 희구하는 문학에 대해서는 선전이란 상서롭지 못한 이름을 붙이는 것은 아무래도 수상한 일이다. 굳이 그런 이름을 붙인다면 향수자享受者의 태도 형성에 영향력을 미치는 모든 문학이 적용된다.[6]

유종호는 이와 같이 격앙되어 참여문학을 옹호하고 있다.

또한 이보다 앞서서 50년대 말로부터 김우종·김병걸·김수영 등이 참여문학을 주장했고, 김양수와 그 밖의 몇 명이 참여문학을 거부한 논리들을 산발적으로 전개해 왔다. 요컨대 한국의 참여문학론은 서구의 앙가주망 이론과도 성격이 다른 것으로서, 한국문학이 8·15 해

---

6) 앞의 글, 68쪽.

방 이후 치우쳐 온 이른바 '순수문학'으로부터 그 시각을 현실상황에 확장하자고 하는 주장을 둘러싼 일련의 논의였다.

3.

참여문학을 둘러싼 이같은 찬·반 논의는 대체로 1970년 이전에 이루어졌다. 1970년부터는 리얼리즘 문학을 둘러싼 찬·반 논의가 자리를 바꾸어 앉았기 때문이다. 이 리얼리즘 논쟁은 50년대 말부터 60년대에 걸쳐 몇 갈래의 흐름을 이루며 지속되어 온 참여문학 논쟁의 발전적 단계였다. 따라서 전에 참여문학을 옹호하던 비평가들은 계속하여 리얼리즘 문학을 옹호하게 되었고 참여문학을 반대하던 비평가들은 계속하여 리얼리즘 문학을 반대하게 되었다. 70년 이전에도 간혹 리얼리즘 문학이 거론되는 일이 있었다. 이런 경우들은 30년대 염상섭·현진건 등의 소설을 신문학사에서 자연주의 또는 사실주의로 기술해 놓은 데에 기인하는 타성적 발상으로서 19세기에 비롯하는 근대 리얼리즘 문학이라든가 한국 리얼리즘 문학의 원리론을 수반한 것이 아니었다. 또 백낙청이 67년에 한국소설에서의 「리얼리즘 전망」을 《동아일보》(8월 12일자)에 발표했는데, 이것도 짤막한 시감이었다.

시대정신의 발전은 역사의 합법칙성에 떠밀려서 되는 것이지만 그 발전의 계기는 마치 우연처럼 발단되는 수가 있다. '70년대 리얼리즘 문학론'이야말로 우연처럼 발단되었다. 그 발단은 1970년 4월호 《사상계》지가 마련한 좌담 「4·19와 한국문학」이었다. 좌담 참석자는 김윤식·김현·필자·임중빈(사회)이었는데, 이 좌담에서 특히 필자와 김현 사이에 리얼리즘 문제를 둘러싸고 견해 차이가 생겼다. 필자는 4·19에서 보듯이 시민층의 형성이 어느 정도 이루어졌으며 이를 근거로 한국 리얼리즘 문학이 본격적으로 출발할 수 있는 계기를 맞이했다고 말하고, 근대 리얼리즘의 원류로서 19세기 발자크 리얼리즘의 원리를 거론하였다. 이 때 필자는 위고 · 테느 · 하우저 등의 증언을 인용하여, 발자크가 왕당파의 보수주의자였음에도 불구하고 객관적 사회현실을 공정하고 충실하게 그리다 보니 민주적이고 진보적인 작품을 낳았음을 지적, 리얼리즘의 독특한 독립적 기능과 원리를 설명하고, 이 리얼리즘 본래의 기능은 면면히 살아서 오늘의 한국문학에도 창작적 원리로 적용될 수 있을 것이라고 주장하였다.

이에 대해 김현은 다음과 같이 반론을 제기하였다.

> 예술가로서의 리얼리스트란 자신의 의사에 반하는 사람일 겁니다. 발자크의 신흥계급에 대한 지독한 혐오가 그를 위대한 리얼리스트로 만든 것 아닙니까? …결국 중요한 것은 발자크는 '자신의 의사에 반反한' 리얼리스트라는 점인데, 그것은 현실을 냉정히 직시한 데서 얻어진 것이라기보다는 '망할놈의 현실' 하는 식의 조소에서 얻어진 것인지도 모르지요.[7]

뒤이어 필자는 좌담회 자리에서의 견해를 보완하여 「한국 리얼리즘 문학의 형성」[8]을 발표했고, 이에 대응하여 김현은 「한국소설의 가능성-리얼리즘론 별견瞥見」[9]을 발표하였다. 여기에서부터 본격화된 70년대 리얼리즘 논쟁에 대해 김용직은 다음과 같이 증언하고 있다.

> …리얼리즘이 우리 주변에서 다시 거론된 것은 70년대에 접어들고 나서의 일이다.
> 이제 이 때의 논쟁을 구체적으로 살피면 한국 문학의 새로운 지평을 타개하기 위해 리얼리즘의 수용을 필요하다고 본 것이 구중서 · 염무웅 · 김

---

7) 좌담, 「4 · 19와 韓國文學」, 《사상계》, 1970년 4월호, 142쪽.
8) 구중서, 「韓國 리얼리즘文學의 形成」, 《창작과비평》, 1970년 여름호.
9) 김현, 「韓國小說의 可能性」, 《문학과지성》, 1970년 가을호.

병걸 등이었다. 그리고 그에 대해 반대 입장을 취한 게 김현이었다. 우선 김현의 글은 구중서가 쓴 「한국 리얼리즘문학의 형성」이 발표된 얼마 뒤에 나왔다. 따라서 자연 구중서의 것과 대조 검토해 볼 필요가 있다. 「한국 리얼리즘문학의 형성」에서 구중서가 '민족문학의 전통과 개성'을 강화하고 '체제적 작위의 폭력'을 배제하기 위해 리얼리즘 문학의 건설을 필요한 일이라고 본 데 대해, 김현은 전혀 다른 주장을 내세웠다. 그는 우선 서구에서 리얼리즘이 미학 없는 예술을 의미하여 르포르타아즈에 떨어질 위험성을 안고 있을 뿐 아니라 그 형이상학이 너무도 소박한 느낌이었다고 전제하였다. 그리하여 그 기법이 한국 소설에 원용된다고 해도 바람직한 경지가 개척될 수는 없으리라는 비관론을 폈던 것이다. 한편 김현의 글 「한국소설의 가능성」에 대한 반론은 염무웅과 김병걸에 의해 거의 동시에 작성되었다.[10]

김현의 「한국소설의 가능성」은 리얼리즘이 한국에서는 불가능하다는 이유를 최인훈의 견해를 빌어서 주장하였다.

최인훈이 파악하고 있는 리얼리즘의 원형은 시민계급의 형성이라는 국내적인 문제와 한 국가를 민주사회이게끔 하는 식민지의 개척이라는 국외적인 문제가 만나는 좌표에서 찾아질 수밖에 없다. (그것을 소설화시킨 것이 「회색인」이다) …한국에서의 리얼리즘은 원숭이 놀음에 불과하다는 지극히 비관적(!)인 것이다. (지극히 비관적이다! 왜? 리얼리즘만이 문학의 정도라면 정도를 걷지 못하게 처형된 한국의 상황이야말로 그 무엇보다도 비관적이 아니겠는가!) …그러기 때문에 한국에서의 모든 예술적 노력은 원주민의 원숭이 놀음에 불과하게 된다.[11]

---

10) 김용직, 「摸索과 成果」, 『文學論爭集』, 태극출판사, 1976, 142쪽.
11) 김현, 「韓國小說의 可能性」, 앞의 책, 48쪽.

여기에서 리얼리즘을 가능케하는 조건으로서 시민계급 또는 중산층의 형성과 식민지의 소유가 제기되었고, 이 조건이 구비되지 못하였으며 '문학의 정도가 처형된' 상황으로서의 한국에서는 모든 예술적 노력이 흉내 놀음에 지나지 않게 된다는 발상은 매우 특이한 데가 있다. 결론으로서는 아무 대안 없는 좌절의 인상이 있으며, 특히 '식민지의 소유'라는 것은 제국주의적 침략이 긍정될 수 없는 현세기의 양식에 어긋난다.

김현의 리얼리즘 반대론에 뒤이어 염무웅은 「리얼리즘의 심화시대」라는 비평을 통해 리얼리즘 옹호론을 폈다. 그는 우선 리얼리즘에 대해 가해지는 부당한 오해 두 가지를 지적하였다. 즉 리얼리즘을 하나의 '시대적 예술사조'로 보려드는 태도와 단순한 '모사론'으로 보려드는 태도를 그는 경계하였다.

리얼리즘을 특정한 시대의 예술 이데올로기로 묶어 둔다면 그것은 개념의 부당한 축소가 될 뿐더러 인간과 예술을 위해서 그 개념이 열어 주는 지평을 고의적으로 폐쇄하는 일이 될 것이다. …리얼리즘에 얽혀 있는 오해 중의 또 하나는 그것이 때때로 사물을 있는 그대로 묘사하라는 것처럼 보일 경우이다. 지금 우리의 입장으로 보면 리얼리즘이 단순한 재생으로만 설명되어서는 안되고 비전과 심화를 뜻하는 것이 분명하다. …발자크와 톨스토이는 물론이고 조이스와 카프카와 브레히트를 포함하는 '리얼리즘'이란 예술의 세부적 규칙들에 이리저리 구애받는 소심한 완벽성의 추구나 심미주의적 실험이 아니라 인간의 참된 삶이 있어야 할 구체적 방식을 밝히려는 끝없이 뜨거운 정열과 용기가 순간순간 변모하는 상황에 대처하여 예술 속에 자신의 불가피한 모습을 드러낼 때 그 때 우리가 부르는 이름인 것이다.[12]

---

12) 염무웅, 「리얼리즘의 심화시대」, 《월간중앙》, 1970년 12월호, 106~7쪽.

염무웅에 바로 뒤이어 김병걸이 역시 리얼리즘을 옹호하였다. 그는
「리얼리즘 논쟁」에서

구중서는 우리 문학의 진로로서 리얼리즘을 제시하고 김현은 그것의 그
릇됨을 증언한다. 그리고 염무웅의 글은 우리가 놓인 시대와 상황을 거짓
과 꾸밈 없이 통찰하기 위해선 리얼리즘의 에스프리가 필요하다는 점을 밝
혀 준다. …리얼리즘을 이미 낡아빠진 도식주의라고 규정하고 뒤랑띠와 샹
플뢰리의 소박한 모사론적 리얼리즘에 대한 열띤 논조를 뿜어대는 김현의
글이야말로 패러독시칼하게도 도식주의의 함정에 빠져 있는 것이다.[13]

이렇게 反리얼리즘 쪽을 비판하였다. 이 논쟁은 계속하여 리얼리즘
을 옹호하는 임헌영·최일수·김우종과 리얼리즘을 반대하는 김양
수·원형갑 등의 논전으로 열기를 띠게 되었다. (이들의 비평 내용 전모는 앞
의 『문학논쟁집』에서 참조할 수 있다)

리얼리즘 문학론을 둘러싸고 동원된 비평가의 수가 많고, 논쟁의
기간이 길며, 문단적 영향이 커진 사실 앞에서 이 사태를 일단 정리하
는 듯한 내용의 앙케이트가 한 문예지에 의해서 마련되었다. 1972년
4월호 《문학사상》지가 「오늘의 한국문학과 리얼리즘」이라는 제목 아
래 앙케이트로서 집필 요령을 주고 리얼리즘을 옹호하는 쪽과 그렇지 않
은 쪽에 청탁을 한 것이 그것이다.

이에 따라 염무웅이 「리어리즘론」을 쓰고 김병익이 「리얼리즘의 기
법과 정신」을 썼다. (이 두 편의 비평은 1976년에 간행된 『文學이란 무엇인가』 속에 함
께 실려 있다) 여기에서 염무웅은 원래 리얼리즘을 옹호해온 입장이고, 김
병익은 70년대 한국 리얼리즘에 불만을 지닌 입장이다. 그런데 김병익
으로서도 '근대 리얼리즘의 정신'은 긍정하고 있는 점이 주목을 끈다.

___
13) 김병걸, 「리얼리즘 論爭」, 《현대문학》 1971년 1월호, 271쪽.

먼저 염무웅의 「리얼리즘론」을 보자. 이 글은 민족문학으로서의 필요조건이라는 점에까지 진출하여 논급하지는 못했지만, 리얼리즘의 근본 원리에 대해 전에 없이 충실한 설명을 가하여 결과적으로 70년대 이후 한국 리얼리즘 문학이 한층 원만하고 견고한 이론적 토대에 설 수 있게 해 주었다. 그는 "우리나라에서도 흔히 리얼리즘이 그에 결부되어 논의되는 인물"로서의 발자크에 있어 의미되는 리얼리즘에 관해 논급하는 중에 먼저 「4·19와 한국문학」 좌담에서 김현이 발자크를 가리켜 "자기 의사에 반反했으므로" 위대한 리얼리스트가 되었을 것이라고 말한 데 대해 비판을 가하였다. 김현의 그와 같은 생각은 가장 곤란한 오해로서, "자신의 의사에 반하면 반할수록, 현실을 냉정하게 직시하지 않으면 않을수록 더욱 훌륭한 리얼리스트가 된다는 것"은 거의 농담과 같은 궤변이라고 평하였다. 발자크가 왕당파의 보수주의자로서 그와 같은 자기의 세계관에 반대되는 작품적 결과를 낳았다는 모순에 대해서는 세계적으로 탁월한 문예이론가들이 이미 지적했고, 이 현상을 리얼리즘 기능 자체의 승리라고 풀이하였다. 염무웅은 이 지적과 풀이들을 긍정하고 소개하면서, 더욱 부연하여 자신의 견해를 말하였다. 즉 작가의 세계관과 그의 예술적 결과 사이에 모순이 드러나는 경우, 그 모순은 작가와 예술 사이에서 직접 발생하는 것이 아니고 작가와 예술 사이에 있는 '사회적 현실'을 매개로 하여 발생하는 것임을 말하였다. 그 사회적 현실의 증거로서 그는 발자크가 중요한 작품들을 썼던 1829년부터 1848년 사이, 즉 19세기의 30년대 이후가 서구 자본주의의 세계 시장 완성시기라는 점을 들고 있다. 그러므로 이 현상은 작가가 보수적이기 때문에 진취적인 리얼리즘 소설을 쓰게 된 것이 아니고 작가의 그러한 "세계관에도 불구하고" 위대한 리얼리즘 소설을 낳게 되었다고 말하고 있다. 즉 "훌륭한 예술작품은 그것이 작가로부터 나오는 것이면서 동시에 작가가 살고 있는 사회 현실 자체로부터 나온다고 할 수밖에 없을 만큼 정확하게 그 현실의 움직임과 발전 경향을 반영한다"는 것이다.

그러니까 그것은 작가가 사물의 새로운 모습, 사회적 현실의 보다 참된 의미를 발견하는 작업의 일환이지, 그 무슨 작가의 상상력이란 것이 있어서 현실과 동떨어지게 계속 움직이지 않으면 못 견디기 때문인 것은 아니다. 올바른 뜻에서의 작가적 상상력은 객관적 현실의 전체성을 그 발전적 경향에 있어서 민감하게 포착하는 능력을 가리키는 것이며 객관적인 사회적 역사적 현실로부터 벗어나 우연과 자의와 주관 속으로 해방되려는 무책임한 데카당스일 수 없다. 이 데카당스가 상투형의 파괴라는 이름 밑에 추상적 예술형식 및 현학적 관념들과의 끝날 줄 모르는 유희를 벌이면서 모든 종류의 진지성과 건강성을 향해 "예술은 다양해야 한다"느니 "현실을 도식화하지 말라"느니 하고 마치 가장 예술을 사랑하고 자유를 사랑한다는 듯이 지껄일 때 우리는 거기서 리얼리즘과 반대되는 데카당스의 조건반사적 자기방어 히스테리를 볼 뿐 아니라 예술 자체와 반대되고 인간의 인간다운 삶과 반대되는 자기파괴적 허무주의의 심연을 보는 것이다.[14]

리얼리즘 문학의 의미를 이렇게 준열한 어조로 말하면서 염무웅은 자연주의적 묘사의 단계가 극복되었고, 객관적 현실 안에서 인간의 인습·타성화·자기기만·허위의식을 파괴하여 인간적 삶의 풍부화와 사회의 건강화를 달성하기 위해 올바른 상상력을 부단히 발동하고 있는 것이 리얼리즘임을 거듭 다짐하였다.
한편 김병익은 「리얼리즘의 기법과 정신」을 염무웅의 「리얼리즘론」과 때를 같이해 발표하였으므로, 염무웅에 의해 직접으로 대응되지 않은 채, 그 나름의 문제점들을 남겼다.

---

14) 염무웅, 「리얼리즘論」, 『文學이란 무엇인가』, 222쪽.

김병익은 김현이 70년대 한국 리얼리즘 문학에 대해 전면적으로 거부 반응을 보인 것과 약간 다른 입장을 취한다. "그는 먼저 근대문학의 기본어로서의 사실주의는 우리가 근대를 지향하는 한 마땅히 추구되어야 하며 그것의 극복이라는 것은 현재 생각하기 어렵다"고 전제한다. 여기서 "근대문학의 기본어로서의 사실주의"가 개념상 무엇을 의미하는지 정의하기 힘드는데, 뒤따르는 문맥에서 보면 "내 나름의 기법상의 리얼리즘"이라는 표현에 연결되고 있다. 즉 "김병익 나름의 기법상의 리얼리즘"이란 뜻으로 되어 있다. 그리고 이어서 그는 다음과 같이 말하였다.

우리는 이 리얼리즘 정신에 입각한 물음의 문학을 발견하는 데 퍽 다행스러움을 느낀다. 대표적인 예가 최인훈·이청준·서기원이다. …최인훈·이청준·서기원의 경우에 지식인이 똑같이 주인공으로 등장하는 것은 질문의 치밀성과 세련성을 위해서일 것이다. 그들은 리얼리즘의 기법을 파기하는 대신에 그리고 소박한 해답을 제시하는 현실의 재현을 포기하는 대신에 현실의 근원을 포착하는 그것의 핵심을 탐구하는 근대 리얼리즘의 정신을 실천하고 있는 것이다.[15]

70년대 한국 리얼리즘 문학을 둘러싸고 이제까지 논의가 전개되어 온 과정에서 보면 김병익의 위 이론은 다음과 같은 몇 가지 질문을 불러 일으키게 된다. ① "근대문학의 기본어로서의 사실주의"는 무엇을 가리키는가. ② "김병익 나름의 기법상의 리얼리즘"이란 개념이 성립될 수 있는가. ③ 오늘의 한국 리얼리스트들이 추구하는 것이 단순한 '현실의 재현'이 아니라는 점은 염무웅·김병걸 등도 분명히 밝힌 바 있다. ④ 김현의 「한국소설의 가능성」에서 보면 최인훈은 한국에서의 리얼리즘이 불가한 것으로 결론지었다고 하는데 김병익은 최인훈의 소

---

15) 김병익, 「리얼리즘의 技法과 情神」, 『文學이란 무엇인가』, 237~38쪽.

설에 리얼리즘을 해당시킬 수 있는가. ⑤ "한국사회가 갖는 혼란스런 구조" 때문에 최인훈·이청준·서기원은 똑같이 지식인을 주인공으로 등장시켜 질문하는 소설을 씀으로써 "근대 리얼리즘의 정신을 실천하고 있다"고 하였다. 위 세 작가의 소설 「회색인」·「조율사調律師」·「마록열전馬鹿列傳」에서 지식인 주인공들이 질문하고 있는 것이 리얼리즘을 향유해야 할 시민 대중에게 이해될 수 있을 만큼 정돈된 내용인가. 그 작가들이 리얼리즘 정신을 실천한 사실과 그 결과가 증명될 수 있을까. 이상의 문제들이 숙고되어야 하리라고 생각된다.

그리고 김병익은 오늘의 한국 리얼리즘론의 "전반적인 흐름을 대강으로 하여 소련의 사회주의 리얼리즘과 비교하면 다음 몇 가지 공통점을 지적할 수 있을 것"이라고 하였다. 첫째로 문학은 현실적인 용도를 가져야 한다는 발상법, 둘째는 당대사회의 모순의 해부를 제시하라는 주장, 셋째 서민의 삶 또는 농촌의 현실을 묘사해 줄 것을 당부하는 것 등이 그렇다는 것이다.[16]

이러한 발언은 사회주의 세계권을 대상으로 정치적 이데올로기면에서 냉전을 하고 있는 한국 상황에서 심각한 문제를 제기하므로, 우선 이 발언이 타당한 근거를 가지고 있는지를 확인할 필요가 있게 된다. ① 이미 앞에서 제시된 리얼리즘론들을 통해 볼 수 있었듯이 거기에는 문학을 기계적으로 도구시한 일이 없고 "인간적인 삶의 풍부화와 사회적 건강화"에 이바지되기를 바랐다. 이것이 '용도'의 발상법이라면 김병익이 앞에서 예찬한 바 "이념과 풍속의 통일을 기도하는" 질문형 소설들의 그 '기도'는 마찬가지로 이유와 목적을 지니는 '용도'일 것이다. ② 오늘의 한국 리얼리즘론은 '미래에의 창조적 정신'까지 중요시하므로, 당대 사회의 모순을 해부한다는 것은 당대에서 끝나는 문학을 하자는 것이 아니고, 우리가 살고 있는 당대적 현실을 도피하지 말고

---

16) 앞의 글, 239쪽.

충실히 인식하자는 뜻이다. ③ 서민의 삶과 낙후된 농촌의 현실을 그리자는 것은 인간 본성에 입각한 '인간 존엄'의 문학정신이며, 그것을 특정의 이데올로기적 도식에 관련시키려 할 필요가 없다.

60년대 참여문학론도 한국문단에서 종종 매카시즘에 의한 협박을 받아온 일이 있으므로, 필자가 처음 「한국 리얼리즘 문학의 형성」을 발표할 때에도 그와 같은 부작용을 경계하였다. 그리하여 근대적 리얼리즘 문학의 원형으로서 19세기의 '발자크 리얼리즘'을 제시했고, 러시아의 사회주의 리얼리즘이 루카치의 문예이론에 와서 경직성을 완화한 면이 있으며 한국에서 카프에 의한 프롤레타리아 문학 체험이 8·15 해방 직후에 있은 조선문학가동맹 전국대회(1946. 2. 9.) 자리에서 이원조에 의해 자가비판 당한 사실 등을 3페이지에 걸쳐서 논급하였다. 그리고 "세계 문학사 가운데에 의연히 살아 흐르고 있는 본래의 리얼리즘 기능만을 고구하고 그것을 민족문학의 추진에 유효하게 원용하는 일이 오늘날 우리에게 요청되고 있다"고 밝혔다.[17] 한편 염무웅도 주로 발자크에 근거하여 리얼리즘론을 폈고, 김병걸은 19세기 이후 리얼리즘의 흐름을 서구문학 속에서 제시했으며, 임헌영은 연암燕岩 문학을 중심으로 한국에서의 「리얼리즘 기점 시론」을 발표하였다.

이러한 일련의 작업을 가리켜서 굳이 사회주의 리얼리즘에 공통점이 있다고 말한 김병익의 의도는 쉽게 이해되지 않는다. 그러면서도 그는 계속하여 "한국의 리얼리스트들 주장이 이렇다 해서 사회주의 리얼리스트와 같은 것으로 몰아 붙이는 것은 지나치게 위험하다. …한국 리얼리스트들이 마르크시즘에 동의하지도, 할 수도 없다는 데서 강력한 이념 위에 서 있는 소련 리얼리스트보다 불행한(혹은 행복한) 입장에 서 있는데 그렇다고 자본주의의 모순, 빈부의 격차를 외면할 수도 없는 위치여서 어떤 딜레머에 몰리고 있는 듯한 느낌이다." 이렇게 말

---

17) 구중서, 「韓國 리얼리즘文學의 形成」, 앞의 책, 234~35쪽.

하였다. 현대 세계에서는 사회주의자가 되는 것과, "자본주의의 모순 및 빈부의 격차"를 비판하는 것은 반드시 연관성이 있는 것이 아니며 전혀 연관성이 없을 수도 있다. 그러니까 한국의 리얼리스트가 자본주의의 일부 모순점 및 빈부의 격차를 비판할 이유가 있을 때 비판하면 되는 것이며, 여기에서 곤경이 해소됨으로써 '딜레머'는 저절로 타개되게 되어 있는 것이다.

현대 세계에 있어서는 사회주의 국가 체제를 반대하는 사람들, 이를 테면 그리스도교인들도 종종 자본주의의 모순점을 비판하고 있으며, 그렇게 하지 못할 아무런 이유나 근거도 없는 것이다. 이 점은 현대 지식인의 세계관 형성에 중요한 요소가 되는 것으로서, 한국과 같이 폐쇄적이고 타성적인 고정관념들이 만연해 있는 상황에서는 새삼스레 계몽을 할 필요까지 있는 문제이다. 이 계몽의 한 자료로서 현대에 와서 그리스도교가 자본주의에 대해 선언한 한 문헌을 보기로 한다.

인간사회의 새로운 여건 아래서 불행히도 그릇된 사상이 머리를 들었다. 경제발전의 근본 동기는 '이윤'이고, 경제의 최고법칙은 '자유 경쟁'이며, 생산수단의 사유권은 절대적인 권리로서 사회적인 한계도 의무도 없다는 주장이 그것이다. 이런 무제한의 자유주의는 이미 비오 11세가 비난한 대로 '금전의 국제주의 내지 경제적 제국주의'를 낳았으며 폭군 같은 독점 상태에로의 길을 닦아 놓았다. 이와 같은 재화의 악용은 아무리 비난받아도 넉넉하지 못하다. 다시 한 번 엄숙히 지적하는 바이지만 경제라는 것은 오로지 인간에게 봉사해야만 하는 것이다. 소위 자본주의라는 형태에서 한많은 슬픔이 왔고 불의가 저질러졌으며 형제 간에 싸움이 벌어졌다는 것을 부정할 수 없고 오늘도 그 결과를 체험하고 있는 것이 사실이다. 그렇다고 해서 공업화 자체에다 이런 악들의 책임을 돌릴 수는 없다. 이런

---

18) 바오로 6세, 「제민족들의 발전 촉진」 제26항.

악들은 모름지기 불행한 경제이론에 기인하는 것이라고 보아야 옳다.[18]

자본주의의 모순점에 대한 이러한 비판들은 인간존엄 · 사회정의 · 공동선을 구현하는, 본질적으로 새로운 사회를 창조하려는 의지의 표명이다. 마찬가지 이유에서 빈부의 격차 현상도 국내외적으로 허다히 비판되고 반성되는 문제이다.

여기까지 검증해 본 바에 의하면 70년대에 제기된 한국의 리얼리즘 문학은 특정의 체계적 이데올로기에 편향되어 있지 않고, 그 이데올로기 성향 때문에 창작활동이 딜레마에 빠지게 운명지어져 있지 않다는 사실이 분명해진다. 또한 "형식에 대한 고려 없이, 문학적 설득력과 감명을 배제하고, 소재 자체만을 중시하는 태도는 결과적으로 문학의 파탄을 초래할 것"이라고 역시 리얼리즘 쪽에 겨냥한 논급도 있었으나[19] 이것도 리얼리즘 문학론에서 근거를 찾아볼 수 없을 만큼 논리를 이탈한 관점으로 보인다. 이 문제에 대한 해답은 한국 리얼리즘 문학의 성과로 평가되는 작품들, 즉 김정한의 「사하촌」, 하근찬의 「수난이대」, 황석영의 「객지」, 신상웅의 「심야深夜의 정담鼎談」, 신경림의 「농무農舞」 등이 독자 대중에게 주는 설득력과 감명이 다른 방법의 작품들에 비해 과연 어떠한지를 생각해 보는 것으로써 대신될 수 있을 것이다.

그런 대로 70년대에 제기된 이 리얼리즘은 김용직에 의해 이미 비평사적 의의로서 평가되고 있다.

70년대에 이루어진 리얼리즘 논쟁을 돌이켜 보면 거기에는 곧바로 전년대(前年代)에서 찾아볼 수 없는 몇 가지 특징적 측면이 나타난다. 즉 이 연대에 들어서서 우리 주변이 리얼리즘은 막연한 추측에서가 아니라 엄격히 사실을 규정하고 시작하는 경향을 띠게 되었다. 구중서나 김현 · 염무

---

19) 김병익, 「리얼리즘의 기법과 정신」, 『文學이란 무엇인가』, 239쪽.

웅·김병걸들의 글이 모두 그 허두에서 리얼리즘에 대한 정의를 위해 상당량의 말들을 바치고 있는 것이 그 단적인 보기가 된다. 다음 이 연대의 또 다른 특징으로는 리얼리즘 논의의 자세가 한결 전문화되고 본격화된 점이 손꼽힐 수 있다. 가령 임헌영의 글에 나타나는 바와 같이 리얼리즘의 한국적 원천을 파헤치기 위해서 연암의 소설이 거론된 예도 있다. 이것은 리얼리즘 곧 서구적 충격에서 빚어진 결과로만 믿어온 종래 우리 주변의 통념을 수정코자 한 시도로 볼 수 있을 것이다. 그리고 그런 의미에서 70년대의 리얼리즘 논의에는 그 전년대에서 찾아볼 수 없는 전문화, 저변확대 현상이 지적될 수 있다.[20]

여기에서 김용직이 '전년대'의 리얼리즘 논의로 지적하는 것은 일제하 문단에서 충분한 원리론의 동반 없이 신문 시평란에서 언급되던 사례들과 특히 최서해가 이상의 「날개」를 리얼리즘의 심화라고 해석한 예를 가리키고 있다. 이 다음 단계로서 나타난 70년대 리얼리즘론은 위에서 본 김용직의 논급에서 비교적 객관적인 정리가 되었다고 보아야 할 것이다.

그러나 문학방법과 문학정신의 자세 문제를 둘러싼 논의는 어느 일방의 강권적 승리와 획일화를 가져올 필요가 없을 것이다. 체질적으로 리얼리즘에 조화하지 못하는 문학인들은 그들 나름으로 보다 중요시하는 '어떻게'의 길을 일관성 있게 구체화하고 발전시켜 볼 만한 것이다. 즉 '발견으로서의 기법' '의미망의 구축' '질문하는 소설' '실체가 아닌 형태로서의 문학사' 또는 '구조주의적 방법의 참작', 이런 것들이 신념에 의해 추구될 수도 있을 것이다.

그러면서 여기에 덧붙여 한 가지 주의되어야 할 것은 비평문학의 정직성에 관한 문제이다. 모름지기 비평은 단순하지 않고 심각성을 지

---

20) 김용직, 「摸索과 成果」, 『文學論爭集』, 146쪽.

닌 어떤 문제의식이라 하더라도 그것을 되도록 이해하기 쉽고 명료하게 해명하는 문장기능을 갖추는 것이 바람직할 것이다. 그런데 70년대의 일부 비평작업들을 보면 "문제의식이 단순하고 명료해지지 않기를" 바란다든가, "우리는 마침내 실패할 것이며 우리의 실패가 철저할수록 당대에 공헌하게 되는 것"이라든가 하여 성실과 겸허처럼 보이면서 실제로는 불가지론과 책임회피에 빠져드는 것 같은 점들이 우선 미묘한 문제거리가 된다. 여기에서 더 나아가 비평문장 자체가 매우 난해한 경우도 그 이유가 한 번 재고되어야 할 것으로 보인다.

어떤 때 우리의 삶과 역사와 세계에서 '구체적 전체성'은 감추어져 버리고 만다. 그러나 문학작품의 기적이며 저주는 이러한 전체성의 결여를 가지고도 하나의 전체성을 구축할 수 있다는 데 있다. 결국 하나의 작품에서 모든 것은 작가의 의지에 의하여 지탱되어 있을 수 있기 때문이다. (물론 뛰어난 작품일수록 작가의 의지는 스스로 드러나는 세계의 숨은 원리로서만 존재한다) 문학의 해석두 ㄱ 반성을 통해서 작가와 마찬가지로 구체적 전체성에의 모험에 참여한다. 그리하여 인간의 참된 자유가 실천적으로 어떻게 구현될 수 있는가를 탐구한다.[21]

이러한 비평문장은 목적을 인간의 참된 자유의 실천적 구현에 두었음에도 불구하고 그 목적을 이루려는 노력으로서의 사유가 너무 관념적이며 논리의 불명료성 내지 난해성이 있지 않나 생각된다. 비평문장의 불필요한 현학성에 대해서는 이미 1930년대 문단에서도 김문집에 의해 혹독히 지적된 일이 있는 바, 그 현학적 경향은 70년대 비평문학 속에서도 당위성이 인정되기 어려운 채로 존재하고 있다.

문학의 방법과 문학정신의 자세에 관련하여 70년대 비평의 특징적

---

21) 김우창, 「主體의 形成으로서의 文學」, 『文學이란 무엇인가』, 85쪽.

인 성과와 문제점들이 대략 정리 검토되었다. 하나의 성과로 칠 수 있는 리얼리즘은 그것이 한 시대의 사조로 고정되는 것이 아님을 밝히고 있는 바에 따라 그 원리가 창작과 비평의 방법적 토대로 계속 기여할 것으로 다짐되고 있다.

4.

문학의 방법과 문학정신의 자세는 다시 그 주체로서의 민족문학에 연결된다. 70년대에 들어와 리얼리즘 논의와 거의 때를 같이하여 '민족문학론'이 또한 활발히 진행된 것도 결코 우연한 일이 아니라고 보아야 할 것이다.

70년대 민족문학론은 1970년 10월호《월간문학》지가 여러 명의 비평가를 동원하여 「민족문학론」 특집을 마련함으로써 새삼 한 차례의 문제 제기가 되었다. 그러나 이 특집에서 별로 얻어진 성과는 없었으며, 다만 이병기·김현 등이 '민족문학'을 곧 '한국문학'으로 보고자 한 이론이 나타났다. 이 계기에 임헌영은 '민족문학' 개념의 계열에 있어 ① 한국문학 ② 국민문학 ③ 민족주의 문학 ④ 민족문학 등으로 분류해 보였다.[22]

이 분류를 필자가 다시 시대순으로 배열해 보면 ① 국민문학 ② 민족주의 문학 ③ 한국문학 ④ 민족문학의 순서로 된다. 국민문학은 1925년대 이후 프로문학에 대립한 문학 계열의 지칭이었고, 민족주의 문학은 일제 때에 역시 프로문학의 국제적 계급주의에 대립하여 쓰인 일이 있고 해방 후에는 국학의 발흥에 동반하는 문학정신에서 취해진 지칭이다. 그리고 한국문학은 해방 후 50년대 후반을 절정으로 하여 외국문학에 경도되었던 체험에서 감염된 세계시민적 관념의 소산이라고 볼 수 있다.

---

22) 임헌영, 「民族文學 명칭에 대하여」, 『文學論爭集』, 408쪽.

이른바 '국민문학'을 민족문학의 개념 계열에서 되돌아보고 넘어가게 되는 것은 이것이 국외적으로 동일하게 '내셔널'이란 어휘에 의해 표현되기 때문이다. 국민문학이란 용어의 출현에 관해 임헌영은 다음과 같이 흥미있는 관찰을 하고 있다. 옥스퍼드 사전에 의하면 '내셔널리즘'이란 어휘가 1869년 5월 20일자 《데일리 뉴스》지에서 처음으로 사용되었다고 한다. 여기에서 특히 당시 식민지 상태에 있던 아일란드·터키·인도·중국의 독립운동가를 내셔널리스트로 부를 수 있다고 하였다. 이와 같이 이 어휘는 원래 제국주의 침략에 반대하여 민족의 독립을 쟁취하려는 정신을 가리켰다. 그런데 이 내셔널리즘이 일본 연구사硏究社판 영일사전에 와서는 '국가주의, 국민주의, 애국심, 애국운동' 등으로 번역되었던 바 이것은 일제가 조선을 비롯한 식민지 민족의 해방투쟁 의식을 회피한 데서 온 결과인지도 모를 일이라는 것이다.[23] 아무튼 일본에서의 이와 같은 어휘 해석에 의해 국민문학이란 어휘도 일제하 조선문단에 이식되었다. 따라서 국민문학의 단계는 한국 민족문학 개념 계열에 정시으로 자리잡을 만한 것이 못되었다고 보게 된다.

다음으로 민족주의 문학, 한국문학, 민족문학의 단계가 지니는 의미는 천이두의 다음과 같은 개괄적 논급에서 적절히 시사받는 바가 있다.

…한국의 근대문학을 재검토해 나간다고 할 때 외세(일본 제국주의)에 영합한 일련의 어용문학은 말할 것도 없고, 과거에로 칩거함으로써 민족의 당면과제를 외면한 보수적 민족주의 문학이나 외래문학에 편승함으로써 민족적 주체의식을 정립하는 데 기여하지 못한 코스머폴리턴적인 문학 등이 다같이 민족문학의 정통일 수 없다고 귀결짓게 될 것은 당연하다. 그리

---

23) 앞의 글, 409쪽.

하여 민족문학의 정통으로 부각되는 것은, 외세(일제)에 정면으로 맞서 나
간 일련의 사회참여 문학이다. 그리고 안으로는 국토가 분단되어 있고 밖
으로는 유형·무형의 외세의 압력 속에 놓여 있는 오늘의 우리 현실을 감
안해 볼 때 민족문학의 내일에의 진로 역시 상기한 정통의 연장선 위에서
모색되어져야 한다는 것이다.

　이러한 논의가 간직하는 이론적 강점은, 근래에 사학계에 대두하고 있
는 바 민족적 주체사관을 효과적으로 도입함으로써 민족문학의 문제를 구
명해 나감에 있어서 방법론적인 기초를 공고히 하려 한 점이라 할 것이다.
…특히 민족문학으로서의 주체적 역량을 공고히 다져 나감으로써 외래문
학과의 정당한 대응관계를 수립해 나감에 있어서의 민족문학의 진로를 방
법론적으로 제시할 수 있게 하였다는 점에서 주목할 만한 의의를 간직하는
논의라 할 수 있다.[24]

이처럼 원칙적 당위론에 있어 탁월하게 개진한 천이두는 뒤이어 이
러한 당위의 민족문학 논의의 "결정적인 약점은 민족문학의 문제를 민
족적 윤리 문제로 일탈시키고 있는 점"이라고 하였다. 이 우려는 바로
위에서 민족문학의 진로를 방법론적으로 제시할 수 있게 했다고 하였
을 때의 그 방법론에 대한 신념이 구체적으로 없는 탓인 것 같다. 이와
같은 일면적인 나약성은 당위론으로부터 출발하여 민족의 현실에 이
르는 과정의 소산이라고도 볼 수 있다.

한 편 이와 다른 경우로서 민족의 현실로부터 출발하여 당위론에
이르는 과정의 문학정신이 있는데 이러한 이론적 유형을 이철범의 민
족문학론에서 볼 수 있다. 그의 이론들은 세부적인 내용에 있어서 덜
정돈된 점들이 있고, 분단상황이라는 기정적 현실 속에서 자신이 취하
는 주관적 이념이 드러나 있는 점이 있다. 그러나 일제하 문학의 친일

---

24) 천이두, 「民族文學의 當面問題」, 『文學이란 무엇인가』, 208쪽.

과 항일의 양상, 해방 후 분단상황의 문학을 중점적으로 다루면서 사회현실로부터 의의 깊은 자료들을 많이 취택하고 있는 것은 독특한 작업의 면모를 보이고 있다. 그의 『신문학대계』 속편인 『분단의 현실과 한국문학』 속에 동원된 자료의 일부만을 보아도 '무명시인들의 항일민족시, 독립군가, 민족에 관한 좌우 문학인들의 견해와 사가들의 견해, 판문점 휴전 조인식장, 7·4 남북공동성명 전문' 등이 있다. 이와 같이 사회적 현실 자체에서 발상하는 이철범은 70년대에 임한 민족문학의 문제의식을 다음과 같이 제기하였다.

민족이라는 개념이 근대국가의 형성과 더불어 뚜렷해진 만큼, 우리의 처지에서 일단은 근세 이후 국제세력의 도전을 받으면서 자체의 역사를 어떻게 지켰는가 하는 바로 그 면에서 민족문학을 제기시켜 본다면 가장 중요한 문제는 ① 이조가 한일합병 때문에 망하고 한국 민족과 국토가 일제에 의해 강탈된 그 시점에서 민족주의라든지 문학은 강조되어야 했다. 그 다음 ② 해방 지후 미·소의 상반된 이데올로기에 의해 다시 우리의 민족과 국토와 역사가 갈라졌다는 그 비극적 상황을 의식하는 곳에서 민족문학은 한 민족의 실존을 찾는 가장 중요한 작업을 해야 옳다. 따라서 그 문학은 세계 속에 벌어진 분단의 역사적 현실에 뿌리를 박고 그 현실의 심연 속에 전개되는 모든 한국인의 삶을 통째로 안고 무엇인가 장벽을 헐어버리려는 차비로서 70년대를 맞는 시대에도 아직은 6·25동란의 상황에서 한 치도 벗어나지 못하고 있다.[25]

위 논급에서 가장 중요한 점은 6·25 당시 상황의 지속이라는 현실인식이다. 그 동안에는 1972년의 7·4 남북 공동성명이 있기도 하였다. 이 성명은 "통일은 외세에 의존하거나 외세의 간섭을 받음이 없이

---

25) 이철범, 『分斷의 現實과 韓國文學』, 경학사, 1974, 398쪽.

자주적으로 해결하여야 한다. 사상과 이념, 제도의 차이를 초월하여 우선 하나의 민족으로서 민족적 대단결을 도모하여야 한다"고 결의하였음에도 불구하고 70년대 후반에 이르러서도 현실은 그 성명의 정신에 오히려 역행되는 방향으로 진전되고 있기도 하다. 그리고 이러한 특수현실이 한국의 민족문학을 세계문학으로부터 분별하여 생각하지 않을 수 없게 한다는 견해는 타당하다.

이철범과 천이두에게서 규정된 '민족문학'의 기본입장은 백낙청의 민족문학론과도 상통된다. 그러면서 백낙청은 민족문학론을 민족사적 현실에 입각하여 더욱 구체화하고 세계문학과의 대응관계에서 그 의의를 확장하였다. 민족문학에 관한 백낙청의 비평작업은 「현대문학을 보는 시각」,[26] 「민족문학 이념의 신전개」,[27] 「민족문학의 현단계」[28]를 통해 계속되어 왔다. 이 세 편의 비평은 이제까지 한국문단에서 전개되어온 민족 문학 논의를 한층 진전시킨 것이므로 그 내용의 구조를 한차례 확인해 볼 필요가 있다. 그 구조는 대략 다음과 같이 된다.

① 민족문학의 개념은 세계문학과의 연관성 위에서 분별되어야 한다. 이 때의 분별은 상호간의 이질감일 수만은 없고, 세계문학 또는 서양문학의 전통을 아는 데서 쟁취된 인식으로서의 민족문학이어야 한다. ② 서양문학은 20세기에 들어서면서부터 쾌락지상주의, 반역사성, 반민중성에 의해 창조적 기능으로의 한계에 부딪혔다. 이러한 20세기적 문예사조는 프루스트의 시간외적 진실의 탐구나 발레리의 순수시 이론, 브르통의 초현실주의를 중심으로 하여, 크게 보아 모더니즘을

---

26) 백낙청, 「現代文學을 보는 視角」, 『文學과 行動』, 태극출판사, 1974.

27) 백낙청, 「民族文學 理念의 新展開」, 《月刊中央》 1974년 7월호, 『文學論爭集』에 「民族文學 槪念의 定立을 위해」로 개제 수록.

28) 백낙청, 「민족문학의 현단계」, 《창작과비평》 1975년 봄호.

이루는데, 모더니즘은 기법을 내용으로부터 분리시켜 그 중요성을 과장함으로써 소재의 사회적 예술적 의의를 판단하지 않는다. 또한 작중의 여러 상황과 인물들 사이에서 중요성의 차등을 인식하지 않는다. 또한 작중의 여러 상황과 인물들 사이에서 중요성의 차등을 인식하지 않는다. 이 때문에 루카치는 자연주의와 모더니즘이 형식에 있어서 다르면서 근본적 성격에 있어서 동일선상에 놓일 수 있다고 하였다. 20세기 서양문학의 이와 같은 퇴영적 성격에 대해서는 일찍이 톨스토이가 심각히 우려한 바 있고, 그 자신 모더니스트인 엘리어트에 의해서도 도덕적 타락상을 이유로 비판당하였으며, 사르트르와 D. H. 로렌스에 의해서도 비판되고 있다. ③ 민족 문학론은 민족을 어떤 영구불변의 실체라든가 지고의 가치로 규정해 놓고 출발하는 국수주의적 문학론과는 근본적으로 다르다. 현실적으로 "정치·경제·문화 각 부분의 실생활에서 민족이라는 단위로 묶여져 있는 인간들의 전부 또는 대다수의 진정으로 인간다운 삶을 위한 문학이 '민족문학'으로 파악되는 것이 가장 바람직하다." ④ 민족문학은 그 방법으로서 리얼리즘을 취하게 된다. 그 이유는 현대 서양문학이 '외부현실의 불모성과 역사행위의 무의미성'을 표방하여 리얼리즘에 위배되는 경향을 지니는 바 퇴영적 서양문학을 주체적으로 지양하는 민족문학은 자연히 리얼리즘을 취하게 된다. 이 때 서양에서는 대폭 약화된 19세기 리얼리즘의 전통을 옮겨 활용할 수 있다. 동시에 20세기 서구 리얼리스트인 조이스·카프카 등의 불건강한 일면도 극복할 필요가 있다. ⑤ 한국의 민족문학은 현 단계 세계문학의 가장 선진적인 흐름으로 대두되고 있는 제3세계 문학의 일익을 담당함으로써 세계문학에 기여할 수 있다. "서양문명의 침략성과 비인간성을 구체적인 역사로서 다수 대중들과 더불어 겪은 제3세계의 작가는 자기 나라 민중과의 연대의식을 희생함이 없이 서구문학의 한계를 넘어선 작품을 쓸 수 있는 복된 짐을 지고 있다." ⑥ 그렇다면 민족문학의 현단계와 앞으로의 전망은 어떠한가.

우리의 형세는 반드시 가난하고 외로운 것만은 아니다. 세계문학의 선진적 과제를 떠맡음으로써 전세계의 양심적 문학인·지식인들과의 연대의식을 확인하고 이른바 선진국의 문학전통의 발전적 요소를 우리 것으로 삼을 수 있는가 하면, 민족문학의 확고한 입장에서 우리 민족이 대대로 이루어 온 문학적 성과를 재발견·평가할 수 있고 특히 항일 근대화 운동 이래의 업적을 바로 우리의 피와 살로 삼을 수 있는 것이다. 그 중에서도 4·19의 성취와 좌절을 겪으면서 그 기억을 지켜온 최근 10여 년의 민족문학은 그야말로 우리의 뼈 중의 뼈요 살 중의 살로서, 그것이 좀더 꿋꿋하고 풍성하지 못한 데 대한 책임은 문학하는 누구나가 느껴야겠지만 동시에 우리 모두가 커다란 긍지를 갖지 않을 수 없는 것이기도 하다. … 그 간에 이만한 성과나마 이루어졌다는 사실은 곧 어떤 일시적인 작용으로 돌이켜질 수 없는 민족적 공감의 터전이 이미 이룩되고 있음을 말해 주기 때문이다.[29]

위에서 본 백낙청의 일련의 민족문학론은 한국 근대문학사의 정통적 흐름 안에 자리를 잡았으며, 세계적 시야와 리얼리즘의 방법을 갖추었다. 여기에서 더 보완되어야 할 것이 있다면 민족문학의 전통적 유산에 대한 보다 체계적인 가치평가의 작업과, 제3세계 문학론에 있어서의 보다 균형 있는 검토라고 말할 수 있을 것이다. 즉 제3세계 문학의 분포 사례로서 라틴아메리카의 시와 미국에서의 흑인 소설에 더하여 아프리카와 아시아 문학이 간략한 사례로써나마 첨가되었으면 보다 원만했을 것이다. 그러나 이 두 주제, 즉 전통론과 제3세계 문학론은 별도의 작업으로 파생될 만한 것이다.

---

29) 백낙청, 「民族文學 槪念의 定立을 위해」, 『文學論爭集』, 423쪽.

5.

　이상으로써 70년대(중반까지의) 한국 비평문학 현황을 참여문학론, 리얼리즘 문학론, 민족문학론 등 대표적 주제들에 중점을 두어 살펴 보았다. 이 무렵에 대두된 또다른 비평 주제로서 백낙청의 '시민문학론'과 김치수·염무웅·신경림등의 '농민문학론'이 있었으나 여기에서는 논급하지 못하였다. 또 이 주제들은 원리면에서 리얼리즘론과 동궤의 것이었다고 볼 수 있다. 김주연·염무웅·임헌영·필자 등의 '문학사론'도 지면 관계로 검토하지 못하였다. 그런 대로 '리얼리즘 문학론'과 '민족 문학론'은 비교적 핵심을 따라 되새겨졌으며, 여기에서 정리된 내용은 한국 근대 비평문학사 및 문학사에 연관하여 상당한 의의를 가질 수 있을 것으로 생각된다.

(1976)

80년대 비평문학의 전개

1. 앞머리에

필자는 1976년 여름에 「70년대 비평문학의 현황」[1]이란 평론를 발표하였다. 이것은 70년대에 들어와 당시까지 발표된 주요 평론들을 출간되어 있는 비평집들 안에서 검토하며 당시 한국 비평문학의 성과와 의미 및 문제점들을 논급한 것이었다. 이 평론을 한 계기로 간주하면서 백낙청은 당시 비평문학의 단계를 다음과 같은 말로 표현하였다.

60년대 후반 이래의 여러 논쟁들을 한 차례 치르고 난 평단에서는 비평의 시각과 유형들이 얼마간 정돈이 된 느낌이며, '참여문학', '리얼리즘문학', '민족문학' 등의 중요한 개념에 대한 기초적인 규명작업이 일단 이루어졌다고 생각된다. 물론 이러한 개념들을 둘러싼 혼란과 반론도 끊이지

---

1) 졸고, 「70년대 비평문학의 현황」, 《창작과 비평》 1976년 가을호.

않고 있다. 그러나 온갖 정세로 미루어 최근 2년여 동안 맹위를 떨쳐온 상식 이하의 공박은 점차 자취를 감추거나 적어도 그 위세가 덜해지리라는 점은 확실한 것 같다. 그렇다면 이 때야말로 우리는 종래의 성과를 토대로 민족문학 논의의 새로운 지평을 향해 다시 한 걸음을 내디뎌야 할 때이다.[2]

이와 같은 언급은 60년대 이래 한국 비평문학이 서재나 강단에서 안온하게 전개되어온 것이 아니라 거센 바람이 몰아치는 현실의 거리에서 버티고 헤쳐나온 사정을 말해주는 것이다. 이 과정에서 비평은 동반해 주는 풍성한 창작 작품들에 크게 힘입어 왔다. 80년대로 넘어오면서 우리 사회 일각에서는 문예비평의 부재 상태를 지적하는 한편 창작계를 가리켜 "산업사회 소설 또는 상업주의 소설이 퇴조하고 순수문학이 등장할 조짐이 보인다"고도 말한다. 이것은 오늘 이 땅의 문학 여건이 더 어려워졌음을 뜻하면서 아울러 일견 방향 상실의 조짐이 있다는 의미이기도 하다.

그러나 불멸하는 인간혼을 원동력으로 하여 자유와 진실을 추구하는 오늘 이 땅의 양식良識의 문학정신은 막연히 좌절하거나 퇴보하게 되는 것도 아니다. 필자가 「70년대 비평문학의 현황」을 쓴 이후 80년대 전반기에 진입한 오늘에 이르는 동안 계속하여 출간된 비평 저작들을 추려서 보면 다음과 같다.

백낙청『민족문학과 세계문학』(1978), 구중서『한국문학사론』(1978), 염무웅『민중시대의 문학』(1979), 백낙청『인간해방의 논리를 찾아서』(1979), 김우창『지상地上의 척도尺度』(1981), 구중서『분단시대의 문학』(1981), 이청원『한국 민족문학사론』(1981), 김치수『문학사회학을 위하여』(1981), 유종호『동시대의 시와 진실』(1982), 최원식『민족문학의 논

---

2) 백낙청, 『민족문학과 세계문학』, 창작과비평사, 1978, 163~64쪽.

리』(1982), 백낙청 외『제3세계문학론』(1982).

　여기에서 문학사론들을 포함시킨 데 대해 설명을 덧붙일 필요를 느낀다. 근래 한국의 문예비평은 문장 표현에 있어 학문분야 논문에 접근한 인상을 준다. 이것은 지난날의 비평작업들이 다분히 소박한 인상주의 내지 감상에 흘러 논리체계가 빈약했던 현상을 탈피한 하나의 발전적인 모습이라고 볼 수 있을 것이다. 그러나 문장구조의 유사성은 문예비평과 학술논문 사이의 개념을 분별할 필요가 있게 한다. 이 문제에 관해서는 조동일의 견해를 인용하고자 한다. 문예비평과 문학연구 논문이 하나의 '문예과학' 또는 '문예학*Literaturwissenschaft*' 성격의 것이 되어 통용되는 사회가 있는데 그것은 주로 독일어권 지역에서의 일이다. 그밖의 지역에서는 대체로 비평과 연구가 구별되고 있다.[3]

　문예비평은 창작작품에 순수하게 일치하여 들어가 평가하고 제2의 창작을 행하는 데 비해, 문학연구는 문학의 지속적인 문제, 본질과 존재양상에 관한 일반이론을 수립하는 것을 목표로 한다. 따라서 비평과 연구는 분리되며 이 원리는 우리나라에서도 원칙적으로 적용되고 있다. 그러나 문학사 기술의 경우는 사정이 다르다는 것이 필자의 견해이다. 옛날과 오늘의 문학작품에 일치하여 들어가 직접 평가할 수 있는 비평가라야 온전하게 문학사를 쓸 수 있기 때문이다. 이 점에 관해서는 필자가 웰렉의 이론에 의거하여『한국문학사론』에서 밝힌 바 있다.

　문학사가는 비평과 이론에 전혀 관여하지 않아도 된다고 하는 것은 전적으로 잘못이다. 그 이유는 간단하다. 각 예술작품은 지금 여기에 있으며, 직접 관찰할 수 있다. 그리고 이 작품이 어제 만들어진 것이든 천 년

---

3) 조동일,『문학연구방법』, 지식산업사, 1980, 77쪽.

전에 만들어진 것이든 이 작품 자체가 예술상의 문제에 해답을 준다. 예술 작품은 비평의 원리에 계속 의지하지 않고서는 분석도, 특성을 나타내는 일도, 가치평가도 불가능하다. 문학사가는 역사가가 되기 위해서도 비평가가 되지 않으면 안된다.[4]

이리하여 문학사 방법론을 문예비평 작업에 포함시켰다.

앞에 든 국내 비평집들에 의거하여 80년대 문예비평 주제들을 정돈해 보면 대별하여 '민족문학과 리얼리즘의 지속적 전개 양상'과 '제3세계 문학과 민족문학 전통'에 관한 내용이 된다. 80년대에 들어와 문예비평 주제들을 이렇게 정돈해 보는 안목에 동의하지 않는 견해도 있을 수 있다. 이러한 시각의 차이는 피차 자유에 속하는 문제이다. 미비한 글이었지만 1970년에 발표되었을 때 나름대로 리얼리즘론을 제기한 셈이었고 뒤따라 일어나는 리얼리즘 논쟁의 발단이 되었던 필자의 「한국 리얼리즘문학의 형성」이란 평론 끝 대목은 획일주의로 오해하지 말아 달라는 것이었다. "이 리얼리즘의 문학이 일시적·지역적 풍조로 이해되거나 획일주의를 고집하는 도식으로 이해되어서는 안된다. 대하의 수심은 산만한 요동이 없이 전진하는 것처럼 리얼리즘의 문학은 다만 주류의 저변을 이루는 데에서 그쳐야 할 것이다." 이 '주류형성 기대론'은 리얼리즘과 민족문학을 옹호하는 다른 비평가에 의해서도 표명되었다.[5] 획일주의를 부정하면서 주류형성을 의도하는 것은 다른 계열 비평정신들에 대한 자기개방인 동시에 논의의 제기이다. 동시대인들끼리 경험을 교환하고 논의를 촉진하는 것은 하나의 선의의 임무이다.

---

4) Wellek & Warren, Theory of Literature, London, Penguin Books, 1970, 44쪽.
5) 백낙청, 『인간해방의 논리를 찾아서』, 시인사, 1979, 174쪽.

이 소론을 전개하는 데에도 이 자세가 전제되고 있다. 이 글에서 미처 감당하지 못하여 남겨놓은 한 비평 주제로서 '분단극복 내지 통일 주제의 문학'이 있다. 이 방면의 평론들이 이미 몇 편 나와 있으나 좀 더 충분히 헤아릴 수 있을 만한 단계에 이르기 위해 다른 기회로 미루어놓는다.

2. 지성주의와 민족문학

김우창의 평론집 『지상의 척도』[6]는 방대한 양의 저작이다. 독특해 보이는 이 평론집 제목은 횔덜린의 시 "땅 위의 척도가 있느냐? 그러한 것은 없다"에서 따온 것으로 보인다. 횔덜린은 잘 알려진 대로 철학자 하이데거가 깊은 관심을 보낸 시인이다. 김우창의 먼젓번 평론집 제목 『궁핍한 시대의 시인』도 하이데거의 강연 「횔덜린과 시의 본질」 끝 부분에서 따온 것으로 생각된다. 하이데거는 후썰Husserl에게서 배웠는데 후썰의 현상학現象學이야말로 김우창의 비평정신에 다분히 척도가 되고 있는 것으로 보인다.

척박하고, 호흡이 긴 이가 드문 한국의 문예비평 풍토에서 일정한 철학적 체계와 깊이를 동반할 수 있는 김우창의 경우는 풍요로와 보이며, 그가 추구하는 진지성의 밀도도 짙어 보인다. 이 밀도에 연유해서랄까 최근까지 그의 비평 문장은 난해한 것이 특징이었다. 최근부터 그 난해성은 어느 정도 감소되고 있고, 후썰이 존재로서의 세계에 대한 무한한 명상에 자신을 개방했던 것과는 조금 다르게 김우창이 한국적 사회 현실에 대해 자기개방을 어느 정도 넓힌 것으로 보이기도 한다. 이와 같은 단계에서 그의 평론들을 담은 『지상의 척도』가 출간되었다.

---

6) 김우창, 『지상의 척도』, 민음사, 1981.

"세계를 선험적先驗的 존재에 연관시켜 중립적 부동浮動의 상태에 두고 보려 하는"[7] 후썰은 초월자의 입장에서 창조적 직관을 동원하였다. 한국문학에 대하여, 특히 시에 대하여 김우창이 빛나는 직관들을 다양하게 투입한 것은 탁월한 작업이었다. 천상병의 순수 시심의 세계를 놓친 구석 없이 환히 밝혀보고, 그 평문의 제목을 「순수와 참여의 변증법」이라고 붙인 것은 그다운 솜씨의 대표적인 예라고 하겠다. 이 평문에서 그는 '참여'라는 말을 한 마디도 동원하지 않았다. 다만 '김수영'의 이름을 한 번 문맥에 삽입하고 지나쳐버린다. 이렇게 초월의 감수성을 구사하는 그가 모처럼 현실을 정면으로 상대한 평론이 「민족문학의 양심과 이념」[8]이다.

이 평론은 특히 백낙청의 평론집 『민족문학과 세계문학』에 집중하여 논평한 점에서 주목된다. 백낙청의 비평세계에서 김우창이 찾아내고 있는 특성들은 다음과 같이 열거된다. "백낙청은 역사의식이 구현되는 곳이 객관적인 역사에 있다기보다 '본질적인 역사'에 있다고 본다"(『지상의 척도』, 313쪽) "그는 로렌스의 *being*을 '임'(만해의 님, 불교의 진여에 연결해 보려는 것)으로 옮기고, 이것을 '엄숙하고 찬란하면서도 또한 덧없는 것'으로 본다."(315쪽) "그는 '본마음'이란 말도 쓰는데 하이데거의 '존재'에 대응되는 것으로서, 조용한 인도적 감정과는 달리 '행동적 양심' 또는 민중의 마음으로 표현되고 있다."(316쪽) 이렇게 관찰한 김우창은 백낙청의 이념적 분기의 정점을 다음과 같은 대목에서 짚고 있다.

인간이 참으로 인간적인 것과 관계 없는 여러 제약에서 벗어나 형제처럼 동포처럼 함께 사는 것이 인간의 삶다운 삶이라는 생각은 확실히 오늘

---

7) 清水幾太郎 編,『思想の 歴史』10, 東京, 平凡社, 1967, 286쪽.

8) 김우창, 앞의 책.

날까지도 선진적인 생각에 속한다. 그러나 삶을 위한 구체적 노력을 실천하고자 할 때 "만인을 예외없이 결합시킨다"는 말은 몹시 막연하고 공허하게 들리는 것도 사실이다. 주어진 사회현실이 사람들 사이의 참다운 유대를 조직적으로 파괴하고 왜곡시키는 마당에서 어떻게 '만인을 예외없이' 결합시킨다는 말인가? 우선 인간의 동포애적 결합을 진정으로 추구하는 사람들끼리 뭉쳐서 싸우고, 싸워서 이겨야 하지 않겠는가. …이광수의 생애에서 보듯이, 만인의 동포애적 결합을 막연히 표방하는 인도주의는 (톨스토이 자신의 저항적 자세와는 애초부터 다른 것이지만) 식민지 백성이나 일본 제국주의자가 모두 형제요 내선(內鮮)이 일체(一體)라는 식의 순응주의에 통하는 것이요, 오늘날 민족의 통일을 저해하고 그 자주성과 동질성을 좀먹으며 인간의 가장 기초적인 권리마저 짓밟는 세력이 범세계적으로 진치고 있는 마당에서 덮어놓고 만인을 예외없이 결합시켜야 한다고 주장한다는 것은 우리가 당면한 민족적·인간적 과제를 저버리는 일이 될 수밖에 없는 것이다. 출세보다 양심이 더 소중한 사람들, 소수의 화려한 특권보다 민족의 존립과 다수의 평등한 복지를 앞세우는 사람들, …이런 사람들끼리 우선 '부분적 배타적'으로 뭉쳐 적과 동지를 식별하고 전열을 가다듬지 않는다면 어떻게 만인이 동포적 결합을 지향하는 역사의 움직임에 참여할 수 있을 것인가?[9]

이 시대에 있어 드물게 볼 수 있는 모처럼의 이 도덕적 문장에 대해 김우창은 백낙청의 "내적 의식의 행동적 표현인 것"이라고 말한다. (318쪽) 즉 '본마음의 철학'의 발로라는 뜻이다. '내적 의식'과 '외적 행동'이라는 양면에 대해 김우창은 상대적으로 다양하게 부정도 하고 긍정도 한다. 그리고 비중이 주어진 한 문맥에서 보면 "그러나 문제는

---

9) 백낙청, 「文學的인 것과 人間的인 것」, 『民族文學과 世界文學』, 95~97쪽.

많다. …직관이 어떻게 '본질적 역사'가 아닌 현실세계의 정치공동체의 원리가 될 수 있느냐 하는 것은 가장 큰 문제일 것이다"라고 백낙청의 문제점을 지적하였다. 백낙청의 비평정신에 이처럼 '내면' 치중과 '직관'까지를 결부시켜 보는 것도 후썰 치중의 관점이 아닐지 모르겠다.

위에 든 백낙청의 전열 정비론에 대해 필자로서는 이성적이고 합목적적인 면에서 약간의 다른 견해를 말하고 싶다. (백낙청의 이 평론은 원래 1973년에 발표되었던 만큼 시기적인 거리가 있는 것이나, 근래에 김우창에 의해 상기되고 있다.) 필자가 주목해 보는 것은 양심있는 이들의 단결에 전제된 '부분적 배타적'이란 표현이다. 실상 그러한 결의를 견결히 해야 할 현실에 처해 있다 하더라도 '적과 동지를 갈라' 부분적 배타적으로 단결하자는 표현은 절제해도 좋았을 것 같다. 결코 뇌동함이 없이 자신을 개방하는 것이 진리와 진실을 사랑하는 이들의 자세일 것이고, 전략적으로도 역사의 발전은 단선적인 행동의 결과이기 어렵다는 각성이 필요할 것이며, 동지들은 '일치 안의 다양성'을 서로 신뢰받으며 세상 안에 파견되어 들어가야 할 것으로 생각되기도 한다. 이광수류의 선민의식·하향식 계몽주의·막연한 인도주의와도 또 다르게 우리가 문학예술 안에 담을 사랑과 포용은 남아 있어야 하지 않을까. 이러한 사랑을 '창조적 사랑'으로 생각해도 좋을 것 같다.

김우창은 백낙청의 비평정신이 민주주의적 투쟁에까지 나아가는 행동성을 지적하면서도 그 행동성의 발원점은 '내면의식' 또는 '본마음'의 철학이라고 보며, 이 '본마음'이 반지성주의反知性主義를 낳았다고 비판하고 있다.

백낙청씨의 '본마음'의 철학은 그것 자체로서 중요한 발언이면서 여러 가지 결과를 낳는다. 위에서 말한 대로 그것은 삶에 대한 일체의 지적(知

的) 접근을 수상쩍게 보는 태도의 이론적 근거를 이룬다. 백낙청씨가 지적 오만을 혐오한 것은 처음부터 알 수 있는 것이었지만, 근년에 올수록 그는 오만이 없는 지적인 행위까지도 그릇된 생각에서 나온 것이거나 아니면 그 자신의 말로 지식의 "어떤 본원적인 매판성"에서 연유되는 것으로 생각한다. 이러한 반지성주의(反知性主義)가 그로 하여금 롤랑 바르뜨를 비롯한 현대의 프랑스 비평가 내지 철학자 나아가 그에 비슷한 작업에 종사한다고 생각되는 한국의 지식인을 배격케 하고 그의 문체를 어쩌면 불필요할 정도로 논쟁적이고 공격적이게 하는 것이다.[10]

김우창의 이 비판은 백낙청이 「역사적 인간과 시적 인간」에서 롤랑 바르뜨의 글들을 비롯해 구조주의 비평을 신중히 대하면서도 결국 구조주의를 비판한 데 대한 공격이다. 한국 평단 일각이 구조주의에서 영향을 입었다는 것을 전제한 백낙청의 구조주의 비판 결론은 다음과 같은 것이었다. "형식주의와 예술지상주의를 넘어섰다는 구조주의 비평의 바닥에 깔린 것이 결국 옛날과 다름없는 모더니즘의 이념인 까닭에, 예술에 있어서 내용과 형식의 문제에 대해 그것이 보여주는 통찰도 그만한 수준을 넘어서지 못한다. 다시 말해서 모더니즘에 대한 진정한 극복이 이미 시작된 한국문학 자체의 수준에도 미달하고 있다." 이 결론에 이르는 과정에서 그는 구조주의가 말하는 언어의 가치창조 내지 가치첨가 작용을 경청하면서도, 사실상 구조주의가 설정하는 세계는 외연물外延物의 세계이며, 역사를 창조하는 인간의 능동적 실천이 결여된 세계라고 말하였다. 이러한 비판은 그가 롤랑 바르뜨의 저서를 비롯해 그 분야 참고문헌들에 의거해 가며 분량으로도 8페이지에 걸쳐 논급한 것이었다.[11]

---

10) 김우창, 위의 책, 318쪽.

그러므로 백낙청의 구조주의 비판은 구조주의에 동의하지 못하는 하나의 논의 제기였다고 보아야 할 것이다. 백낙청의 구조주의 비판을 재비판하려면 논리 내용을 대상으로 해야 하며 한마디로 '반지성주의', '삶에 대한 일체의 지적인 접근을 수상쩍게 보는 태도'라고 말할 수는 없는 것이었다.

국내에서 구조주의적 방법론에 의거해 저작된 한 견실한 평론집이 김치수의 『문학사회학을 위하여』[12]일 것이다. 이러한 작업은 한국 문예비평계에 있어 획일주의의 탈피와 지적 경험의 다양화를 위해 경하할 일이기도 하다. 그러나 동시에 동시대인들끼리의 경험의 교환이란 뜻에서 상호 논의에 임하는 것도 바람직하다. 구조주의 자체에 대해서는 앞에서 살펴본 백낙청의 검토와 견해 표명을 참고하는 것이 유익하다고 생각한다. 평론집 『문학사회학을 위하여』에 대해서는 김치수가 제시하는 구조주의 비평과 한국 평단 사이의 거리에 대한 느낌을 말해보고자 한다.

"다시 한번 상기해 둘 필요가 있는 것은 구조주의 문학비평이 방법적으로는 구조언어학 이론의 도입에 근거를 두고 있지만 정신적으로는 이른바 부르조아 철학의 정수라고 할 수 있는 형이상학으로부터 분석철학으로 옮겨가고 있는 철학계의 움직임에 근거를 두고 있다는 사실이다."[13]라고 김치수는 말하고 있다. 체제 현실이 감추어져 눈에 보이지 않게 된 현실의 구조까지 밝혀내는 데에 분석적 방법의 충실성이 필요한 점도 있겠으나, 분석주의 인간학의 한계와 폐해는 이미 일반적으로 지적받고 있다. "오늘의 세계에서 학문과 기술이 새로운 실증주의 경향으로 가려는 데서 위기를 느낀다. 학문이 사물을 한 면으로 축소시

---

11) 백낙청, 『民族文學과 世界文學』, 창작과비평사, 166~73쪽.

12) 김치수, 『文學社會學을 위하여』, 문학과지성사, 1981.

13) 앞의 책, 16쪽.

키려는 것은 위험한 일이다. 분석주의 인간학은 어느 일면을 강조함으로써 인간을 조각조각으로 갈라놓는 바, 이것은 학문을 명분으로 하여, 인간 전체를 이해할 수 없게 한다."(1971, 바오로 6세 사목서한) 인간의 문제에 집중하여 인간을 구원의 단계에까지 밀고 올라가고자 하는 종교에서도 분석주의의 한계가 이렇게 지적되었다. 또 같은 분석주의 토대 위에 있는 '신비평'의 경우도 웰렉이 「20세기 비평의 주류」에서 언급한 것을 보면 그것이 과학시대의 시를 변호하는 데서 효과를 거뒀지만, 출발에서부터 영역이 한정되어 있었고 역사적 전망도 짧다고 하였다.

김치수는 '누보 로망'이 물신주의物神主義라고 비난당함에도 불구하고 구조주의 비평은 누보 로망에 대한 긍정적 해석을 확립하였는데, 이 해석은 시장경제가 1세기 이상 지배해온 유럽사회에 있어서 집단에 소속된 개인이나 그 개인들의 관계가 이제는 결코 '인간적'일 수 없고 오히려 '사물화'된 것에 지나지 않는다는 사실을 예리하게 통찰한 데서 이루어졌다고 하였다. 이러한 사회에서 소설문학이 '바람직한 인간' 또는 '있는 그대로의 인간'을 그리고자 하는 것을 문학사회학이 대상으로 삼는다고 한다. 그러나 '있는 그대로의 인간'의 개념은 사실 모호하다.

시장경제 시대에 인간의 '사물화'는 계속 촉진된다고 할 때 누보 로망과 구조주의 비평은 사물화 현상을 막을 수 있는 것인지, '물신화'라든가 '사물화'는 분업과 분화의 현대를 맞아 사회적 총체성이 깨짐으로써 촉발되었는데 같은 성향의 '분석주의' 비평으로 문제를 시정할 수 있을 것인지, 장차 한국 문단에도 누보 로망이 등장하게 될 것인지, 막연한 거리감을 느끼게 된다.

구조주의에 대한 논의 자체는 원래 이 소론에서 비중을 차지하게 되어 있지 않다. 다만 '민족문학'을 추진하는 작업의 한 경우에 이른바 '반지성주의'가 결부되어 비판당한 사실의 근거가 구조주의 문제였으므로, 그 비판의 타당성 여부를 밝혀보는 과정에서 다시 한 번 구조주의에 논급이 가해진 것이다. 문예비평에 있어 '지적 작업'의 경우는 또 구조주의에만 해당할 것이 아니고 김우창에 연관되는 철학으로서의 현상학, 리얼리즘, 제3세계문학, 민족문학의 전통 문제 등에 모두 해당된다. 그러면 다시 '지적 작업'의 경우를 한 단계 더 검토해야 되겠다. 「문학의 현실참여」라는 제목의 글에서 김우창은 후썰을 인용하고 있다.

> 후썰과 같은 현상학자의 노력은, 적어도 그 만년에 있어서 우리의 인식을 조건짓고 있으면서 또 잊어버리거나 의식되지 아니하는 삶의 세계의 선험적인 구성을 보여주려는 것이었습니다. 다만 이런 현상학의 모범을 생각할 때, …거기에는 선험적인 동기관계만이 아니라 사회구조와 사물과 교육과 문화 등을 통해서 주어지는 여러가지 가치 또는 인식과 행동의 유형이 포함되어 있다고 보아야 한다는 말입니다. …즉 그것은 우리의 머리에는 여러가지로 퇴적된 문화적 사회적 찌꺼기들이 쌓여서 우리의 생각과 행동을 규제한다는 것이고 더 중요한 것은 이러한 규제 조건이 우리의 의식 속에 그러한 것으로 인식되지 아니한다는 것입니다. 사실 우리에게 동기를 부여하고 우리를 규정하는 것의 특징은 그것이 중요한 것일수록 무의식 속에 가라앉아 있는 것입니다. 따라서 우리가 이러한 규제로부터 벗어나는 것은 쉬운 일이 아닙니다.[14]

현실참여 문제에 집중해 생각하는 계기에 인간 내면의 '무의식'으로부터 벗어나기 힘든 규제를 느끼는 것은 아직 참여해야 할 '상황'을 인식하지 못하는 상태라고 볼 수 있다. 적어도 참여해야 할 필요성을 절실히 느끼지 못하는 것이다. 또 진정으로 참여하는 경우엔 '필요성'

---

14) 김우창, 위의 책, 77~78쪽.

을 따질 겨를도 없는 것이다. 참여는 너무도 당연하게 이미 내닫고 있는 행동인 것이다. 팔레스티나에서 가싼 카나파니의 소설 「하이파에 돌아와서」, 다르위시의 시 「희망에 대하여」가 보여주는 작품세계가 그런 것이다. 너무도 당연하고 자연스럽게, '참여'를 거론하는 것이 오히려 쑥스럽게 되어 있는 삶의 상황이다. 60년대 이후 이 지역에선 지난날의 연애시가 탁월한 정치시로 발전하기도 하였다. 이것은 무단히 제 고향에서 쫓겨나고 가족이 분산되고 공격적인 타민족에 의해 기습 학살을 당한 상황에서 나타난 문학이다. 라틴아메리카에도 이러한 극한적인 상황들이 있다. 마르께스의 소설 「아무도 대령에게 편지하지 않는다」의 상황은 작품 주제가 해학으로 변용되어 있지만 역시 생생한 행동이 되어 있다. 다른 나라들의 상황을 예로 들 것도 없이 한반도의 상황에 외세에 의한 국토분단과 민족상잔의 전쟁, 자유·개방·평화를 향한 민중의 갈구와 고투가 있다.

갈구하는 바에 맞게 역사를 발전시켜 나아가는 형세가 우여곡절을 겪는 것은 그것대로 또 하나의 문예 주제가 될 것이다. 그러나 이 경우의 창작 주제가 '무의식의 규제'를 크게 고려하게 되는 것이라고는 쉽게 생각되지 않는다. 김우창은 또 "문학의 실존적 접근은 아마 정신분석의 발생론적 접근에 가장 가까운 것일 것"이라고 말하였다.(『지상의 척도』, 79쪽) 말하자면 문학의 본질에 가까이 가려면 정신분석학으로부터 가장 도움을 받을 수 있을 것 같다는 견해이다. 이것은 리얼리즘이 가는 길과는 다른 방향의 생각이다. 이 점에 대해서는 유종호가 「근대소설과 리얼리즘」이란 평론에서 적절히 설명하고 있다.

인간개념에 대해 혁명적 충격을 가한 정신분석학을 비롯한 심리학의 발달도 리얼리즘의 쇠퇴에 결정적인 역할을 했다. 내면의 리얼리즘을 표방하면서 현대의 심리소설은 사회현실을 부차적인 것으로 치부하거나 아예 거기에 무관심하려 든다. …사회현실이 기계화되고 추악해지고 견딜 수 없게 되면 될수록 또 그것이 개인의 힘으로 어쩔 수 없는 거대한 괴물로 비치게 되면 될수록 침범할 수 없는 정신의 성역(聖域), 그 누구도 넘볼 수 없고 그 누구에게 양도할 수도 없는 무형의 사유재산으로 내면세계는 소중시된다. 한편 기억을 통해 과거의 현재성에 탐닉하면서 당대 사회현실의 현재성을 상대적으로 평가절하하게 된다. …정신분석학이 거둔 압도적인 호소력은 인간형성의 틀이 사실상 갓난이 시절에 형성된다고 주장함으로써 한두 가지 죄의식을 갖게 마련인 어른들에게 도덕적 책임을 면제시켜 준 덕도 크다.[15]

이렇게 볼 때 현상학적으로 중시하는 인간 내면의 '무의식'이라든가 '정신분석적 발생론'은 리얼리즘을 방법으로 삼는 오늘의 한국 '민족문학'에 대치된다. 그리고 김우창은 이렇게도 말한다. "우리가 말하고 있는 것은 행동의 언어가 아니라 치유와 이해의 언어입니다. 여기서 중요한 것은 행동적인 결과가 아니라 내적인 변화입니다. 이성적 설득이나 문학작품에 있어서 중요한 것은 단지 어떤 내용이나 결과가 아니라 과정입니다."(『지상의 척도』, 79쪽)

이와 같은 '과정'의 중시가 궁극적으로 현실적 결과와 정치적 의미까지 갖는 것으로 생각한다 하더라도, '과정'과 '결과'를 동시에 중시하지 않고 "중요한 것은 내용이나 결과가 아닌 과정"이라고 말하는 데엔 내면으로 침잠하여 현실을 도피할 우려가 있으므로 창조적 원리론으로서는 설득력이 약하다.

요는 이 준열한 현실의 현대 상황에 있어서 후썰류의 현상학이 문예에 모범이 되기는 어려울 것 같다. "후썰이 세계의 총체적 진리에 도달하려 했더라도 세계질서의 가치를 실제로 체험하는 데 있어서는

---

15) 유종호, 『同時代의 詩와 眞實』, 민음사, 1982, 159쪽.

문제가 따른다. 그 체험은 인간 삶의 개별적이고 구체적인 체험에 의해 비로소 실현되고 또한 수정되어 나가기 때문이다."[16] 실로 하느님의 '보편적' 진리라 하더라도 그것이 결과적으로 세상에 나타나고 실현되어야 사람들이 알고 인정할 수 있는 것인데, 그것이 세상에 실현될 때엔 부득이 하나의 구체적 현실을 거치지 않으면 안된다. 여기에 '현실'의 중요성이 있을 것이다.

지난날 서구에서 있었던 시와 철학과의 관계, 휠덜린이 하이데거에 연결되고 발레리의 시가 후썰의 현상학에 대응하여 주목된 일이 있다. 그러나 문학이 철학에서 자신있게 모범을 기대할 수 있을까. 하이데거가 「휠덜린과 시의 본질」이란 제목으로 강연을 한 것은 1936년의 일인데, 이보다 앞서 1933년에 그는 이미 나치스에 입당한 처지였다. 하이데거의 나치스 입당은 그가 사색思索의 정지상태에 빠졌고 무기력감으로 인해 자신의 운명에 반항한 때문이라는 관측이 있다. 이러한 신분으로 그는 시인 휠덜린에 몰입했고 또 훨씬 뒷날 릴케의 20주기를 맞아 「시인의 사명은 무엇인가」라는 제목으로 강연을 하였다. 시인의 사명은 무엇인가? 철학자가 가르쳐 준다기보다 시인 자신이 잘 알 일이다.

시는 온몸으로 바로 온몸을 밀고 나가는 것이다. 그것은 그림자를 의식하지 않는다. 그림자에조차도 의지하지 않는다. 시의 형식은 내용에 의지하지 않고, 그 내용은 형식에 의지하지 않는다. …시는 온몸으로 바로 온몸을 밀고 나가는 것이다.[17]

이렇게 말한 김수영은 한국의 50년대 모더니즘에서 벗어나 현실상

---

16) 조셉 치아리, 「현상학」, 『20세기, 프랑스 사상사』, 종로서적, 1981, 59쪽 참조.
17) 김수영, 「詩여 침을 뱉어라」, 『詩여 침을 뱉어라』, 민음사, 1975, 128~29쪽.

황에 진출하고 역사의식과 행동을, 온몸으로서의 삶을 희구해 나아가고 있었다. 백낙청이 서구의 구조주의를 가리켜, 한국문학이 모더니즘 극복을 시작한 수준에 못 미친다고 한 데엔 이 김수영의 경우도 뒷받침이 되고 있었다.

사실상 60년대 이후 70년대에 걸쳐 한국의 비평문학은 소설과 시의 창작 성과들을 수반하면서 참여·리얼리즘·민족문학·제3세계문학에의 참여라는 맥락으로 발전하였다. 이 맥락에서 결국 민족문학이 주체가 되고 리얼리즘은 방법이며 원리였다. 그리고 이 흐름의 각 단계에는 계속 지적 작업이 따르지 않을 수 없었다. 70년대에 '민족문학'을 주장하는 데엔 과거에 세계문학처럼 여겨지던 서구문학의 전통을 알아야 했으며 특히 20세기 서구 모더니즘의 한계를 인식하고 극복하는 안목이 전제되었다. 리얼리즘의 경우에는 세계문학사 안에서 더욱 폭넓은 관찰을 하는 지적 노력이 필요하였다. 한국문학의 지적 경험의 다양화를 위해 구조주의라든가 그밖의 철학적 사유思惟는 앞으로도 어느 일방이 임의적이고 획일적인 자세에 의해 봉쇄될 수는 없는 것이며, 다만 동시대인들끼리의 경험의 교환을 위해 계속 비평적 대화와 논의를 수반하면서, 민족문학과 리얼리즘의 지적 노력도 지속되어갈 것이다.

민족문학론의 전개는 70년대에도 여러 편의 주목할 만한 평론들에 의해 이루어졌지만, '민족문학'이란 용어에 거부감을 느끼는 이들이 있을지 모르겠다. 한국인으로 한국어를 사용하는 문학인이면 누군들 민족문학에 속하지 않겠느냐는 생각 말이다. 알게 모르게 신식민주의적 작용이 나타나 있는 20세기 후반의 세계에, 특히 과거에 신민지가 되어본 체험이 있는 개발도상의 나라들에 정당한 자기완성을 위한 신민족주의 및 민족문화 회복의 임무가 대두해 있다. 오늘 한국에서 '민족문학'을 주창하는 이들은 이 무거운 짐을 자진해 등에 짊어지고 감당해 나아가려 하는 의지를 나타내고 있는 것으로 이해되어야 한다. 이 감당은 민족문학의 양심과 이념에 통하는 말이다.

3. 리얼리즘과 제3세계문학

오늘의 한국 민족문학이 원리와 방법으로 취하고 있는 리얼리즘에도 또한 어려움은 있다. 60년대 이후 참여·리얼리즘·민족문학의 맥락에서 원리론으로 취해진 리얼리즘은 결코 어설픈 상태의 것이 아니었으며, 적어도 민족문학 맥락에서는 이미 정착이 되었다고 해도 과언이 아니다. 이 리얼리즘은 세계문학사 안에서의 19세기 리얼리즘에서 모범을 취한 것이다. 이 모범은 문명사적인 의의를 띠고 있기 때문이다. 이 리얼리즘은 하나의 '사조적思潮的' 단계의 것이 아니라 지속적 원리이며, 방법적으로 '모사模寫'가 아니라 비전과 심화라고 하였다. 70년대 초에 시작하여 한국문단에서 여러 차례의 논쟁을 거치며 개진되어온 리얼리즘론의 경위와 내용은 필자가 「70년대 비평문학의 현황」에서 상세히 밝힌 바 있다. 또한 리얼리즘은 그 자체로서도 다양성을 띠며, 현실 상황에 따라 변용이 가능한 '산 개념'이며 '발 전하는 개념'임을 염무웅의 「리얼리즘론」[18]이 충실히 해명해 놓았다. 다미안 그란트도 말하기를 리얼리즘은 "다루기 힘들 만큼 융통성을 지니고 있다"고 하였다. 그의 『리얼리즘』 첫 페이지에는 자연주의 리얼리즘, 비판적 리얼리즘, 환상적 리얼리즘, 민족적 리얼리즘, 사회주의 리얼리즘을 포함하여 무려 26종의 리얼리즘 명칭을 제시해놓았다.[19] 레이몬드 윌리엄즈는 「리얼리즘과 현대소설」에서 말하기를 19세기 사회에서보다 20세

---

18) 염무웅, 「리얼리즘論」, 『民衆時代의 文學』, 창작과비평사, 1979.

기 사회에 오히려 리얼리즘에 어울릴 요소들이 더 많다고 하였다.

그런데 지금 우리 사회 일각에서 문예비평 부재 상태가 지적되고 있고 이 지적에는 의식·무의식간에 리얼리즘 비평의 소강상태가 동기의 큰 부분을 이루고 있다고 보게 된다. 역사발전상의 우여곡절은 그 자체로서 문예적 창조정신이 부닥뜨리는 고뇌이거니와, 이러한 단계에서 한국문학은 원래 세계문학 안에서도 리얼리즘이 겪는 어려움들을 한 차례 직시하는 것이 자체 정돈과 가능성의 재정립에 도움이 될 것 같다. 오늘의 한국 리얼리즘이 세계문학사적으로 볼 때 '19세기 리얼리즘'에서 원리를 본다고 하지만, 19세기 리얼리즘은 서구에서 '20세기 모더니즘'에 의해 일단 차단된 사실을 부정할 수 없다. 여기에서 리얼리즘이 사조적 성격의 것으로 끝나버린 것이라는 부정적 견해를 유발하는 수가 있다. 그러나 이 차단은 19세기 리얼리즘 자체에 결함이 있다기보다 세계 현실의 변모 양상에 원인이 있으며, 결과적으로 중요한 점은 리얼리즘에 대체된 보다 우월한 문예원리라든가 작품적 성과들이 없다는 것이다. 문예사적으로는 오히려 19세기에서도 더 까마득히 소급되어 있는 리얼리즘의 전통적 저력에 동경을 보내게 된다. 이러한 인식을 한 차례 개진한 것으로 유종호의 평론「근대소설과 리얼리즘」이 있다.

리얼리즘의 쇠퇴는 19세기 후반기에 대두한 여러가지 형태의 반계몽주의(反啓蒙主義)에 관련된다. 계몽주의가 믿어 의심치 않았던 인간 이성(理性), 과학과 사회의 진보에 대한 믿음을 포기한 반계몽주의는 허무적·비관론적 세계관을 퍼뜨렸고 문학에 있어서 현실의 객관적 묘사는 쇠퇴하기 시작하였다. 이것을 한 마디로 퇴폐적이라고 처리해버리는 견해에 설복당

---

19) Damian Grant, *Realism*, Methuen & Co Ltd., 1970, 1쪽.

하기는 어려운 일이다. …둘째, 수법상의 차원에서 리얼리즘의 목적과 관련되는 것으로서 리얼리스트들이 수행하고 있는 기능이 보다 냉철한 사회학자의 손으로 이루어진다는 생각이 떠오름으로써 리얼리즘의 중요한 자부(自負)사항이 근거를 잃게 된다. 발자크 이후 리얼리스트들은 역사가를 자처하면서 곧잘 '연구'니 '조사'니 하는 부제를 붙이곤 했는데, 사회현상의 조사와 설명이라는 소임을 훈련받은 사회학자들이 훨씬 착실하게 수행할 수 있다는 것이다. 셋째, 소설 속에서 진정한 객관성을 이룩할 수 있다는 믿음이 무너졌다. …예술작품이 현실 복사의 완벽성에 준해서 평가되어야 한다면 가장 귀중한 심미적 경험은 가만히 앉아서 현실 자체를 관조하는 것으로 족하지 않겠느냐는 자의식을 안겨주었다.[20]

헤밍스Hemmings의 견해를 인용한 이 개진의 셋째 사항은 일면적인 오해이기도 하다. '뒤랑띠 샹플뢰리의 소박한 모사론적模寫論的 리얼리즘'은 19세기 리얼리즘의 중심적 내용이 아니라고 지적하여 배제한 것은 한국문단에서도 70년대 리얼리즘론을 전개할 때 이미 이루어진 일이다. 유종호는 또 기술산업문명으로 인한 사회적 분업의 세분화와 경제적 불균형의 심화로 인한 사람들의 경험 공유 영역의 협소화도 리얼리즘 쇠퇴의 요인으로 덧붙여 지적하였다. 그러나 문학사적으로 이 현상을 어떻게 보아야 하는가.

리얼리즘의 쇠퇴가 과연 소설 장르 자체의 위기를 예고하는 것인지, 또는 모더니즘으로의 발전적인 쇠퇴를 의미하는 것인지 하는 것은 사람에 따라 의견이 다를 것이다. 우리가 확인할 수 있는 것은 리얼리즘에서 떨어져 나간 소설이 전(前)세기의 걸작에 비해 반드시 상승 곡선을 그리고 있지

---

20) 유종호, 「近代小說과 리얼리즘」, 앞의 책, 155~56쪽.

않다는 것, 리얼리즘을 대치한 모더니즘이 대체로 비인간화(非人間化) 경향을 가지고 있다는 것이다. 그리고 리얼리즘의 쇠퇴가 — 우리는 이것이 전면적인 추세라고 생각지는 않는다. 리얼리즘에의 동경은 아직 많은 작가들의 활력(活力)이 되어 있다. — 문학적 맥락에서 우리의 주목을 끄는 것은 그것이 사람들 사이의 공동경험의 축소와 공유경험의 붕괴 그리고 경험교환 가능성에 대한 믿음의 상실과 연관되어 있다는 점이다. 그리고 같은 시대의 역사를 살아가는 사람들 사이에서 이러한 현상이 빚어진다는 것이 사람들의 행복에도 사회의 건강에도 기여하지 못하리라는 점이다.[21]

이러한 인식을 제시한 유종호는 「한국 리얼리즘의 한계」[22]에서 염상섭의 경우를 논급하였다. 그의 초기작 「만세전」은 리얼리즘 수준이었는데 그 뒤 작품에서 사회현실을 배제한 일상인간들을 그려나가 실패하였는바, 그에게 역사의식이 있어야 했을 것이라고 하였다. 실상 염상섭 시대에는 자각된 시민층의 대두도 작가에게 의식되지 못했었다. 그러나 1960년의 4·19 혁명을 감당하고 난 이후 시대의 작가들에게는 시민적 저력이 잠재적으로라도 의식되고 있다. 창작의 실제에 있어 60년대를 계기로 50년대 모더니즘이 지양되고 현실의식과 역사의식이 고양되었으며 리얼리즘 비평이 문단에 깊은 영향을 주었다. 이 단계에서 백낙청은 오늘의 한국 리얼리즘이 처한 입장이 서구에서의 리얼리즘 퇴조에 관계가 없으며, 그 퇴조가 세계적 대세도 아니며, "우리 자신의 역사 안에서 인간해방 과제의 일부"로 생각하면 된다는 견해를 보였다.[23] 20세기 리얼리즘은 지난 시대의 리얼리즘에서 전통과 원리를 취할 수는 있지만, 리얼리즘의 내용 전폭을 복고적으로 계

---

21) 앞의 책, 159~60쪽.
22) 앞의 책.
23) 백낙청, 「리얼리즘에 관하여」, 『韓國文學의 現段階 Ⅰ』, 창작과비평사, 1982, 351쪽.

승하려 한다면 그것은 오히려 리얼리즘의 '산 개념', '발전하는 개념'
으로서의 본질에도 위배된다. 아울러 변모하는 시대적·현지적 상황
에 대응하여 리얼리즘이 계속 요청된다는 데 대한 인식은 가능한 것이
다. 20세기 리얼리즘의 이 입장에 대해서는 스테판 코올의 「20세기 리
얼리즘」에서 다음과 같이 설명되고 있다.

> …20세기가 산출한 상황에 대해 어떤 태도를 취하느냐에 달렸다. 점차
> 로 팽대해가는 현실의 불가해함과 더불어 '소외'와 '고립'을 용납하는 태
> 도가 점점 후퇴함에 따라 19세기 범주에 의거한 리얼리즘의 요구가 더욱
> 높아져 간다. 이런 '전통적' 요구들로부터 볼 때 결국 미메시스(Mimesis)
> 예술은 이미 아리스토텔레스가 생각했던 바와 같이 현실을 정제(整齊)와
> 취사선택을 통하여 인식 가능하도록 만들어야 한다는 점이 명백해진다. 만
> 약 그렇지 않다면 우리가 삶의 의미를 재발견하기 위하여 리얼리즘에 호소
> 한다는 사실을 무엇으로 해명할 수 있단 말인가? 리얼리즘 예술의 사회적
> 기능은 이 이상 더 아름답게 제시될 수 없을 것이다.[24]

이렇게 리얼리즘의 전통적 저력이 상기되고 과시된다. 리얼리즘에
관해서 마지막으로 생각되는 것은 제3세계문학 안에서의 리얼리즘 문
학 문제이다. 리얼리즘에 맥락을 같이하는 한국 민족문학이 제3세계
문학에 참여해야 한다는 당위성이 70년대 민족문학론 전개과정에서
이미 확인되어 있기 때문이다.

그동안 한국에서의 제3세계문학에 대한 관심은 아프리카와 라틴아
메리카에 집중되어왔다. 중동(팔레스티나) 문학에 대한 관심은 조금
늦게 시작되었다. 민족문학의 이념면에서 제3세계문학권이 대체로 동

---

24) 스테판 코올, 「20세기 리얼리즘」, 『리얼리즘의 歷史와 理論』, 한밭출판사, 1982, 181~
82쪽.

질성을 띠고 있기 때문에 문예원리 및 방법면에서도 자연히 서로 관심의 대상이 된다. 그런데 다소 의외랄까, 아프리카의 셍고르와 라틴아메리카의 네루다, 옥타비오 빠스 등 가장 저명한 시인들이 '초현실주의'에 관련되는 것으로 평가되어 있다. 소설가로서 이번에 노벨문학상을 받은 라틴아메리카의 마르께스도 자신의 『백년간의 고독』에 관한 언급에서 "초현실주의와의 관계가 불가하지 않으며, 그것은 라틴아메리카적 현실에서 오는 현상"이라고 말하였다. 역시 라틴아메리카 작가로 전에 노벨문학상을 받은 아스뚜리아스는 '마술적 리얼리즘 *realismo magico*에 관련되는 것으로 평가받기도 한다. 이 두 대륙에서는 이제까지 유럽의 언어로 작품을 써 왔다. 아프리카에서는 불어와 영어로, 라틴아메리카에서는 스페인어와 포르투갈어로 써 왔다. 이 현상은 이 두 대륙의 문학이 유럽을 통해 세계에 잘 소통되어 나가는 이점이 되기도 하지만, 토착문화의 밀도를 표현하는 데 있어서의 한계와 아울러 서구문학의 모더니즘으로부터 쾌락지상주의·자기분열·퇴영의 요소가 감염된 것으로 볼 수도 있을 것이다

초현실주의 자체가 서구에서 다다이즘의 후예로 생겨나 모더니즘 범주에 들며 리얼리즘에 맞지 않는 사조임은 다 아는 사실이다. 그러나 이 문제에 대해 제3세계에서는 좀 여유를 가지고 헤아리는 태도가 필요할 것이다. 즉 외래사조의 위력이 더 클까, 민족적 삶의 현실과 개성의 위력이 더 클까 하는 점이다. 결론적으로는 후자 쪽이 더 강하다고 보게 된다. 아프리카에서 네그리뛰드*Négritude* 문화운동을 일으킨 셍고르의 시 「탕아 돌아오다」, 「콩고」, 「미국 흑인 병사에게」, 다비드 디오프의 시 「아프리카」, 아체베의 소설 『모든 것은 무너져내리다』, 케냐타의 소설 「마술사 기비로의 예언」 등은 아프리카 민족주의의 생생한 육성이다. 라틴아메리카에서 네루다는 1940년대 중엽 이후 대중에게 전달될 평이한 시를 썼다. 빠스는 원주민 문화에 깊은 애착

을 느끼며 한 편 아시아 문화를 동경한다. 아스뚜리아스는 마야문명을 연구했으며 『대통령각하』, 「과테말라의 주말」 등은 강렬한 현실고발 소설이다. 마르께스의 「아무도 대령에게 편지하지 않는다」는 독재로 인한 정변의 악순환을 예리하게 풍자한 소설이다. 오늘날 라틴아메리카에서 "작가들은 이성간의 사랑보다 이웃사랑에 훨씬 역점을 가함으로써 인간적 성실성을 보여주고 있으며…정당하고 인정에 넘치는 사회형태에의 비전을 지닌다"[25]고 한다.

이런 면으로 보면 아프리카도 라틴아메리카도 서구적 의미의 초현실주의에 빠져 있는 것은 아니며 오히려 리얼리즘 쪽에 연대되어 있다고 보아야 옳을 것 같다. 라틴아메리카에서 보르헤스*Borges*의 영향으로 1940년대부터 '환상적 리얼리즘*realismo fantástico*' 또는 '마술적 리얼리즘'이 형성되어 있다고 하지만 이 경향도 리얼리즘의 다양성 안에 수용될 수 있을 것이다. 한편 중동 팔레스티나의 문학은 수난의 극한적인 상황과 민족언어의 사용이 역동적인 리얼리즘을 낳고 있는 것으로 보게 된다.

한국문학 안에서 제3세계문학에 연대감을 느끼게 된 것은 민족문학론의 전개과정에서 이루어진 일이라고 앞에서 말하였다. 필자가 1976년에 「70년대 비평문학의 상황」을 썼을 때 결론에서 과제로 지적한 것이 이미 대두해 있는 '제3세계문학론의 보다 균형 있는 검토'와 '민족문학의 전통적 유산에 대한 체계적인 가치평가 작업'이었다. 그 뒤 1979년에 《창작과비평》 가을호가 '제3세계의 문학과 현실' 특집을 마련하였다. 6편의 평론 중 4편이 제3세계문학론이고 1편이 이슬람문화론, 1편이 중국경제론이었다.[26] 이 특집은 나름대로 한국에서 제3 세

---

25) Jean Franco, *The Modern Culture of Latin America*, New York, Praeger Publishers, 1967, 287쪽.

계문학론을 본격적으로 출발시킨 계기를 이루었다고 볼 수 있다. 이 특집에서 특히 백낙청의 「제3세계와 민중문학」은 아프리카와 라틴아메리카, 팔레스티나의 현대문학을 광범하게 고찰하였고 민중문학의 기준에서 다루어 제3세계문학의 동질적 성격을 밝혔다. 그 뒤 서울대 『대학신문』의 '제3세계문학' 특집 연재, 공저 『제3세계문학론』[27] 등을 통해 박태순의 '중동문학론', 김정환의 「인디안문학론」이 추가되면서 제3세계문학론을 더욱 활발케 하였다. 70년대 말로부터 80년대 초에 걸쳐 한국 문단에서 전개된 제3세계문학론의 내용에 대해 여기에서 상세히 언급하지는 못한다. 다만 이 방면에서 얻어진 비평정신 골자들을 추려보면 다음과 같이 된다. ① 19세기 후반 이래 유럽은 세계 도처에 식민주의 침략을 감행한 결과 지식인 및 정신작업자들이 도덕적 공허감을 느낀다. ② 제1차 세계대전 이후 쉐펭글러의 '유럽의 몰락' 선언에 의해서만이 아니고 유럽은 문화적 독특성에 대한 자기신뢰를 상실하였다. ③ 20세기에 서구문학을 지배하게 된 모더니즘은 쾌락지상주의적·반민중적·반역사적 퇴영성에 빠졌다. ④ 구미의 나라들이 '선진국'이라는 것은 경제적 의미에 있어서만 해당되는 지칭이다. 그 선진국 국민들은 인간적 가치보다 '물질적 향유'를 삶의 보람의 전부인 것처럼 생각하기도 할 만큼 가치관의 전도를 일으켰다. ⑤ 반면에 제3세계 개발도상국 국민들은 묵은 문화전통 안에 인간의 가치에 대한 생생한 인식력을 가장 잘 간직하고 있으며, 장차 인류문명을 재건하는 데 있어서는 이 인간적 가치의식을 토대로 삼아야 한다. ⑥ 제3세계 문학인들은 선진국의 식민주의 침략을 민중과 함께 겪었으므로

---

26) 백낙청 「제3세계와 민중문학」, 구중서 「라틴아메리카의 知的 風土」, 이종욱 「아프리카 문학의 사회적 기능」, 김종철 「식민주의의 극복과 민중」, 김정위 「이슬람세계와 그 문화」, 백영서 「中國型 經濟發展論의 재평가」.

27) 백낙청 외, 『제3세계문학론』, 한벗사, 1982.

문학인과 민중 사이의 연대감이 견고한 편이라는 다행을 안고 있다. ⑦ 위와 같은 요인들 때문에 제3세계문학은 현대 세계문학의 가장 선진적 경향이다. ⑧ 그러나 제3세계문학은 세계문학을 셋으로 나누자는 것이 아니고 하나로 보는 안에서 수행해야 하는 것이다. ⑨ 제3세계문학의 원리와 방법으로는 세계문학사에서 모더니즘에 의해 차단된 리얼리즘을 회복시켜 활용할 수 있다. ⑩ 한국의 제3세계문학론은 이제 등잔 밑이 어두운 격으로 동아시아 문화의 정신적 보고寶庫를 수용하지 못한 점을 반성해야 하고, 특히 한국 민족문학의 전통을 제3세계문학론의 관점에서 밝혀보아야 한다는 것이었다. 특히 한국의 제3세계문학론이 아프리카·라틴아메리카·중동의 문학에만 눈길을 돌리는 것은 과거에 우리가 서양문학에만 치우쳤던 것과 같은 또 하나의 허위허식을 범하는 꼴이라는 데 대해서는 최원식의 다음과 같은 적절하고 멸요한 지적에서 중요한 경각을 받았다.

70년대의 민족문학론이 제3세계문학과의 올바른 연대를 인식한 것은 앞 시기의 민족문학론이 가지지 못한 최대의 행운인 점은 의심할 여지가 없다. 그러나 제3세계에 대한 관심이 라틴아메리카·아프리카·아랍 등에 치우쳐 있는 것은 문제이다. 관심의 초점을 우리가 바로 소속해 있는 아시아, 더 구체적으로는 동아시아에 두어야 할 것이다. 최근 더욱 절실하게 느끼는 바이지만 중국과 일본에 대한 우리 사회의 무지에 스스로 놀라움을 금할 수 없는데, 한·중·일 동아시아 삼국은 그 오랜 은원(恩怨) 관계 속에서 무슨 운명처럼 묶여 있다. 하기는 일본이 과연 제3세계의 일원인가에 대해서는 그 나라 안에서도 격렬한 토론이 있는 모양이고, 중국이 또한 오늘날 제3세계에서 벗어나는 듯하니 문제가 있기는 하지만 그렇다고 해서 마냥 먼 곳으로 우회만 할 수는 없을 것이다. 더구나 동아시아 삼국은 풍부한 사상적 재화를 가진 곳이다. …제3세계란 무엇인가? 그것은 구라파에서 창조된 이념 중 어느 하나를 배격하고 다른 하나를 따르려는 것이 아니라, 냉전체제를 유지하는 데 동원된 일체의 구라파적 이념을 새롭게 보려는 주체적 정열에 기초한 것인데, 동아시아 삼국에 풍부한 사상적 재화를 제3세계 민중의 관점에서 비판적으로 재해석하는 적극적 방향이 요망된다. 제3세계론의 동아시아적 양식을 창조할 때 비로소 우리의 민족문학론도 풍부한 현실성과 진정한 선진성을 획득할 수 있을 터인데, 제3세계론은 이제 단순히 국제적 연대의 문제가 아니기 때문이다.[28]

위의 지적은 '동아시아적' 범주에 대한 중요한 일깨움인데, 최원식은 이어서 근래 우리 민족문학론의 또 하나의 행운은 국문학계와 비평계의 공동 관심사로 '전통론'이 전개되고 있다는 점을 지적하였다. 그러나 최원식의 문맥은 제3세계문학의 시각에서 민족문학 전통이 한 차례 조명될 필요에 직접적으로 언급하지는 않았다. 제3세계문학론을 전개함에 있어서도 제3세계권 각 나라의 민족문학 전통이 중시되어야 한다는 것이 필자의 생각이다. 왜냐하면 제3세계 역시 문화적 획일주의를 추구해서는 안되는 것이며 각기 개성있는 전통을 가지고 '일치 안의 다양성'으로, 한 꽃밭의 각기 다른 꽃들의 조화관계처럼 어울려야 하기 때문이다. 이런 생각에서 필자는 간략하고 옅은 작업으로서이지만 「제3세계문학으로서의 한국문학」[29]을 통사通史 범위에서 시도해 보았다. 민족문학과 제3 세계문학의 연대감이 진정으로 의의있는 것이라면 앞으로 이 방면에도 비평계와 국문학계가 더 관심을 가지고 한 차례 작업을 전개해 주었으면 한다. 전통의 뿌리로서의 고전문학 자산과 60년대 이후의 한국 현대문학 성과는 제3세계문학 안에 매우 가치

---

28) 최원식, 「民族文學論의 반성과 전망」, 『民族文學의 論理』, 창작과비평사, 1982, 368쪽.
29) 졸고, 「제3세계문학으로서의 한국문학」, 『제3세계문학론』, 한벗사, 1982.

있는 것으로 내보일 수 있다고 생각되기 때문이다.

4. 문학사 기술과 전통의 문제

앞에서 필자는 문학사 기술이 문예비평의 영역에 일치된다고 말하였다. 옛날과 오늘의 작품들을 생생하게 살리고 질서짓는 일을 비평가가 할 수 있으며 여기에서 산 문학사가 씌어질 수 있겠기 때문이다. 문학사 기술에 직접 나서지 않은 비평가로서도 민족문학의 총체적인 가치 체계에 관심을 기울이기 때문에 문학사와 전통의 문제에 간여하는 경우들이 있다. 염무웅과 최원식의 경우도 여기에 해당된다.

염무웅의 평론 「민족문학관의 모색」[30]은 좋은 본보기가 된다. 그는 '사회경제적 측면'을 숙고하면서 '근대적 민족문학의 전개과정'에 대한 탐구를 시도한다. 고전문학과 신문학의 연속성, 근대문학의 기점, 전통의 계승, 외국문학의 이식론移植論 및 식민지문학관의 극복 문제 등을 종합하고, 아울러 오늘의 문학이 민족문학사의 어느 단계에 와 있고 민족문학의 당면한 요구가 무엇인지에 대한 해답을 모색하였다. 이 평론에서 고전문학과 신문학의 연속성, 전통, 식민지문학의 극복 문제가 충분한 구체성을 띠고 개진되지는 못하였다. 또 '근대적'인 민족문학의 출발점 구명이 추구될 만한 일이기는 하지만, 고대·중세·근대의 3분법 개념이 한국 역사에서는 원래 정확한 해당이 안되는 문제가 있으며, 어떤 문학사가들의 경우에서처럼 '근대적'인 문학만이 민족문학인 것으로 다루는 인상을 주어 민족문학사의 또 다른 '전통단절'을 유발하는 위험이 따를 수 있음을 필자로서는 스스로 경계하곤

---

30) 염무웅, 「民族文學觀의 摸索」, 앞의 책.

하다. 다만 무엇보다도 중시되는 것은 문단의 현역 비평가로서 '고전 문학과 신문학의 연속성', '전통의 계승'을 긴요한 것으로 자각하는 점이다.

실로 이 대목은 국문학계와 비평계가 근래에 예민하게 관심을 기울이는 주제이다. 식민지문학관의 극복도 여기에 관련되며, "한국문학사를 개편해야 한다"는 주장들도 같은 취지의 논의이다. 이러한 지향에서 다양한 논의와 작업들이 없었던 것이 아니지만 최근에 나온 이청원의 『한국 민족문학사론』[31]은 주목될 만한 한 모색이라고 생각된다.

이청원의 이 저작은 민족문학사의 정기를 바로잡아야겠다는 것인데 구체적으로는 역시 신문학 출발기의 전통계승 문제를 비롯하여 일제시 문학의 재평가를 주장한다. 그의 주장들은 대부분이 파격적인 것이다. 이런 성격의 작업들이 왕왕 근거의 빈약을 드러내는데, 이 『한국 민족문학사론』의 경우는 대체로 나름의 근거가 제시되어 있고 착상들이 설득력이 있다.

그는 이른바 신문화 이입기에 추점을 두어, 학계의 서지저書誌的 연구업적에 힘입고 한편으로는 스스로 자료발굴 작업에 나서면서 문학사 시정 작업에 임하고 있다. 그의 이번 저작에서 두드러지는 몇 가지 내용을 보면 다음과 같은 것들이 있다.

신문학기에 앞서서 구어체(口語體) 문장과 아울러 한글전용을 실천하고 고시가에 맥이 닿은 창가체 시가들을 발표한 것은 1896년에 창간된 《독립신문》을 통해서였다. "우리 신문이 한문은 아니쓰고 다만 국문으로만 쓰는거슨 상하귀천이 다 보게 홈이라…국문만 쓴 글을 조선인민이 도로혀 잘 아러보지 못하고 한문을 잘 아러보니 그게 엇지 한심치 아니하리

---

31) 이청원, 『韓國 民族文學史論』, 원광대학교 출판국, 1982.

요…" 이런 문장을 쓴 창간사에서부터 증거가 되고 있다. 일본으로부터 7·5조 창가(唱歌)가 들어오기 이전, 1896년까지만 해도 430여 편의 찬송가가 보급되었는 바 그 가사들이 신체시에 영향을 주었다. 최초의 신체시는 1908년에 발표된 최남선의 「해에게서 소년에게」가 아니고 1898년 2월 5일자 《협성회 회보》에 실린 니승만(李承晚-필자)의 「고목가」이다. 그 시는 "슬프다 뎌 나무 병들고 썩어서/다 늙었네 반만 섰네"로 시작된다. 1910년 합방 후의 국내 문학은 일제의 관리문학(管理文學)이었다. 3·1운동 때 또는 그 뒤 1주년, 몇 주년에 3·1운동에 대해 쓴 시가 지면에 실렸는가. 상해(上海) 임시정부에서 내던 《독립신문(獨立新聞)》에 1920년 3월 1일을 맞아 김여제(金與濟)가 「삼월일일(三月一日)」이란 제목으로 통분하는 시를 썼다. 일본 관동 대지진 때 조선 동포가 8천 명이 억울하게 죽었는데 그들에 관한 시 한 편, 소설 한 편이 국내 지면에 발표되었는가. '문학은 시대의 반영'이라고 하는데 그런 관리문학들이 문학이었던가. 신문학사에 있어 두 가지 사실이 공인되어야 한다. 하나는 36년 동안의 국내 문학을 '식민지시대 문학'으로 규정해야 하고 또 하나는 국외의 항일투쟁의 문학유산들을 수용하고 인정해야 한다.

이 저작의 도처에 열정적인 문제의식과 문학사 시정에 참고될 자료들이 담겨 있다. 역사는 누가 쓰든 바르게 쓰면 좋은 것인데 국문학계와 비평계가 이 문제제기들을 받아들여 숙고해야 할 가치가 있다고 본다. 다만 문제의식과 근거 제시들을 떠나서는 전체적인 정돈과 체계가 산만하며, 또 「무엇이 전통일까?」라는 항목에는 이론문장이 아닌 수필투 삽화들이 있는 등 정돈과 학설적 심화를 결하고 있다. 그럼에도 불구하고, 우선 제시한 이 주장들은 주목과 평가를 받을 만하다고 생각된다.

전통계승 문제에 대해서는 필자로서도 졸저 『한국문학사론』에서

'서민 토대의 자생적 양식 형성력'이란 것을 중심으로 한국문학사 전통 저변의 특징 해명을 의도한 바 있다. 다만 이 방면에서 한 참고에 부응코자 하며 여기에서는 상론하지 못한다.

5. 맺음말

이상으로 80년대 문예비평의 전개를 정돈해 보았다. 시간적으로 새로운 연대에 접어들었다고 하여 기상천외의 새 비평 주제들이 제기되는 것도 아닐 것이다. 우리의 민족문학이 처한 현실여건과 짊어지고 있는 사명의 내용이 지속적인 바에야 우리의 작업 주제도 지속적으로 우리 앞에 놓일 것이다. 돌이켜 보면 1976년에 필자가 「70년대 비평문학의 상황」을 썼을 때 끝에 덧붙여 놓았던 기대, 즉 '제3세계문학론'과 '민족문학 전통론'이 그 동안 의의있는 발전을 이룩했으며 계속해서 남은 과제가 있음을 든든하게 생각하고 싶다. 새로이 덧붙여서 생각되는 주제라면 '분단극복의 문학정신'인 바 오늘의 한국문학 안에서 상과가 더 축적되었으면 하는 것이 있고, 제3세계관에 맥을 대면서 이데올로기 문제에도 훨씬 신중한 탐구가 따라야 할 것이다.

이 글의 머리 부분에서 획일주의를 스스로 경계한다고 말하였다. 동시대 문학인들끼리 경험의 교환과 공유를 다짐하면서, 창조적 논의를 통해 보다 인간다운 삶의 상황에로 함께 나아가야 할 것이다.

(1983)

90년대 광의의 리얼리즘 문학론

1. 역사의 상처

필자가 「한국 리얼리즘문학의 형성」을 《창작과 비평》 1970년 여름호에 발표한 것이 어느덧 22년 전의 일이 되었다. 그 뒤 필자는 「70년대 비평문학의 현황」, 「80년대 비평문학의 전개」 등[1] 비평사적 정리작업에 손을 댔었는데 이때에도 늘 리얼리즘 논의를 주류로 삼아 다루었다. 그러나 하나의 '리얼리즘문학론' 자체를 본격적으로 다룬적은 없는 셈이다.

요즈음 비평가들 역시 70년대 이래의 우리 문학비평사를 정리하는 글들 속에서 졸고 「한국 리얼리즘문학의 형성」을 언급한 대목들을 보게 된다. 김명인의 「시민문학론에서 민족해방문학론까지」[2], 임규찬의

---

1) 졸고, 「70년대 批評文學의 현황」, 《창작과비평》 1976년 가을호 ; 「80년대 비평문학의 전개」, 『한국문학의 현단계 II』, 창작과비평사, 1983.

2) 김명인, 「시민문학론에서 민족해방문학론까지—1970~80년대 민족문학비평사」, 《사상문예운동》 1990년 봄호.

「70년대 이후 사실주의」[3], 유문선의 「남한 리얼리즘론의 전개 과정」[4] 등이 그것이다.

이 글들은 위 졸고에 관련지어 으레 월간 《사상계》 1970년 4월호에 실린 좌담 「4·19와 한국문학」을 전제하고 있다. 이 좌담에서 필자가 "4·19 혁명으로 시민의식이 대두해 한국 현대 리얼리즘문학이 가능하게 되었다"고 주장했고 김현이 이에 반대했다는 것이다. 이 양자 사이의 논쟁을 정리해 필자는 「한국 리얼리즘문학의 형성」이란 제목으로 《창작과비평》 70년 여름호에 실었고 김현은 「한국 소설의 가능성-리얼리즘론 별견」이라는 제목으로 《문학과지성》 70년 가을호에 실었으며, 뒤이어 김병걸·임헌영·염무웅·김우종·김양수 등 여러 명의 비평가가 리얼리즘을 옹호하거나 반대하는 논쟁에 나선 것이 지금 새삼 거론되고 있다.

이들은 그 《사상계》 좌담이 우연히 리얼리즘 논쟁의 발단이 된 것 같지만 또한 이미 내적 필연성을 가지고 있었다고 하였다. "말하자면 1950년대 말부터 1960년대 전기간에 걸쳐 몇 갈래의 흐름을 이루며 지속되어온 '참여문학 논쟁'의 발전적 단계였다"(임규찬)고 풀이한다. 그 좌담과 논쟁에 대해 지금 재론되고 있는 상당히 상세한 내용은 여기에서 더 인용하기를 피한다. 지금 필자가 생각하는 것은 지난 일들이 아니다. 그보다는 오늘과 내일에 관한 문제이다.

지금까지 꽤 여러 해 동안 필자는 일련의 '리얼리즘' 논의에 참여하지 못하였다. 그러나 이 기간에 백낙청·염무웅을 비롯해 리얼리즘을 탐구하고 옹호하는 비평가들의 업적이 있어왔다. 또한 70년대 리얼리즘론의 전개 기반이 '민족현실'이었으므로 그 리얼리즘 원리론의 주제

---

3) 임규찬, 「70년대 이후 사실주의」, 『한국 근현대문학연구 입문』, 한길사, 1990.

4) 유문선, 「남한 리얼리즘론의 전개과정」, 실천문학 편집위원회 엮음, 『다시 문제는 리얼리즘이다』, 실천문학사, 1992.

로 '민족문학론'이 역시 70년대부터 추진되어 왔다. 그런데 80년대에 들어서면서 '민중문학론'이 강세를 띠기 시작하였다. 이것은 1980년 5월의 광주 민중항쟁이 군의 포위공격에 의해 수많은 사상자를 내고 무참히 진압된 데서부터 분출하였다. 그 해 여름 광주시민의 민주화요구 시위는 과연 군의 무차별 총격을 받아야 할 일이었던가. 그 현장의 기록으로서 전남사회운동협의회가 펴낸 『죽음을 넘어 시대의 어둠을 넘어·2』 사진자료집을 보면 사태의 발단인 도청앞 '민족 민주화 성회' 장면이 있다. 학생과 시민들은 도청 앞 분수대 복판에 대형 태극기를 펼쳐놓고 그 주위에 운집해 토론회를 가졌다. 저녁이 되면 질서있게 집회가 해산되곤 하였다. 한 쪽에 세 명씩 여섯 명의 대학생이 대형 태극기를 수평으로 펼쳐들고 앞장을 서 전남대학교로 돌아간다. 태극기 뒤에 50여 명의 교수들이 서고 그 뒤로 학생들과 시민들이 정연하게 열을 지어 해산의 행진을 갖곤 하였다. 이러한 상황에 군이 투입되어 작전을 감행한 것이다. 작전의 무력 공격에 맞서 광주 민중항쟁이 일어났고 군은 다시 광주를 철저히 포위하고 참혹한 진압에 나섰다.

1980년 5월 25일, 필자는 문예비평가라 하지만 한 편의 시를 썼다.

전라도가 갇히어
굶고 있는 날
전국에선 비가 내리고
라디오는 경기도의
모내기 순조를 알린다
시간마다 뉴스를 틀어도
전라도 소식은 없네.
사흘 전 광주에서
마지막 온 전화

우리는 모두 싸우다 죽습니다.
기도해 주십시오.
기도보다 힘있는 것이
또 어디 있겠습니까.
오늘은
일요일
나는 기도를 할 수도
술을 마실 수도 없다.
천리 밖 전라도가 갇히고
사람도 차도 두절이고
전화도 편지도 안 되고
쌀이 떨어져
사람들이 죽어갈 것이라 한다.
강대국의 항공모함
쿠럴C호가 한국에 오고
거기엔 쌀이 아닌
무기만이 실려 있네.
백성이 눌려
깊어진 한의 늪
전라도를 오늘 누가 찌르는가.
찔러도 찔리지 않고
죽여도 죽지 않는 민중의 늪
오늘 전국에선
무심히 비가 내리고
갇힌 전라도엔
한이 솟는다.

제목은 「갇힌 땅」이라 붙였다. 광주항쟁 시선집 『누가 그대 큰 이름 지우랴』가 나오고, 소설집 『일어서는 땅』이 나왔다. 그 역사적 통한의 현장을 소재로 한 문병란의 시 「송가」와 「부활의 노래」를 읽었다. 소설로서는 박호재의 「다시 그 거리에 서면」과 정도상의 「십오방 이야기」를 읽었다. 역시 그 현장의 깊고 무거운 아픔을 절감하였다. 그리고 이것은 바로 80년대 문학의 '심화'라고 생각하게 되었다. 이 심화는 어떤 기법의 면을 말하는 것이 아니다. 오히려 역사적 감당의 크고 깊은 내용이 절창처럼 자연스레 구사되는 기법도 거기에 있었다. 이것을 가리켜 '5월문학'이라 해도 인정하고 평가하게 되었다.

그런데 부작용의 문제는 그 다음부터 나타나기 시작하였다. '자유민주주의' 체제로서 1980년 광주의 참극을 막지 못했고, 1960년의 4·19 민주혁명을 지키지 못했고, 해방 직후의 친일 반민족행위자 재판을 관철하지 못했으니 이것이 무슨 나라냐 하는 저항이 젊은 세대의 피와 근육에 배어들어가고 있다. 그리하여 이것이 아니면 저것일 수밖에 없지 않느냐는 체제 대안이 어림쳐지고 '변혁'이란 표현으로 실천과 행동이 촉진되어 나아갔다.

새로이 나타난 젊은 비평세대가 '문학주의'를 비판하며 '운동주의'를 내세우는 풍토가 확장되어갔다. 이러한 나름으로 그 위세는 강하여 1985년에 이르면 문단의 보수적 문예지인 월간 《현대문학》과 《한국문학》의 같은 2월호에서 '민중문학' 특집이 마련된다. 『한국문학』지 특집 「우리 시대의 민중, 민중문학」은 각자 집필 형식으로 박현채·채광석·김정환의 민중문학론을 실었다. 그리고 민중문학을 반대하지는 않지만 신중히 자성하는 자세를 보이는 전영태의 「민중문학론에 대한 몇 가지 의문」을 함께 실었다. 이만하면 민중문학론자들에게 마음껏 주장을 개진할 판을 제공한 셈이다. 《현대문학》지는 좌담으로 「민중문학의 이해와 반성」을 실었다. 여기에서 최동호는 시종 원만한 사회자

역을 맡고, 이동하는 평소에 민중문학과 견해를 달리하지만 반론을 자제하였다. 민중문학론자인 이재현 한 사람이 완강하게 소신을 폈다.

"시는 단편적 완결성, 예언적 서정성, 유격적 기동성으로 인해서 민중운동이 전략적 방어기의 전술적 수세기 내지 공세기에 있어 아주 현실에 쉽게 적응될 수 있다는 장르적 성격을 지녔습니다.""대중문학에 대한 민중문학의 전략과 전술, 그리고 구체적인 방법 등이 실천에 옮겨져야 합니다. …더 나아가서 이제는 구체적으로 문학운동의 노선을 명백히 설정하는 일, 전략·전술의 문제, 조직·충원·동원에 있어서 대중적 기반의 확보 문제… 등을 구체적으로 논의할 단계입니다."《현대문학》지 좌담에서 이재현이 한 말이다. 그 어떠한 전제가 있었더라도 문학예술에 관한 논급에서 "전략·전술, 수세·공세"라는 표현은 매우 생경하였다. 더욱이 대중적 기반의 확보를 위해 "조직·충원·동원"의 문제를 구체적으로 논의해야 한다고 하였다. 그러나 이러한 주장이 과연 어떻게 '구체적'으로 구현될 수 있는 것일까.

운동주의 성향의 민중문학론을 가장 큰 분량으로 종합한 것은 김명인의 평론「지식인 문학의 위기와 새로운 민족문학의 구상」이다.

70년대 운동에서는 소시민계급의 헤게모니가 전반적으로 관철되었음에 반해서, 80년대에 들어오면 기층민중운동의 폭발적 성장에 의해 이 헤게모니는 심각한 위기에 처하게 된다. 소시민계급의 몰락과정은 그들에게서 물적 토대를 거의 박탈했기 때문에 그나마 일정한 물적 토대를 전제로 했던, 소시민계급의 민족운동에서의 헤게모니는 사실상 해소될 수밖에 없게 되었다.

…지식인들은 아무리 생산대중의 시각 아래 기존의 시민적 민족문학론을 이론적으로 지양하고 이를 반외세·반파쇼운동의 과제와 접맥시켜 나간다해도 민중과의 구체적 연결고리를 찾지 못하는 한 대중성 없는 이론적

선도성만 도드라질 것이며, 대중과의 관련은 단지 기존의 '창작을 통한 생산 - 독서를 통한 수용'이라는 자본주의적, 무정부적 유통체계에만 의존하게 될 것이다. '운동'은 이러한 무정부적 개별분산성을 통일된 응집력으로 만들어주는 유일무이한 매개이다.

…흔히 '독자대중'이라는 표현이 전제하고 있는 기존의 문학대중관은 새로운 문학운동의 입장에서는 엄정히 거부되어야 한다. 그 대중관에는 전문가 - 비전문가 간의 넘을 수 없는 간극이 존재하는데, 바로 그 간극을 넘어서 대중이 창작하고 대중 스스로 비평하며 대중이 형성해 나가는 문학을 건설하는 것이 문학운동의 목표이기 때문이다.

…모든 모델의 운용은 가급적 통일된 중심부의 지도 아래 이루어지고 그 성과는 체계적으로 축적되어야 한다. 방임주의는 운동의 이름으로 철저히 척결되어야 한다.[5]

김명인의 이 운동주의 문학론은 소시민 지식인계급 전문문인의 역할을 배제하지는 않는다. 그러나 더욱 중요시되고 있는 것은 근로대중 · 기층민중이다. 대중이 창작하고 대중이 스스로 비평하는 것이 목표라고도 하였다. 소시민 지식인들은 기층민중의 압력 아래 통일되어야 할 대상이라는 것이다. 그런데 여기에 한 가지 미심쩍은 문제가 있다. 김명인을 포함해 젊은 비평가들이 세분한 계층개념으로서 '소시민계급'이라는 말의 성립과 소멸의 문제이다. 김명인의 이론에 따르면 계급으로서의 '소시민'은 예속국가 독점자본주의에 예속되어 버리거나, '신중산층'으로 존재이전하거나, 프롤레타리아아화 해버려 "소멸된 것으로 보아야 한다"는 것이다. 이 부류가 "기존의 70년대 소시민 지식인 문인집단"이라는 것이다. 이와 아울러 김명인은 이 소시민 계급

---

5) 김명인, 「지식인 문학의 위기와 새로운 민족문학의 구상」, 『전환기의 민족문학』, 풀빛, 1987, 93~105쪽. 발췌.

의 '80년대적 소멸론'을 하나의 '가설'이라고 말해놓았다. "이 가설도 엄밀히 검증된 것은 아니다. 80년대의 특징인 외국 자본에의 노골적 예속(개방경제) 현상이 물적 토대라는 면에서 어떻게 소시민계급을 더욱 무력화시키는가는 아직 연구된 바가 없다."[6] 사회경제적 연구 분야에서 한국의 70년대 지식층을 어떻게 소시민계급으로 규정한 것이 있는지는 별도의 문제이다. 80년대에 등장한 신인 문예비평가들이 마치 70년대 문학을 소시민 지식인들의 문학이라고 하여 빈번히 격하시키는 논리들을 전개했는데, 그 근거로서의 계급적 분별이 엄밀히 검증된 바 없는 '가설'이라고 되어 있다. 이것이 정확치 못한 가설이라면, 80년 5월의 역사적 아픔으로 인해 격앙된 상황이 낳은 부산물이라고 보아야 할 것 같다.

또한 운동주의 휘하에 있는 것으로 설명되는 기층민중 비전문문인들의 작품이 전면적으로 사회에 유통되기에 이르렀는가. '무정부적 서점판매'에 맡기지 않고 운동의 중심부가 지도하여 거두는 작품의 대중보급 성과는 어느 수준에 올라 있는지 검토되어야 할 것이다.

2. 선택의 자유

비전문 문인들의 작품이 80년대에 어느 정도의 성과를 보인 것은 사실이다. 이 경우 대표적인 예로 들게 되는 것이 박노해의 시집 『노동의 새벽』(1984)이다. 이만한 성과는 문단과 사회에 신선한 충격을 주기도 하였다. 물론 아픔으로서의 신선한 충격이었다. 박노해 시의 형식에 대해 김지하가 지적한 바 "노동자만의 활기에 걸맞는 어떤 형식

---

6) 같은 글, 107쪽.

을 찾았더라면"하는 점과, 최원식이 지적한 바 "전통적 형식이 거의
사용되지 않은 점"을 전제하면서도 백낙청은 『노동의 새벽』이 80년대
한국 시의 빛나는 성과라고 하였다.

"박노해 시집 『노동의 새벽』에서 「손무덤」 같은 시를 읽으면, '현
장'의 체험기에서 거듭거듭 만나는 끔찍한 노동재해의 장면과 그에 뒤
따르게 마련인 통분의 경험이 더없이 생생하게 집약되었음을 본다. …
대다수 독자들의 경우는, 여러 편의 산재체험기를 계속 읽어 나가기
보다 한두 개의 현장기록과 더불어 「손무덤」 한 편을 소화함으로써 훨
씬 탄탄하고 홀가분하게 그날그날의 싸움에 임할 수 있는 것이 사실이
다."7) 이것은 박노해의 「손무덤」에 관한 백낙청의 평가이다. 필자로서
는 『노동의 새벽』에서 「지문을 부른다」와 「이불을 꿰매면서」를 가장
평가하게 된다.

　　　이불호청을 꿰매면서
　　　속옷 빨래를 하면서
　　　나는 부끄러움의 가슴을 친다

　　　똑같이 공장에서 돌아와 자정이 넘도록
　　　설거지에 방청소에 고추장단지 뚜껑까지
　　　마무리하는 아내에게
　　　나는 그저 밥 달라 물 달라 옷 달라 시켰었다

　　　투쟁이 깊어갈수록 실천 속에서
　　　나는 저들의 찌꺼기를 배설해 낸다

______

7) 백낙청, 「민중·민족문학의 새 단계」, 《창작과비평》 57호, 1985; 『민족문학의 새단계』,
창작과비평사, 1990, 30쪽.

노동자는 이윤 낳는 기계가 아닌 것처럼

아내는 나의 몸종이 아니고
……

—「이불을 꿰매면서」 1, 2, 7연

어렵고 가난한 노동의 삶을 읊으면서도 여기에 진솔한 인간의 훈기가 있다. 이 점은 노동자 자신에게 가장 큰 저력일 수 있다. 한편 「손무덤」을 읽으면 무언가 석연치 않고 마음에 걸리는 것이 있다. 비록 살벌하고 야박한 한국의 공장사회라 하더라도 기계에 손목이 잘려나간 종업원이 "사장님 그라나다 승용차도 / 공장장님 로얄살롱도 / 부장님 스텔라도 태워주지 않아 / 한참 피를 흘린 후에 / 타이탄 짐칸에 앉아 병원을 갔다"는 장면 묘사가 어떠한가. 실제로 이러한 일이 있었는지도 모르겠다. 그러나 '부장'이라면 생산부장쯤 되지 않겠는가. 이 부장이 바로 휘하의 노동자가 사고로 손목을 잘렸는데도 병원에 가도록 승용차를 내주지 않았다는 데에 구체적인 '전형성'이 있을까.

시인 박노해는 남한사회주의노동자동맹(사노맹) 사건으로 구속되어 91년 8월 19일 법정에서 최후진술을 하였다. 그 진술 속에는 다음과 같은 말들이 있었다. "제가 썼던 그동안의 글들을 보면서 대단히 얼굴이 뜨거웠고, 발전적인 측면에서 이런 용어를 써도 된다고 허용된다면, 바로 이런 것이 교조주의다. 교조주의의 초기 증세다 라고 스스로 가슴을 쳤습니다. …실천적으로 전위의 활동방식에서 좌편향이 나타났습니다. 조급성과 자만성입니다. 저는 이 한계와 오류를 깊이 통감합니다. '긴 호흡, 강한 걸음'이라는 슬로건을 가져야 할 것입니다."[8] 그는 노동자가 있는 모든 곳이면 시작될 수밖에 없는 것이 사회주의라고 말하

---

8) 박노해, 「최후진술」, 《사회평론》 1991년 10월호. 194~95쪽. 발췌

면서, 또한 "사회주의가 아닌 다른 이름으로 개조해야 할 필요성도 있
지 않느냐 하는 조심스런 저 나름의 견해도 가지고 있다"고 하였다.
각 부문에 전문가들이 중용되는 그런 사회주의가 되지 않으면 안된다
고도 하고, 한 노동자 선배, 나의 삶과 실패를 탐구해서 나를 딛고 앞
으로 나아가 달라고도 하였다. 35세의 박노해가 한 이말을 대하면서
필자로서는 중국의 작가 노신魯迅이 50세에 "청년들아, 나를 딛고 오르
거라"한 글을 연상하였다. 자만을 자성하고 '긴 호흡'을 생각한 점과
'선배' 의식 사이의 문제를 필자로서는 또한 생각하게 되었다.

　70년대 비평은 80년대 비평에 의해 빈번히 비판적으로 지적을 받았
다. 특히 백낙청이 그 지적의 초점이 되었다. 임규찬은 "1980년대 초
반에 채광석·김명인·현준만·백진기 등이 백낙청의 민족문학론을
'소시민적 민족문학론'이라고 공박하고 나섰다"고 말하고 있다. 그런
데 계속되는 문맥에서 임규찬은 이들 "민중적 민족문학론자들의 리얼
리즘 논의는 거의 없다 해도 과언이 아니다. 이들의 방법문제는 주로
문학주체 문제와 매체 및 양식의 문제로 해소되었다"고 하였다.

　여기에서 '문학주체' 문제는 곧 '계급' 문제를 뜻하는 것이다. 여기
에 이르게 되기까지 민중문학론자들은 '리얼리즘'의 원리에 대한 논
의는 거의 하지 못했다는 것이다. 그러나 이제 다시, 즉 노동자계급 당
파성을 공공연히 거론하게 된 기초 위에서 리얼리즘 논의는 새로이 본
격화할 수 있게 되었다고 임규찬은 보고 있다. 그 근거로는 조정환의
'노동자계급 현실주의'가 제시되고 있다. "노동자계급과 결부되어 계
급문학을 독자적인 것으로 완성하게 되는 문학적 현실주의는 노동자
계급의 정치적 당파성을 그 생명으로 하는 것이라고 요약할 수 있다"[9]
는 것이 조정환의 견해이다. 물론 조정환은 오늘의 남한에서 이 역사

---

9) 조정환, 「문학적 현실주의의 문제」, 『민주주의 민족문학론과 자기비판』, 연구사, 1989,
185쪽.

적 사명을 노동자계급 단독으로 수행할 수는 없고 농민, 빈민, 진보적 지식인들과 공동으로 수행해야 할 여건이라는 점에도 언급하였다. 그러나 생명이 담긴 목표는 노동자계급 당파성에 둔 것으로 보인다. 임규찬은 조정환의 이 이론을 가리켜 "노동자계급 현실주의는 40년의 단절을 뚫고 나온 유물론 미학의 복원이자 최근 리얼리즘 논의에 있어서 중추적 역할을 수행하고 있다"[10]고 하였다. 백낙청도 80년대 후반의 우리 문학계에 계급문학 거론 현상이 나타났음을 인정하고 있다.

> …80년대 후반에 이르러 사회주의 리얼리즘이 공개적으로 다시 거론되면서 우리 사회의 기본모순에 대한 인식이 첨예해지고 문학에서의 당파성 문제가 부각되는 등 전체 논의의 활성화에 값진 공헌이 이루어진 것이 사실이다. 반면에 그에 따른 폐단도 적지 않았고 특히 카프시대의 공식주의를 재생하는 것 자체가 미덕으로 간주되는 경향조차 없지 않았다.[11]

여기에서 백낙청은 북한에 새로이 대두한 항일혁명문학이 카프운동을 부수적 기능 정도로 규정하므로 남한의 공식주의가 어느 정도 제동을 당할 상황까지 언급하였다. 그러나 종합해 볼 때 사회주의 이데올로기에 의거하는 일련의 문학이론들이 오늘의 남한사회에서 어느 정도 개방적인 여건에 놓이게 되었다는 사실이 하나의 중요한 계기이다.
바로 이러한 계기에 오늘날 구소련과 동유럽권에서 이른바 현실사회주의 체제의 와해는 돌이킬 수 없는 사정으로 굳어져가는 것 같다. 달리 보면 사회주의 세계권의 그러한 변화가 남한사회에 이만한 정도의 개방을 가능케했다고 볼 수도 있을 것이다.

---

10) 임규찬, 「70년대 이후 사실주의」, 앞의 책, 258쪽.
11) 백낙청, 「민족문학론과 리얼리즘론」, 벽사이우성교수 정년퇴직 기념논총, 『민족사의 전개와 그 문화 · 하』, 창작과비평사, 1990, 694쪽.

이러한 시대에 당하여, 한국의 90년대 문학은 이제 한 차례 자체정비를 하지 않으면 안될 단계에 이르렀다고 보게 된다. 정비되어야 할 내용으로는 다음과 같은 것들이 있다.

(1) 70년대 문학이 과연 소시민적 지식인문학이며 소멸될 수 밖에 없을까 : 앞에서 '소시민계급'이라는 개념 규정이 검증을 거치지 않은 '가설'이라는 점이 밝혀진 바 있다. 그 계급이 소멸될 운명이라는 점도 마찬가지로 가설이었다. 백낙청의 비평이 '소시민 민족문학론'이라고 비판을 받는데, 그는 1966년부터 염무웅과 함께 하우저의 비평을 번역해 《창작과비평》에 연재했고 1967년에 이미 엥겔스가 하크니스에게 보낸 편지, 즉 발자끄 소설에 나타난 '리얼리즘의 승리'라는 비의를 문단에 소개하였다.(염무웅 역) 박노해의 시 「손무덤」에 찬사를 보낸 것처럼 백낙청은 때로 좀 지나치게 진보적인 데에 격앙되었다. 필자도 가담한 70년대 리얼리즘 논의는 실상 민족문학론과 80년대 민중문학론에 일관하여 근본이 되는 원리론이다. 현실의식의 문학계열에서는 이 뿌리와 등걸이 소멸되어야 한다고 말할 수 없는 것이다.

(2) 80년대 운동주의 민중문학은 대중을 획득했는가 : 이재현이 구사한 표현 "전략·전술, 공격·수세, 조직·동원·충원"에 의거하고, 김명인이 말한 바 "중심의 지도 아래 기층민중의 비전문문인이 쓰고 스스로 비평한" 작품들을 전면적으로 사회에 대두케 하는 데에 '운동'은 성공했던가. 88년에 월북작가들의 작품이 해금되었을 때 서점가는 흥분하였다. 북쪽에서 일컫는 불후의 고전적 명작 『피바다』와 『꽃 파는 처녀』 등도 서울에서 출판되었다. 비전문문인들의 시집과 수기들도 출판되었다. 그러나 시집 『노동의 새벽』 한 가지를 제외하고는 독자대중의 반응이 대체로 저조하였다. 운동주의 민중문학의 조직은 이 냉담한 대중에게 연결고리를 거는 데에 성공한 실적이 있다고 보기 어렵지 않은가.

(3) 노동자계급 당파성의 문학은 진로가 어떠한가 : 원칙적으로 계급이데올로기와 유물론 사상은 자유이다. 사상의 자유는 인간 기본권에 속하는 것이다. 브라질의 성직자 헬더 까마라는 '무신론적 휴머니스트'를 존중한다는 글을 쓰기도 하였다. 대체로 민주주의를 나름대로 운영하는 나라들은 공산당을 합법화하였다. 일본·영국·프랑스·이탈리아 등이 그 예이다. 다만 그러한 나라에서 그 정당들이 의석을 많이 얻지 못하는 한계를 보이고 있다. 한국에서 노동자계급 당파성의 문학이 추진될 수 있다는 것은 나름대로 신선한 의기를 보여준다. 보안법이 잔존하는 상황에서 사노맹의 행동조직이 저지당하는 것과는 다른 정신 차원의 작업이다. 그러나 남한에는 당 자체가 없는 애로가 있다. 또 국외에서 보더라도 구소련은 1991년 7월에 '계급투쟁'이라는 말을 당 강령의 개정 과정에서 삭제하였다. 그해 8월에 가서는 다시 국가최고회의가 283대 29라는 큰 표차로 당 자체를 해체하였다. 프롤레타리아 계급의 당은 원래 국제주의 노선의 원리를 지닌다. 그러므로 비록 남한사회에 당은 없더라도 정신적 원리 차원에서 추진해온 당파성의 문학은 아무래도 외로운 처지를 느끼게 될 것이다. 이 처지에서 문학은 과연 어떠한 가능성을 찾을 수 있을 것인가.

오늘날 리얼리즘문학 분야의 이론작업에는 안팎 양면에서 생긴 착잡성이 있는 것 같다. 밖으로부터는 사회주의권의 와해가 충격을 주었다. 안으로부터는 어느결에 이론 편향이 관념화의 타성을 낳았다.《창작과비평》과《실천문학》두 계간지의 올해 여름호 특집들이 이 착잡성을 반영하고 있다.

《창작과비평》좌담 「리얼리즘, 포스트모더니즘, 민족문학」은 리얼리즘과 당파성의 관계를 논의하다가 어떤 결론에는 이르지 못하였다. 비판적 리얼리즘과 사회주의 리얼리즘 사이의 구분을 이제는 허무는 것이 바람직하다는 데에 인식을 진전시킨 점은 있다. 그런 상태에서 착잡성의 굴레는 벗겨졌다고 볼 수 없다. "당혹감을 느끼는 것은 이겁니다. 80년대에 한창 잘 팔릴 때 부르조아 문예이론이나 기타 등등에 대해서 시간 없어 죽겠는데 볼 것 뭐 있느냐 하는 자세와 태도로 임해왔던 것들이 저로서는 상당히 문제적이라고 생각하고, 그래서 요새는 과제가 중첩되어서 현실적으로 제기되고 있다는 느낌을 받습니다. 그러니까 맑스주의 문예이론이 그것도 초보적이고 저급한 수준에 처해 있는데 한편으로 그것을 한층 발전시키는 과제, 한편으로 부르조아 문예이론 체계를 자기 시야에 같이 껴안으면서 옥석을 구별하는 작업까지도 국내의 문학운동 진영에서 같이 해야 한다는 생각을 하고 있어요."(유중하) 이러한 발언이 나름으로 솔직한 생각일 수 있다.

신경림이 《작가회의 회보》 제16호(1992. 6. 4.)에서 민주화운동가 김근태가 얼마 전 홍성교도소에서 내보낸 편지 내용을 소개한 것이 있다. "교과서들을 그대로 반복하고, 거기서 약간 변주되고, 때로는 주문처럼 마구 외워대기도 하면서, 누가 더 정통적이냐, 누가 더 전형적이냐 하면서, 실은 끝도 없이 사람을 지루하게 만드는 이 안이함, …또 일반 대중과의 사이에 벌어지고 있는 틈"을 김근태는 크게 안타까워하고 있다는 것이다. "이것은 오늘의 우리 민족문학, 민중문학에 대한 중요한 지적이다"라고 신경림은 말하였다. 실로 오늘날 문학에 대한 논의들을 읽어나가려면 지루함을 느끼다가 끝에 가서는 무슨 뜻인지를 잘 모르겠는 경우를 만나기도 한다. "문제적인 것은 운동진영이 민중들의 실천과제를 어떤 부분에서 일정 정도로 담보해냈는가 분석되어지는 것이다." 이것은 필자가 자의적으로 만들어본 문장이다. 오늘날 문예비평에서 많이 쓰이고 있는 어휘들로 구성해본 타성화의 한 양상으로서 근거있는 한 본보기이다. 좋은 말도 타성화하면 관념으로 공전하게 된다. 그리고 이러한 화법은 일반 대중과의 사이에 틈을 넓혀 갈 것이다. 민중 속으로 현실 속으로 들어가야 할 문학이 현실로부터

멀어져가서는 안될 것이다. 우선 말을 필요없이 어렵게 하지 않고 정직하고 진실되게 해야 할 것이다.

《실천문학》 여름호 특집 「90년대 문학운동의 전진을 위하여」에서 김명인이 쓴 평론 「불을 찾아서」는 그의 독특한 장점인 유창한 문장이 구사되고 있다. 그러나 그 내용은 역시 '착찹한' 것이다. "나도 그들과 마찬가지로 맑스주의의 눈으로 우리의 과거를 해석하고 현실을 변화시키고자 애를 써왔다. …이전까지의 내 비평의 대부분은 말하자면 '선전선동'이며 하나의 전술적 행위였다. 비록 자의적 수임이었지만 나는 어떤 거대한 중심이자 전략단위로부터 비평의 무기를 수임받았다는 의식 속에서 글을 써왔다. 논쟁을 할 때도 설득을 할 때도 내겐 언제라도 돌아가 내 입장을 조회받고 유권해석을 받아올 어떤 중심이 있었다. 그런데 이제는 불행히도 그렇지를 못하다." 김명인은 평론의 중간제목으로 '잘못 끼워진 단추를 찾아서', '이재현의 반성'을 설정하기도 하였다. 그리고 결론으로는 스스로 "대답은 얻지 못했다"고 하였다.

모두가 이 전환의 시대를 착잡해하는 것만은 아니다. 계속 견기와 기개를 지키는 이들도 있다. 무슨 '구조결정론' 때문만이 아니고 당장 발딛고 선 현실이 못마땅해 그럴 수도 있을 것이다. 《실천문학》지 특집에서 김진경은 '채광석 5주기'를 생각하며, 《창작과비평》지의 시민사회적 존재방식이 노동문학을 폄하하고 비아냥거리고 있다는 불평을 비친 것 같다. 그런데 같은 때에 나온 《창작과비평》지 시단 첫머리에 박노해의 시 「모과 향기」 외 5편이 실려 있다. 이 시들은 대법원에서 국가보안법 위반으로 무기형의 확정판결을 받은 박노해가 상고이유서에 포함시켰던 것을 보내온 것이라고 한다. 편집위원으로서 최원식은 잡지 머리말을 통해 이 '특별기고'를 환영하였다. "박노해 시인의 신작 여섯 편을 선보이는 것을 독자와 함께 기뻐하는 바이다. 엄청난 고통 속에서 냉엄한 자기비판을 통해 갱신의 용기를 보여준 그의 시는 눈물겹도록 아름답다. 하루 빨리, 시인이 그토록 사랑했던 삶의 한복판으로 복귀하기를 기원한다"고 하였다.

"울퉁불퉁 참 지 맘대로 익어온 모과처럼 / 모순투성이 땅과 바람에 성숙해온 우리, / 패인 가슴 험집마다 향즙 고여들 수 있다면"(「모과향기」), "나의 사랑의 시작은 작아지는 것이요 / 나의 성숙은 더욱 작아지는 것이며"(「작아지자」). 무기형 상고이유서에 이만한 말을 담은 박노해는 시인이다. 그리고 시인에겐 죄가 없다. 이 노동자의 시가 시민정신(?)의 잡지에 실려 반갑게 소통하고 있다면 이것은 폄하가 아닐 것이다.

또 한 명 결기가 있는 시인이 있다. 그는 김남주이다. "나는 보고는 했지요 어린 시절에 / 할머니가 깨를 터시다 말고 막대기를 훼훼 저어 / 모밀밭을 해치는 산짐승을 쫓는 시늉을 하는 것을 / …어머니가 김을 매시다 말고 사금파리를 주워 / 고춧잎에 붙은 진딧물을 긁어내는 것을 / …아버지가 쟁기질을 멈추시고 꼬챙이를 깍아 / 황소 뒷다리에 붙은 진드기를 떼어내는 것을"(「시에 대하여」), "시의 내용은 생활의 내용 내 시에는 / 흙과 노동이 빚어낸 생활의 얼굴이 없다 / 이제 그만 쓰자 시를 써야겠다는 생각도 / 내 머릿속에서 지워버리자"(「다시 시에 대하여」). 김남주의 시집 『사상의 거처』(1991)에 나오는 몇 줄이다. 진드기를 떼어내는 것은 투쟁의 철학이다. "이제 그만 쓰자"는 것은 좌절이 아니라 충전에의 의지이다. 그러면서 겸허의 따스함이 되기도 한다. 이러한 시인은 현실사회주의가 붕괴했다고 해서 충격을 받지도 않는다. 우왕좌왕하며 고뇌를 하거나 전향을 하지도 않는다. 그는 남민전의 전사였다. 어느 대학에서 강연을 하고 김남주가 질문을 받았다. "선생님은 감옥 안에서도 시인이 아닌 '전사'임을 스스로 강조하셨다는 말이 맞습니까?" 김남주가 학생에게 대답하였다. "내 감방 앞동에서 마주 보이는 한 후배가 날마다 창구로 얼굴을 내밀며, '형님 요즘

시 써요?' 하는 것이 귀찮아 웃으면서 대답하기를 '야, 나는 시인이 아니고 전사야!' 한 것이 밖에 고지식하게 전해졌던 모양입니다.” 그는 투옥되기 전에 실제로 조직 안에서 '전사'라는 위치를 가졌던 모양이다. 그 어설펐던 일을 또한 그는 스스로 웃어버렸다는 심사가 비치었다. 진드기를 잡고자한 전사, 그도 또한 어김없는 시인이다. 그리고 시인에겐 죄가 없다.

지금 어떤 이들은 고뇌에 찬 억양으로 말하고 있다. 현실사회주의의 붕괴가 곧 자본주의의 승리는 아니라고, 자본주의와 시장경제는 사유제산제 때문에 인간을 타락시킨다고. 인간의 욕심은 한이 없어 서로 착취하고 싸우다가 마침내 지상의 자원이 고갈해 망할 수밖에 없다고. 1848년과 1867년에도 칼 마르크스가 자본주의의 멸망을 예언했다. 그러나 자본주의가 멸망하기 전에 마르크스를 따르던 현실사회주의가 붕괴하였다. 자본주의에 악덕이 많은 것은 예로부터 사람들이 잘 안다. 그래서 사회주의가 생겨났으니까. 그러나 그동안 자본주의는 사회주의의 비판을 이겨내려고 노력한 탓인지 어느 정두의 자기조절과 자체쇄신 노력을 거쳐온 것이 아닐까. 노동조합과 사회복지정책과 부자에게 더 물리는 세금비율을 통해 프롤레타리아 폭력혁명의 김빼기 작전을 써왔던 것이다. 두고보아야겠지만, 자본주의도 이 지상에서 망하지 말라는 법은 없을 것이다. 번영을 누리던 옛 이집트와 로마제국도 망했으니까. 그러나 현실사회주의의 붕괴가 '구조결정론' 탓이었다고 말하면서, 상대적으로 자본주의가 멸망한다는 '예측결정론'에 급급할 필요는 없을 것 같다. 대안 없는 양비론의 차원이 한 이상주의의 좌절에서 온 민망함을 확실히 희석시켜줄 수 있을지 의문이 든다.

한 시대 현실의 변화에서 너무 충격이나 고뇌를 느끼는 데에도 어느 정도 문제가 있을 것 같다. 지난 70년대에서 『전환시대의 논리』를 비롯해 리영희 교수의 저서들이 베스트셀러가 되곤 하였다. 그 중에서

『우상과 이성』이란 책의 제목이 감명을 주었다. 지금 시대 현실의 변화를 맞아 충격을 받고 고뇌하는 지식인의 경우는 그동안 마음속에 어떤 우상을 모셔온 것이 아닐지 생각해보게 된다. 이성과 지성으로 역사를 대해왔더라면 오늘의 변화를 가져온 인과관계의 내력을 투시할 수 있었을 것이다.

지금 중요한 것은 사회주의나 자본주의라는 기존의 고정관념이 아닐지도 모른다. 중요한 것은 인간사회는 '개방'이 되지 않으면 안되겠다는 것이다. 책임과 도덕이 따라야겠지만 그 출발은 '자유'에 있어야 한다. 어떤 명분에서도 폐쇄와 독재는 자체쇄신의 기회를 가질 수 없을 것이다. 그 결과로서 그러한 인간공동체는 활력을 잃고 붕괴하게 될 것이다. 한가지를 더 생각한다면 한반도의 남북 체제는 서로 어떠한 입장을 취하는 것이 앞으로 바람직할까 하는 문제가 있다. 어떤 견해로서는 남한이 사회주의를 수용하고 북한이 시장경제를 수용하게 하는 데에 먼저 노력하여 두 체제의 융합이 가능하게 해야 한다는 것이 있다. 그러나 좀 달리 생각해볼 수도 있을 것 같다. 지금 현실사회주의도 붕괴했고 시장경제도 범죄와 타락을 낳을 수밖에 없는 속성을 지니고 있다면 이 두 요소가 어떻게 융합될 수 있을까. 그러므로 오히려 순서를 바꾸어서 생각해볼 수 있을 것도 같다.

사람과 사람의 만남, 공동체와 공동체의 만남은 대립의 양상을 벗어나 우선 '대화'의 자세가 되어야 할 것이다. 그 누구도 대화의 대상에서는 배제될 수 없다. 오류와 오류를 범한 인간은 구별해야 한다. 오류를 범한 이에게도 인간으로서의 존엄성은 계속 남아 있기 때문이다. 심지어 자신을 박해하는 적과도 만나야 한다. 여기에서 인간과 공동체의 자체쇄신 및 자기완성이라는 공동선이 도출될 수 있지 않을까. 이런 의미에서 남북교류는 서로 경계하며 냉각기를 두는 만큼 통일을 미루게 되며, 만나서 서로 인간본성과 체온으로 부둥켜안는 것이 역사적 소명에 부응하는 일이 될 것이다. 여기까지가 현실공간에서 리얼리즘에 연결되는 시각 범위일 수 있다.

3. 광의의 리얼리즘론

현단계 한국 문학계에서의 리얼리즘 논의는 대체로 두 가지 점에 집중되어 있다. 첫째로는 리얼리즘과 당파성의 관계에 관한 것이다. 이 경우 '당파성'은 노동자계급 또는 혁명적 프롤레타리아트를 떠나서는 개념이 성립되지도 않는다는 것이 전제로 되어 있다. 이 점은 까간의 『미학 강의·Ⅰ』에서도 기반이 되는 원칙이다.[12] 이러한 대전제가 붙어 있는 만큼 '당파성'은 사회주의 리얼리즘의 토대라고 보아야 할 것이다.

두번째로는 사회주의 리얼리즘과 비판적 리얼리즘 사이의 분별에 관한 것이 있다. '비판적 리얼리즘'은 1934년 소련에서 공식으로 채택된 사회주의 리얼리즘의 전단계라는 의미로 분별된다. 루카치의 설명에 의하면 "비판적 리얼리즘은 부르조아적 삶과 전통을 비판적으로 묘사한 것으로서, 부르조아 계급으로부터 이탈한 작가들의 작품을 지칭하기 위해 고르끼가 사용한 용어"[13]이다. 따라서 문학사상 비판적 리얼리즘이 차지하는 영역은 매우 크지만 문예미학 원리의 수준에 있어서는 사회주의 리얼리즘에 채 미치지 못하는 하위개념으로 취급된다. 그런데 오늘날 우리 문학계에서 이 양자 사이의 분별 문제가 왜 집중적으로 거론되는가. 백낙청의 평론 「민족문학론과 리얼리즘론」은 "예술성과 리얼리즘적 성취가 별개인 듯이 생각하는 속류적 사고…

---

12) M. 까간, 『미학 강의·Ⅰ』(신중권 역), 벼리, 1989, 76쪽.

13) G. 파킨슨, 『게오르그 루카치』(현준만 역), 이삭, 1984, 144쪽.

'비판적 리얼리즘'의 아무리 위대한 걸작도 '사회주의 리얼리즘'의 수준작보다(마치 고등학교에서 아무리 상급반이고 우등생일지라도 대학교의 1학년에조차 못 미치는 바 있듯이) 질적으로 한 급 낮은 작품이라는 식의 독단주의를 낳기도 한다"[14]는 점을 비판하였다. "가령 고은·황석영 등의 문학세계가 우리 문학에서 비판적 리얼리즘의 최고 수준을 대표하기는 하지만 박노해·백무산의 노동문학보다 — 또는 논자에 따라서는 북한의 혁명문학이나 일부 카프 작가의 경향문학보다 — 저급한 작품이라는 이야기를 흔히 듣는다"는 예까지 들었다. 요는 '물건'(작품)을 놓고 이야기해야 한다고 '작품주의'를 주장하기도 하였다. 백낙청의 위 평론은 분량으로도 크거니와 용어와 개념의 설명으로부터 시작해 세계문학의 큰 범위에서 논리를 전개하고 심지어는 '지혜'론에까지 이르렀다. 그런데 이 평론에 대해 젊은 후배 비평가들의 시각은 다양하게 나타났고 논란도 끊이지 않고 일어났다. 필자의 요령으로는 이 평론에서 결론적인 몇 줄을 발견할 수 있었다.

본고의 주제와 직결시켜 말한다면, 모더니즘·포스트모더니즘들의 범람에 휩쓸리기를 거부하면서 사회주의 리얼리즘론의 논리에도 비판적으로 대응하는 민족문학론 나름의 리얼리즘을 키워나가야겠다는 것이다.[15]

여기에 덧붙여 백낙청은 사회주의 리얼리즘 내부에서조차, 예술방법이란 논리적·합리적 조종메커니즘이 아니라 인식과 평가를 규정하는 '방향방법'이라고 70년대 말에 동독의 리타 쇼버가 한 말을 원용하기도 하였다. 쇼버의 이 글은 국내에 번역 소개되어 있다.[16] 리얼리즘

---

14) 백낙청, 「민족문학론과 리얼리즘론」, 앞의 책, 703쪽.

15) 백낙청, 같은 글, 732쪽.

16) R. 쇼버, 「예술방법의 몇가지 문제를 위하여」(유재영 역), 『현실주의연구·Ⅰ』, 제3문학사, 1990, 55~85쪽.

의 미래지향에 참고가 될 만하다고 생각된다.

당파성이 기본요건으로 되어 있는 사회주의 리얼리즘은 이제 러시아에서조차 당이 해체된 객관적 현실과의 관계를 과학적으로 어떻게 감당해야 할 것인가. 이 문제는 리얼리즘 논의에 참여해 있는 각자의 판단과 의지에 맡길 일이다.

문제는 한국의 리얼리즘문학 논의가 80년대 이후 오늘까지 사회주의 리얼리즘과 비판적 리얼리즘 사이를 분별하는 범위에 정체되어 있는 것이 아닌가 하는 데에 있다. 당초 1970년도에 《사상계》지 4월호 좌담과 《창작과비평》지 여름호 리얼리즘문학론 발표를 통해 소박하게나마 필자 나름으로 제시한 리얼리즘의 골격과 범위를 이 단계에서 다시 검토해보게 된다. 좌담에서 김현과의 사이에 벌인 논쟁과 그 논쟁을 정리해 발표한 평론 요목들은 다음과 같다.

첫째, "원래 세계문학이 태동할 때부터, 크게 나누어서는 아이디얼리즘과 리얼리즘의 문학이 있어왔는데, 그것이 이론적으로 과학적으로 체계화되기는 19세기 발자끄의 소설을 계기로 이루어진 것"이라고 하였다.

고대로부터 리얼리즘문학 기점을 잡는 관점은 루카치에게도 있다. 호머, 단떼, 셰익스피어, 괴테, 발자끄, 똘스또이, 고골 등을 모두 리얼리즘에 포함시켰다.[17] 지금 우리 문학계에서는 임형택·최원식·신경림 등이 '실사구시實事求是' 문학을 내세우는 것도 같은 맥락의 일이다. 북한에서는 최치원, 이규보, 박지원, 정다산의 문학을 리얼리즘으로 보고 있다.

리얼리즘문학의 역사적 범위가 이러함에도 19세기 발자끄 소설에서 이론적 체계화 계기를 잡는 데엔 다음과 같은 이유들이 있다. 우선

---

17) B. 키랄리활비, 『루카치 미학비평』(김태경 역), 한밭, 1984, 76쪽.

‘리얼리즘réalisme’이란 용어가 이 시기에 처음으로 쓰이기 시작하였다. 1926년의 첫 용어 출현, 뒤랑띠의 《레알리슴》 잡지 발행(1856. 11~1857. 5.)도 있었으나 결정적으로 중요한 것은 발자끄의 작품전집 『인간극』의 1842년 「서문」이다. 여기에서 ‘전형성des types’의 이론이 제시되었다. 이 「서문」이 발표된 후 46년이 지난 1888년에 엥겔스가 하크니스에게 보낸 편지에서 다시 발자끄 소설에 있어서의 전형성 원리가 언급된다. “내 생각에 리얼리즘이란 세부의 진실성 외에도 전형적 환경에서의 전형적 인물들을 진실하게 재현하는 것을 의미합니다”라고 한 편지 대목은 뒤에 사회주의 리얼리즘까지 포괄해 세계 리얼리즘문학론의 금과옥조가 되었다. 엥겔스의 편지에 담긴 이 발자끄론은 해방 직후인 1946년에 건설출판사 편 『맑스 · 엥겔스 예술론』[18] 속에 실려 우리 사회에 소개되었다. 이 책의 서문을 쓴 작가 김남천의 기술에 의하면 일제하 1933년경에도 이 발자끄론이 국내에 소개된 바 있다고 한다. 하우저의 『문학과 예술의 사회사』를 번역 연재하면서 염무웅은 《창작과비평》 1967년 가을호에서 이 발자끄론을 번역 게재해, 우리 문학계가 리얼리즘의 근대적 이론체계를 이해하는 데에 본격적인 기여를 하였다. 발자끄 리얼리즘의 또 하나 중요한 기반은 1830년의 7월혁명 이후 시민층의 본격적 대두와 사회 분위기의 정치화였다. 이 가운데서 발자끄는 전형성뿐 아니라 ‘전망’의 요소도 지녔다. 보들레르도 발자끄를 가리켜 ‘열정적 예견자’라고 하였다. 발자끄에게 미비점들이 있었음에도 불구하고 뒤에 문예사가 랑송은 발자끄를 가리켜 ‘현대 리얼리즘의 아버지’라고 하였다.

여기에서 발자끄 리얼리즘에 대해 좀 장황하게 언급하는 데엔 이유가 있다. 원래 19세기 프랑스 이전, ‘리얼리즘’이라는 용어도 없었던

---

18) 건설출판사 편, 『맑스 · 엥겔스 예술론』(박찬모 역), 1946. 시인 조벽암이 발행인이고 작가 김남천이 서문을 썼다.

시대를 고대에까지 소급해 올라가며 원리면에서 리얼리즘을 확대 적용하고, 또 19세기 이후 현대 리얼리즘을 통사적으로 연결하고자 할 때 발자끄가 바로 이음다리가 되기 때문이다. 그리하여 "시대와 사회의 객관적 현실을 진실되게 재현하고, 전형성을 추출하며 이상적 전망을 갖는 것"을 고대로부터 현대에 일관하는 '광의의 리얼리즘'으로 인정해야 할 것이다. 협의의 리얼리즘은 근대 시민사회의 성립에서부터라고 잡는다. 여기에서 민주주의와 사회의식이, 한낱 모사론적 기법이라는 그릇된 개념으로부터 리얼리즘을 벗어나게 한다. 민주주의가 해당되지 않는 근대 이전 시대의 리얼리즘에서는 그 결함을 '시대적 한계'로 양해해야 한다. 가령 조선왕조 시대를 소재로 한 소설에서 3·15 부정선거로 유발된 4·19 시민혁명의 내용을 담을 수는 없다. 그러므로 그 시대에는 '실학파 리얼리즘'을 해당시킬 수 있다. 임헌영은 70년대에 이미 연암 박지원의 소설을 가리켜 '실학파 리얼리즘'이라고 부른 일이 있다. 다미안 그랜트의 『리얼리즘』 서문은 여러가지 리얼리즘 지칭을 예시하고 있다.[19]

둘째, 필자는 「한국 리얼리즘문학의 형성」에서 사회주의 리얼리즘의 한계에 대해 지적했었다. 그 근거로는 1954년 제2차 전소련작가대회가 사회주의 리얼리즘의 원리에 대해 구체적인 해답을 내놓지 못한 점과, 루카치의 포괄주의 및 소극성을 제시하였다(344~45쪽). 그러므로 필자로서는 지금 현실사회주의권의 상황 변화에 임해 새로이 자신을 조정해야 할 필요를 느끼지 않고 있다.

셋째, 필자는 '리얼리즘 주류론'을 폈다. 리얼리즘이 획일적으로 지배하려는 의도는 아니라는 뜻이다. 이 점에 대해서는 백낙청도 같은 의향을 발표한 바 있다. 이 '리얼리즘 주류론'은 별도의 한가지 구실

---

19) D. Grant, *Realism*, Methuen, 1970.

을 한다. 그것은 세계문학사에서 아이디얼리즘과 리얼리즘은 항구한 대립을 뜻하는 것이 아니라 문자 그대로 '리얼리즘 주류'를 뜻함을 상기시킬 수 있다.

리얼리즘은 "현실을 '진실'되게 재현한다"는 데 있어 '진실 *truth*'의 의미를 심오하게 더 탐구도 해야겠지만, 그 진실을 우리에게 육화시키고 역사 안에서 획일적 지배가 아닌 주류를 이루어 나아간다는 데에 떳떳이 리얼리즘문학의 향방이 설 수 있다. 넓고 장구한 범위에서.

(1992)

Ⅲ. 한국문학사론

한국문학사 방법론들에 대한
종합적 검토

　새로운 한국문학사 방법론이 출현하려면 이제까지 발표된 한국문학사 방법론들을 종합하여 검토하는 일이 필요하다. 이 검토의 결과로서 한국문학사 방법론에 결핍된 요소들이 있다면 이 요소들이 새로운 방법론의 출발점이 될 것이다. 문화의 성장이 그렇듯이 문학사의 성숙도 전대의 작업들이 쌓여서 새 단계에의 디딤돌이 될 것이다. 이제까지 발표되어 온 한국문학사 방법론들을 발표된 시기순으로 그 내용을 검토해보려 한다. 여기에서 다루어질 방법론들은 임화의 「신문학사의 방법」, 백철의 「국문학사 서술방법론」, 조연현의 「한국신문학사 방법론 서설」, 장덕순의 「한국문학사의 방법」, 김동욱의 「국문학사 머리말」, 김윤식·김현의 「방법론 비판」 등이다. 방법론 필자들의 주변을 상론하는 것은 보다 범위가 넓은 비평사에 미루고, 여기에서는 새로운 문학사 방법론의 모색을 위한 보조적 방편으로서 기존 방법론들의 내용만을 대상 범위로 삼는다. 이로써 한국문학사 방법론사의 한 기초를 삼을 수도 있을 것이다.

임화의 「신문학사의 방법」[1]은 한국문학사 방법론으로는 최초의 것으로서 《동아일보》 1940년 1월 3일자에서부터 20일자에 걸쳐 발표되었다. 이보다 앞서 임화는 「조선신문학사론 서설」(《중앙일보》. 1935), 「개설槪說 조선신문학사」(《조선일보》. 1939)를 쓰기 시작했는데 결국 신소설사 단계에서 중단되고 말았다. 이 점에서 볼 때 임화의 방법론은 자신의 문학사 기술에 연결되지 못하였다.

임화의 「신문학사의 방법」은 제목이 가리키듯이 한국 신문학사를 위해서 씌어진 것이다. 그런 그는 보다 상대로 연결되는 문학사 전통을 전제하는 조건 아래 신문학사를 생각하였다. "신문학사는 상대의 이두吏讀와 그 다음에 오는 언문諺文문학과 한문문학의 병존의 시대와 교섭되는 것이다. 더욱이 이 연구대상 문제에 있어 전대의 언문문학과 더불어 한문문학을 적당한 위치에 설정해 둘 필요는, 신문학의 정신적 토대가 될 전대의 정신적 전통과 문화적 유산을 고구함에 있어 언문문학만을 돌아봄은 중도반단中途半端에 떨어지기 때문이다. 한문문학을 무시하고는 전대 조선의 전통과 유산을 전체로 문제삼기 어려울뿐더러 어느 의미에선 전혀 알기 어려울 때가 있기 때문이다."[2] 이 때 임화는 한문문학사를 '유학사儒學史'와는 다른 조선문학사의 한 영역이라고 하였다. 이 주장은 당시에 춘원 이광수가 이미 『삼국유사』와 박연암의 한문소설들을 중국문학에 편입시켜야 한다고 주장한 데 뒤이어 표명한 것이다.

임화는 이 방법론 안에서 이식문학론移植文學論을 주장하여 한국 문학사의 전통을 단절시킨 것으로 비판하는 이들이 뒷날에 나타났다. 김윤식 · 김현의 방법론에서 이 비판은 가장 고조되어 있다. 이러한 비판을 초래한 것은 다음과 같은 문맥 때문일 것이다. "신문학이 서구적인

---

1) 임화. 「新文學史의 方法」. 『文學의 論理』. 京城 學藝社. 1940. 819쪽.
2) 앞의 책. 821~22쪽.

문학 장르(구체적으로는 자유시와 현대소설)를 채용하면서부터 형성되고 문학사의 모든 시대가 외국문학의 자극과 영향과 모방으로 일관되었다 하여 과언이 아닐 만큼 신문학사란 이식문화의 역사다."[3]

그러나 조선신문학사의 전통을 논한 다른 대목에서 임화는 다음과 같이 말하였다.

전통의 유산이 외래문화에 침닉(沈溺)하게 된다. 또한 그러한 것이 완전히 수행되기는 문명인과 야만인 사이에서만 가능한 것이다. 동양제국과 서양의 문화 교섭은 일견 그것이 순연한 이식문화사를 형성함으로 종결하는 것 같으나 내재적으로는 또 이식문화사 자체를 해체하려는 과정이 진행되는 것이다. 즉 문화이식이 고도화되면 될수록 반대로 문화창조가 내부로부터 성숙한다.

이것은 이식된 문화가 고유의 문화와 심각히 교섭하는 과정이요, 또한 고유의 문화가 이식된 문화를 섭취하는 과정이다. 동시에 이식문화를 섭취하면서 고유문화는 또한 자기의 구래의 자태를 변화해 나아간다. …신문학의 생성과 발전에 있어 조선 재래의 문화가 정히 이러한 형식으로 신문학의 창조와 관계한 것이다. 그것은 신문학을 외국문학으로부터 구별하는 형식이 되고 또한 내용이 되는 것이다. 신문학은 고유한 가치를 새로운 창조 가운데 부활시키는 문화사의 한 영역이다.[4]

위 이론에서 보면 이식문화가 결국 토착 문화전통의 고유한 가치를 부활시키며 자체를 변화 발전시킨다는 주장이 나타나 있다. 따라서 임화의 이식문화론을 전통단절론으로 보는 것은 원문비평에 있어 착오를 일으키고 있는 것이라고 보게 된다. 실상 민족의 고유문화라는 것

---

3) 같은책, 827쪽.
4) 같은책, 832~33쪽.

은 원래 단자單子처럼 격리되어 탄생하거나 지속되어올 수 있는 것이 아니고 오랜 역사 속에서 부단히 인근문화와 외래문화에 교섭되면서 민족 주체의 문화를 발전시켜온 결과로서의 유산일 것이다.

특히 20세기 초에 일본을 거쳐서 한국에 들어온 서구문학의 장르들, 즉 자유시·단편소설·장편소설·희곡·평론·아동문학 등은 전대의 한국 고전문학기 장르들로부터 완전히 단절되는 것은 아니지만 양식상의 조직과 규격에 있어 상당히 새롭고 구체적이라는 점을 부정할 수는 없을 것이다. 이러한 관점에서 이식론은 반드시 기피되지 않아도 될 것이며, 다만 한국문학의 전통이 단절된 것이 아니고 변모 발전된 것으로 이해하는 태도가 중요할 것이다. 한국 고전문학과 이른바 신문학 사이의 전통연결 문제를 논의함에 있어서 임화의 이식문화론은 전통론과 아울러서 참고되어야 할 것이다.

임화의 방법론은 문학사적 평가대상으로서의 작품을 규정함에 있어서 "형식과 내용의 통일물"이라 하였다. "그러한 형식으로밖에 표현될 수 없는 내용, 혹은 그러한 내용을 가질밖에 없는 형식"을 강조하는 나머지 문학에 있어서 양식이 지니는 의미를 중시하였다. 그의 문학사 작업의 궁극의 목적은 문학의 정신사적 의미의 발견이라는 데에 있으며 거기에 이르는 과정을 양식사적 궤적의 추구로 생각하였다. "정신은 비평에 있어서와 같이 문학사의 최후의 목적이고 도달점이다. 양식의 역사를 통하여 하나의 정신의 역사를 발견함으로써 문학사는 정신문화사의 한 분과로서의 확고한 지위를 차지한다."[5]고 그는 말하였다.

임화의 방법론에서 보이는 단점 내지 미비점으로는 다음과 같은 요소들이 있다. 그 첫째는 이른바 "물질적 토대"[6]를 신문학과 문학사 기술의 기반으로 언급해 둔 데에서 유물론적 도식성과 지나친 단순성이

---

5) 앞의 책, 838쪽.

드러나 있는 점이다. 둘째는 신문학을 곧 '근대문학'으로 규정해서 이
론을 펴고 있으나 '근대'와 '근대문학 기점'에 대해 전혀 개념규정을
결여하고 있는 점이다. 셋째는 전체적으로 피상적 논리 전개에 머물렀
고, 요소요소에서만이라도 심층적인 고구와 예증을 보여주지 못한 점
이다.

백철씨의 「국문학사 서술방법론」[7]은 이병기·백철 공저 『국문학전사(全
史)』가 1957년 6월에 출간되는 데 앞서서 이 해 3월호 《사상계》지에 발표
되었다. 그리고 이 방법론은 거의 수정없이 『국문학전사』 권두에 실렸다.
백철씨는 이 방법론에서 문학사의 기본개념과 요건에 대해서 언급하였다.

각개 작품이나 작가에 대한 단순한 축적적(蓄積的) 총화(總和)로써만
은 문학사는 결코 형성되지 않는다. 즉 우리는 한 시대의 개개의 작품에
공통되는 본질적인 특성을 찾아서 그것을 정확하게 체계화함으로써 문학
사의 최종적인 방법이 확립되는 것이라 하겠다. 그리고 이 체계화란 단순
한 과거의 상태를 그대로 복구시키는 데에서 그칠 것이 아니라 항상 현재
의 그 혈맥이 상통하는 연관성 아래에서 체계화될 것을 의미하며, 또한 나
아가서는 현대문학에게 앞날에의 통로를 제시함으로써 그 사명은 비로소
완수되는 것임을 잊어서는 안될 것이다.[8]

비록 간략한 개설적 언급이지만 위 이론을 통해 백철씨는 문학사가
과거·현재·미래에 혈맥을 상통시키면서 문학이 나아갈 바 통로를
제시해야 한다는 정의를 내렸다. 그리고 문학사 기술상의 요건을 들어

---

6) 앞의 책, 823쪽.

7) 백철, 「國文學史 敍述方法論」, 『白鐵文學全集 I』, 신구문화사, 1968, 127쪽.

8) 앞의 책, 136쪽.

언급하기를 "국문학도는 때로는 언어학을 건드려야 하고, 때로는 역사가로서의 구실을 하여야 하기도 하며, 뿐만 아니라 필요에 따라서는 민속학·고고학·음악·무용·연극·미술·서지書誌 등의 분야에까지 파고들지 않으면 안될 경우도 있다"[9]고 하여 보조과학의 필요성을 지적해 놓았다. 이상은 문학사 기술에 전제되는 기본개념 및 요건 제시로서 간략하지만 포괄적 체계를 갖춘 정당한 정의였다.

다음으로 이 방법론을 한국문학사에 적용하여 구체적으로 진전시켜 나아가는 과정에서 백철씨는 몇 가지의 중대한 문제점을 드러낸 것으로 보인다.

그는 우리 국문학의 개념을 서구 국민문학의 형성과정에 대입시켜서 규정하였다. 아울러 그는 "국문학이란 우리 민족의 언어와 문자로 표현한 것"이라는 점을 기본개념으로 중요시하면서 그 근거를 서구문학의 예에서 끌어낸다.

그럼 어떤 근거에서 국문학의 개념을 그렇게 파악하는가, 이것이 옳다고 주장하는 근거가 어디 있는가 하면 그것은 선진(先進)한 근대 국가의 예에서 예시 파악할 수 있는 근대적인 규정이다. 국문학이란 국민문학인데 그것은 근대적인 국가와 국민을 전제로 해서만 성립이 된다. 그 전엔 참된 뜻의 국가와 국민은 존재하고 있지 않았다. 불행히 우리나라 역사에선 그 근대적인 국가·국민 형성의 과정이 분명하지 못했기 때문에 이것은 차라리 근대 유럽적인 국가·국민 형식의 내용이지만 그것을 기준으로 하는 수밖에 없다. 그 기준에 의하면 근대 국가·국민의 신흥과 함께 문학상에선 중세기(中世紀)적인 문학개념의 그 특징은 세계성의 세계어(羅典語, 우리나라에서는 漢文이 그 예에 든다)에 의한 표현이던 것이 대전환을 해서 국

---

9) 앞의 책, 136~37쪽.

민성·지방성의 국민어·지방어와 그 글자에 의한 표현으로 신흥 발전되어 근대문학의 본질을 나타낸 사실이다. …이것을 전제하면 국문학이란 그 국민의 감정 사상을 내용으로 삼은 조건과 함께 그 형식에 있어서 반드시 그 국민어, 그 글자로써 표현 형성하는 조건이 동반되어야 하는 것이다. 이것은 결정적인 것이며 따라서 정통적인 사실이다. 그것을 무시하고서 우리는 국문학의 개념을 생각할 수 없는 것이다.

우리는 다시 민족문학의 문제와 관련시켜 보면 그 개념은 더욱 명시될 것이다. 국문학과 민족문학은 그 개념이 일치되느냐 어긋나느냐 할 때에, 나는 그 두 가지는 근대적인 국가 내용에선 반드시 일치되지 않는 경우가 있지만 본질적으로 이 두 개 명칭의 문학은 일치하는 것이 본질이라고 본다.[10]

백철씨는 위에 든 국문학의 성립 조건을 '국문학사의 큰 전제조건'으로 삼는다고 거듭 강조하였다. 여기에서 문제가 되는 것은 첫째 서구적 근대문학을 한국문학의 개념규정에 척도로 삼으려 한 것이며, 둘째 언어와 문자에 대한 견해이다.

백철씨 자신이 말했듯이 우리나라 역사에서 근대적인 국가·국민 형성이 분명하지 못했는데, 그렇다고 해서 차라리 "유럽적인 국가·국민 형식의 내용이지만 그것을 기준으로 하는 수밖에 없다"고 하는 것은 한국문학의 독자적 존립을 긍정하지 못하는 견해처럼 들릴 수 있다. 서구와 한국이 역사적 실제에 있어서 상이한 상태를 지녀온 것은 상이한 실제대로 인정하지 않을 수 없을 것이다. 가령 서구 각 나라의 국민문학은 근대국가 형성과 자국어 사용에 때를 맞추어 형성되었는데 한국에서는 자국어를 사용하는 문학이 불완전한 상태로서이지만

---

10) 앞의 책, 130~31쪽.

향찰 표기에 의한 신라 향가문학에서부터 분명히 있었다. 또 자국어 문자 한글이 창제된 것이 이조 초기이지만 이 때가 역사상 근대의 기점이 될 수도 없고, 이 때가 비로소 국민의 독립을 성취한 때도 아닌 것이다. 그러므로 서구의 근대 국민문학의 개념을 기준으로 해서 한국의 국문학 내지 민족문학의 개념을 규정할 필요는 없게 된다.

서구 근대문학에 척도를 둔 언어와 문자에 관한 형식논리는 한글 이전의 한문문학은 말할 것도 없고 이두 문학(鄕歌)도 '준국문학사적 자료'로 취급되어, 이병기 · 백철 공저『국문학전사』에서 실제로 그와 같은 내용 편성을 드러내고 있다. 즉 향가문학은 준국문학사 자료로 여겨졌으니만큼 작품 예도 없이 간략히 다루어졌고, 이조 초기 김시습의 한문소설 「금오신화」는 문학사 논급에서 제외되었고, 박연암의 한문소설들은『국문학전사』정계正系에서 제외되어 권말에 부록으로 실려 있다.

또한 백철씨의 문자중시론은 춘원 이광수가 1936년에《삼천리三千里》지에서 밝힌 속문주의屬文主義 국문하 개념론을 참고하고 있기도 하다. "박연암의『열하일기』, 일연一然선사의『삼국유사』등은 말할 것도 없이 중국문학일 것이다. 그러므로 국민문학은 결코 그 작자의 국적을 따라 어느 국문학에 속하는 것이 아니요, 오직 씌어진 국문을 따라 어느 국적에 속하는 것이다. 말하자면 국적은 속지屬地도 아니요, 속인屬人(作者)도 아니요, 속문屬文이다"[11]라고 한 주장도 백철씨는 원용하였다.

이렇게 된 결과 백철씨는 원래 문학사가 과거 · 현재 · 미래에 혈맥을 상통시켜야 한다고 전제했던 일종의 전통 이론과 문학사 기술의 실제 사이에서 차질을 빚게 되었다. 즉 백철씨의 방법론에 의하면 한글 이전 시대의 문학, 즉 향가, 구비전승된 고려속요, 김시습 · 박연암의

---

11) 앞의 책, 129쪽.

한문소설들이 한국 고전문학사 정계의 유산 구실을 할 수 없게 되어 있다. 이 점은 한국문학사에 손실을 초래하는 이론이며, 실제로 이병기·백철 공저『국문학전사』에 그 결과가 반영되어 있다.

조연현씨의「한국신문학사 방법론 서설」[12]은 문학사 기술이 선행되어 그 경험을 정리한 이론이다. 조연현씨는 1955년 6월부터 1956년 1월까지「한국현대문학사」를《현대문학》지에 연재하였고, 이것이 다음 해에 책으로 출간되었다. 그 뒤 1965년에 그는 문학사 방법론을 정비해보았으며, 1969년에『한국대문학사』증보개정판을 낼 때 이 방법론을「서론, 신문학사의 방법론」이라 하여 권두에 수록하였다.

이 방법론에서 조연현씨는 신문학사의 범위와 대상을 갑오개혁 이후 우리나라의 근대적 또는 현대적 문학에 둔다고 하면서, 여기에 선행되는 '한국문학에 대한 정의'를 언급하였다.

대체로 한국 사람이 한국의 언어와 문학을 통하여 한국 사람의 생활과 사상을 표현한 문학이라고 할 수 있을 것이다. 여기에서 '한국 사람'이란 것이 주체적 조건이 된다면 '한국의 언어와 문자'는 그 형식적 조건이 되며, '한국 사람의 생활과 사상'은 내용적 조건이 된다고 볼 수 있을 것이다. …한자는 그것이 비록 중국의 문자이기는 하나 우리가 한자를 천 년 이상 사용해왔다는 사실이 곧 그것이 우리 문자화된 것을 의미하는 것이라고 본다면 한자로 표기된 것은 한국문학의 개념 속에 포함시키는 것이 옳다는 주장이 지배적이다.[13]

이와 같은 한국문학 개념규정은 백철씨의 방법론에 나타난 한글문

____

12) 조현문,「韓國新文史 方法論序說」,《문학춘추》 11월호, 1965 ;「新文學史의 方法論」(改題),『韓國現代文學史』, 성문각, 1969, 19쪽.
13) 앞의 책, 20~21쪽.

학 편중 경향을 탈피하고 있다. 그리하여 조연현씨는 한국문학의 형식적 조건 중 문학에 관련된 범위에 국문표기, 국한문 혼용표기, 이두표기, 한문표기의 문학을 포함시켰다.

다음으로 조연현씨는 전체 사회의 역사적 특성이 문학에 미치는 영향을 강조하였다. "문학이 인생의 표현이요 시대의 반영이라면, 역사적 특성은 어떤 형태로든 문학에 중대한 영향을 끼쳤다고 보지 않으면 안된다"[14]고 그는 주장한다. 신문학사 기간에 해당하는 일반 사회의 '역사적 특성' 중에서 가장 중대한 사실로서는 ① 일제의 식민통치와 ② 해방 후의 국토분단이 지적되어 있다. 이러한 "역사적 특성이 문학에 미친 필연적인 영향을 고려함이 없이는 신문학의 운명과 그 성격은 정당한 해석을 얻지 못할 것이다."[15]라고 조연현씨는 말하였다. 문학사에 있어서 역사적 특성의 영향을 고려한다는 일이 더 구체적으로는 어떠한 의미를 지니는 것인지에 대해 그는 계속하여 다음과 같이 말하였다.

반세기에 긍(亘)한 우리의 신문학사도 그것이 신문학의 내력인 동시에 이 반세기에 긍한 우리 민족의 정신적 내력의 재립상(再立像)이어야 한다. 우리는 신문학사를 통하여 형식적으로는 신문학의 내력을 이해하지만 실질적으로는 이 반세기에 긍한 우리 민족의 통곡과 비원의 내력을 읽을 수 있어야 한다. 일반역사가 정치적 내력만을 중심함으로써 정신의 내력을 망각한 것과 같이 문학사가 문학상의 문제만에 한정되어 그 속에 정신의 역사가 입상(立像)되지 않는다면 정신의 표현인 문학을 문학사가 그릇 해석하고 있는 것이 될 것이다.[16]

---

14) 앞의 책, 22쪽.

15) 앞의 책, 25쪽.

16) 앞의 책, 29쪽.

　이처럼 문학에 미치는 역사적 특성을 중요시한 결과 조연현씨의 신문학사 방법론은 ① 연대별 특성과 ② 문학적 변화를 10년 단위로 나란히 결부시켜 나아간다. 이렇게 하는 이유로서 조연현씨는 갑오경장 이후의 우리 역사가 대개 10년 간격으로 변모되어 나아갔다는 견해를 전제한다. 그리하여 "일정한 역사적 변화는 필연적으로 문학적 변화를 초래한다"는 말이나, "일정한 문학적 변화에서 일정한 시대적 변화를 볼 수 있다"는 말이나 그 구체적 의미는 동일한 것임을 발견하게 되며, 이 때문에 신문학의 역사적 정리는 필연적으로 연대적 특성과 그 변천과정을 구명해가는 것이 된다고 그는 보았다.

　따라서 조연현씨가 ① 시대의 변화와 ② 문학의 변화를 결부시켜 연대적으로 정리한 내용은 다음과 같이 된다.

제1기(1900년대)
시대: 갑오개혁부터 일본 강제통합까지
문학: 신문학 태동기, 창가와 신소설시대
제2기(1910년대)
시대 : 일본 강제통합부터 3 · 1운동까지
문학 : 발아기, 신체시와 초기 이광수 소설시대
제3기(1920년대)
시대 : 3 · 1운동부터 만일사변滿日事變까지
문학 : 발전기, 문예사조 혼류시대(근대문학 전개기)
제4기(1930년대)
시대 : 만일사변부터 8 · 15까지
문학 : 성숙기, 순수문학 주류시대(현대적 성격의 문학 대두)
제5기(1940년대)
시대 : 8 · 15이후

문학 : 재출발기(현대문학 발전기)[17]

　일견 명료하게 정리되어 있는 조연현씨의 이 신문학사 방법론 골자
는 실제에 있어 많은 문제와 모순점들을 드러내고 있다. 즉 조연현씨
자신이 전제한 바에 의하면 시대의 특성이 필연적으로 문학에 영향을
주는데, 그 '영향'은 구체적으로 어떠한 것이어야 할 것인가? 그 자신
이 식민지의 통곡과 분단상황으로부터 비원을 역사적 특성으로 지적
하였는데, 이 '통곡'과 '비원'은 문학에 영향을 미칠 때 다른 의미로
변질되어 나타나도 무방할 것인가? 하는 문제가 우선 제기된다.

　제3기 이후를 보면 1920년대 이후 10년 간격으로 발전기, 성숙기,
재출발기로 되어 있다. 이러한 표현들은 더욱 어두워져온 시대상에 비
해 반비례적으로 밝고 낙관적인 것으로 보인다.

　좀더 구체적으로 살펴보면 '제4기(1930년대, 만일사변부터 8 · 15
까지)'가 성숙기로서, 순수문학 주류시대로 되어 있다. 객관적으로 관
찰할 때 1930년대의 한국문학에 있어 일면적으로나마 '성숙'에 해당
되는 것은 이른바 30년대 모더니즘의 작업이 대표적인 것이다. 그런데
이 모더니즘은 20세기 초 서구의 문예 경향을 도입한 것인데, 이것은
식민지 확장시대의 서구정신이 비도덕성에 떨어진 데에서 영향을 입
어 문학이 기교주의, 쾌락지상주의, 반역사성, 반민중성을 띠고 진실
된 역사 창조의 기능을 상실한 상태의 것이었다. 이러한 퇴영성은 자
신이 모더니스트였던 에즈라 파운드가 파시즘에 동조함으로써 자기파
탄에 떨어진 사실로도 증명된다. 한국의 30년대 모더니즘도 그 경향에
있어 대표적 이론가의 한 사람이었던 김기림에 의해서 1939년 당시에
《인문평론人文評論》 지면을 통해 자가비판을 당하였다.

---

17) 앞의 책, 25~28쪽.

모더니즘은 30년대의 중품에 와서 한 위기에 부닥쳤다. 그것은 안으로는 모더니즘의 말의 중시가 이윽고, 그 말류(末流)의 손으로 말초화로 타락되어가는 경향이 어느 새 발현되었고, 밖으로는 그들이 명랑한 전망 아래 감수(感受)하던 오늘의 문명이 점점 심각하게 어두워가고 이지러져가는 데 대한 그들의 시적 태도의 재정비를 필요로 함에 이른 때문이다.

이에 시를 기교주의의 말초화에서 다시 끌어내고 또 문명에 대한 시적 감수에서 비판에로 태도를 바로잡아야 했다. 그래서 사회성과 역사성을 이미 발견된 말의 가치를 통해서 형상화하는 일이다.[18]

이리하여 30년대 모더니즘은 말의 발견과 기교라는 일면에서는 성과를 거둔 다음에 다시 말초화에 타락했고, 명랑하게 전망했던 세계문명이 전체주의의 횡포 앞에 무력함을 보고 절망을 느낀 다음, 문학인으로서의 지성과 양심은 다시 역사성과 민중성의 회복을 희구하게 되었다. 30년대 문학의 모더니즘 체험이 해롭기만 했던 것은 아니며, 모더니즘의 결점과 한계를 극복하는 일도 그 모더니즘을 완전히 버린다기보다 그것을 발판으로 삼아 성취될 수 있는 것이었다. 그러나 조선인의 황국 신민화 교육이 1937년에 본궤도에 올랐고, 조선어 말살정책이 교육령 개정을 통해 1938년에 합법화된 상황에서 1939년에 김기림이 모더니즘의 반성론을 폈고, 뒤이어 1941년에는 전시 계엄체제의 강화, 창씨개명, 조선어 공식사용 금지, 《동아일보》, 《조선일보》 양대지와 《문장》, 《인문평론》이 폐간된 사태가 잇따랐다. 이러한 시대적 특성으로 보아 30년대 모더니즘문학은 자체반성 이후에도 성숙의 시기를 가질 기회가 없었다.

다음으로 '순수문학 주류시대'라는 정의에도 문제가 따른다. 조연

---

18) 김기림, 「모더니즘의 역사적 위치」, 『詩論』, 백양당, 1947, 77쪽.

현씨는 순수문학 주류시대를 실제로 그의 『한국현대문학사』 안에서 1930년대 초로부터 출발시키고 있다. 즉《시문학詩文學》지(1930년 창간), 구인회(九人會, 1933년 조직),《시인부락詩人部落》지(1936년 창간) 등을 순수문학 형성과정의 거점들로 지적하고 있다. 이 밖에 1926년에 일본 동경에서 조직된 해외문학연구회 회원들이 귀국하여 30년대 초에 문단에서 세력을 형성한 이른바 해외문학파도 이 계열에 추가시켰다. 이렇게 본다면 1920년대 후반에 활약한 사회주의적 경향파문학을 제외한 전부를 순수문학의 테두리 안에 넣는 관점이 된다.

그러나 이런 견해는 개념화의 방법으로는 너무 막연하다고 할 수 있다. 즉 1930년대와 40년대 한국문학의 주류라고 주장되는 '순수문학'의 개념적 성격이 사회주의 문학 계열에 대한 상대적 성격이라 한다면, 당대의 세계문학 안에서도 러시아를 중심으로 한 사회주의 리얼리즘 문학을 제외한 모든 분야를 순수문학이라고 지칭할 수 있었다는 객관적 논리가 성립되어야 할 것이다. 그러나 그러한 논리는 존재하지 않았다.

한국적 의미의 순수문학이라는 것이 실제로 거론되기 시작한 것은 1939년의 일이었다. 당시에 문단 일부에서 '신세대'의 소설 성격이 "순수성과 단순성에 의거하여, 일제의 탄압이 가중되어가는 이 시대를 아무 꺼림칙한 주저 없이 당연한 것으로 받아들이려 하는 것이냐"는 뜻으로 문제를 제기한 데 대해 유진오와 김동리가 반론으로 순수옹호론을 들고나온 것이 모두 1939년의 일이었다. 이 무렵은 앞에서 모더니즘의 경우를 들어 밝힌 바와 같이 이미 민족문학의 잔명殘命이 막바지에 이른 시기였다. 그리고 이 때까지도 순수문학이란 용어는 별로 쓰이지 않고 순수·순수성·순문학이란 어휘가 쓰이면서, 문학으로서의 세력이 아니라 문학하는 정신의 자세를 문제삼는 단계를 보이고 있었다.

순수문학이 그 나름으로 개념과 세력을 정립시킨 것은 1945년 8·
15 해방 후의 일이다. 해방 후 외세와 이데올로기에 의한 남북분단의
진통기에 문학계도 좌·우 세력으로 양분되었고, 우익 문학세력 소장
전위역을 맡았던 김동리씨가 이론적 방패로서 순수문학론을 내세웠
다. 김동리씨가 「순수문학의 진의眞義」라는 평론을 통해 "순수문학이
란 한 마디로 말하면 문학정신의 본령정계本領正系의 문학"이라고 말하
며, 인간성을 옹호하고 휴머니즘을 기조로 삼는다고 주장했으며, 조지
훈·조연현씨 등이 여기에 가세했을 때 한국적 '순수문학' 계열이 비
로소 정립된 것이다. 그러므로 순수문학 주류시대는 조연현씨가 '제4
기'로 잡은 만일사변부터 8·15까지가 아니라, '제5기' 8·15이후부
터 50년대 말까지로 잡는 것이 오히려 타당할 것으로 보인다.

그리고 제4기에서 1941년 이후 조선어 공식사용 금지기에 황도문
학皇道文學이 추진된 시기를 민족문학의 암흑기라 하여 여백으로만 돌
리고, 따라서 역사적 특성으로서의 '통곡'의 의미를 추적하는 일마저
포기해서는 안될 것이다. 바로 이 암흑기에, 발표되지는 못하였지만
윤동주의 시들이 탄생한 사실을 보람으로 수확해야 할 것이다. 문학사
를 문단사 중심으로 보지 않고 문학 자체 및 문학정신의 역사로 볼 때
윤동주의 시는 일제 말 암흑기의 문학사에서 빛을 발할 수 있을 것이
다. 그렇게 함으로써 민족의 통일과 완전독립에 대한 '비원'이라는 역
사적 특성이 해방 후의 한국문학사에 반영될 수 있을 것이다.

이밖에 조연현씨의 문학사 방법론은 한국 고전문학기와의 전통적
맥락 문제에 있어 언급이 없으며, 또 '근대'와 '현대'를 구분해서 지
칭하고 있으나 그 시대구분 개념이 이론적으로 정착되지 못하고 있다.

장덕순씨의 「한국문학사의 방법」[19]은 그의 『한국문학사』에 서장으

---

19) 장덕순, 「韓國文學史의 方法」, 『韓國文學史』, 同和文化社, 1975, 13쪽.

로 되어 있다. 이 서장에 앞서서 「머리말」이 있는데 여기에서 장덕순 씨는 한국문학의 범위개념에 대해 다음과 같이 말하였다.

> 30년 가까이 대학에서 주로 고전문학을 강의하면서 느낀 것은 하나의 한국문학을 정립할 수 있는 방법론의 모색이었다. 그래서 고전문학과 현대 문학을 의식적으로 갈라 놓은 갑오경장을 시대구분의 분수령으로 삼지 않고, 영정조에 싹튼 근대의식을 염두에 두고 개화기의 문학을 중요시했다. 이는 고전과 현대를 연결하는 중요한 계기가 되기 때문이다. 또 한문문학에 대해서도 지나친 편협을 피했다. 이두문자·한자 그리고 한글로 표현된 우리 문자의 유산을 하나로 묶으려고 노력했다.

한국문학사에서 고전문학과 현대문학을 전통적으로 연결해야 한다는 의식은 일찍이 임화의 방법론에서 신문학사의 전제조건으로 약간의 언급이 있었다. 그 뒤 백철씨의 방법론은 앞에서 보았듯이 서구 근대의 자국이 국민문학 의식을 차용함으로써 한국문학사의 전통연결 의식에 오히려 장애를 초래하였다. 조연현씨의 현대문학사 방법론에서는 고전 문학과의 전통연결 문제가 언급되지 않았다. 그리고 해방 후 50년대에 밀려들어온 서구문학은 한때 한국문학보다 세계문학의 향수라는 의식을 문학계에 조성하여 한국문학 속에서의 전통단절을 의식적으로 조장하는 경향까지 있었다. 즉 한국문학 속에서 전통을 찾으려는 것은 몸속에 든 기생충을 살리려는 것과 같은 생각이라는 극언까지 나타났었다.

그러나 국문학계의 꾸준한 성장 발전과, 문학의 민족성과 세계성은 대립개념이 아니고 조화개념이라는 정당한 인식의 대두와, 민족문화의 주체성을 찾고자 하는 국학계의 자각 등에 힘입어 1960년대 이후로는 한국문학사 전통연결의 필요성이 당연한 것으로 인정받기에 이르렀다. 이러한 시대적 자각의 한 표현이 장덕순씨의 한국문학 범위 개념에 나타났다고 볼 수 있다.

이 전통연결을 위해서 장덕순씨가 개화기문학을 중요시했다고 하는 것은 일차적으로 긍정받을 수 있을 것이다. 즉 전통연결의 매듭 부분을 상고詳考한다는 뜻에서 그렇다. 그러나 전통의 혈맥을 연접시킨 실밥과 그 속에 흐르는 피를 구분하여 생각할 때 정덕순씨가 착수한 부분은 아직 실밥의 역할에 머문 것으로 보인다. 그의『한국문학사』본문에서 보면 개화가사와 신소설의 형식들이 전대의 것에 연관되는 점만을 간략히 언급한 데서 그쳤기 때문이다.

장덕순씨의 문학사 방법론 자체 내에서는 외국의 이론들을 간략히 소개하고 있다. 그 중의 첫째로서는 엘리어트*T. S. Eliot*와 케어*Ker*의 문학사 기술 불가론이 예시된다. 즉 일반 역사는 과거이므로 기술할 수 있지만, 문학은 과거와 현재에 걸쳐 공시성의 기능을 지니므로 역사적으로 기록할 수 없다는 것이다. 이것은 웰렉과 워렌의『문학의 이론』(1949)에 예시된 이론이다. 문학의 공시성 문제는 일찍이 랑송의「문학사의 방법론」(1910)에서도 제시되었지만 역사적으로 기술이 불가능한 것은 아니고 그 공시성이 충분히 배려되어야 한다고 되어 있었다. 장덕순씨도 공시성 문제에도 불구하고 문학사 기술의 방법이 계속 탐구되고 있다고 하여, 그러한 이론도 있다는 예시를 한 데에 지나지 않는다.

둘째로 장덕순씨는 "문학을 역사적 기술의 대상으로 취급한" 예로서 콜링우드*Collingwood*의 이론을 인용하였다.[20] 이 이론이 들어 있는 콜링우드의 저서『역사관*The Idea of History*』은 1944년에 나왔으며 그 내용의 실제 집필은 더 앞서서 1935년과 36년에 이루어진 것

---

20) 앞의 책, 14쪽.

이다. 문학사가 역사적 기술의 대상이 될 수 있다는 인식은 이미 19세기 후반 이래 역사학 경향이 문화사를 중심으로 하게 됨으로써 이루어진 일이다. 이 인식의 단초이며 대표적인 예가 1857년에 발표된 떼느의 『영문학사 *Histoire de la Littérature Anglaise*』 서론이었다. 그 뒤 랑송도 문학사를 문화사의 일부로 간주하였다.

> 그러나 문학사는 문화사의 일부이다. 프랑스문학은 국가 전체 삶의 한 양상이다. 즉 프랑스문학은 그것이 장구한 세월에 걸쳐 풍부한 전개를 보여주는 동안에 정치적 사회적 제 사실 속에서 연장되고 다양한 제도장치 속에 누적된 사상과 감정의 모든 움직임 하나하나를 기록하고 있으며, 나아가서는 행동의 세계 속에서는 실현될 수 없었던 고통과 꿈과 같은 내적인 삶의 하나하나를 아로새겨 놓은 것이다.
> …모든 역사와 마찬가지로 문학사도 일반적인 사실을 포착하고, 대표적인 사실들을 분리시켜내고 일반적인 사실과 대표적인 사실이 여하히 연결되어 있는가를 밝혀내려고 노력한다. 우리의 방법론은 따라서 근본적으로는 역사적 방법론이며 문학과(科) 학생이 해야 할 가장 좋은 공부의 준비는 랑쥬와와 세이뇨보의 「역사학 서설」…을 깊이 생각해보는 일일 것이다.[21]

이와 같이 콜링우드에 선행하여 문학사와 역사학의 유대관계를 인정한 이론들이 한국문학사 방법론에서 보다 충분히 제시되어야 할 것이다. 또한 그의 『한국문학사』 본문 안에서 구비문학과 일제말 '암흑기문학'에 상당한 양적 할애를 한 것 등, 한국문학사의 특성을 보는 견해로서의 방법론적 배려가 시사되어야 했을 것이다.

---

21) 랑송, 「文學史의 方法論」, 김화영 역 : 김현·김주연 편 『文學이란 무엇인가』, 문학과지성사, 1976, 116~7쪽.

김동욱씨는 그의 『국문학사』 「머리말」[22]에서 밝히기를 "문학사라면 의례히 방법론이 문제되겠지만, 여기서 특별히 내세울 염의는 없다"고 하였다. 그러므로 김동욱씨가 '방법론'이란 제목 아래 문학사론을 쓴 것은 없다고 보아야 할 것이다. 그러나 그의 『국문학사』 「머리말」과 「제1장·한국문학과 비교문학의 관점」, 그리고 이 문학사 출간 이전에 발표한 「한국문학사의 문제점·일반문학사」[23] 등의 내용이 산개된 채로 문학사 방법론의 내용을 지녔으므로, 이 내용들을 한국문학사 방법론 연구의 한 대상으로 삼는다.

해방 후 국문학계의 학구작업이 재출발되어 1970년대에 이르는 30년 동안 축적된 연구 업적은 자못 성대하다고 할 수 있다. 이 성과가 고전문학 부분을 주로 하여 가장 폭넓게, 또 깊이있게 담겨진 하나의 표본적 저서가 김동욱씨의 『국문학사』일 것이다.

그러나 문학사 기술 방법론의 체계에 관련하여 검토하면 김동욱씨의 『국문학사』와 방법론적 이론에서도 긍정될 면과 아울러 부정적으로 비판받을 면들이 나타난다.

김동욱씨는 문학사 방법론 이론을 실제론實際論에서 출발시키고 있다. 즉 우리나라 문학사 기술의 현황으로 볼 때 문학사 자료 본문에 대한 '연구'와 '비평'의 복합적 성과에 충실히 의거하는 일이 우선적으로 필요하다는 것이다.

우리나라 문학사 기술의 현황으로 볼 때 가장 아쉬운 것은 문학사 기술 이전의 '본문비평'의 문제이다.

우리나라의 평자나 연구가 중에는 이 문제는 문학의 비본질적 연구라고

---

22) 김동욱, 『國文學史』, 일신사, 1976, 3쪽.

23) 김동욱, 「韓國文學史의 問題點·一般文學史」, 《青坡文學》第11輯 , 淑大, 1974. 145쪽.

폄시(貶視)하는 경향이 역연하데, 비본질적 연구라고 핍시하는 그들이야 말로 사상(砂上)에 누각을 짓고 있는 것이다. …서지적 문헌적 연구가들의 연구성과가 나와서 본문을 지정(指定)한다면 문학사가는 이를 자료로 쓸 수 있다. 이런 과정이 돼 있지 않다면 문학사가 자신이 이를 해야 한다.[24]

이러한 실제적 요청은 근본적으로 역사 기술방법에 있어서 문헌학적 단계를 이해할 필요를 제기하는 것이다. 즉 문학사 기술이 역사학으로부터 보조받는다고 할 때 구체적으로는 19세기 전반기 랑케의 역사학 방법을 참고할 필요성을 일깨운다.

또 김동욱씨의 위 이론에서 문헌적 연구가 되어 있지 않은 경우에 문학사가 자신이라도 나서서 이 연구를 해야 한다는 취지는, 문학사가도 늘 문헌적 연구의 한 역할을 담당하고 있어야 한다는 뜻으로 이해되어야 할 것이다. 왜냐하면 문학사 기술은 과거의 집적물이나 연구결과에만 의지할 수 없고 늘 새로운 자료와 새로운 가치를 발견하면서 미래에 지향채 있어야 하기 때문이다. 또한 문학사가는 비평과 연구를 함께 해야 한다는 각성도 문학사가 자신이 분문비평까지 담당할 수 있는 것이 바람직하다는 결론에 이르고 있다.

다만 문학사가가 보조적 분야에 직접 접할 때 지나치게 깊이 빠져들어 외도를 할 위험은 경계되어야 할 것이며, 이 점에 대해서도 김동욱씨가 지적하고 있다. "사실 문학작품의 역사에 관하여는 제 요인은 무한이다. 이러한 제 요인을 탐색하는 이가 그 탐색의 과정에서 그 쪽의 전문가가 돼 버린다는 것은 학자라는 이름에 상부할지는 몰라도 진정한 문학사가가는 아니다"라고 그는 말하였다.

다음으로 문학 주변의 제 요인에 언급하는 중에서 김동욱씨는 한국

---

24) 앞의 글, 149쪽.

문학사의 경우 무속·신화·전설의 영향을 한국문학사 전통연결의 작
업에 참작해야 할 것이라고 하였다.

　　동양인 특히 중국인들은 합리적 사고를 2천년 이래 추구해왔지만 그들
의 밑바탕에도 신화와 전설은 문학의 아키타이프로서 맥맥히 흐르고 있는
것이다. 한국인의 경우는 더욱 그런 감을 짙게 한다. 구라파에 있어서의
희랍이나 로마의 신화의 영향이나 성서의 영향만큼은 못되지만 문학적 발
상에서 무속적 신화적 전설적 패턴을 부정할 수가 없을 것이다.
　　이런 방면의 연구는 오늘날 우리나라에 있어서는 새로운 것으로 되어
있지만 심볼이나 이미지로 표현되는 이런 인종적 국민적인 상상력의 복잡
한 구조물은 우리나라 작품에도 얽혀 있는 것이다.
　　형식상으로 고전과 현대로 갈라져 있는 현재까지의 우리나라 국문학사
의 서술에서 어떤 전통성, 일관성을 모색하여야겠다면 이 방면에 깊은 성
찰이 있어야 할 것으로 믿는다.[25]

김동욱씨는 한국 고전문학과 현대문학 사이의 전통연결론을 별도로
제시하지는 않았으나, 이 전통연결의 필요성이 이제는 보편적으로 각
성되어 있는 상황에서, 그 전통연결 작업에 있어서의 한 구체적 시사
점을 무속·신화·전설이라는 맥 위에 제시한 것이다. 이 관점은 전통
의 맥을 잇는 실밥이 이론이라면, 그 맥 속에 흐르는 피로서의 실체를
요청하고 있는 것으로서 중요시될 만한 것이다.
　　김동욱씨의 방법론에서 미비점으로 보이는 요소들은 다음과 같다.
첫째, 문학사가 대상으로 삼을 문학의 범위개념에 있어서 혼란을 나타
내고 있다. 즉「한국문학사의 문제점·일반문학사」에서 밝힌 범위개념

---

25) 앞의 글, 148쪽.

의 하나는 다음과 같다. "문학의 역사의 대상으로서의 문학은 시대의 차이는 있지만 하나의 예술 즉 언어의 의한 예술이란 점만은 엄격히 제한할 필요가 있을 것이다. 이러한 대상을 제한하지 않으면 초기 문학사나 오늘날에도 남아 있는 예술이 아닌 실용적인 것도 문학의 역내城內로 이끌어 들어오려고 하는 오류를 범하기 쉽다."[26]

그러나 그의 『국문학사』 서론에는 한국문학의 범위 개념을 예술이라는 한계선 밖으로까지 확대하려고 한 것으로 보이는 다음과 같은 이론이 제시되어 있다.

> 나는 이 문학사에서 문학을 광범위하게 생각하고자 한다. 서구적인 *Literature*의 범위를 넘어서서 동양적인 개념에 가깝게 설정하려고 한다. 인도에서는 불교 경전이 문학이고, 중국에서도 경전, 『사기(史記)』, 『한서(漢書)』가 또는 문학으로 인식되고 있지 않은가. 그러나 어디까지나 문자로 정착된 것만을 대상으로 삼으려는 데는 변함이 없다. 그러므로 이조시대에 정착된 민담으로서 야담도 우리의 소중한 문학유산으로서 다루려고 한다. 따라서 『삼국유사』도 우리의 훌륭한 기록문학으로 다루려고 한다.[27]

문학의 범위개념을 위와 같이 동양적으로 또는 한국적으로 확대한다는 논리는, 또한 앞에서 엄격히 '예술로서의 한계' 안에서만 문학이라고 규정한 논리와 치이가 있는 것으로 보인다. 이와 같은 논리의 혼란 자체는 하나의 결함이라고 볼 수 있다. 그럼에도 불구하고 한국문학의 '확대된 범위개념'은 한국문학사의 장르 정리 문제에 관련하여 주목을 끄는 견해로서, 하나의 문제 제기라는 점에서 지나쳐 볼 수 없을 것 같다.

---

26) 앞의 글, 145쪽.
27) 김동욱, 『國文學史』, 12쪽.

둘째로 김동욱씨는 문학사를 '과거'에 치중하여 보고 있다. "문학사는 대개, 시기를 과거에 두고 있다. 그러므로 과거의 문학의 역사라고 하는 것이 상식적인 견해라고 할 것이다."[28] 이렇게 말하였다.

일찍이 떼느가 『영문학사』 서론에서 강조한 "살아있는 존재", 랑송이 「문학사의 방법론」에서 강조한 "문학사의 공시성" 즉 과거의 작품이 현재에도 살아 있어 공감과 영향을 주고 있는 특성 등에 대한 정당한 인식을 참작하거나 긍정한 문맥이 보이지 않고 있다.

셋째, 문학사가 사적 기술을 수행하는 기능에 대해 언급한 가운데에 사적 연구, 사적 비평, 사라는 궤적 등의 개념은, 문학의 '역사적 기술'이라는 점에서 역사학으로부터 구체적 이론 체계를 보조받을 필요가 있었던 것으로 보인다.

김윤식·김현의 『한국문학사』에서 제1장으로 되어 있는 「방법론 비판」[29]은 원래 《문학과지성》지 1972년 봄호에 발표되었었다.

한국문학사로서 학계와 문단에 대해 비교적 뚜렷한 영향력을 지닌 저술로서는 이병기·백철 공저 『국문학전사』가 1957년에 출간되었고, 그 뒤 16년 만에 비평가 김윤식·김현 양씨에 의해 새로운 한국문학사 기술이 착수된 셈이다. 그리고 이들의 한국문학사 기술은 '방법론'의 문제를 양적으로 보나 의욕의 폭으로 보나 본격적으로 검토한 점이 한국 문학계에서 일찍이 볼 수 없었던 일이다.

그러나 이들의 방법론은 여러가지로 문제점들을 제기했는데, 이 방법론은 『한국문학사』 본문 기술에 연결되었으므로 하나의 시론 단계를 넘어서 책임 문제가 따르게 되었다. 이들의 방법론에서 두드러지게 문제가 되고 있는 요소들은 다음과 같다.

---

28) 김동욱, 「韓國文學史의 問題點·一般文學史」, 위의 책, 145쪽.
29) 김윤식·김현, 「方法論 批判」, 《문학과지성》 봄호, 1972 ; 『韓國文學史』, 민음사, 1973.

① 서구화 및 진보 개념에의 거부:

　　고대·중세·근세의 역사적 삼분법, 근대주의 등의 모든 학문적 근거는 진보라는 개념에 입각해 있다. 구라파의 입장에서 본다면 그러한 전제는 가능하다. 물론 1차 대전 후에 그러한 전제가 많이 흔들리기는 하였지만 말이다. 하지만 후진국의 입장에서 본다면 진보란 항상 서구화만을 의미하게 된다. 그래서 러시아나 중국대륙은 진보라는 개념 대신에 혁명이라는 새로운 개념을 내세운다. 여하튼 진보를 후진국의 입장에선 그대로 수락할 수 없다.[30]

　　위에 든 김윤식·김현 양씨의 이론은 다시 다음과 같은 의문점들을 낳게 한다. 세계 제1차 대전 이후로 서구의 몰락, 서구우월주의의 붕괴는 역사적 사실이 되었다. 그러므로 20세기 현대에 있어 서구화는 사대주의적 맹신이 될 우려가 스스로 해소되어 있다. 그러나 그렇다고 해서 19세기에 서구라파가 과학과 문명의 개념들을 전세계에 부급한 것을 이제 서구에 되돌려주어야 하는 것은 아니다. 그런 것들은 이미 세계 공유의 개념들이 되어 있다. 그런데 '진보'가 19세기 식민주의 팽창 시대의 서구의 개념이라고 하면서 이것을 새삼스레 거부해야 한다면, 그 다음에는 어떻게 해야 할 것인가.

　　진보의 개념에 대하여 사학자 도슨C. Dawson은 1921년에 「사회학과 진보의 이론」이란 글 속에서 말하였다. "진보의 본질적 사실은 하나의 통합의 과정, 즉 전체 문명의 정신적 지역적 개성 사이의 점증하는 밀착이다. …하천 계곡에서의 문명의 여명으로부터 오늘날에 이르기까지 거의 중단없이 진행되어온 이 대통합운동은 사실인 것으로

---

30) 김윤식·김현, 『韓國文學史』, 12쪽.

서 부인할 수 없다. 전체 인간성이 사회적 표현을 가질 때까지 이 과정은 계속될 것 같다는 생각을 단순한 유토피아적 생각이라 하여 지워버릴 수 또한 없다." 도슨은 꽁뜨와 마르크스의 진보관도 꿰뚫고 넘어서서, 동양의 평화사상으로부터 도움을 입을 것도 바라면서 인류 발전의 이상으로서 진보를 지지하고 기대하였다.

이러한 진보를 거부하고, 지적 유아주의唯我主義나 직관에 의지함으로써, 그리하여 이른바 '의미망'의 이론에만 의거해서 문학사의 원만한 방법론이 성립될 수 있을까. 양 김씨는 "중요한 것은 과거의 집적물로서 구라파식 진보의 개념에 의거하지 않고 새로운 의미망을 구축해내는 작업"이라고 하였다. 이 때의 "그 의미망은 부분과 부분에 관계가치를 부여하는" 일이라고 하였다.[31] 그러나 "부분과 부분에 관계가치를 부여한다"는 논리만으로는 새로운 방법론으로서 불충분한 것 같다. 원래 대부분의 문학사가 사적 자료 사이의 '관계가치'를 해명해냄으로써 기술되고 있을 것이니 말이다. 가령 구조주의적 방법론의 구체적 내용이 뒷받침되어야 하지 않겠는가 생각된다.

또 서구화에 대한 새삼스런 거부 주장에도 문제가 있다. 즉 이 거부가 개념과 관념의 영역에서 주장되고 있는 것인데, 양 김씨는 자신들의 문학사 방법론 첫 행을 서구의 구조주의자 레비-스트로스의 "문학사는 실체가 아니라 형태이다"라는 관념에 의거해 출발시킨 것도 모순점이 아닐까 여겨진다.

② '진보'와 '삼분법' 논리를 거부해놓고 바로 뒤이어 한국문학사의 '근대 기점'을 영·정조대로 설정한 점 :

과거 사실의 나열적 예증으로서의 역사주의와, 역사의 연대순 정리

---

31) 앞의 책, 11쪽.

와, 고대 · 중세 · 근대의 삼분법 이론을 거부하고 의미망을 강조한 양 김씨는 자신들의 주장과 모순되게 '김만중의 언어의식'에서 한국문학 사 '근대'의 단초를 잡는다.

> 근대문학의 기점은 자체 내의 모순을 언어로 표현하겠다는 언어의식의 대두에서 찾지 않으면 안된다. 그 언어의식은 구라파적 장르만을 문학이라 고 이해하는 편협된 생각에서 벗어나게 만든다. 언어의식은 즉 장르의 개 방성을 곧 유발한다. 현대시 · 현대소설 · 희곡 · 평론 등의 현대문학의 장 르만이 문학인 것은 아니다. 한국 내에서 생활하고 사고하면서, 그가 살고 있는 곳의 모순을 언어로 표시한 모든 유의 글이 한국문학의 내용을 이룬 다. …그런 의미에서 우리는 이조사회의 구조적 모순을 문자로 표현하고 그것을 극복하려 한 체계적인 노력이 싹을 보인 영 · 정조 시대를 근대문학 의 시작으로 잡으려 한다.[32]

여기에서 '언어의식'은 이른바 '김만중의 폭탄적인 자국어선언'에 근거를 두고 제기된 견해이다. 아울러 영 · 정조 시대의, 박지원으로 대표되는 실학파 문학을 근대의 기점으로 잡고, 그 뒤 판소리의 생성 등을 한 끈에 이어 근대문학 출발기의 맥을 세우고 있다.

그러나 김만중의 언어의식을 ① 영 · 정조대에 대입시키는 일, ② 이조사회의 구조적 모순을 표현하려 한 것이라고 보는 논리에는 무리 가 있다. 김만중은 1637년(인조 15년) 생이고 영 · 정조대의 박지원은 1737년(영조 13년) 생이다. 이 사이에는 왕조가 5대가 바뀌었고 1세기의 시간적 거리가 있다. 또 김만중은 『서포만필西浦漫筆』에서 '한글' 사용을 주장했고 직접 한글로 소설들도 썼지만 그것이 이조사회의 구조적 모

---

32) 앞의 책, 20쪽.

순을 표현하려 한 의식의 소산이 아니었고, 문학의 아름다운 실감과
노모에 대한 효심이 동기가 되어 한글을 사용했던 것이다. 더욱이 김
만중의 의식구조는 오히려 반근대적 성격을 띠고 있었으며 이 점에 대
해서는 이우성씨가 다음과 같이 논급한 일이 있다.

서포(西浦)는 한문작품에 비하여 우리나라 말로 쓰인 글이 가치가 우월
하다고 주장하여 지금 국문학도에게 크게 찬사를 받고 있지만 실상 그는
당시 훈척층(勳戚層)에 속해 있었기 때문에 실학파와 대립적 위치에 있었
으며 그의 의식세계는 그대로 귀족적 고답적인 것이다. 『구운몽(九雲夢)』
은 단적으로 서포의 의식세계를 표현해 준 것이거니와 『구운몽』 속에 등장
하는 인물들은 모두가 민중과 동떨어진, 비현실적인 자기도취적인 인물들
뿐이다. 현실적 부귀영화를 마음껏 누리고 다시 각몽성불(覺夢成佛)하여,
서방극락으로 가고 싶다는 당시 귀족들의 몰염치한 욕망을 노골적으로 고
백한 것에 불과한 것이다. 따라서 그 인물들이란 성격도 없고 시대도 없
는, 허공에 뜬 환영의 작희(作戱)일 뿐이다.[33]

김만중의 의식세계는 이처럼 반근대적이었고, 영·정조대 실학파의
소설은 한문으로 씌어졌다. 그렇다면 언어의식이라든가 영·정조 시
대가 근대의 기점이 되기는 어렵다고 보지 않을 수 없다. 이러함에도
불구하고 굳이 언어의식이 강변된 것은 이 또한 서구적 발상의 영향인
것으로 보인다. 즉 서구에서는 중세의 라틴어문학권으로부터 떨어져
나온 자국어문학이 곧 국가별 민족문학과 근대문학의 기점이 되어 있
기 때문이다. 이런 유형의 발상은 앞에서 본 백철씨의 문학사 방법론
에서도 나타났었고, 그 결과로서는 한글 이전 시대의 고대문학을 한국

---

33) 이우성, 「實學派의 문학」, 『국어국문학』 16집, 1957, 92쪽.

문학사 전통에서 중요시하지 않게 되었었다. 역시 김윤식·김현씨도
『한국문학사』라는 제목 아래 영·정조대 이후의 문학만을 다루고, 그
전대의 설화·고려가요·향가에 대해서는 어떻게 평가하며 어떻게 전
통의 맥을 연결하겠다는 등의 언급이 전혀 없다. 이것은 백철씨가 이
론상으로 전통단절을 드러냈지만 이병기씨의 고대문학사 기술을 합하
여『국문학전사』를 펴낸 경우보다 더욱 판이하게 '전통단절'을 초래한
하나의 사례가 된다고 볼 수 있다. 실상 작가의 근대의식이 기준이 되
지 않고 '자국어 사용' 자체에 근대의식이 내포되는 것이라면 한국 근
대문학의 기점은 한글이 창제되고 문학작품에 사용된 이조 초 세종대
와, 구비적 방법에 의거하다가 한글 창제와 더불어 정착되었지만 고려
속요의 생성시기와, 향찰 표기에 의거했지만 신라의 자국어를 사용한
향가문학기가 모두 근대문학 기점으로서 일리를 지닌다고 볼 수 있다.
한국문학사 안에서 언어의식에 기준을 둔 김현씨의 근대기점 주장에
대해서는 당초 1971년의 「한국 근대문학의 기점」 좌담[34]에서도 정병
욱씨가 신라 향가의 경우를, 정한모씨가 세종대의 경우를 예로 들며
그 부당성을 밝힌 바 있었다.

　언어의식을 떠나서, 영·정조대 실학파의 문학을 근대문학의 기점
으로 보려 할 때에도 문제가 없는 것이 아니다. 실학파의 문학이 당대
사회의 구조적 모순을 고발하려 하였고, 실학파 작가의 의식이 과학주
의와 민본사상을 지닌 것은 근대적 요소로 볼 수 있을 것이다. 그러나
실학파 작가 자신의 신분의식은 '사士'의식을 견지하고 있어 민중 속
에 합류되지는 못했으며, 또 실학파 소설이 한자로 씌어진 때문에 역
시 작품이 민중층에 소통되지 못했다는 한계의 측면도 분명히 있는 것
이다.

---

34) 좌담「韓國 近代文學의 起點」,《大學新聞》1971년 10월 11일자, 서울大 ; 유종호·염
무웅 편, 『韓國文學, 무엇이 問題인가』, 전예원, 1977, 15쪽.

그러므로 실학파 문학기를 한국 근대문학의 발아기 또는 여명기로 볼 수는 있을 것이나 그 때를 가리켜 "근대 문학의 기점으로 잡는다"고 단언하기는 어려운 일이라고 보아야 할 것이다.

③ 한국문학은 그 나름의 '신성한 것'을 찾아내야 한다는 문제 :

모든 문화는 그 문화를 지탱해주는 성스러운 것을 갖고 있다. 러시아를 지탱시키고 있는 것은 도스토예프스키가 분명히 묘사해 준 대로 속죄양 의식이며, 일본을 지탱하고 있는 것은 천황 의식이다. 그 신성한 것을 드러내고 지키기 위해서 그것과 관련되어 있는 공동체 내의 사람들은 의식적 무의식적으로 참여한다. 한국 사회를 예로 들더라도 비록 주변문화이긴 하였지만 삼국시대의 불교적 애국주의, 이조시대의 유교적 교양주의는 당대의 사람들을 사로잡는 신성한 것이다. 그러나 지금 당대의 한국에서 우리가 찾아낼 수 있는 신성한 것은 무엇일까? 그것을 찾아낼 수 없다면 역사에 대한 응답도 하나의 췌사가 될 뿐이다. 새로운 이념으로 모든 것을 묶을 수 없을 때 그 앞의 것을 어떻게 비판할 수 있을 것인가.[35]

한국문학이 당대의 사람들을 사로잡는 새로운 이념으로서의 어떤 '신성한 것'을 찾아내지 못하는 한 문학사 기술도 헛일이라고 하는 사고가 양 김씨의 문학사 방법론에서 거의 결론처럼 나타나 있다. 이것은 매우 어려운 요청인 것 같다.

'신성한 것'의 필요 여부는 둘째로 하고, 우선 위에 열거된 신성한 것들의 예가 합당할 것인지가 문제이다. 삼국시대의 불교적 애국주의, 또는 호국불교가 한국에서 불교의 타락을 초래했다는 이론이 한국불

---

35) 김윤식 · 김현, 『韓國文學史』, 18쪽.

교계 안에 실재하고 있다. 이조의 교양주의는 유교를 독점했던 사대부층에 공리공론의 폐해를 초래했다는 비판론도 널리 보급되어 있다. 2차 대전이 끝나기 전까지 일본에서 군국주의가 지배하던 시절에는 천황의식이 일본을 지탱했다는 것이 거의 사실이라고 할 수도 있을 것이다. 그러나 그것은 잘못된 역사 속의 당대적 편견이었다.

각 민족의 정신세계를 진정으로 지탱해주는 것은 근본적으로 인류에게 공통되게 존재하는 것으로서 자연법적 정신질서로서의 자유·양심·인간존엄·평화이며 예술의 아름다움일 것이다. 여기에 민족별 문화적 전통과 개성적 체질이 보태어져 조화를 이루는 것이라고 생각된다. 당대마다 모든 것을 묶을 수 있는 획일적인 이념으로서의 어떤 신성한 것이 있다고 하는 것은 또 다른 의미의 전통단절론이며, 역사의식의 본질에 관계 없는 어떤 관념이라고 보게 된다.

역사를 보는 합리주의와 비합리주의의 갈림길이 이러한 데에서 드러나는 것이다. 합리주의는 객관적 이성에 의해 역사를 발전법칙으로 보는데 반하여, 비합리주의는 지적 직관에 의해 역사를 당대적으로 정체된 관념으로 인식한다. 이들이 합리주의와 역사적 수준에 의거하려 하지 않고 공시성과 의미망을 주시하는 것은 구조주의적 방법론을 의미하는 것으로 보인다. 그러나 골드만*Lucien Goldmann*의 발생적 구조주의가 '정태적이고 공시적인 구조개념을 부정' 하면서 그러한 '비합리주의가 문학을 관념적인 주관의 진공상태에 빠지게 한다' 고 비판하는 입장과 다른, 자신들의 방법론적 입장을 떳떳이 제시했어야 할 것이다.

신성하다, 성스럽다, 거룩하다는 말을 가장 많이 쓰는 종교계에서도 교의敎義 해석에 있어 '거룩하다' 는 말을 다만 '결함이 없다' 는 뜻으로 정의하고 있다. 결함이 없다는 것은 신적인 것이면서 동시에 '본질적이고 영속적인' 것이다.

우리는 한국문학사 전통에 지속되고 있는 본질적 가치를 추출해내
야 할 것이며, 이러한 가치의 추출은 한국문학사에 나타나는 여러가지
형태와 내용의 변동들을 분별하고 이해하는 작업을 통해서 또한 가능
하게 될 것이다. 이 때문에 우리는 한국문학사를 연구하고 기술하려
하는 것이며, 이 작업은 또한 진행상 성숙하고 미숙한 수준의 차이는
있더라도 근본적으로 가능한 일일 것이다.

위에서 여러 문학사가들의 한국문학사 방법론들을 검토 비판해본
것도 마찬가지의 사명감에 의한 것이며, 여기에서 검토하고 얻을 수
있었던 내용들을 토대로 새 방법론의 모색이 가능해질 것이다.

(1979)

한국문학 통사를 위한 문예비평 기능

한국문학사에서 이른바 신문학사만을 기술할 때에도 전대의 고전문학이 같은 전통 위에 있음을 전제한 이론은 1930년대에도 이미 나타나 있었다. 해방 후 주윤제씨의 『한국문학사』는 전통연결을 위한 방법론을 제시하지는 않았지만 고전문학과 함께 신문학 부분을 한 책 속에 기술해 넣었다.

1970년대에 이르러 한국 고전문학과 현대문학의 전통을 연결해야 한다는 이론은 국학 분야의 발전과 이른바 민족주체사관의 정립 노력과 때를 같이하여 계속 나타났다. 정병욱·장덕순·김동욱씨 등이 이러한 이론을 펴거나 여기에 동조하였다. 고전문학과 신문학을 하나의 한국문학으로 연결해야 한다고 한 정병욱씨의 견해를 우선 보기로 한다.

오늘의 이 시점에서 가장 시급하고 필요한 일은 이른바 '고전문학' '현대문학'의 장벽을 허무는 일이라고 하겠다. 한국의 문학은 하나인데 왜 그것을 연구하는 사람들이 두 쪽으로 나눠져야 하는가. 그러한 이유가 있다

면 필자의 생각하는 바로는 일제의 잔재를 아직도 되씹고 있다는 데서 찾
을 수밖에 없다고 본다. 고전문학자니 현대문학자니 하는 구분의 원조가
일본 학계이기 때문이다. 아직도 우리 국학의 조종(祖宗)이라 할 국문학계
에 일본 잔재가 남아 있다면 얼마나 쑥스러운 일인가를 생각할 때 스스로
얼굴이 붉어질 뿐이다. 기성세대는 기성세대대로, 신세대는 신세대대로 함
께 반성하고 잘못을 시정하는 방향으로 함께 노력하기를 바라마지 않는
다.[1]

한국문학 전통연결의 필요성을 평이하면서도 적절하게 밝힌 견해이
다. 그러면 이제까지 한국문학계에서 고전문학과 신문학이 어떻게 분
리되어 있었는지를 기간旣刊 한국문학사 저술들을 통해 살펴볼 필요가
있을 것이다. 이 저술들 중에는 종래의 고전문학 전공학자가 고전문학
과 현대문학을 함께 다룬 경우들도 있으나, 기술 내용의 실제를 보면
전공 관계에서 오는 능력 한계로 인해 현대문학 부분이 고전문학 부분
에 비해 생경하고 미비하게 기술됨으로써 실제에 있어서는 아직 전통
연결을 성취하지 못했음이 드러나고 있다. 이런 경우들을 포함하여 기
간 한국문학사 저술들 안에 나타나는 고전문학 · 현대문학 사이의 관
계 양상들을 보면 다음과 같다.

조윤제 저 『한국문학사』 ┐　　고전문학을 전공한 학자로서 현대문학
장덕순 저 『한국문학사』 ├　부분까지 기술한 데에서 미비점과
김동욱 저 『국문학사』 　┘　불균형이 드러나고 있다.
이병기 · 백철 공저 『국문학전사』 —— 이병기씨가 고전문학 부분
기술, 백철씨가 비평가로서 현대문학 부분을 분리 기술, 전통연결에

---

1) 정병욱, 「古典文學과 新文學의 連續性」, 《青坡文學》 第11輯, 淑大, 1974, 158쪽.

문제점이 있다.

조연현 저『한국현대문학사』—— 저자가 비평가로서 현대문학 부분만 다루어 고전문학과 단절되어 있다.

김윤식·김현 공저『한국문학사』—— 저자 양인이 비평가로서 영·정 조대 이후의 근대문학 부분만 다루어 조선 초·고려·신라시대 등 전대의 고전문학과 단절되어 있다.

한국의 고전문학과 신문학을 연결시키는 일은 저서의 내용 배열에서 연장되어 함께 실려 있는 것만으로써 이루어지지 않는다는 어려운 문제를 지니고 있다. 한국 고유의 고전문학 장르들이 뒤에 일본을 거쳐 들어온 서구 현대문학 장르들에 연속될 때, 그 흐름의 맥을 꿰맨 자리와, 다음으로 그 맥 속에 흐르는 피를 확인하는 작업은 문학의 형태와 창조적 생명력과 민족의 정신사에 걸치는 광범하고 구체적인 투시력과 논리성을 요청한다. 이러한 조건들을 통하여 하나의 맥이 파악되었디면 그것이 한국문하이 '전통'일 것이다. 한국문학사에서 고전무학과 현대문학을 연결시킨다고 하는 일은 이 전통을 통해서 비로소 성취될 수 있을 것이다.

고전문학 학자이든 현대문학 비평가이든 한 문학사가로서 이 과업을 담당한다고 할 때 그에게 우선 주어지는 실제적인 일은 다음과 같은 것일 수 있다.

이른바 현대문학자들은 연암소설을 읽어야 하고, 사설시조를 따져야 하고, 서민가사를 캐어야 하고, 판소리 사설을 분석해야 하고, 가면극에 대한 이해를 서둘러야 한다는 결과를 가져오게 마련이다.

한편 이른바 고전문학자들은 문헌연구나 하고, 훈고주석에 매달리거나, 작가의 전기적 연구가 자기 학문의 본령이라는 미망에서 벗어나, 연암소설과 이호철의 작품을 비교한다거나, 「청산별곡」과 박두진의 시작들을 비교하는 일과 같은 과제에 매달려야 할 운명에 놓이게 될 것이다. 뿐만 아니라 위에서 든 이러한 작업을 옳게 수행하기 위하여는 문학연구를 위한 이론을 공부하지 않으면 제 구실을 못하게 될 날이 올 것은 뻔한 일이라 하겠다.

이렇게 되는 날 우리는 비로소 한국문학의 그 올바른 모습을 세계의 문학 속에 비춰줄 수 있을 것이요, 그리하여 세계의 문학은 더욱 다채로와질 수 있게 될 것이다.[2]

이와 같은 마땅한 각성은 문학사가 및 문학 연구자의 자질 문제를 일깨운다. 문학사가가 고전문학자이건 현대문학자이건 다같이 고전문학도 공부하고 현대문학 이론도 공부하는 사람으로 돼야 한다는 것이다.

여기에서 더욱 특징지어지는 것은 '문학이론'에 대한 공부라는 문제이다. 이것은 원래 문예비평가의 일이다. 그리고 문예비평은 일반의 실증주의적 과학의 기능에 해당하는 것만도 아니다. '문예비평도 창작'이라는 주장이 긍정된 경우도 있듯이 여기에는 예술적 감수성이 작용하고 있다. 이리하여 문예비평가는 예술가와 학자 양쪽에 소통되는 존재라고 말할 수 있다.

문학사와 문학을 연구하는 데 있어 고전문학과 현대문학을 함께 다루어야 한다는 것은 원칙적으로 바람직한 견해이지만, 각기 개성의 차이에 따라 연구의 대상과 범위와 깊이에 향하는 기능에는 차이가 생길 것이며, 여기에서 문예비평가의 기능은 존속된다고 보아도 무방할 것이다. 그리고 문학은 과거의 것도 오늘에 생동하는 공시성을 지니며,

---

2) 정병욱, 앞의 글, 157~58쪽.

다시 오늘과 내일에 걸쳐서 문학은 더욱 약동한다는 점과, 문예비평가도 고전을 공부해야 하고 할 수 있다는 점을 합치시켜 본다면 문예비평가가 문학사가가 되는 일이 매우 자연스럽고 바람직하다고 느끼게 된다.

웰렉과 워렌의 『문학의 이론』에서도 문학을 연구하는 데 있어 반성되어야 할 점이 학자 편에 더 겨냥되고 있다. "최근의 문학을 진지한 연구의 대상에서 제외하는 것은 '학자적 태도Scholary attitude'의 특히 나쁜 결과"[3]라고 말하였다. 그리고 문학사가가 되기 위해서는 문예비평 능력도 지녀야 한다는 견해를 제시하였다.

> 문학사가는 비평과 이론에 전혀 관여하지 않아도 된다고 하는 것은 전적으로 잘못이다. 그 이유는 간단하다. 각 예술작품은 지금 여기에 있으며, 직접 관찰할 수 있다. 그리고 이 작품이 어제 만들어진 것이든 천년 전에 만들어진 것이든 이 작품 자체가 예술상의 문제에 해답을 준다. 예술작품은 비평의 원리에 계속 의지하지 않고서는 분석도, 특성을 나타내는 일도, 가치평가도 불가능하다. 문학사가는 역사가가 되기 위해서도 비평가가 되지 않으면 안된다.[4]

위 이론은 특히 한국의 문학사가들에게 요청되는 원리론이다. 종래에 한국문학 통사는 대체로 고전문학을 전공한 국문학자들에 의해 기술되어왔는데, 이들에게 문예비평 기능이 갖추어져 있지 못하였다. 그 결과로서, 이들이 기술한 현대문학 부분은 자연히 미비하게 다루어질 수밖에 없었다. 작품에 대한 예술적 비평으로부터 출발하여 그 작품 안에 형상화된 시대와 사상의 의미를 발견해내기가 힘들며, 문단사,

---

3) Wellek & Warren, *Theory of Literature*, London, Penguin Books, 1970, 44쪽.
4) 앞의 책, 44쪽.

잡지와 작가 소개 등에 치우치고, 시대 상황을 반영한 문맥을 소개하는 형식에 머물러 피상적인 문학사 기술이 되고 만다.

반대로 현대문학 비평가는 고전문학 분야에 거슬러 올라가 작품들에 대한 문예적 비평을 가해야 한다. 향가와 고려속요와 판소리 사설들과 그밖의 장르에 있어서도 작품들에 문예적 비평을 가해야 한다. 그렇게 될 때 한국문학사의 내용은 완연히 새로운 면모를 갖추게 될 것이다. 한국문학과 한국문학사는 고전문학과 현대문학의 전통을 연결하여 하나가 되게 해야 하며, 이 작업을 위해서는 문학사가에게 문예비평적 기능이 갖추어지는 것이 기본적으로 필요하다는 점이 여기에서 일깨워졌다.

아울러 문예비평이 문학사 기술에 관계하는 한 이제 다시 독자사회학, 수용미학 등을 내포하는 문예학 내지 문학사회학 방법에 진출해야 할 것 같다. 이 부면에서 '문학사의 새로운 방향들' [5]이 계속 모색되고 있기 때문이다.

(1979)

---

5) Ralph Cohen , ed., *New Directions in Literary History*, London, Routledge & Kegan Paul, 1974 참조.

서양문학의 이입과 근대 기점

1. 서언 : 근대문학 기점과 전통

한구문하이 1900년대 초에 치르게 된 외형상의 상당한 변무를 가리
켜 학계에서는 개화기문학·신문학·근대문학·현대문학 등 여러 가
지 말로 표현하고 있다. 이 모든 용어들이 어느 것 하나도 완벽하게 적
절한 뜻은 못 되면서도 편의상 쓰여지고 있다.

그러한 중에서도 가장 중요시되고 있는 지칭은 '근대문학' 이다.
'근대' 는 개념상 '현대' 를 포괄하고 있으며 오늘의 세계문명이 곧 '근
대' 를 기본 구조로 삼고 있다는 점에서 중요시된다. 그러나 한국의 역
사발전 과정에서 보면 서구 역사에서의 시대구분 개념인 고대·중
세·근대의 3분법이 잘 해당되지 않는다. 한국에서는 중세 봉건제도
가 제대로 성립되지 않았었기 때문에 거기에서 변전되어 발전하는 근
대의 단계가 또한 명확치 못하다. 더욱이 '근대문학' 이라고 할 때엔
'문학적 근대' 와 '사회적 근대' 사이의 관련 및 대비 양상이 또 하나

의 과제가 되면서 문제가 더욱 복잡해진다. 이러한 근본적인 문제에 대한 인식을 결한 채로 종래에 우리 문학계에서는 '근대문학' 또는 '현대문학'이란 말을 빈번히 혼용해왔다. 근년에는 이 용어들이 개념상의 난점을 안고 있음을 인식하면서도 편의상 '근대문학 기점'을 설정하려는 노력들이 있어 왔다. 그것이 멀리 올라가서는 조선조 영·정조대로부터 시작하여, 1876년의 개항, 1894년의 갑오경장, 1919년의 3·1 운동, 심지어는 1945년의 8·15 해방 이후로 거론되어온 것이다. 그리고 최근에는 1860년 무렵을 '한국 근대문학 기점'으로 인정하자는 주장이 학계에 대두하여 주목되고 있다.

1860년 영불군에 의한 북경 함락은 중국 중심의 세계관을 무너뜨림과 동시에 전통적으로 내려온 전근대적 가치관을 일조에 흔들어 놓았다.
1860년에 발단된 동학은 점차 민중적 기반을 확대하여 반봉건·반침략의 민중운동으로 성장하여 마침내 전근대적 지배체제를 붕괴시키고, 근대적 혁명을 이룩할 직전에 이르러 외세의 간섭으로 꺾였다. 그러나, 그 뒤 동학의 근대 추구의 노력은 다른 모양으로 계승·전개되었다. …요컨대 1860년대에 접어들면서 근대적인 민중운동과 외형적 제도화가 자의적이든 타율적이든 가장 다양하게 계기하면서 봉건적 체제로부터 근대 시민사회로 급변해갔던 것을 알 수 있다.
위와 같은 사정은 한국문학사에서도 확인된다. 한국 민중의 근대의식의 발상과 관련하여 동학과 천주교는 1860년대에 국문가사를 보급시켜 문학에 있어서의 민중적 형식을 확립했다. 문학이 대중적 전달 매체에 의하여 민중 속에 광범한 독자 저변을 확대해나간 것도 19세기 후반의 두드러진 현상이다. 지역적·계층적 연희물에 그쳤던 판소리 사설의 문자화, 방각본 국문소설의 대량 출간과 광범한 유포와 보급…등.[1]

---

1) 황패강, 「한국문학사와 근대」, 한국고전문학연구회 편, 『近代文學의 形成過程』, 문학과 지성사, 1983, 73~74쪽.

황패강 교수의 이 주장에는 탁견이 있으며 여기에 '한국 근대 문학 형성과정론 연구사'를 정리한 조동일·조병기·서연희씨 등이 대체로 동조하고 있어 더욱 주목되는 학설이라 하겠다.[2] 위 황교수의 논문에서 근대문학 형성 요인으로 동학과 천주교가 나란히 거론되고 있는 바, 일반적으로 대립관계에 있는 두 정신사적 측면으로 여겨지는 것과 관계없이 그는 1860년대 천주교도 수천 명이 양심과 신앙의 자유를 위해 순교한 사실을 "전근대적 사회체제의 속박에서 인간의 자유를 찾으려고 한 일대 민중운동인 바 외부로부터 우리 사회에 점화된 근대화운동이다"라고 말하였다. 한국 근대화와 천주교의 관계에 대해서는 조선조 실학 계열 남인南人 학자들이 자발적으로 북경에 가서 천주교를 들여온 경위와 관련하여 별도의 충분한 고찰이 요청되는 것이지만, 초기 한국 천주교가 민중운동 내지 근대화운동 측면으로 평가되고 있는 것은 우선 균형을 얻은 고찰이라 하겠다.

위의 1860년대 한국 근대문학 기점론이 상대적이고 편의적인 의미에서 비교적 설득력이 있다고 하더라도 아직 문제가 다 해결된 것은 아니다. 원래 서구에서 온 개념인 '근대'는 산업사회와 시민층의 대두를 토대로 한 것이었고, '근대문학'도 그 토대 위에서 자국어에 의한 민족문학을 촉진한 것이었다. 이것은 민중의 주체적인 자각 정도가 아니라 사회구조와 국가의 전반적 상황이 그와 같은 근대와 근대문학을 실현한 사실 자체였던 것이다. 거기에 비하면 한국사회에서 구조적으로 시민층이 확립되고 시민의식이 보편화된 계기를 과연 어디서 찾을 수 있을는지가 새삼 문제시된다. 다만 이러한 문제들을 지니고 있으면서도 한국에서 '근대'와 '근대문학' 기점은 상대적 유사성을 취해서라도 일단 설정하는 노력이 불가하지 않으며 그것대로 의미 있는 일이라고 생각할 수 있는 것이다.

2) 조동일·조병기·서연희, 「한국 근대문학 형성과정론 연구사」, 앞의 책, 43쪽.

그리고 무엇보다도 중요한 것은 '근대문학' 기점 규명이 그것 자체로서 어떤 종국적인 의의를 지니게 되는 것은 아니라는 사실이다. 그것은 역사상의 한 '단계 규명'에 지나지 않으며, 보다 중요한 것은 그러한 서구적 근대화 단계를 거치면서도 '민족문학의 전통'이 어떻게 끊어지지 않고 이어져왔는가, 개성과 생명의 혈맥과도 같은 이 전통이 오늘과 미래에 걸쳐 어떻게 창조적 성과를 낳을 수 있겠는가를 연구하고 전망하는 일인 것이다.

2. 서양 체험과 문화이식의 문제

문헌에 나타나기로는 우리나라 사람으로 서양문화에 처음으로 접촉한 이가 허균(許筠, 1569~1618)인 것으로 보인다. 소설 『홍길동전』을 지은 것으로 유명한 허균은 1610년(조선조 광해군 2년)에 사신을 따라 중국에 다녀왔는데 그때 그는 천주교의 12단端 기도문(偈十二章)을 가지고 왔다. 안정복·박지원·이규경 등이 이 사실을 증언하는 글을 썼으며, 천주교邪學의 조선 유입이 허균에게서 비롯한다고 박지원이 한 말을 보건대, 허균은 어느 정도 그 기도문을 외고 천주교 신앙을 이해했던 것으로 볼 수도 있다.

이 기록들은 허균의 천주교 접촉을 말해주는 것이지만 허균이 중국 북경에 가서 천주교 기도문을 구했다면 당시 그곳에 들어와 널리 퍼져 있던 천주교 신앙 및 천문학을 비롯한 서양 문명에 저절로 접했을 것을 짐작할 수 있다. 이탈리아 신부 마테오 리치*Matteo Ricci*가 중국 마카오에 들어온 것이 1581년, 북경에 옮겨온 것이 1610년의 일이었으며, 뒤에 북경에 가서 천주교에 접하고 돌아온 이들이 으레 말하는 것은 천문학을 비롯한 서양 학문에 관한 것이었음에 미루어 허균도 그

216

서양 문물에 접했을 것으로 짐작된다는 말이다.

이보다 앞서 임진왜란 때 일본군 고니시小西行長 부대의 종군신부로 포르투칼 출신의 세스페데스*Cespedes* 신부가 조선에 잠시 왔었으나 조선인들과의 접촉은 불가능하였다. 다만 일본에 끌려간 많은 수의 조선인 포로들 중에서 2천여 명을 천주교 성직자들이 구제한 것으로 알려져 있다. 서양사람들과의 또 다른 관계를 보면 네덜란드 사람 박연(朴淵, *J. Weltevree*)이 일본으로 가던 중 제주도에 잘못 닿아 붙잡혀 서울로 와서 조선 여인과 결혼하고 귀화한 사실과, 1653년에 역시 네덜란드 사람으로 하멜*H. Hamel* 일행이 제주도에 표착, 34년간 조선에 억류된 사실이 있다. 박연은 나름대로 서양을 조선에 소개했고 하멜도 탈출하여 본국에 돌아간 후 『화란선 제주도 난파기』를 써내어 처음으로 우리나라의 풍속과 제도를 서양에 알렸다. 그러나 이것들은 서양문화의 한국 이입과는 별로 관련되지 못한다.

한편 병자호란 후 볼모로 북경에 가 있던 소현세자昭顯世子가 아담 샬 *Adam Schall* 신부로부터 천주교에 관해 배우고 "각종 양학 서류들과 천구의天球儀"를 선물받았으나 1645년에 귀국하여 바로 별세함으로써 남긴 것이 없게 되었다.[3] 소현세자의 북경 억류를 전후하여 이수광의 『지봉유설芝峯類說』, 유몽인의 『어우야담於于野談』, 이익의 「천주실의 발문天主實義跋文」 등은 구라파국의 존재에 언급했으나 주로 천주교에 대해 설명한 것으로서 서양문화에 대한 소개로서는 매우 미흡한 것이다.

천주교 또는 그리스도교가 서양의 종교라고 하는 것은 개념상 합당치 않은 것이지만, 초대 교회 신자들이 오랜 박해를 당해오던 끝에 마침내 로마제국을 승복시켜 세계에 전교를 확대했던 점에서 서양문화가 동반되어 있음도 사실이다. 한국에서 천주교가 초기 80여년 간에

---

3) 유홍열, 『한국 천주교회사』 상권, 가톨릭 출판사, 1962, 45쪽.

혹심한 박해를 받으면서도 인간의 존엄과 구원의 원리, 반상班常 계급
의 타파, 남녀평등의 구현, 평민 서적으로서의 한글 교리서 보급, 천주
가사天主歌辭의 활용 등으로 토착문화 내부에 수용된 내용이 있다고 보
아야 할 것이다. 한편 우리나라 천주교 초기의 신앙 활동을 통한 서양
문화 및 근대정신의 수용은 억압받고 봉쇄된 상황에 있었던 일로서의
한계와 은둔적 성격이 있어 앞으로 별도의 본격적 고찰이 가해져야 할
분야이다.

이러한 서설적 전제에 이어 오늘날 우리가 일반적으로 논급하게 되
는 대상으로서의 '서양문화'는 1876년의 개항과 1894년의 갑오경장
을 계기로 일본을 통해 들어온 근대적 문물과 문화 개념들을 통칭하는
것이 된다.

원래 어느 민족의 문화든 절대적으로 고유한 것은 아니며 인접문화
와의 교류과정을 거치면서 나름의 개성있는 문화로 형성되고 정착된
다. 한국민족의 수천 년 역사 안에서 불교와 유교가 미친 영향도 그러
한 예에 든다. 그런데 한 민족의 문화가 다른 민족의 문화를 수용할 때
엔 물론 주체적인 조건이 갖추어져 있어야 한다. 그 조건은 종족·언
어·영토·자연환경 등일 것이다. 한국민족은 고대로부터 이러한 조
건 위에 주체적인 역사를 영위해왔다. 그리고 민족과 문화는 서로 떼
어놓을 수 없는 관계를 지닌다. 민족의 성립요건 중 가장 중요한 것이
'문화적 혈통'이기 때문이다.

이러한 조건이 전제되기는 하지만 외형적 실체에 있어서 서양문화
는 동양문화와 이질적인 것이 사실이다. 그 이질성은 한국 전래의 민
족문화에 충격을 주면서 문화상황 전반에 획기적인 변화를 일으키기
도 하였다.

19세기 말을 전후한 시기의 이 서양문화 이입을 문화사 측면에서
이 땅의 신·구 문화 분기점으로 기록하기 시작한 것은 문예사 부문에

서 이루어졌다고 볼 수 있다. 근대적 문예사 서술로서 사회에 큰 영향을 미친 첫번째 저작은 김태준의 『조선소설사』라고 할 수 있는데 이 책에서부터 신·구 문화 분기점이 과대하게 제시되기 시작한 것 같다. 김태준은 이 소설사에서 문예를 가리켜 "어느 시대를 물론하고 그 사회 지배계급의 독점물이며 특권계급의 완롱물玩弄物이었다"는 표현도 쓰고 있는데 이 점에서 편견이 보인다. 가령 서민문학 내지 민중문학이 어느 시대를 물론하고 문예사 주류의 저변이라고 마땅히 말할 수 있는 것이며, 이것을 특권계급의 노리개였다고만 보기는 어렵기 때문이다. 이 김태준의 소설사에서 무엇보다도 문제가 되는 것은 그가 사회 지배층과 외형적 문화현상에 중점을 두어 문예사를 다룸으로써, 갑오경장기를 외래 문화의 세례를 받아 결정적으로 분기점을 이룬 시기라고 규정한 다음과 같은 논급이다.

서양에 있어서도 18세기 산업혁명 이후에야 비로소 일반 문예의 신천지를 개척하였다는 바와 같이 동양에 있어서두 동점(東漸)하여 우느 근대사조의 세례를 받으며, 중국에서는 호적(胡適)·진독수(陳獨秀) 등을 선구로 한 문학혁명(死字 폐지, 白話文學 통용)의 기치를 세우고 일본에서도 일찍이 명치유신 이후에 근대적 상공업을 보게 되고 문학예술의 미증유한 발달을 보게 되었다. 동양에 있어서 중국과 일본의 중간에 있어 문예도 항상 이 양자를 추수(追隨)하며 전후(前後)하던 조선에 있어서도 또한 그와 같은 경로를 밟지 아니할 수 없어서, 갑오경장기 이후 신문예운동기의 요람기에 있어서는 근대 문예사조의 세례를 받아 구시대의 유전(遺傳)인 봉건적 이데올로기에 반항하여 열렬하고 자유스러운 신사상을 표현하는 시 형식을 안출하였다.

한국이 갑오경장기 이전에 문예적으로 일본에 따른 일도 있다는 듯한 표현은 인정하기 어려운 것인데, 아무튼 이러한 관점과 함께 이인직·최남선·이광수를 또한 한국 신문예의 선구로 평가하는 견해가 김태준의 이『조선소설사』에서 비롯된다.

또한 같은 무렵에 임화가 「신문학사의 방법」을 발표하여 이른바 신문학기를 가리켜 "이식문화의 시기"라고 언급한 것이 근래 우리 문학계에서 비판의 대상이 된 일이 있다. "신문학이 서구적인 문학 장르를 채용하면서부터 형성되고 문학사의 모든 시대가 외국문학의 자극과 영향과 모방으로 일관되었다 하여 과언이 아닐 만큼 신문학사란 이식문화의 역사다"라고 한 것이 김윤식·김현 공저『한국문학사』서두의 「방법론비판」에서 지적되어 비판을 받았다.

> 이식문화론과 전통단절론은 이론적으로 극복되어야 한다. …시간적인 거리가 지나치게 짧았기 때문에 얻어진 단견이라는 것을 감안한다 하더라도 채용, 이식문화 등의 어휘는 대단한 반발을 일으킨다. …문화가 이식되었다는 생각은 당연한 결과로 전통의 단절이라는 명제를 부른다. 이식문화론과 전통단절론을 이론적으로 극복하겠다는 것은 개화기 초의 사실을 사실로 보지 않겠다는 뜻이 아니라, 거기에 새로운 의미를 부여해야 한다는 뜻이다.[4]

이와 같이 젊은 문예사가들은 한국의 이른바 개화기가 이식문화와 전통단절의 시기가 아니고 외형 안에 감추어진 "새로운 의미"를 지닌 시기로 보아야 한다고 주장하였다. 이 무렵을 전후해서 국문학계에서는 한국문학사 전통연결을 주장하는 이론들이 일어나 뒤에 학계의 지배적인 견해가 되었다.

---

4) 김윤식·김현, 『한국문학사』, 민음사, 1974, 16~17쪽.

그런데 앞에서 '이식문화'라는 어휘를 썼다고 하여 마치 전통단절을 시인한 것처럼 취급되고 비판의 대상이 된 이론 안에도 실상 다음과 같은 문맥이 있었음을 지나쳐보지 않아야 할 것이다. 이 점은 문헌비판의 정확도를 위해 지적되어야 할 문제이다.

주체적 의미가 외래문화에 침닉(沈溺)되는 일이 완전히 수행되기는 문명인과 야만인 사이에서만 가능한 것이다. 동양 제국과 서양의 문화 교섭은 일견 그것이 순연(純然)한 이식문화를 형성함으로 종결되는 것 같으나 내재적으로는 또한 이식문화사 자체를 해체하려는 과정이 진행되는 것이다. 즉 문화이식이 고도화되면 될수록 반대로 문화 창조가 내부로부터 성숙한다. 이것은 이식된 문화가 고유의 문화와 심각히 교섭하는 과정이요, 또한 고유의 문화가 이식된 문화를 섭취하는 과정이다. …과거의 고유의 문화는 다시 전통으로서 부활된다. 신문학은 고유한 가치를 새로운 창조 가운데 부활시키는 문화사의 한 영역이다.

원래 이와 같이 제시된 문맥을 사실대로 확인한다면, 전통연결을 바라는 생각들은 실상 지난날에나 이제나 마찬가지로 나타나고 있었음을 알게 된다. 동시에 '전통연결'을 바랄수록 우리는 외형에 있어 새로운 외래 서양문화를 그것대로 인정하면서 그것의 수용과정을 인식해야 할 것이다.

"지난 수세기 동안 정복과 식민, 교역과 공업, 과학과 기술에 의한 유럽인들의 팽창은 전례가 없으리만큼 세계를 통합하였으며 세계문명을 위한 기반을 닦아놓았다. …오늘날 바로 우리 자신의 시대에 이르기까지 절대적 의미에 있어서 유럽의 문화와 '세계문명'의 동일시는 일반 시정인에 의해서만이 아니고 학자와 과학자에 의해서도 거의 아무런 이의없이 받아들여져 왔다." 이것은 현대 양식良識의 사학자 도슨

*C. Dawson*이 한 말로서, 근대에 들어와 세계 판도에 군림한 유럽, 곧 서양의 위력이었다. 실로 오늘날 세계적으로 통용되는 '과학문명과 학문적 개념들'은 거의 유럽으로부터 보급된 것이다. 유럽이 곧 '현대세계'와 동의어로 여겨질 수도 있게 되었었다.

이렇게 서양문화가 팽창해가던 시기에 한국은 천주교를 통해 처음으로 서양문화와 만나게 되었다. 그러나 1784년에 실학 계열 남인 학자들에 의해 자생적으로 신앙활동을 시작하게 된 조선의 천주교는 그 뒤 약 1세기 동안에 걸쳐 거듭되는 큰 박해를 겪어 1만여 명의 순교자를 낸다. 그러므로 천주교 자체가 산 속으로 숨고 피해 다녔으며 열성 있는 신자들이 서양 성직자를 몰래 영입해와도 모두 잡혀서 순교하니 천주교를 통해 서양문화가 사회 표면에 보급되기는 어려웠다. 다만 그처럼 수많은 순교자를 내면서도 민간에 파고든 천주교 신앙이 교리서와 천주가사 등을 통해 문학사 안에 작용한 내용은 별도의 심층적인 연구 과제인 것이다. 특히 김대건과 함께 최초의 천주교 유학생으로 마카오에 가서 5년 동안 프랑스 외방전교회外邦傳敎會 신학교 과정을 마친 최양업이 1849년에 귀국하여 선교활동을 하며 '천주가사'들을 지은 사실이 중요시된다. 김대건 신부는 귀국 후 1년 동안 활동하다가 순교했지만, 최양업 신부는 1861년에 병으로 세상을 떠나기까지 12년 동안 활동을 하였다. 그들은 마카오에서 신학만을 공부한 것이 아니라, 라틴어와 프랑스어 그리고 서양의 온갖 과학문명을 배웠던 것이다. 이렇게 보면 최양업은 한국인으로서 서양문화 체험의 폭을 가장 크게 지니고 산 인물이었다.

그 다음으로 서양 체험에 나선 인물로서는 『서유견문西遊見聞』을 쓴 유길준兪吉濬을 들 수 있다. 그는 1881년에 신사유람단神士遊覽團의 일원으로 일본에 건너갔다. 이 때에 그는 급속히 발전하고 있는 일본사회가 거의 전적으로 서양으로부터 영향을 입고 있음을 알게 된다. "나는 동으로 일본에 여행하며, 그 인민의 부지런한 풍습과 사물의 번식한 모양을 보고 생각하는 바 적지 아니하였다. 더우기 다문박학多聞博學한 선비를 만나 여러가지 이야기를 주고받는 중에 그 뜻을 깨닫고, 신견기문新見奇聞의 서책을 보고 반복하여 깊이 생각하는 중에 그 참된 경지를 뚫어보니 그 베푸는 법도가 태서(泰西, 서양)의 풍을 모방한 것이 열에 팔구는 되었다."5) 이렇게 그는 서양에 대해 새로운 인식을 갖기 시작하였다.

일본에서 귀국한 유길준은 한미수호조약 체결에 따라 1883년에 민영익이 전권대사全權大使로 미국에 갈 때에 수행원으로 따라가 3년 동안 그 곳에 머물며 공부를 하게 된다. 그러고나서 귀국해 쓴 책이 『서유견문』이다. 그러나 유길준은 이 책에서 자신이 직접 체험한 사실들에 대해서는 매우 간략하게, 머리말 속의 두세 페이지에 걸쳐 기술하고 있을 뿐이다.

그 말을 조금씩 알게 되고 그 풍속에 접차로 익수해지자, 큰 잔치에 초대를 받으며 가무회(歌舞會)에 참관도 하게 되어, 그 한가함과 즐겨하는 풍습을 알았다. 혼례와 장례의 의식 절차를 살펴 길흉의 규례를 알며, 학교의 제도를 살펴 교육하는 깊은 뜻을 엿보았다. 농사와 공업과 장사하는 일을 보고 그 부하며 번성한 경황과 편리한 규모를 깊이 깨달았고, 군사·학예·법률·세제 등의 규칙을 물어 미국 정치의 대강을 이해한 후에, 아주 감탄하고 놀라서 말하였다. "민공(閔公)이 나의 재주 없음을 탓하지 않고 이곳에 유학케 한 것은 그 뜻이 여기에 있는 것이니, 나는 놀며 게으름 피우는 습성으로 나날을 소비할 수 있겠는가." 그래서 들은 바를 기록하며 본 바를 그리고, 또 고금의 서책에서 생각한 바를 발췌하여 한 책을 만들

---

5) 유길준, 『서유견문』, 김태준 역, 박영사, 1976, 9쪽.

었으나, 학업에 열중하며 여가를 얻을 수 없었으므로, 번거로움을 바로잡지 못하고 편차(編次)를 정하지 못한 채 책 상자 속에 넣어두었다가 귀국하여서 완성하기로 작정하였다.[6]

유길준은 워싱턴을 거쳐 매사추세츠주로 가서 대머 아카데미 *Dammar Academy*에서 공부를 했는데, 지난날 일본에서 사귄 에드워드 모스*Edward S. Morse*가 그곳 피바디박물관 관장이었으며, 그는 유길준을 자기 집에 머무르게 하여 공부를 도왔다고 한다.[7] 이곳에서 유길준은 갑신정변의 소식을 듣고 정변 이듬해에 유럽을 거쳐 귀국하는데, 『서유견문』이 출간되는 것은 그의 귀국으로부터 10년 후인 1895년의 일이다. 그리고 이 책의 내용 거의 전부는 저자의 직접적인 서양 체험이라기보다 '고금의 서책'에서 발췌하여 당시 세계의 문물 제도를 소개한 일종의 '개화 교과서'가 되어 있다. 유길준의 『서유견문』이 또한 다분히 의지하고 참고한 책은 일본의 후꾸사와 류끼찌福澤諭吉가 쓴 『서양사정西洋事情』이었다. 그런데 개화의 실질적인 실현은 이 책이 나오기 1년 전인 1894년에 이른바 갑오경장을 통해 이루어졌다. 그리고 이 갑오년의 개혁은 일본 침략세력이 조선 정부 각부에 고문관을 투입해 타력적他力的으로 추진한 것이므로 내재적인 실질성을 띠지 못했을 뿐 아니라 끝에 가서는 개화의 주체인 '나라'마저 없어져버리는 모순에 떨어졌다고 하여 이 시기에 '개화기'라는 말을 붙이는 것 자체에 이의를 제기하는 이들이 있다. 결국 일본을 통한 서양 체험은 식민지가 되어가는 과정이었다.

일본은 명치유신과 더불어 서양의 영국으로부터 급속히 새 문물을 받아들이기 시작하여 근대화를 추진하고 러시아보다도 앞서서 근대화

---

6) 앞의 책, 13쪽.
7) 앞의 책, 12쪽 참조.

를 성취한다. 일본이 서양으로부터 받아들인 것 중에는 과학문명뿐 아니라 식민지 개척의 방법도 들어 있었던 것이다. 동시에 일본은 명치유신과 더불어 국학을 북돋우고 있기도 했으므로 주체적인 입장에서 그러한 방책들만 받아들였다. 그들은 화혼양재和魂洋才, 부국강병, 개화를 표방하였다. 한국의 갑오경장이 '개화'로 불리기도 한 것은 또한 일본에서의 개화 개념을 외면적으로 적용시킨 것이라고 볼 수 있다. 한국의 타율적 개화는 비슷한 시기에 중국이 표방한 자강自彊·중체서용中體西用과도 다르게, 배타적으로 경직해진 위정척사衛正斥邪 운동과 충돌을 일으키고 있었다.

문화 부면은 비교적·외형적 요소를 더 지니는 정치·사회의 제도 개혁과도 달라서 개화 개념의 적용이 더 어렵다는 견해가 갑오경장기에 관련하여 제기된다. 문학사를 중심으로 이 시기의 의미를 되짚어 생각하는 견해에 다음과 같은 것이 있다.

외세에 의하여 강요된 개화는 그 시초부터 외세의 침략적 야욕이 수반되어 있었으므로 개화에 의해 근대적인 세계를 향하여 눈도 뜨기 전에 일제의 식민지화라는 민족적 비극에 직면하였으며, 침략자에 대한 적극적인 항쟁도 있었으나 그러한 항쟁은 불가항력적인 패퇴로 끝나고 말았다. 결국 망국의 비운이 결정적인 것으로 되어버리면서 교육입국(敎育立國)을 슬로건으로 하는 소극적인 계몽기에 들어서게 되었다. 우리의 개화라는 것은 바로 식민지화로 직결되는 상황이었으며 '개화기'라는 용어는 적합하지 않을 뿐 아니라 상당한 괴리가 있다. 혹 국사(國史)에서는 이러한 용어가 어느 정도 적용될 가능성도 있을 것이다. 갑오경장 무렵의 경시(更始)는 비록 자각적인 것이 아니고 외세의 강요에 의한 것이라고 하더라도 사회적인 개신(改新)에는 틀림이 없기 때문이다.

그러나 문학의 경우에 이러한 외발적인 개혁이 문학 그 자체를 새롭게 하기는커녕 보다 치열한 반발로써 저항한 현실 속에서 생성된 것이니만큼 '개화기 문학'은 있을 수 없으며, 오히려 '저항기의 문학'으로 규정짓는 것이 더 타당성이 있다고 본다. 종래의 문학사에서 이 시대의 '정신'과 '의지'의 규명이 철저하지 못하여 그 거점이 없었기 때문에, 개화기란 문자 그대로의 개념에 끌려 저항의 시가들을 모두 외래적인 장르인 창가(唱歌)로 범칭(汎稱)하였고, 그 시발점을 찾기에 급급하여 저항의 정신과 의지를 소홀히한 채로 문학사가 기술되었다.

이러한 형식적이고 피상적인 '새로운 것에 대한 탐색'은 이후에도 계속 신시(新詩)의 효시, 자유시의 효시만을 찾게 되었고 그것도 형태적인 일면에만 치중되었으며, 또한 모든 문학현상을 서구의 기성사조로만 규정지으려는 병폐를 근본적으로 치료하기 위해서도 개화기 문학은 철저히 검토되어야 한다. 또 하나는 개화기 문학의 문학사적 비중과 그 위치도 따라서 재정립되어야 한다. 새로운 문학의 기점적(起點的)인 위치로 보기도 하고, 혹은 과도기적인 교량적인 문학으로 보아온 종래의 견해는 충분히 재고되어야 할 것이다. 어려운 시대상황 속에서 일찍이 없었던 현실 참여의 문학으로 긍정되어야 할 많은 요소를 지니고 있을 뿐 아니라, 고전문학의 발전적 전개로 볼 때, 그 대상의 폭은 더 넓어져야 하며, 그 문학적 가치평가도 결코 소홀히할 수 없는 점을 많이 발견할 수 있다.[8]

한국이 서양문화를 대폭적으로 받아들이기 시작하던 갑오경장 무렵을 놓고 '전통연결' 내지 '전통의 발전적 전개' 단계로 보려 할 때, 그 무렵부터 실제로 한국에 밀려들어와 전개된 모든 서구적인 것들은 어떻게 설명해야 할까. 1885년에 출간된 유길준의 『서유견문』에서도 「태서泰西학술의 내력」이란 장에서 "문학 · 시문 · 시학 · 소설"이란 용

---

8) 정한모, 「개화기 시가의 제문제」《한국학보》제6집, 일지사, 1977, 224~30쪽.

어가 나타나고, 1907년에 김상연이 엮어 펴낸 『정선만국사精選萬國史』
에서는 "시·시성詩聖·시집·서사적 시·술감적述感的 시(서정시)·연희
적 시(극시)", 같은 해에 유승겸이 일본 책을 번역해 펴낸 『중등만국사
中等萬國史』에서는 "시가·시편·희곡·전기" 등의 용어가 나타났다.[9]
이 책들이 일본 책들에 의거했다고 하더라도 우리나라에 처음으로 서
양문학의 '장르 개념어'들을 들여온 셈이 된다. 그리고 이 뒤로는 서
양문학의 장르 개념들이 실제로 한국사회에 적용되어 새로운 문예창
작 형태들을 낳게 되었다. 이와 같은 변화는 일본에서도 먼저 이루어
졌고 그 일본 문단의 형세가 또 한국에 계속 영향을 줌으로써 서양 문
예 장르의 이입은 더욱 지배적인 형세가 되어갔다.

눈에 보이게 변모한 이 엄연한 문예적 양상을 전통과 관련해 어떻
게 설명해야 할 것인가. 이것은 앞에서 도슨이 말한 바와 같이 유럽이
곧 세계와 동일시되던 시대의 현상으로서, 그 유럽의 문화와 문명은
이미 세계 공유의 것이 되었다. 그러나 그 뒤 유럽의 세계 지배는 그대
로 지속되지 못하였다. 유럽이 세계 지배의 절정에 달했을 때 동시에
유럽은 이미 40년 동안의 대전과 혁명으로 힘이 쇠약해졌으며 유럽문
화의 독특성에 대한 신념도 사라져가기 시작하였다. 동양과 그밖의 비
유럽 지역 사람들이 문화적으로 동등한 지위를 주장하게 되었다고 도
슨은 말하였다.[10]

그러나 비유럽 지역 사람들이 문화적 자신감을 회복하는 것은 유럽
에 대한 감정적 대립이 아닌 것이다. 아울러 지난날 유럽이 세계에 보
급한 과학문명과 학문적 개념들도 이제 새삼 반환해야 하는 것은 아니
다. 그것은 이미 세계공유의 것이 되어 있는 채로 각 민족은 내면에 지
닌 개성과 전통을 정당히 회복해야 할 것이다.

---

9) 김병철, 『한국 근대 서양문학이입사 연구』 상권, 을유문학사, 1980, 54~59쪽.
10) C.도슨, 『역사의 원동력』 하, 민석홍·나종일 공역, 삼성문화재단, 1974, 489쪽 참조.

3. 결언 : 고전문학 · 현대문학 연속성의 탐색

한국문학의 전통회복은 구체적으로 한국 고전문학과 현대문학이 전통의 맥락에서 연속되는 데서 실현될 수 있는 것이다. 종래에 국문학계에서 '고전문학'이라고 지칭해온 것은 1900년대 초에 일본을 통해 서양문학 장르 개념들이 들어오기 이전의 우리나라 문학 자산을 가리킨 말이다. 또 '현대문학'은 고전문학 이후 오늘에 이르는 우리나라 문학을 가리킨 말로서, 연속점에서 볼 때엔 '근대문학'으로 시작되는 단계이다. 근대문학과 현대문학이란 용어는 빈번히 혼용되어왔으며 혼용될 만한 소지도 지니고 있다. '근대'라고 옮겨서 쓰는 말은 *Modern Times*로서 이 말은 '현대'를 의미하기도 한다.

이러한 역사적 단계의 성격은 라이샤워*E. O. Reischauer*에 의하면 "산업혁명이 시작된 18세기 후반으로부터 시작하여 비동물적非動物的 동력원의 개발에 의한 줄기찬 흐름"이라고 풀이되는데, 이것은 '오늘날까지'를 가리키며 앞으로도 더 오랜 시기에 걸치면서 적용할 수 있는 개념어이다.[11] 문화적으로는 서양에서 자국어에 의한 국민문학 내지 민족문학의 성립이기도 하지만 이 현상도 산업사회의 신흥 시민계층이 형성된 데에 기반을 둔 것으로서 경제사의 발전단계와 관련되어 있다.

'현대문학'이라는 말을 굳이 쓰는 것은 '보다 최근의 당대문학*Contemporary Literature*'을 내포하는 뜻에서라고 말할 수 있다. 그러므로 '현대문학'은 근대문학 이후 오늘날에까지 이어지는 문학 일반을 가리키는 말이라고 할 수 있다. 이와 같은 한낱 편의적 통념으로 종래에 우리 국문학계에서 전공분야를 '고전문학'과 '현대문학'으

---

11) 양병우, 「근대화의 개념」, 《역사학보》 제33호, 역사확회, 1967, 83~84쪽 참조.

로 분리해왔다.

고전문학과 현대문학을 이등분으로 대별하여, 고전문학은 과거 유산으로서 학구적 연구 대상으로 여기고 현대문학은 문단적 창작에 직결되는 성격의 것으로 여겨온 것도 또한 한국적 통념이었다. 그러나 이러한 과거의 통념은 바람직하지 못한 현상이었다. 다른 나라의 문학을 예로 들어 비교해볼 때 영문학·불문학·독문학 등은 하나의 그 나라 문학으로서 문학사 전자산을 국민이 향유하고 있다. 한국문단도 마찬가지로 우리의 문학사 전자산을 생동하는 하나의 민족문학으로 보고 국민이 일상에 향유해야 마땅할 것이다. 고전문학과 현대문학 사이에 장벽을 쌓는 관념은 원래 서양문학의 이입 과정에서 일본문학계에 조성된 폐단이었던 것으로서, 그 현상이 우리나라에 그대로 전파된 것임을 정병욱 교수가 지적 비판한 일이 있다.[12]

그러한 일제의 잔재를 씻어내고 한국문학의 전통회복을 실현해야겠다는 각성은 이제 국문학계에서 거의 지배적인 견해가 되어 있다. 남은 과제는 다만 종래 통념상의 고전문학과 현대문학을 전통면에서 실제로 연결짓는 일이다. 한국문학사 안에 예부터 있어온 여러 장르들을 시대순으로 나열하는 것을 전통이라고 보기는 어려울 것이다. 순차적 나열이 바로 전통일 수 있다면 굳이 이른바 고전문학과 현대문학의 연속성을 확인하려고 노력할 필요도 없을 것이다. 즉 조선조 후기 4·4조 2음보 가사歌辭는 신문학기 주요한의 「불놀이」나 김소월의 「진달래꽃」과 시 양식에 있어서 다르다. '다르게' 변모 발전하는 접속기에 있어서 변모한 문학이 지난 문학사의 어떤 시기 어떤 장르의 문예에 통하고 연결되는 특성이 발견된다면 그것이 바로 전통의 맥일 수 있다. 전통에는 문화적 개성의 혈맥이 흘러야 할 것이다. 이것은 곧 '한국문

---

12) 정병욱, 「고전문학과 신문학의 연속성」, 《청파문학》 제11집, 숙대, 1974, 158쪽.

학 전통의 특성'을 의미하는 것이기도 하다.

이 특성도 견해에 따라서는 몇 가지 측면에서 탐색될 수 있을 것이다. 필자의 시각으로는 그 특성을 우리 문학사 안의 익명문학 작품들에서 보게 된다. 한국문학사 안에서 거의가 작자의 이름이 밝혀져 있지 않은 익명자들로 된 장르는 '고려속요'와 '판소리계 소설'이다. 문학작품의 익명성은 손색이 아니고 오히려 문학예술의 본질을 잘 반영하는 것으로 평가될 수 있다. "창조적 상태의 중요성은 작자에 관한 것도 아니고 독자에 관한 것도 아니다. 시인이 시를 쓰는 것은 사실이다. 그러나 시인은 시를 쓰는 동안 자신에 대해서는 잊고 있다. 그리고 그 작품을 읽는 동안 독자들 또한 자신에 대해서는 잊어버린다. 참으로 훌륭하고 위대한 문학은 그것을 읽는 사람으로 하여금 그것을 쓴 사람의 경우에 옮겨가게 하며, 또한 우리에게 창조적 충격을 가져다준다."[13] 이렇게 포스터는 문학의 중요한 요인으로서, '익명성'에 대해 논급하였다.

고려속요와 판소리계 소설은 '서민 토대의 자생적 양식'이라는 점에서도 이채로우며, 이른바 신문학기 이후에까지 이어지는 전통적 특성의 맥을 헤아려볼 수 있게 하는 점에서 중요시된다. 고려속요의 3음보 민요 율격(리듬)은 김소월의 시에 왕성하게 연결되어 나타난다. 시에 있어서 리듬은 원천적으로 중요하다. 김소월의 시는 민요적 특성을 바탕으로 하면서 매우 너른 독자폭을 가지고 있음이 더욱 전통성을 암시해준다. 판소리계 소설(『춘향전』, 『흥부전』 등)은 '익살의 힘·낙천성·서민적 우애' 등이 독자들에게 소통력으로 작용하는 것 같다. 그리하여 이인직의 신소설과 이광수의 소설보다는 더 널리 더 오래 읽히고 있다. 오늘날에 이르기까지 산촌 외진 마을에서도 노인에서 어린이에

---

13) E. M. Forster, "Anonymity", *Two Cheers*, New York, Harcourt, Brace, 1951, 84쪽.

이르기까지 가장 잘 알고 있는 소설은 『춘향전』일 것이다. 이 '왕성한 민간 소통력' 자체에 한국 소설사의 비밀이 있으며, 무엇보다도 전통의 저력에 관한 암시가 있다. 그리고 익살의 힘을 지닌 현대 작가들도 있는 바 이들에게서도 전통의 작용을 느끼게 된다.

이와 같이 한국의 시와 소설에 있어 전통의 맥을 밝혀보는 것은 이 글에 있어서는 다만 연구의 실마리를 제시한 것이다. 이 주제에 따른 체계적 논급은 별도의 작업에 속한다. 아울러 전통연결과 '근대 기점'의 관계 또한 더욱 구명되어야 할 과제이다. 끝으로 첨언하는 것은 전통에의 관심과 확인을 편협한 복고적 구속으로 오해하지 않아야 한다는 것이다. 한국문학이 한 차례 서양문학을 체험하고 나서 다시 전통 회복을 의식한다면, 그 전통의 맥 위에서 한국문학은 또한 끊임없이 자유롭게 변모 발전하면서 창조를 수행해 나가야 할 것이다.

(1983)

Ⅳ. 국문학 연구

고려속요와 전통의 계승

1. 서설

한 민족의 문학은 그 민족의 언어와 문자에 의해 표현되고 정착되는 것이 당연한 조건이다. 그러나 아직 고유의 문자를 갖지 못했던 고대의 우리 민족은 불편하지만 중국의 한자를 빌어 그 음音과 석釋을 섞어가며 민족 고유의 언어를 기록했고, 그 방식으로 문학작품을 낳았으니 그것이 신라의 향가였다.

비록 차자적借字的 방식에 의거했지만 민족의 토착어로 작품을 기록했다는 점 때문에 향가는 한국문학사의 본격적인 출발점이 되었다.

그 뒤 고려시대에 들어와서 지식계층이 한문을 이해하고 사용하는 능력이 크게 늘어났으며, 또한 원나라의 침입 등 중국 쪽으로부터 정치적·군사적 압력을 받아 시달리는 동안 민족 고유어의 차자 표기 노력이 지속되지 못하게 되었다. 그러므로 8세기 초 신라 설총 당대에 있었던 향찰鄕札·이두吏讀·구결口訣 등의 차자 표기 방식이 점차 쇠퇴하여갔다. 향찰은 고려 중엽에 쇠퇴했고 이두는 이조 말기까지 사용되며 구결은 간소화된 형태로 오늘날까지 전해지고 있다.[1] 주로 공문서나 증서證書의 기록에 쓰이던 이두와 한문 구절 끝에 토吐로 쓰이는 구결과는 달리 향가문학의 표기법이었던 향찰[2]이 자취를 감추게 되었으므로 고려 중엽부터 우리의 민족문학은 문자를 잃어버렸으며, 따라서 문학 전통의 계승이 위태롭게 되었었다.

그러나 그처럼 문자가 없었던 시대에 우리 민족언어에 의해 지어진 문학이 후대에 살아남았으며 그 작품적 가치가 또한 높이 평가되고 있으니, 이 작품들이 바로 고려속요高麗俗謠[3]이다.

고려속요가 후세에 전해지게 된 것은 잘 알려져 있는 바와 같이 이조 초엽에 간행된 『악장가사樂章歌詞』, 『악학궤범樂學軌範』, 『시용향악보時用鄕樂譜』 등 문헌에 한글로 기록 정착됨으로써 이루어졌다. 그러므로 적어도 고려 중엽부터 이조 초의 한글 창제를 거쳐 성종成宗대 『악학궤범』 편찬 무렵까지는 300여 년에 이르는 기간이며, 이 기간에 걸쳐서 한국의 전통문학은 문자에 의하지 못하고 구전에 의하여 이어져 온 것으로 보게 된다.

그러나 이제까지의 국문학사 기술과 고시가古詩歌 연구의 이론들을 보면 고려속요의 원문 해석과 형태 분석에 치중되어 있으며, 그 속요의 생성과 전승 및 그것이 내포하는 의미를 구명해낸 성과는 드문 것 같다. 김동욱 교수가 최근에 고려속요를 전승시킨 수단에 대한 연구의

---

1) 심재기, 「口訣의 生成 및 變遷에 대하여」, 『韓國學報』 제1집, 일지사, 1975, 12쪽.

2) 김형규, 『國語學槪設』, 一成堂書店, 1958, 100쪽.

3) 고려속요에 대한 명칭 용어는 아직 일치되어 있지 않다. 이병기 선생은 景幾體歌를 別曲體로 부르면서 속요를 '別曲'이라 하였고, 조윤제 박사는 '長歌'라 하였으며, 정병욱 교수는 경기체가와 속요를 합하여 '別曲'이라 부르기를 주장하였다. 그러나 이 밖의 학자들 중에 '고려속요'라 부르는 예가 있으며, 작품 내용의 토속어 사용과 민요적 성격 및 生成時代를 참작하여 '高麗俗謠'라 부르는 것이 원만할 것 같다.

필요성을 다음과 같이 제기하였다.

고려가사 연구에 있어서의 문제점은 다음과 같은 것이 있겠다. 우선 그 표기 문제이다. 현재 남아 있는 『악학궤범』(成宗代), 『악장가사』(中宗代?), 『시용향악보』(燕山君代?) 등에 정착되기까지 고려가사는 다만 악공(樂工)들의 구구전승(口口傳承)에 의존하였는가? 그렇지 않으면 기사(記詞)되어 내려왔을까? 이는 가장 중요한 문제인데도 여기에 대하여 관심을 보인 이가 없다.[4]

김동욱 교수의 이 착안은 매우 중요한 것이지만, 그 초점이 가사의 표기방법이 있었지 않았을까 하는 데에만 가해지고 있어 역시 원문 파악을 위한 문헌학적 테두리를 벗어나지 못하고 있다는 느낌을 준다. 그리고 표기되어 전해진 가사를 발견해낼 가망이 매우 희박한 오늘날의 상황에서 이 연구 방법은 또한 성과를 크게 기대하기가 힘들지 않을까 생각되는 것이다.

그러므로 고려속요가 표기되어 전해진 실체가 있었는지를 추적하는 연구는 그것대로 진행할 필요가 있지만, 동시에 그 연구 방법과는 달리 고려속요가 구전으로 이어져온 흔적에 대한 추적, 그 구전이 가능할 수 있었던 환경적 토대에 대한 고찰, 그리고 이 유형의 전승이 지닐 수 있는 의미론적 평가 등이 요청된다고 할 수 있다. 이 글은 감히 그 요청에 따르려는 한 기도로서 그 지향에 입각한 문제의 윤곽이라도 떠올리는 것을 목적으로 삼고자 한다.

---

4) 金東旭, 「高麗期 문학의 개관과 그 문제점」, 『韓國語文學大系 Ⅱ』, 螢雪出版社, 1975, 217쪽.

2. 고려속요의 익명적 성격

우리 민족의 언어를 한자를 빌어 표기하던 방법 중에서 향가에 적용되어 문학적 표기수단이 된 향찰이 고려 중엽에 쇠퇴하여 없어져버렸다는 것은 앞에서도 언급한 바와 같다. 고려 초에 균여가 지은 향가는「보현십원가普賢十願歌」11수로 후대에 전해졌으며, 이 밖에도 60~70수가 되었던 것으로 보이는 균여의 또 다른 향가 작품들이 제자들에 의해 다시 한문으로 번역되어『대장경보판大藏經補板』에 실려 있다. 그리고 고려 현종顯宗대 현화사비 음기玄化寺碑陰記에 있는 조신朝臣들의 향가풍 시가 13수[5] 등으로 미루어 보면, 고려 때에도 향찰 표기법이 사용되다가, 중엽 이후 자취를 감추게 되었다. 그 뒤 이두와 구결이 존속하였지만 문학적 표기법에 적용된 예가 보이지 않는다.

구결은『구역인왕경舊譯仁王經』의 경우를 보면 우리 민족언어의 표기법으로도 사용된 사실이 1975년에 심재기 교수의 연구 발표로 밝혀졌다. 이것은 국어학계에서 새롭고도 귀중한 연구 대상으로 부상되었다. 그러나 이 경우에 구결의 기능은 우리 언어 자체를 표기하는 데 쓰인 것이 아니고 한자로 된 불경을 해독하는 방법으로 쓰였던 것이다.[6]

『악장가사』,『악학궤범』,『시용향악보』등 세 책에 실려 전해오는 고려속요는「정읍사井邑詞」,「처용가處容歌」,「사모곡思母曲」,「상저가相杵歌」,「서경별곡西京別曲」,「정석가鄭石歌」,「유구곡維鳩曲」,「만전춘滿殿春」,「정과정곡鄭瓜亭曲」,「청산별곡靑山別曲」,「가시리」,「이상곡履霜曲」,「쌍화점雙花店」,「동동動動」등 14편을 들 수 있다. 이 중에서「유구곡」은 예종 임금이 지은 것으로 여겨지고 있으며[7],「정과정곡」은 의종 임금 10년 전후 무렵에 관계官界의 지식인이던 정서가 지은 노래이다. 이처

---

5) 앞의 글, 215쪽.

6) 심재기, 앞의 글, 19쪽.

럼 이 두 작품의 작가는 신분은 평민이 아니었다 하더라도 작품은 한문투가 아닌 우리말로 되었으며, 또한 300여 년이 넘도록 소멸되지 않고 구전되며 노래로 불렸다는 점에서 민요적 성격을 획득하였다고 보아 속요 계열에 넣을 수 있을 것이다. 이 밖의 12편은 모두 작자 미상이다.

이렇게 볼 때 고려속요는 대체로 다음과 같은 두 가지 특성으로 인해 민요적 성격을 긍정받게 된다. 그 첫째 특징은 구전된 기간의 장구성長久性이며, 둘째 특징은 작자 관계에 있어서의 익명성匿名性이다.

첫째, 장구성을 보면 『고려사高麗史』 악지樂志 삼국속악조三國俗樂條에 의해 「정읍사」가 백제에서, 「처용가」가 신라에서 시작된 노래임을 알 수 있다. 「처용가」의 경우는 『삼국유사三國遺事』 처용랑조處容郞條를 통해서도 잘 알려져 있다. 「사모곡」은 『고려사』 삼국속악조에 실린 신라 「목주木州」가가歌에 관한 효행설화로 미루어 이 노래가 「목주」의 개제곡改題曲으로 여겨지는 만큼 신라 때부터의 민요가 아닌가 생각되며, 절구질 노래인 「상저가」도 『삼국사기三國史記』 열전에 나오는 백결선생百結先生의 「대악」으로 미루어 역시 신라 때부터의 민요로 여겨지고 있다. 「유구곡」을 예종이 지었고 「정과정곡」이 의종 10년 무렵에 지어졌다면 이 두 노래가 고려 초엽 내지 전기의 작품이 된다. 또한 이 「정과정곡」의 "넉시라도 님은 ᄒᆞᆫ디 녀져라 아으/벼기더시니 뉘러시니잇가" 부분은 「만전춘」의 제3장에 거의 일치되며, "아소 님하"라는 표현도 역시 「만전춘」과 「사모곡」에 들어 있음을 볼 때 이 두 노래가 먼저 되어 「정과정곡」에 영향을 준 것으로 보게 된다. 고려 말기의 노래로는 「쌍화점」이 충렬왕 때에 지어진 것임을 『고려사』(卷71) 기록에 의해 알 수 있으며, 「동동」은 『증보문헌비고增補文獻備考』에 합포合浦의 만호萬戶

---

7) 『高麗史』 卷71, 俗樂條의 "伐谷鳥之善鳴者也 睿宗慾聞已過及時政得失 廣聞言路 猶恐群下不言 作此歌以諷諭之也"가 「維鳩曲」 내용에 상통됨.

라는 무관직武官職에 있던 유탁이 장생포長生浦에 침입한 왜구들을 쫓아
내는 것을 보고 군사들이 지어 부른 노래라고 되어 있으나 「동동」의
내용은 일종의 농가월령가이므로 거리가 느껴진다.[8] 달리『고려사』기
록에는 유탁이 「장생포곡長生浦曲」을 지어 악부樂府에 올렸다고 되어 있
어 「동동」과의 관련설이 아무 근거가 없다고 단정하는 것은 옳지 않을
것 같다. 유탁은 고려 말 공민왕 때의 사람이다. 고려속요 생성 시기의
처음과 끝을 추정하면 앞에서 본 바와 같이 고려 470여 년의 기간에
고루 걸치게 된다.

다음으로 익명적 특성을 볼 때, 고려속요에서 작자가 분명히 밝혀
진 것은 「정과정곡」 1편뿐이며, 「유구곡」의 작자가 예종으로 추정되
고, 「쌍화점」이 지어진 시기는 충렬왕 때라는 것까지는 기록에 의해
알 수 있지만 지방 명기를 뽑아 궁중에 보내던 당시의 풍속에 비추어
작자도 더욱 추정할 수 있다고 보는 이들도 있다. 학자들 중에는 고려
속요를 평가함에 있어서 지은 연대와 작자를 밝히는 일이 선행되어야
하는 것처럼 생각하는 이들도 있고, 또는 「쌍화점」과 같이 연대와 자
자를 어느 정도 추정할 수 있는 것과 「청산별곡」과 같이 지식인의 창
작인 듯한 것을 속요로 취급하는 것은 부당하다고 말하는 이도 있다.[9]

그러나 연대와 작자를 밝힐 수 있는 것은 밝혀야 하고 그것은 평가
작업에 도움도 되지만 다른 한편으로 생각하면 연대와 작자가 미상이
라고 해서 어느 문학유산의 가치가 떨어지는 것은 아니다. 아니 오히
려 익명성 때문에 그 문학유산을 높이 평가하게 된다는 점을 인식할
필요가 있다.

문자에는 두 가지 기능이 있는데 하나는 지식을 제공하는 일이며
다른 하나는 문학예술을 낳는 일이다. 지식은 그것을 제공한 사람의

---

8) 임동권, 『韓國民謠史』, 文昌社, 1969, 62쪽.

9) 정병욱, 「韓國詩歌文學史 · 上」, 『한국문화사대계 V』, 高大民硏, 1971, 812~13쪽.

이름이 분명히 밝혀져야 할 필요가 있지만 문학의 경우에는 반드시 그런 것이 아니다. 누가 지은 것인지에 대해서는 의식되지 않으면서 저절로 널리 읽히고 있는 문학이 있다. 그러한 작품을 대할 때 독자는 자신을 망각할 뿐 아니라 작자의 존재도 망각한 채 읽어 내려가게 된다. 그러므로 위대한 문학은 실로 익명적인 것이다.[10]

그러나 문학이 의도적으로 익명성을 띠려 할 필요는 없으며 또 그렇게 될 수도 없다. 문학이 익명이게 되기까지에는 몇 가지 필연적인 조건이 개재된다. 그 조건을 유형별로 살펴보면 다음과 같이 될 수 있다.

(1) 정서적 충동에 의한 흥얼거림과 즉흥적인 노래 귀절들, 그리고 전설이 사회에 유통되고 축적되어 민요와 설화를 형성한다. (2) 작자가 자신이 속한 신분 계급의 속박 때문에 솔직하게 감정을 기록하여 표현할 수 없거나, 또는 정치권력의 통제와 압박이 심하여 민중의 위치에서 역시 자유로운 의사 표시를 할 수 없을 때 익명으로 글을 쓰게 된다. (3) 민중의 감수성은 표현수단을 잃었을 때에도 참을 수 없이 분출하여 구전으로라도 유통되는데 이 때 내용을 구성하는 형식 즉 장르를 탄생시키기도 한다. 그것이 고려속요의 분장체分章體 장가長歌의 형식이며, 후대 이조의 예로서는 판소리계 소설의 탄생이다. 그리고 이러한 성격의 문학은 탄생이 억제될 수 없었던 것처럼 강요되지 못하고 대지의 생명력처럼 자재自在하여 고전적 유산으로 역사 안에 살아남게 된다. 이것이 고려속요를 한국 민족의 문학사 안에 살아남게 한 내재적 원리였다고 볼 수 있다.

3. 음악과의 접합 및 원형 보전

---

10) 최재서, 『文學原論』(春潮社, 1957), 87쪽, E. M. Forster의 'anonymity' 인용 참조.

고려속요는 구비문학으로서 자생적 능력에만 의지한 것이 아니고 민족음악과의 접합을 통해 더욱 용이하고 분명하게 살아남아 마침내 한글문자로 정착될 수 있었음을 지나쳐 볼 수 없다. 이 경우에 문학과 음악의 어느 편이 더 우월한 위치에 있었는지를 굳이 따질 필요는 없을 것이며 오히려 서로 도움이 되면서 공존하였다고 생각할 수 있다. 원래 한국민족은 삼국 이전 고대의 부여와 삼한 시절부터 뛰어나게 음악을 사랑한 사실이 중국의 역사 기록에 나타나 있다. 그러나 음악 가사로서의 문학적 시가가 시 자체로서 충분한 분량과 형식 및 감수성을 담은 것은 고려속요의 경우가 처음 있는 단계일 것이다. 신라의 향가가 종교적 영성의 면에서 더욱 깊이를 지니면서 형식이 잇따른 단형短型이었던 데 비해 고려속요는 솔직하게 인간의 육성을 분장체 장형長型에 담아 시화한 데서 보다 근대적 문학성에 가까워졌다.『고려사』악지 속악조에서는 토악 속어俚語로 된 노래가「동동」과「서경별곡」을 비롯하여 24편이라고 하였으나,[11]『세종실록世宗實錄』(卷 61)에서는 "신라·백세·고리의 민긴 속이로 된 항악 50여 성聲이 유전流轉하고 있다"고 한 것을 보면 고려 당대에 실재하던 속요로서의 구비적 문학유산은 오늘에 전해진 양에 비해 몇 배 더 풍성했음을 짐작하게 한다. 그런데 이 중요한 유산의 태반을 잃어버리고 속요로서 14편 정도를 물려받은 것이다. 그리고 이와 같은 손실의 절대적인 원인은 바로 속요를 표기할 방법이 없었던 데에 있다.

최근에 김동욱 교수는 고려 때 가사가 악공들의 구구전승에만 의존한 것이 아니고 기사記詞되어 내려오지 않았을까 하는 점을 전제하고『고려사』악지에 '악보樂譜'라는 말이 나오는 것을 상기시키면서 "십육정강방식十六井綱方式에 의한 악보가 있었던 것으로 보이며, 이 경우 가

---

11)『高麗史』, 樂志 俗樂條, 動動及西京別曲以下 二十四篇皆用俚語.

사 표기는 이두식이었을 것이다"[12]라고 문제를 제기하였다. 만약에 한글 창제 이전 고려시대에 속악 악보가 이두식으로라도 가사를 표기한 사실이 있었다고 하면 이것은 놀라운 사실로서, 문헌을 더욱 폭넓게 조사하기에 따라서는 고려속요 유산을 새로이 발견해낼 수 있다는 기대도 가질 수 있겠다.

그러나 김동욱 교수의 착안에 근거가 되고 있는 '악보'는 아마도 중국에서 들어온 율자보律字譜와 공척보工尺譜 등일 것이며 이것들은 우리의 속어 가사를 수용할 수 있는 악보가 못되었을 것이다. 또 '십육정강방식'에 의한 악보는 고려 때에 있었던 것이 아니고, 이조 때에 와서 세종이 처음으로 정간보(井間譜, 32井間)를 창안한 것을 가지고 세조가 십육정간보[13]로 고쳐서 만든 것이다. 이미 한글이 창제된 이후에 속어를 이두로 표기하여 십육정간보에 올렸다고 생각되지 않으며, 실제로 당시의 정간보는 곡曲 표시를 목적으로 했을 뿐 이두 가사를 적은 일은 없는 것으로 본다.[14] 또한 이조 초 이전 시대에는 "성음절주聲音節奏의 소삭완급疎數緩急을 나타내는 악보는 없었고 다만 소리를 본받아 육보肉譜를 만들어 음악을 전하였다"[15]는 기록이 있는데, 여기에서 '육보'라는 것이 고려속요의 메김소리투 후렴 형식에 관련이 있는 듯한 점이 주목을 끈다. 육보는 주로 악기에서 울려 나오는 소리를 흉내내는 것으로 그 흉내가 입으로 옮겨져 불리는 것을 '구음口音'이라고 하였다.

「동동」의 후렴인 "아으 동동다리"에서 '동동다리'에 대하여 성호星湖 이익은 "창우唱優가 입으로 북소리를 만들어내어 춤의 악절樂節로 삼

<hr>

12) 김동욱, 앞의 글, 217쪽.

13) 張師勛, 「韓國音樂史」, 『韓國文化史大系 Ⅳ』, 高大民硏, 1971, 1053쪽.

14) 李惠求, 『韓國音樂序說』(서울대출판부, 1967)에 실린 「大樂後譜」 「俗樂源譜」 참조.

15) 『世宗實錄』 樂譜 序 (張師勛, 앞의 글, 1052쪽.

은 것이다. 동동은 차라리 동동鼕鼕이라고해야 한다"[16]고 한 일이 있다. 마찬가지 원리로서 「청산별곡」의 후렴인 "알리 알리 알랑성 알라리 알라"도 피리 같은 관악기의 흉내를 내는 육보이며 구음이라고 생각할 수 있다.

이렇게 볼 때 우리말 노래의 틀을 규정한 악보가 없던 고려시대에 음악鄕樂과 시俗謠 詞章의 관계에 있어서 보다 주체가 된 것은 시이며 음악은 육보에 의한 후렴으로 보조했다고 볼 수도 있을 것 같다. 특히 분장 장가로서의 양적 성숙이 시의 품격을 드높여준다. 그러면 이 시 전체는 동시에 향악이라는 음악에 그대로 활용된 것이 고려시대에 있어서의 시와 음악의 접합적 존재양식이었다. 그리고 이 양식은 민중적 토대에 뿌리박았을 뿐 아니라 위로 왕실에서까지 옹호되며 소통되었다. 고려는 이미 예종 때에 중국 송나라로부터 아악雅樂을 들여왔지만 삼국 이래의 향악 전통이 약화되지는 않았다.

이 전통이 이조에 물려졌을 때 세종 임금에 의해 다시 옹호되었다. 세종은 궁성 세례악祭禮樂에서 어느 결에 중국 세동 음악이 우내뇌기에 이른 사례를 비판하여 "우리는 향악을 익혀왔으니 조상들이 평일에 듣던 음악을 쓰는 것이 좋지 않은가. …아악은 원래 우리나라 음악이 아니니 평일에 익히 듣던 음악을 제사음악으로 쓰는 것이 마땅할 것이다"[17] 하였다. 이와 같은 향악 옹호의 정신이 이조 초의 악정樂政에 반영도어 성종成宗대 이후 악학서樂學書들이 고려속요를 한글로 적어 정착시키는 데에 도움이 되었을 것이다.

그러나 이조 관료들의 숭유적崇儒的 윤리관념은 고려속요의 몇 편을 남녀상열지사男女相悅之詞라 하여 천시하고 그 가사를 고치려 하였다. 「서경별곡」은 성종 19년에 가사를 고치기로 하였으며, 「쌍화점」도 『시

---

16) 이익, 『星湖僿說』 권 4, 動動者 今唱優口作鼓聲 而爲舞節者也 動動猶鼕鼕也

17) 『世宗實錄』卷30, 7年 10月 乙巳條, 12년 9月 庚戌條.

용향악보』에서 보면 가사가 개작되어 있다. 그러나 영조英祖 때에 편찬한 『대악후보大樂後譜』(卷6)에서 보면 위 두 노래의 원래 가사가 그대로 살아남아 있다. 또「만전춘」도 성종 19년에 가창이 금지되었으며, 이미 그 이전에 "산하천리국山河千里國에"로 시작되는 개작 가사가 채택되기도 하였으나 궁정에서 사신을 위해 베푸는 연회에서나 사용되었고, 원래 가사는 계속 전해진 것으로 보인다.[18] 그 뒤 중종대에 와서도「동동」에 정도전이 지은「신도가新都歌」를 가사로 붙인 바 있고「정읍사」에는「오관산五冠山」가사를 붙인 바 있다. 그러나 이 때는 이미 『악장가사』, 『악학궤범』, 『시용향악보』에 고려속요가 한글로 정착된 후이며, 또 궁정에서 채택한 한문투 개작 가사들이 민중 속에 전파될 수는 없었으므로 고려속요의 문학적 측면은 별로 손상을 입지 않았다고 말할 수 있다.

이렇게 하여 음악의 도움을 입으며 역사 속에 전승되어온 고려속요의 문학적 유산은 마침내 문학 자체로 독립하여 고전이 될 수 있었던 것이다.

4. 시대배경과 속요 유산의 의미

문학유산은 당대의 사회현실을 언제나 충분히 반영하는 것만은 아니다. 경우에 따라서는 시대현실에 직접 뛰어들어 분투한 체험을 가진 문학인마저 자신의 작품 속에 낭만적인 정조를 다분히 내포시킨 예들이 있다. 그러나 이러한 현상이 문학과 사회현실의 사이가 완전히 무관할 수 있다는 것을 의미하지는 않는다. 직접적인 반영이 불가능했거나 그렇게 반영하기가 차라리 견디기 힘든 불행을 일깨우는 것이었음

---

18) 張師勛, 앞의 글, 1060쪽.

을 이해한다면 역시 그 시대의 문학과 현실이 관계지어진 바 의미를 해석할 수 있게도 된다.

고려 역사에 대한 기술에 있어서 제11대 문종대로부터 제16대 예종 대에 걸치는 76년간(1047~1122)을 문물의 발달이 절정에 이른 전성기로 보는 견해가 있으며,[19] "고려기 문학을 관찰함에 있어 고려기가 문화나 문학의 황금기라는 것과 진정한 의미로 다각多角 문화의 시대였다는 것과, 문인 정치의 출발점이었고, 민족의식에 있어 중요한 시기였다"[20]고 보는 견해도 있다.

이 견해들은 각기 일면적인 타당성을 지니고 있다. 그러나 고려기의 문학, 특히 고려속요를 정치적 전성기라든가 문화의 황금기가 낳은 것으로 보기는 어렵다. 실상 고려의 역사는 끊임없는 파란과 고통을 지녔었다. 고려가 건국하여 쇠망하기까지의 475년 간에 비교적 평화의 시절을 누린 것은 앞에서 제시된 대로 11세기 초의 80여 년간에 불과하다. 나머지 기간은 아직 질서가 없던 건국기, 무신들의 집권기, 원나라이 침략기로서 백성들은 도탄에 헤매었다.

건국 초기에는 상급 관료에서부터 하급 한인閑人·공장工匠에 이르기까지 등급에 따라 농토와 땔나무 하는 산을 갖게 하는 기준으로서 전시과田柴科 제도를 시행했으나, 한동안 평화시절을 보낸 예종 말기부터 귀족층의 탐욕에 의해 농민들이 토지를 빼앗기는 현상이 늘어갔다. 1170년에 쿠데타를 일으킨 무신 정중부는 문신들의 부패와 호탕을 증오했었지만 자신이 정권을 잡고 나자 농민들의 토지를 더욱 강점하였다. 1196년(明宗 26년)에 최충헌이 집권자로 대체되지만, 내리 89년간에 걸치는 무인정치 시대에 농민과 천민들은 계속하여 수탈을 당하였다. 무인 집단은 정권 유지를 위해 사병私兵 조직을 유지해야 했으며 이 조

---

19) 李丙燾, 『韓國史』, 中世篇, 震壇學會, 1972, 208~9쪽.
20) 김동욱, 위의 글, 225쪽.

직원들의 생활과 치부를 위해 횡포가 점점 늘어났다. 최씨 집안의 농장農莊이 전국 각 곳에 있었으며, 최충헌의 아들 최이는 지금의 진주晉州 일대인 진양晉陽을 식읍食邑으로 가졌고, 최이의 서자인 만종과 만전까지도 지방에 대규모의 미곡 창고를 가지고 농민들에게 장리長利를 주어 재산을 늘리면서 횡포를 부렸다. 이 때 만종 형제가 축적한 미곡은 경상도에서만 50여만 석에 이르렀다.[21]

한편 왕실도 사적으로 농장과 식읍을 가졌는데 원나라의 침입 이후에 이 현상은 더욱 심해졌다. 충렬왕비인 제국대장공주齊國大長公主가 안동부安東府·경산부京山府를 식읍으로 삼았고, 충선왕은 계림부鷄林府·복주부福州府·경산부京山府를 자신의 식읍으로 가졌다.[22] 그리고 이와 같은 농장과 식읍에서는 수확이 국고에 들어가지 않고 왕실이나 권세가의 사재私財가 되었다.

이러한 상황에서 망이·망소이의 반란(1176, 명종 6년)이 일어났고, 만적의 반란음모 사건(1198, 신종 1년)이 일어났다. 망이·망소이는 공주 명학소鳴鶴所의 천민으로서 정중부 집권 시절에 굶주린 무리들을 이끌고 일어나 공주읍을 함락시키고 충청도 일대를 휩쓸었었다. 만적은 최충헌의 노비로서 중앙에서 대대적인 반란을 계획했으나 밀고자가 있어서 거사 직전에 실패하였다. 이 두 사건보다 규모는 작았지만 무신 집권 시절의 전기간을 통해 여러 차례의 민란이 일어났었다.

고려 시대에는 계급적 신분제도가 엄격히 실시되고 있었는데 행정 구역도 면적과 인구에 관계없이 신분에 따라 획정하였다. 즉 향鄕·소所·부곡部曲 등이 천민의 구역이고 군郡·현縣 등이 양민의 구역이었다. "고려시대에는 군·현의 수보다 향·소·부곡의 수가 많았으며,

----

21) 『高麗史』 卷129, 萬宗住斷俗 萬全住雙峰⋯⋯ 惟以殖貨爲事⋯⋯ 慶尙道所畜米五十餘萬石 貸興取息 秋稼始熟 催徵甚酷.

22) 姜晋哲, 「韓國土地制度史·上」, 『한국문화사대계 Ⅱ』, 高大民硏, 1970, 1352쪽.

호구戶口 등 규모에 있어서 군·현과 향·소·부곡은 비슷하였으니 양민의 수보다 천민의 수가 더 많았다는 추정이 가능하다."[23] 천민을 포함하여 서민 일반이 남자로서 16세가 되면 정丁이라 하고 60세가 되면 노老라고 하여 이 기간 동안에 국가를 위해 병정兵丁·역부役夫 등으로 동원되었는데, 궁궐·성·사원을 지을 때 동원되는 역부는 임금도 받지 못하고 오히려 자기 양식을 먹으며 노동하는 사례가 있었다.

이렇게 시달리는 백성이 또한 1231년부터 28년 동안에 일곱 차례에 걸친 원나라의 침략을 받아 전쟁을 치러야 했고, 왕실이 원나라에 굴복한 후까지 합쳐 80여 년 동안 외족에 시달리면서, 두 차례나 일본 원정군에 동원되었다. 이 뒤에는 중국 홍건적紅巾賊과 일본의 해적들이 끊임없이 국토를 침범해왔다. 이러한 상황으로 미루어볼 때 고려시대를 통해 한국민족이 살아남았다는 자체가 요행스럽다고 느껴질 정도이다. 이러한 상황에서 문학을 영위해왔다고 생각한다는 것은 낙천적으로 예찬을 하기보다 어떤 절실한 충격을 느끼지 않을 수 없게 된다.

간혹 고려속요에서 사상성을 도출해내려는 연구 태도를 발견하게 되는 일이 있다. 이 경우에, 더욱이 동서양의 관념철학이 대입되고 또 분석주의 내지 구조주의풍의 방법이 동원되는데 이르면 고려속요 원래의 내용과 의미가 현학적으로 어려워져 연구 성과가 미궁에 빠지는 예를 보게 된다. 이러한 연구 태도는 근본적으로 고려속요의 생성 토대인 천민 내지 서민층의 성격을 망각한 데서 착상되었을 것이다.

앞에서 정치·경제사적으로 상황이 검토되었거니와 고려의 서민사회에는 사상이나 철학이 형성될 겨를이 없었다고 보게 된다. 신라에서 이어받은 불교는 고려에 와서 타락과 은둔에 떨어졌으며, 유학儒學은 과거제도에 편승하여 양반층의 전유물이 되었다. 그래도 서민층에 배

---

23) 金龍德, 『韓國史의 探求』, 乙酉文化社, 1971, 11쪽.

어든 정신적 맥락이 있다면 그것은 상고 때부터 토착신앙이 되어온 샤머니즘일 것이다. 이것은 선仙 또는 무巫의 속성으로서 속요 중「처용가」에서 그 영향을 볼 수 있겠다.

이렇게 볼 때 이 논고에서 동원된 14편의 고려속요 거의 전부가 어떤 특정한 사상이나 철학에 연관되어 있지 않다는 점을 수긍할 수 있다. 그러나 이 점 때문에 고려속요의 가치가 추락되는 것은 아니다. 원래 문학은 그 무엇보다도 인간정신의 결정으로서 시대를 초월하여 사람들에게 같은 감동을 줌으로써 고전화되는 것이다.

우리는 고려속요가 학문과 종교의 후원을 입지 못했고 기록할 문자도 가지지 못했으며, 더욱이는 늘 억눌리고 위협받는 생존 풍토에서 자생적으로 우러나왔으며, 그 속에서 인간의 진한 체취를 맛볼 수 있다는 점에서 평가를 가하게 된다. 그러므로 고려속요와 시대환경 사이에서 가시적인 일치성을 도식적으로 구해야만 하는 것은 아니며, 인간의 존립이 가장 위협받던 시대현실 속에서 인간의 본성이 짙고 진솔하게 담긴 문학유산이 이루어졌다는 점에서 역사적 차원의 의의를 또한 긍정할 수 있을 것이다.

이러한 뜻에서 고려속요를 대할 때 우리는 먼저 그 속에서 문학성 자체를 밝혀보고, 아울러 역사적 환경의 반영 관계를 음미해볼 수 있다. 고려속요 각 편에 대한 작품론적 평가는 별도로 양적 충실이 요청된다. 여기에서는 불완전하게나마 추정되는 작품 연대순 및 내용의 성격에 따라 다만 유형類型의 윤곽을 떠올려보려 한다.

(1) 고래古來의 민요조—「정읍사」「사모곡」「상저가」

백제와 신라에 지연地緣과 설화로 관련이 있으며, 가난한 속에서도 평화를 기리는 마음이 간결하고 재치 있게 그려져 있다.「정읍사」에서 "저자市場에 가 계신가요/아, 진 데를 디디올세라"(原文의 근대식 표기—필자) 한 대목은 신라 향가의「찬기파랑가讚耆婆郞歌」에서 "아, 잣가지 높아 서리 모르올……"이라는 표현으로 인품을 그린 대목과 대비하여, 같은 의향이면서 훨씬 서민적인 상황이라는 점이 주목된다.

(2) 의지의 표현이 획득한 세련도—「유구곡」「정과정곡」

앞의 것은 예종이 지은 것으로 추정되며 뒤의 것은 정서가 지은 것으로서, 고려 전기의 연대와 작자가 드러난 독특한 경우이다. 두 편이 모두 고도의 학식을 가진 사람에 의해 지어졌지만 민요적 요소와 정교한 짜임새를 보여준다. 속요풍이 상층계급에까지 소통된 현상으로서도 의의가 있으며, 특히 국사國事를 주제로 한 점에 특색이 있다.

(3) 무巫의 저력—「처용가」

고려속요로 정착된 것으로서는 처용아비의 형상을 설명하는 대목이 앞에 길게 들어 있지만 뒷대목에서는 신라 때의 원사原詞가 그대로 들어 있는 점이 이 속요의 전통성을 증명해준다. 역신疫神을 쫓음으로써 불행을 막으려는 샤머니즘이 내포되었지만, 그 방법이 당초에 처용의 관대한 인욕행忍辱行이었던 점에 평화의 사상이 내재한다. 또한 샤머니즘 및 국선國仙의 전통을 민족주의의 계열로 보고, 이 계열이 고려 유학파의 김부식에게 패함으로써 초래된 민족주체성 및 문화자산의 상실을 지적한 신채호 선생의 관점이 아울러 상기된다. 그러나 춤·노래·신바람 등 민족의 체질적 특성으로 긍정되는 측면의 샤머니즘이 이조에 내려와서도 광대 판소리에 이어진 것을 보면 「처용가」가 지닌 무의 저력이 단절된 것만은 아니라는 점이 중요시된다.

(4) 사랑의 집념—「서경별곡」「정석가」「만전춘」「이상곡」「가시리」

정치 체제면에서 계급적 압제가 심했던 고려시대에 한편으로 자유가 있었다면 연애·결혼·재가再嫁·삼가三嫁·서자 불차대不差待 등을 들 수 있을 것이다. 이조의 주자학파가 남녀간 윤리에 작위적인 폐쇄성을 강제로 주입시키기 이전이므로 이것은 고래 우리 민족의 생활 습속이었다. 그리고 다른 한편으로는 사회적 압제에 대한 욕구불만이 남녀상열相悅의 풍조를 조장한 점도 있었을 것이다. 그리하여 이 사랑의 노래들에 마치 춘화를 보는 듯한 분방한 표현이 있기도 하다(특히 「만전춘」의 경우). 그러면서도 이 속요들은 하나의 변함없는 사랑을 희구했으며, 때로는 이별에 임하여 감정을 내밀히 자제하는 묘미와 품격도 충분히 지녀 문학적 시가로서 뛰어난 바 있기도 하다. 특히 「가시리」의 정조는 한국 신문학 이후 김소월의 「진달래꽃」을 비롯한 토착적 모정慕情의 시풍에 맥이 닿는 느낌을 주기도 한다.

(5) 세사世事에 대한 갈등—「청산별곡」

이 노래는 잘 정돈된 연장체聯章體의 표현력과, 은둔·불만·방황·집념이 시적 주제로 배합되어, 세상을 상대로 떠밀고 당기고 하는 갈등을 보여준다. 또한 도피라도 하지 않고는 못 배길 정도로 참담했던 시대상황을 반영하고 있으며, 그런 만큼 지식계층에 있던 이가 지은 것으로 짐작된다. 이런 면에서 「청산별곡」은 모처럼의 의도적 익명작이라고도 볼 수 있다.

(6) 시정적 퇴폐와 삶의 추진력—「쌍화점」「동동」

쌍화는 상화霜花라고도 하며 중국에서 들어온 만두를 가리킨다. 원나라의 고려 침략 이후 몽고 사람과 더러는 서역 사람들까지 이주해왔다고 하며, 이 외인들이 섞여 사는 사회의 기풍은 한결 문란했을 것이다. 「쌍화점」은 이러한 풍토 속에서 한 시정 여인이 음란 행각을 하는 것을 풍자적으로 노래한 것인데 이것이 고려말 충렬왕 때 궁중에까지 들어가 불리었다. 왕실이 지방의 기녀들을 선발해 들인 당시의 제도 탓도 있지만 궁중 자체가 원래 백성의 가난과 억눌림을 외면하고 향락과 음란에 몰입해 있었으므로 이러한 노래가 받아들여졌다. 「동동」도 임에 대한 모정을 노래하고 있지만 열두 달 계절에 맞추어 부르므로 농가월령가풍이 있다. 따라서 삶을 지속해가는 세월이 그려져 의지와 여유가 담기기도 하였다. 이 노래는 고려말 공민왕 때 불려진 기록이 있으나 그 때에 지어진 것인지에 대해서는 더 고구考究될 여지가 있다. 그래도 월령가 형식의 「동동」이 고려말에 불리었다는 것은 당시의 민중이 삶의 어려움을 강인하게 견뎌나간 일면을 보여주고 있다.

여기에 덧붙여 음미될 만한 것은 위 속요들에 붙은 율조 구음口音들이다. 오늘날에도 한국의 민요 「아리랑」이나 「쾌지나칭칭나네」 등에 붙어 있는 것과 같은 이 구음들은 신바람과 함께 애수를 띠기도 한 민족의 정서적 흥얼거림을 풍성하게 나타내고 있다.

5. 결어

고려속요에 대한 충분한 작품론적 평가는 이 소론과는 별도로 하고자 한다. 여기에서는 다만 고려속요가 당대에 연면히 구전으로 계승하여 조선초에 민족의 문자로 정착되기까지의 경위를 중심으로 고찰해 보았디.

이 과정에서도 부수적으로 절감하게 되는 것은 향찰 표기법이 고려 중엽까지 있었다고는 하지만 승려와 지식인층 일부에서 사용되었고, 서민사회에 떠돌아다니던 '속요'는 표기하여 정착시켜야겠다는 관심의 대상이 되지 못했다는 사실이다.

그럼에도 불구하고 고려속요는 민족문학사의 단절을 허용하지 아니하고 종적으로 맥을 이었으며, 당대의 개성적이고 난숙한 문학시대를 형성하였다. 민족의 언어를 표기할 수 없었던 유일하고 장구한 시대를 관류하여 살아남은 문학이 있다는 사실은 민족 정신사로 하여금 스스로 불멸의 생명력을 확인하게 하는 구실도 한다.

그리고 한글이 창제되어 민족의 언어를 기록할 수 있는 시대였지만 역시 민중 속에서 익명적이며 자생적인 양식으로 탄생한 '판소리계 소설'과 더불어, '고려속요'는 민족문학사의 저변에 흐르는 전통적 특성의 원류가 되어 있다고 해도 지나친 말이 아닐 것 같다. 이 전통적 특성이 지니는 분출성, 익명성, 독창적 장르 형성력이야말로 한국문학사를 세계문학사 가운데 내다놓아도 떳떳하게 해주는 주체성과 개성이 되는 것이다. 이러한 시각에서 고려속요에 대한 평가 작업은 앞으로 더욱 충실히 추진되어야 할 것이다.

(1976)

개화기 소설의 주류 문제

8·15 해방 이후 민족 자주사관이 회복된 만큼 이제 우리 문학사의 기술도 재정비해야 될 때가 왔다. 더구나 문학사에 내재하는 혈맥과도 같은 '전통'을 밝히려는 자업은 민족문학이 생명을 정당하게 구현하고 북돋우려는 창조적 사명으로 받아들여져야 한다. 지난 날의 그릇된 현상에 대한 공격적 비판으로만 여겨서는 안될 것이다. 또 그러려면 원래 우리 민족 내부에 있었던 자주적 이념의 맥을 다시 확인하고 그 뿌리에서 민족문화의 성장을 위한 정신적 양분을 빨아올려야 한다.

그 한 작업으로 구한말의 신소설을 더듬어 보기로 하자. 우리나라 신소설이 출발된 해는 1906년, 한국이 일본 제국주의의 침략 시책에 본격적으로 끌려들어간 을사보호조약이 체결된 1905년의 바로 다음해이다. 이때부터 시작하여 1910년의 한·일 합병이라는 망국의 결정적 계기를 거치면서 한국 민족의 주체적 자기 인식력이 압박을 받는다. 그리고 1917년에 춘원 이광수가 장편소설 『무정』을 발표하였는데 1906년으로부터 이 『무정』의 출현까지를 대개 신소설의 시기로 잡는다.

　이러한 식민지적 사회 현실의 여건을 고려한다면 그 여건 나름대로 당시 사회를 반영한 순응주의의 문예가 수긍될 면도 있다. 을사보호조약 이후 타율적 개화와, 근대화의 명분 아래 순응주의의 문예 형세가 상당히 형성되어 온 것이 사실이다. 이것은 어쩔 수 없었던 식민지 현상의 반영으로서 민족문학의 본질에 입각해 보자면 첫째 비본질적 타협, 둘째 주체 상실의 미몽에서 오는 자기 비하적 개혁사고, 셋째 역사의식이 없는 시정적 일상성의 차원이었던 것으로 해석할 수 있다. 그러나 정치·경제적 현실을 제도면에서 바꾸는 일과는 다르게 문화와 정신적 전통은 외민족의 압력에 의해 쉽게 변개될 수 있는 것이 아니다. 한용운의 「님의 침묵」, 김소월의 「초혼」, 이상화의 「빼앗긴 들에도 봄은 오는가」, 이육사의 「광야」, 윤동주의 "하늘을 우러러 한 점 부끄럼이 없기를" 다짐하는 「서시」 등이 암울한 식민지 시단에서 그런 대로 탄생될 수 있었다. 특히 소설은 그 양식 때문에 시보다 훨씬 여건의 구속을 더 받았기는 했지만 대체로 잘 버텨 온 셈이다. 시, 소설을 포괄하여 문학예술의 본질은 외부로부터의 압력, 특히 불의로운 식민주의의 침략 앞에 순응만 하게 되는 것은 아니기 때문이다. 춘원 이광수의 글에 전통적 자주 이념의 인맥을 증언하는 한 단서가 다음과 같이 나타난다. '갑신정변 회고담'이란 부제가 붙은 이 글은 이광수가 갑신정변(1884년)을 일으킨 네 거두 가운데 한 사람이었던 박영효씨를 만난 이야기이다.

　갑신정변은 조선을 서구식 신정치 사상, 자유 민권론, 오늘날 말로 봉건에서 부르조아에 이래하는 신사상으로 혁신하려던 대운동이다. 그것이 실패하였기에 망정이지 만일 프로그램대로 되었다고만 하면 일본의 명치 유신과 상당하는 의미를 가지어서 조선사의 진로는 실상 밟아 온 것과 다른 방향을 취하였을는지도 알 수 없는 것이다. 그러면 당시의 혁명가에게 이러한 신사상이 감염되게 된 경로는 어떠한가? 이에 대한 필자의 질문에 춘고는 이렇게 대답하였다.

"그 신사상은 내 일가 박규수 집 사랑에서 나왔소. 김옥균, 홍영식, 서광범 그리고 내 백형(필자 왈, 백형이라 함은 영교를 가리킴이다)하고 재동 박규수 집 사랑에 모였지요."

박규수는 연암 박지원의 손자로서 이유원이 영의정이었을 때에 우의정으로 있다가 이유원하고 불합하여 괘관하고 재동집에 있어서 김옥균 등 영준한 청년들을 모아 놓고 조부 연암문집을 강의도 하고 중화 사신들이 들고 오는 신사상을 고취도 하였다.

"연암집에 귀족을 공격하는 글에서 평등사상을 얻었지요"하고 춘고는 당시 신사상이란 것이 평등론, 민권론이란 것을 말한 후에, "그 때 정치 사정이 누구든지 분개 아니할 수가 없었소. 국사라는 것이 엉망이로구려…."[1]

이 대담이 이루어진 것은 1931년, 서울 동대문 밖 박영효의 집에서였다. ㄱ 때 일흔한 살의 박영효는 갑신정변의 주동자 가운데 유일하게 살아있는 인물이었다는 점에서 이 증언의 가치가 비중을 지닌다. 이 증언에 나오는 중심적 인물 박규수는 조선조 후기 실학파 학자요, 소설가였던 박지원의 손자로서, 역시 실학파 계열 학자였던 정약용, 서유구, 김정희 등을 만나 가르침을 받았다. 45세 연상인 정약용이 별세할 때엔 박규수가 26세의 청년이었으나 21세 연상인 김정희가 별세할 때엔 박규수의 나이가 50이었다. 그러므로 박규수는 실학파의 주류에 충분히 접할 수 있었다. 한편 정약용으로서는 25세 연상인 박지원이 별세할 때 24세의 나이였다. 박지원이 일찍이 소설 『허생전』에서 북벌의 계책에 관해 논급했거니와, 정약용이 "나는 조선인이니 조선시

1) 이광수, 「박영효씨를 만난 이야기」,《조광》 1931년 3월호, 『이광수 전집』 17권, 삼중당, 1962, 402~403쪽.

를 쓰겠노라"라고 선언한 문학적 주체의식도 널리 알려져 있다. 정약
용은 심지어 한족이 스스로 '중국'으로 일컫는 관념마저 비판하였다.

> 만리장성의 남쪽, 오령의 북쪽에 있는 나라를 중국이라고들 하고 요하
> 의 동쪽에 있는 나라를 동국이라고 한다. 동국 사람으로 중국을 유람하는
> 것을 사람들이 자랑스럽게 여기기도 하고 부럽게 여기기도 한다. 그러나
> 내가 보는 바로는, 이른바 중국이라는 것은 어찌하여 중이 되는지는 모르
> 겠고, 이른바 동국이라는 것은 어찌하여 동이 되는지도 모르겠다. 무릇 해
> 가 머리 위에서 떠 있을 때를 오시라고 하는데, 오시와 일출시의 사이 그
> 리고 오후와 일몰시의 사이가 같은 길이라면 내가 서 있는 곳이 곧 동서의
> 중간 지점임을 알 수 있다. …내 친구 후포 한치응이 왕명을 받들어 북경
> 으로 떠나게 되면서 중국 유랑을 하는 것을 자못 자랑으로 여기는 기색이
> 보이므로 내가 짐짓 중국, 동국의 설을 지어 이렇게 충고하며 격려하는 바
> 이다.[2]

이렇게 정약용은 주체의식을 가지고 있던 학자였다. 이 뒤를 이은
김정희도 민족적 주체의식과 이용후생, 경세제민의 이념을 지닌 실학
파의 거의 마지막 큰 디딤돌로서 서양문물이 구체적으로 풍부하게 소
개된 책『해국도지』를 중국에서 구하여 보게 된다. 이리하여 주체적
개화의지에 눈을 뜬 김정희 밑으로 뜻있는 젊은이들이 모여들었는데
이들 중에 박규수, 신헌, 오경석 등이 있었다.
박규수는 조선이 일본과 병자수호조약을 맺어 나라의 문호를 개방
하게 되기 이전에 사신으로 두 번 북경에 다녀온 경험을 가지고 있었
다. 그리고 병자수호조약 때에 신헌이 접견대신에 임명되니 박규수는

---

2) 정약용,「교리 한치응의 사연(使燕) 환송서」, 남만성 역,『한국사상전집』5, 삼성출판사,
1981, 421~22쪽.

오경석과 함께 신헌을 도와 조선의 문호 개방 결행을 촉진한 적이 있다. 오경석은 또 이 조약이 있기 전에 역관으로 이미 10여 회나 북경에 다녀왔고 『해국도지』, 『영환지략』, 『이언』 등의 책을 몸소 들여왔거나 읽어서 잘 알고 있었다. 그런데 병자수호조약 직후에 개화의 두 선각자가 이어서 세상을 떠났으니 박규수가 조약 다음해인 1877년에, 오경석은 그보다 2년 후인 1879년에 그리되었다. 다만 오경석의 개화 의지를 나누어 가지고 있던 한 동지가 있었으니 그가 유대치였다. 오경석과 유대치의 관계에 대해 오경석의 아들 오세창이 전한 내용은 이러하다.

나의 아버지 오경석은 한국의 역관으로서 중국에 파견되는 동지사나기타의 사절의 통역으로서 자주 중국을 왕래하였다. 중국에 체재 중 세계 각국의 각축하는 상황을 견문하고 크게 느끼는 바가 있었다. 뒤에 열국의 역사와 각국의 흥망사를 연구하여 자국 정치의 부패와 세계의 대세에 실각되고 있음을 깨닫고, 앞으로 언젠가는 반드시 비극이 일어날 것이라 하여 크게 감탄하는 바 있었다. 이로써 중국에서 귀국할 때에 각종의 신서를 지참하였다. 아버지 오경석은 일찍이 강화조약 체결시에도 신헌 대신 밑에서 크게 활동하였다. …(중략) 평상시 가장 친교가 있는 우인 중에 대치 유홍기란 동지가 있었다. 그는 학식, 인격, 모두 고매·탁월하고 또 교양이 심원한 인물이었다. 오경석은 중국에서 가져온 각종 신서를 동인에게 주어 연구를 권하였다. 그 뒤 두 사람은 사상적 동지로서 결합하여 서로 만나면 자국의 형세가 실로 풍전의 등화처럼 위태하다고 크게 탄식하고, 언젠가는 일대 혁신을 일으키지 않으면 안된다고 상의하였다. 어떤 날 유대치가 오경석에게 우리나라의 개혁은 어떻게 하면 성취할 수 있겠는가 하고 묻자, 오는 먼저 동지를 북촌(북촌이란 서울의 북부로 당시 상류계급이 거주하고 있던 구역이었다)의 양반 자제 중에서 구하여 혁신의 기운을 일으켜야

한다고 대응했다고 한다.[3]

이러한 전후 사정과 서로 이어져 온 인간관계로 인해, 처음에 박규수의 지도를 받던 북촌의 양반 자제 김옥균과 박영효 등이 유대치의 휘하로 들어온다. 이 상황에 대해 최남선은 이렇게 적었다.

> 오경석이 조관을 유도하야 외교를 운용할 때에, 일백의(一白衣)로 시정에 은복하여 『해국도지』, 『영환지략』 등으로써 세계의 사정을 복찰하면서 뜻을 내정의 국면 전환에 두고 가만히 귀족 중의 영준을 규합하여 방략을 가르치고 의기를 고무하여 준 이가 있으니, 당시 지인 사이에 백의정승의 이름을 얻은 유대치가 그라. 박영효, 김옥균, 홍영식, 서광범과 귀족 아닌 이로 백춘배, 정병화 등은 다 대치 문하의 준모로 … 박영효, 김옥균 등이 연래로 일본 교섭의 선두에 선 것은 실상 대치의 지획 중에서 나온 것이요, 세상이 개화당으로 지목하는 이는 대개 대치의 문인을 이름하였다.[4]

김옥균은 북촌 양반 자제들 중에서도 재주가 뛰어난 이로서 1872년(고종 9년)에 문과에 장원 급제하였고, 시, 문, 서, 화에 능하며 특히 외교술에서 천재적 역량을 지녔다는 평판을 들었다. 그가 중심이 되어 1880년에 조직된 개화당은 당시 권문 세도가인 민씨 일파로부터 매국노로 몰렸지만 실상 이들은 전통적인 자주이념의 후예로서, 임금을 정점으로 하되 근대적 민본 국가제도를 목표로 하여 분투한 이들이다. 1884년 갑신정변의 실패로 이들의 포부가 좌절되었고, 그 뒤로는 한국이 주체적 개화의지의 여력을 잃어 다만 일본의 식민지로 전락해 갔다. 김옥균을 포함한 전통적 자주이념의 인맥을 제시한 것으로서 천도

---

3) 이광린, 『개화당 연구』, 일조각, 1973. 7쪽.
4) 최남선, 『고사통』, 삼중당, 1943. 218쪽.

교인 장효근의 다음과 같은 설명이 있다.

> 다산의 철학사상은 오히려 금일에 이르러 더욱 쓰임새가 있으니 사상의
> 계승이야말로 민족 보위의 역할과도 같다. …이 이념의 인맥을 보건대 박
> 지원, 정약용, 서유구, 홍석주, 남병철, 신석우, 김정희 등이 신헌, 신정희,
> 이근, 김옥균, 황현, 이도재, 강위, 김윤식, 유길준, 장지연 등에게 영향을
> 미쳤던 것이고, 이것이 다시 독립 운동가인 박은식, 신채호, 안창호 등에
> 게 계승된 것이다.[5]

이 맥락의 마무리 단계에 드는 박은식, 장지연, 신채호 등이 초기
신소설 시대에 살면서 '역사 · 전기류 소설'로 분별되는 글들을 발표
하였다. 박은식은 1907년에 『서사건국지』를 '정치 소설'이란 명분으
로 발표했는데, 이것은 스위스의 구국, 구민의 영웅으로서 전설적 인
물인 빌헬름 텔의 일대기를 번안한 것으로 중국의 정철관이 한문으로
쓴 것을 그 대본으로 한 것이다. 또 장지연도 1907년에 '신소설'이라
는 명분으로 『애국부인전』을 썼는데 이것은 프랑스 구국 영웅 잔 다르
크의 일생을 그린 것이다. 이 글의 대본이 된 원작은 밝혀지지 않고 있
다. 그리고 신채호는 1908년에 『을지문덕』을 발표하였다. 이것은 한
국 민족의 고대 구국 영웅을 역사적 기록에서 충실히 탐색하여 써낸
것이다. 실상 이 저작들의 형식면을 따지자면 본격 소설의 범주에 넣
기는 뭣하다. 다만 당시 기우는 국운에 좌절하는 한국 민중에게 어떤
용기를 불어넣기 위한 방편으로 씌어진 것들이다. 그럼에도 불구하고
이 작품들이 근래 이른바 개화기 신소설을 연구하는 작업들 안에서 새
삼스레 일정한 의의를 부여받고 있는 바, 이것은 이인직 이래 순응주

---

5) 이현희, 「서울을 중심으로 한 개화운동」, 《향토서울》 제35호, 시사편찬위원회, 1978.
15, 54쪽.

의 계열의 신소설 범주에 비교하는 상대적 평가의 결과이다.

문단적인 통념으로 국초 이인직을 우리나라 신소설의 개척자요 첫 번째 작가로 여긴다. 그러나 사실 이인직이 1906년 7월 22일부터 《만세보》지면에 『혈의 누』를 연재하기 시작했을 때만 해도 '신소설' 이란 명칭을 붙이지 않았다. 오히려 이보다 앞서 1906년 2월 1일자부터 3일치에 걸쳐 《대한매일신보》 광고란에 '신소설' 이란 용어가 처음 난 것으로, 일본인 후루까와 마쓰노스게가 주재하여 이 해 1월 24일자로 창간한 신문 《중앙신보》를 《대한매일신보》 지상에 선전하는 문맥에서였다. 즉, "『명월기연』은 한운 선생의 저작인디, …현대 걸작의 '신소설' 이요…" 한 데에서 처음으로 나타난다.[6] 그리고 이인직의 『혈의 누』는 연재를 끝내고 다음 해 3월 7일에 광학서포에서 단행본으로 출판할 때에야 비로소 『신소설 혈의 누』로 되었다. 그러나 지금 《중앙신보》 자체가 전하여지지 않는 데다가 한운 선생이 누구인지도 밝혀지지 않아 이인직을 신소설의 선구로 여기는 것이다. 또 이 소설이란 명칭이 동양 3국에서 처음으로 쓰인 경우들을 보면 장르 개념으로서의 정확성을 띠고 있는 것이 못 되었다. 일본에서는 1889년부터 1890년까지 한 차례, 그리고 1896년에 다시 발간된 한 잡지의 이름이었고, 중국에서는 청말에 일본으로 망명했던 양계초가 귀국하여 1902년부터 1905년까지 발간한 한 잡지의 이름이었다. 이러한 명칭이 1906년에 한국에서 한 광고 문맥을 통해 처음으로 쓰이기 시작하였다. 물론 당시 동양 3국의 상호 교류는 긴밀한 바 있었고, 특히 중국 양계초의 『음빙실문집』이 한국 문화계에 미친 영향이 있으므로 그러한 경로로 '신소설' 명칭이 우리나라에서도 쓰였을 수도 있다. 그리고 양계초의 소설에 대한 관념이 다분히 반봉건적 시국 계몽 의식을 지녔던 데에서도 우리나

---

6) 이재선, 『한국 개화기소설 연구』, 일조각, 1975, 12쪽.

라 신소설에 끼친 영향을 짐작할 수 있다.

그러나 중요한 것은 박은식, 장지연, 신채호 등의 역사·전기류를 배제하고 이인직 이래의 신소설 판도에 내재한 문학 정신이 과연 어떠한 것이었던가 하는 점이다. 이 문제를 살피는 데 실마리가 될 수 있는 것으로 그 분야의 선구자인 이인직의 생애에 대한 소상한 연구는 전광용 교수의 중요한 업적이다.[7]

이인직은 1862년(철종 13년)에 음죽(지금의 충북 음성 근처)에서 났다. 1894년의 갑오경장 무렵에 이인직은 30대의 장년이었는데 당시 외무아문 참의로 있다가 일본에 망명한 조중응과 우의를 맺고 있는 터였다. 이인직은 1900년에 39세의 나이로 일본에 건너가 조중응과 함께 동경정치학교에 청강생으로 들어갔다. 이 때 그 학교에서 세계 각국의 정치 제도와 국제법을 강의하던 고마쯔는 뒤에 일제의 조선통감부 외사부장이 된다. 동경 체재 3년 만에 이인직은 동거하던 일본 여인과 함께 귀국했는데, 그 이듬해 2월에 노·일전쟁이 일어나자 그는 일본 유군성 조선어 통역관이 되어 일본군에 종군하였다. 1905년의 을사보호조약 직후인 1906년 1월에 그는 이용구·송병준 등의 일진회가 기관지로 발간한 《국민신보》의 주필 자리를 맡아 언론계에 진출하는데 이 무렵 그는 이완용의 개인비서역도 맡고 있었다. 《국민신보》는 주로 친일적인 논설을 싣는 신문이었다. 이 해 6월에 이인직이 천도교 계통에서 발행하던 《만세보》의 주필로 자리를 옮긴 것은 《국민신보》가 경영란으로 정간하게 되었기 때문이다. 《만세보》에서 그는 『혈의 누』를 연재하였는데 1년쯤 뒤에 이 신문도 경영란으로 폐간하게 되자 이인직은 이완용의 도움을 얻어 그 시설을 인수해 가지고 1907년 7월에 《대한신문》을 창간, 사장이 된다. 그리고 이 신문도 이완용 내각의 기

---

7) 전광용, 「이인직 연구」, 『서울대 논문집』, 서울대, 1957.

관지격으로 친일적인 기사를 실었다. 한편으로 그는 1909년에 신극 무대로 원각사를 개설해 연극 운동도 벌이지만 이인직의 주된 관심은 정치 쪽에서 전개되었다.

1910년 어느 여름날 이인직은 옛 동경정치학교 시절의 스승격인 고마쯔를 남산 밑 관저로 찾아갔다. 고마쯔는 그 때 데라우찌 통감부의 외사국장으로 있으면서 한일합방 공작의 진두 책임자가 되어 있었다. 이날 이인직은 고마쯔에게 말하였다. "2천만의 조선인과 함께 쓰러질 것인가, 아니면 6천만의 일본인과 함께 나아갈 것인가? 저는 이완용 수상을 만나서 빨리 거취의 각오를 결하시도록 권고해 보겠습니다." 그의 이와 같은 방문이 두 차례 있은 후 공작은 일본측이 상상하던 것보다도 쉽게, 그리고 헐한 조건으로 타결되었다. 이리하여 이해 8월 16일에는 이완용과 조중응이 직접 통감부를 방분해 조약의 내용을 확인하고, 22일의 어전회의에서 융희 황제를 굴복시켰으며 29일에 마침내 한일합방의 조서가 발표된다. 그 뒤 이인직은 경학원 사성經學院 司成이란 직책을 맡아 지내다가 1916년 55세로 총독부병원에서 사망한다. 문학 예술을 논의할 때 작가와 작품은 별개의 문제라고 하는 논리도 있으나 이인직의 경우와 같은 사회적 처신과 역할은 작품과 별개의 것이라고 생각할 수 없을 만큼 심각한 문제이다.

작가의 이런 체질을 염두에 두고, 그의 첫 작품인 『혈의 누』와 정치성이 두드러지게 나타난 『은세계』를 중심으로 하여 신소설의 내용을 검토해 보면 신소설기 순응주의 문예의 특성이라고 할 수 있는 "주체 상실의 미몽에서 오는 자기비하적 개혁 사고"를 실감할 수 있다. 그리고 이 사고 방식의 또 한 가지 경향은 친일, 천서방주의적 색채라는 것이다. 친일의 반대급부로는 또한 반청의 요소도 나타나고 있다.

『혈의 누』에서 몇 가지 보기를 찾아본다.

본래 평양성 중 사는 사람들이 청인의 작패에 견디지 못하여 산골로 피란간 사람이 많더니, 산중에는 청인 군사를 만나면 호랑이 본 것 같고 원수 만난 것 같다. 어찌하여 그렇게 감정이 사나우냐 할 지경이면, 청인의 군사가 산에 가서 젊은 부녀를 보면 겁탈하고, 돈이 있으면 빼앗아 가고, 제게 쓸 데 없는 물건이라도 놀부의 심사같이 장난하니, 산에 피란간 사람은 난리를 한층 더 겪는다.[8]

그 부인은 일본군 헌병부로 잡혀갔으나, 규중에서 생장한 부인이 그러한 난리 중에 그러한 풍파를 겪었다 하는 말을 듣는 자 누가 불쌍타 하지 아니하리요. 통변이 말을 전하는 대로 헌병장이 고개를 기울이고 불쌍하다 가이없다 하더니, 그 밤에는 군중에서 보호하고 그 이튿날 제 집으로 돌려보내니, 부인은 하룻밤 동안에 세상 풍파를 다 지내고 본집으로 돌아왔더라.[9]

철환이 다리를 뚫고 나갔는데 군의(軍醫) 말이, 만일 청인의 철환을 맞았으면 철환에 독한 약이 섞이지라 맞은 후에 하룻밤을 지냈으면 독기가 몸에 많이 퍼졌을 터이나, 옥련이가 맞은 철환은 일인의 철환이라 치료하기 대단히 쉽다 하더니, 과연 삼 주일이 못 되어서 완연히 평일과 같은지라.[10]

우리나라 사람이 제 몸만 위하고 제 욕심만 채우려 하고, 남은 죽든지 살든지, 나라가 망하든지 흥하든지 제 벼슬만 잘하여 제 살만 찌우면 제일로 하는 사람들이라.[11]

---

8) 이인직, 『혈의 누』, 『한국문학대전집』 · 개화기소설, 태극출판사, 1976, 144쪽.
9) 앞의 책, 146쪽.
10) 앞의 책, 153쪽.
11) 앞의 책 145쪽.

이렇게 일본군은 미화되면서, 여주인공 옥련은 일본군 군의인 이노우에 소좌의 양딸이 되어 일본으로 가고, 거기서 또 우연한 계기를 얻어 미국으로까지 유학을 간다. 일본이 미화됨과 동시에 우리나라 한국은 사람 못살 나라로 그려진다.

이러한 실망 때문에 옥련의 아버지 김관일은 청·일 전쟁 난리통에 어린 딸이 일본에 양녀로 가고, 아내가 일본군 헌병대에 잡혀갔다가 동정을 받고 잘 돌아오고 한 사실들도 전혀 모르는 채, 만리타국 미국으로 홀로 떠난다. 더욱이 김관일은 "내외 금슬이 유명히 좋던 사람이요, 옥련이를 남다르게 귀애하던" 터였는데, 불과 며칠로 가라앉는 난리를 기다려 가족들을 만나는 것이 아니고, "세상에 뜻이 있는 남자되어 처자만 구구히 생각하면 나라의 큰 일을 못하는지라. 나는 이 길로 천하 각국을 다니면서 남의 나라 구경도 하고 내 공부 잘 한 후에 내 나라 사업을 하리라"하고 밝기를 기다려서 평양을 떠나 가니 그 발길 가는 데는 만리타국이다. 이렇게 사랑하는 제 가족을 청군과 일군, 외국 군대의 싸움판에 내버리고 장차 나라 사업을 하기 위한 공부를 하려고 만리타국으로 떠나간다는 데에 우선 비인간적이고 허황한 거동이 보인다. 옥련이 미국에 이르러 사귀게 된 동포 청년 구완서도 민족적 자기비하와 허장성세의 애국을 논하고 있다.

…젖내가 모랑모랑 나는 것을 장가들이면 짐승의 자웅같이 아무 것도 모르고 음양 배합의 낙만 알 것이다. 그런고로 우리나라 사람들이 짐승같이 제 몸이나 알고 제 계집 제 새끼나 알고 나라를 위하기는 고사하고 나라 재물을 도둑질하여 먹으려고 눈이 벌겋게 뒤집혀서 돌아다니는 것이다. 어려서 학문을 배우지 못한 연고라.[12]

---

12) 앞의 책, 169쪽.

우리가 입으로는 조선말을 하더라도 마음에는 서양 문명한 풍속이 젖었으니, 우리는 혼인을 하여도 서양 사람과 같이 부모의 명령을 좇을 것이 아니라 우리가 서로 부부될 마음이 있으면 서로 직접하여 말하는 것이 옳은 일이다. 그러나 우선 말부터 영어로 수작하자.[13]

여보게 옥련. 우리가 공부를 하여도 나라를 위하여 하고 살아도 나라를 위하여 살고 죽어도 나라를 위하여 죽는 것이 옳은 일이라. 여보게 옥련. 자네 마음은 어떠한가.[14]

이렇게 애국을 부르짖는 사람들은 옥련의 아버지 김관일까지 합류한 채 미국에서 아직 귀국하지 않는 것으로 플롯이 끝나고 만다. 그러므로 온갖 민족적 자기비하의 대가로 내세워진 애국이라든가 근대적 개화가 이 작품에서 구현되는 실제 상황이 없으며 그러한 지향을 가지고 노력하는 인간관계의 실상이 없다. 더욱이 김관일 같은 범부가 아무리 평소에 평양에서 돈을 잘 쓴 사람이라 하더라도 느닷없이 하룻밤의 즉흥으로 세계 각국 구경과 미국 유학길에 오른다는 것과, 모두 미국에 몰려 호텔을 드나들며 영어로 수작하며 애국을 외쳐대는 정황은 가난과 외민족의 침략에 시달리는 한국 민중에게 소통되는 진실일 수가 없다.

이인직의 정치소설로 평판이 있는 『은세계』에서는 미국 유학생이 국내에 돌아온다. 『은세계』 전반부의 주인공 격인 최병도의 유복자 옥남이는 누이 옥순이와 함께 미국에 유학하였다. 부패한 벼슬아치에게 재산을 강탈당하고 원통하게 죽은 최병도의 이 자식들은 지난날 최병도와 의기 투합했던 김진사의 도움으로 미국에 유학했는데, 이들의 유

---

13) 앞의 책, 173쪽.
14) 앞의 책 183쪽.

학이 끝나기 전에 김진사도 세상을 뜨게 되어 옥남이 남매는 고아 상
태에서 다시 세계시민의 성격을 얻게 된다. "천하를 한 집같이 알고
사해를 형제같이 여겨서… 고향 생각을 잊어 버리게 된" 그들이 고국
에 돌아와서 고향을 찾아간다. 이 때 그들의 사고방식은 어떻게 되어
있는가.

　　절 동구 밖에서 총소리 한 번 탕 나면서 웬 무뢰지배 수백 명이 들어오
더니 옥남의 남매를 붙들어 나린다… 그 무뢰지배가 옥순의 남매를 잡아놓
고 죄약한 총부리로 겨누면서 "네가 웬 사람이며 머리는 왜 깎았으며 여기
내려오기는 무슨 정탐을 하러 왔느냐. 우리는 강원도 의병이라. 너 같은
수상한 놈은 포살하겠다"하며 기세가 당당한지라. 옥남이가 태연히 나서
더니 일장 연설을 한다. "여보시오. 우리 동포 들어 보시오… 여러분 동포
가 의리를 잘못 잡고 생각이 그릇 들어서 요순같은 우리 황제 폐하 칙령을
거스르고 흉기를 가지고 산야로 출몰하여 인민의 재산을 강탈하다가 수비
대 일병 사오십 명만 만나면 수십 명의 의병이 더 당하지 못하고 패하여
달아난다거나 그렇지 아니하면 사망이 무수하니 동포의 하는 일은 국민의
생명만 없애고 국가 행정상에 해만 끼치는 일이라… 또 동포의 마음에 국
권을 잃은 근본을 살펴보고 장차 국권이 회복될 일을 하는 것이 옳은 일이
라… 우리나라 국권을 회복할 생각이 있거든 황제 폐하 통치하에서 부지런
히 벌어먹고 자식이나 잘 가르쳐서 국민의 지식이 진보될 도리만 하시
오.[15)]

　『은세계』 전반부에서 옥남의 아버지 최병도는 부패한 봉건 관료에
저항하였다. 그런데 이 소설의 후반부에서 옥남은 국권회복 투쟁에 나
선 의병에 맞서서 오히려 꾸짖는 연설을 한다. 옥남은 이 연설에서

---

15) 이인직, 『은세계』, 『한국 신소설 전집』 권1, 을유문화사, 1968, 461~67쪽.

266

"요순 같은 우리 황제 폐하를 받들어 생업에만 충실하면 된다"고 했는데, 같은 작품 안에서 "백성이 이렇게 살 수 없이 된 나라가 아니 망할 수 있나"하는 좌절과 민족적 자기비하를 이미 드러내 놓고 있다. 또 『은세계』는 1908년에 출판되었는데 1905년의 을사보호조약 이후에 우리나라 융회 황제만 믿고 있으면 된다고 하는 말은 설득력 없는 기만이다. 이 작품의 주제의식이 왜 이와 같이 이율배반의 모순을 내포하게 되었을까.

1903년에 이인직이 원각사에서 공연한 연극은 창극이었는데 일명 『최병두 타령』으로 불리웠고 『최병두 타령』은 광대 강용환이 창극화한 실제담인 것으로 보이며, 이것이 이인직의 신소설 『은세계』의 전반부로 흡수된 것이고 이 소설의 후반부, 즉 옥남을 중심으로 하는 부분만이 이인직이 실제로 지은 것이라는 연구가 최원식에 의해 이루어진 바 있다.[16] 『은세계』의 이런 구조 분석은 여러가지 면으로 의미가 있다. 소설 속의 '최병도'가 김옥균과 알고 지낸 실제 인물이라는 점, 그가 농민들과 연대되어 있었던 점, 지방 관장이 수탈에 맞서다가 죽었다는 점, 이 내용이 광대에 의해 창극화하자 대중의 호응이 컸다는 점, 이 창극이 대표적 신소설 작가의 작품 내용으로 밀고 들어갔다는 점 등이 그것이다. 특히 '최병두 타령'을 창극화한 강용환은 신재효와 김세종에 이어 판소리의 내재적, 외재적 계기를 통합하여 판소리를 창극으로 발전시킨 공로자로서 판소리 『춘향가』를 창극으로 발전시키기도 하였다는 것이다. 그리하여 최원식은 『최병두 타령』과 춘향전의 구조를 대비, 평가하고 있다.

최병도 이야기는 『춘향전』의 뒷 과정을 집중적으로 발전시켰다. 그러나 양자는 봉건 지배층과의 대결이란 점에서 일치하지만, 후자가 사랑의 수탈

---

16) 최원식, 「은세계 연구」, 『민족문학의 논리』, 창작과비평사, 1982.

에 초점을 둔다면 전자는 경제적 수탈에 중심을 두었다. 후자는 암행어사에 의해 구원을 받지만 전자는 구원의 희망 없이 비극적으로 대결을 밀고나간다. 판소리는 일반적으로 비장한 체험과 골계적 체험을 복합적으로 조직한다고 한다. 그러나 비장하게 전개되는 최병도 이야기에서는 골계적 체험이 전면적으로 소멸한다. 춘향전의 방자와 같은 역할을 하는 최병도의종 천쇠에게도 방자적 골계성은 거의 소멸되어 나타난다. 골계의 소멸은바로 최병도 이야기의 비극성에 뿌리박고 있으며 나아가서 이제 더 이상봉건주의와의 타협이 불가능하다는, 성장한 평민의식을 반영한다. 이렇게하여 이 소설은 판소리의 양면성을 극복하고 통일된 리얼리즘으로 한 단계발전했다.[17]

여기까지를 필자는 최원식의 뛰어난 고찰이라고 생각한다. 그러나문제는 여기에서 다 해결되었을까. 더욱 중요한 점은 여기에서부터 앞으로 더 생각해야 할 대목에 있다고 본다. 무자비하게 수탈당한 최병도의 비극성이 골계 즉 '익살'을 상실케 하고 타협을 불가능케 했음을이해하고 인정할 수는 있다. 그러나 이와 같은 고착 상태에 이르는 것만이 '리얼리즘에로의 발전'일까. 평민이라기보다 서민 대중의 그 어떠한 비극적 상황에서도 익살을 잃지 않을 수 있다. 판소리의 생성 자체가 이 점을 증명한 것이라고 볼 수도 있다. 철학자 니체가 한 말로서"이 세상 모든 동물 중에서 오직 인간만이 웃을 줄 아는 이유는, 인간에게는 너무 고통이 많아서 웃음을 발견하지 않고는 배길 수 없었던것"이라고 한 것이 있다. 또 서민은 타협이 불가능하다는 데에 고착되지도 않는다. 저항할 때엔 저항하지만 타협의 가능성은 언제나 가지고있다. 『춘향전』에서 보이는 암행어사를 통한 간접 저항도 그러한 형태의 하나이다. 그리고 어떠한 경우에도 최후의 가능성을 남겨 놓은 신

17) 최원식, 앞의 책, 57~58쪽.

축성과 이상주의가 바로 리얼리즘을 지탱해 주는 것이라는 인식이 필요할 것이다.

민중적 저력이 담긴 『최병두 타령』을 전반부에 수용했으면서도 이인직의 『은세계』는 결국 친일의식과 구미에 대한 사대주의 및 반민중적 시국관으로 매듭지어졌다. 여기에 이인직, 최찬식 계열의 신소설이 한국문학사에서 전통적 주류의 자리에 놓이지 못하는 이유가 있다. 한편 신소설 작가 중 이해조는 『옥중화 춘향가』를 비롯하여 재래 판소리계 소설들을 개편하는 작업을 하였다. 이 과정에서 중요시되는 현상은 이해조의 개편 춘향전인 『옥중화』가 당대의 명창 박기홍의 창본과 거의 대부분 일치하고 있다는 사실이다. 그리고 이 『옥중화』가 독서계에서 큰 성공을 거두었다.

1938년 12월초의 《조광》지에 나온 한 조사에 따르면 그 당시 서점가의 소설 판매에서 『춘향전』·『심청전』류가 1930년대 말까지 계속 베스트셀러 구실을 하였다. 신문학기에 들어와 30년이 지나도록 판소리계 고전소설류가 사회적으로 가장 많은 독자층을 가지고 있었다는 사실은 한국 고전소설과 현대소설을 잇는 전통의 저변에 바로 이 맥락이 있었음을 증명해 주는 것으로 볼 수 있다.

(1985)

국문학 연구의 재인식과 방향

1. 민족문학 '이념'은 타당한가

'민족문학'이란 지칭은 개념에 바탕을 두는 것이 바람직하며, 이념에 바탕을 두는 것은 부담스러운 점이 있다. 물론 '민족문학'이란 지칭이 20년대와 30년대, 해방 직후, 70년대 등 시대 단계를 거치면서 일반적인 의미에서라기보다 우리 문학이 지녀야 할 바 내용과 성격 그리고 방향을 강조해 온 점이 있다. 그러나 그렇다고 하더라도 '이념'이란 어휘가 전제조건처럼 강세를 띰으로서 국문학계에 향해 스스로 편협한 인상을 띠게 될 우려가 있다.

또한 '민족문학'이 '이념'을 표방하는 경우는 '진보적' 문학운동 진영과 뜻을 같이하는 입장이라고 보게 된다. 국문학 연구에 있어서는 물론이고 문학운동에 있어서도 '진보적'이라는 전제가 과연 필요할지 재고해 볼 문제이다.

'진보'의 개념에 대해 사학자 도슨C. Dawson은 "전체 문명의 정신적 지역적 개성 사이에 점증하는 밀착이며, 전체 인간성이 사회적 표현을 가질 때까지 이 과정은 계속될 것 같다는 생각을 단순한 유토피아적 생각이라 하여 지워버릴 수 또한 없다"고 하였다.

그러나 지금 우리 사회에서 통용되는 '진보'의 개념은 다분히 사회주의적인 것이라고 보게 된다. 1991년을 고비로 구소련과 동유럽을 포괄하는 현실사회주의권은 스스로 붕괴하였다. 이 붕괴의 동기로는 체제 운영상의 내적 모순, 동맥경화, 생산능률의 침체 등이 있겠으나 직접적인 외압이나 외침에 의한 것은 아니었다.

현실사회주의권의 붕괴 이후에도 이데올로기로서 또는 이상으로서의 '사회주의'는 사라지지 않았고 또 사라질 수도 없다는 견해들이 있다. 적어도 관념의 영역에서는 그러할 수 있을 것이다. 그러나 사회 현실과 별개의 것으로 이상을 지닌다는 것은 원래의 사회주의적 사고와 모순되는 것이다.

실상 정치적 현실사회주의권의 몰락에 비해 문학예술의 이론면에서는 '진보적 유토피아니즘'이 훨씬 먼저 자기수정에 들어갔다고 보아야 할 것이다. 그 점을 루카치에 의해서 보자면 적어도 1962년에 나타나 있다. 이 때 자신의 저서『소설의 이론』에 붙인 머리말에서 그는 말하였다. 20년대, 30년대에 자신이 지녔던 생각은 "몰문화적이고 생명력도 없는 자본주의가 붕괴하고 나면 자연발생적이고 인간적인 사람이 생겨나리라는 희망을 가졌었는데 이것은 매우 순진하고 전혀 근거가 없는 유토피아니즘으로서, 오늘날 우리는 이러한 종류의 유치한 유토피아니즘에 대해 쓴웃음을 짓지 않을 수 없다"고 하였다.

이제 90년대에 와서 사회주의권이 현실적으로 붕괴했는데, 그렇다고 이 때문에 자본주의의 완전한 승리가 이루어진 것도 아니다. 자본주의가 개방적으로 시장경제 원리를 쓰는 것은 인간의 창의력 발휘를 위해 우월한 방법이지만 여기에도 윤리와 정의의 제재는 부단히 가해

저야 한다. 즉 강자와 약자, 부자와 빈자 사이의 상거래가 공정하게 이루어지기 어려운 때문이다. 그러나 계속 조절을 가해 가면서라도 자본주의는 아직 붕괴되지는 않았다. 또 정의로운 조절의 길이 아주 막히지만 않는다면 이 제도가 오래 지속될지도 모른다. 지난날의 사회주의권도 중국도 오늘날 정도의 차이는 있지만 계속 시장경제의 사회원리를 채택해 가고 있는 것도 현실이다.

이러한 세계 현실 안에서, '이념'과 '진보'에 집착해 자유롭고 과학적이어야 하는 문학 연구 분야에 어떤 구속감을 줄 필요가 없을 것이다. 문학예술의 원리면에서는 다만 '리얼리즘'만 가지고서도 수렴과 소통이 가능하다.

그리고 '민족문학'의 개념은 적어도 민족의 남북 분단이 극복되고 통일이 이루어지는 단계까지라도 적합하고 유효하다고 볼 수 있다. 앞에서도 비쳤지만 '민족문학'의 개념은 우리나라에서 몇 십 년 동안 계급주의와 반계급주의, 또는 한국적 순수문학측에 의해 자의적으로 쓰여 오기도 하였다.

70년대 리얼리즘 문학론과 궤를 같이하는 민족문학론은 1970년 《월간문학》(10월호) 좌담이 발단이었다. 이 때 김현은 민족문학 대신 '한국문학'이란 지칭을 써야 한다고 하였다. 또 이형기는 "한국인이 한국어로 쓴 좋은 문학이 민족문학"이므로 굳이 '민족문학'이라는 지칭을 쓸 필요가 없지 않느냐는 의도를 비쳤다. 김현의 경우는 국수주의와 계급의식을 함께 떠올려 거부하면서 국제주의로 나갔으며, 이형기의 경우에는 이념으로부터의 구속감을 경계한 것으로 보인다. 그리고 90년대의 오늘에도 국문학계에서는 위 김현과 이형기류의 견해를 무의식 상태에서 대체로 동의하는 경향이 있다.

타성의 흐름이 이러함에도 불구하고 그 동안 '민족문학론'은 여러 논자들에 의해 근대 시민의식, 민주주의, 민중토대, 제3세계문학의 일익, 제3세계문학의 동아시아적 보고寶庫에 대한 재인식을 포함하고, 무엇보다도 민족의 분단극복 의식 때문에 '민족문학' 개념을 굳건히 수립하고 구현해 왔다. 이러한 민족문학론자들의 계열을 보면 정인보(해방 직후 '문필협' 회장), 백철, 정태용, 이철범, 김용직, 임헌영, 염무웅, 백낙청, 구중서, 최원식 등이었다. 그리고 이 '민족문학'은 개념이나 지칭으로서 뿐 아니라 문학적 실체의 구현으로서 앞으로도 더욱 촉진되어야 할 것이다.

2. 국문학 연구와 리얼리즘

먼저 '국문학'의 개념을 생각해 보자, 이것은 우리 민족의 남북 분단 상황에서 편의적으로 일반화되어 있는 지칭으로서의 한국문학, 또는 분단극복 의식을 가지고 민족 정통의 문학을 지칭하는 민족문학의 또 다른 이름이다.

그러면서 실제적 통념으로 볼 때 '국문학'이 의미하는 특성이 있다. 그것은 우리의 현대문학에다 '고전문학'을 통사적으로 연결한 전체 덩어리를 가리킨다. 또 학계 나름의 통념으로 보면 오히려 '고전문학' 쪽에 더 비중이 가 있는 지칭이다.

우리 문학사에서 고전문학과 현대문학이 전통면에서 '연결'되는 것이라는 논리는 원래 임화가 1930년대에 주장하였다. 「신문학사의 방법」이라는 글에서 그는 "신문학사란 이식문화의 역사다"라는 표현을 쓴 대목이 있다. 그러나 이어서 임화가 한 말은 "또한 그러한 것이 완전히 수행되기는 문명인과 야만인 사이에서만 가능하다. 동양제국과 서양의 문화교섭은 … 즉 문화이식이 고도화되면 될수록 반대로 문화창조가 내부로부터 성숙한다. … 신문학은 고유한 가치를 새로운 창조

가운데 부활시키는 문화사의 한 영역이다"라고 하였다. 즉 '고유한 가치의 부활'이라 한 것이 바로 '전통연결'론이라고 보아야 한다. 그런데 김윤식, 김현이 한국문학사의 「방법론 비판」(1972)을 쓰면서 임화의 이식문화론이 곧 대표적인 '전통단절'론인 것으로 규정했고, 이 밖에도 몇 명의 연구자들이 같은 오류를 범하였다.

필자는 임화의 이식문화론이 '고유한 가치의 부활'론이라는 점에서 바로 전통연결이라고 시정하는 지적을 하였다.[1] 최근에 신승엽이 《창작과비평》(1991년 가을호)에서 임화의 이식문화론은 단절론이 아니라는 뜻으로 더욱 본격적인 발표를 해 앞으로는 지난 날의 오류들이 학계에서 시정되어 갈 것으로 본다. 70년대에도 국문학계의 원로인 김동욱·장덕순 등이 역시 우리 문학사의 전통연결을 강조하면서 직접 통사 범위의 문학사 저작을 냈고, 80년대에도 조동일의 전5권 통사가 출간되었다.

다만 김윤식·긴현의 『한국문학사』(1973)가 조선조 영·정조대로부터 시작해 1960년 4·19 무렵까지를 다루었다. 그러면 영·정조대 또는 그보다 1세기를 앞선 김만중대로부터 썼다고 하더라도 그 이전의 금오신화·고려속요·향가 등 고전문학기 문학유산들은 어떻게 되는 것인지, 아무런 설명도 없이 『한국문학사』라는 책 제목으로 김만중의 자국어의식에서부터 기술한 이 문학사의 국문학 범위 규정은 계속 의문의 대상이 되어 있다. 결국 고전문학과 현대문학의 연속성, 통사 범위는 국문학의 범위이므로 지나쳐 볼 수 없는 문제이다.

다음으로 통사적 국문학 범위 안에 리얼리즘 원리를 해당시켜 본다면 어떻게 되겠는가. '리얼리즘'에 대해서는 지금 이 90년대까지도 민족문학측 문단에서 열띤 논의가 계속되어 왔다. 90년대로 넘어오는 고비에서 리얼리즘 논의가 계속된 내용인즉 첫째로 '사회주의 리얼리즘

---

1) 졸저, 『한국문학사론』, 대학도서, 1978, 13쪽.

과 비판적 리얼리즘'의 관계 문제, 둘째로 '시와 리얼리즘'에 관한 것이었다. 시에 있어서의 리얼리즘 논의는 우리 문학의 모든 장르에 균형있게 리얼리즘을 해당시키는 마지막 단계의 의미를 띤다. 시에 있어서 리얼리즘을 전형성, 반영론, 당파성의 문제가 직결된다기보다 차원을 언어예술의 보다 깊은 원천으로 심화시켜야 한다는 것이 필자의 견해이다. 분출하는 정직성으로서의 리듬, 생명이 있는 원초적 언어에 대한 관심을 환기시켜 놓고 보다 짜임새 있는 해명을 앞으로의 사명으로 여기고 있다.

다만 사회주의 리얼리즘과 비판적 리얼리즘 사이의 분별 문제는 한 번쯤 치를 일이기는 하다. 그러나 근래 여기에 논의가 너무 중첩해 머문 것은 반성되어야 할 일이다. 사회주의 리얼리즘도 비판적 리얼리즘도 원래 1930년대 전반기에 러시아에서 만들어낸 말이다. '리얼리즘' *Réalisme*이란 말 자체는 19세기 프랑스에서 생긴 말이다. 엥겔스가 이 19세기의 발자크 리얼리즘을 높이 평가한 데에 맥을 대어 혁명 후 러시아의 사회주의 리얼리즘이 생겼다. 루카치는 19세기 이전 그리스에까지 소급하며 리얼리즘 문학의 맥락을 설명하였다. 우리나라에서도 북한 문학계가 신라 최치원에서부터 리얼리즘 문학의 맥락을 잡으려하며, 남한 문학계에서도 조선조 실학파문학으로부터 더욱 소급하며 역시 리얼리즘 맥락을 모색하고 있다.

리얼리즘 문학론은 19세기 프랑스 시민사회에서 원리론으로서의 체계를 얽은 셈이지만, 그 뜻의 기반은 역사와 사회 현실 안에 사는 인간의 삶을 객관적으로 진실되게 표현하는 것이다. 이렇게 풀어서 보는 범위를 최근에 필자가 「광의의 리얼리즘문학론」으로 써서 《창작과비평》(1992년 가을호)에 발표했으므로 여기에서는 자세한 논급을 생략한다. 다만 현실 안의 삶을 '진실'되게 묘사한다는 뜻에서 리얼리즘을 문학사 전체 기간에 적용하고, 또 국문학 연구에 있어서도 같은 원리에서 적용하고자 한다.

그러면 문학사 발전 과정에서 다른 경향의 문학들에 대해서는 어떻게 평가해야 될까. 이 점에 있어서 필자는 리얼리즘이 획일적 지배원리가 되어야 한다고는 보지 않는다. 다만 '주류 형성'을 하는 데서 그치면 된다고 생각한다. 자연 안에서 보아도 흐르는 물에 주류가 있고 지류들이 있다. 서 있는 나무에도 둥걸이 있고 가지들이 있다. 이와 같은 중심적 위치의 취택이 독선이 아니냐는 불평이 있을지 모른다. 그러나 '진실'이 역사 발전의 주류가 되어야 한다는 생각이 잘못이라고 생각되지는 않는다. 진실이 진리에까지 교섭하며 보편타당한 증명을 해내는 일은 또한 계속되어야 할 것이다.

3. 우리 '근대문학' 발전의 특수성

'근대'라는 말 자체를 우리 문학사에서 정확히 적용하기가 어렵다. 우리나라 역사는 서양 역사에서의 3분법 개념, 즉 고대·중세·근대에 잘 일치하지 않기 때문이다. 그 주된 사정은 중세 봉건제 시대가 우리나라 역사에서는 분명히 성립되지 못했기 때문이다. 따라서 '근대'의 기점 설정이 어렵다.

서양에서는 산업혁명에서 시작하여 산업화와 시민층의 형성 시기를 근대 기점으로 잡는다. 우리나라에서는 다만 '편의적'으로 이 '근대' 기점을 잡고 있는 셈이다. 그리하여 조선조 실학시대를 '근대 여명기'라고 부르면서 그 이후 1876년의 개항, 1894년의 갑오 농민항쟁과 중앙정치의 타율적 경장, 1919년의 3·1 독립운동 등 여러가지 근대 기점론이 있다. 그러나 개항은 일본과의 불평등조약이었고, 갑오경장은 국권 자체를 상실케하는 귀착이었고, 3·1 운동은 식민지 상황에서였다. 모두 일면적인 하자를 지닌다. 북한에서는 1866년의 셔먼호 사건을 비롯한 제국주의 외세들의 침략을 격퇴한 19세기 후반을 근대 기점으로 잡는다. 그러나 이 시기가 국내적으로 봉건제를 붕괴시킨 분명한 계기라고 볼 수 없는 문제점이 있다.

그런 대로 정치사의 근대 기점을 대략 설정할 수 있다고 하더라도 '문학사'의 근대 기점은 또 달라야 한다는 견해가 있다. 이러한 상황에서 필자로서 주목하게 되는 우리 문학사 근대 기점론의 하나로서는 황패강의 '1860년설'[2]이 있다. 영·불군에 의한 북경의 함락, 동학의 발단과 동학가사의 보급, 천주교의 전파와 천주가사의 보급, 판소리계 소설의 한글 방각본 대량 출간 및 민간 유통 등이 지적되고 있다. 북경 함락은 서양 세력의 침범이긴 했지만 우리나라로서는 중국 중심의 세계관을 벗어난 계기였고, 동학과 천주교의 가사 보급은 인권과 평등의 사회사상을 확산시킨 계기였으며, 서민층에 한글 소설류가 지배적으로 수용된 것은 문학의 민중적 형식이 성립된 것이라는 것이다.

여기에 필자의 견해를 덧붙인다면 『해국두지』·『영환지략』·『이언』 등 서구문물 소개 책자들이 대륙통로를 타고 다량으로 국내에 들어와 주체적 개화 기능으로 작용한 것도 이 때라는 것이다.

이 무렵부터 박규수·오경석·유대치·김옥균으로 이어져 나아가는 자주적 개화 인맥이 생겼고, 이 계열에서 뒷날 박은식·장지연·신채호가 역사 전기류 소설들을 썼다. 이인직·최찬식 계열의 친일 사대적 신소설류보다 비록 거칠지만 역사·전기류 소설들이 가치면에서는 오히려 국문학사의 정통에 자리잡을 만하다. 근대 '기점'의 정확성에만 집착한다기보다 민중의 근대적 인식과 근대문학의 주체적 정통 경로를 생각하여 필자는 1860년설을 한 준거로 보게 된다는 것이다. 이 맥락의 인식이 또한 국문학사 전통연결에 도움을 준다. 또한 이 인식

---

2) 「한국문학사와 근대」, 『근대문학의 형성과정』, 문학과지성사, 1983.

은 일본 경로를 벗어난 자발적 대륙통로에서 민족문학의 정통적 흐름
을 긍정하는 일을 가능케 할 수 있지 않을까 생각하는 것이다.

4. 일제하 프로문학의 성격과 의미

역사상의 '근대'가 산업사회와 시민사회의 단계라면 우리나라 역사
에서 이 단계의 성립 기점이 불분명해 왔다. '근대 기점' 논의가 잘 정
돈되지 못하는 이유가 거기에 있다. 근대적 개화를 시작하면서 바로
일제의 식민지가 된 우리 민족의 현실이 또한 주체적 근대화의 구현에
계속 장애가 되었다. 이러한 과정에서 1919년의 3·1 독립운동도 좌
절되었다.

이렇게 해서 도달되는 단계가 바로 1920년대이다. 그런데 1917년
러시아에서 사회주의 혁명이 성공을 거두었다. 서양에서는 산업화의
성숙이 어느덧 자본주의의 병리를 만연시켜 빈부의 극한적 격차와 물
질주의가 반인간, 반문화의 역사 단계에 이른 것으로 보였다. 여기에
대항해 일어난 사회주의 내지 공산주의 혁명이 거대한 나라 러시아에
서 성공을 거두다니. 이 충격은 곧 세계로 번져 갔고, 지리적으로 러시
아에 가까운 동아시아 나라들에 직접적으로 영향을 주게 된 것은 당연
한 일이다.

그리하여 20년대 전반기에 일본을 거쳐 식민지 조선에 프롤레타리
아(무산자) 문학운동이 들어왔다. 염군사와 파스큘라 등 동인 단계를
거치고 '카프KAPF'가 결성된 것은 1925년의 일이니 러시아의 10월
혁명으로부터 8년 만의 일이다. 비록 일부 지식인들에 의해 태동한 계
급주의 사상운동이지만 이 운동의 사회적 영향은 컸다. 그리고 그 사
상의 성격 자체는 '근대'를 벌써 비판하고 있는 것이었다. 그러니 만

큼 우리 민족문학의 근대체험은 피상적으로 되어오다가 카프 단계에 의해 의식적으로 또는 관념적으로 어느새 '근대'를 딛고 올라섰고, 그 위에서 발을 땅땅 구르는 격이 되었다. 조명희의 「낙동강」(1927)에서 역사 현실에 대한 긍정적 주인공으로 박성운이 형상화되고 그의 애인 로사는 프롤레타리아 국제주의 사상가인 로자 룩셈부르크를 표상했다. 그리고 고독한 투쟁 속에서 주인공 박성운이 죽지만 로사는 꿈을 잃지 않고 혁명의 계승자로서 다시 길을 떠난다.

사회주의 사상이나 마르크스주의가 오늘날 현실사회주의 세계권의 붕괴로 새로운 검토의 대상이 되고 있다. 인간평등이라는 이상주의적 목적은 좋지만 그 목적을 향해 가는 과정과 방법도 목적에 못지 않게 중요하다는 각성도 있다. 즉 과정과 방법에서 폭력의 변증법과 물질주의를 썼기 때문에 오늘날 현실사회주의권이 스스로 붕괴했다는 것이다.

그러나 역사의 한 당대에 그 사상은 지적인 정신적인 설득력을 상당히 지니고 있었으며, 또 우리 문학사의 체길을 근대회하는 데에 강력한 영향을 행사한 것으로 평가해야 할 것이다. 다만 카프의 제2차 방향전환이라는 30년대 초 볼셰비키화가 예술의 성취에 차질을 빚은 점이 있다. "지붕도 없이 서까래도 없이 붉은 지붕만 입혀 놓은 건축이 있는가"라는 김기진의 '대중화론'(1926)에 대해 젊은 극좌 소장파들은 "원칙의 치명적 무장해제적 오류, 의식적 퇴각, 전선에서의 회피"라고 맹공을 가하였다. 이 위세에 눌려 김기진은 "나의 비평가적 태도에서 불선명한 것이 있는 것이 사실이라면 동지들 앞에서 고개를 숙여 사죄하겠다"고 하였다. 그러나 문학예술에 있어서 과연 무엇이 '선명'이고 왜 '사죄'를 하였던가. 이데올로기적 교조주의에 의해 문학이 고정화하고 질식할 지경에서 그들은 볼셰비키화를 풀고 사회주의 리얼리즘의 단계로 발전해 나오려 하였다.

그러나 원래 사회주의 리얼리즘 자체가 소련에서 1934년에 창안된 것이고 식민지 조선에서는 맹원들의 1·2차 검거를 거친 뒤 1935년에 자진해서 카프의 '해산계'를 일제 당국에 제출하였다. 경위가 이러하므로 사회주의 리얼리즘은 매우 소략한 분량으로 거론이 시작되다가 만 상태이다. 사회주의 리얼리즘이라 하더라도 노동계급에 대한 교육의 의무와 당파성 이론 때문에 세계문학사 안에 원래 있어온 리얼리즘 전통에 비해서는 역시 문제점을 지닌 것으로 오늘날 비판적 검토를 가하게 된다. 그러나 그것은 그 시대 그 상황 나름의 한계였다.

그래도 조명희의 「낙동강」에 이어서 30년대에 이기영이 쓴 농촌소설 『고향』과 한설야가 쓴 노동소설 『황혼』은 일제하 우리 문학사의 막중한 수확이 아닐 수 없다.

아울러 그 시기에 발표된 많은 작품들과 문예이론의 작업들도 당대 나름의 성과와 한계를 공정히 밝혀 우리 문학사에 정당히 수용되어야 할 것이다.

5. 통일문학사의 공통분모

해방과 더불어 온 민족의 '분단'은 월북·재북 문학인들의 일제시 작품에까지 소급하며 이 땅에서 '금서' 취급을 했었다. 문학사는 반토막의 불구로 기술될 수 밖에 없었다. 1988년 7월 남한 정부가 납월북 작가 작품의 해금 조치를 취함으로써 이제 이 불구의 사정은 점차로 회복의 단계를 밟아가고 있다. 북한에서 이른바 '불후의 고전적 명작'이라 불리우는 작품들도 비공식으로 남한 출판계에서 복제되어 이제는 서점가에서 별 문제없이 소통되고 있다. 당초에 그 북한의 명작들이 남한에서 출판되면 감당하기 어려운 충격이 일어날 것으로 여겨졌는데, 막상 해금과 유통이 이루어지자 독자 대중으로부터의 반향이 의외로 소극적이고 냉담하기까지 하다. 이 현상은 한낱 시정적 서점가 풍경에 지나지 않는 것이 아니다. 장차 통일의 구현 단계를 전망하면서 남북 문학의 상호 소통 단계를 예상하는 데에 실질적으로 참고될 만한 현실이다. 반대로 남한의 문예작품들이 북한에 보급되면 어떠한 반향이 일어나게 될지 관심을 가져 볼 일이라는 말이다.

'통일문학사'를 어떻게 쓸까 하는 문제들이 모두 유효한 기준이 될 것이다. 즉 민족문학의 개념, 국문학 연구와 리얼리즘, 근대문학의 발전과정, 2～30년대 프로문학에 대한 평가가 제대로 이루어지면 통일문학사 기술의 여건은 80퍼센트 쯤 해결이 된다고 볼 수 있다.

이 밖에 남은 문제들은 분단 후 냉전 체제에 의해 생겨난 부작용과 오류들이다.

그 동안 남한의 문학사 기술에 있어서는 정부 당국에 의한 금지 조치들도 있었지만, 학자와 비평가들 자신도 우파 편향 이데올로기의 타성에 젖어 당대 나름의 카프문학 유산들을 과소평가한 예가 있다. 또한 지난 시대 친일문학의 잔재를 청산하지 못한 잘못을 계속 지니고 있다. 그러나 문제를 시정해 갈 길은 이제 거의 열려 있는 셈이다.

북한의 문학사 기술은 고전문학 부분에서 의외로 관대한 포용을 하고 있다. 양반 지식인 문학에 대해서 그러하다. 또 아주 최근에는 현대문학 부분에서 이광수에 대해서도 약간의 언급을 하는 데서 변모가 보인다.

그러나 한 가지 심각한 문제점은 북한의 문학사 기술이 1960년경을 고비로 주체문학의 사관을 펴면서 일제시 '항일혁명문학'의 위상을 지나치게 드높여 놓았다는 것이다. 원래 불후의 고전적 명작류와 심지어는 이기영의 『두만강』까지 어떠한 형태로든 '김장군'에 맥을 대지 않은 것이 없다. 그리고 문학사 기술에서까지 김장군을 정점으로 하는 항일혁명문학이 종래의 카프문학 평가를 격하시켜 휘하에 위치시키고 있다. 또한 그 항일혁명문학 이후 민족문학의 모든 분야 양상과 미래 사명까지도 그 정점에 의해 조정되어야 한다는 원리론을 전제해 놓고 있는 형편이다. 이 요인에 대한 객관적 해석과, 통일시대의 문학사 기술에 그러한 요인이 과연 연관될 수 있는지 그 여부 자체가 문제이다.

원리론의 한 공통분모로 '리얼리즘'을 생각하면 북에서도 신라의 최치원에까지 소급하며 리얼리즘을 거론하는 만큼 실제로 '광의의 리얼리즘'이 적용되고 있는 셈이다. 이 점은 통일문학사의 공통되는 축으로 남북이 공유할 가능성과 전망이 있다. 그리고 우리 민족의 통일은 세계 현실의 변화와 민족 내부의 억누를 수 없는 요청에 의해 결국 실현되지 않을 수 없다. 다만 얼마나 빠르냐 늦느냐 하는 역사적 시간 위에서의 차이가 있을 뿐이다.

(1993)

Ⅴ. 한국 현대문학의 상황

4 · 19 혁명과 한국문학

1. 4 · 19 혁명의 정의

　문학은 시대상황의 영향으로 변모될 수 있다. 또 문학 쪽에서도 시대상황에 영향을 주어 변모시킬 수 있으나 물질의 힘과 조직적 체제 권력이 비대해진 현대 세계에서 문학예술의 힘은 상대적으로 약화되었다. 그러나 인간본성이 소멸되지 않았고 소멸될 수도 없는 한 문학예술은 소멸되지 않을 것이며 문학의 힘이 시대상황을 재창조하는 데 이바지할 가능성도 소멸되지 않는 것이다.

　한국 근세사 안에서 정신사적 의의를 등반하여 일어난 세 단계의 커다란 격동이 있었다. 그것이 1894년의 동학 농민혁명, 1919년의 3 · 1 독립운동, 1960년의 4 · 19혁명이다. 이 세 가지 격동은 각기 다른 의의와 성격을 띠고 있다. 동학 농민혁명은 토착 민중세력인 농민의 힘이 궐기하여, 청 · 일 등 외국의 군대가 개입하여 장애가 되지 않았더라면 분명히 중앙정부를 전복하였을 만큼 위력이 있었던 점에서 중요시된다. 그러나 동학군이 표방한 이념 속에서 군주제가 거부되지 않았고 민중의 정치적 자결권이 명시되지 않았으며, 또 결과로서는 외국 군대에 의해 중도에서 패배당한 혁명이었다. 여기에 동학혁명의 한계성이 있다. 3·1 운동은 수천 년 동안 독립을 견지해온 민족사의 주체적 역량에 근거하여 일본의 침략에 저항한 민족자위自衛의 운동이었다. 3·1 운동의 역사 기술에 있어서 운동 지도부 역할이 첫째로 꼽히기도 하지만, 이 운동은 민중 전체의 봉기에서 전적으로 위력을 과시할 수 있었다는 점에 보다 의의가 있다. 그리고 3·1 운동의 특수성격은 우리 민족이 외세에 항거한 점에 있다.

이상의 두 역사적 격동에 비하여 4·19혁명은 민중이 궐기하여 자국의 정부를 굴복시키고 해체하여 제2공화국을 탄생시킨 데에 특성과 의의가 있다. 민중의 힘으로 중앙 권부權府를 완전히 전복시킨 사례로서는 4·19가 한국 역사 이래 처음 있는 일이라고 볼 수도 있을 것이다.

한국 제1공화국의 탄생이 일본의 패전으로 인한 국제정세의 영향과 함께 된 것이지만, 한국민족은 역사 이래 처음으로 서구식 민주주의를 체험하였다. 이 체제 안에서 반민주적 독재화로 변질된 정권에 대항한 이 혁명은 사회정의의 정신을 띠었다. 혁명의 주도세력은 학생들을 중심으로 한 지식인층이었으며, 도시의 시민층이 동조하였고 대세로서는 국민총선거와 때를 같이하여 전민중의 지지를 얻은 편이었다. 그러나 성격을 보다 분명히 밝히자면 4·19는 지식인 혁명이었다고 볼 수 있을 것이다.

4·19가 제1공화국 정권을 붕괴시켰지만 그 뒤에 올 집권체제의 성격을 미리 규정하고 있지 못했고, 그 주체가 학생 세대였던 점 때문에, 제2공화국 탄생 후 다시 기성 정객들의 파쟁에 의해 사회질서가 혼란을 빚었고, 결국 혁명이념은 빛을 잃기 시작하였다. 이리하여 결국 좌

절에 이른 때문에 4·19를 '혁명'으로 개념짓지 않고 단순히 '의거'로 지칭하는 경향마저 사회에 풍미하게 되었다.

여기에서 4·19에 정의를 내려야 할 문제가 뒤따른다. 사학자로서 한국사를 전공한 천관우씨는 서양사를 전공한 길현모씨와의 대담 「4·19 혁명의 현대사적 평가」에서 4·19가 명백한 '혁명'이라고 정의한 일이 있다.[1] 이 사학자의 견해는 혁명을 단기간과 장기간에 걸쳐서 융통성 있게 보아야 한다는 것이다. 민중적 거사가 실천적으로 어떤 변혁을 성취하였고 그것이 정신사적으로 기념비적 의의를 지닐 때 그것은 혁명이라는 것이다.

혁명 뒤에 오는 한 시대의 좌절이 혁명을 무효화시키지도 않는다. 1642년에 시작된 영국의 청교도혁명이라든가 1789년의 프랑스혁명 같은 고전적 혁명도 그 과정에 있어 심각한 좌절과 반혁명에 부딪힌 예가 있다. 프랑스대혁명은 왕당파의 강력한 반혁명 운동에 직면하곤 하였지만 1830년의 7월혁명과 1848년의 2월혁명으로 보완하여 끝내 공화제의 기틀을 확립하였다. 이렇게 프랑스대혁명이 민주제도를 확립하고 정착시키기까지에는 60년의 세월이 흘렀던 것이다. 혁명은 스스로 정대한 이상을 지녔고 제1차 혁명의 체험을 교훈과 저력으로 삼을 때 불멸의 것이 된다고 볼 수 있을 것이다.

특히 4·19는 지식인의 혁명이었으므로 시대 상황은 문학예술에 더욱 많은 과제를 안겨준다.

4·19는 이미 그 당일의 현장에서부터 한국문학에 영향을 주었고, 한국문학은 이 혁명의 충격을 표현하기에 격앙되었었다. 그리고 60년대 이후 한국문학에 이른바 '현실의식'의 문학정신이 성장하게 되었다. 이렇게 시대상황이 문학에 준 영향과 다시 문학이 시대상황의 발

---

1) 千寬宇·吉玄謨 대담 「4·19혁명의 현대사적 평가」, 《창조》 1972년 4월호, 24~36쪽.

전에 이바지하게 될 전망을 지니면서, 우선 이미 이루어진 4·19 혁명
과 한국문학 사이의 교섭 관계를 한 차례 살펴볼 만하다. 이 조명은
4·19의 충격을 서술한 내용 자체를 상기해보는 데에 가해질 수 있고,
동시에 혁명의 좌절과 회의를 느끼게 하는 한 차례의 반역사적 상황이
문학에 끼친 고뇌와 그 고뇌의 의미가 무엇이었던가를 찾아보는 일이
될 수 있을 것이다.

2. 4·19혁명과 시

서울도
해 솟는 곳
동쪽에서부터
이어서 서 남 북
거리 거리 길마다
손아귀에
들 벽돌알 부릅쥔 채
떼지어 나온 젊은 대열
아! 신화(神話) 같이
나타난 다비데군(群)들

혼자서만
야망 태우는
목등이 아니었다
열씩
백씩

천씩 만씩
어깨 맞잡고
팔짱 맞끼고
공동의 희망을
태양처럼 불태우는
아! 새로운 신화 같은
젊은 다비데군들

고리아데 아닌
거인(巨人)
살인전제(殺人專制) 바리케이트
그 간악한 조직의 교두보
무차별 총구 앞에
빈 몸에 맨주먹
돌알로써 대결하는
아! 신화 같이
기이한 다비데군들

— 신동문, 「아! 신화같이 다비데群들」 1~3연

　'4·19의 한낮에' 라는 부제를 달고 있는 신동문의 이 시는 4·19 당일의 현장에서 충격을 받고 있다. 이 충격은 단순한 흥분이나 신바람이 아니다. 그리하여 이 시의 끝연은 울음이 된다. "누가 우는가/눈물 아닌 핏방울로/누가 우는가/역사가 우는가/세계가 우는가/신神이 우는가/우리도/아! 신화神話같이/우리도/운다." 거리에 쓰러진 다비데, 그러나 승리하는 다비데를 보면서 학생들뿐 아니라 시민도 시인도 우리 모두가 울 수밖에 없는 감격의 상황을 말해준다. 일상日常에 철없

288

이 보이고 허약해 보이던 젊은이들, 그리고 비겁해 보이던 시민들, 이들에게서 어떻게 죽음을 무릅쓰고 떼지어 앞으로 나아갈 수 있는 힘이 솟는가. 여기에서 기이한 신화와도 같은 사실을 눈앞에 보면서 모두가 순수하고 의롭고 용맹한 다비데가 되어보는 감격을 억누르지 못한다. 그러나 실상 이러한 힘은 1894년과 1919년에 나타났던 민중적 저력, 전통이었다. 그러므로 감격하는 것도 승리하는 것도 우는 것도 바로 민족의 역사가 하는 일이었다.

이 역사의 의지를 발견한 기성 세대의 시로서 조지훈씨의 「늬들 마음을 우리가 안다」가 있다.

나라를 찾고 침략을 막아내고 그러한 자주(自主)의 피가 흘러서 젖은 땅에서 자란 늬들이 아니냐.

그 우로(雨露)에 잔뼈가 굵고 눈이 트인 늬들이 어찌 민족 만대의 맥맥한 바른 핏줄을 모를 리가 있었겠느냐.

사실은 너희 선배가 약했던 것이다 매사에 쉬쉬하며 바로 말 한마디 못한 것 그 늙은 탓 순수(純粹)의 탓 초연(超然)의 탓에 어찌 가책이 없겠느냐.

사랑하는 젊은이들아

붉은 피를 쏟으며 빛을 불러 놓고

어둠 속에 먼저 간 수탉의 넋들아

늬들 마음을 우리가 안다 늬들의 공을 온 겨레가 안다.

하늘도 경건히 고개 숙일 너희 빛나는 죽음 앞에 해마다 해마다 더많은 꽃이 피리라.

　　　　　　　　　　　―「늬들 마음을 우리가 안다」 4 · 5 · 8연 부분

그러나 혁명은 승리의 감격으로만 끝나는 것이 아니었고, 세계의

모든 혁명들이 그랬듯이 좌절을 겪게 되었다. 좌절은 반혁명 세력에 부딪혀서 생겨나는 것만이 아니다. 그보다 먼저 혁명에 대한 아침, 혁명의 타락에 의해서 생겨나기도 한다. 이러한 현상을 박봉우의 시가 지적하고 있다.

> 사월의 피바람도 지나간
> 수난(受難)의 도심(都心)은
> 아무렇지도 않는
> 표정을 짓고 있구나.
> 어린 사월의 피바람에
> 모두들 위대한
> 훈장을 달구
> 혁명을 모독하누나.
> 이젠 진달래도 피면 무엇하리
>
> —「진달래도 피면 무엇하리」 1 · 4연

김수영은 4 · 19 순국학도 위령제에 붙이는 시 속에서 "우리가 찾은 혁명을 마지막까지 이룩하자"(「祈禱」)고 외치지만, 이번에는 우리가 배암이 되고 악어가 되고 늑대가 되는 한이 있어도, 아직 험난하고 어려운 길을 돌파하여 4월의 혁명을 마지막까지 이룩하자고 외치지만, 아울러서 '혁명의 고독'을 일찍 알아채게 된다. "혁명은/왜 고독한 것인가를/혁명은/왜 고독해야 하는 것인가를"(「푸른 하늘을」) 생각하고 설명하지 않을 수 없게 된다.

착잡해진 문제를 시에 담아서 문제의 깊이를 더하고 생각의 폭을 넓히는 일에 있어 적임자는 김수영이다. 그는 한국의 50년대 모더니즘 안에서 가장 잘 단련된 시인이었기 때문이다. 30년대 모더니즘에서도 그랬지만 50년대 모더니즘이 한국의 토착 현실에 밀착된 당위성을 지니지 못하고 말초적 기교주의와 지적 난삽성을 조장한 면이 있었다. 그럼에도 불구하고 모더니즘이 한국시에 기교적 세련과 지적 세계통찰을 보태어준 공은 무시될 수 없다. 50년대 모더니스트들 중에서도 김수영은 원래 자유혼自由魂에의 의지와 끊임없는 자기부정 내지 자기쇄신에의 진취성을 지니고 있던 때문에 4월혁명의 현실에 신속히 참여하게 되었다. 그리하여 혁명에 고무되고 혁명을 찬양하는 면에서보다 좌절된 혁명을 포용하고 인내하며, 혁명의 내일을 모색하는 자세에 있어서 거짓 없이 진지하려 했다. 그의 시「하…… 그림자가 없다」는 혁명의 좌절 때문에 피로해져 다시 모더니즘의 난삽성을 드러내는 것이라기보다 오히려 모더니스트 나름으로 자연스럽게 혁명을 포용하고 모색하는 내용인 것으로 볼 수도 있을 것 같다.

　　우리들의 적은 늠름하지 않다.
　　우리들의 적은 카크 다글라스나 리챠드 위드마크 모양으로 사나웁시도
않다.
　　그들은 조금도 사나운 악한이 아니다
　　그들은 선량하기까지도 하다
　　그들은 민주주의를 가장하고
　　자기들이 양민이라고도 하고
　　전차를 타고 자동차를 타고
　　요릿집엘 들어가고
　　술을 마시고 웃고 잡담하고
　　동정하고 진지한 얼굴을 하고
　　바쁘다고 서두르면서 일을 하고
　　원고도 쓰고 치부도 하고

시골에도 있고 해변 가에도 있고
서울에도 있고 산보도 하고
영화관에도 가고
애교도 있다
그들은 말하자면 우리들의 곁에 있다
우리들의 전선(戰線)은 눈에 보이지 않는다
그것이 우리들의 싸움을 이다지도 어려운 것으로 만든다

—「하······ 그림자가 없다」 부분

이 시에서 무엇도 하고 무엇도 하고 하는 일상성의 나열적 반복이 시의 긴장과 짜임새를 풀어놓고 있는 듯이 보이기도 한다. 그러나 이렇게 풀어져 있는 피로 자체가 의미하는 것이 있다. 혁명의 좌절은 반혁명 세력 때문만이 아니라 민중 스스로의 피로와 무감각화에 의해서 더욱 심각하게 조장되는 것도 사실일 것이다. 이런 의미에서는 혁명의 장애 요소들이 "우리들의 곁에 있다"고 하기보다 '우리들의 안에 있다'고 하고, "우리들의 전선은 눈에 보이지 않는다"고 하기보다 그 전선이 '우리들 가슴 안에 있다'고 하는 것이 오히려 더 정확한 표현이 될 수 있을 것이다. 그러나 김수영이 그만큼이라도 문제를 우리들 쪽에 돌린 데에서 혁명의 과제는 빈약한 단순화를 극복하였다.

이와는 달리 신동엽은 또 다른 위치에서 4·19를 노래하였다. 그는 서사시「금강錦江」을 시작하는 서화序話에서 4·19를 먼저 들고 있다. 동학을 주제로 하는 이 서사시에 역사의식의 맥락을 세우기 위해 신동엽은 1894년, 1919년, 1960년을 디딤돌로 삼았다. 그리하여 1960년 4월에 다시 나타난 민족 정신사의 영원한 얼굴을 푸른 '하늘'로 표상하였고, 이 4월의 하늘을 통하여 이 땅의 정신사를 거슬러 꿰뚫어 보고 있다.

우리들은 하늘을 봤다
1960년 4월
역사의 짓눌던, 검은 구름장을 찢고
영원의 얼굴을 보았다.

잠깐 빛나던,
당신의 얼굴은
우리들의 깊은
가슴이었다.

하늘 물 한아름 떠다,
1919년 우리는
우리 얼굴 닦아놓았다.

1894년쯤엔,
돌에도 나무등걸에도
당신의 얼굴은 전체가 하늘이었다.

—「錦江」序話 부분[2]

　　신동엽에 있어서 4월은 신념에 차 있다. 김수영에 있어서는 4월혁명의 적이 우리들의 곁에 있고 전선이 보이지 않는 곳에 있으나, 신동엽에 있어서는 4월혁명을 포함한 민족 정신사가 곧 '우리들의 깊은 가슴'에 일치하여 육화되고 있다. 이와 같은 두 시인 사이의 차이는 굳이 장단점을 가리기 이전에 개성과 역할의 차이로 이해해도 좋을 것이다.

---

2) 신동엽, 『申東曄全集』, 창작과비평사, 1976, 123쪽.

3. 4 · 19 혁명과 소설

소설에 있어서는 4월혁명이 신속히 반영되어 나오지 못하였다. 4 · 19 소재를 본격적으로 다룬 소설들은 당연한 현상으로서 4 · 19세대의 작가들에 의해 씌어졌다. 그런데 이런 소설들이 발표된 시기를 보면, 박태순의 「무너진 극장」이 68년에, 신상웅의 「불타는 도시」가 70년에, 한문영의 「움직이는 창寫」이 70년에 발표되었다. 혁명이 꽤 오래 전에 지나가버린 듯한 느낌을 주는 상황을 그린 김승옥의 「서울, 1964년 겨울」도 66년에 발표되었다. 시 쪽에서는 혁명의 충격이 60년 4월 당시와 그 이듬해에 걸쳐서 대부분 발표된 데 비하여 소설 쪽의 이 시간적 간격은 주목할 만한 현상일 것 같다. 시는 첨예한 감수성에 의해 즉각으로도 정염을 분출시킬 수 있는 데 비해, 소설은 사회현실과 민중의 동태와 역사적 의미 등을 정돈하고 재구성하는 데에 상당한 시간적 여유가 필요할 수 있는 것이다.

1960년의 4월혁명 직후에 소설 쪽에서 나타난 변모는 오히려 4 · 19 소재와는 다른 것들이었다. 이 경우가 최인훈의 『광장』과 이호철의 「판문점」이었다. 이 소설들은 60년과 61년에 발표되었다. 소설 『광장』 권두에 실은 '작가의 말'을 통해 최인훈은 4월혁명 직후에 소설이 혁명과 소재면에서 직접 관련을 갖지 않으면서 폭을 넓혀 들어간 변모에 대해 적절히 설명해 주고 있다.

　　우리는 참 많은 풍문 속에 삽니다. 풍문의 지층은 두텁고 무겁습니다. 우리는 그것을 역사라고도 부르고 문화라고도 부릅니다. 인생을 풍문 듣듯 산다는 건 슬픈 일입니다. 풍문에 만족치 않고 현장을 찾아갈 때 우리는 운명을 만납니다. 운명을 만나는 자리를 광장이라 합시다. 광장에 대한 풍문도 구구합니다. 제가 여기 전하는 것은 풍문에 만족치 못하고 현장에 있

으려고 한 우리 친구의 얘기입니다. 아시아적 전제의 의자를 타고 앉아서
민중에겐 서구적 자유를 '사는 것'을 허락치 않았던 구정권하에서라면 이
런 소재가 아무리 구미에 당기더라도 감히 다루지 못하리라는 걸 생각하면
저 빛나는 사월이 가져온 새 공화국에 사는 작가의 보람을 느낍니다.[3]

여기에서 현장은 남북한의 현실을 말하는 것으로서, 『광장』의 주인
공 이명준이 남한에서 살아보고 서해로 밀항 월북하여 북한에서도 살
아보는 것을 '현장에 있으려고 한' 자세로 일컫고 있는 것이다. 이명
준이 광장에 나서려고 하면서도 밀실密室에 대한 집착을 지나치게 지
니고 있는 점과, 나중에 그가 제3국을 향해 조국을 버리고 떠나다가
바다에 투신하는 결말에 관해서는 논란의 여지가 있으나, 소설 『광장』
의 획기적 의의는 소설 무대를 민족의 전영토에 개방하고 확장한 데
있었다. 그리고 어떻게 할 수 있었던 것은 4월혁명에 의해 탄생한 제2
공화국의 혜택이었다.
  제2공화국 정권이 수립되자 정부는 1946년에 선포된 미군정법령
제88호를 비로소 폐기함으로써 신문 및 정당의 등록제가 실시되었다.
따라서 종래에 신문에 가해져 있던 허가제도가 등록제도로 변하였고,
국가보안법과 선거법 등에 삽입되어 있던 언론에 대한 제한 및 단속
조항도 삭제되었다. 마침내 한국 국민은 역사상 가장 풍성한 '자유'를
언론과 정치활동 양면에서 제도적으로 보장받는 시대를 누려보게 되
었었다.
  이호철의 「판문점」도 이러한 사회 분위기 안에서 역시 남한 체제와
북한 체제 사이의 이념적 토론을 판문점을 무대로 하여 전개하였다.
단둘이 숨어들어간 차 안에서 북한 여자 기자가 남한의 남자 기자를

---

3) 최인훈, 『광장』, 正向社, 1961, 1쪽.

설득하려 든다. "우리 모랄의 기본이 뭣인지 아세요? 우리 전체가 나갈 바 방향이야요. 개인은 거기 한테 엉켜 있어요. 그리구 이 속에서 자유야요. 당신의 생각은 나태 그것이야요. 타락되고 싶다는 말밖에, 놀고 싶다는 말밖에 아니야요." 남한의 남자 기자는 성숙한 남자투의 익살로 응수한다. "놀고 싶고 적당히 나쁜 짓하고 싶은 자유란 최고급이지요. 그것을 크낙한 관용으로 받아들일 수 있는 사회가 있어요. 부피와 융통이 있는 그런 것이 적당히 용서가 되면서도 전체로 균형이 잡혀 있는 ……" 이러한 대화는 논리적 합리성을 가리기 이전에 남북한의 각기 다른 삶의 체취를 실감케 하고 있다. 한국의 소설은 이 무렵을 계기로 이른바 '현실의식'의 공간을 대폭 확장한 셈이 되었다.

그러면 4·19 현장으로부터 상당한 시간적 간격을 가진 뒤에 나타난 4·19 소재의 본격적 소설 작업은 그 내용이 어떠한가.

먼저 박태순의 「무너진 극장」을 살펴본다. "1960년대에 접어들자마자 일어났던 4·19 사태에 대하여 우리가 갖는 정직한 느낌은 과연 무엇이었을까?" 이렇게 물음을 던지고 시작되는 이 소설은 '오도된 기성 질서'에 대한 반항을 의식하고 있기는 하지만, 또한 그 당시에는 '사태의 전모를 알고 있지 못했다'는 실토가 뒤따르고 있다. 이 실토는 작품 속의 4·19 주역을 통해서 표현되고 있다. 박태순의 이 소설 속에는 혁명열에 불타거나 신념을 가지고 돌진해 나아가는 형의 인물이 나오지 않는다. 오히려 데모 학생들 자체 안에 작용할 수 있는 "원시적이고 본능적인 무질서에로의 해방 상태, 잠재적 공동무의식共同無意識의 일면"을 부정하지 않는다. 4월 혁명을 다루면서 혁명 세대 내부의 무질서와 무의식 상태를 우선 냉정히 검증한 면에서 이 소설은 특이한 면모를 지닌다. 독자에 따라서는 이 소설의 주제의식이 너무 회의적이고 부정적이며 방향감각을 상실하고 있다고 비판할 수도 있을 것이다. 작가로서는 이 작품을 혁명이 좌절된 시기에 와서 쓰면서 그 좌절에 너무 압도되었던 것으로 보게 된다.

　새로운 시대를 알리는 그 타종의 울림을 새로운 세대였던 우리가 거느리고 나타날 수 있었음은 그 얼마나 행복하며 영광되며 축복스러웠던 것인지? 그러나 우리는 얼마 안 가서 어떤 철학자의 말처럼 '한순간의 흥분을 너무 과대평가하여 기억하는 것의 무의미함'을 어느덧 배우기 시작하였으며 그리하여 우리가 힘들여 끌어올렸던 그 무질서의 위대한 형식이 역사성 속의 미아처럼 다만 한 순간의 고립에 불과하고 말았다고 주장하는 세력이 여전히 의연히 버티고 있음을 보았다.

좌절이 이렇게 부각되어 있다. 그러나 이 소설의 맨 끝줄은 다음과 같이 된다.

　마치……모든 변혁과 가치를 부정하는 것처럼 보이는데, 물론 우리는 결코 속아 넘어가지 않을 뿐 아니라 혁명은 의연히 계속 진행중임을 도리어 확인하는 것이다. 그러니까 인생과 사회와 역사에 대한 우리의 시련이 도리어 그때로부터 출발되고 있었던 듯한 느낌으로……

이리하여 그 좌절은 다시 극복되려 하고 있다.

신상웅의 「불타는 도시」는 4·19의 현장성에 가장 충실한 작품이다. 여기에는 어떤 관념적인 질문이나 회의가 제기되어 있지 않으며, 그렇다고 영웅주의가 과시되어 있지도 않다. 4·19날 종로 4가 동대문경찰서 앞 데모 현장에서부터 사태가 전개된다. 지프차 위에 서서 피묻은 자켓을 높이 쳐들고 고함을 치는 청년이 있고 이마에 수건을 동여맨 청년들이 새까맣게 매달린 대형 소방차가 쏜살같이 내달리기도 한다. 그러나 장갑차를 앞세운 기동대가 총을 쏘며 시내를 포위해

들어오자 학생들은 변두리 지대로 탈출한다. 소설 속의 윤석, 인구 등
한 떼의 학생들은 경찰에게 계속 추격당해 정릉 산골짜기에까지 밀리
고, 밤에 산을 넘어 새벽에 세검정으로 내려선다. 이렇게 쫓겨가면서
도 그들은 "그러나 우린 이긴다" "너, 플래카아드 내버리지 않았겠
지?"하며 다짐하고 "그보다 진순 어찌됐으꼬?" 하면서 한 패의 친구
를 염려하기도 한다.

　세검정에 내려선 학생들은 한 반 친구 진수가 총탄을 맞고 그곳에
실려와 땅바닥에 누워 있음을 발견한다. 이 소설 속에서 진수가 지니
는 비중은 크다. 그는 가난하여 등록금을 내지 못하는 처지에 있었으
나 학우들과 교수가 덮어주는 속에서 강의를 받고 있던 학생이다. 그
는 집에서 칡껍질로 타래 꾸리는 일을 벌어 다섯 가족을 연명시켜 나
간다. 메모 와중에서도 학우들은 진수의 안전을 가장 염려해준다. 희
생 학생의 신원이 방송을 통해 알려지자 새벽녘에 달려온 사람은 한국
사를 강의하는 민 교수이다.

　그들은 민 교수의 얼굴을 확인하는 순간 갑자기 온몸에 후르륵 경련이
스치고 지나갔다. 그리고 경련에 이어 뭔가 목구멍을 꽉 치받고 올라오는
것이 있었다. 그들은 얼굴을 일그러뜨리며 북받쳐오르는 것을 확 토해냈
다. 둘은 민 교수의 양 어깨에 얼굴을 묻고 소리내어 울기 시작했다.
　"자, 이제 눈물을 거두세. 자네들은 참으로 장한 일을 해냈어."
　"선생님, 죄송합니다. 선생님, 진수를 이렇게 잃다니……."
　"아아, 눈물을 거두고, 자네들의 우정이 이렇게 밝은 아침에 자네들을
한자리에 모아놓고 말지 않았나."
　건장한 모습 그대로 잠자듯 누워 있는 송진수의 눈두덩이며 이마며 콧
날을, 마침 솟아오르고 있는 아침 햇살이 자애롭게 어루만져주고 있었다.

신상웅의 이 소설에는 4·19가 단선적으로 그려져 있지 않고, 생활과 우정과 사제의 정이 한데 엉켜 작품 공간의 바탕을 이루고 있다. 그리고 혁명의 일단계 성공에 관하여 이론적인 수식을 생략하였다. 다만 젊은 주검 위에 막 솟아오르는 아침 햇살에 눈길을 돌리고 있다. 이것은 웅변으로 외치는 이상으로 혁명의 당위성에 대한 순수하고 자연스러운 신념을 형상화해 놓은 것으로 보게 된다.

한문영의 「움직이는 창」은 4·19 당일의 메모를 흥분 속에 상기하고 있다. 독재 정권을 두둔하던 신문사와 정치깡패만 득실거리던 B회관이 불길에 싸이고, 학생들은 C경찰서 무기고에서 끄집어낸 M1총을 손에 들고 있기도 하고, 서로 응사하면서 하수도 공사용 토관을 앞에 굴리면서 경무대 앞으로 전진하는 광경을 그리고 있다. "우리들은 충격적인 뉴우스를 전세계에 전파시켰다. 우리는 역시 아시아의 작은 별이다. 이 별빛은 봉화를 점화했다. 4·19의." 이렇게 기염을 토하는 소설 속의 '나'는 경무대로 전진하던 데모대 속에서 총탄을 맞아 척추신경 장애자가 되고 오줌을 싸는 환자가 되어 있다. 청년은 마침 혜화동에 살고 있어, 자기들이 탄생시킨 제2공화국 때의 총리가 하릴없이 한인(閑人)이 되었다가 병사하여 장례를 치르는 상가를 창 밖으로 내려다본다. 바짓가랑이로 오줌이 흘러내리는 것도 잊고 서서, 이 끝장면이 4·19 세대의 좌절감을 특히 강하게 풍겨주고 있다.

그러나 역사 안에 배태된 생명의 응어리로서의 이상과 그것이 대지위에 뛰쳐나와 약동했던 한 차례의 체험은 결코 허무로 돌아가지 않을것이다.

4. 60년대 이후의 문학

청록파 시인 조지훈씨가 「늬들 마음을 우리가 안다」 속에는 '늙은 탓, 순수한 탓, 초연의 탓"을 스스로 질책했을 때 이것을 다만 4월의 사회적 격동에 위압당한 일시적 감정이었다고 보는 이도 있을지 모르 겠다. 그러나 보다 뚜렷한 변모의 징후는 50년대 모더니즘 그룹으로부 터 나왔다. 이것은 주로 김수영의 시적 변모를 두고 말하게 되는 것이 다. 앞에서도 말했지만 모더니즘의 기교주의와 지적 통찰력이 중요하 지 않은 것은 아니지만 한국의 역사 현실에 직결되고 정착되지 않았던 관계로 공소화, 관념화, 난삽화의 폐단을 조장하는 일이 있었다. 이 속 에서 김수영이 솔선하여 한국적 현실에 몸담으려는 각성을 드러내기 시작하였다.

시인의 스승은 현실이다. 나는 우리의 현실이 시대에 뒤떨어진 것을 부 끄럽고 안타깝게 생각하지만, 그보다도 더 안타깝고 부끄러운 것은, 이 뒤 떨어진 현실을 직시하지 못하는 시인의 태도이다. 오늘날의 우리의 현대시 의 양심과 작업은 이 뒤떨어진 현실에 대한 자각이 모체가 되어야 할 것 같다. 우리의 현대시의 밀도는 이 자각의 밀도이고, 이 밀도는 우리의 비 애, 우리만의 비애를 가리켜준다.[4]

김수영의 이러한 현실의식에의 각성과 시작詩作과 왕성한 시평詩評 들이 60년대 이후의 한국 시단과 문단에 끼친 영향은 크다. 그러면서 도 실상 김수영은 한편으로 모더니즘 나름의 폐단의 요소를 완전히 씻 어버리지는 못하고 있었다. 그런데 다른 한편에서 박봉우와 신동엽 등 젊은 시인들이 나와 50년대 모더니즘과 관계없이 우리 민족의 역사 현 실에 깊은 애정과 사명을 느끼면서 힘찬 시들을 보여주었으며, 이 밖

---

4)김수영, 『퓨리턴의 肖像』, 민음사, 1976, 121쪽.

에도 이러한 경향은 더 많은 시인들에게서 점차 확장되었다. 이 경향이 촉진된 계기가 1960년대의 4월인 것은 더 말할 것도 없다. 실로 현실이 시인들의 스승이 된 셈이었다.

소설에 있어서는 최인훈·이호철의 현실의식 확장작업과 같은 무렵에 선우휘·남정현·하근찬 등의 작업이 또한 현실의식의 작품을 보여주었다. 그 뒤에 김정한의 문단 복귀, 4·19 세대 작가들의 활약으로 현실의식의 소설은 문단의 지배적인 작업이 되기에 이르렀다. 60년대 이후로 시·소설 두 분야에서 이처럼 왕성해진 현실의식의 문학은 한편으로 문예비평 분야와 상응하여 이론적 원리를 갖추게 되기도 하였다. 참여문학론·시민문학론·리얼리즘론·농민문학론·민족문학론 등을 둘러싼 일련의 논의와 비평작업들이 바로 이 시기에 대두되었다.

60년대 이후의 이러한 문학적 흐름은 이제 스스로 도식주의와 건조화를 경계하면서 가치 창조의 능력을 심화시켜야 할 단계에 이르고 있는 것으로 보게 된다.

(1977)

산업화 시대와 문학

한 사회의 산업화 추세는 단순히 도시의 공업화만을 의미하지 않는다. 이것은 한 국가 또는 더 넓은 지역 안에서 사람들의 삶의 양상이 크게 변하는 사실을 의미한다.

한국사회의 경우 1945년의 8·15 해방 이전까지만 해도 농촌인구의 한국 전체인구의 70%를 넘는 것으로 여겨졌었다. 그런데 1979년에 와서 농촌인구는 이제 전체 국민의 32%선으로 줄어들었으며, 1985년까지는 20%선으로 더욱 줄어들리라는 예측도 나타나고 있다.

정도의 차이는 있으나 농민의 이와 같은 이농현상은 현대에 있어 세계적 추세인 점이 있다고도 한다. 많은 농민들이 농촌에서의 삶에 보람을 느끼지 못하고 도시 변두리 또는 도시 복판에 옮겨가 산업노동자가 되거나 서비스업에 종사하는 현상이 늘어가고 있다는 것이다.

여기에서 또 생각해볼 만한 점은 직업별 인구분포의 변동 사실을 넘어서서, 과연 이러한 사회적 추세가 의미하는 것이 무엇이며, 또 이것은 바람직한 일인가 아니면 그 반대인가를 주의깊게 살펴보는 일이다.

산업사회의 비대화에 한 전제가 되는 농업 분야에서의 보람의 감소 내지 상실은 과연 바람직한 일인지를 숙고해 볼 필요가 있다. 원래 농민은 창조적인 생활의 원천지대에서 살아가고 있는 것이다. 그들은 농사에 쏟을 수 있는 정성과 방법의 가능성이 무진장함을 알 수 있고, 심은 대로 거두는 법칙의 불변성을 믿을 수 있고, 조물주의 섭리를 반영하는 온갖 식물과 동물의 생명에 늘 접촉하며 살아가고 있다. 그리고 그들의 공로가 땅 위에 사는 모든 사람에게 식량을 제공하고 또 공업이나 상업에 필요한 수많은 원료를 공급하고 있다. 이렇게 고귀한 천직에서 사람들이 보람을 상실해간다는 것은 불행한 현상이라고 보지 않을 수 없다.

이러한 이농현상은 처음에 생계농업이 불가능하게 되는 빈농층에서 시작하여 점차로 생산수지의 적자에 좌절을 느끼는 중농층에도 번져간다. 그리하여 농촌 사람들의 대체적인 심리가 보람없어 보이는 환경에서 벗어나보려는 욕망을 지니게 된다. 게다가 농촌의 새로운 세대는 미지의 세계에 대한 호기심·모험심, 혹 벼락부자가 될 수 있을까 하는 기대, 풍요해 보이는 도시 생활시설을 향락하려는 헛된 꿈을 지니게 된다. 이것이 이른바 산업화 시대의 물질주의를 향해 기울어지게 되는 농촌의 시대적 분위기이다.

한국에서 일찍이 생계농업의 터전을 잃고 뿌리 뽑힌 인생으로 유리하게 된 사람들은 일제의 식민통치로 농토를 잃고 만주로 떠나갔던 사람들이다. 그러나 해방 후 새로운 이농의 현상은 1960년대로부터 시작되었다고 볼 수 있다.

이것은 채만식의 단편 「논 이야기」에서 볼 수 있듯이, 전에 일본인들이 소유했던 농토가 식민주의적 수탈 당시에 경작하고 있던 농민들에게 돌아가지 않고 정부의 적산불하 시책에 의해 돈 있는 사람들에게로 넘어간 사정에서부터 잔존된 빈농층의 운명이라고도 볼 수 있다.

또 1952년의 이른바 '중석불重石弗 사건'에 나타나듯이 정부와 농민 사이에 상인이나 공무원의 부정이 개입되는 형식으로, 얌전하고 무력한 농민들은 농사에 필수적인 비료를 공급받는 과정에서마저 막대한 경제적 피해를 입곤 하였다. 이러한 일련의 현실이 조국 안에서의 이농 부랑민을 낳게 하였다. 아무런 계획도, 지닌 기술도 없이 고향을 떠난 사람들은 날품팔이 노동판을 찾아가게 된다.

황석영이 1971년에 발표한 중편소설 「객지」는 해안 간척공사장의 날품팔이 노동현장을 그린 것이다. 이 소설을 쓰기 위해 황석영은 간척공사 현장에서 수개월 동안 인부들의 생활을 체험했다고 한다. 이제 소설은 방안이나 다방에서 씌어질 수 있던 시절을 넘겼으며, 그렇게 될 만큼 '구체적인 삶의 자리' 마다에 박진한 현실들이 널려 있게 되었다. 「객지」에서 '운지 간척공사 현장 일용인부 일동'이 시공업체의 총수에게 보낸 호소문은 부랑인부들의 실정을 잘 보여주고 있다.

존경하는 아세아건설 회장님 귀하. …노임을 법정임금에 미달된 액수로 받으면서 게다가 간조오가 보름 간격인지라 현금 없는 대부분의 우리 부랑인부들은 전표를 헐값에 팔아 일용품을 사든지 전표를 본가격보다 싸게 함바의 숙식대로 치르고 있습니다. 서기들은 전표로 부당한 이윤을 취하고 함바는 거기대로 노임을 착취합니다. 대부분의 객지 인부들은 함바와 서기 그리고 그들이 경영하는 매점에 이삼천 원 정도의 빚을 지고 있는 실정입니다. 때문에 우리가 다른 일터를 찾아 뜨고 싶어도 마음대로 갈 수가 없어서 묶여버린 것입니다. 또한 일은 건축 작업에 비할 바 없이 고되고, 비교적 손쉽고 허술한 일터는 현지 인부들의 차지가 되어 있읍니다. 썰물과 밀물 때, 어림짐작으로 치는 작업종에 따라 작업을 시작하고 그치기 때문에 뚜렷한 휴식 시간이나 고정된 일정량의 노동시간이 없이 해만 보인다면 일에 시달려야 합니다. 또한 노사를 이간시키는 원인으로서 감독 이하 십장 등, 노무자 간부급들이 감독조라는 이름으로 외지의 깡패들을 앞잡이로 내세워 그나마 박한 노임을 착취하고 노동의 자유 분위기를 억압하고 있읍니다. 함바의 조건은 마치 가축의 우리 같은 데다가 십여 명 이상씩 때려넣고, 각 집에서 형편없는 식사를 제공해 주고 있습니다. 물론 함바는 회사의 운영에 속해야 함에도 불구하고 이러한 대규모의 공사를 벌이는 작업장에 개인의 권리금 내지는 소유권에 의하여 함바가 운영되고 있다는 것은 언어도단이올시다.

이러한 호소는 일방적으로 노동자 폭동을 획책하는 증오심과도 다르고, 어디까지나 인간적인 삶의 여건을 바라는 충정의 드러냄이다.

여기에 떠돌이 인생의 한과 밑바닥 사람들의 짙은 체취, 익살, 마음 씀씀이와 의리, 인간 옹호의 뜨거운 정신이 엉겨서 작품이 되었을 때 독자들은 충격적인 감동을 느끼게 된다. 소설의 현장성, 이것은 「객지」를 계기로 모처럼 한국 현대소설에 생동감을 불어넣었다. 현장에 시려고 하는 이 작가는 그 뒤에도 구로동 공업단지에서 일당 1백30원을 받는 직공 시다를 해보았고, 마산 수출공업단지와 겨울철의 강원도 동고탄광에도 들어가 지낸 일이 있는 것으로 알려져 있다.

이 무렵부터 소설에 구체적 현장묘사가 담기는 예가 늘어났다. 이 현상은 특히 산업사회 소재의 소설일수록 두드러졌다. 산업사회로서는 소재 자체가 복잡한 구조와 변화된 인간관계, 충격적인 문제들을 담고 있기 때문에 그것은 당연한 현상이기도 할 것이다.

송원희의 중편소설 「비틀거리는 중간中間」(1973)은 기업주와 근로자들 사이에 낀 대학출신 간부의 인간적 고뇌를 그린 작품이지만, 급작스런 산업화의 현장풍경에서부터 생생하게 그려 보여주고 있다.

여기는 서울 동쪽 근교, 예전에는 논밭만 있었던 곳이 지금은 한복판에

띄엄띄엄 여러 공장들이 우뚝우뚝 서 있다. 유지공장, 가발공장, 약품공장, 염색공장, 직물공장 등 블록으로 쌓아올린 소규모의 건물들이 연통을 드높이 뽑고 자리잡고 있다.

…얼마 전만 해도 이 넓고 넓은 땅은 한여름이면 녹색 바다였었다. 아이들이 도랑에서 미꾸라지를 잡고 어른들은 저수지에서 낚싯대를 늘어뜨렸던 목가적인 곳이었던 것을 그는 기억하고 있다. …소와 염소떼들이 노닐던 푸른 언덕은 지금 걸레조각을 늘어놓은 것 같은 판자집과 진흙으로 쌓은 메마른 토막집들뿐이다. 무엇이 이곳을 이토록 침식해 들어왔을까. 근대화의 물결이, 그리고 도시화에 영세민들의 집단이, 이 야산 위의 집들과 아래의 공장들은 잘 어울린다.

…어느 공장에서 방금 퇴근하고 있는지 청소년 여공 남공들이 셋씩 넷씩 한데 얼려 가며 킬킬거리거나 혹은 재재거리며 걸어간다.

어슬픈 장발 스타일의 청소년이 있는가 하면 빨간 잠바에 파란 바지를 입고 목에까지 긴 머리가 뒤에서 봐선 남자인지 여자인지 구별하기 곤란한가 하면, 기타를 끼고 가는 남공도 있다. 그런가 하면 국민학교를 막 나온 것 같은 어린 소년이 바람에 고개를 자라목처럼 깊숙이 옷에 웅크리고 걸어간다.

이 풍경은 땅 위의 자연생명이 사라져 도랑물이 파리조차 꾀지 않게 오염되고, 가난한 영세민의 자식들, 또 멀리 농촌에서 올라온 청소년들이 새로 생겨난 공장에 다니는 모습이다. 가난하긴 하지만 청소년 근로자들의 몸에는 약동하는 젊음이 들어 있으므로 물론 저희들끼리 재재거리고 킬킬대고 기타도 켜고 연애도 한다. 그러나 거친 노동환경과 저임금으로 인한 근로자들의 삶이란 도무지 인간다운 것이 못되는 예가 많게 되었다.

「비틀거리는 중간」에서 공장장 강기수가 나이 어린 직공들을 보며 대체 저들이 "무엇을 먹고 사나?"하고 동정하는 실태는 비참하기만 하다. 봉제공장 맨딩실 반장인 여공 성실이의 임금은 일당 3백원이다. 언니는 2년 동안 가발공장에 다닌 후 목구멍에 머리칼이 많이 박힌 것 같은 증상을 느끼며 피를 토하고 밥을 못 먹어 얼굴이 희다 못해 푸르다. 공장에서는 해고를 당해 집에서 앓고 있다. 성실이는 그래도 일당 80원씩을 받던 청계천 피복공장 시절을 생각해 일당 3백 원을 받는 봉제공장에서 해고될까 두려워한다. 그래서 노조결성 모의에서 벗어나려 한다.

이러한 예는 영세기업에서의 극단적인 예라고 할 수 있으나, 1960년대에 시작하여 1970년대에 상당히 성숙된 한국 산업사회 구조 안에서도 '저임금 실태'의 수준과 폭은 공공연한 문젯거리로 대두되었다.

70년대에 소설들이 사회현실을 그릴 때 가난과 어두운 면에 편협하게 치중한다는 불평을 말하는 이들을 문단 내부에서도 종종 볼 수 있다. 그러나 작가가 '인간다운 삶의 자리'가 최소한 어떠해야 한다는 것을 염두에 두고, 또 문학은 인간을 탐구만 할 것이 아니라 사랑해야 한다는 정신을 가슴에 지니고 시대의 현장에 나서서 본다면 의외로 서민대중의 가난 문제가 폭넓은 소재임을 인정하게 될 것이다.

이 소재의 진실성에 대해서는 경제 관계당국의 조사 발표들이 오히려 앞질러서 증명해주고 있다. 1978년 3월의 실태를 보면 한국 근로자 총인원 793만 명 중 76.7%인 544만 1천 명이 과세점 미달인 5만원 이하의 월급을 받고 있다. 또한 과세점에 이른 근로자들을 포함해서 살펴보아도 10만원 이하의 월급을 받는 근로자가 전체 근로자 속에서 88.6%를 차지하고 있다. 과세점 기준은 5인 가족을 거느리는 근로자에게까지 해당되므로, 전체 저소득 근로자들에게 연관되는 가족들을 합하여 생각해 보면 가난하게 사는 시민들의 폭은 엄청나게 넓어질 수 있다.

그러면 한국이 산업화 시대로 넘어가는 과정에서 저임금 근로자층의 폭이 이처럼 넓어야 하는 것은 부득이한 현실일까. 이 문제에 관련하여 검토해볼 만한 한 조사 발표가 있다. 1979년 2월호 한국은행《조사월보》에서 보면 '공업생산 분야에서 물가를 인상시키는 요인은 수입물자 가격과 국내 통화 발행에 있고, 근로자의 임금 인상은 노동생산성의 향상에 흡수되므로 거의 문제가 되지 않는다"고 되어 있다.

아무튼 인간을 옹호하는 문학의 양심에 비추어볼 때 산업화 시대에 서민대중이 비인간적 생활조건에 희생되는 현실을 외면하기는 어려운 일이다. 가난으로 하여 사람들은 양심이 어두워지고 가정의 평화도 깨어진다. 공업단지와 그 주변 근로자들의 합숙생활은 가족적인 조화와 온전한 친근감을 누리지 못한다. 신혼부부들은 월급에서 저축하여 최저한의 자기 집을 마련하려고 여러 해 동안 애를 쓰지만 좀처럼 그 뜻을 이루기가 어렵다. 어린이들은 오막살이 또는 셋방살이의 비좁은 공간에서 뛰쳐나와 거리에서 위안을 구하며 동무들과 어울리지만 거기에는 책임 있게 지도해줄 사람이 없다.

산업사회 밑바닥의 가난한 사람들이 겪는 삶의 불행을 뼈에 새기듯이 고뇌하여 쓴 것이 조세희의 '난장이' 연작소설이다. 송원희의 「비틀거리는 중간」에서는 공장장인 중간층 인물이 주인공이었고, 또 아직 산업화 초기의 실정을 그린 탓인지 청소년 근로자들의 참상을 직시하면서도 그들에 대한 애착이 자리잡히지 않은 면이 있었다.

그들은 왜 우리들이 가난한가를 생각조차도 하지 않는다. 시골에서 서울이란 곳을 꿈꾸고 올라온 여공들은 영화배우 이름이나 외고 배우집 식모살이나 몸종으로 가기를 원하는가 하면 남공은 남공대로 한 푼이라도 더 돈이 생기면 여공을 데리고 영화구경이나 다니고 술이나 마시고 놀러다니길 좋아할 뿐이다. …백 명에 가까운 직공 속에 한두 명 지각 있는 자도 없지는 않으나 대개의 경우 무엇이 어떻게 돼가는지 알지도 못하고 알려고도 하지 않는 것이다. 생의 의욕도 없으니 불만도 만족도 분노도 없다.

이런 대목이 송원희 소설의 그런 면이다. 그런 측면이 눈에 띌 수 있는 것도 사실이겠으나 그것이 청소년 근로자들의 보편적 실상이라고 보기는 어렵다. 오히려 보다 많은 청소년 근로자들의 적은 돈이나마 시골 고향의 어버이 또는 도시 영세민촌의 가족을 위해 바친다고 볼 수 있다.

조세희의 '난장이' 연작은 철저하게 가난하고 무력한 사람들 내부로부터 우러나오고 있다. 가장이 난쟁이로 설정된 것 자체가 매사에 자신이 없고 후퇴할 줄밖에 모르는 기죽은 인간을 표상한다. 그러나 난쟁이는 아내에 의해 자식들에게 변호된다. "아버지는 착한 분이며, 다만 너무 지쳤을 뿐"이라고.

이 소설이 동원한 복합적 구성과 상징적 화법은 독자에게 바람직하지 않은 방향으로 전달될 위험도 없지 않다. 가령 "무슨 해결이 나야 말이지. …그들이다. 누가 이 이상 정확히 말할 수 있겠는가? 그들 자신에게는 죽을 때까지 져야 할 책임이 하나도 없다는 게 특징이다. 그들은 모두 그럴 듯한 알리바이를 갖고 있다. 한 주전자의 커피와 한 말의 술을 마시면서 좋은 글을 못 쓰고 울기만 한 나를 이해하라." 중요한 끝매듭 부분 같은 데에 섞여든 이런 말들이 오해될 가능성을 지닌다. 그러나 이런 말들까지도 작가로서 고뇌한 밀도에 보태어져 이해될 수 있다.

난쟁이 일가의 살림 형세 자체가 철거대상인 빈약한 가옥에 꾸려져 있는 데서 비극의 긴장도가 지속된다.

영희는 마당가 팬지꽃 앞에 서 있었다.

"우린 못 떠나. 갈 곳이 없어. 그렇지 큰오빠?"

"어떤 놈이든 집을 헐러 오는 놈은 그냥 놔두지 않을 테야."

영호가 말했다.

"그만둬."

내가 말했다.

"그들 옆엔 법이 있다."

아버지 말대로 모든 이야기는 끝나버린 것이나 마찬가지였다. 마당가 팬지꽃 앞에 서 있던 영희가 고개를 돌렸다. 영희는 울고 있었다. 어렸을 때부터 영희는 잘 울었다. 그 때 나는 말했다.

"울지 마, 영희야."

"자꾸 울음이 나와."

"그럼 소리를 내지 말고 울어."

"응."

그러나 풀밭에서 영희는 소리를 내어 울었다. 나는 손으로 영희의 입을 막았다. 영희의 몸에서는 풀냄새가 났다. 개천 건너 주택가 골목에서는 고기 굽는 냄새가 났다. 나는 그것이 고기 굽는 냄새인 줄 알면서도 어머니에게 묻고는 했다.

"엄마, 이게 무슨 냄새야?"

이 대목에서 '풀냄새'가 중요하다. 풀냄새 같은 풋기가 너무도 비극적인 이 소설에 신선한 감수성이 흐르게 해놓았다. 난쟁이의 두 아들은 인쇄공장 직공으로 들어갔다가 처우개선을 요구하고 쫓겨난다. 큰아들은 열심히 책을 구해 읽으며 공부를 한다. 이 독서에 연유하여 소설 속에 삽입되는 이론적 문장들은 소설의 주제를 보강해서 표현하는 효과를 낸다. 큰아들의 공책에서 발견되는 기록—

폭력이란 무엇인가? 총탄이나 경찰 곤봉이나 주먹만이 폭력이 아니다. 우리의 도시 한 귀퉁이에서 젖먹이 아이들이 굶주리는 것을 내버려두는 것도 폭력이다. 반대 의견을 가진 사람이 없는 나라는 재난의 나라이다. 누가 감히 폭력에 의해 질서를 세우려는가? …햄릿을 읽고 모차르트의 음악을 들으면서 눈물을 흘리는(교육받은) 사람들이 이웃집에서 받고 있는 인간적 절망에 대해 눈물짓는 능력은 마비당하고, 또 상실당한 것은 아닐까? …지배한다는 것은 사람들에게 무엇인가 할 일을 준다는 것, 그들이 목적 없이 공허하고 황량한 삶의 주위를 방황하지 않게 할 어떤 일을 준다는 것이다.

소년 노동자에 걸맞게 소박한 발상이면서 실상 산 진리와 정의를 되새기게 하는 작용을 한다.

그러면서도 이 소설이 관념적으로 흐르지 않는 것은 난쟁이의 딸 영희의 행동에서 엮어지는 드라마에서 보장된다. 마침내 난쟁이 가족의 집이 철리고 그림의 떡격인 아파트 입주권은 브로커에게 팔려나갔을 때, 영희는 그 브로커를 따라가 몸을 희생한 후 입주권을 탈환해 가지고 돌아온다. 그날 어둑새벽에 영희가 입주권을 들고 시내를 가로질러 돌아온다. "내가 탄 택시는 남산 터널을 빠져 시내를 가로질러 달렸다. 죄인들은 아직 잠자고 있었다. 이 거리에서 구할 자비는 없었다." 조세희는 1979년 동인東仁문학상 수상 답사에서 영희가 돌아올 때의 이 몇 줄을 표현하기 위해 한 밤을 꼬박 새웠다고 말하였다.

과연 죄 없는 사람들이 삶의 자리를 박탈당할 때 무심하게 방관한 사람들, 이 시대의 모든 시민들마저 죄인이라 할 수 있다. 소설집 『난장이가 쏘아올린 작은 공』의 「에필로그」에서 교사가 말한다.

다음 학기부터는 윤리를 맡으라는 통보를 이미 받았다. 제군도 잘 알다시피 윤리는 실제의 도덕 규범이 되는 원리이다. 제군이 결정자라면 수학을 못 가르쳤다고 책임을 물은 사람에게 윤리를 떠맡길 수 있겠는가? 아무도 모르게 무서운 음모가 꾸며지고 있다. 시간표에서 윤리 과목을 빼버리겠다는 거나 마찬가지다.

실로 '도덕적인 힘'이 상실되어가고 있는 것이 이 시대의 근본적인 재난이다. 산업사회의 모든 부조리도 여기에서 발생하는 것이다. 한국에서 산업화는 70년대에 표방된 수출입국이라는 말과 같이 수출무역에 크게 의존하는 경향이 있었다. 이 수출산업을 소재로 한 것으로 윤정규의 단편 「산타클로스는 언제 죽었나」(1973)가 있다. 그 소설에는 다음과 같은 대목이 나온다.

한국의 많은 무역회사가 수출에는 적자를 보고 수입에서 적자를 메운다는 방식을 취하고 있는 경우가 있는데 대건통상도 예외가 아니었다. 대건통상도 가발 수출 외의 수출에서는 별반 재미를 보고 있지 못한 형편이었다. 그래서 수출액의 27%에 해당하는 수입쿼터를 활용하여 재미를 보지 않으면 안 되는 것이다. 5백만 달러 수출이면 수입 쿼터 1백 30여만 달러가 된다. 이 수입쿼터로 어떤 물건을 어느 때에 수입해 오느냐에 따라 부자가 되느냐 못 되느냐가 결정되는 것이다.

수입쿼터 제도 자체는 합법적이만 국가 차원에서 볼 때 기업들이 수출에서 적자를 내고 수입에서 적자를 메운다는 것은 도덕성에 위배된다. 그러나 실제로 부도덕한 방법으로 수출 행위를 하다가 파탄에 이른 이른바 30대 재벌회사들이 78년 말과 79년 초에 걸쳐 사회적으로 큰 물의를 일으킨 것이 한국 무역 분야에서의 한 실태였다.

산업사회에서 도덕성의 결여는 근본적으로 국제관계에서부터 문제

가 된다. 이른바 '자유주의 통상 원칙'은 거래하는 국가 사이의 경제
력이 어느 정도 균형을 유지할 수 있을 때에만 유효하므로, 일반적으
로는 이 원칙이 국제간의 사회정의에 합당한 방법이 못 된다는 점은
한 종교 지도자에 의해서도 경고된 바 있다.

한국의 경우를 봐도 대일 무역 역조현상은 1978년에 32억 9천만
달러를 기록한 것으로 당국이 밝혔는데, 이것은 역사상 최고의 역조
기록이며 전년도에 비해 90.6%나 증대된 것이고, 이로 인한 한국측
적자가 9억 달러를 넘는다고 한다. 미국의 경우에도 미국의 경제적 팽
창주의가 무역 역조를 통해 개발도상국들의 경제발전을 저지하고 있
다고 자국내의 경제학자들에 의해 자가비판당하고 있다.

이렇게 볼 때 산업사회의 문제는 그 본질이 세계적 영역의 문제이며
문명사적 차원의 문제로서, 여기에 문학이 대응하려면 문학인들도 이
광범한 분야와 문제의 구체성을 한 차례 인식하는 것이 바람직하다.

물론 문학예술은 순박성과 사랑을 바탕으로 하여 개성과 감수성을
발휘하고 하나의 구체적 진실에서 세계의 문제를 다루어내는 독특한
기능을 지니고 있다. 그러나 이런 기능은 다만 기본적인 것이고, 현대
세계의 격심한 복잡성은 보다 큰 범주에서 문학이 그 문제들을 종합하
고 재창조할 수 있어야 한다. 이런 의미에서 산업사회에 조응하는 문
학적 안목은 결국 산업사회에 옮겨져 그 안에서 인간적인 삶의 실현을
모색하고 형상화해야 하는 것이다.

결론적으로 산업사회의 생산관계는 단순한 생산량의 증가, 이윤,
독점적 지배를 목적으로 하지 않고 오직 인간에 대한 봉사를 목적으로
해야 할 것이다.

노동의 가치는 지극히 고귀한 것이니 그것은 자연히 인간의 인격에
서 시작되어 자연물에 그 사람됨의 모습을 새기게 된다. 사람은 일반
적으로 노동을 통해 자신과 가족의 생계를 마련하고 다른 사람들을 사

귀고 도우며 끝내는 조물주의 창조 작업 완성에 협조하게 된다.

　그러므로 노동에 대한 보수는 시장 상거래의 이윤에 좌우되거나 어떤 특정인 임의의 결정에 의거할 성질의 것이 아니다. 노동의 보수는 마땅히 그 사람과 가족의 인간적이고 품위 있는 삶에 합당하도록 지급되어야 한다.

　현대세계에서 가장 첨예한 문제로 대두되어 있는 '인간 소외'의 불행도 이 생산관계와 보수에 직결되어 있다. 산업사회의 기계화한 생산작업이 인간의 창조정신을 반영하거나 인간을 목적으로 삼지 않는 것과 함께, 소비생활과 경영자의 운영마저도 소외를 겪는다고 하는 것이 에리히 프롬의 해석이다. 내용을 이해하지도 못하면서 허영으로 책이나 미술품을 사는 것 같은 예가 소외의 소비생활이다. 또 경영자도 강력한 경쟁업체, 거대한 시장, 어떤 권력단체나 권력자에 의해 소외 현상에 빠져들 수 있다.

　이러한 문제들까지 생각할 때 산업사회를 다루는 문학예술 작업은 다시 한번 어려워진다. 조세희의 난쟁이 연작 중 「은강 노동가족의 생계비」에서 영희가 부르는 노래,

　　아침에 솟는 해는 우리의 동맥/여명에 종 울려서 지축을 돌린다/쉬지 않고 생산하는 자/…아, 우리들은 노동자

　이러한 노래의 흥취로는 문제가 다루어지지 못한다. 이 소설에서 난쟁이의 큰아들이 새로 취직한 공장에서 월급봉투를 들고 노조지부장을 찾아간다. 그는 사용자의 부당행위에서 보호받게 되어 있는 지부 운영규정 9조 2항, 연장근로 수당을 보장한 근로기준법 46조, 부당해고에서 보호받게 되어 있는 근로기준법 27조와 단체협약 21조를 들어 회사측의 부당성을 항의한다. 그 결과로서 그는 해고자 명단에 이름이

올라 다른 직장에도 갈 수 없게 될 것에 위협을 느끼며 공장에서 사퇴해야 하였다. 노조 지부장 또는 공장장 등 중간계층의 자립성도 없는 것이 오늘날 한국 산업사회의 현실이다.

사유재산권의 자연스러운 정당성은 주장되어야 하지만, 그것만으로써는 만족할 만하지 못하다. 전 사회계층들 사이에서 부의 분배가 효과적으로 이루어져야 한다.

—「요한 23세, 어머니와 교사」중에서

문학예술의 작업은 오늘의 산업사회가 드러낸 가치관과 질서의 한 · 계를 딛고 넘어서서 인간혼의 새 화원을 창조하려는 이상을 마련할 수 있어야 한다.

(1979)

문학과 생명운동

1. 또다른 차원

'생명과 문학'의 상관관계가 그 범위는 대단히 크다. 그러나 생명의 세계가 크듯이 문학 또한 작은 범위의 작업이 아니다. 그러므로 이 두 기능은 원천적으로 큰 자리에서 결국 만나야 할 것이다. 특히 현대 세계에서는 인간의 과도한 욕구와 과학기술의 남용으로 지구의 생태계 자체가 심각히 파괴되어 가고 있다. 이 경우에 거론되는 '생명'은 자연과 인간적인 삶의 가치를 포괄하고 있다.

생명의 위기에 부응하기로 하자면 문학 또한 자체점검에 있어 예사롭거나 단순할 수 없다. 서정시와 노동소설, 현실도피와 참여, 모더니즘과 리얼리즘, 이러한 유형의 차원에서는 논의가 제대로 이루어지기 어렵다. 원래 동양에서는 고대로부터 문학을 가리켜 우주의 마음을 말로 표현한 것이라고 하였다(『역경易經』). 또 자연은 그대로 가만히 있는 것無爲이라고 하였다. 가만히 있으므로 존재 의의가 없는 것인가. 가만

316

히 있으면서도 싹 틔우고 열매 맺고 할 일은 다 한다. 그 자연 안에서 구체적으로 어느 것 하나를 취하면 그것이 바로 진리에 맞먹는 것이 되기도 한다. 노자『도덕경道德經』에서 보면 '물'과 '나무등걸樸'에 '도道' 즉 진리의 의미가 있다고 되어 있다. 원목과 같이 가공되지 않은 것이 진리의 원 모습이라는 뜻이다. 생명의 큰 세계가 가치관의 바탕을 이루고 있다.

현대세계에서 생명이 재난을 겪는 것은 서양문명 때문이라는 통념도 있다. 자연과 조화를 이루는 동양인들과 달리, 자연을 지배하려드는 서양인들의 사고방식이 문제라는 것이다. 심지어 그리스도교 세계관도 인간으로 하여금 자연을 지배케 하는 것으로 되어 있다고 한다. 성서의「창세기」에 보면 "만드신 모든 것을 하느님께서 보시니 참 좋았다."(「창세기」1. 31) 사람에게 "자식을 낳고 번성하여 온 땅에 퍼져서 땅을 정복하여라."(1. 28) 이러한 대목들이 바로 인간의 자연지배 원리라는 것이다. 그러나 하느님은 참 좋은 세상을 창조했고, 너희는 서로 사랑하라고 했고, 번성하여 땅을 정복하라 한 것은 만물의 영장인 인간에게 세상을 선물로 준 데에 성서의 진의가 있는 것으로 풀이된다. 좋은 선물을 받았으면 고마워서 잘 보존해야지 더럽히고 파괴하는 것은 이치에 맞지 않을 것이다. 또 그리스도교에서 말하는 생명은 삼라만상에만 있는 것이 아니고 '진리' 자체도 생명과 동일시하였다. 그리스도가 자신을 가리켜 "나는 길이요 진리요 생명이다"한 것이 그 생명관이다.

그런데 인간은 선물과 진리를 받아들일 수도 버릴 수도 있다. 심지어는 의욕과 희망을 잃고 자살을 하는 수도 있다. 세상의 모든 동물 중에서 자살을 하기도 하는 동물은 인간뿐이다. 선과 악을 선택할 자유의지를 타고난 인간의 속성은 서양에서고 동양에서고 인정하지 않을 수 없다. 바로 이러한 인간이 현세기에 지상의 생명을 파괴해 가고 있다. 자연 생태계뿐 아니라 진리에 향한 가치관까지도.

문학은 '말'을 가지고 하는 예술이다. 말이 그리스도교에서는 존재 자체와 같은 것으로 설명되기도 하였다. 동양에서 우주의 마음에 연유하는 것으로 본 것과 통하는 개념이다. 이렇게 비중이 큰 '말'에서부터 한번 문학의 원천을 볼 필요가 있겠다. 그 다음으로는 지구생태계의 재난을 문학이 방관할 수 없다. 마지막으로 살 가치에 희망을 갖지 못하면 인간이 자살도 하므로, 생명에 맞먹는 '진리'에까지 문학은 진전할 소명을 지닌다. 이 세 요소, 말·자연·진리에 문학을 관계지우는 시도로써 '생명과 문학'이라는 주제에 다가가 보고자 한다.

이러한 주제가 제기된 것이 우연으로 보이지 않는다. 오늘의 우리 문명이 정치·경제를 포함해 직면한 세계 현실의 전환을 맞고 있기 때문이다.

2. 이 시대 한국의 환경과 문학

오늘날 한국의 사회 현실에서도 '말'을 통해 가치를 창조하는 문학은 주제의식의 폭을 넓혀야 한다. 이 넓혀지는 만큼의 폭은 바로 자연과 생태계의 심각한 파괴에 대한 문제의식이어야 한다. 1960년대 이후 한국의 현실참여문학 내지 리얼리즘문학은 주로 쿠데타로 정권을 잡은 군사독재에 대한 저항, 민주주의와 인권의 신장, 지식인과 노동자의 옥중 생활을 내용으로 삼아 왔다.

그런데 이러한 동안에도 한국의 경제는 발전하고 있다고 선전되었다. 실제로 국민의 연간총생산고GNP는 80년대 후반에 이미 5천달러를 넘어섰다고 한다. 이른바 개방과 개혁을 외치며 나선 소련의 고르바초프 대통령은 한반도의 이 작은 남한 정부로부터 30억달러의 차관을 얻어가려고 교섭을 벌였으며 90년대 초에 남한 정부는 이 차관을 소련에 제공하였다. 그 뒤 소련이 와해된 후 한국으로부터의 이 부채를 러시아공화국이 떠맡게 되었다.

그러면 한국은 과연 대단히 잘사는 나라가 된 것인가. 물론 한국이 개방된 시장경제 원리 안에서 선진 자본주의국가들로부터 막대한 외채를 얻어오고, 또 선진국 산업계가 이미 손을 떼고 국외로 밀어 내려한 중화학공업들을 받아들여 우선 경제적 생산고를 향상시킨 것은 사실이다. 그러나 이 경제성장이 내부로부터 화근을 곪게 하였다. 그 곪은 것이 이미 여기저기서 어떻게 막을 수 없이 터져 버렸는지를 냉철히 인식하는 시력이 지금 우리에게 필요하다. 너도 나도 '한국은 이제 잘사는 나라' 라는 자만에 도취하면서 한 칸 셋방에 사는 이도 자가용 차를 사서 가뜩이나 좁은 골목을 가득 메워 놓는다. 하기야 국민의 절반 이상이 분명히 무주택자라는 공식통계가 있다. 땅값과 집값의 폭등으로 생산직 근로자들의 월급으로는 평생을 저축해도 집을 살 수 없는 계산이 나온다. 그러니까 자가용 차나 사서 주말이면 야외로 놀러다니며 삶을 즐기고 보자는 풍조가 생긴다고도 한다. 무력한 서민들은 허무주의에서, 고소득층 졸부들은 남아도는 돈을 쓸 데가 없어서 국민 전체가 이른바 과소비 풍조를 형성하기도 한다.

자연을 파괴하는 대표적인 두 요소가 있다. 그 첫째가 유해한 과학기술의 남용이고 둘째가 바로 과소비이다. 이 두 요소를 오늘의 한국 사회는 가장 철저히 갖추고 있다. 그 결과로서 이미 나타나고 있는 재앙은 과연 어떠한가. 60년대 이래 정치권력으로 한국을 지배해 온 이들의 동일한 고향이 있다. 그곳은 경상북도 대구시이다. 이 고장에서 3공·5공·6공의 세 대통령이 배출되었다. 이들은 모두 자신들의 고향을 특별히 발전시키려 하였다. 그리하여 영남지방의 젖줄인 낙동강 유역에 수많은 공장지대를 조성하였다. 그 대표적인 예가 구미공업단지이다. 그 결과로서 전국의 다른 강들에 비해 낙동강이 가장 심하게 오염되었다. 도시 식수의 상수원이 강이다. 1991년에는 대구시민들이 수돗물을 마시고, 구토를 일으키는 큰 사건이 발생하였다. 그 대통령들은 자기 고향사람들로 하여금 결국 수돗물도 마음놓고 마실 수 없는 불행에 떨어지게 한 셈이 되었다.

구미공단과 함께 영남의 대규모 공업단지인 울산지역도 환경공해의 표본이 되는 고장으로 전락하였다.

12·12 사태 이후 갑자기 유명해져 텔레비전에 부쩍 자주 나오던 대머리 아저씨가 결국 대통령으로 취임할 때까지 너무나 엄청난 비극들이 부산·마산에 이어 광주에서 결국 피의 항쟁으로 터져 나와 달포의 공해시비 따위는 어디 명함도 못 내놓을 판이었다. 형편만 된다면 어서 이 죽음의 땅을 떠나고 싶었다.

바다와 농토에 뿌리내린 작물만 죽는 것이 아니라 달포는 서서히 살아 있는 지옥으로 변하기 시작한 것이다.

겨울에는 그런대로 견딜만했으나 계절이 바뀌기 무섭게 내륙 쪽으로 방향을 바꾸는 남동풍 속에는 악마의 발톱이 들어 있었다.

눈이 따갑고 속이 뒤집힐 것 같은 악취를 풍기는 바람을 맞으면 생명이 강하다는 은사시와 사철나무도 맥없이 말라죽고, 사람들은 기관지나 안질환을 호소하게 되고 특히 노약자들은 전신에 땀띠 같은 붉은 반점들이 발생해 이것을 긁으면 진물과 피가 흘러내렸다. 피부병 특효약이 맥을 못추는 판에 보건소 약을 신뢰하는 사람은 아무도 없었다.

여름 밤은 더더욱 고통스러웠다. 대낮에는 그래도 좀 덜한 편인데 날만 어두워지면 매캐한 냄새 때문에 아무리 무더워도 창문을 열 수 없었다. 언론인이고 교수고 마구잡이로 잡아넣어 시국을 해결하려 들던 대통령의 공약이 헛소리에 불과했다는 것을 주민들은 뒤늦게서야 알았다.

젊은 작가 김수용이 '공해없는 세상을 위하여'라는 부제를 붙여 발표한 장편소설 『이화梨花에 월백月白하거든』에서 가려뽑은 한 대목이다. 여기에서 헛소리가 된 공약이라는 것은 공해지역 주민들을 다른 곳으로 이주시켜 주겠다는 정부의 약속이 재원부족을 이유로 이행되지 못한 것을 가리킨다. 공단을 흐르는 강이 썩어 하구와 바다까지 썩은 판에 허울좋게 '해상 그린벨트'까지 선언한 정부의 처사에서 주민들은 참을 수 없는 기만을 느낀다.

이러한 삶의 현장을 생각해 보자. 이것은 민주주의가 부재하고 독재가 판을 친다는 등의 문제 정도를 오히려 추상적이라고 생각되게 한다. 이것은 가장 절박한 고통의 구체성이다. 그런데 문학이, 또 리얼리즘이 어떻게 이 현실을 지나쳐 볼 수 있겠는가.

과연 『이화에…』 외에도 역시 남쪽 바닷가 공단 마을의 아픔을 쓴 이남희의 장편소설 『바다로부터의 긴 이별』, 아마도 국내 초유의 장편 반핵소설인 백혜강의 『검은 노을』이 출간되었다. 또 시집으로는 고형렬의 환경시집인 『서울은 안녕한가』와 생태·환경 선시집인 『새들은 왜 녹색 별을 떠나는가』가 출간되었다. 이러한 소설과 시는 모두 1991년에 출간되었다. 90년대가 열리는 시대 한국문학의 한 뚜렷한 징후이다. 이와 같은 한 충격적 징후는 무엇 때문에 일어나고 있는가. 오늘 우리의 시야에 느닷없이 새로운 적이 나타났기 때문이다.

적이 사라지면서
더 커다란 적이 나타났다
그것은 결코 없었던 것이 아니라
이념의 적 속에 숨어 있었다
이념의 적 속에 갇혀 있었다
그러나 사실은 그들은 적이 아니었다

누가 적이란 말인가
적이라고 말한 사람이
오랜 우리들의 적이었다
그것들은 우리 곁에 있다
이제 그것들은 드러났다
가장 커다란 적으로 나타났다
자 이제 우리는 어떻게 할 것인가
그 새롭지 않은 적과
어떻게 싸울 것인가
하이타이와 공장이 아니
우리의 모든 욕망이 바로
우리의 적이라는 사실을
자 이제 어떻게 할 것인가
우리를 둘로 갈라놓으면서 끝없이
더 큰 적을 숨겼던 조국은
이제 인간과 자연을 돌보라
국토와 생명을 보호하라.

고형렬의 환경시집 『서울은 안녕한가』에 실린 시 「진짜 적」의 전문이다. 적이 사라졌는가. 자본주의가 승리했는가. 오히려 분단보다도 더 크고 치명적인 적이 드러나고 있다는 시대인식이 우리를 새로이 엄습해 오고 있는 것 같다. 물과 흙과 공기를 죽여 원천적으로 인간 모두의 생명을 죽이려드는 이 적은 '환경공해'라는 것이지만, 이 적 속에는 또한 "우리의 모든 욕망"이라는 것도 들어 있다. 지나친 욕망에서 과학기술의 남용과 과소비의 악덕이 늘어나면서 공해가 발생한다. 그러면 인간의 이 지나친 욕망을 견제하는 일에는 무엇이 필요하게 되는

가. 그것은 좀 거창해 보이지만 '진리'와 '진실'이 필요할 수밖에 없다. 진리가 곧 길이요 생명이라고 하지 않는가. 또한 생명이 있는 '말'을 가지고 문학은 인간다운 삶의 가치를 구현해 나아가야 한다.

3. 생명운동과 제3세계

최근 한국 사회에서 문학인들의 생명운동 참여는 결코 미미한 추세가 아니다. 오랜 동안 반독재 저항시인으로 국외에까지 널리 알려져 온 김지하가 근년에 생명운동의 기치를 들었다. 그는 통산 7년간의 감옥 생활 속에서 어느 날 철창 틀에 쌓인 조금의 흙먼지로부터 녹색의 생명이 싹트고 있음을 발견하고 전율과 같은 충동을 받았다고 한다. 그 때 그는 생명운동에 나설 의향을 지니게 되었다.

1991년에 김지하는 반체제 운동권 학생들이 건물 위에서 뛰어내리기아 분신으로 자살을 하는 사례들이 빈번해지자 언론 지면에 "죽음이 굿판을 집어치워라! 무엇하는 짓들인가"하고 질책을 가하였다. 김지하의 이 발언은 문민화 민주발전이 좀처럼 구현되지 못하고 오히려 정권 담당층이 할 수만 있으면 민중을 기만하려드는 현실에서, 정의로운 젊은이들의 헌신적 투쟁에 찬물을 끼얹었다는 거센 반발에 부딪치기도 하였다. 그러나 한 켜를 더 밑으로 들어가 이해하면 김지하의 진의를 결코 미워할 수도 없다. 오히려 그 나름의 아픈 충정에 귀를 기울여야 할 것이다. 우리가 희구하는 민주주의는 과연 무엇인가. 인간다운 삶, 인간존엄의 가치관을 사회에 정착시키는 일이다. 그렇다면 당연히 인간의 생명의 존귀함을 투철히 인식하는 선에 연결되는 투쟁방법을 쓰는 것이 바람직하다는 데에 무슨 이의가 있을 수 있겠는가.

생명운동에 나선 또다른 문학인으로는 문예비평가 김종철의 경우가 있다. 그는 70년대 이래 주로 《창작과비평》을 통해 현실의식의 비평과 제3세계 문학론을 전개해 왔다. 그가 1991년 말에 《녹생평론》이라는 잡지를 발행하기 시작하였다. 이것은 본격적인 생명운동 차원의 일이다.

오늘날 우리가 경험하고 있는 전대미문의 이 생태학적 재난은 결국 인간이 진보와 발전의 이름 밑에서 이룩해 온 이른바 문명, 그 중에서도 특히 서구적 산업문명에 내재한 논리의 필연적인 결과로서 사회적, 인간적, 자연적 위기라는 사실을 명확히 인식하는 것이 무엇보다 중요하다. 이것은 사람이 이 세상에 산다는 것은 무엇인가, 이 지구상에서 사람이 삶을 영위하는 방식은 과연 무엇이어야 하는가를 근본적으로 성찰할 것을 요구하는 진실로 심오한 철학적 종교적 문제에 직결되어 있다고 할 수 있다.
… 우리와 우리의 자식들이 살아남고, 살아남을 뿐 아니라 진실로 사람다운 삶을 누릴 수 있기 위해서 우리가 할 수 있는 것은 협동적인 공동체를 만들고, 상부상조의 사회관계를 회복하고, 하늘과 땅의 이치에 따르는 농업 중심의 경제생활을 창조적으로 복구하는 것과 같은 생태적으로 건강한 생활을 조직하는 일밖에 다른 선택이 없다.

이것이 《녹색평론》지 창간사의 일부이다. 하늘과 땅의 이치에 따르고, 농업 중심의 경제생활을 창조적으로 복구하자는 주장은 첨단 기술에 의한 산업경제에로 몰려나아가고 있는 금세기 세계 공통의 추세로부터 비현실적이라고 거부되는 반향에 부딪칠 수 있을 것이다. 추세가 그러함에도 불구하고 인류가 구원받을 수 있는 길은 역시 농업문화의 가치를 따르는 길밖에 없다는 것도 사실이다.
특히 선진 산업국들의 지구 전역을 유린하는 행위의 구체적인 내용은 바로 제3세계 나라들의 농업을 파괴하고 있는 것으로 나타난다. "1972년에 석유 1배럴 값은 제3세계에서 바나나 26킬로그램에 해당하였다. 1980년대 중엽에는 1배럴이 바나나 200킬로그램 값이다. 2천 년대에는 농부들이 그들의 생산품 값을 얼마나 받게 될까? 선진 산업 국들이 가난한 나라들에게 강요하는 세계시장에의 참여와 국내시장의 파괴는 모든 제3세계 나라들의 실제적인 현실이다. 이것은 부유국과 빈곤국의 말 없는 전쟁이다. 예를 들면 한때는 국내에서 소비될 옥수 수와 콩이 자라고 있던 라틴아메리카의 많은 비옥한 지역에는 이제 선 진국 다국적 기업들이 소유하고 있는 농원들이 있다. 거기에서 자라고 있는 농작물은 수출용 딸기와 난초들이다. 그 지방 주민들은 굶주리 고, 어린이들은 단백질 부족으로 저능아가 되며, 늙은 사람들은 죽고, 젊은이들은 시골에서 도망친다. 누구를 위해 딸기와 난초를 기르는 가? 거기에서 누가 이득을 보는가?" 이것은 도로테 쇨레가 쓴 「자연에 대한 화해로서의 노동」이라는 글의 일부이다.

농산물 수입개방을 강요당하면서 피폐일로를 걷고 있는 한국 농업 경제의 운명도 다름 아닌 제3세계적 현실이다. 한 국가 지역주민의 조 화로운 자급자족 경제야말로 사람다운 삶의 기본조건이다. 이 조건의 구비를 방해하고 파괴하는 국제적 간섭은 비도덕적 횡포이다. 수출위 주 공업경제가 땅과 하늘을 오염시키는 일을 계속 확산시키는 현실도 방치될 수 없는 재앙이다.

앞에서 논급한 바 공해 문제를 작품으로 다룬 적지 않은 수의 시인 과 소설가, 그리고 비평가, 이 밖에도 이 지향의 문예 작업에 장차 동 참할 수 있는 더 많은 문학인들은 작업의 기본정신을 종합적으로 어떻 게 정돈해야 할까. 생명문화 운동 내지 생명문학 작업은 단순히 기계문 명의 폐해 자체를 거부하는 소박주의에 떨어져서는 안 될 것이다. 또 객관적이고 총체적인 현실을 직시하는 리얼리즘으로부터 이탈해도 무 방하다는 투로 막연한 초월주의에 흘러도 안 될 것이다. 오히려 제3세 계 리얼리즘문학의 시각을 돈독히 해야 할 필요가 있다. 인간의 삶이 지구상에서 조화로운 균형을 이루기 위해서도 리얼리즘이 필요하다.

　이와 같은 현실의식을 건강하게 견지하면서, 우리는 총체성의 개념 안에 내포적 깊이를 끝없이 부여해 우주·자연·생명을 조화롭게 통어하는 문학이 되도록 해야 할 것이다.

(1993)

제3세계 문학이 지향하는 것

아프리카 첫 노벨문학상

노벨문학상으로서는 아프리카에서 첫 수상자로 나이지리아의 월레 소잉카*Wole Soyinka*가 결정되었다. 이것은 아프리카인으로서 받는 첫 노벨문학상이다. 제3세계 3대륙 중 아시아와 라틴아메리카에서는 이미 오래 전에 여러 명의 시인 작가들이 노벨문학상을 받은 바 있다.

이번에 자신이 받게 된 노벨문학상의 의미에 대해 소잉카는 "아프리카 문화와 전통에 대한 국제적 공인"이라고 말했다. 다른 한편으로 이 말은 아프리카의 문화와 전통이 이처럼 늦게까지 국제적 공인을 받지 못했다는 뜻이 되기도 한다. 그러나 이 '국제적 공인'이란 말을 더 정확히 표현하자면 '서구로부터의 공인'이라고 해야 할 것이다.

서구사회가 아프리카 문화를 인정하지 않았다는 것은 백인들로서는 자신들이 지배했던 식민지 흑인 사회에 대한 도덕적 가책을 호도하려는 의도가 작용했다고 볼 수 있다. 그러나 문화의 생리에서부터 이질감이 있기 때문이기도 했을 것이다. 일찍이 1934년부터 프랑스 빠리에서 네그리뛰드(*Negritude*, 黑人性) 문화운동을 시작했던 '셍고르'는 아프리카 흑인들의 독특한 정신 생리에 대해 다음과 같이 말했다.

"(식민지가 된 후에도) 그들은 그들로 남아 있다. 그들은 다만 느낄 뿐 생각하지 않는다. 아름다움은 언제나 삶의 뿌리에서 창처럼 곧바로 튀어올라 그들을 감동시킨다."(시집 『이디오피아』의 발문에서)

특히 서구인들에 비교되는 아프리카인들의 이와 같은 차이를 인정하면서도, 셍고르는 자신이 아프리카 출신으로서 서구에 유학한 사실을 하나의 '방탕'으로 시에 표현했다.

> 문명의 진흙이 엉겨붙은 내 발이 있다.
> 이 발에 맑은 물을…
> 그리하여 침묵의 돗자리 위에 오직
> 하얀 발바닥만이 닿게 해다오.
> 평화 평화 평화를 나의 조상들이여
> 이 탕아의 머리 위에.
>
> — 「탕아 돌아오다」에서

선구적으로 아프리카 흑인의 긍지를 강조했던 세네갈의 시인 레오폴드 셍고르를 젖혀 놓고 이번에 노벨문학상을 수상한 월레 소잉카는 1934년 나이지리아의 서쪽 아베오쿠타 지방 이제부 레모라는 마을에서 태어났다. 그는 고국의 이바단 대학에서 수학했고, 1954년 스무살의 나이로 영국에 유학하여 문학과 창작을 공부했다. 1957년에 문학사 학위를 받은 그는 런던으로 가서 연극에 관계했고, 1959년에 그의 첫 희곡 『발명』을 런던의 로얄코트 극단이 공연무대에 올렸다.

그는 1960년에 나이지리아로 돌아와서 모토母土의 곳곳을 여행하며 아프리카의 전통문화와 예술을 몸에 익히려 했으며 몇 개 대학에서 강의도 했다. 그는 희곡·시·소설·비평·강의 등의 일을 함께 수행하는 정력적인 작가였다. 소잉카의 소설로는 시적 언어의 밀도를 지닌 『해설자』와 나이지리아 내전 후에 집권한 군사정권의 잔혹성과 부정을 그린 『무덤의 계절』(1973)이 있다.

그는 1967년의 내전 때 반정부 행위를 한 혐의로 2년 간 투옥된 경험을 가지고 있다. 그는 자신의 문학작업이 단순히 어떤 메시지를 전하려는 것이 아니고, 진실의 구현에 보다 적절하다고 생각될 때엔 행동의 대열에 동참하고자 한다고 말하고 있다. 이러한 맥락에서 소잉카는 "아프리카 문학의 선구적 역할을 담당해 왔던 네그리뛰드 운동을 비판한다. 즉 호랑이는 티그리뛰드*Tigritude*라는 구호를 외치며 돌아다니는 것이 아니라 다만 달려듦으로써 호랑이의 본질을 나타낸다"고 말하고 있다.(권명식, 「아프리카 문학과 윌레 소잉카」에서)

그러나 소잉카의 이와 같은 생각은 과거 네그리뛰드 운동이 흑인 문화의 특성과 뿌리의식의 선전에 치우치고 행동 성과 창조성에 미흡했다는 점을 비판하는 것이고, 흑인문화의 뿌리의식 자체를 부정하는 것은 아니라고 보게 된다. 왜냐하면 그 자신이 아프리카의 전설과 전통문화를 현대에 있어 창조적으로 재현하려 하고 있기 때문이다. 이와 같은 작가적 성격으로 보아 이번에 노벨문학상이 소잉카에게 주어진 것은 아프리카 문학과 제3세계 문학을 위해 의미있는 일이라고 볼 수 있다.

제3세계 문학의 대두

이제 제3세계 문학이란 말은 별로 생소하지 않게 되었다. 이 현상은 일종의 제3세계 문학 성격을 띤 네그리뛰드 운동이 일찍이 1930년대에 출발되었다는 데에 연원을 둘 수도 있다.

그러나 제3세계 문학 대두의 보다 근원적인 원인은 20세기에 들어와 서구문화가 자기 신뢰를 상실해 갔던 데에서 상대적으로 나타나게 되었다고 볼 수 있다. 역사학자 슈펭글러는 말하기를 "유럽문명은 최상의 것이 아니고, 이집트·로마·그리스의 문명처럼 사라질 수도 있는 운명에 처해 있다"고 극언을 하기도 했다.

현대의 또다른 양식良識의 역사학자 크리스토퍼 도슨도『역사의 원동력』이란 책에서 다음과 같이 말했다. "아무리 약하고 후진된 국민들 속에서도 서구의 문화적 우월성을 인정하는 국민을 찾아보기 힘들게 되었다. 미개 아프리카의 어둠 속에서 겨우 어제 나타난 국민까지도 이제는 자기들이 옛 서방 지배자들과 문화적으로 동등하거나 보다 우월하다고 자처한다." 도슨의 이 지적에 동원되는 '미개'와 '어둠'이란 어휘도 아프리카인들에게는 온당치 않은 선입견이요, 횡포라고 여겨질 것이다.

아무튼 이와 같은 변화의 원인에 대해서도 도슨은 말했다. 그것은 제1차 세계대전에 이르기까지 40여 년에 걸쳐 유럽이 혁명과 전쟁으로 자기 모순을 절감하게 된 것이라는 점이다. "유럽 역사시대의 종말은 단순히 정치적 경제적인 힘의 쇠퇴에만 기인한 것은 아니다. 그것은 유럽문화의 독특성에 대한 신념이 없어지고 동양인과 비유럽인들이 문화적 지위에 있어서의 평등을 요구하게 된 결과이기도 하다. 이것은 혁명적 변화이다. 왜냐하면 바로 우리 자신의 시대에 이르기까지 절대적 의미에 있어서 유럽문화와 문명의 동일시는 일반시정인에 의해서만이 아니라, 학자와 과학자들에 의해서도 이의 없이 받아들여져 왔기 때문이다. 이제는 모든 것이 바뀌었다"고 도슨은 말했다.

도슨의 지적에서 '동양인'의 지위 요구가 제기되었고, 아프리카를 포함하여 또 다른 '비유럽인'이 제기된 데에는 라틴아메리카가 해당될 수 있다. 라틴아메리카야말로 1차대전을 통해 유럽인들의 무모한 잔혹성에서 충격을 받아, 비로소 자신들의 대륙에 이상향을 건설하기로 마음먹게 되었다. 그리하여 라틴아메리카의 이른바 '의식화' 운동은 1920년대에 벌써 출발하게 되었다.

제3세계 문학의 대두는 또한 세계현실의 부조리에 토대를 둔다. '제3세계'라는 말은 1950년 경에 프랑스와 러시아 학계에서 쓰이기 시작했으며, 경제면에서 지구상의 남북 구분은 1959년에 나타나기 시작했다고 한다. 더 나아가 제3세계가 현대세계에서 세력 구분의 단위로 실질화하기 시작한 것은 유엔 무역개발회의가 발족되면서부터인 것으로 보인다. 1964년에 제네바에서 첫 회의를 가진 유엔 무역개발회의는 지도부와 위원회에 참석할 대표권을 그룹별로 배정하면서 첫째로 서방측 그룹, 둘째로 사회주의 국가 그룹, 셋째로 개발도상의 77개국 그룹으로 구분했다. 이 세번째 개발도상국 그룹이 오늘날의 제3세계권이 되었다고 볼 수 있다.

이 유엔 무역개발회의 통계를 근거로 브라질의 성직자 헬더 까마라는 구체적으로 국제간의 정의 문제를 제기했다. 그는 "세계 인구의 28.7%를 차지하는 북반구 선진국들이 세계의 부富에서 79%를 차지하고 있다"고 말한다. 이와 같이 부가 북반구 국가들에 몰려 있는데도 이른바 자유주의 통상원칙 아래 경제적 선진국 대 개발도상국 사이의 무역 역조현상이 증대되어 국제간의 빈부 격차가 심화되고 있다는 것이다.

한편 1961년에 열렸던 베오그라드 회의에서 아시아·아프리카의 결속이 과시된 데 이어, 1971년의 리마 선언으로 77개국 그룹이 라틴아메리카의 페루에서 경제적 선진국들에 대해 '신식민주의 반대'의 깃발을 세움으로써 제3세계 문제는 이미 경제문제를 넘어선 정치 문제로까지 진전되었다. 그리고 1975년에는 유엔 회원국 144개국 가운데서 제3세계 국가가 라틴아메리카 27개국, 아시아 16개국, 중동 15

개국, 아프리카 46개국, 오세아니아 2개국, 이밖에 유럽 3개국(말타·
루마니아·유고슬라비아)을 포함하여 109개국이 되어 전체 회원국의
75.7%를 차지하게 되었다.

또한 이데올로기 판도에서도 변모가 발생했다. 1974년 유엔 자원
특별총회에서 중국의 등소평이 "자본주의 체제라든가 사회주의 체제
라는 체제적 대립은 소련에서와 같은 사회제국주의의 출현으로 이미
존재가치를 상실했으며, 이제는 미국과 소련을 제1세계의 범주에 넣
고, 미국을 제외한 자본주의 국가들과 동구 공산주의 국가들을 제2세
계로 간주하며, 그밖의 모든 개발도상국가들을 제3세계로 보아야 한
다"는 의미로 제3세계 구분 개념을 제창하기도 했다.

이데올로기적 대립에 있어서의 2분법적 흑백논리에 대항해 브라질
의 헬더 까마라도 "자본주의적 해결방법에 동조하지 않는다고 공산주
의자로 보는 2분법은 이제 부정되어야 한다"고 말했다. 이어서 까마라
는 무신론적 휴머니스트를 인정하는 발언도 했다. "우리는 많은 사람
들, 특히 청년들이 무신론자가 되는 이유를 잘 알고 있다. 그것은 신자
들, 특히 책임있는 자리에 있는 신자들이 남들에게 가르치는 바를 자
신은 실천하지 않음으로 인하여 그들을 실망시키기 때문이다. 무신론
적 휴머니스트들 중에는 진리·정의·평화를 사랑하고, 모든 것을 바
쳐 남에게 봉사하려 하며, 용감하게 고통과 고문까지 견뎌내며 신자들
에게 좋은 모범을 보이는 이들이 있다." 가톨릭 대주교로서의 헬더 까
마라는 이러한 휴머니스트들이 하나님을 만날 수 있을 것으로 믿어야
한다고 말한 것이다.

문화·경제·정치·이데올로기·신앙을 망라하여 하나의 새로운
세계관이 대두하는 역사적 단계가 곧 20세기 후반기인 것이다. 제3세
계 문학의 생성토대는 이와 같은 새로운 세계관이라고 말할 수 있다.

물질주의로부터의 인간회복

제3세계 문학은 제3세계 정치 경제적 현실을 중시하는 것이 사실이지만, 그 현실 자체가 제3세계 문학의 전적인 여건인 것은 아니다. 보다 깊은 연원에 있어 제3세계 문학은 현대 인류가 처한 문화사적 단계와 정신적 가치관에 연결되어 있다. 달리 말하자면 오늘의 제3세계가 짊어진 과제는 정치 경제면에만 있는 것이 아니고, 오히려 본질적으로 문화적인 면에 더 중요한 과제가 있다고 말할 수 있다는 것이다.

이 점은 특히 구미 선진국 국민들의 가치관이 물질주의에 빠져 있는 문제에도 연관된다. 원래 물질이 인간을 위해 있는 것이지 인간이 물질을 위해 있는 것이 아님에도 불구하고, 오늘날 경제적 의미에 있어서의 선진국 국민들은 마치 물질의 소유량과 향락 자체에 행복의 척도가 있는 것처럼 착각한다. 여기에서 인간으로서의 올바른 가치관이 뒤집히고 수많은 인간들이 물질의 노예상태에 떨어진다. 자본주의와 다름없이 공산주의도 물질주의의 연장이다. 따라서 오늘날 인류에게 가장 요청되는 것은 인간회복 내지 인간화이다. 인간화 명제는 사회의 인간화, 세계의 인간화까지 표방하게 되어가고 있다.

이러한 역사적 단계에서 인간이 인간을 참으로 인간답게 대하는, 또한 인간적인 인식력을 보다 풍부히 지니고 있는 이들은 누구인가. 그것은 경제적인 의미에 있어서의 후진국인 제3세계의 사람들이다. 제3세계 민족들의 오랜 문화 전통에는 아직도 인간가치에 대한 생동하는 인식력이 풍부히 담겨있다. 따라서 앞으로 인류의 문명을 재건함에 있어서는 이 제3세계의 각 민족문화 전통을 활성화시켜, 거기에서 물질주의로부터의 인간회복에 활력소를 구해야 할 것이다.

제3세계 민족문화 이론가로 손꼽을 수 있는 이로는 아무래도 아프리카의 프란츠 파농을 떠올리게 된다. 그는 제3세계 지식인들이 민중의 삶 속에 동참해 있어야 하지만 정신은 한 차례 민족문화의 깊은 뿌리에 들어가 개성과 생명의 진액을 빨아 마시고 다시 현실적, 창조의 자리에 돌아와야 한다고 말했다.

옛 아즈텍 문명이 실재했다는 사실이 오늘날 가난한 멕시코 농민의 식단에 아무런 변화도 가져다 주지 않는다는 것은 사실이다. 또 경이로운 과거 송하이 문명의 실재에 관한 어떠한 증명도 영양실조에 걸려 퀭한 눈망울을 하고 있는 아프리카 송하이인의 상태에 아무런 변화도 가져다 주지 못한다는 사실도 인정하지 않을 수 없다. 그러나 식민지 경험을 가진 지식인들은 그들이 서구문화에 빠짐으로써 자기를 상실해가고 있으며 토착사회 동포들로부터도 잊혀져 가게 될 것임을 알아차리고, 식민지 이전의 긴 역사 속 토착 민중의 진수에 접하려고 몸부림치고 있다. 과거는 이미 치욕이 아니고 긍지이며 영광이고 장엄한 것이라고 깨닫게 되어 희열에 차 있음은 의심할 여지가 없다. 과거의 민족문화에 대한 요구는 미래의 민족문화를 복권시켜 줄 뿐 아니라 이를 정당화시켜 주는 것이다.

이와 같은 민족문화 섭양이 없을 때 아프리카인들은 백인들에게 똑같은 한낱 껌둥이들로밖에 취급되지 못한다는 것이다. 낙후되고 억압받는 민족의 현실을 쇄신하고자 열의를 가지고 있는 지식인들 가운데서도 민족의 전통문화에 대한 강조는 자칫 고리타분하고 배타적이고 회고적인 자세가 아니냐고 의구심을 나타내는 이들이 있다. 그러나 실로 민족문화의 뿌리를 모른다면 어떻게 될까. 다만 배부르고 억압받지 않으면 인간다운 삶의 여건이 갖추어지는 것일까.

아프리카와 민족문학

오늘날 한국은 경제적인 면에서 이른바 중진국 단계를 넘어 선진국 대열에 들어서려 한다는 장미빛 전망이 나돌고 있다. 그러나 한국은 일본을 상대로 역사교과서 문제를 가지고 피곤한 논쟁을 계속하고 있다. 지난날 일본인들은 식민지 조선의 역사를 왜곡하여 격하시켰었다. 조선반도에는 구석기와 청동기 시대가 없었고, 통일신라 이전의 역사는 애매하고, 고대에 반도 남쪽의 가야지방을 일본인들이 와서 다스렸다고 주장했었다.

해방 후 한국에서는 국내 학자들의 사적 발굴과 과학적 고증에 의해 일본인들이 왜곡했던 식민지사관을 모두 시정할 수 있게 되었다. 그러나 한일 간의 민족감정은 계속 불편하기만 하다. 그리고 이 문제에 대한 진정한 해결책은 한국 민족 스스로가 민족문화의 뿌리와 자산을 섭양하여 현실 생활 속에 민족문화의 긍지와 보람을 정착시키고 활성화하는 데에 있을 뿐이다. 그렇게 하지 못하면 아프리카 식민지의 백성이 똑같은 한낱 껌둥이들로 보이듯이, 해방된 한국의 국민도 계속 한낱 하찮은 선인(鮮人)들로 취급받게 되는 것이다. 설혹 가난하고 핍박 속에 있더라도 그들은 절실히 그들다울 때 거기에 생명이 있는 것이다.

아프리카, 나의 아프리카!
대대로 물려받은 대초원에서 당당하던 무사들의 아프리카,
나는 그대를 결코 알지 못하지만
내 얼굴은 그대들 피로 가득하다
들판을 적시는 그대의 아름다운 검은 피,
그대가 흘린 땀의 피,
노동의 땀,

노예생활의 노동,

그대 아이들의 노예생활

아프리카, 말해보라, 아프리카

이것이 당신인가, 휘어진 이 등이 찌는 듯한 길바닥에서 채찍마다 예예

굽실대는

붉은 상처들로 떨고 있는 얼룩무늬의 이 등이?

그대 묵직한 목소리가 대답한다.

— 성급한 아들아, 이 젊고 튼튼한 나무

창백하게 시든 꽃들 가운데

눈부신 외로움으로 서 있는 바로 이 나무

이것이 아프리카다. 새싹을 내미는 끈기있게 고집스럽게 다시 일어서는

그리고 이 열매에 자유의 쓰라린 맛이

서서히 배어드는 이 나무가.　　　　　— 다비드 디오프의 「아프리카」

　이것이 현대 아프리카의 문학이다. 그리고 백인들이 식인종이라고, 미개인이라고 불렀던 그 아프리카 흑인들이 당초에 순진하고 선량한 상태에서 침략자이며 사기꾼인 유럽의 백인들에게 어떻게 당했는지를 잘 보여주는 소설이 있다. 그것은 케냐의 민족 지도자이며 소설가였던 조모 케냐타의 「마술사 기비로의 예언」이다.

　기비로 마술사는 잠시 숨을 돌린 후 예언을 다시 계속했다. 낮고 슬픈 목소리로 그는 말했다. 이국인들이 바다 저편에서 이 기근의 나라로 올 것이다. 그들의 피부색은 물 속에 사는 담색의 작은 개구리 같고 그들의 의복은 나비와 흡사하다. 그 이국인들은 불을 뿜는 마법의 지팡이를 가지고 있다. 그 지팡이는 독화살보다도 더 잘 사람을 죽이는 힘을 가지고 있다. 이 이국인들은 나중에는 지네처럼 발이 많이 달린 쇠뱀을 가지고 올 것이

다. 그 쇠뱀은 불을 토하며 이 나라를 가로질러 동쪽 바다에서 서쪽 바다
에까지 갈 것이다. 그리고 그는 또 말했다. 커다란 기근이 닥칠 것이다. 이
것은 쇠뱀을 가진 사람들이 가까이 왔다는 징조다.

　쇠뱀이 이 나라를 관통해 들어오면 이 나라도, 근방에 사는 부족들도 크
게 괴로움을 당할 것이다. 나라들이 무자비하게 마치 서로 삼켜 버릴 듯이
으르렁거릴 것이다. 사내애나 계집애들도 이제까지는 이 나라에서 볼 수
없었던 짓으로써 부모들을 학대하게 될 것이다.

　마술사 기비로는 그 날이 오더라도 젊은 전사들이 그 영국인들의
불을 뿜는 지팡이에 맞서 싸워서는 안된다고 말했다. 오랜 시간이 흐
른 다음 1890년 경에 예언된 그 이국인들과 재앙이 어김없이 찾아 왔
다. 이것이 케냐가 영국의 식민지가 되어가는 모습이다. 순진한 원주
민들은 믿었다. 언제고 이 나그네들이 객지에서의 방랑에 권태를 느껴
돌아갈 것이라고. 그러나 원주민들은 결국 그들의 모든 것을 잃었다.

　제2차 세계대전이 끝나면서부터 아프리카 대륙에서는 가 민족이 해
방과 독립을 부르짖고 일어섰다. 이 때 아프리카인들이 우선 되찾아야
할 것은 그들의 민족문화였다. 이것이 없이는 그들이 계속 비인격적
껌둥이로 남아있을 수밖에 없기 때문이다.

　1956년에 프랑스 빠리에서 제1회 흑인 작가 · 예술가 회의가 열렸
다. 아프리카와 미국에서 온 흑인 문학가들이 한 자리에 모여 매우 반
가워했다. 그러나 한 번의 회의를 마친 후 그들은 다시 만나지 않았다.
미국의 흑인 작가 리처드 라이트나 랭스턴 휴즈는 현대 사회의 한 기
능인 격이었다. 그들은 아프리카의 레오폴드 생고르나 조모 케냐타처
럼 민족문화의 섭양자가 아니었다.

　이런 점에서 현대 아프리카 문학은 전통(톰톰음악의 예에서와 같은
마력적 예술성)과 해방투쟁의 현실, 전인적 민족문학의 선진적 모범이

되고 있는 셈이다.

3대륙의 관계와 미래

아시아 · 아프리카 · 라틴 아메리카 3대륙이 제3세계의 거의 전부라고 할 수 있다. 이 3대륙의 성격과 관계에 대해 헬더 까마라는 이렇게 말했다.

나는 라틴아메리카가 아시아와 아프리카와 협력하지 않을 수 없다고 생각한다. 우리는 아프리카에 막대한 빚을 지고 있으며 아시아에 대해서도 책임감을 가져야 할 것이다. 라틴아메리카는 1세기 이상 정치적 독립을 해왔다. 그런데 우리의 경험으로 미루어 보아 경제적 독립 없이는 정치적 독립이 거의 무가치하다고 말할 수 있다. 반둥에서 아시아와 아프리카가 함께 전진해 나아가기로 결정했을 때 내 마음이 얼마나 설레었는지 생각난다. 아시아와 아프리카, 이 두 대륙을 보노라면 강대국에 대항하는 여러 나라들의 바벨탑을 보는 것 같다.

라틴아메리카가 아프리카에 막대한 빚을 지고 있다는 것은 라틴아메리카 나라들도 지난날 아프리카에서 흑인 노예들을 들여다가 부린 일이 있다는 뜻이다. 아시아에 관심과 책임을 가져야 한다는 것은 역사상 크고 작은 성공과 실패의 교훈이 아시아의 오랜 역사에 남겨 있다는 뜻이다. 특히 그는 인도의 마하트마 간디가 보인 비폭력 저항을 배우고자 한다. 문학에 있어서는 라틴아메리카에서 시인 네루다, 소설가 아스트우수와 마르께스 등이 모두 노벨문학상을 받았다. 이들의 작품 또한 라틴아메리카 토착문화의 전통에 애착을 느끼면서, 정치적인 면에서 군부독재와 부패에 저항한 내용을 담고 있다. 그 중에서 근년에 노벨문학상을 받은 마르께스의 소설, 『아무도 대령에게 편지하지 않는다』는 끈질기고 건강한 풍자정신을 보여준다.

시민혁명전쟁에 종군한 한 퇴역대령이 정부로부터의 연금을 기다리는데, 이 연금법안이 19년 전에 통과했고, 자신의 청구권을 확인하는 데에 8년, 수혜자 명단에 이름이 오르는 데에 6년이 걸렸다. 그런데 지난 15년 동안 대통령이 일곱 번 바뀌었으며, 각 장관과 관계 공무원들을 백 번 이상 바꿨으니 이제는 그 연금서류를 찾아낼 수도 없다는 것이 변호사의 개탄이다. 그래도 늙은 대령은 싸움닭의 모이로 죽을 끓여 연명하면서 의연히 버티어 나간다. 이러한 극한적인 무질서가 실제로 라틴아메리카에는 있었던 것이다.

멕시코의 원로 시인 옥타비오 빠스는 아시아의 불교 · 노장철학老莊哲學 · 유교 등을 인류문화의 정신적 보고로 여겨 높이 평가하고 또 스스로 익히려고 노력한다. 니카라과의 성직자이며 시인인 에르네스또 까르데날의 시는 묵상 속의 기도 형식을 통해 준열한 현실 저항의 시혼을 구사한다.

우리를 자유케 하소서
저들의 정당이 우리에게 자유를 안겨 줄 리 없나이다.
저들은 이웃에게 거짓을 말하고
서로를 이용하나이다.
저들의 거짓말이 수많은 라디오에서 되풀이되고
비방으로 가득찬 저들의 글이 모든
신문지를 뒤덮나이다.
거짓을 꾸며대는 특별기관이 저들에겐 있사오며
"선전은 우리의 힘, 우리는 선전으로 승리해 나가리라"

이같은 말하는 저들이오이다.

가는 곳마다 저들의 무기가 도사려 있고

기관총과 탱크가 우리를 에워싸며

주렁주렁 훈장 찬 살인자들, 우리를 모욕하고

사교장에서 축배를 들며 날이면 날마다 칵테일 파티 속에 생활하는 저들 판자집에 흐느끼는 우리를 모욕하나이다.

— 「우리를 자유케 하소서」에서

이 시의 평이한 말들이 짙은 실감을 자아내는 것도 제3세계적 현실의 상황이다.

결국 제3세계 문학은 오랜 민족문화 전통의 인간적 인식력에 힘입어 물질주의 세계를 구원해야 할 높은 차원을 지니고 있으며, 동시에 발 앞에 불붙고 있는 불의의 현실에 대응해야 하는 이중의 무거운 사명을 안고 있다. 그리고 아시아에서는 특히 중국·한국·일본(일본은 문화사 측면에서만)이 이른바 정신적 보고로 다른 대륙으로부터 선망을 받고 있다.

그러나 이 보고 속에서도 한국은 이상과 현실의 아픈 갈등이라는 제3세계적 십자가를 도맡아 지고, 냉전시대의 희생물로 분단된 국토의 살벌한 땅에서 오늘도 시, 소설, 비평의 역사 창조 기능에 신뢰를 보내고 있다. 1960년의 4·19 시민혁명 이래 제고된 현실의식의 문학작업은 이른바 참여·리얼리즘·민족문학 제3세계 문학의 일익을 표방하며 일관된 맥락의 발전적 단계들을 밟아 왔으며, 장차 제3세계 문학의 밭에서 소담스런 수확의 한 이랑을 형성하게 될 것으로 기대된다. 또한 이러한 제3세계 문학의 결실은 현대 서구문학의 모더니즘이 드러내는 창조력 결핍에 활력소를 제공해 주어, 하나의 건전하고 아름다운 세계문학 재건에 이바지하게 되기를 기원해 본다. (1986)

삶의 자리 복판의 소설

한 시대의 문학을 평가해보는 데에 대략 얼마만한 기간을 단위로 잡아볼 수 있을까. 한 20년쯤을 놓고 이런 일이 가능할 것 같다. 물론 개개의 작품들에 대한 평가는 그 작품이 발표된 며칠 후에도 가능한 것이겠지만, 적어도 '한 시대'라는 범주 안에 유형지어진 인간들의 삶, 사회적인 삶의 모습들을 균형 있는 시각으로 살펴보고, 거기에서 느끼는 한 덩어리의 어떤 의미를 헤아려보려 할 때 그만한 시간적 여유가 필요할 것 같다는 말이다. 왜냐하면 같은 시대에 속하는 문학작품들도 작가들의 체질과 정신에 따라 다양한 모습을 보이는데, 그 작품들에 제기된 어떤 문제의식, 어떤 사상이 각기 어떻게 당위성과 가치를 지니는지에 대한 헤아림과 확인을 대비해 인식 기준으로서의 여러가지 체험들이 필요하기 때문이다.

최근에 묶여져 나온 『오늘의 작가총서』(민음사)를 보고 그 20년쯤의 시기적 여유 안에서 추려진 작품들을 대하게 되었다. 이호철의 『문』, 최인훈의 『느릅나무가 있는 풍경』, 최일남의 『너무 큰 나무』, 김승옥의 『염소는 힘이 세다』와, 이청준의 『매잡이』, 황석영의 『돼지꿈』, 박완서의 『도둑맞은 가난』, 전상국의 『우상偶像의 눈물』, 윤흥길의 『장마』 등이 이번에 한 차례 묶여져 나온 총서다. 이 묶음을 볼 때 작가들 선정이 아직 고르게 되어 있지 않음을 느끼게 되는데 아마도 이를 보완하는 추가 기획이 있으리라 생각된다. 그런 대로 위 작품집들을 우선 의지하여 오늘의 한국 소설이 처한 위상을 헤아려볼 수 있다.

이호철과 최인훈의 본격적 소설작업은 60년대 초에 시작된다. 그것이 이호철의 「판문점板門店」과 최인훈의 『광장廣場』이다. 두 작품이 다 4·19 다음해인 1961년에 발표되었고, 남북 분단상황을 다루었다. 이 작품들은 소설의 소재 공간을 남북 전역에 확장했고, 또 남북의 이데올로기 대비 토론에 있어 비교적 참신하고 자유로운 발언을 드러낸다. 이것은 4·19를 계기로 종래 언론규제법이었던 이른바 군정법령 제88호가 폐기되고 모처럼 거의 완전한 언론자유가 용인되던 한때의 혜택이다. 아무튼 결과적으로는 2차대전 후 동서 냉전 이데올로기 체제에 깊이 몰려든 남북의 체제 현실에 대결하여 알찬 현대소설 작품들이 나타났다. 그 뒤 곧 다시 표현 자유의 여건이 위축되므로 위 두 작품의 의미는 두고두고 상기될 만하다. 그리고 위 두 작품의 내용이 표현 자유 여건이 위축된 상황에서도 무슨 법에 저촉될 문제를 담고 있는 것은 아니다. 그럼에도 불구하고 우선 자유가 있는 상황이 조성한 신선한 분위기와 감각이 그 작품들에 담겨 있는 것이다. 작가에 있어서 자유란 이처럼 물고기에 있어서의 물이라는 사실을 일깨우는 데에 이 작품들의 또다른 의의가 있다고 볼 수 있다.

"신념이 문제지요. 자유는 허풍선과 같은 허황한 것일 수가 없어요. 자유의 진가는 일정한 도덕의식과 결부가 되어서 비로소 발휘되는 거지요. 자유 이전에 정의가 있어요. 그렇지 않으면 자유는 이용만 당해요. 빛 좋

은 개살구지요. 우리 모랄의 기본이 뭣인지 아세요? 우리 전체가 나갈 바
방향이야요. 개인은 거기 한데 엉겨 있어요. 그 속에서 자유야요. 결국 이
념이 문제겠군요. 당신의 생각은 나태 그것이야요. 타락되고 싶다는 말밖
에, 놀고 싶다는 말밖에 아니야요. 자유에 대한 옳은 인식도 없고, 일정한
이념도 없고, 있는 것은 그날 그날의 동물적인 희부연 자기밖에 없어요.
비트적거리고 주저앉고 싶은 자기……"

　"그럼 자기를 팽개치고 무엇이 남아요.　놀고 싶고 적당히 나쁜 짓하고
싶은 자유란 최고급이지요. 사람은 원래 그렇게 생겨 먹었어요. 그것을 크
낙한 관용으로 받아들일 수 있는 사회가 있어요. 부피와 융통이 있는, 그
런 것이 적당히 용서가 되면서도 전체로 균형이 잡혀있는. 참, 어느 것이
허풍선이냐 따질까요.……"

　판문점에서 북한의 여기자와 남한의 청년 진수가 만나서 나누는 대
화의 끝대목이다. 진수의 화법엔 적당히 놀아나고 싶은, 퇴폐의 썩은
내가 야간 나는데, 이것이 문제의식의 깊이에 향해시는 한계도 되면서
동시에 성숙의 여유를 보이는 장점도 된다. 60년대 이후 곡절과 기복
도 많은 사회에서 이호철의 소설은 역사적 사건의 현장들을 벗어나지
않는다. 이럴 때 소설의 성격이 꽁해지거나 경직해지기만 하면 실로
이야기가 풀리기 어려운 문제도 있을 수 있다. 5·16 직후를 그린 「부
시장副市長 부임지赴任地로 안 가다」, 7·4성명의 충격으로 북쪽 고향에
두고 온 동생에게 띄운 너무 절실한 편지를 담은 「이단자異端者·5」,
70년대에 작가 자신이 시국 문제에 관련되어 드나든 감방에 대해 그린
「문門」등에 이호철 소설의 특성 있는 생리가 잘 나타난다. 「부시장…」
에서 주인공 규호는 5·16 사태에 엉뚱하게 겁을 집어먹고 도망쳐 다
니며 객지 작부들과 오입질에 열중한다. 나중에 알고 보니 규호를 찾
던 기관원들은 그를 붙잡으려 한 것이 아니라 어느 지방도시 부시장으

로 모셔가기 위해서였다.

규호는 최중령을 마주보며 물었다. "그래, 내가 마산 부시장이란 말이야?"/"……"/"난 못 해, 내 양심으로는 못 하겠어. 며칠 저녁을 무슨 짓하고 어떻게 돌아갔는지 아나? 자네가 아나?"/결국 1961년의 혁명은 이렇게 엉뚱한 사람들의 엉뚱한 사람들의 엉뚱한 모서리를 누비며 지나갔을 뿐.

이런 투로 소설이 귀착한다. 「문」에서도 감방에 갇혀 버린 '사내'는 교도관에게 묻는다. "내가 왜 이런 델 왔지요?"/"당신 그걸 나한테 묻는 거야?"/"……" 이렇게 멍청한 수감자를 보여준다. 멍청하다기보다 이렇게 멍청해질 만하게 된 데에 소설의 진의가 있다. 겁 많고 적당히 퇴폐적이고 멍청하면서, 그래도 이호철 소설의 주인공들은 역사의 첨예한 현장들을 쑤시고 다닌다. 「판문점」 이후 20년의 세월을 맞으면서 지금 이호철은 좀더 신작들을 발표하여, 독자들과의 거리가 더는 멀어지지 않게 해야 할 상태에 와 있다. 그러나 이 작가의 삶 자체와 소설 작업이 이 풍상 심한 역사의 한복판에 늘 들어서 있다는 사실만으로서도 이 작가는 아직 후배들이 따라잡기 난감한 존재다.

최인훈은 이청준과 더불어 독자들 속에서 '지식인 소설을 쓰는 작가'로 지칭되는 경우가 있다. 이렇게 지칭하는 독자들로서도 과연 그 지칭이 적절한지, 또 그러한 작품경향을 어떻게 평가해야 하는지, 질문을 섞어서 거론하는 경우가 있다. 사람들의 개성은 다양한 것이며 작가들 또한 더욱 그러하다. 인간 사회는 또한 그렇기 마련일 것이다. 그러므로 누가 누구에게 개성적 체질에 대해 어떤 강요를 할 수는 없다. 모든 일은 지나가며 보면 필경 자업자득인 셈으로 정리되어간다. 그러나 다른 개성들 사이에도 논의는 개재될 수 있다. 이 논의 자체 또한 사회적 속성이다.

최인훈의 『광장』은 이 작가의 그 활달하고 번득이는 상황 투시력에도 불구하고 밀실 안의 관념기가 또한 묻어 있었다. 최인훈에게는 「칠월의 아이들」, 「국도의 끝」 등 소박하나마 리얼리즘풍의 작품들이 없지 않다. 위 두 작품은 어린이를 주인공으로 하거나 또는 어린이의 시각을 곁들인 것으로서 삶의 가난한 바닥과 시대현실의 비극적 풍조를 그리는 데에 착실히 성공했고, 독자에게 아픈 여운을 남겨준다. 특히 「국도의 끝」은 남한의 국도가 끝나는 북쪽 분단선 지대 이른바 양색시촌의 살풍경을 그리고, 그 정황 안에서 양색시가 되어버린 누나의 귀가를 길가에서 하염없이 기다리고 앉아 있는 소년을 종지부로 찍어 놓은 점에서 소설의 역동감이 광폭廣幅을 이루어 나아간다.

이러한 작풍과는 별도로 최인훈 소설의 주조는 관념소설이라고 보게 된다. 작가가 착잡한 역경의 시대현실을 그릴 때 경직하게 묘사하기 어려울 것은 사실이다. 이럴 때 이호철의 경우는 약간 퇴폐적이면서 멍청한 체하는 수법을 쓰는 것이며, 김승옥의 경우는 섬약한 체질 나름으로 딴전을 부리며 써내는 수법을 썼다.

김승옥이 「건乾」에서 6·25의 탈진과 한을, 「서울 1964년 겨울」에서 4·19 혁명의 좌절을 딴전을 부리며 써낸 것은 그 비극적이고도 허탈한 상황에 대해 독자가 연민과 감동을 느끼게 하였다.

"김형, 꿈틀거리는 것을 사랑하십니까?" 하고 그가 내게 물었다. "사랑하구말구요." 나는 갑자기 의기양양해져서 대답했다. …"(버스안에서) 여자의 아랫배가 조용히 오르내리는 것을 볼 수 있습니다.……"/"오르내리는 건 …… 호흡 때문에 그러는 것이겠죠?"/"물론입니다. 시체의 아랫배는 꿈쩍도 하지 않으니까요. 하여튼……"/"안형은 어떤 꿈틀거림을 사랑합니까?"/"어떤 꿈틀거림이 아닙니다. 그냥 꿈틀거리는 거죠. 그냥 말입니다. 예를 들면 ……데모도 ……"/"데모가? 데모를? 그러니까 데모……"/"서울은 모든 욕망의 집결지입니다. 아시겠습니다?"/"모르겠습니다."

　언어는 암시와 묘미가 다양하고 예리하므로 하나의 표현으로, 또는
사고의 촉진으로 이렇게 딴전부리는 화법을 소설이 보여주기도 한다.
　이러한 수법들과도 또 달리 최인훈은 역사적 사회적 현실을 다루는
데에 관념적 수법을 사용하였다. 최인훈의 관념소설들은 사회현실들
을 결코 비켜서지는 못한다. 현실을 대상으로 할 뿐 아니라 그 현실에
대처하는 자세 내지 방법 문제까지 소설이 다루고 있다. 그리하여 그
소설들엔 지식인 또는 소설가가 주인공으로 나와 여러가지 생각의 갈
피들을 벌여놓는다. 그러므로 소설은 사건이라든가 플롯에 따라 정연
하게 전개되는 것이 아니고, 복합·모자이크·산개散開의 형식이 된
다. 이런 속에서 한마디씩의 중요한 문제 발언들이 나온다. 특히 『회
색인』과 『소설가 구보丘甫씨의 일일』에서 그러하다. 「느릅나무가 있는
풍경」도 '구보씨' 연작이다.

　할 수 있는 테두리에서의 정의(正義)를. 그런 정의가 무서운 정의다. 나
머지 정의는 시(詩)에서 위안받는 길밖에 없다. 칼빛에 어리는 안개―그게
시다. 칼이 없는 시도 가짜고 시가 없는 칼도 가짜다. ―여기까지 말을 쫓
아가다 말에 쫓겨운 구보는 문득 제정신이 들었다. …그 가냘픈 연기의 건
너편으로 구보는 무서운 말이 빚어낸 그 어질머리와 섬뜩함을 건너다보았
다. 그 순수한 것들은 연기를 싫어하는 모양인지 잠시 머뭇거리다가 흩어
져버렸다. 구보는 그런 말들과 놀다가 이제는 꼼짝없이 그것들에게 잡혀버
린 자기의 지난 십 년을 생각했다. 비록 지금, 담배 연기 때문에 사라졌을
망정 말들은 결코 그를 떠나지 않을 것이었다. 신이 내려버린 무당처럼 비
참하다고 자신을 생각하였다. 게다가 그는 진짜 무당처럼 돈도 받는 것이
었다.

346

「느릅나무가 있는 풍경」에서 본 이 한 대목에도 ‘할 수 있는 테두리에서의 정의, ‘말들과 놀기’ 등 문제를 지닌 발언이 들어있다. 이 밖에이 작가의 주목되는 발언에 ‘소설 노동자’, ‘리얼리즘을 고집함은 조무라기 잡아치기’ 등이 더 있다. 최인훈은 어느 지면에서 오늘 이 땅의 우리는 다난했던 세월을 거쳐 경험을 축적한 것을 다행스럽게 여긴다는 견해를 발표한 것이 있었다. 불행했더라도 이러저러한 정변을 겪어본 사실 자체가 장차 우리 힘이 될 것이라는 것이다. 공감하게 되는생각이다. 그런 어려운 시대 속에서의 경험은 ‘할 수 있는 테두리 안에서의 정의’만을 추구할 때 얻어지기 어렵지 않을지. 그렇다면 조무라기 잡아치기에 당한 이들에 의해서만 이 땅에 역사적 경험이 축적되어야 하는지. 조무라기와 거인 사이의 차이는 어떠한 것인지. 말들과의 놀이라는 들어앉은 자세와, 삶의 현장 복판에 진출하는 자세 사이에는 어느 편에 더 문학예술로서의 생동성과 창조성이 있을 것인지.또 1930년대 박태원의 「소설가 구보씨의 일일」과 1970년대 최인훈의『소설가 구보씨의 일일』은 어떤 관계를 지니며 얼마만한 발전의 의미를 지니는지. 박태원의 「구보씨…」도 일정한 주제가 없이 단편적인 언어 도착증과 지리멸렬증에 걸린 배회자로 나타나 있다. 발전사관에 반대하는 견해들도 있지만 과연 30년대 ‘구보’와 70년대 ‘구보’ 사이의의미를 캐어보는 일이 별도의 숙고거리가 될 만하다. 리얼리즘소설과관념소설 사이의 70년대 내지 80년대적 분별과 숙고의 계기가 마련될수 있는 것도 실상 우리의 경험의 한 축적이리라.

서로 나름대로 자리잡힌 이만한 소설의 흐름을 한 단계로 보면서한국의 현대소설은 또 다른 한 진전을 헤아려보게 된다. 이 헤아림에있어서 박태순·신상웅·김원일·이문구·황석영·윤흥길을 비롯한몇 명의 작가들을 만나게 되지만, 여기서는 우선 황석영과 윤흥길의작업을 보기로 한다.

황석영은 「한씨연대기」에서 역시 분단사의 한을 짙게 그린 점에서
해방 후 소설사의 연면한 주제에 이어지지만 또한 새 주제 분야들을
넓게 개척하였다. 그 첫째는 베트남전쟁 참여를 소재로 한 「탑」, 「몰개
월의 새」, 「낙타누깔」 등이며, 둘째는 가난한 노동판의 삶을 그린 「객
지」, 「돼지꿈」, 「야근」 등이다. 이 중에서도 지나쳐보지 말아야 할 작
품이 「탑」이다.

그것은 탑이라는 거창한 이름을 붙이기엔 너무도 초라한 물건, 초
소와 숲 사이의 마당에 사람 두 키 정도의 높이로 세워져 있는 보잘것
없는 돌덩어리. 그러나 자세히 관찰하면 탑의 꼭대기에 춤추는 듯한
사람들의 옷자락에 둘러싸인 부처의 좌상이 부조浮彫되어 있다. 이 탑
이 이곳 베트남 지방민의 사랑과 애착의 대상이었으며 빛나는 햇볕 아
래 나무 그림자의 옷을 입은 사원의 종이 울려퍼질 때면 평화를 소망
하는 주민들이 경건히 무릎을 꿇는 대상이었다. 그러므로 베트남 정부
군은 이 탑의 수호를 한국군에게 부탁하였으며 청룡부대의 1개 분대
가 이 탑을 지키기 위해 배치되었다. "'착검!' 선임조장이 외쳤다. 자
동소총에 대검을 꽂고, 화력망을 뚫고 배수로 속으로 뛰어든 몇명의
게릴라들을 맞았다. …그들의 장총과 자동소총 끝에 꽂힌 날카로운 알
미늄의 창끝, …지켜야 해. 지금 와서 뺏길 수는 없어. 우린 저것 때문
에 대원들을 잃었다." 그러나 뒤이어서 도착한 미군 부대는 바나나밭
과 석탑까지 밀어내고 캠프와 토치카를 짓겠다고 한다. 청룡의 선임조
장이 불도저 앞으로 달려가 미군 운전병 앞에 자동소총을 겨눈다. 한
작은 돌덩어리가 무슨 피를 흘려 지킬 가치가 있겠는가? 그것은 우매
한 일이다. 그러나 청룡은 안다. 우리가 싸워서 지켜낸 것은 돌덩어리
이상의 무엇이라는 것을, 배불뚝이 미군 중사는 불도저 위에서 뛰어내
리며 투덜거렸다. "노란 놈들은 이해할 수 없단 말이야." 그러나 청룡
분대가 전우들의 시체와 장비를 싣고 여단 본부를 향하여 떠날 때, 차

가 바나나숲을 채 돌아가지 못해서 불도저의 굵다랗게 기동하는 엔진 소리가 들렸다. 떠 받힌 탑이 너무도 맥없이 무너져버리고 있었다. 달리는 차가 일으켜 놓은 먼지에 그것은 보이지 않게 되었다. 탑이 돌덩어리 이상인 것을 아는 것의 소통이 불가능한 문화의 이질감, 그 속에서 피를 흘리며 싸운 사실과 결과를 역사 안에 부조한 것이 또한 이 소설이다. 황석영의 일개 등단작이지만 그의 성과 높은 다른 작품들에 비해 오히려 주목될 만하다. 현장과 의미, 그것은 황석영 소설에서 이렇게 다루어져 있다.

윤흥길의 경우도 「장마」가 그 6·25의 한을 그린 것으로서 실로 압권이다. 그러나 이 작가가 유난히 돋보이기 시작한 것은 「아홉켤레의 구두로 남은 사내」를 발표하고 나서부터였다. 같이 가난한 사람들의 삶을 소재로 한 것이면서도 이 작품은 황석영의 「객지」가 담은 상황과도 또 다르다. '가난 소재' 자체가 70년대 문단에서 한때 거부반응을 일으키기도 하였다. "가난한 밑바닥 인생을 그려야만 소설인가?" 하는 반발도 나왔고, 심지어는 일제하 경향파 문학에 끈을 이어보려는 이도 나타났었다. 그러나 이런 관점, 이런 질문들에 대한 답변을 가장 시원스레 들려준 것이 윤흥길의 「아홉켤레의 구두…」였다. 60년대 이후 한국의 이농현상, 이농민들이 대도시 변두리에 천막촌을 이루다가 대거 철거당해 이른바 광주대단지라는 데에 옮겨 살게 된 사연, 그곳의 삶 속에서 배겨나기 힘들었던 인간정신의 집단적 분기, 이것은 이 땅 현대사의 한 뚜렷한 사건이었다. 이러한 시대적·사회구조적 현실의 집약적 양상을 문학예술이 포용하여 감당하기를 기피한다면 그것은 또 옳은 일이겠는가. 작품 자체로서 무르익었던 점과 함께 「아홉켤레의 구두…」는 아마도 70년대 한국 소설의 대표작이라 말할 수 있을 만큼 독자들로부터 큰 감응을 불러일으킨 작품이었다. 이 밖에 산업사회 현장에 진출한 「날개 또는 수갑」도 있다.

이처럼 한국의 현대소설은 이 땅의, 우리의 삶의 자리 한복판으로 계속 파고들었다. 거기에서 새로운 주제 분야, 새로운 시대정신, 인간다운 삶에 대한 가장 생생한 요청의 목소리들이 응결되고 무르익어 한국문학의 자산을 풍요케 하여 갔다. 어려움 속에서, 아픔 속에서 그래도 계속 파고들어 써낼 수 있었던 것은 이 시대 우리 모두의 긍지다. 이 긍지는 작가나 문단만의 것이 아니고, 이 시대 이 땅에서 삶을 누리는 모든 이가 함께 누릴 수 있는 것이다.

이러한 한국 현대소설의 정수들이 앞으로 계속 정돈되고 평가되어 나가야 할 것이다.

(1981)

90년대 시의 성찰

한국의 시는 90년대 전반기쯤에 와서 모처럼 자체 성찰을 해볼 만한 여유를 갖게 된 것 같다. 지나간 30여 년은 군부통치의 시대였다. 사람들이 온통 내심으로 뒤틀려 돌아갔고, 시인과 작가들도 빈번히 감옥을 드나들었다. 이 경황에 특히 시는 차라리 격앙과 치열로 표현의 생리를 삼아오기가 예사였다.

물론 이 기간에도 역사 현실에 대해 우회와 초연의 자세를 취한 시들도 있어왔다. 8·15 해방 후 50년대를 주도한 이른바 한국적 '순수 문학'의 흐름은 폭이 매우 넓었으므로 파란과 억압의 현실들을 거치면서도 별로 타격을 입지 않았다. 친일 문학인들의 해방 후 재등장에 합류한 순수 문학이었던 만큼, 같은 맥락으로 변화하는 정권의 복판에 순수문학 인맥이 함께 서 있기도 했고, 더러는 현실의 외곽에서 가만히 있으면 그만이었다. 이러한 자세를 초연이라 부를 수도 있었다. 초연과는 좀 다르게 우회하면서 안으로 갈등을 지닌 문학인들도 적지 않았다. 그리고 이들과 걸맞는 자리에서 나름대로 비평의 작업을 추진해

온 이들도 있다. 그리하여 한 시대 문학의 모습은 있었던 그대로를 드러내며 지속되어 왔다.

그리고 지금 우선 문민화 명분의 시대로 바뀌어 지난 시대의 군부 통치 잔재를 상당히 배제해가고 있다. 한편 세계 판도에서는 현실사회주의권의 와해라는 큰 변동이 일어났다. 한국은 지금 국내외적으로 달라진 상황을 맞이하였다. 확실한 어떤 안정의 추세는 아직 장담할 수 없다. 다만 이제부터 우리가 하기 나름이라는 여유와 가능의 여건이 생긴 셈이다.

자, 이제 좀 생각을 해보자. 가혹한 시절에 가장 치열해진 것도 시이며, 숨통을 트는 때에 안으로 깊어질 수 있는 것도 시이다. 오늘 시의 자체 성찰은 너무 다단하게 나열적으로 전개하기는 어렵다. 특징적인 몇 갈래의 경향을 살핌으로써 오히려 문제를 심도 있게 조명할 수 있을 것 같다. 1. 순수시와 '눈물'의 의미, 2. 동양정신과 '부질없음'의 사이, 3. 리얼리즘시에서 선시禪詩까지, 이렇게 세 갈래로 분별해보고자 한다. 여기에는 작품적 실제와 더불어 90년대 초 3년 간에 발표된 비평작업들이 논의의 근거로 동원된다. 최동호 비평집 『평정平定의 시학을 위하여』, 신동욱 비평집 『시상詩想과 목소리』, 이은봉 엮음 『시와 리얼리즘』(오성호·최두석·백낙청·김종철·구중서), 그리고 개별 비평으로서 정남영의 「시에 있어서 현실주의 문제에 관하여」와 백낙청의 「선시禪詩와 리얼리즘」을 검토하려 한다. 이 비평의 내용들도 필자가 앞에 대별한 논의 유형에 상응하는 논지에서 참고할 것이다.

어느덧 리얼리즘시 안에서도 현실반영으로부터 불교의 선에까지 진입했다는 것은 오늘의 한국 시에 관해 논의의 폭을 더 확대하기는 어렵다는 느낌을 준다. 아울러 한국의 시가 이제 진실과 진리의 궁극에서 해묵은 순수·참여의 대립적 관념을 넘어서게 해줄 가능성을 전망케 한다.

순수시와 '눈물'의 의미

> 화안한 꽃밭 같네 참.
>
> 눈이 부시어, 저것은 꽃핀 것가 꽃진 것가 여겼더니, 피는 것 지는 것을 같이한 그러한 꽃밭의 저것은 저 저승살이가 아니것가 참. 실로 언짢달 것가, 기쁘달 것가.
>
> 저기 정신없이 앉았는 섬을 보고 있으면,
>
> 우리가 살았닥해도 그 많은 때는 죽은 사람과 산 사람이 숨소리를 나누고 있는 반짝이는 봄바다와도 같은 저승 어디쯤에 호젓이 밀린 섬이 되어 있는 것이 아닌 것가.
>
> — 박재삼, 「봄바다에서」 중에서

햇빛에 반짝이는 봄바다를 아름다운 꽃밭인 양 여기며 쓴 시이다. 이 시를 쓴 박재삼이 이제 회갑의 나이를 맞아 새 시집 『허무에 갇혀』를 펴냈다.

"저만치 너는 떨어져서 / 조개를 캐고 있고 / 나는 바다돌을 뒤집어 / 꽃게를 잡는 데 빠져 한창이다. // 얼마 후 서로 바구니를 보면서 / 가난한 수확을 두고 / 벙긋이 웃고는 있지만, / 결국 하나 공통된 것은 / 아무도 몰래 감춰 두었던 / 그 신선티 신선한 / 울음 말고는 무엇이 더 있겠는가?"(「가난한 수확 끝에」 부분) 60 평생이 아름다움과 가난과 신선한 울음으로 연속되고 있는 셈이다. 이러한 박재삼은 좋은 의미의 순수시에 있어 이제 대표주자의 위치에 있다. 스스로 순수시의 명분을 내걸었던 몇몇 그의 선배들은 거의 작고했고 사회적 처신의 면에서 순수하지도 못하였다. 그러나 박재삼은 그가 기뻐서 웃든 슬퍼서 울든 누가 그를 탓할 수는 없다. 오히려 원형이정元亨利貞으로 법 없이 살 수 있는 사람의 전형으로 그는 주변을 편하게 한다.

그러나 그를 포함하여 시를 쓴다는 일은 무엇인가. 옛부터 동양에서는 시의 개념을 녹정綠情이라고 했지만 그보다 앞서서 강조한 것으로는 "시가 뜻을 말한다詩言志"라고 하였다. 왜 '뜻'을 말했을까. 시가 정에 빠져서 퇴영적인 감상에 머무는 것을 경계하였다. 그러므로 애이불상哀而不傷을 본받을 원리로 표방하였다. 아울러 온유돈후溫柔敦厚를 권하였다. 두텁고 후한 것, 그것은 시의 덕이었다. 그런데 박재삼의 시에는 가난과 더불어 눈물이 곳곳에 드러나 있다.

또 한 사람 눈물의 시인으로 이름난 박용래가 있다. 최동호는 박용래의 시 세계에 대해 '한국적 서정의 좁힘과 비움'으로 평가하였다. "이문구는 모든 아름다운 것들이 박용래의 눈물을 불렀다고 진술하고 있지만, 박용래의 시를 읽어보면 놀라울 정도로 눈물이 감추어져 있음을 발견하게 된다"고 최동호는 말하였다. 적어도 시의 세계에서 눈물을 짐작케는 해도 많이 감추려 해야 하는 것이 당연하다. 그러나 사람 박용래에 대해서는 이문구의 진술(「박용래 약전」)이 틀린 것도 아니다. "그는 자주 울었다. 내가 울지 않던 그를 두 번밖에 보지 못했을 정도로 그리 흔히 울었다. 모든 아름다운 것들은 언제나 그의 눈물을 불렀다"고 이문구는 쓰고 있다. 실제로 박용래의 울음을 본 사람은 많이 있다. 연민의 울음, 최동호는 "연민이 서정시의 근본적인 충동 중의 하나"라고 말하고, 박용래의 시에는 스스로의 삶을 무화시키는 형이상학적 충동이 자리잡고 있다고 하였다. 이 시인도 60의 나이에서는 박재삼과 같이 '울음'을 작품에 드러냈다.

　　─거기
　　그 자리

　　봉선화 주먹으로 피는데

피는데

밖에 서서 우는 사람
건듯 갈바람 때문인가

밖에 서서 우는 사람
스치는 한 점 바람 때문인가.

정말?

— 박용래, 「60의 가을」 전문

이 시는 80년대에 들어서서 쓴 것으로 알려져 있다. 박용래도 박재삼과 같이 착한 사람이다. 그런데 시에서 그가 우는 것은 무엇 때문인가. '밖에 서서' 소외된 국외자로서 우는 면도 있다. 아름다움 때문에, 연민 때문에였을까. 1980년에는 광주에서 무고하게 사람들이 많이 죽었다. 그들 때문은 아니고, "스치는 한 점 바람 때문인가." 왜 스스로 역사의 국외자로 서 있는가. 본성이 착함에도 불구하고, 역사니 현실이니는 아예 모르고, 그 모르는 것을 은연중 또하나의 매력처럼 스스럼없이 드러내는 표정이 이른바 한국적 '순수시'에 묻어 있다. 왜 이런 일이 가능할까. 박용래는 유고시 「오류동의 동전」에서 다음과 같이 썼다. "중국집 처마밑 조롱 속의 새였다가 / 먼먼 윤희 끝 / 이제는 돌아와 / 오류동의 동전." 이 대목에 대해 최동호는 "스스로에게서 현실을 소거시킨 시인이 얼마나 현실로부터 심정적 고통을 당했는가를 암시해준다"고 하였다.

그러나 필자가 이 대목에서 주목하게 되는 것은 "먼먼 윤회 끝"이라는 것이다. 언제부터 한국의 현대시가 만해의 '만남에 대한 희망'은 저버리고 막연한 윤회전생輪廻轉生에 맛을 들이게 되었는지, 아마도 미당의 성향에서 영향을 입은 것이 아닌가 생각된다. 윤회설 자체에 대해 깊이 논의하기는 어려운 일이지만 이것이 자칫 시인으로 하여금 한 생애 단위에서 충실을 느슨하게 하는 폐단이 있다면 바람직한 일이 아니다.

시인이 순수하고 착하면 꼭 눈물이 나는 것만은 아니다. 천상병의 시를 보면 그렇다. 가장 가난한 시절의 시들이 담긴 그의 시집『새』를 보면 울음이나 눈물이 없다. 천진무구 그뿐이다.

나 하늘로 돌아가리라
새벽빛 와 닿으며 스러지는
이슬 더불어 손에 손을 잡고

나 하늘로 돌아가리라
아름다운 이 세상 소풍 끝내는 날,
가서, 아름다웠다라고 말하리라.

— 천상병,「귀천」중에서

끝 두 행의 두 개 휴지부에는 가슴으로 들리는 음악마저 있다. 순수나 서정은 원래 이러해야 할 것이다. 그리고서도 귀천은 결국 앙천仰天이니 또다른 부지俯地의 시로서, 온유돈후의 시가 아쉽다.

쌀이 곳간 속에 쌓이면
숨이 차서 죽지
가난하지만 내 아내가
새벽에 쌀을 씻을 때

쌀은 환희의 아우성을 친다네

쌀은 살아야지
우리들 몸에 먹히어
쌀은 비로소 산다네
부잣집 곳간에 처박히거나
지천으로 먹다 남기면
쌀은 죽는다네
부자가 망하고

쌀을 사야지
나의 하루를 팔아서라도
몽땅 하루치의 쌀을 사서
쌀을 씻고 싶어하는 아내가
쌀을 씻으며
즐거워하는 소리를 들어야지

또렷또렷 눈을 뜨고
살아 있는 쌀
더 하얗게 눈부시게 살아 있는 쌀
쌀 한톨 흘리지 않는 내 아내가
나는 쌀처럼 귀엽다네
하얀 팔뚝 걷어올리고
쌀을 씻는 내 아내.

—정대구, 「쌀을 씻으며」 전문

정대구의 이 시에는 햇빛에 반짝이는 물결이라든가 몸을 스치우는 한 점 바람은 없다. 다만 한국적 삶의 구체성 안에서 따스하고 건강하며 아름답다. 이것이 온유돈후의 시이다. 이것은 오염되지 않은 큰 물의 부피와 같은 것이다. 흐름은 더 깊은 바닥에서 움직이는 저류가 이끈다. 풍요한 부피를 든든해하며 역사의식을 가늠하는 저류가 함께 오하일미五河一味 진리의 대양을 향해 가는 것이다.

동양정신과 '부질없음'의 사이

최동호 평론집 『평정의 시학을 위하여』에서 노장老莊 철학에 관련해 정현종과 박제천의 시가 거론되어 있다. 중국에서 노자와 장자의 출현은 백가쟁명의 시대를 배경으로 하고 있다는 언급도 있다. 한국에서 지난 몇 십 년은 백가쟁명의 시대와는 다르다. 불의의 압제에 의한 수난의 시대였다. 이 때에 문학은 저항의 실천적 이념으로 리얼리즘을 내세웠다. 이 점에 대해서도 최동호는 알고 있다. 그리하여 "리얼리즘 시의 거센 압력 속에서 70, 80년대을 관통하면서 그(정현종)의 현실적 고뇌는 결코 무시할 수 없는 것이었으리라"고 하였다. 고뇌 속에서도 그 나름의 가치 있는 작업을 전개해 왔다는 것이다. "이룸도 허묾도 없는 자연의 이법 무위자연 그 자체에 대한 그의 시적 감성의 원형을 발견할 수 있다. 이 점에서 그의 시적 감성의 원천을 그 자신도 명쾌하게 의식하지 못했을 터이지만, 근본적으로 동양적인 것에 터전을 두고 있다고 할 수 있을 것이다." 이것이 정현종의 시에 대한 최동호의 기본적인 인식이다.

원래 '동양적인 것'은 가치 있고 소중한 것이다. 근래 리얼리즘 쪽에서도 '동아시아의 정신적 보고寶庫'를 거론하고 있다. 그러면 과연

358

무엇이 동양적인 것이고 무엇이 보배로운 것인가.

> 보아라 깊은 밤에 내린 눈
> 아무도 본 사람이 없다
> 아무 발자국도 없다
> 아 저 혼자 고요하고 맑고
> 저 혼자 아름답다

— 정현종, 「시, 부질없는 시」 중에서

이 시의 제목에 "시는 부질없을 뿐"이라는 뜻이 담겨 있다. 이 뜻은 시의 표현이 자연을 따라가지 못한다는 것으로도 보이고, 또 무위자연의 큰 실체에 찬탄을 보내는 것으로도 생각할 수 있다. 최동호의 평가대로 정현종의 이 시가 노자의 무위자연에 감성의 원형을 두었다고 하자. 시인이 자연에 대해 이러한 관점을 가질 수도 있다. 그리고 우리는 다시 노자의 진의에 대해 모색해볼 수 있다. 시에 관련하여 노자와 장자가 나올 때 우리는 계속 그 대목의 진의에 대해 보다 충실한 인식을 갖도록 노력해 보자는 말이다. 노자가 무위자연을 말한 것은 자연이 정태적靜態的으로 그냥 가만히 있다는 뜻이 아니라는 점은 누구나 잘 알 것이다. 즉, 자연은 그 품속에서 봄에 싹 틔우고 가을에 열매를 맺게 한다. 이것은 자연이 시인을 압도한다기보다 시인에게서 생명감을 일깨우고 북돋우는 일이다. 또 언어를 통한 표현의 가능성에 대해서도 노자는 결코 봉쇄하지 않았다. 다만 "진정한 웅변은 말더듬이와 같이 하는 것大辯若訥"이라고 하였다. 그러므로 질박한 말로써 얼마든지 훌륭한 표현을 할 수 있다는 뜻이다. "시가 부질없다"는 것이 찬탄으로서의 겸허일지는 모른다. 그러나 자연이나 노자로 인해 시인이 위축되어야 하는 것인 양 독자들에게 오해를 조성한다면 바람직한 일이 아니다. 정현종의 다음과 같은 시도 있다.

　쓸데없는 것의 쓸데있는
　적어도 쓸데없는 투신과도 같은
　걸음걸이로 걸어가거라

―「시창작 교실」 중에서

　이것은 장자의 '무용지용無用之用'을 시로 쓴 것이다. 장자가 말하였
다. "땅이 넓고 크지만 사람은 발을 디딜 곳만을 필요로 한다. 그러면
발 디딜 곳만 남기고 나머지는 파내버리면 어떻게 되겠는가. 그래도
발 디딜 곳만이 필요하겠는가." 그렇게 되면 필경 사람은 어디로 발을
내디딜 수도 없고 끝없는 낭떠러지로 떨어져 죽을 것이다. 그러므로
주변의 쓸모없는 땅들이 실제로는 필요하다는 뜻이다. 이치에 맞는 말
이다. 그런데 여기에서도 주의할 점이 있다. 가치의 순위의식 문제이
다. 쓸모없는 것도 쓸모가 있다는 것은 원래 '쓸모있는 것'을 보조하
는 것이다. 쓸모있는 것으로써 원래 쓸모없는 것을 위해 이바지하려는
것은 가치관을 전도시키는 결과가 된다. 그런데 위의 시에서 보자.
'쓸모없는 투신'을 고취하는 것처럼 보일 수도 있지 않은가. 역시 겸
허한 표현일지도 모르겠다. 그러나 역시 자연스럽고 당당하게 가치의
올바른 순위의식을 가져야 할 것이다. 최동호는 말하였다. "90년대 우
리 시의 전개에서 문명과 제도와 이데올로기의 속박을 떨쳐버리고 정
현종이 걸어나가야 할 시적 도정은 더욱 넓게 개방되어 있다"고. 그러
나 구속을 당하지 않는 만큼 오히려 더 정대하게, 가치의 중심에 지향
하는 시가 되어야 하지 않겠는가.
　다음으로 박제천의 시를 보자. 역시 노자와 장자에 관련하는 그의
시에 대해 최동호는 말하였다. "삶의 근원을 탐구하고 있는 바에야 하

360

루살이 같은 나날의 삶은 내가 관심할 바가 아니라는 것이 그의 시적 태도이다. 이 점에서 그는 방자하다. (…) 분명한 것은 시대를 초월하는 상상의 자유로움도 현실에서의 일탈 그 자체만으로 가능한 것은 아니라는 점이다." 이렇게 지적해놓고서도 최동호는 같은 문맥 안에서 "어쩌면 그것은 정치적 혼란이 들끓고 있는 시대적 혼돈을 진정시키는 하나의 처방이 될 수도 있을 것이다" 이렇게 말해놓았다. 깨달음의 실천이 없이, '지금 여기에서의 삶'이라든가 '현실'에서 일탈해 있는 입장에서 한 시대의 '정치적' 혼돈을 어떻게 진정시킬 수 있는가. 모순이 내재하는 논리라고 보게 된다. 그 진정의 '처방'이 '깨달음'의 차원 자체를 가리키는 것이라고 하자. 그러면 그 깨달음의 질이 증명되는 시를 우리가 대할 수 있어야 할 것이다.

부질없는 일이로다
하늘 높이 나는 한 마리 새의 길을 안다 할지라도
(…)
어디다 그 무엇을 그리리오
어디다 그 무엇을 새기리오

— 박제천, 「부질없는 일」 중에서

정현종에게서 보인 '부질없음'이 박제천의 시에도 나타난다. 장자에 새가 나온다. 대붕의 경우들이다. 장자가 친구인 혜자에게 한 말이 있다. "대붕은 남쪽 바다에서 북쪽 바다까지 먼 길을 날으는 동안에도 오동나무 가지가 아니면 앉지 않고 대나무 열매가 아니면 먹지 않으며 단 샘물이 아니면 마시지 않는다." 혜자의 권자를 썩은 쥐에 비유하며 자신의 높은 의기를 나타낸 말이다. 부질없음을 말할 때엔 이와 같은 의기가 전제되어야 한다. 박제천의 시에서는 그 의기가 잘 짐작되지 않는다. 그리고 그의 연작시 「노자시편」에는 다음과 같은 시가 있다.

> 너라고 말할 때 너는 이미 네가 아니다
> 너에게 이름을 붙이면 그 이름은 이미 네가 아니다
> (…)
> 너는 있음이라 불리기도 하고 없음이라 불리기도 한다
> 너의 이름은 어둠이다.
> 어둠과 어둠 속에서 모든 것이
> 태어난다
>
> — 박제천, 「너의 이름은 어둠이다」 중에서

노자 『도덕경』의 첫머리 "이름이 이름이면 진정한 이름이 아니다"라는 대목을 풀이한 시이다. 길이 걷는 길이면 이미 진리의 길은 아니고, 이름이 간판이면 이미 그 본질 자체는 아니라고 풀 수도 있는 대목이다. 이것은 어디까지나 진정한 본질 자체를 직시하는 것이다. 이것은 상대적인 '불리움'의 양면성이 아니다. 또 역설 자체도 아니다. 풀이가 어떠하든 원문이 너무 드러나는 것도 노자시로서는 이상적인 방법은 아닐 것 같다. 노자를 눈치채지 못하게 하고 장자를 눈치채지 못하게 하는 방법으로 노장을 시로 써야 진정으로 노장사상이 시다웁게 될 것이다.

최동호 평론집에서는 이들 노장철학에 관련된 시 작업들에 대해 "동양정신을 추구, 새로운 전통의 확립, 우리 현대시를 새롭게 하는 풍요한 토양"으로 긍정과 신뢰를 보내고 있다. 실로 노장철학의 본질을 좀더 바르게 인식한다면 이것이 한국 현대시의 질과 차원에 훌륭한 도움이 되리라고 생각할 수 있다. 그러려면 노장에 연유해 '부질없음'을 많이 드러내 퇴영과 허무로 비치게 되는 양상을 벗어나야 할 것이다. 노자가 물의 부드러움과 겸허, 원목樸의 질박과 용도의 열려진 가

능성을 말하며 진리道와 맞먹는 것으로 말했는데 여기에는 발전적이고 생산적인 뜻도 담겨 있는 것이다. "자벌레가 허리를 굽힘은 한 번 앞으로 뻗기 위함이다. 그릇을 비워야 거기에 무엇을 담을 수 있다"고 한 것도 진취적이며 내실의 효과를 의식한 것이다. 노장사상의 진의에 담긴 이와 같은 창조적 서향에 대해서는 이제까지의 노장 계열 시 작업들이 제대로 인식하거나 감당해내지 못하였다. 이 한계가 분명히 성찰되어야 할 것이다.

필자의 견해로는 정현종의 시가 단순히 노장 계열에 속해 있는 것만도 아니다. 김춘수의 이른바 '무의미 시'가 정현종·오규원으로 이어지는 맥락도 보게 된다. 오규원은 김춘수의 「꽃」에 대한 패러디를 써서 포스트 모더니즘의 예로 여겨지기도 한다. 「꽃」이 오규원에게서는 '라디오'로 환치되었다. 「꽃」과 「부다페스트에서의 소녀의 죽음」은 김춘수의 의미 있는 시로서의 성취였다. 그러나 뒷날 그가 무의미의 시를 표방한 후로는 어떤 성취가 보이지 않는다. 이러한 정황에서 그의 「꽃」마저 '라디오'로 바꿔 보는 예가 있다. "내가 그의 단추를 눌러주었을 때 / 그는 나에게로 와서 / 전파가 되었다."(오규원, 「꽃의 패러디」 부분) '이름'이 '단추'가 되고 '꽃'이 '전파'가 되어보는 데에는 어떠한 의미가 있을까. 오히려 원래의 「꽃」이 '존재'를 드러내는 시로서의 의미를 지녔었다. 패러디는 오히려 낭패인 것 같다. 무의미와 부질없음과 낭패가 한 맥락에 관련되지 않다거나 맥락을 형성하지도 않게 되기를 바라고 싶다.

리얼리즘시에서 선시까지

신동욱 평론집 『시상詩想과 목소리』에 미당 서정주의 시 「추천사鞦韆詞

詞」에 대한 논급이 있다. "향단아 그넷줄을 밀어라 / 머언 바다로 / 배를 내어밀듯이, / 향단아 // 산호도 섬도 없는 저 하늘로 / 나를 밀어 올려 다오. / 이 울렁이는 가슴을 밀어올려다오!"(「추천사」중에서) 이 작품에 대해 신동욱은 다음과 같이 말하였다.

> 시 자체의 구조가 자아내는 감동을 이해하기 전에 작품이 쓰여진 시대적 배경이라는 선입 주견에 의하여 작품 자체의 구조와 문맥을 돌보지 않는 이해나 해석이 어떻게 타당성을 지닐 수 있을까 하는 문제가 남아 있다. …서정시로서 「추천사」는 훌륭히 성공한 작품이다. 그러나 작품이 지닌 예술성의 성공 여부는 일차적인 평가이다. … 바람직한 것은 개인적인 차원에서 동시에 사회적인 차원으로의 가치획득이 있어야 한다.
>
> —「추천사의 짜임」중에서

신동욱은 이 시가 쓰여진 시대적 배경을 해방 직후 "남북이 분단된 가혹한 역사적 시련 속에" 있던 상황이라고 지적하며 위와 같이 말하였다. 이 대목에서 그는 같은 시기에 발표된 박두진의 「해」가 지닌 건전한 미학을 미당의 경우에 대비시키기도 하였다. 미당은 한국 현대시에서 순수·노장·불교에 두루 관련이 깊다. 또한 예술적 성취도에서 풍부한 자질을 보인다. 그런데 신동욱이 지적한 바와 같이 시대현실의 진실에는 일치하지 않는 한계를 늘 지니고 있다. 최동호도 노장 계열의 시를 평한 자리에서 "시대를 초월하는 상상의 자유로움이 현실에서의 일탈 그 자체만으로 가능한 것이 아니라는 점, … 깨달음 그 자체로서 의의를 가질 수 있어야 함은 물론 지금 여기에서의 삶과 깊이 상관되어야 한다는 것"이라고 하였다. 그런데 미당은 시대 현실로부터 일탈할 뿐 아니라, 오히려 일제 말엽에서 80년대 신군부 통치 시대에 이르기까지 역사의 정의로운 방향에 역행하는 시를 쓰고 사회적 발언을 하곤 하였다.

　80년 광주의 극한적 암울을 겪고서 이 땅의 시도 극도로 치열해졌다. "밤 12시 나는 보았다 / 전투경찰이 군인으로 대치되는 것을 / 밤 12시 나는 보았다 / 미국 민간인들이 도시를 빠져나가는 것을"(김남주, 「학살·2」에서), 이러한 시가 쓰여졌다.

　　　우리 모두 화살이 되어
　　　온몸으로 가자
　　　허공 뚫고
　　　온몸으로 가자
　　　가서는 돌아오지 말자
　　　박혀서
　　　박힌 아픔과 함께 썩어서 돌아오지 말자
　　　우리 모두 숨 끊고 활시위를 떠나자
　　　몇십 년 동안 가진 것
　　　몇십 년 동안 누린 것
　　　몇십 년 동안 쌓은 것
　　　행복이라던가
　　　뭣이라던가
　　　그런 것 다 넝마로 버리고
　　　화살이 되어 온몸으로 가자

　　　　　　　　　　　　　　　　　　　 ― 고은, 「화살」 중에서

　고은의 이 시도 고도의 치열성을 드러낸다. 「화살」에 대해 최두석은 그의 「리얼리즘 시론」에서 다음과 같이 말하였다. "「화살」을 리얼리즘 시로 보자면 시적 주체, 혹은 시적 주체가 환기하는 정서가 얼마나 전형성을 갖는가를 살펴야 할 것이다. … 위의 시에 표현된 감정의 고양 상태에서 전형성을 운위하는 것은 걸맞지 않다고 생각된다.「화살」이 사회 현실문제에 대한 적극적 대응이라는 면에서 리얼리즘과 무관하다고 할 수는 없으되 필자는 오히려 이 시에서 낭만주의의 시적 성취를 본다. 혁명적 낭만주의의 발현을 본다.”

고은의 「화살」을 가리켜 ‘감정의 고양 상태’를 들어 ‘리얼리즘’으로 보기에는 걸맞지 않다는 평을 가하고 있다. 혁명적 낭만주의라는 개념의 실질성 여부는 차치하고 말이다. 80년대 말, 90년대 초를 지나면서 우리 사회의 리얼리즘 문학은 비로소 ‘시에 있어서의 리얼리즘’ 문제에 관심을 기울이기 시작하였다.

80년대에 리얼리즘시는 다분히 거칠었고 산문적이었고 또 더러는 필요한 절제를 넘어 격해지곤 하였다. 이렇게 되어 가지고는 시가 시답지 못해 사회 대중으로부터 외면당하게 된다는 자성의 소리가 리얼리즘 문학 내부에서부터 일어났다. 그리하여 작품주의니 문학주의니 하는 주장이 공공연히 표방되기도 하였다. 이 일련의 과정에서 리얼리즘시는 이론적 자체정비를 시도하였다. 그리하여 바야흐로 ‘리얼리즘 시론’ 백가쟁명의 시대가 대두하였다. 이 논의는 부분적으로 시도와 난삽을 드러내고 논쟁마저 곁들이며 전개되었다. 이 전모를 고찰하는 일은 생략과 절제를 가하더라도 별도로 큰 분량의 비평이 되어야 한다. ‘리얼리즘 시론’의 단계는 비단 리얼리즘에 한정되는 것이 아니고, 이것이 시와 문학 전반에 걸쳐 오늘의 한국 문예비평에서 종합적으로 문제를 제기하는 성격을 띠고 있다.

지금 이 소론에서 필자는 다만 중첩다단한 논의의 개략과 특징을 제시하고 체계를 정리해보고자 한다. 아울러 이 논의의 생산적인 수렴을 위해서도 모색해보고자 한다. 80년대 말경부터 리얼리즘 문학 내부에서 스스로 작품은 작품다워야 하고, 시는 시다워야 하며 서정적 요소도 중시되어야 한다는 견해들이 산발적인 단평에 부분적으로 드러나기 시작하였다. 이러한 현상은 현대문학사에서 이념의 강조가 작품을 경직시킬 때에 나타난 선례를 연상시키기도 한다.

작품의 '대중화'론을 둘러싼 장황한 내용은 여기에서 굳이 떠올리기를 피한다. 또 '서정성'의 중시도 동양에서는 고대부터 시의 원천을 논하는 가운데 연정설緣情說이 있었듯이 당연한 것이다. 또한 현실사회주의의 변화가 있기 이전 사회주의 리얼리즘 시기에도 서정성이 이론적으로 무시된 적이 있었던가. 오히려 푸쉬킨의 경우에서처럼 개별적인 작은 것과 보편적인 큰 것이 통일되며 리듬을 발휘한 것이 전통의 맥락으로 중시되었었다.

90년대 고비에서 한국의 리얼리즘 시론은 '서정성' 문제에 대해서는 본격적인 이론을 제시하지 못하였다. 다만 잠재적으로는 서정성의 중시가 긍정되는 분위기였다. 이론적으로는 처음에 리얼리즘시의 '서사적 기능'을 중시하는 견지에서 최두석의 '이야기시론'과 '단편서사시론'이 제기되었다(이것도 지나 시대 임화와 이용악의 시에 대한 평가에 나타났던 착상이다). 시대 현실의 어려움을 사회 대중에게 보다 용이하게 인식시키는 데 있어서 서사적 기능의 유용성은 물론 긍정될 수 있다. 그러나 이 경우도 80년대 리얼리즘시의 일부 거친 산문성이 서사적 기능의 명분 아래 호도되는 것은 경계를 요하는 것이다.

오성호의 「시에 있어서의 리얼리즘 문제에 관한 시론」은 리얼리즘 문학 이론의 보편성을 위해서도 서정시의 독자성이 긍정되어야 한다는 문맥을 보인다. 그 대신 시에서도 '전형성'을 적용하기 위한 하나의 '절충적 방안'으로 '서정적 주체'를 설정하고자 하였다. 시적 '주체'가 있어야 객관적 현실을 독자에게 일깨워주는 진술을 할 수 있고, 여기에서 전형성이 획득될 수 있다는 것이다. 원래 오성호는 소설에서의 '전형성'에 대한 엥겔스의 명제에 대해 대개 지나치게 집착하는 경향을 경계하는 듯한 지적을 하기도 하였다. 그렇게 해놓고서 결국 그 자신도 전형성을 위해 '서정적 주체'론을 시도한 것이다. 이 점은 오성호가 "시도 과연 현실을 반영할 수 있는가"라고 의문을 제기하고, 이어서 반영의 가능성을 긍정한 데에 연유한다. 물론 시도 현실을 반영할 수 있다. 이상화의 「빼앗긴 들에도 봄은 오는가」가 그 점에 있어서 하나의 고전적인 예가 될 수 있다. 신동엽의 「껍데기는 가라」가 더 분명한 예가 되기도 한다. 그러나 시적 '주체'의 설정을 도식적 조건으로 의식하는 데엔 무리가 있는 것으로 보인다. 굳이 그래야만 할 필요도 없을 것이다. 오성호 자신이 같은 평론 안에서 중요한 견해를 보인 대목도 있다. "예술작품의 총체성은 오히려 내포적인 것이다. 가장 짧은 노래도 내포적 총체성으로서 웅대한 서사시와 마찬가지이다." 이렇게 그는 말하였다. 가장 짧은 것과 웅대한 것 사이의 대등은 아무래도 규모의 양감 때문에도 좀 지나친 표현일지도 모르지만 원리론의 면에서는 중요한 각성이라고 할 수 있다.

백낙청의 「시와 리얼리즘에 관한 단상」에 이르면 시 장르의 특수성이 강조된다. "모든 갈래(장르)의 무조건 평등이라는 것은 자명한 진리와는 거리가 멀다. …거듭 말하자면 나는 전형성, 현실 반영 같은 특정 기준들의 충족 여부보다 '지공무사' 또는 '사무사思無邪'로서의 당파성의 구현 여부가 한층 본질적인 문제라고 믿고 있다." 백낙청의 이 논급에서 시의 특수성을 떳떳이 강조한 것은 리얼리즘 시의 자유로운 여건과 오히려 발랄한 기능을 신뢰하게 할 수 있다. 그러나 시의 고대적 명제인 '사무사'에다 굳이 '당파성'의 문제를 연결시켜 해결하고자 하는 데엔 무리가 있다고 생각된다. '당파성'은 경향문학에까지 걸치며 개념 적용의 융통성을 아무리 넓힌다고 해도 그 원래의 객관적 개념을 배제할수 없는 것이 아닌가. 당파성은 사회주의 리얼리즘 안에서 레닌의 「당조직과 당문학」에 뿌리를 두며, 레닌 자신이 "당파성은 사회주의 이

넘이다"라고 천명한 바 있다. 그 밖의 여러 문예이론가들에 의해 "당파성이 사회주의 리얼리즘의 중심 범주"로 간주되어온 사실도 널리 알려져 있다. 비록 '당파성'이라는 용어를 현대적 문학정신의 원리 차원에서 해결과 극복을 위해 쓰고 있다고 하자. 그러나 원래 프롤레타리아 계급의 대의大義를 위해 쓰인 이 말과, 프롤레타리아 계급의 당 자체가 존재하지도 않았던 남한 사회의 현실과는 객관적 관련성이 없다. 원리론의 관념화는 리얼리즘의 원칙에도 어긋난다. 관념화는 현실 사회에서 주변화를 자초할 우려도 있다. 시에서의 전형성 집착과 더불어 당파성 관념도 자체 성찰을 거치는 것이 늘 사고의 고루함을 넘어서며 생동하는 발전을 지속해야 할 리얼리즘에 합당하게 될 것이다.

리얼리즘시에 있어 리듬과 언어도 진지하게 유의해야 할 요소라는 점도 오성호와 백낙청에 의해 언급되었다. 이 점이 오히려 심층적인 관점의 등장이다. 그러나 이 관점에서는 아직 "형식·질서화·의미의 일부"로서 그 의의가 거론되었다. 리듬과 언어에 관해서는 필자도 「자연과 리얼리즘」에서 인간 본성이 원천으로부터 오는 것임을 단편적으로 거론한 바 있다. 겉으로 나타난 단계에서는 리듬과 언어를 고르고 갈면서 장인적匠人的 덕목을 쏟고, 또한 현실의식을 지니고 궁극의 진리에까지 진전하는 일은 두고두고 남을 과제이다. 여기에서는 시의 과정과 지표 정도가 떠올려지고 있는 것이다.

이만한 단계에서도 정남영은 「시에 있어서 현실주의 문제에 관하여」를 통해 좀더 진전된 생각을 말하였다. '반영'은 그 기원이 그리스 철학의 '모방론'에까지 소급할 수 있는 것이지만, 그것이 "일어난 일의 단순한 표현이 아닌 내적 개연성과 필연성에 따른 과제"임을 환기시켰다. 헤겔은 "아름다움 자체가 진실되어야 한다"고 했고 하이데거는 "아름다움을 가리켜 진리를 드러내는 한 방식"이라고 한 말도 소개하였다. 이렇게 하면서 시는 진실과 진리에까지 연계하는 지표를 보여

준다.

아마도 이쯤의 단계에서 '선시禪詩'의 출현마저 우리의 관심에 포함
시켜야 할 것 같다. 평론 묶음인 『고은 문학의 세계』 안에서 백낙청은
「선시와 리얼리즘」에 대해 썼다. 근래에 고은이 발표한 선시 작품들을
리얼리즘에 관련시켜 고찰한 것이다. "고은의 근작 시집들에서 확인되
는 선시적 요소와 리얼리즘적 요소의 공존 가능성은 편의적인 공존이
라기보다 양자의 본질적 친연성에 바탕한 일치의 가능성이다." 이와같
이 친연성親緣性이 전제되어 있다.

　　말 달렸던 세월 같다고 끝나지 않는다
　　다시 말 달릴 세월이 왔다
　　하루 벌어
　　하루 먹고 쉬어라
　　그대 곁에 철쭉꽃도 피어나리라

　　한숨은 슬픔이 아니다
　　한숨 내쉬며 쉴 때
　　때마침 하늘 속 솔개도 뚝 멈춰 쉬고 있다

　　진짜배기 휴식일진대 그것은 정신의 절정일 것
　　　　　　　　　　　　　　　　　　　　—고은, 「휴식」 중에서

근래 '선시'를 의도해 쓰고 있는 시인들이 더 있다. 고은이 선시를
쓰는 것은 "유행을 탄 요즘의 선시 아닌 선시들에 일침을 놓으려는 뜻
이 강하지 않을까 싶다"고 백낙청은 말한다. 이러한 일침의 역할에 수
긍이 가기도 한다. 앞의 시 「휴식」에 보이는 그야말로 정신의 절정 같

은, 마음의 평정平定을 높이 평가하게 된다. 그밖의 화두話頭 같은「너는 뭐냐」와 '길 가다가 길가 질경이가 어디 질경이입니까 / 죽은 고모 아닙니까 고모부 아닙니까?"(「잡초에 대하여」부분)같은 것은 그 가치를 헤아려 인정하기가 어렵다. 물활物活 정도는 시에 활력이 되지만 윤회전생이나 범신사상 성향에 관련해 시를 논하기란 막연한 일이다.

불가의 팔정도八正道에 "말은 정직하게 해야 한다(正言)"는 덕목도 있으며, 소년 혜능이 학승 신수의 게송에서 지적한 '군더더기'를 털어내는 일 외에 더 무슨 중요한 일이 있을까. 『법보단경』의 한 게송에 "생명이 싹트는 씨앗은 유정有情"이라 하였다. 고은의 시에서는「만인보」가 유정의 넓은 밭이다. 달리 선문답을 벌여야 그의 시에 진리가 담기리라고 새로운 기대를 갖게 되지는 않는다.

이 소론의 전반부에서 몇몇 시인이 거론되었다. 리얼리즘시 분야에서는 고은의 비중이 크다. 그는 순수·선·리얼리즘을 두루 편력하였다. 이미 방대한 양의 시를 발표하였다 이 해에 회갑을 맞아 고은문학이 행사가 열렸을 때 대중을 향해 낭송된 시로「이어도」,「화살」,「문의 마을에 가서」등이 있다. 어느 작품이 그의 대표작인가.「이어도」는 이상향을 향한 상상으로 여운이 짙다. 아마도 고은 시의 원천에서 한 수맥에 해당될 만하다.「문의 마을에 가서」는 군사정권의 통치자가 막은 대청댐 물에 잠겨버린 마을을 생각하는 점에서 음울한 분위기가 있는데, 전제된 관념이 깔려 있어 시로서는 전달에 지장이 있다.「화살」은 최두석의 표현을 빌면 가혹했던 시대의 혁명적 낭만주의로 해석되기도 한다. 필자는 이 작품에서 하나의 문제를 본다. "화살이 되어 온 몸으로 가자"는 것은 낭만주의로서 가능하다. 그러나 "몇십 년 동안 쌓은 것 / 행복이라던가 / 뭣이라던가 / 그런 것 다 넝마로 버리고 / 이윽고 과녁이 피 뽑으며 쓰러질 때 / 우리 모두 화살로 피를 흘리자 / 돌아오지 말자 / 돌아오지 말자" 이러한 행들은 너무 절제가 부족하다. 화살을 가리켜 "전사의 정령이여" 한 것도 이 시를 정신 차원의 표현이라고 할지도 모르지만, 몇 십 년 동안 누린 걸 다 버리고 온몸으로 가서 돌아오지 말자는 의지의 표현이 지배적인 강세를 이루고 있다. 그러면 과연 그는 돌아오지 않았는가. 또 우리는 돌아오지 않았는가.

박노해의 옥중시집이 새로이 발간되었다. 그 시집 안에서 "오늘로 내 나이 서른다섯인가 / 부러진 칠십이라 하던가"로 시작한 시의 제목은 '때늦은 나이'라고 붙였다. 「머리띠를 묶으며」라는 제목의 시에는 "결사투쟁"이라는 말이 나온다. 같은 시집 안에서이지만 보다 뒷날에 쓴 것이 「그해 겨울나무」이다. 이 시에서 첫 연의 끝은 "나의 시작은 나의 패배였다"로 되어 있다. 그리고 마지막 연의 끝 행은 "나의 패배는 참된 시작이다"로 되어 있다. 겸허와 성실을 다짐한 시적 대목들도 있다. 그렇다면 패배는 그것으로 끝내고 새로운 그것대로 달라야 하지 않을까. 어떻게 패배가 곧 시작인가. 더 바람직하기로는 그것이 진정한 민중운동일수록, 노동운동일수록 패배하는 방법으로는 시작하지 않았어야 하는 성실이 요청되었다는 것이다. "30대의 때늦은 나이, 결사투쟁, 패배가 시작"이라는 생각의 시에서 성찰할 문제는 없을까.

이 시집과 시인에 대해 비평가들은 대단히 높은 평가를 보내기도 한다. 김병익은 고뇌하며 이겨낸다는 점에서 박노해를 가리켜 "힘찬 90년대적 시인으로 새로이 떠오르고 있다"고 하였다. 또 최원식은 다음과 같이 평가하였다. "그 밑 모를 어둠 속에서도 부드러운 만큼 강한 '강철 새잎'을 싹틔우려는 한 순결한 정신의 감동적인 고투를 새로운 시대의 예감으로 목격하게 된다. 박노해 시인은 이미 하나의 문학사인 것을!"이러한 평들이 시집의 뒷표지에 게재되어 있다. "고뇌·부드러움·순결" 등이 전제되었으니 포용과 격려라 할 수도 있을 것이다. 그러나 한편 시에서도 평에서도 언어의 절제들이 필요할 것 같다. 책임지지 못할 장담, 과장, 뇌동을 삼가는 데에 오히려 더 힘이 있다.

그 절제에는 '진실'이 있기 때문이다. 진지하기만 한 것에서 또한 틀에 굳어질 위험을 느낀다면 소탈과 자연의 생명력 같은 것을 끌어안을 수도 있을 것이다. "못난 놈들은 서로 얼굴만 봐도 흥겹다"(신경림, 「파장」첫행) 신경림의 이와 같은 소탈과 인간다움의 유정에서 리얼리즘시의 폭넓은 가능이 비로소 보이는 것이다.

최근에는 리얼리즘 시인들이 지난날의 치열성을 스스로 쑥스러워하며 너무 '서정'이나 '아름다움'을 앞세우고 나서는 현상도 있다. 일관된 진실이 있으면 되는 것을, 양극단으로 왔다갔다 하면서 "나도 이럴 수도 있다"는 과시가 나타난다면, 세계문학사 안에서 주류인 리얼리즘에 부합되지 못하는 자세이다. 이와 같은 유동적 현상을 경계하면서, 김종철은 「인간·흙·상상력」에서 기본적으로 우리 사회의 물질주의적 타락에 대응해 "문학예술의 사회참여 필요성은 더 커지고 있다"고 하였다. 또한 그는 "인간이 자신의 존재 근원을 지각하고 명상하는 매체가 시이며, 오늘날에도 시의 존재이유는 여기에 있다"고 원초적인 심층을 환기시켰다

이 소론이 보다 원만한 내용이 되려면 몇 가지 요건을 더 갖추어야 했다. 비록 단편적인 언급으로라도 말이다. 그것은 시와 리듬, 시와 원초적 언어, 아름다움과 진실의 관계, 진리의 보편성 문제 등이다. 그러나 이 주제들은 각기 큰 분량의 논술을 필요로 하는 것들이다. 문예비평계와 학계가 앞으로 이러한 주제들의 탐구에 함께 노력하길 바란다. 90년대 한국시의 '성찰'이라고 하여 주로 냉철히 되돌아보는 내용이 되었다. 그러나 미래로 열려진 시의 가능성과 유능한 젊은 시인들의 등장에 또한 신뢰와 희망을 갖게 된다.

덩굴이 나무 위로 기어오르고 있다
벌들이 꽃에게로 접근하고 있다

아무도 이것을 눈치채지 못했으나

모든 것은 이루어지고 있음을

기억하라, 마지막 순간까지

누구도, 우리조차 우리가 살아 있음을 알지 못했으나

덩굴이 나무를 정복하듯이

꽃이 열매를 맺듯이

마침내 이루리라는 것을 기억하라

우리의 숨은 눈을 통하여

마침내 붉은 열매가

우리를 넘어서 날아오를 때까지

살아라, 그리고 기억하라

— 나희덕,『살아라, 그리고 기억하라』전문

　

젊은 시인 나희덕의 이 시는 미래에 우리가 성취할 일들을 환기시킨다. 인간다운 삶의 최선의 매체이며 질료 자체인 시의 성숙과 발전을 위해 우리는 함께 깊이 생각해야 할 것이다.

(1993)

참고문헌

최동호,『평정의 시학을 위하여』, 민음사, 1991.
신동욱,『시상과 목소리』, 민음사, 1991.
이은봉,『시와 리얼리즘』(편저), 공동체, 1993.
정남영,「시에 있어서 현실주의 문제에 관하여」,《실천문학》1993년 여름.
백낙청,「선시와 리얼리즘」,『고은 문학의 세계』, 창작과비평사, 1993.

Ⅵ. 작가 시인론

채만식론/사회구조에 대한 소설적 인식

1

1925년 《조선문단》지에서 단편소설 「새길로」가 추천됨으로써 백릉
白綾 채만식의 작가적 생애는 시작된다.

1925년은 〈조선 프롤레타리아 예술동맹〉 약칭 〈카프*KAPF*〉가 결
성된 해이므로 이 무렵부터 한 동안 사회주의 문학운동이 문단을 주도
하게 되었다. 사상적으로나 행동적으로 카프에 가담해 있지 않은 문학
인이라 하더라도 일본 제국주의에 대한 민족적 저항의 방편을 사회주
의 사상에 의거하여 이론화하는 것이 보통이었으며 신예 문학인들의
활동을 카프 쪽에서 포섭해 들이고 있었다.

그러므로 카프에 가담하지는 않은 채로 역시 사회주의적 경향성을
띠고 작품 활동을 한 작가들이 있으니 이들을 동반자 문학인이라 하였
다. 채만식을 포함하여 이효석, 유진오, 이무영 등이 작품 활동 초기에
모두 동반자 작가로 불리웠다.

그러나 채만식은 원래 사회주의자가 될 수 있는 체질은 없었던 것

으로 보인다. 전북 옥구군 임피면 읍내리에서 부농인 채규섭의 다섯째 아들로 태어나 막내로서 자라난 그는 성격이 남달리 까다롭고 결벽이 있으며 또 귀족적이었다. 1922년 서울 중앙고보를 졸업하고 일본에 건너가 조도전대학 영문과에 입학했으며 이때에 스포츠를 즐겨 하였다고 전하기도 하지만 그는 몸이 약한 편이었고 특히 1930년대 말에 이르면서부터는 몸이 몹시 쇠약해 있었다.

그는 1930년대 이 땅의 자유주의적 인텔리의 전형이었다.

부농의 아들로 태어난 신학문에 대한 주변의 흥분된 권고에 의해 일본 유학을 하고 그것도 중도에 그만두는 경우들이 많았다. 채만식도 대학에 입학하던 다음 해에 동경 대지진이 일어나 귀국해 버리고 말았다.

그리고는 역시 정해진 길처럼 신문사, 잡지사의 기자로 전전한다. 그 중에서는 혹 작가 시인도 되고 아무튼 노동력 없는 문화인으로 지내면서 대를 물려온 토지도 다 팔아먹고 말년에 이르러 극심한 경제적 곤궁을 겪으며 죽어간다. 이와 같은 코오스가 작가 채만식의 생애에도 그대로 대입되어 있었다. 그는 특히 결벽이 강하여 광범한 교우관계도 없었지만 지극히 좁은 범위 내에서 몇몇 작가들과는 또한 유난히 두터운 정분을 가지고 지냈다. 후배인 최태웅, 동료인 이무영 정도가 깊이 사귄 벗이었는데 그들 벗에게 작가 채만식의 인간성을 잘 나타내 보여 주곤 하였다.

특히 이무영이 기술한 어느 날의 사례는 작가 채만식의 모습을 가장 잘 그려 보여주고 있다. 아무런 연락도 없이 채만식이 무영의 관촌 샛말 집을 찾아준 것은 1930년대 말의 어느 봄이었다. 농촌으로 돌아가 바위처럼 고독하게 살고 있었던 무영에게 있어서 가장 기쁜 것은 친구의 내방이었다.

개가 요란히 짖어서 내다보니 싸리삽짝 밖에 모던 보이처럼 모자를 슬쩍 젖혀 쓴 채만식이 손을 번쩍 든다.

"이 개 물지 않소?"

"왜 안 물어 조심하라구."

채만식의 공견병을 아는지라 일부러 무영이 이렇게 대답을 했더니 채만식은 눈이 둥그래진다.

"그래? 그럼 붙들어 매우. 난 개하구 무식한 사람하구가 제일 무서우니까. 대체로 경우가 없단 말야."

채만식이 그렇게도 정열을 쏟던 금광에서 실패를 하고 삼형제의 10여 명 가족을 부양해야 할 무거운 짐을 그 약한 몸이 졌을 때다. 채만식은 심신이 파리해진 느낌이었다. 시골 부동산을 정리해 가지고 한강변 광나루(이무영의 기록으로는 안양천변이라고 되어 있다)에다 초가 한 채를 장만했다는 것이다. 갑자기 이사를 해놓으니 배급 통장이 옮겨지지 않아서 양식이 떨어졌던 모양이었다. 돈 아니라 금을 주어도 서울은 물론 시골에서도 쌀 한 톨 구할 수 없던 시절이다. 마침 또 보릿고개이기도 했었다. 병아리 고기에 쌀밥을 대하니 채만식은 눈물이 다 글썽해질 정도로 심약해 있었다.

"도스토예프스키가 굶어 죽었다고 하지 않소? 그가 굶어 죽었다는 것이 우리한텐 커다란 위안이었지. 도스토예프스키 같은 작가가 굶어 죽었는데 우리가 굶는 것은 당연한 이야기라구. 그랬더니 요전 그 부인이 쓴 전기를 보니까 도스토예프스키 한 사람이 소설을 쓰기 위해서 집사, 가정부, 비서, 식모 그리고 부인이 딸렸읍디다. 기분이 안 나면 획 외국 여행을 떠나서 호텔에 방을 셋씩 잡고 거기서 기분이 안 나면 또 호반을 찾아가구… 그런 것을 굶어 죽었다구 한다면 대체 우린 어떻게 해석해야 하지? 응, 무영!"

술을 못하면서도 연성 무영의 술잔에 막걸리를 따라 주며 이렇게 비분강개하던 것이다. 문학 이야기도 나왔고 작가들 이야기도 하였다. 평소에도 그랬지만 그날은 더욱이 극도의 비관론자였다. 건강에 대해서도 몹시 근심하는 말투여서 "채형은 좀더 대범해질 필요가 있어."이렇게 무영이 권하려니까 그럼 천치가 되라는 말이냐고 그는 사뭇 대들었다.

　작품에 대해서도 채만식만큼 결벽인 예도 없지만 일상생활도 그러했다. 심한 예로는 객으로 왔건만 상에 놓인 수저를 반드시 자기 주머니에서 꺼낸 종이로 씻던 것이다. 이러한 그의 결벽, 지나치게 귀족적인 그의 성격이 대부분의 문우들과 섭쓸리지 못하는 원인이 되어 고독했고 그것이 그의 건강을 해친 원인도 되었었다. 그날의 이야기도 이 눈에 거슬리는 모든 사람에게 대한 불만이 대부분이었다. 왜정에 대한 불평불만, 마뜩치 않은 관리, 출판사, 친구… 조그만 부정에 대해서도 참지 못하는 그의 성격이 건강을 해친다고 무영이 몇 번이나 되풀이해도 그는 그런데 눈을 감고 사느니 차라리 죽겠노라고 했다.

　사양 무렵이나 되어서 보리쌀 한 말에 쌀 닷 되를 둘이서 작대기에 꿰들고 10리나 되는 역에까지 나오면서도 채만식은 건강에 대해 자신이 없다는 말을 몇 번이나 되풀이했었다. 역에서 차를 태워 보내고 나니 친구를 영겁의 길로 떠나보낸 것 같은 슬픔에 무영은 주막집에 들러 만취가 되도록 술을 마셨다. 집에 돌아와서 취중에도 무영은 "채만식 그치 일찍 죽겠어!"이런 소리를 되풀이했다고 한다.

2

　개와 무식한 사람을 싫어한 사람, 자기 휴지로 수저를 다시 닦아서 밥을 먹는 손님, 건강에 대한 실망을 되뇌며 산 환자, 이러한 성격의 작가가 일제하의 민족적 수난기에 어떠한 작품을 쓸 수 있었는가.

　「레디메이드 人生」('34년), 「치숙」('37년), 『탁류』('41년) 이 세 편의 소설에 채만식의 작품세계가 요약된다고 볼 수 있다. 「레디메이드 人生」

은 사실상 이 작가의 출세작이라 할 수 있다. 이미 여러 해 전에 문단
에 데뷔하여 몇 편의 소설과 희곡을 발표했지만 별로 주목을 끌지 못
했다. 그러나 「레디메이드 人生」에 와서 그 주제는 당시에 사회문제로
대두한 인텔리의 문제였고, 그 형식이 풍자적인 수법이었던 데에서 이
채로웠다. 첫째 풍자적인 수법은 점차 가중되는 일제의 탄압 아래서
비록 소극적이기는 하지만 작가가 당시의 생활 현실과 사회상황을 고
발하기에 가장 적당한 방법일 수밖에 없게 되었다. 이 점에서 그 풍자
적 작풍이 우선 당위를 인정받았고 또 독자층에 어필할 수도 있었던
것이다.

 「레디메이드 人生」 즉 기성품 옷을 빌어 입은 것처럼 남의 인생을
사는 주인공 P는 풍자의 화살을 자조적으로 자기에게만 돌리는 것이
아니고 사회체제 자체에까지 돌리는 것이다. 대학은 나온 고등 룸펜인
P로부터 취직 부탁을 받고서 “농촌으로 돌아가라”고 하기 좋은 설교
를 하는 K사장에게 P는 다음과 같이 들이댄다.

그렇지만 지금 조선 농촌에서는 문맹퇴치니 생활개선이니 합네 하고 손
끝이 하얀 대학이나 전문학교 졸업생들이 모여 오는 것을 그다지 반겨하기
는커녕 머릿살을 앓을 것입니다… 농민이 우매하다든지 문화가 뒤떨어졌
다든지 또 생활이 비참한 것의 근본 원인이, 기역 니은을 모른다든가 생활
개선을 할 줄 몰라서 그런 것이 아니니까요…
보기좋게 들이대고 돌아 나와서 거리를 걸으며 P는 혼자서 생각한다.

갑신정변에 싹이 트기 시작하여 가지고 한일합방의 급격한 역사적 변천
을 거치어 자유주의의 사조는 기미년에 비로소 확실한 걸음을 내어 디디었
다. 자유주의의 새로운 깃발을 내어 걸은 시민(市民)의 기세는 등등하였다.
 “양반? 홍! 누구는 발이 하나길래 너희만 양발(반)이라느냐?”

"법률의 앞에서는 만인이 평등이다."

"돈… 돈이 있으면 무어든지 할 수 있다."

신흥 부르조아지는 민주주의의 간판을 이용하여 노동자 농민의 등을 어루만지고 경제적으로 유력한 봉건귀족과 악수를 하는 동시에 지식계급을 대량으로 주문하였다.

인텔리… 인텔리 중에도 아무런 손끝의 기술이 없이 대학이나 전문학교의 졸업증서 한 장을, 또는 조그마한 보통 상식을 가진 직업 없는 인텔리… 뱀을 본 것은 이들 인텔리다.

부르조아지의 모든 기관이 포화상태가 되어 더 수효가 아니 느니 그들은 결국 꾀임을 받아 나무에 올라갔다가 흔들리우는 셈이다. 개밥의 도토리다. 인텔리가 아니었으면 차라리…(일제시 9자 삭제됨—편자주) 노동자가 되었을 것인데 인텔리인지라 그 속에 들어갔다가도 도로 달아나오는 것이 99퍼센트다. 그 나머지는 모두 어깨가 축 처진 무직 인텔리요, 무력한 문화예비군 속에서 푸른 한숨만 쉬는 초상집의 주인 없는 개들이다. 레디메이드 인생이다.

시골 형님 집에 맡겨 놓았던 아들 창선이가 서울로 올라왔다. P는 보통학교도 마치지 못한 어린 아들을 인쇄소 직공으로 취직시켜 버리는 것으로 소설은 끝난다. 소설 전편을 통해 인텔리 룸펜의 참담한 생활이 그려져 있고 인텔리 자체와 사회 체제에 대한 풍자적인 비판의식이 예리하게 작용하고 있다.

그러나 더욱 풍자소설의 극치를 보여 주는 것은 또 하나의 단편 「치숙」에서다. 이 소설은 1인칭의 소년 주인공이 시종 혼자서 변설을 농하는 형식으로 되어 있는 점부터가 본격적인 풍자물의 인상을 준다. 보통학교 4년을 겨우 졸업하고 일본인 밑에서 고쓰까이(小使-심부름꾼)로 있는 소년이 대학을 졸업하고 사상가로 감옥 생활까지 한 집안 아저씨를 온갖 각도로 입심 좋게 조롱하고 있는 것이 이 소설의 내용이다. 여기서 사상가인 아저씨가 등장하는 사실에 대해 우리는 융통 있는 이해를 가져야 할 것 같다. 일제하에서 그 통치 체제에 거역하는 한 의식분자로서 독립운동가나 민족주의자를 소설 속의 한 주인공으로 등장시키는 것부터가 있을 수 없는 일이었다. 이런 때에 풍자극의 얼림수를 써서라도 그 체제에 저항하는 지사형의 주인공을 등장시키는 데에는 사상가가 그래도 가장 편리한 레테르일 수밖에 없었다는 환경을 우리는 참작할 필요가 있을 것이다.

과연 이 소설은 철부지 소년으로서 일본인에게 길이 잘 들은 비천한 속기에 대해 오히려 역설로써 신랄히 조롱하고 있으며, 불굴의 지사형인 인텔리 아저씨에 대해 너무나도 당연하다는 듯이 옹호하고 있는 내심이 잘 엿보이고 있는 것이다.

우리집 '다이쇼'가 나를 자별히 귀여워하고 신용을 하니깐 인제 한 십년만 더 있으면 한 밑천 들여서 따로 장사를 시켜 줄 눈치거든요. 그리고 우리 다이쇼도 한 말이 있고 하니까 나는 내지인(內地人) 규수한테로 장가를 들래요. 나는 죄선 여자는 거저 주어도 싫어요. 내지 여자가 참 좋지 뭐. 인물이 개개 일짜로 예쁘겠다, 얌전하겠다, 상냥하겠다, 지식이 있어도 건방지지 않겠다, 조음이나 좋아! 그리고 내지 여자한테 장가만 드는 게 아니라 성명도 내지인 성명으로 갈고, 집도 내지인 집에서 살고, 옷도 내지 옷을 입고, 밥도 내지식으로 먹고, 아이들도 내지인 이름을 지어서 내지인 학교에 보내고… 내지인 학교래야지 죄선 학교는 너절해서 아이들 버려 놓기나 꼭 알맞지요. 그리고 나도 죄선 말을 싹 걷어치우고 국어만 쓰고요. 이렇게 다아 생활법식부텀도 내지인처럼 해야만 돈도 내지인처럼 잘 모으게 되거든요.

소년은 이런 식으로 흥분하면서 "그놈 아무짝에도 못 쓰게 길이 들어 버렸다"고 한 아저씨에 대어들며 말도 안 되는 시비를 입심 좋게 걸고 늘어지는 희화를 연출하는 것이다. 재미있는 익살에 좇아서 식민지 시정배의 철저한 천박성을 폭로시켜 주는 이 소설에 이르러 채만식은 당대 제일의 풍자문학가라는 평판을 얻기도 했었다.

그의 대표작격인 장편 『탁류』에 이르면 문제의식은 훨씬 확대된다. 풍속적인 단편의 재치와 깔끔함이 모자라면서 상당한 분량의 통속소설풍이 끼어든 점은 있으나 역시 폭넓은 주제를 지니고 있는 점은 사실이다.

『탁류』의 주제의식을 분석해 보면 대체로 다음 세 가지 점이 드러난다. 첫째는 양반 출신으로서 근대문명 속에 주변 없이 처세해 극한적으로 몰락함으로써 인간성의 온전한 모습마저 파괴당하는 정주사의 경로를 그린 것이다. 둘째는 주어지는 운명에 순종함으로써 인생을 희생당하는 한국 구식 여성의 전형적 성격을 지닌 초봉이를 그 동생이며 발랄한 신식 여성의 사고와 체질을 가진 계봉이에 대조시키며 그려 나아간 것이다. 셋째는 건실한 지식청년이요 의학도인 승재가 무료진료와 약학 등을 실시하고, 또 이 소설 속에 나오는 모든 주인공 즉 정주사 부부와 초봉이 자매 그리고 패륜아인 고태수에 이르기까지 접촉을 가지면서 작품세계의 구심점을 지키는 역할을 지게 한 것이다. 이 외에 초봉이를 둘러싼 고태수, 형보, 박제호 등 패륜적인 남성들의 연속적인 등장과 그 결과로 벌어지는 극한적인 참극의 부분이 있는데, 이것이 앞에서 지적한 바 있는 상당량의 통속소설풍이다.

작가가 이 소설 속에서 비춘 잠재적인 의도의 정석定石은 더 드러난다. 작가는 일제 말엽이라고 할 수 있는 1940년대에 이르러서까지도, 조선의 한 지방도시 군산을 모델로 해 본다면 일본의 조선인 착취가 어느 정도였는가를 증언해 놓은 것이 있다.

예서부터가 조선 사람들이 모여 사는 곳이다. 지금은 개복동과 연접된 구복동을 한데 버무려 가지고, 산상정(山上町)이니 개운정(開運町)이니 하는 하이칼라 이름을 지었지만, 예나 시방이나 동네의 모양 다리는 그냥 그 대중이고 조금도 개운(開運)은 되덜 않았다.

급하게 경사진 언덕 비탈에 게딱지 같은 초가집이며, 낡은 생철집 오막살이들이 손바닥만한 빈틈도 남기지 않고 콩나물 길 듯 다닥다닥 주어박혀 언덕이거니 짐작이나 할 뿐이다. 이러한 몇 곳이 군산의 인구 칠만 명 가운데 육만도 넘는 조선 사람들의 거의 대부분이 어깨를 부비면서 옴닥옴닥 모여 사는 곳이다. 면적으로 치면 군산부의 몇 분지 일도 못되는 곳이다. 정리된 시구(市區)라든지, 근대식 건물로든지, 사회 시설로나 위생 시설로든지, 제법 문화도시의 모습을 차리고 있는 본정통이나, 전주통이나, 공원 밑 일대나 또 넌지시 월명산(月明山) 아래로 자리를 잡고 있는 주택지대나 이런 데다가 빗대면 개복동이니 둔뱀이니 하는 곳은 한 세기나 뒤떨어져 보인다. 한 세기라니 인제 한 세기가 지난 뒤라도 이 사람들이 제법 그만큼이나 문화다운 살림을 하게 되리라 싶들 않다.

이렇게 7분의 1도 못되는 인구로 도시의 대부분을 차지하고 한 세기나 앞선 문화다운 살림을 하는 사람들은 물론 일본 사람들이다.

이와 같이 부조리한 식민지적 참상을 그대로 두고 볼 수 없는 의분에서 승재는 조선 사람들이 사는 콩나물 시루 같은 빈민촌으로 무료진료를 나서고 또 야학에도 나가는 것이다.

대체 이 조그만 군산 바닥이 이러할 바이면 조선 전체는 어떠할 것인고, 이것을 생각해 보았을 때에 승재는 기가 딱 질렸다.

그래서 육체적인 노력과 조그만 주머니 돈까지 털어 바치면서 동분서 주했지만 승재는 끝내 회의에 빠지고 만다. 무료 진료도 야학도 별 성과를 거두기가 힘들고 잘못하다가는 오히려 오해나 받기가 일쑤였다.

가난과 병과 무지로 해서 불행한 사람이 많은 줄까지는 알았어도 사람이 어째서 가난하고 무지하고 병에 지고 하느냐는 것은 아직도 알지를 못한다. 그렇기 때문에 소박한 휴우머니즘밖에 없는 지금의 승재로서 결론은 절망적이다. 눈으로 보고서 차마 못해 돈푼이나 들여서 구제니 또는 치료니 해주는 것은 결국 남을 위한다느니보다 우선 자기자신의 감정을 만족시키는 제 노릇에 지나지 못하는 일이었다.

이와 같은 사고의 단계는 일찍이 신문학 초기에 볼 수 있었던 인도주의적 계몽문학의 애매성을 지적하는 것이며, 따라서 그것이 어떠한 이데올로기에 의거하는 여하를 불문하고 우선 사회 체제의 근본적 파악에 작가의 시각이 진출했다는 증거가 되는 것이다.

이상의 세 작품을 토대로 채만식 문학의 세계를 관찰할 때 억압된 사회에서 풍자의 기법을 구사하면서 일관하여 현실의식의 작품을 썼다는 사실을 알게 된다. 그리고 『탁류』와 같은 장편은 대중층 독자들에게 커다란 흥미를 주어 의식성의 문학과 독자 사이를 접근시키는 데 있어 주목할 만한 성과를 거두었다는 점, 그리하여 30년대 말로부터 40년대 초에 걸쳐 한국문학 연대기에 뚜렷한 위치를 점하고 있다는 사실을 알게 된다.

3

그러나 연대기적 위치에서 문학사적 위치에 채만식 문학을 끌어올리고자 할 때 우리는 그 작품들에 몇 가지 성찰을 가해야 할 필요를 느끼게 된다.

세부적인 면에서부터 보자면 채만식 소설에는 외래어들이 부자연스러우리만치 등장하는 예가 빈번하다. 그 때가 바야흐로 서구문명이 도입되어 유행하기 시작했던 탓인지도 모르겠다. 「레디메이드 人生」에서만 보아도 'all or nothing'이라는 영어가 소설 문장 속에 영자 그대로 들어가 있다. 또『탁류』에서 보면 "메센저 노릇을 해주지", "기술을 캐치하고 싶어하는 것은…", "꼭 레포할 자료두 있구…" 이외에도 여러 군데에서 더 이런 불필할 정도의 외래어투가 발견된다.

그리고 역시『탁류』에서의 경우인데 앞에서도 지적된 대로 미모의 처녀 초봉이를 둘러싸고 연속적으로 벌어지고 있는 음침한 통속풍이 상당한 분량으로 섞여 있는 것이다. 이 작가 자신이 순수 소설로 문단에 등장하기 이전에 한두 편의 탐정소설을 발표한 경력이 있으며 또 이 장편이 신문에 연재되었던 탓으로 상업적인 주문에 타협했을 사정 등으로 미루어 그 통속성의 연유는 짐작되는 바가 있다. 그런 문예작품의 원만한 품격을 위해서 이 승화되지 못한 속기의 부분은 작품 전체에 상처를 주고 있음을 부인할 수 없는 것이다.

끝으로 작가 의식의 본질에 관한 진단이 남았다. 작가가 생활과 상황의 억압속에서 출구를 찾다가 막혀 버리는 데에서 끝나는 의식성의 문제를 우리는 어떻게 보아야 할까. 물론 이 절망의 확인은 감상주의나 위선으로 장식된 긍정적 결정론에 비하여 합리적인 사고인 것이 사실이다. 그러나 작가의 임무는 여기에서 끝나는 것이 아닐 것이다.

상황과 생활의 외면이 드러나 있는 사실에 대해 이론적으로 정립된 비평의식을 투입하여 작품을 쓰고자 할 때 그 작업이 부딪는 벽은 절망과 같은 것이 되기 쉬운 것이다. 그러나 우리는 절망하기 위해 가치를 창조하는 것이 아니다.

따라서 작가는 생활과 현실의 내면적 구체성 즉 역사 속에 어차피 살아있는 생활의 구체성 속에 들어가서 그 어떤 전제적 이데올로기의 구속을 의식하지 말고 다만 현실 이상의 진실을 창조하는 예술적 동력으로 운행해 나아가야 하는 것이다. 이와 같은 사실들이 채만식 문학을 문학사적으로 정리하는 데에 있어 참작되어야 할 문제점인 것이다. 작가의식의 전진이 벽에 부딪히고 있음을 스스로 깨닫게 된 채만식은 8·15 해방 이후 집필생활을 계속했지만 이렇다 할 역할을 드러내 보이지 못하면서 문학과 인생을 함께 앓고 있었던 것으로 보인다.

1945년 일제의 탄압으로 이른바 소개를 당해 고향 임피로 내려간 채만식은 향리에서 조국의 해방을 맞이했다. 해방 이듬해에 그는 이리 길현동이 있는 중형仲兄의 집에 한 칸 방을 얻어 지내면서 집필을 계속하였다. 고현동 가로에 면해서 조그마한 일산 가옥이 한 채 서 있어서 보리밭을 향해 들창문 하나가 때때로 열려져 있었으니 이 방이 바로 1946년부터 1948년까지 채만식이 기거한 곳이다.

"나는 일생을 두고 내 집이라고 가져 본 적이 없다"고 하는 말이 이 따금 이 작가의 입에서 한숨처럼 흘러나오곤 했었다.

채만식이 집필을 하던 이 한 칸 방에는 무릎을 넣을 수 있을 만큼 식유 궤짝으로 만든 책상 하나가 유일의 기구로 존재히였다. 방 구석에는 몇 권의 책이 쌓여져 있고 책상 위에는 작은 공처럼 생겼으나 잉크병같이도 보이는 초록색의 자기 하나가 놓여 있었는데 원고를 쓰다가 피로하면 이 자기의 구멍에다 만년필을 꽂고 쉬는 것이 그의 버릇이었다.

그의 시간생활을 보면 대체로 하루를 셋으로 나누어 오전에는 집필, 오후에는 소요, 밤에는 수면이라는 규칙적인 생활이었다. 이 무렵에 채만식은 그래도 여유있는 기분으로 후배 한 명과 함께 멋진 꿈의 계획을 세우고 있었다.

달구지를 보통 것보다 훨씬 크게 만들어서 그 위에다 지붕을 꾸미고 두 개의 침대와 책상 하나와 취사 도구를 넣을 수 있도록 하고 그리고 전자식 라디오 한 대를 장치하여 이것을 온순한 암소로 하여 끌게

해서 글을 써 가며 전국의 방방곡곡을 돌아다녀 보자는 것이었다. 그는 어느 정도 이 계획을 위한 경제적인 대책도 세웠으나 불행히 여순 사건이 폭발하여 그 뜻이 좌절되고 말았다. 그러자 마치 영국의 걸인 시인 데이비스처럼 한 채의 자기 집을 가져 보겠다는 것이 현실 생활 속에서 그의 가장 큰 욕망이 되었다. 마침 그 때 그의 장편 소설『탁류』가 재판되어 그 인세가 큰 용기를 주었다. 그러나 그 정도의 돈으로는 집을 살 수가 없었고 그는 더 글을 써야만 했으며 무엇인가 또 책을 꾸며야만 하였다. 그는 몇 편의 단편을 모아 창작집『잘난 사람들』을 출간하였다. 그러나 이 수입까지 보태도 한 채의 집을 사기에는 부족하였다. 그러나 나중에 보수를 할 셈치고 억지로 한 채의 집을 골라 이리(지금의 익산. 편자 주) 시내 마동에 있는 조그만 기와집으로 이사를 하였다.

마루 위에 서서 보면 판자 울타리 너머 남쪽 하늘에 솟아오른 모악산의 윤곽이 바로 눈앞에 보였다. 그런 대로 이 고독한 작가는 모처럼의 만족을 느끼는 것같이 보였다. 그런데 그것이 마지막의 일순간이었던 것이다.

이사를 마치고 뒤이어서 그는 병석에 누워 열이 38~39도를 오르내렸다. 이것이 치명적인 노년성 폐환의 시발이었다. 병석에서 시름시름 하던 어느 날 채만식은 그를 따르던 한 후배에게 다음과 같은 편지를 띄웠다.

"장군! 인편이 허락되는 대로 원고용지 한 20권만 보내 주소. 그러면 군은 혹 내가 건강이 좋아져서 글이라도 쓰려고 하는 것같이 생각할는지도 모르지만 사실은 그렇지가 않네.

나는 일평생을 두고 원고지를 풍부하게 가져본 일이 없네. 그렇기 때문에 이제 임종의 어느 예감을 느끼게 되는 나로서는 죽을 때나마 한 번 머리 옆에다 원고용지를 많이 놓아 보고 싶은 것일세."

전부터 종종 그런 말을 하곤 했지만 병석의 그를 찾은 후배 최태웅을 향해 채만식은 간곡히 말하는 것이었다. "군일랑 문학을 하되 나처럼은 하지 말게." 이것이 일제하의 불우한 시대 상황에 출현해 온통 문학과 인생을 앓으면서만 살다가 마침내 생애 최후의 날에 다가가고 있는 이른바 인텔리 작가의 모습이었다.

채만식과 같이 오늘도 이 영토에서 현실상황의 제재를 느끼면서 결국 풍자의 수법을 동원해 보고 그리고 사회 체제의 근본을 꿰뚫어 보는 현실인식이 예민한 작가들에게 있어서 채만식 문학은 절실한 교훈이 될 것이다. 또한 현대 한국의 문학정신을 성찰하는 데 있어서도 커다란 보탬이 될 것으로 믿는다.

그러나 불우한 속에서도 그가 해방 후에 써서 남긴 몇몇 작품들, 단편 「논이야기」, 중편 「少年은 자란다」, 중편 「낙조落照」 등이 발굴되면서 채만식 문학의 중요성이 본격적인 재평가의 대상이 되고 있다. 이 재평가 논의는 필자로서도 단편적으로는 전개한 바 있으며, 별도로 정돈이 기회를 갖겠다.

(1975)

김정한론/리얼리즘 문학의 지맥

작가 김정한은 그의 작품과 그가 걸어온 삶의 역정을 아는 이들로
부터는 짙은 애착과 추앙을 받기도 한다. 그러나 1908년생으로 70 고
령의 노작가가 되어 있는 단계에서도 그는 사회 일반에 잘 알려져 있
는 편이 못된다. 그 이유로는 그가 일제 말엽인 1940년에 창작의 붓을
꺾었고 1966년에 「모래톱 이야기」를 발표함으로써 다시 작품 활동을
하기까지 무려 26년 간의 공백이 있었으며, 그 뒤로도 그는 노작을 하
여 드문드문 작품을 발표해 오고 있음을 들 수 있다.

그럼에도 불구하고 김정한은 한국 현대문학사 안에서 독특한 위치
를 보여 주며 작가로서의 그의 존재 가치는 앞으로 더욱 평가받게 되
어 갈 것으로 보인다.

소설가 김정한을 우선 드러내고 일깨우는 것은 그의 출세작 「사하
촌」이다. 이 작품은 1936년 《조선일보》 신춘문예에 당선된 김정한의
첫 단편소설이다. 「사하촌」은 한국 농촌 소설 계열 안에서도 뛰어난
박진력을 구사하고 있으며, 농촌 소설의 양식으로서도 독특한 면을 지

났다. 이 소설에 앞서서 발표된 이광수의 『흙』, 심훈의 『상록수』에서는 도희지에서 공부하고 들어온 지식 청년이 지도자격 주인공으로 되어 있었다. 그러나 「사하촌」에는 그러한 주인공이 없다.

지식 청년 주인공들을 선의로 해석한다 하더라도 그것은 일종의 하향식 계몽주의 양식이라고 볼 수 있다. 그리고 「사하촌」에 이 요소가 들어 있지 않은 것은 계몽주의 극복의 한 양식이라고 볼 수 있다. 이 점은 같은 무렵에 문단에 나온 김유정의 단편들에도 해당되지만, 김정한의 소설에서 본바닥 농민의 주체적 의지가 더욱 선명하고 강렬해진다. 소설의 무대인 성동리와 보광리, 두 농촌에 등장하는 사람들은 일제 식민 착취의 앞잡이인 순사, 군청 주사, 농사조합 평의원, 진흥회 이사, 그리고 보광사普光寺 중들로서 계집을 거느리고 지주가 되어 있는 측과, 이들에게 시달리고 빼앗기며 가난하게 살아가는 본바닥 소작인들이다.

절간 중들의 타락과 횡포는 식민지 민생의 어지러움과 황량함을 한층 절감케 하는 점이 있다. 그러나 이처럼 불교 승려들이 일제 지배층과 어울리게 된 데에는 일인들의 정략적인 시책이 있었던 것으로 역사학계에서는 풀이되고 있다. 즉 일본이 조선을 식민지로 만드는 데에는 조선의 유력한 토착종교에 영합하는 것이 효과적이라는 관점에서 일인들은 한일합방 이후 불교계에 여러 모로 특혜를 베풀었다는 것이다.

일인들의 이 정략은 불교계를 타락시켜 나아갔다. 작가 김정한 자신이 그의 자전 에세이 안에서 「사하촌」 소재로서의 승려들의 생활상과 형태를 다음과 같이 들려주고 있다.

"나는 그 당시의 불교라기보다 절이나 중들에 대한 일들을 직접 눈으로 많이 보았다. 소위 강원이란 데서 불경 공부를 하는 아주 젊은 중들은 몰라도 대부분의 늙은 스님들은 수도를 하는 것 같지도 않고, 그저 뜰에 난 풀이나 뽑고 밥 때가 되면 밥이나 받아 먹는 것같이 보였다. 마치 그것이 일과나 되는 것처럼.

그 밖에 30, 40대의 중들은 승적만 가졌을 뿐, 대부분 절 가까운 부락에 가정을 가지고 있어 절에는 무슨 큰 불사나 있지 않으면 좀처럼 얼굴을 내놓지 않았다. 다만 그러다가도 새 주지를 뽑을 때만은 그중 똑똑한 중들은 숫제 몇 패로 나뉘어서 서울로 어디로 모여 다니면서 싸움들을 하였다.

한번은 주지 선출 문제로 중들끼리 칼부림까지 하였다는 소문도 들렸다. 주지 선거에 그렇게 열들을 올리는 까닭이 사답寺畓을 비롯한 절의 재산과 그와 관계되는 개인적인 이해 관계 때문이란 것을 알게 되자, 지금까지 가졌던 중들에 대한 생각이 완전히 달라졌다. 세속적인 욕심을 버린 불도들이라기보다 도리어 속인들 이상으로 물욕에 집착하는 사람들같이 보였던 것이다. 요컨대 지원정사祇園精舍의 유풍은 찾을 길이 없었다.

이와 같이 타락해 간 절과 중은 일제 말기에 가서는 완전히 그들과 야합하는 꼴이 되었다. 절마다 법당에는 '천황폐하성수만세天皇陛下聖壽萬歲'니 '황군무운장구皇軍武運長久' 따위의 팻말이 나붙고, 속인들이 짓던 사답은 거의 가정을 가진 중들에게 돌아가고 말았다."

이러한 상황이었으므로 「사하촌」에서 묘사된 승려들의 행태는 일제의 횡포와 거기에 야합해 파생하는 불의의 한 단면이었다.

이 사회 상황의 기저 위에서 소설은 인간관계의 드라마를 중심으로 전개된다. 소작인 마을의 젊은이들은 밤이 되면 마을의 사랑방에 모여, 1년 농사 소출을 다 바쳐도 소작료가 모자라는 가뭄 흉년에, 지주들은 미리 입도立稻 차압의 팻말을 붙이고 있는 처사에 분통을 터뜨린다.

하루 아침, 깨어진 종소리와 함께, 성동리 농민들은 일제히 야학당 뜰로 모였다. 그들의 손에는 열음 못한 빈 짚단이며 콩대 메밀대가 잡혀 있었다. 이윽고 그들은 긴 줄을 지어 가지고 차압 취소와 소작료 면제를 탄원해 보려고 묵묵히 마을을 떠났다. 아낙네들은 전장에나 보내는 듯이 돌담 너머로 고개를 내가지고 남정들을 보냈다. 그러나 또쭐이 들깨 철한이 봉구, 이들 장정이 선두로 빈 짚단을 든 무리들은 어느새 동네 뒤 산길을 더위잡았다.

소설의 이 부분은 농민들의 소작쟁의 행렬을 그리고 있으며 곡식이 달리지 않은 빈 짚단들을 손에 들고 가는 사태는 지주의 본거지에 불을 질러버릴 수도 있음을 암시하는 광경으로 되어 있다. "철없는 아이들도 행렬의 꽁무니에 붙어서 절 태우러 간다고 부산히 떠들어 댔다"는 맨 끝 행이 그와 같은 충분한 암시이다.

김정한 소설의 묘미는 대체로 끝 부분에서 작가의 주제의식을 은근하게 형상화하여 드높여 놓은 데에 있다. 이 점으로 인해 그의 소설은 세부묘사와 평면적 나열에서 대체로 그치는 자연주의 수법과 달리 미래 지향적 창조의지를 내포하는 리얼리즘 수법이 되고 있다.

김정한 소설의 리얼리즘에 대해서는 김병걸의 평론이 있기도 하지만 한국 문학 속에서 이른바 70년대 리얼리즘 이전에도 채만식의 후기작들과 김정한 소설들이 역시 리얼리즘의 맥락 위에서 검토될 만하다고 본다.

'리얼리즘' 문제는 일종의 '어휘 기피증'을 지닌 편협한 사고에 의해서는 거부되는 현상도 있지만, 아무래도 김정한과 같은 작가, 또 그밖의 여러 작가들에게서 창작 작업의 의미와 진가를 이해하려 할 때 그 리얼리즘 특성을 외면할 수는 없게 된다. 사전적 해석에 의하더라도 "문예상 리얼리즘은 넓은 의미에서 공상적이고 비현실적인 아이디얼리즘理想主義과 달리 어떤 시대에서도 두 경향이 병존하고 섞이면서 존재한다"고 볼 수 있다.

또 구체적으로도 허버트 리드는 '예술의 기원'을 고찰한 이론에서 벌써 구석기 시대에 "공리성과 사회성을 지니고 동시에 예술성을 지닌 리얼리즘의 완성이 출발될 수밖에 없었다."고 했으며 현대의 와서는 20세기 '아메리칸 리얼리즘'도 있어 드라이저, 마크 트웨인을 비롯한 수다한 작가들의 작품집이 '리얼리즘 문학작품'이란 제목 아래 풍성한 양으로 출간되어 있다.

그러므로 19세기에서 끝난 예술 사조로만 여기는 리얼리즘관은 진상을 전혀 모르는 견해이다. 한국에서는 한국대로의 역사적 상황적 특성을 고려하고 거기에서 불가피하게 나타나는 리얼리즘 경향의 문학을 한국 현대문학 안에서 자연스럽게 평가해야 마땅하다.

결코 안온한 목가풍의 시대가 아니었던 한국의 현대사 안에 '삶의 자리'를 가지고 있는 우리는 어떤 서정적 영탄이라든가, 또는 서구적 모더니즘의 관념만으로써는 우리의 삶의 진실을 온전하게 감당할 수 없는 사정을 지니고 있다. 바로 이러한 역사적 환경에 삶의 자리를 가져온 한 좋은 본보기가 작가 김정한의 역정을 통해 잘 드러난다.

김정한은 1908년 음력 9월 26일, 경남 동래군 북면 남산리에서 김기수의 장남으로 태어났다. 1908년이라면 바로 대한제국의 멸망기이며 일제의 한국침략과 식민지로의 병합작전이 실현되던 시기이다. 이러한 때에 이 땅에서 삶의 운명을 출발시킨 것부터가 불행의 싹이었다.

물론 이러한 시대에도 저러한 시대에도 개인의 안일만을 도모하여 무풍지대에 들어앉아 사는 인생들도 있다. 또 성품이 가장 좋아서 하느님이 만인의 가슴에 똑같이 심어준 양심을 가장 잘 지키다가 박해를 받고 불행해지는 인생도 있다. 이 경우 불행이라는 것은 시정적市井的 속기에 기준을 둔 말이다. 그러나 이것도 저것도 아니면서 피할 수 없이 불행으로 내몰리는 대다수의 무력한 사람들이 의롭지 않은 역사 안에는 으레 있게 된다.

소설「사하촌」속에 나오는 보광사 아랫마을 인생들이 바로 그것이며 그런 인생들을 김정한은 실제로 보고 체험하였다. 여기서부터 어차피 그의 인간적 비판의식은 싹트게 되었다.

게다가 그는 향리에서 사립 명정보통학교에 다니고 있던 열다섯 살 때에 3·1 독립운동을 맞았고, 그가 거친 서울중앙고보, 동래고보 등은 당시 일본 제국주의에 대한 저항의 요람 같은 곳들이었다. 이리하여 그의 이른바 '반골인생反骨人生'이 굳혀져 나간다. 동래고보 시절의 어느날 그의 교실 안에서 일어난 일이다.

> 스트라이크는 대개가 일본인 교사들의 무능과 군국주의적인 억압, 멸시… 이런 것들이 원인이 되어 일어났다. 한국인 교사도 왜놈에게 아부하는 눈치만 보이면 용서하지 않았다. 식민지 조선에 나와 있던 일본인은 물론이거니와 식민지 백성들은 일본을 '內地'라 부르게 되어 있었다. 처음 부임해 온 조선인 교사가 수업 첫 시간에 '내지'란 말을 덜컥 썼다가 그 자리에서 학생들로부터 면박을 당했다. "선생님! 내지가 어딥니까? 충청북도를 가리키는 말씀입니까?" 선생은 얼굴이 홍당무처럼 달아 올랐으나 말은 못했다. "오늘은 이만하고 맙시다 선생님 기분도 안 좋으실 테니까…" 학생들은 선생만 교실에 남겨둔 채 우―밖으로 나와 버렸다.
>
> ―「洛東江의 파숫군」 중에서

이런 풍경이 한낱 유치한 객기의 연출로 오늘 이 땅에서 여겨지는 것이 옳은 일인가. 그러면서 저 서양의 알사스 로렌 지방의 어느 소학교 교실에서의 「마지막 수업」이라는 글만이 슬프고 장한 이야기로 우리들에게 인식되어 있어야 할까.

김정한의 출세작 「사하촌」의 주제는 그가 붓을 꺾은 1940년까지 지속된다. 가난한 농민들의 비애, 구체적으로는 소작인들의 비애와 저항의 주제가 「옥심이」(1936), 「항진기亢進記」(1937), 「추산당秋山堂과 곁사람들」(1940) 등에 담겨 있다.

「옥심이」와 「추산당과 곁사람들」에는 절간 중이 지주, 재산가로 되어 있는 점, "차라리 중 서방이나 해가는 것이 호강이겠다"고 말하는 여인들의 고생이 그려져 있다. 또 「옥심이」의 경우, 끝 부분에서는 문둥병에 걸려 소록도로 가는 옥심이의 남편 허서방의 뒷모습을 바라보며, 허서방의 아버지가 "제에기, 나도 문둥이나 되었더라면 차라리 소록도에라도 갈 것을!"하면서 눈물을 보이는 장면이 있다. 이것은 어떤 수용소에라도 갇혀서 얻어먹고 살았으면 하는 지친 삶을 토로하는 것이며 또 이 천형처럼 가혹한 운명 속에서 천대받는 목숨으로 살아가는 가난한 사람들을 강조하여 부각한 것이다.

왜 '가난'의 문제가 이처럼 강조되어야 했던가. 여기에는 사회 경제적 현실에 대한 인식이 문학인들에게도 요청된 점이 있다.

일제의 토지조사사업 자체가 '신고제'를 통한 함정으로서 극소수의 양반 호족豪族은 내 땅, 남의 땅을 뭉뚱그려 자기 소유로 할 줄 알았지만 대다수의 농민 대중은 경작할 땅의 소유권을 잃었던 점에서부터 대중의 빈곤화는 제도적으로 출발되었다. 1939년 현재로 조선총독부 농림국 통계에 나타난 것만 보아도 자작 겸 소작농가가 25.3%, 소작농이 55.7%였으니 식민지 백성의 대다수가 가난과 굶주림에 허덕였다는 사실은 이상할 것이 없다. 그리고 이러한 절실한 사실을 사실대로 증언해 나간 소설이 있어야 했음이 마땅하다. 이 사실이 그 현실 속에서 이 땅에 사는 인간들의 삶의 참모습이었기 때문이다.

또한 일제의 식민통치는 이른바 내선일체라는 구실 아래 조선 민족의 말살을 추진해 나아갔으니, 그것이 조선어에 대한 박해 및 사용금지에로의 추진, 동방요배, 신사 건립 등으로 나타났다.

1938년부터 각급 학교에서 조선어를 가르칠 수도 안 가르칠 수도 있는 수의과목으로 정하였고, 1940년에는 조선어 교육이 폐지되고 일간 신문들도 폐간되었다. 이와 같은 1940년경의 시대 상황을 소설로

써서 발표할 수 있다는 것은 더욱 불가능한 일이었다.

그러므로 작가 김정한은 1940년에 창작의 붓을 꺾었다. 그러나 문학 작품에는 이른바 공시성共時性이 있다고 한다. 사정이 어려웠던 당시에 쓰지 못하고 발표하지 못한 작품을 뒷날 가능한 시기에 쓸 수 있고, 그 작품이 그 지난 시대의 진실을 돌이켜 진술해 줄 수 있다. 김정한이 1966년에 문단에 복귀한 후 발표한 「어둠 속에서」(1970), 「회나뭇골 사람들」(1973) 등이 그 일제말엽의 현실 상황을 재생해 보여 주고 있다.

「어둠 속에서」의 주인공 김인철이 T국민학교 선생으로 부임해 가서 학생들 앞에 나서서 "이제 막 교장 선생님이 소개해 주신 김인철입니다" 했을 때 4백여 명 학생들은 눈이 휘둥그래진다. 일본말 애용이 강요되던 때에 대뜸 우리말로 부임 인사를 했기 때문이었다. 지금까지 그런 일이 전혀 없었다는 것이다.

또 김인철이 우선 교실들 입구여 걸려 있는 수업 시간표를 보니까 '조선어'라고 써야 할 과목 이름이 그냥 '선어鮮語'라고 씌어 있었다. 김인철은 생각한다. "선어가 뭐냐? 조선인을 선인이라고 깔보아 부르는 것과 마찬가지일 거라!" 그는 참을 수 없는 모욕감과 분노를 느낀다. 그는 선어라는 과목명을 '조선어'라고 고쳐 써서 붙인다.

이른바 '동방요배'를 실시하기 시작할 때에도 말썽이 속출한다. 학생들을 일본 천황이 있는 동쪽으로 향해 서게 하고 90도 각도로 경례를 할 때 어떤 학생이 방귀를 뀌어 웃음바다가 되고 야단을 맞으며 또 어떤 학생은 땅에 닿은 손가락으로 낙서를 하다가 발각되어 일본인 교사와 교장으로부터 사상이 의심스럽다는 힐책을 받기도 한다. '사상문제'로까지 발전하면 예사롭지 않은 사건이 된다. 이럴 때 김인철 교사는 또한 강렬한 태도로 학생을 변호한다.

"그건 교장 선생님의 말씀이 좀 지나쳤다고 생각합니다. 큰절을 하다가 땅에 닿은 손가락이 뭘 좀 그렸다고 해서 그걸 가지고 아직 열 살도 못 되는 어린애의 사상이 어떠니 하는 식으로 다룬다는 것은 언어 도단이라고 생각합니다."

심지어는 토요일 오후마다 여학생 모두가 일본인 교장 사택으로 가서 청소를 하는 폐풍마저 김인철 교사가 항의하여 자기네 반 아이들은 청소하러 가지 못하게 한다. 교사로 부임한 이후 김인철 교사는 줄곧 일기를 적고 있으므로 그의 일기장에는 그가 이 학교에서 겪어나가는 그 불만스러운 일들에 관해 저절로 적어 놓게 된다. 그리고도 김인철은 직성이 안 풀려서 "벙어리 냉가슴 앓듯이 혼자서만 그럴 것이 아니라, 동지들을 모아 보자는 엄두를 내었다. 그래서 '조선인 교원연맹' 같은 것이라도 만들어 볼 궁리를 했다."

김인철 교사는 몇몇 친구들에게 그러한 내용의 편지를 냈고, 이 편지 내용이 발각되어 그는 경찰에 잡혀간다. 결국 그는 감방 안에서 피투성이가 되도록 두들겨 맞는다. 그리고 선생자리를 쫓겨난다.

이 소설은 김정한의 「자전 에세이」에서 보면 그가 1928년 동래고보를 졸업하고 울산 대현공립보통학교 교사로 부임해서 실제로 체험한 것을 소재로 했다 한다. 소설 「어둠 속에서」에 나오는 동방요배 행위가 당시 군국주의 풍조 속에서 습관이 되어 버린 후에는 사람들이 어색해하는 일도 점점 희박해져 갔겠지만, 처음 실시할 때의 그 쑥스러움이 포착된 것은 한 권력집단의 무모한 맹신 조작을 실감케 한다. 또한 김인철 교사가 낙서장난을 한 학생에게 '사상'을 결부시키는 태도의 부당성을 항의한 데서도 인간정신의 정직과 진실이 어떤 제도적 악의 허위성을 격파해내는 장면을 보여 준다.

같은 계열의 주제를 담은 「회나뭇골 사람들」에서는 창씨개명과 신사 건립이 소재로 되어 나온다.

"성을 소오야마朱山라 하라쿠데. 면서기 말이 송씨는 다 그런다기에 그럼 나도 그래 달라고 했지 머."

398

송털보는 "송씨는 다 그런다기에"란 대목에 일부러 힘을 주는 듯했다. 원래 내외가 다 무당 출신으로서 지금도 마누라는 가끔 푸닥거리도 다니고 때로는 별신굿에도 낄 뿐 아니라, 그보다도 딸 순매를 기생노릇을 시켜 집에서는 술을 팔고 하니까 관청의 명령을 안 들을 도리가 없었을 것이다.

무당, 기생, 백정, 이런 사람들만 모여 사는 희나뭇골은 대대로 천민의 마을이다. 지금 송털보는 생계에 위협을 받아 약하게 창씨개명에 동조했지만, 박노인은 "백정이 무슨 성이 필요 있소"하고 반대해 버렸다. 회나뭇골 사람들은 3·1 운동 때도 왜놈들에게 가장 끈덕지게 대들었으므로 나중에는 그 마을이 온통 불타 버리는 피해를 입었지만 그래도 다시 이 마을에 모여들어 살고 있다. 이들은 백정들의 인권옹호를 위해 생긴 '형평사'라는 천민 조직에 연관되어 있기도 하다. 이들은 자기네 선조들이 후백제를 끝까지 지키다가 고려 태조에게 패망하여 천민으로 학대받게 되었다는 역사적 사실도 기억하며 따라서 의리 있고 애국심 있는 혈통이라고도 생각한다. 따라서 이런 좋은 혈통이 나쁘다니 우습지 않느냐고 뇌까린다. "꼭 자기가 틀어쥔 무엇만 위하라니 이건 사람을 제집 개 돼지로만 아는 것들이지 머고!" 박노인의 생각이다.

박노인의 첫째 아들은 3·1 운동 때 왜놈들에게 총살되었고, 둘째 아들도 그 때 고문을 당해 바보가 되었다. 바보가 된 둘째는 원래의 이 마을 당산 자리에 세운 일본 신사 쪽을 건너다보며 앉아 있는 것이 일과이다. 당산의 무속에도 문제는 있지만 그래도 옛날 대대로 있어 온 그 당산을 헐고 일본 신사가 새로이 섰다는 것은 또 하나의 미신이다. 그 미신의 허구는 언제고 깨질 것이었다. 소설 「회나뭇골 사람들」은 그 짜임새의 끝매듭이 허술하게 된 느낌이 있으나, 역시 일제 말엽 민족 말살의 위기에 처한 사회상을 가장 밑바닥 신분으로 사는 사람들을 통해 조명해낸 데에 의미가 있다.

이러한 민족 현실을 산 작가는 1940년 무렵에 어떤 결단을 내렸어야 했을까. 조선어 교육의 폐지, 조선어로 된 신문 잡지의 폐간 등이 강요된 시대에 이 땅의 문학인들이 할 수 있었던 일이 무엇일까.

붓을 꺾는 일만이 최선이었다고 말하지는 않는 것이 좋을지도 모른다. 그러나 친일 반민족 문학, 황도皇道 국민문학의 길로 들어서는 결단을 내렸던 이들이 불행하다는 사실은 역사가 판가름해 주게 되었다.

이 문제는 한국 문학사의 정통을 다시 한 번 가려 보는 일에 속함과 동시에 김정한 문학의 일제 말엽 공백기와 또 해방 후 친일 문학인들의 재등장과는 대조적으로 「사하촌」의 작가가 계속 실의에 잠겨 있었던 사정을 생각케 하는 것이다.

이른바 30년대 주지주의 또는 모더니즘을 추진했던 평론가 최재서가 "고도 국방국가 체제의 필요에 응하여 일어난 혁신 문학상의 목표로서, 일본국민의 이상을 시험한 대표적 문학으로서" 국민문학을 제창한 것이 이 시기였다.

또 이효석의 소설, 김종한의 시가 이른바 인생파 내지 '순수' 계열에 드는 것이었는데 이들의 작업이 친일에 깊이 들어간 것도 이 시기 이후의 일이다. 이 밖의 더 많은 이들, 더 고명한 이들이 친일문학 속에 들어가 문단 활동을 계속하였다. 애석한 한 예로서는 유치환의 시 「수首」의 경우가 있다. 이 시인의 대부분의 시가 훌륭하고, 그 인품에 대해서는 김정한도 못 잊어 하는 터이지만, 해방 후에도 그의 시집에 계속 실리고 있는 「首」가 지니는 미묘하고 예리한 문제점이 있다.

1942년 《국민문학》 잡지에 발표한 이 시는 북만주 어느 네거리에 내걸려 있는 비적의 목 잘린 머리에 대하여 "너 죽어서 율律의 처단의 어떠함을 알았느뇨"라고 되어 있다. 일본군 지배 아래 있던 만주에서 비적이라면 본토민이거나 조선 독립군인데 여기에 대고 율律을 거론함은 역사의식의 결핍을 드러내는 것이다. 다 그랬던 것은 아니지만 모더니즘, 순수, 일부 카프 출신들이 일제 말기에 친일의 과오를 범하고 또는 역사의식에 있어 허약했는데 이 계열의 문단 세력이 별 비판을 받지 않고 해방 후 대한민국의 문학 판도에 계승된 점은 민족문학의 정기를 혼탁하게 하였다.

이 혼탁이 지조 있고 역량 있는 몇몇 문학인을 직접 간접으로 문단에서 소외시키는 현상이 되었다. 김정한도 그러한 희생의 한 몫으로 해방 전후에 긴 공백기간을 갖게 된 작가인 점이 있다고 생각된다.

김정한은 1966년에 단편 「모래톱 이야기」를 월간 문예지 《문학》 6월호에 발표함으로써 문단에 복귀하였다.

1940년에 창작의 붓을 꺾었으니 26년만의 일이다. 이 때 그의 나이는 59세였다. 예사로이 보아 넘기기 어려운 일이다. 그렇다고 김정한이 이렇게 오랜만에 다시 창작의 붓을 들기 시작했을 때 무슨 거창한 동기를 내세우지도 않았다.

"이십 년이 넘도록 내처 붓을 꺾어오던 내가 새삼 이런 글을 끼적거리게 된 건 무슨 기발한 생각이 떠올라서가 아니다 오랫동안 교원 노릇을 해오던 탓으로 우연히 알게 된 한 소년과, 그의 젊은 홀어머니, 할아버지, 그리고 그들이 살아오던 낙동강 하류의 어떤 외진 모래톱— 이들에 관한 그 기막힌 사연들조차 마치 지나가는 남의 땅 이야기나 아득한 옛날 이야기처럼 세상에서 버려져 있는 데 대해서까지는 차마 묵묵할 도리가 없었기 때문이다."

이렇게 그는 「모래톱 이야기」 서두에 다시 소설을 쓰는 이유에 대해 설명을 붙여놓았다. 이것은 김정한이 한국 문학인들의 관념 속에 대체로 도사리고 있는 직분적 우월의식, 오기, 결벽 같은 것들을 사뭇 덜 가지고 있다는 그 성품의 한 표현일 것 같다.

그러나 실제로 그가 소설을 다시 쓰기 시작한 이후 그의 작품들에 담겨 나타난 내용을 보면 그가 지난 20여 년의 세월에 대해 결코 무감각했던 것이 아니며 오히려 한 작가로서 자기가 살아온 시대를 감당하고 증언해야겠다는 집념이 안으로 응어리지고 있었음을 알 수 있다.

서양에서 『문학과 예술의 社會史』 또는 『소설 사회학』 등의 책이 역사현실을 감당해 나가는 문학의 기능체계를 밝히고 있는데, 이런 유의 관찰을 하고자 할 때 김정한 소설이 한국의 현대사 구석구석에 파고들어 첨예하게 사회 문제와 거기에 결부된 인간의 존엄 문제, 인생의 의미를 추적해 나아간 사실을 알게 된다.

김정한의 소설은 일제의 이른바 '내선일체' 정책의 실상을 그리는 데서 그치지 않고 제2차 대전에서 일본이 패망하기 직전에 조선인 학도병을 동원하던 현실에까지 옮겨 갔다.

「사밧재」('71)는 김정한 문학 재출발 이후의 빼어난 작품이다. 주인공 송노인이 역시 늙어서 세상을 떠날 때가 된 누님을 찾아 보려고 생후 처음 버스를 타고 여행하는 이야기인 이 소설은 작가의식이 도식성을 도출하지 않으며 작품 전체가 예술적으로 형상화되고 무르익어 있다.

그럼에도 불구하고 이 「사밧재」는 강렬한 현실의식을 내포하고 있다. 한국 현대소설 중에 단편의 경우에는 허다하지만 장편 농촌소설에서도 정서는 지녔으면서 사회 현실로부터의 객관적 연관을 전혀 결여함으로써 초래된 실패라든가 차질의 경우와 이 「사밧재」의 경우는 정반대의 대조를 이룬다.

송노인은 어수룩한 촌노인으로서 그가 탄 버스에는 이른바 학도지원병 5, 6명과 일경 순사 2명이 동승하고 있다. "지원? 말이 지원일 테지, 와 도망질들을 몬했을꼬?" 송노인은 생각한다. 지금 찾아가는 누님의 손자 상덕이도 일본 유학생으로서 학병에 나가기를 피해 자기 집에 와 있다가 끝내 만주로 도망쳐 버렸다.

자기 집에 상덕이가 피신하고 있을 때 들려 준 시국담 속에 이런 것이 있었다. "3·1 운동 때는 독립선언선가 뭔가까지 만들었다는 사람이든가, 그 때 앞장을 섰다는 사람, 그리고 글 잘 한다고 소문난 누구누구들꺼정 덩달아서 학생들을 빨리 군에 나가 일본에 충성을 다하라고 떠벌이고 댕긴다니 과연 그럴 수가 있을까? 최후의 일인까지 싸워서 독립을 해야 한다고 열을 올릴 때는 언제고 일본에 충성을 하자고 나발을 불고 댕기는 건 무슨 놈의 소갈머리들일까? 그게 소위 배웠다는 사람들의 할 일일까?" 여기서 지목된 대표적인 사람들은 바로 최남선, 이광수인 것이다.

처음에 민족주의 지도자였다가 나중에 친일 변절을 하여 동포에게 큰 충격을 준 것이 이들이다. 이들이 1943년에 일본 동경에까지 가서 조선인 학병 지원 독려강연을 한 사실은 그 동행자 중 특히 이성근의 정체로 인해 더욱 충격적이었다.

이는 원래 일경의 간부로서 압록강 일대의 조선 독립군 오동진 부대를 전멸시킨 외에도 독립운동자 약 3백여 명을 체포, 처벌한 공로로 충남 도지사가 되었던 악명 높은 자였다.

이런 현실에 저항하여 상덕이는 간두로 도망하여 독립군에 들어가겠다고 했었다. 이날 학병에 나가는 청년들과 순사를 태운 버스는 사밧재에서 발동이 꺼져 일반 승객들만 내려서 차를 밀고 올라갔는데 결국 버스가 높은 낭떠러지기로 굴러 떨어져 버렸다. 버스를 밀었던 눈이 부리부리하고 상덕이의 친구라고 하는 청년에게 송노인이 물었다. "운전수가 실수를 했다캤나?" "글쎄요…?" 확실찮은 대답을 하는 청년은 뒤쫓아온 순사를 피해 숨었다가 다시 길을 간다.

이 청년의 거동이 암시하는 것은 그날 버스가 굴러 떨어진 것은 운전사의 실수가 아니었다는 것이다. 송노인의 촌스러움을 조롱하고 귀한 뱀술을 강탈하여 마시던 순사, 답답하게 학병에 끌려가고 있던 청년들에게 불쌍하지만 이 역사의 惡이 굴러 떨어진 것이다. 그것도 차를 미는 사람들 속의 어떤 의도적인 힘에 의해 그렇게 되었다는 뒤끝의 암시가 주제의식의 비전을 보여준다. 이러한 뒤끝의 맛은 「사하촌」에서부터 나타났던 김정한 소설의 특성이다. 「수라도」('69)는 김정한 소설 중에서 스케일이 큰 중편이다. 구한말부터의 애국지사 가문이 4대를 거쳐서 일제로부터 해방에까지 이르는 이야기인 점에서 이 소설은 시대 소재의 순서로 볼 때 「사밧재」 다음에 놓을 만하다.

주인공 가야부인의 시할아버지는 일제가 토호들에게 회유책으로 뿌리던 「합방 은사금」을 받기를 거절하고 미움을 사서 간도로 망명하였다. 시아버지 오봉선생은 낙동강 유역의 땅들이 일제의 토지 조사 사업에 의해 원주민들로부터 강탈된 사실을 통분해 한다. 그는 망국의 한을 유생들의 시회詩會에서 시로 표현한 것이 문제가 되어 감옥에 들어간다.

이렇게 파란을 겪는 가문에서 가야부인은 불교에 귀의하여 깊고 폭넓은 정신생활을 영위한다. 하인들과 함께 가내 노동에 참여하고, 또 상처한 사위에게 하인 옥이를 새 아내로 준다. 옥이는 이 결혼으로 인해 정신대挺身隊라는 데에 끌려갈 것을 가까스로 면한다.

그러나 해방이 되자 이 애국자 집안에 행운이 돌아오지는 않는다. 오히려 일제에 붙어서 경찰 간부를 지내던 이와모도네 집안은 해방 후 다시 공직에 기용되어 우쭐댄다. 그러나 가야부인의 남편인 명호 영감은 통일 독립이 되지 못한 것을 한탄하고 두문불출한다.

아들 석이는 일본에 가 대학을 다니다가 학병에 나가기를 피해 돌아다닌 후 집에 돌아왔지만 무슨 벼슬을 할 생각은 하지 않고 농민조합인가 뭔가를 만든다고 돌아다니기만 한다. 가야부인은 울화 속에서 죽어간다. 이것은 한일합방으로부터 해방직후에 이르는 사회사 및 정신사의 한 축도이다.

김정한 소설의 주인공들은 계속 불행한 위치에 서게 된다. 이것은 작가 개인의 성격 탓일까? 그런 점도 있을 것이다. 그러나 근본적으로는 한국 현대사의 현실이 도무지 정의로운 질서를 회복하고 정착시켜

오지 못한 데에서 소설의 그와 같은 주제의식이 생겨나게 되는 것이다.

19세기에서 20세기로 넘어오는 단계에서 프랑스의 작가 에밀 졸라가 던진 「나는 고발한다」라는 한 편의 글이 드레퓌스라는 미약한 한 개인의 인권을 옹호하여 프랑스 국가의 양심을 회복시킨 일이 있다. 이 사건은 국가의 안보와 인권이란 문제를 놓고 국민 내부에서 분열이 일어날 정도로 심각한 것이었지만 끝내 에밀 졸라가 승리하였다. 이 홍역으로 인해 프랑스는 그 이후 시대에도 정의의 질서를 세울 수 있는 자율 능력을 키우게 되었다. 가령 파시즘의 위력 앞에 현혹되지 않을 수 있었다고 하는 견해가 있다.

한국의 현대 소설에 왜 어두운 면, 불행한 면이 지루하게 계속되느냐고 불평하는 이가 있다면 이 땅에서는 문학이 민족의 양심을 정돈해 줄 만한 일을 아직도 해내지 못했기 때문임을 알아야 할 것이다.

그런 대로 김정한 소설의 경우 이 역사를 살아가는 밑바닥 인생의 애화를 엮어가는 갈피갈피에서 사회적 불의와 부조리의 단면들을 자연스럽게 들추어 보여주는 역할이 있음을 우리는 주목하게 되는 것이다. 「뒷기미 나루」('69)는 그런 애화로서 전형적인 것이다. 해방 후 정치면에서 분단의 여파가 나름의 질서를 채 잡기 이전에는 남북의 각기 지역적 반항이라든가 폭동이 일어났었다. 또 전쟁도 일어났다.

낙동강 지류 뒷기미 나루의 한 가난한 젊은 사공이 폭도들의 강요에 의해 밤에 배를 저어준 것이 무슨 역적질을 한 것으로 추궁되어 끝내 일가족이 멸망하는 슬픈 이야기를 그린 것이 이 소설이다.

이러한 때에도 소설은 흔히 감상적인 비애감의 안개를 피우기가 쉬운데 「뒷기미 나루」에는 역시 현실 상황으로부터의 객관성이 끼어들고 있다. 무죄한 나루터 사공 가족의 희생은 사상문제로 가혹해져 있는 수사기관의 메카니즘과 탈선이라는 문제를 증언해주는 것이다.

또 이 소설에서 낙동강가 농민생활의 면모를 묘사해 나가던 문맥에서 느닷없이 "중석불사건인가 뭔가로 인한 비료 값 인상, 거기에 따른 물가의 인상과는 대조적으로 곡가는 인상되는 않는 점"이 지적되어 나온다.

지유당 치하에서 정부가 중석을 해외에 팔아서 얻는 달러로 민간상사를 시켜 밀가루와 비료를 수입케 하고, 이것을 농민에게 몇 배로 비싸게 팔아 농민이 큰 피해를 입게 된 것이 이 사건이다. 농민이 부당하게 피해를 입었는데 이러한 유형의 부조리는 그 이후 시대에도 발생한 사례가 있다.

원래 농촌 소설로 출발한 작가이며 항일 감정에서 싹튼 정의감으로 인해 현실 상황 안에 있는 부정과 부조리에 민감하게 된 이 작가의 소설에서는 이처럼 특수하고 구체적인 사건이나 현상이 예사롭게 작품에 끼여들어 있게 되는 면이 주목할 점이다.

「뒷기미 나루」에서 뱃사공 박춘식이 밤손님 20여 명의 강요를 받아 얼떨결에 그들을 배에 태우고 강을 건네준 사실이 이른바 빨갱이질을 한 것으로 몰려 집안이 망하는 비극이 빚어졌다. 이런 류의 희생은 분단 상황 아래서 무고한 백성들이 당하는 비극적 부조리였다.

이 부조리의 주제는 김정한이 다시 창작의 붓을 들어 쓴 첫 작품 「모래톱 이야기」에서부터 제기되었다.

모래톱 조마이섬의 갈밭새 영감 친구인 윤생원은 '송아지 빨갱이'라는 별명을 지니고 있다. 해방 후 질서가 없을 때 무슨무슨 청년단이란 것이 세도를 부리고 있었다. 윤생원이 남에게 배내를 준 송아지가 없어졌는데 이 일에 그 세도패들이 관련되었다는 것이다. 윤생원 배내 먹이던 사람에게 송아지를 물어내라고 화풀이를 했는데 그 여파로 윤춘삼은 볼온분자 혐의를 받고 잡혀갔다. 그래서 그의 별명이 「송아지 빨갱이」가 되었다.

이런 봉변은 작가 김정한 자신도 당해본 일이었다. 일제 때에는 그가 조선인 교원연맹을 조직하려 했던 일, 양산 농민폭동에 관련된 일로 시작하여 '불령선인'이라고 종종 경찰서 출입을 했지만, 해방 후에는 또 다른 이유로 그런 곤욕을 겪는다. 이 점에 대해 김정한은 그의 「자전에세이」에서 이렇게 말하고 있다.

"놀라운 것은 해방이 된 뒤에도 이 꼬리표가 내처 어떠한 구실을 하고 있는 것만 같은 느낌이 왕왕 든다. 마치 일제가 물러갈 때 무슨 사무 인계라도 한 것 같고, 그럴 때 '불령선인'이란 꼬리표를 '불평분자'니 혹은 기타의 것으로 슬쩍 이름을 고쳐서 넘기지나 않았나 하는 인상이 가져지는 경우가 없지 않았으니 말이다."

해방 후 그가 B중학에서 교편을 잡고 있을 때인데, 학교장과 학부형 회장 사이의 싸움이 그를 모함에 떨어지게 한 일이 있다. 김정한은 얼토당토 않게 "'동부야산대 대장'이라 하고, 냉큼 팔공산에 있는 아지트들을 대라는 것이었다. … '8월 공산'이란 화투짝은 알아도 팔공산이 어디 붙어 있는지 알 배 없었다. 결국 아니 밴 애는 낳아지지 않는다."(「洛東江의 피숫군」 p.22)

이러한 사회풍조에 대해 그는 "자기나 자파의 이익을 위하여서는 수단과 방법을 가리지 않겠다는 더러운 버릇"이라고 하였다.

그는 지방 대학 교수로 오래 봉직하는 동안에 "딴엔 민주주의를 하노라고 두 번이나 쫓겨나기도 했다. 그러니까 (1974년에) 정년퇴직을 했어도 퇴직금이란 게 남같이 나올 리가 없었다. 쥐꼬리만한 퇴직금을 받아들고 교문을 물러섰다." 이러한 작가 김정한이 1976년에는 정부로부터 문화훈장을 받기도 하였다. 그렇다면 그가 겪어 온 파란곡절의 의미는 무엇인가. 해방 후 대한민국 체제가 채택한 자유민주주의를 육성 발전시키는 일에 주체적으로 노력을 보이지도 않으면서 권력에 아부하고 정의로운 비판세력을 봉쇄하는 도구로 '반공'을 악용하는 사람들이 이 사회에 끼친 폐해는 마땅히 문학의 주제로도 제기되어야 한다. 이런 주제를 지닌 작업은 너무 부족해 왔는데, 김정한의 「모래톱 이야기」에 나오는 「송아지 빨갱이」가 그 부조리의 일면을 증언한 셈이다.

「모래톱 이야기」에 담긴 더욱 중심적인 주제는 김정한 소설에서 늘 나타나는 '인간의 삶의 자리에 대한 권리'이다.

불우한 나룻배 통학생 건우의 마을, 낙동강변 조마이섬의 역사적 운명은 오랜 세월 동안 '삶의 자리에 대한 주민들의 권리'를 배반해 왔다. 일인들의 토지조사 사업에 의해 조마이섬은 조상 대대로 살아온 주민들로부터 앗겨 나갔고, 해방 후에는 어느 국회의원, 또 그 다음에는 하천부지 매립허가를 얻은 어느 유력자의 소유로 둔갑되어 돌아간다.

더욱이 홍수로 낙동강이 범람하여 조마이섬이 휩쓸리게 되었을 때 토지 소유권자 측의 사업적 이기주의에 맞서 싸움으로써, 주민들의 인명을 우선 구출하고 자신은 살인자격이 되어 잡혀가는 건우 할아버지 갈밭새 영감의 행동에서 소설의 극적 매듭이 성취되었다.

「인간단지人間團地」(1970)에서 삶의 자리에 대한 권리는 문둥이들을 주인공으로 함으로써 더욱 철저히 추구된다. 문둥이들의 정착 문제는 「모래톱 이야기」에서도 나오는데 거기에서는 제일 주인공인 주민들이 문둥이들의 입주를 반대하여 싸우는 국면이 나오고 「인간단지」에서는 반대로 문둥이들의 정착권이 옹호되고 있는 점이 한 작가의 작품세계 안에서 모순처럼 보인다. 그러나 「모래톱 이야기」의 주민들은 가뜩이나 땅을 빼앗긴 억울함에 차 있는데 정부 당국의 시책에 의해 문둥이들이 들어오니까 더욱 삶의 자리로부터 쫓겨날 위협을 느꼈다는 점, 즉 생존권에 위협을 느끼고 거기에 저항했다는 각도에서 이해되어야 할 것이다.

그런 대로 「인간단지」는 극한적으로 불행한 나환자 수용소를 이용해서까지 부정을 하고 축재를 하는 사회 현실을 그린 면에서도 의의가 있다. 김정한 소설은 대체로 사실과 구체성을 토대로 한다는 특성을 띠는데, 이 소설에서도 음성 나환자 수용소「자유원」원장의 부정 사실을 지극히 구체적으로 제시한다.

① 박원장이 2백여 나환자들에게 지급될 나협 회비 수십만 원을 가로챘고, ② 60년부터 그 해 봄까지 〈세계기독교 봉사회〉에서 보내온 밀가루 등 구호양곡 6천 포대를 가로챘으며, ③ 68년 〈카톨릭 구제회〉에서 나온 구호양곡 5백 포대를 빼돌려 착복하고, ④ 외국의 구호단체에서 보내온 DDS 등 나환자 치료 약품 등 3천여 병을 빼돌려서 시중에 팔아먹었다. 이렇게 구체성을 띤다. 그리하여 이러한 소설은 당대의 사회 현실에 가장 밀착하여 진실을 규명하는 역할을 한다.

「산거족山居族」(1971)에 나오는 왕모래 산등성이 판자집 마을도 소재의 현장성을 느끼게 한다.

산등성이 4백여 가구가 다행히 번지수는 가지고 있지만 먹을 물을 마련하지 못한다. 이런 상황 속에서 중늙은이 황거칠은 등성이 마을에서도 5리나 더 윗쪽에 있는 숲 지대에서 물을 끌어 일종의 산수도를 설치하는 운동을 벌인다.

동민들의 협조를 얻어 이 산수도가 완성은 되었지만 또한 산 소유자의 이기적인 간여와 방해에 의해 수난을 거듭한다. 이런 어려움 속에서 황거칠이 용기를 얻는 방법은 독립운동을 하다가 돌아간 할아버지와 아버지의 뜻을 생각하는 것이다. "사람답게 살아라! 비록 고통스러울지라도 불의에 타협한다든가 굴복해서는 안된다! 그것은 사람이 갈 길은 아니다."

이 소설에서 산동네 식수 문제가 계속 수난을 겪고 있을 때, 시청 직원이 황거칠의 할아버지의 독립투쟁 공로를 찬양하는 대통령 감사장을 가지고 온다. 황거칠은 이 감사장을 받고 할아버지와 아버지의 무덤에 바치겠다고 말한다. 이 말은 감사장을 무덤 흙에다 묻겠다는 뜻이다. 황거칠은 조상에 대해서는 황송하고, 자기 대의 사회 현실에 대해서는 분노하는 결과 그런 생각을 하게 되는 것이다. 그러나 물 문제가 해결되면 감사장을 무덤에서 "도로 꺼내오도록 할까"하는 말을 소설 끝에 붙여 여운과 재미를 마련해 놓기도 하였다.

이 밖에 「산서동山西洞 뒷이야기」(1971), 「오끼나와에서 온 편지」(1977) 등을 통해 김정한은 2차대전 후의 일본과 한국의 사회현실 사이에 있는 차이를 조명해 보고 있다.

김정한 자신이 일본 경찰에 잡혀다녔던 것이니만큼 행여라도 일본에 대한 어떤 선망의 감정이 위 두 소설의 동기가 된 것은 아니다. 오히려 일본과의 대비에 의해 우리의 현실을 안타까워하고 답답해하며, 또 사회 현실의 문제라는 것을 세계적 공간에 끌고 나가 객관성에 비추어 보는 방법을 취한다.

낙동강가 벼랑마을 산서동에 한 일본청년이 찾아오는 것은 그 청년의 아버지 이리에가 일제 때 산서동에서 조선인들과 함께 살면서 조선인들과 한 편이 되어 일경에 잡혀다니기까지 했던 인연에 의거한다.

이리에가 조선 농민들과 함께 소작쟁의에 가담하던 시절에는 조선에 농민조합이라는 것이 있었다. 이리에는 종전 후 일본에 돌아가서도 계속 농사를 짓고 농민 권익 확립에 기여했다는 것이다. 그런데 해방 후 한국에서는 노동조합은 있지만 "농민조합 같은 건 처음부터 없다카지요?"하며 일본 청년은 우리 역사의 정체성 내지 후퇴를 지적하는 눈치를 보인다.

이 일본 청년은 74세가 된 제 어머니 사진을 주고 갔는데, 박노인이 받아보니 "26년 전 자기들의 마누라들과 함께 개펄 땅에 엎치고, 또 대광주리에 오이니 애호박 따위를 담아 이고 시장 거리를 서성대던 시절"의 몰골에서 완연히 다르게 귀티가 생겨버린 인품이다.

"무엇이 들어 그들과 우리들을 이렇게까지 다르게 만들었을까?" 박노인은 생각하고 있다.

「오끼나와에서 온 편지」는 77년에 발표한 작품이므로 가장 최근의 한·일 관계 현실을 담았다. 작가가 강원도의 탄광지대를 직접 돌아보고 썼다는 이 소설은 한국 광산촌 처녀들이 일본에 계절 노동자로 팔려가서 보내온 편지를 토대로 하고 있다.

그 곳에서 잘못된 처녀들, 또는 고아들을 보고, 우리 민족은 왜 일제 때부터 가난한 날품팔이로 일본 땅 노동판에 끌려가 '다꼬(문어)'라고 불리며 천대받았던가를 생각한다.

"뼈다귀가 없는 사람들, 쓸개 빠진 타협, 눈물…" 이런 것들은 우리 민족을 불행 속에서 건져낼 수 없다는 각성을 이 소설이 불러일으키고 있다.

> 낙동강가 한 후미진 마을에서 오랫동안 피신살이를 해오던 내가 오밤중에 일본 헌병 앞잡이 부하들에게 붙들려 동구 앞에 끌려 나왔을 때는, 아내는 이미 반죽음이 된 채 무슨 구경거리처럼 길바닥에 길게 뻗어져 있었다. "알겠지? 네 계집이다." 나를 끌고 온 놈들은 이렇게 으릉댈 뿐, 아내에게 말 한 마디도 못 건네게 하고 나와 아내를 곧장 압송 차안으로 밀어 넣었다. 마치 사냥꾼들이 포획물을 싣듯이.

젊어서 이런 세월을 보낸 작가가 지금 70의 나이에 아직도 조국의 평화를 갈망하며, 이제 인생으로서의 밤 11시를 자처하며, 조용히 지내고 싶다고 말하고 있다. 어울리지 않는다고 스스로를 자처하며, 조용히 지내고 싶다고 말하고 있다. 어울리지 않는다고 스스로 말하며 난초 몇 포기를 곁에 두어 위로받고 있다. 그러나 이 반골인생의 오기가 백 세까지 삶을 끌고 가며, 진실을 추구하여 계속 글을 쓰기를 바라고 싶다.

(1978)

구상론/잃어버린 나를 찾아서

서설

시인 구상은 1919년에 태어났으므로 올해로서 76세가 된다. 그가 일본 유학에서 돌아와 북한의 원산에서 시를 쓰기 시작한 것이 1940년대 중반의 일이니 이미 50년 동안의 시작 생활을 해왔다. 이리하여 구상 시인은 지금 한국 시단의 원로급 위치에 있다.

구상의 시세계에 대한 평론들도 여러 편 있는데 그 중에서 대표적인 것으로는 김윤식의 「구상론」과 이운룡의 『존재인식과 역사의식의 시』가 있다. 이운룡의 위 저서는 구상 시에 나타나는 존재론적 특성과 가톨릭 신앙을 중심으로 논급하였다. 이 경우에 필자로서는 존재론이나 인식론이 철학 범주에 관념적으로 진입하는 것보다 인간의 삶 안에 생동하는 시를 대상으로 이해하려는 데에 노력을 기울이고 싶다. 또 가톨릭 신앙에 관해서도 교회의 신앙 규율보다 진리의 보편성 내지 세계성을 대상으로 하여 이해하고자 한다. 김윤식의 위 평론은 구상의 사가 "한꺼번에 온몸으로 밀고 나가는 전인적全人的" 성격을 띤다고 하였다. 그리고 다른 한편으로는 이 시인의 표현방법이 "기교를 거부하여 비시적이고 우리가 이 시인의 목소리를 듣기 위해서는 특별한 청각이 요청되는지도 모를 일"이라고 하였다.

구상의 시가 '전인적'이라는 견해에 대해서는 필자로서는 공감하는 면이 있다. 그러나 그의 시가 진술적 언어를 표현방법으로 삼는 경향 때문에 비시적이고 극소수의 사람만이 듣는 어떤 먼 목소리(역사 너머에서 속삭이는 목소리)인지도 모른다고 한 점에 대해서는 다른 견해를 개진할 여지가 상당히 있다. 이것은 시의 '언어'에 관한 주의 깊은 고찰의 과제이다.

이 밖에 구상 시인이 작품의 실제에서는 되도록 드러내려 하지 않았지만 시적 사유라든가 주요한 귀착점에서 나타나는 가톨릭 신자로서의 신분이 지니는 의미에 대해 서설적으로 헤아려볼 필요가 있다. 이 헤아림은 기본적으로 '한국문화와 가톨릭'에 관한 것이 된다. 한국에서 가톨릭의 역사는 1784년의 교회 창립 이후 2세기를 경과하였다. 이 교회의 출발은 독특한 양상을 띤다. 18세기에 실학파 계열 학자들이 자발적으로 중국 북경에 찾아가 당시 그곳에 들어와 있던 가톨릭 교회로부터 그리스도 신앙을 도입하였다. 이 과정은 한국과 세계가 만나는 본격적인 한 단계였다는 역사적 의미를 지닌다. 위에 제시된 평가의 시각들과 종교적 여건은 구상 시인과 그의 시세계를 이해하는 데에 기초적으로 참고가 된다.

실제에 있어 구상 시인과 그의 시는 문단에 국한되지 않고 일반 사회에까지 널리 알려지고 있는 편이다.

총괄하는 범위에서 보자면 구상의 시가 구현하고 있는 존재의 내면적 의미와 외부 사회 사이의 소통관계, 시의 표현방법으로서 다른 많은 시인들이 쓰고 있는 이미지들과 다른 진술적 언어의 문제, 더 나아가 한국문학과 세계문학의 관계 등을 이 소론에서 고찰해보고자 한다.

구상 시의 요람

구상은 1919년 서울에서 출생하였다. 그의 부친은 관직에서 은퇴해 연금을 받아 생활할 수 있는 처지에 있었는데 북한 원산 지역의 선교를 맡게 된 독일계 가톨릭 베네딕또 수도원의 교육사업을 위촉받아, 가족을 데리고 원산 교외 덕원이란 곳으로 옮겨 가 살게 된다. 이때 구상은 네 살의 어린 소년으로서, 위로 하나 있는 형은 수도원에 들어가 있으므로 외아들격으로 부모와 함께 살았다.

그가 산 마을은 매우 아름다운 농촌이었다. "적전강赤田江 다리 위에 서면/사방, 들판이 한눈에 들어오는데/북으로는 우거진 수풀 속에/가톨릭 수도원 종탑鍾塔,/발치로는 찰싹이는 동해"(시「옛날의 금잔디 동산」) 이것이 그 마을이었다. 그의 어머니는 진사 집안의 딸로서 글에 능했으므로 소년 구상은 어머니로부터 천자문·동몽선습·명심보감을 배웠고, 또 어머니가 읽던『삼국지연의』,『수호지』,『옥루몽』과 신소설 책들을 일찍부터 접하게 된 데서 그가 문학의 길에 들어서게 한 영향을 입었다고 한다.

덕원 마을은 산과 강이 다 아름다웠는데 소년 구상은 강을 더 좋아하였다. "내 집에서 가까운 가톨릭 베네딕또 수도원 뒷산은 숲을 잘 가꿨을 뿐 아니라 명상의 산책길을 산허리를 둘러가며 마루까지 닦아 놓아 마치 선경이었거만 나는 어쩐지 그 속에 들면 수도원 울 안에 봉쇄된 느낌이어서 답답했습니다. 그 대신 마을 앞 들판을 마식령 산맥으로부터 유유히 흘러와 맞닿은 송도원 바다로 흘러가는 적전강을 바라보면 마음이 후련해지고 해방감을 맛보곤 했습니다." (「강, 나의 同

心의 일터」) 이것이 어려서부터 해방감과 자유혼을 추구한 그의 정신
적 기질이었던 것 같다. 그가 열다섯 살에 형처럼 신부가 될 양으로 수
도원에 들어갔다가 3년 만에 뛰쳐나오고 만 것도 이 해방감의 추구 탓
이었을 것 같다. 수도원에서 나온 그는 "일반 중학으로 전입했으나 퇴
학을 당했으며, 문학을 한답시고 고향의 소위 불령선인不逞鮮人들과 어
울려 다니며 유치장 신세가 일쑤고 하니 어느새 스물 안짝에 교회에선
이단이요, 가문에선 불효자요, 마을에선 '주의자主義者'가 되었다는 낙
인이 찍히고 말았다. 당시 속칭 '주의자'란 말은 사상가라는 뜻보다는
그 사람 버렸다는 뜻이 더 농후한 것이었다." 그 뒤 그는 몸둘 곳이 없
어 고향을 떠나 노동판 인부 노릇도 해보고, 모든 악의의 눈초리로부
터 좀더 멀리 벗어나기 위해 일본으로 밀항하게 되었다.

이러한 일련의 과정이 비록 그가 아름다운 고장에서 자라났지만 반
항아가 되고, 모든 불행한 사람들에 대해 너그러울 수 있게 된 계기였
다. 일본 동경에서도 망국민의 설움과 방랑자로서의 고독을 뼈저리게
느끼면서, 명치대학 문文과 합격을 물리치고 일본대하 종교과로 입하
하였다. 이와 같은 선택은 비록 그가 반항했다지만 이미 정신생리 깊
숙이에 인간존재에 대한 근원적인 물음과 종교적 회심의 뿌리를 질기
게 가지고 있었음을 말해주는 것이다. 또한 그가 진심으로 취택하는
것은 '문학'이었으나, 시를 위한 시로서 자기소모에 그치는 것이 아니
고 그 이상의 어떤 구원 같은 것을 희구하는 시인으로서의 자세를 길
러나가기로 결정한 것이었다고 보게 된다.

잃어버린 나를 찾아서

시인 구상은 그의 시창작 생애가 이미 중반에 접어든 때였으나 새

삼 가톨릭 철학자인 가브리엘 마르셀에 심취하였다. "인간은 누구나 삶의 보람을 찾고 있습니다. 가브리엘 마르셀의 용어를 빌면 '실존적 확신' 속에 살고 있습니다. …새로운 삶의 보람에 대한 추구와 제시, 좀더 구체적으로 말하면 내가 나 자신을 빼앗기고 있고 내가 나 아닌 상태에서 벗어날 수 있는 그 길은 무엇일까? 하는 물음과 그 해답인 것입니다. 즉, '잃어버린 자아'에 대한 재확립인 것입니다."(「실존적 확신」) 마르셀과의 만남 이전과 이후에 관통하면서 구상 시인이 즐겨 쓰는 말은 '인간 존재' 또는 '실재'의 의미와 가치를 추구해야 한다는 것이다. 그런데 같은 취지를 더욱 강조하는 것이 '실존적 확신을 위하여'이다.

가브리엘 마르셀은 1929년 40세의 나이로 가톨릭에 귀의한 이로서 대개 '유신론적 실존주의자'라고 알려져 있다. 그가 '실존'이란 말을 써서 그렇게 불리우게 된 것이겠는데 마르셀 자신은 실존주의자로 자처하지 않았고 더 뒷날에는 자기가 실존주의자가 아니라고 주장하기도 하였다. 같은 맥락에서 구상 시인이 마르셀의 말을 풀어서 "잃어버린 자아의 재확립"이라고 한 것이라든가, "삶의 보람에 대한 추구"라고 한 말이 시와 연관하여 더 적절하다.

시인 구상의 생애 편력은 격동이 심하고 예사롭지 않은 특성이 있다. 해방 직후 북한에서의 시집 『응향凝香』 필화 사건, 월남 후 6·25 전쟁을 겪고 쓴 시 「적군 묘지 앞에서」의 울음, 사회시평집 『민주고발』의 판금과 투옥, 시 「월남(베트남) 기행」에 드러낸 회의와 부정, 이러한 일련의 작업과 행동은 현실 영합에 대한 거역의 연속이다.

이와 같이 거부하는 자세의 동기에 대해 구상 시인 자신은 다음과 같이 말하고 있다. "나의 역사의식이 어떤 현실적 당위성에 영합과 추종을 일삼지는 않았고 최소한 그러한 것을 두려워하고 경계해왔음은 확연히 말할 수가 있다." 여기에서 '당위성'이라고 말한 것은 세속에

서 흔히 그렇게 되어가기 마련인 추세를 가리킨 것이다. 과연 구상은
어떻게 추세 영합을 거부해왔던가.

　　동이 트는 하늘에
　　가마귀 날아

　　말굽소리 말굽소리
　　창칼 부닥치어 살기를 띠고
　　백성들의 아우성 도한 처연(悽然)한데

—「여명도」 중에서

　　이것이 1945년의 8·15 해방 후 국토가 남북으로 분단되고 북한에
는 소련군이 진주한 가운데 공산주의 획일 체제가 추진되고, 문화적으
로는 사회주의 건설에 대한 찬양만이 요청되던 상황에서 구상이 시집
『응향』에 발표한 작품이다. '가마귀'는 한국 민속에서 당연히 불길한
조짐이다. 창과 칼이 부딪치고 백성들의 아우성이 인다는 것은 서로
적대되는 남북체제 사이에 결국 닥쳐올 전쟁에 대한 예감으로 풀이할
수도 있는 것이다. 이러한 시에 대해 1947년 1월 북조선문학예술총동
맹이 가혹한 규탄에 나선 것은 그야말로 당위적 추세였다. 즉, 동인시
집『응향』은 "북조선 현실에 대한 회의적·공상적·퇴폐적·도피적·
절망적·반동적 경향을 가졌다"는 것이었다. 구상은 북한 당국의 추궁
과 박해를 피해 월남을 결행하였다.
　　이러한 그가 1950년에 결국 일어나고 만 6·25 전쟁에서 남한 국
군의 종군 시인으로 복무한 것은 당연하다. 그런데 그가 쓴 시는 어떠
했는가.

오호, 여기 줄지어 누웠는 넋들은
눈도 감지 못하였겠구나.

어제까지 너희의 목숨을 겨눠
방아쇠를 당기던 우리의 그 손으로
썩어 문드러진 살덩이와 뼈를 추려
그래도 양지바른 두메를 골라
고이 파묻어 떼마저 입혔거니
죽음은 이렇듯 미움보다도 사랑보다도
더욱 신비스러운 것이로다.

살아서는 너희가 나와
미움으로 맺혔건만
이제는 오히려 너희의
풀지 못한 원한이
나의 바램 속에 깃들여 있도다.

— 「적군묘지 앞에서」 중에서

　남쪽 종군 시인에 의해 무덤에 고이 묻힌 그 북쪽 공산군 병사의 '풀지 못한 원한'은 무엇인가. 강대국 외세들과 이데올로기적 대결에 의한 약소국 한국 민족의 애꿎은 동족상잔이다. 또 이 비극 그 자체보다도 삶을 넘어서는 '죽음'이라는 것에 대한 엄숙한 묵상도 이 시에 곁들여 있다.
　전쟁이 끝나가는 무렵부터 시인 구상은 후방 도시 대구에서 신문기자로 민주주의의 가치를 붙돋우는 일에 들어선다. 당시는 제1공화국의 이승만 정권이 독재를 위해 불법을 자행하던 상황이다. 구상은《영

남일보》주필, 《대구매일》고문 등을 거치면서 정권의 반민주적 횡포
들에 대해 규탄하는 논설들을 발표하였다. 이 과정에서 『민주고발』이
라는 제목의 사회시평집을 출간하였다. "나는 천주교 신자다. 구제 원
리에 회의가 없는 나를 고민시키는 것은 생활 양식의 문제다. 즉, 역사
적 양심을 어찌 만족시켜가느냐 하는 것이 나뿐이 아니라 현대 지성들
의 과제일 것이다. … 조국이란 나의 의식 속에서는 어머니보다도 더
비참하게 소중한 것이다." 이것이 『민주고발』에 붙인 작자의 말이다.
이 책은 정부 당국에 의해 판매 금지 조치를 당하였다.

구상은 여기에서 그치지 않고 1959년 봄에 〈민권수호국민총연맹〉
이라는 민주화 운동 단체에 가입하고, 전진한·엄상섭 등 야당 국회의
원들과 함께 정치 강연에도 나섰다. 이 결과로서 그는 정부 수사기관
이 조작한 이른바 '레이다 사건'(북한에 첩보병기를 밀송하려 했다는
혐의)에 의해 구속되고 법정에서 15년형을 구형받았다. 이 법정에서
구상 시인은 "조국에 모반한 죄목으로 유기 징역을 사느니보다, 사형
이 아니면 무죄를 달라"고 최후 진술을 하였다. 그리고 그는 6개월을
억류된 끝에 완전 무죄 판결을 받아 석방되었다. 이러한 사건은 그의
시작업 자체는 아니다. 그러나 시인이 수난의 조국 현실에서 역사 의
식을 가지고 양심과 지성에 부끄럽지 않으려고 가능한 최선의 표현으
로 행동을 취했을 때 그것은 결코 시에 못지 않을 뿐 아니라 어쩌면 그
이상이라는 평가를 받을 만하다.

그 뒤 1960년대 중엽에는 한국 현대사에 착잡한 갈등의 문제가 발
생하였다. 그것은 한국군이 베트남 전쟁에 가담한 일이었다. 남한으로
서는 6·25 한국전쟁 때 미국을 필두로 한 유엔군의 지원을 받아 북한
공산군의 남침을 막아냈다는 역사적 연관을 지니고 있다. 그런데 이번
에는 베트남 반도에서 공산화의 위협이 팽배하는 전쟁이 일어났다. 이
위협에 대응하는 지향에서 미국이 이 전쟁에 가담하고 형식적으로는

모두 7개국이 미국과 연대하여 이 전쟁에 파병을 한 셈이었다. 그러나 일찍이 서구의 식민지로 전락했다가 민족 독립의 과업으로 외세를 배격하는 베트남 반도의 상황에는 독특한 도덕적 기류가 조성되어 있었다. 여기에 한국군이 외세의 일원으로 참전을 하게 되었다. 한국인들은 전통적으로 평화를 사랑하는 민족으로 자처한다. 먼저 남의 나라를 공격한 사례가 없다는 것이 그 논리의 근거였다. 그런데 한국전쟁 때의 빚을 갚는다는 형식적 구실을 앞세웠지만 한국군이 남의 나라인 베트남에 군대를 파견하다니 정서적으로나 도덕적으로나 착잡한 갈등을 불러일으켰다. 그러나 젊은 학생들의 반대 시위를 제외하고는 이 파병에 뚜렷이 반대하는 움직임이 없었다. 이때에 시인 구상이 베트남에 가보고 돌아와 「월남 기행」이란 제목으로 시를 발표하였다. 시종 착잡한 회의로 전개된 그 시에는 다음과 같은 행들이 자리잡고 있다. "오직 느낀 것이 있다면/나란 인간이/아니 인류가/아직도 깜깜하다는 것뿐이다." 이때는 1967년 11월로서, "자유 월남 정부군에게 전세가 유리하고 더구나 파월 한국군은 승승장구하고 있었다"는 시인의 주석이 작품 끝에 붙어 있다. 전세가 이렇게 유리한데, 한때 북한에서 필화사건으로 공산 체제 박해를 피해 남하한 구상 시인이 자신의 모습이나 인류의 모습이 어둡게만 보였다는 「월남 기행」은 무슨 뜻인가.

세속의 적군인 북한 인민군의 묘지를 만들어주고 그 앞에서 목을 놓아 울었다는 시 「적군 묘지 앞에서」와 마찬가지로, 베트남 상황에서도 구상 시인은 통속적 당위의 추세에 영합하거나 추종하지 않고 오히려 거역하는 양심을 보인 것이다.

왜 이처럼 근원적인 양심에 집착해 구상 시인은 남들이 흔히 안 하는 일을 저지르고 때로는 사선을 넘고 때로는 투옥을 당하면서 고투하는가. 그것은 바로 잘못된 역사의 현실에서 "잃어버린 나를 찾기 위해서"인 것이다. (이것이 가브리엘 마르셀 류의 다른 표현으로는 "실존적

420

확신을 위해서"라는 것이다)

그리하여 시인이 끝내 추구하는 것은 체질적인 반항아로 거역을 위해 거역하는 것이 아니다. 오히려 진실과 평화 안에서 사람이 사람답고 자연이 자연다운 상태에 돌아가고자 하는 것이다. 이와 같은 귀착점이 바로 구상 시인의 「밭 일기」와 「강」 연작이다. 진리와 영원을 향한 신앙의 차원은 별도로 하고 구상 시인의 인간적 원형질은 바로 그의 고향인 아름다운 농촌 덕원 마을에서 형성된 그대로라고 보게 된다. 그의 「밭 일기」 연작의 단서는 필자가 보기에 다음과 같은 대목이다.

나는 곧잘 "사람이 공기나 물만 마시고 산다면 얼마나 좋을까?" "온세상 내것 네것 없이 골고루 잘살기 위해선 돈이란 것은 없애야 한다"느니 또는 잠자리는 날 때부터 안경을 썼고나" "염소의 뱃속에는 기계장치가 있어 그 똥이 검정콩알처럼 동글동글하게 되어 나온다"라는 등 어쩌면 어린이들이 다 함께 갖는 공상이나 의문이지만, 나는 그런 것을 너무나 수월하게 현실화하여 천진하게 써내기도 하고 이야기도 만들어냈기 때문에 웃음의 대상이 되었던 것이다.

이것은 구상 시집 『말씀의 실상實相』(1980) 후기에 나오는 시인의 회고담이다. 구상 시인은 소년 시절 자신의 그 천진이 사람들에 의해 웃음의 대상이 되었다고 했는데, 그 웃음은 조롱이 아니었다고 이해할 필요가 있다. 오히려 자신들은 미처 깨닫지 못한 그 가능한 상상에 대한 경탄이었던 것이다.

이 시인이 1960년대 후반에 발표한 역작 「밭 일기」 연작도 실상 소년 시절 그 고향 농촌에서의 천진성에 뿌리박은 것이다. 이 「밭 일기」를 그는 폐 수술을 위해 일본에 가서 병원에 입원해 있던 무렵에 썼다. 그 연작 4에서 보면 "수수전 같은 소똥,/국화만두 같은 닭똥,/조개탄

같은 돼지똥,/생굴 같은 닭똥,/검정콩 토끼똥,/분꽃씨 쥐똥,/염소똥,
당나귀똥,/여우 똥,/ 똥이란 똥이/온 밭에 널려 있다.” 이렇게 되어 있
다. 이러한 상상과 묘사가 그 일본 땅 병원에서 어떻게 가능하겠는가.
그것은 소년 시절 고향에서 생생하게 인식한 동글동글한 염소똥에 이
어지는 인식이다.

　　　누워
　　　보는
　　　하늘

　　　높고
　　　깊고
　　　넓고

　　　무한

—「밭 일기 · 32」

　끝내 이 연작은 밭에 누워 있는 편안함에 대위를 이루는 하늘의 절
대함과 영원에 귀착된다.
　그의 「강」 연작도 소년 시절 고향의 적전강이 원산 소도원 바다로
흘러드는 것을 보고 마음이 후련해졌었다는 데에 맥을 댄다. 강은 적
전강처럼 아름답지 않을 수도 있다. 오염된 세상살이처럼 칙칙할 수도
있다. “하수구를 빠져나온/탐욕의 분뇨들이/거품을 물고 둥둥 뜬 물
위에/기름처럼 번득이는 음란!//우리의 강이 푸른 바다로/흘러들 그
날은 언제일까?//연민의 꽃 한 송이/睡蓮으로 떠 있다.”(「강 · 8」) 결국
강이 바다로 흘러들어가고 나면 문제가 해결된다. 오하일미五河一味 소

금의 바다, 진리의 바다에 합쳐지는 것이다.

구상 시인은 강을 "나의 회심回心의 일터"라고 부른다.「밭 일기」에 이어 완성해야 할 과업으로 생각하고 있다. "나의 상념은 강을 통하여 역사에 대한 낙관을 획득합니다. 즉, 우리의 오늘의 삶이 아무리 연탄빛 강으로 흐르고 그 오염이 징그럽게 번득이더라도 언제가는 푸른 바다에 흘러들어 맑아질 그날이 있을 것을 나는 믿고 바라는 것입니다."(『실존적 확신을 위하여』) 이리하여 밭도 강도 편안한 자연으로서의 위상을 확인한다. 그리고 밭은 깊고 무한한 하늘을 바라보고, 강은 진리의 바다로 흘러들어간다. 결국 자연은 자연답고, 그 안에 사는 사람은 사람답기를 확인하려는 시적 주제의 작업인 것이다. 이 작업을 위해 구상 시인은 통념에 영합하기를 거역하며 고된 역사의식으로 도전하고 초탈하는 역정을 거쳐온 것이라고 말할 수 있겠다.

진리와 신앙의 개방성

자연을 지키고 인간답기를 추구하는 구상의 시에는 또한 그 추구를 가능케 하는 받침목이 있다. 그것이 종교적인 신앙이다. 밭이 바라보는 하늘도 강이 흘러드는 바다도 이 신앙에 연결이 된다. 그런데 신앙의 면에서도 구상은 특정 종파의 규범적 독단(도그마)에 영합하여 빠져들기를 거부한다. 그는 어머니 태중에서 이미 세례를 받아 운명적으로 가톨릭 신자임을 스스로 긍정한다. 그러나 그 긍정에 이르는 과정은 결코 순순한 추종이 아니다. 그 끝이 비록 어렵사리 긍정에 귀착되더라도 출발은 전면적인 '무無'에서 비롯된다.

내 영혼은 본시부터

눈멀어 태어났는가?

날이면 날마다
전신의 눈알을 죄다 밝히고
너 하늘을 쳐다보지만
오오, 무명(無明)과 허무의 조우(遭遇)─

─「밭 일기 · 29」

　여기에서부터 그는 시작한다. 그런데 이 경우 그의 어두움과 허무
도 그것이 단순히 감각적인 감상을 뜻하는 것이 아니다. 그는 일본대
학 종교과 시절에 승려 출신의 여러 교수 밑에서 불교학 강의를 들었
다. 불교에서 '공空' 이라 할 때 그것은 허무를 뜻하고 끝나는 것이 아
니고 표현할 수조차 없이 절대한 존재에 대한 힌트이다. 또 그 자신이
언명한 바도 있거니와 동양의 노장老莊 철학도 일찍이 그의 정신 안에
섭양되었다. 노자가 무위無爲를 말할 때 그것은 오히려 조용한 속에서
자생하고 있는 '자연' 을 뜻하였다. 심지어는 서양의 하이데거가 '존재
와 무' 를 탐구했지만 그의 철학 전반기에는 무가 절대한 것으로 비치
다가 후반기에는 바로 '존재' 로 풀이되었다고 한다.
　구상 시인의 허무의식도 실상 존재론으로 펼쳐놓은 멍석의 다른 한
끝에 불과하다. 그러므로 그는 청마 유치환 시인의 우주적 허무 선언
을 보고 오히려 존재에 대결하는 문제의식으로 긍정적인 평가를 가하
고 싶어하였다. 즉, 최초로 달나라에 다녀온 소련의 한 우주비행사가
"하늘은 어둡고/지상은 연한 청색이더라고"한 말을 인용해 청마가 시
「지상은 연한 청색」을 발표한 데 대한 구상의 견해이다. 세간에서 혹
"우주선을 타고 하늘을 뒤져도 천당은 없더라"는 투의 소박한 인식이
라 하더라도, 절대자니 영원이니 하는 것에 관심마저 없고 흔히 "일상

424

적인 경험이나 감각세계의 묘사" 정도에 등한히 머무는 경우들보다는
진경進境에 속한다는 뜻이다.

또 신앙의 면에서 구상 시인이 분별해 검토하는 한 가지로는 '불교
적 범신汎神의 경지'가 있다. 이 경우를 구상은 내세와 영원에 대한 감
수성이 풍부한 미당 서정주 시인이 불교적 범신의 경지와 윤회 전생轉
生에 깊이 진입해 있는 데에 해당시킨다. "내가 돌이 되면/돌은 연꽃이
되고/내가 호수가 되면/호수는 연꽃이 되고/연꽃은 돌이 되고."(서정
주, 「내가 돌이되면」) 「국화 옆에서」를 포함해 서정주 시인이 보이는
우주 사물의 무차별과 과정의 해소는 "그것이 비극의 해소이기도 하지
만 또 한편 인간존재의 상실을 의미하기도 한다"고 구상은 말한다.
(「시와 실재인식」)

그 자신이 불교에 대한 소양을 가지고 있으면서도 '인간존재'에 대
한 분별적이고 절대적인 옹호의 입장을 취하는 것이 구상 시인의 기본
자세이다. 아울러 윤회적 영교靈交의 세계에는 미적인 열락悅樂만이 있
고 윤리적 고통이 없다는 점두 구는 지적하고 있다. 실로 그러한 무차
별적 열락 속에서는 불의로운 역사 현실의 단계에 거역하고 대결하는
의지가 둔화될 것이라는 데에 필자도 공감하게 된다.

역시 불교 신자인 공초空超 오상순 시인에 대해서는 구상 시인이 같
은 구도자로서의 신뢰와 인격적인 존중을 보냈다. 일찍이 식민지 시대
에 「아시아의 밤」을 장중하게 노래한 공초는 8·15 해방이 되자 현실
사회의 영달에 역행해 오히려 삭발을 하고 은둔의 자세를 취하였다.
이것은 해방 직후 북한에서 구상이 『응향』 필화사건을 일으킨 것과 맥
이 통하는 금욕적 거역의 자세이기도 하였다. 공초의 별세에 임해 비
문을 구상이 쓰면서 가브리엘 마르셀이 무신론자 알베르 카뮈에게 바
친 추도문을 인용하였다. "저렇듯 인간으로 더할 바 없는 무신자의 진
실이 사후에 영관榮冠을 받으리라고 가톨릭인 내가 왜 믿지 않으랴."

이것이 마르셀의 추도문 한 대목이다. 무신론자든 불교 신자든 그에게 구도자적 인격의 진지성이 있다면 구상은 같은 그리스도인 형제에 못지 않게 존중하는 편이며, 이것이 그의 가톨릭 신앙이다. 현대 가톨릭 교회에서는 타종교에 대한 상호 존중의 원칙과, 하나님과 그리스도를 모르더라도 '선의의 인간'이면 하나님만이 아는 구원이 가능하다고 보는 공식 견해를 가지고 있다.

구상 시인의 신앙은 대체로 전반기에 교회의 규범적인 구속과, 자신으로서도 부전승을 안이하다고 보는 나름의 정신 체질 때문에 심적 고행주의 성향을 띠었었다. 또 예술적 창작 과정에 있어서 "높은 자리에서 거룩한 마음만을 가지고서는 죄에 떨어진 주인공을 잘 그릴 수 없다. 주인공이 작가보다 더 강해야 비로소 산 인물이 된다"는 방법상의 각성 때문에 시인 또는 자신의 모습을 작품 속에서 거침없이 위악적으로 드러내기도 하였다.

그러나 신앙적 생애의 중반 무렵 가브리엘 마르셀 사상과 만나면서부터 그의 정신적 분위기가 보다 밝아진 것 같다. 마르셀은 진리와 인격의 개방성과 희망의 신앙을 제시한 석학이다.

영혼의 눈에 끼었던
무명(無明)의 백태가 벗겨지며
나를 에워싼 만유일체(萬有一體)가
말씀임을 깨닫습니다.

노상 무심히 보아오던
손가락이 열 개인 것도
이적(異蹟)에나 접하듯
새삼 놀라웁고

426

창 밖 울타리 한구석
새로 피는 개나리 꽃도
부활의 시범을 보듯
사뭇 황홀합니다.

창창한 우주, 허막(虛漠)의 바다에
모래알보다도 작은 내가
말씀의 신령한 그 은혜로
이렇게 오물거리고 있음을

상상도 아니요, 상징도 아닌
실상(實相)으로 깨닫습니다.

—「말씀의 실상」 전문

1980년 발표한 구상의 이「말씀의 실상」은 그의 신앙시의 완숙을 보여주는 작품이라고 생각된다. '말씀'은 성서에서 '존재'와 맞먹는 것이다. 태초에 말씀이 있었다고 하며, 말씀이 사람이 되어 구세주로 우리 가운데에 왔다고 한다. 현대 가톨릭의 대표적인 신학자 칼 라너는 한 절대자로부터 원초적인 '산 말'이 오며 산 말이라야 시가 된다고 하였다. 이러한 "말은 육화肉化된 존재이며, 직감과 초월, 형이상학과 역사, 실체와 그림자, 전체와 부분을 분별하면서도 일치케 한다. 이러한 말은 누를 수 없이 솟구치고, 사람들의 마음을 사로잡고, 사물들을 머물러 있기 싫어하는 어둠으로부터 밝은 데로 끌어낸다"고 하였다.

원래 구상의 신앙시는 무명無明과 허무로부터 시작하였다. 그런데 이제 그의 영혼의 눈에서 무명의 백태가 벗겨졌다고 한다. 만유일체가 말씀 즉 육화된 존재로 느껴진다고 한다. 그런데 이러한 느낌이 상상

이나 상징을 통할 필요도 없고 '실상'으로 직감된다고 하였다. 바로
여기에 구상 시의 표현 미학이 있다. 또한 이 점은 좀더 섬세하게 논의
해야 할 과제로 남는다.

결어/시적 진술의 방법

서설에서 제기된 바로서 구상 시의 표현 방법이 '비시적'이라는 한
비평가의 견해가 있었다. 어느 정도 맞는 말이다. 이 점에 대해서는 구
상 시인 자신도 굳이 부정하지 않으면서 오히려 그 특성의 시적 유효
성을 주장한다.

내가 의식적으로 시에서 비유를 피하고 평면적 서술을 택하는 일면도
있습니다. 그것은 나의 시의 주제가 지니는 관념이나 비평이 그 내면적 진
실을 순수하게 전달하기에는 기경적(奇驚的) 비유가 오히려 배격되고 또
현란한 이미지의 조형을 피해야 하기 때문입니다. 결국 시란 그 전체가 주
제를 복합적이고 종합적으로 비유한 것이요, 또 자기의 궁극적 본질이 독
자들에게 받아들여져야 한다고 생각하고 있기 때문입니다.

　　　　　　　　　　　　　　　　　　　　　　— 「나의 시작 태도」 중에서

이것이 자신의 시에 나타나는 평면적 서술의 방법에 대해 구상 시
인이 스스로 해명하는 하나의 당위성이다. 그러나 그가 표현주의 기법
의 시들에 대해 전적으로 거부하는 것은 아니다. 상대적으로 그러한
기법들을 인정한다. 그러나 경우에 따라서는 '표현의 위한 표현'들이
유희에 떨어지는 무모함을 보면서, 자신만은 내면적 진실을 순수하게
전달하는 방법을 쓰겠다는 개성의 표명이다. 필자가 보기로는 구상의

시세계에서도 상상이나 비유로 형상화된 작품들이 있다. 「나는 혼자서 알아낸다」와 「밭 일기」 연작들이 그러하다. 또 완성된 작품 한 편이 전체 내용을 통해 짙은 감명과 여운을 담아 결과적으로는 상상과 비유의 효과를 내는 경우들도 있다. 다만 구상 시인 자신은 자기 작품세계의 대체적 기법을 가리켜 평면적 서술의 성향을 긍정한 것이다.

다음으로 구상은 시가 독자들에게 전달되는 효과에 주의를 기울이고 있다. 이 점에 있어서는 그가 80년대 초 무렵 어느 한 해의 경우를 보아도 전문 문예지에 8편을 발표했는데, 그 밖의 일반 사회 지면에 20편을 발표한 예를 들어 전달과 수용의 넓은 폭을 제시한 바 있다. 객관적으로 시가 수용되는 폭의 문제, 이것은 국내에 국한하기보다 앞으로는 세계성의 범주와 차원으로 검토할 문제이다.

구상 시인은 불교와 노장철학 등 동양정신을 자신의 시정신에 섭양해 지니고 있으면서도, 또한 가톨릭적 그리스도 신앙과 평이한 진술을 통해 세계문학에 이바지할 수 있는 위치에 있다.

(1994)

참고문헌

구 상, 『구상문학선』, 성바오로출판사, 1975.
——, 『구상시전집』, 서문당, 1986.
——, 『실존적 확신을 위하여』, 홍성사, 1982.
——, 『민주고발』, 남향문화사, 1953.
——, 『예술가의 삶, 구상 편』, 혜화당, 1993.
김윤식, 「구상론」, 《현대시학》 7, 8, 9월호, 1978.
이운룡, 『존재인식과 역사의식의 시 – 구상 연구』, 신아출판사, 1987.

신동엽론/민족적인 것의 힘

1. 조용함과 여유

신동엽이 세상을 떠난 지 어느덧 10년이 되었다. 그가 39세의 젊은 나이로 애석하게 일찍 세상을 떠난 뒤에 그의 시와 인간에 대한 관심과 논의는 많은 사람에게서 나타나고 있다. 그러나 시인 신동엽의 참모습을 아는 사람은 의외로 드문 편이라고 생각된다.

그가 살아 있을 때 그를 아끼고 잘 아는 편이라고 생각했던 사람들도 실상 그를 사귄 기간이 짧았다. 신동엽이 1959년 《조선일보》 신춘문예에서 장시 「이야기하는 쟁기꾼의 대지大地」로 입선되었을 당시 예심을 맡았던 관계로 시인으로서의 신동엽을 가장 일찍 알게 된 사람은 같은 나이 또래의 젊은 시인 박봉우였다. 그때 신동엽은 고향 부여에서 조끼 바람의 한복 차림으로 서울에 올라왔고, 안암동에 있던 박봉우의 하숙방으로 가서 단둘이 한밤 동안 문학관과 역사관을 이야기한 후 의기투합하여 한형제보다 더 친한 벗이 되었다고 한다. 그리고 그 뒤로 신동엽과 일찍 얼려 지낸 벗으로는 소설가 하근찬과 남정현이 있었다. 이들은 모두 작품을 잘 쓰는 사람이었지만 문단의 전면에 나서서 돌아다니는 형은 아니었다.

신동엽의 시를 매우 정확히 이해하고 또 높이 평가한 故 김수영으로서도 신동엽을 가까이 알게 된 것은 그가 1966년도에 「발」을 《현대문학》 잡지에 발표한 후부터라고 하였다. 1967년에 신동엽의 시 「3월」, 「껍데기는 가라」, 「원추리」를 비롯한 7편이 신구문화사에서 나온 『현대한국문학전집』 제18권, 52인 시집에 실렸다. 그 다음해인 1968년에 김수영이 신동엽에 대해 언급한 대목은 문단에서 신동엽을 주목케 한 데에 기여했다고 본다. 김수영은 신동엽의 시를 가리켜 말하기를 "시적 경제를 할 줄 아는 기술이 숨어 있고, 세계적 발언을 할 줄 아는 지성이 숨쉬고 있고, 죽음의 음악이 울리고 있다"고 하였다(「참여시와 신동엽」). 여기에 덧붙여서 그는 신동엽의 시가 문명비평의 차원과, 소월의 민요조에 육사의 절규를 삽입한 것 같은 아담한 면을 지니고 있다고 하였다. 그리고 나서 비판적인 관점으로 "그러니 그의 작품에서 전반적으로 느끼는 어떤 위구감이 있다면, 그것은 그가 쇼비니즘으로 흐르게 되지 않을까 하는 것이다. 그런 면에서 보면 그는 50년대 모더니즘의 해독을 너무 안 받은 사람 중의 한 사람"이라고 하였다.

신동엽에 대한 김수영의 이와 같은 평가와 지적은 이제 신동엽의 시세계를 다시 확인해보는 작업에 있어 한 서설적 문제제기의 몫이 될 만하다고 생각된다. 이러한 문제제기를 염두에 두고, 신동엽과 그의 시세계를 밝혀보려면 우선 좀 여유있게 순서를 잡아야 할 것 같다.

첫째로 지나쳐보아서는 안될 것이 신동엽의 인간적인 면모이다. 앞에서 필자는 신동엽의 참모습을 아는 사람이 의외로 드문 편이라고 하였다. 김수영이 그를 가까이 한 햇수가 짧았지만 필자 자신으로서도 그의 생애의 마지막 2, 3년 동안 가까이 생각하며 지냈을 뿐이다. 특

히 신동엽이 1967년 연말경에 출간된 그의 서사시 「금강錦江」을 가지
고 필자에게 들렀을 때의 모습이 기억된다. 이 작품은 펜클럽 기금에
의해 출판된 합동 작품집 끝자리에 실려 있었다. 서사시라는 글자만
크고 「금강」이란 제목은 4호 활자로 작게 앞면에 나타나 있고, 책 뒷
등 모서리에는 작품 제목도 없었다. 그는 조용히 말하였다. 가까운 친
구들 몇이서나 나누어보고 싶다고 하였다. 그런데 이 서사시 「금강」을
읽어보고 필자는 형언키 어려운 충격을 받았다. 그리고 그에 대한 관
심과 애착이 더욱 깊어졌다. 「금강」에 대한 자세한 고찰은 뒤에 하겠
지만, 우선 말하고 싶은 것은 이 작품을 계기로 신동엽은 사람들에게
감당하기 벅차게 크고 힘차다는 인상을 주게 된 것 같다. 그러나 실제
로 그의 인간적인 성품은 조용한 것을 좋아하고 여유를 지니려 한 면
에서 두드러져 보였다. 그가 일찍부터 널리 알려지지 않았다는 것도
그러한 성품에 이유가 있었다고 볼 수 있다.

　문단에 나오고 3년 후쯤에 그가 신문에 발표한 산문의 제목은 「서
둘고 싶지 않다」로 되어 있다. 여기에는 또 '나의 설계'라는 부제가 붙
어 있다. 이 글에서 신동엽은 다음과 같이 말하였다.

　　오늘 인류의 외피(外皮)는 너무나 극성을 부리고 있다. 키 겨룸, 속도
겨룸, 양 겨룸에 거의 모든 행복을 소모시키고 있다. 헛것을 본 것이다. 그
런 속에 내 인생, 내 인생 설계의 넌출을 뻗쳐볼 순 없다. 내 거죽이며 발
판은 이미 오래 전에 찢기워져 버렸다. 남은 것은 영혼. "치대국(治大國),
약팽소선(若烹小鮮)", 『노자(老子)』 5천언 속에 있는 말이다. "대국을 다
스림은 흡사 조그만 생선을 지짐과 같아야 한다." 조그만 생선을 지지면서
저깔 수저 등을 총동원하여 이리 부치고 저리 부치고 뒤집고 젖히고 하다
보면 모두 부서져서 가뜩이나 작은 생선살이 하나도 남아나지 않을 것은
물론이다. 그러므로 수선피우지 말고 살짝 구우라는 것이다. 나도 내 인생

432

만은 조용히 다스려보고 싶다.[1]

그는 또 다른 산문 「금강잡기」에서 다음과 같은 이야기도 하였다. 백제 고도인 B읍에서 있었던 일인데, 수도 여행중인 세 젊은 여승이 B읍 강가 고찰古刹에 들러 쉬면서 조용하고 명랑한 표정을 보였는데 각기 예쁜 돌들을 주워 바랑에 채워 지고 어둑어둑한 새벽에 서쪽을 향해 강물 속으로 열을 지어 걸어 들어갔다는 것이다. 그 전날 밤에는 주지에게 새벽 출발을 알려 안심시켜 놓고. 이들의 죽음을 신동엽은 슬쩍 숨어버리고 싶었으리라고 보면서 위대한 예술에서와 같은 법열을 느꼈다고 했고, "종교·예술이 지니는 어떤 지상의 자세 같은 것을 그들의 마지막 행렬에서 느끼게 된다"고 하였다.[2]
　이러한 신동엽의 성품은 그가 남긴 유고시 「좋은 언어」에서도 잘 나타난다.

외치지 마세요
바람만 재티처럼 날려가버려요.

조용히
될수록 당신의 자리를
아래로 낮추세요

그리구 기다려보세요.
모여들 와요

---

1)《동아일보》, 1962. 6. 5
2)《財務》, 1963. 10.

하거든 바닥에서부터
가슴으로 머리로
속속들이 굽이돌아 적셔보세요.

허잘것없는 일로 지난날
언어들을 고되게
부려만 먹었군요.

때는 와요.
우리들이 조용히 눈으로만
이야기할 때

허지만
그때까진
좋은 언어로 이 세상을
채워야 해요.

─「좋은 언어」 전문

  신동엽의 이와 같은 성품을 허무주의적이고 소극적인 태도라고 탓할 사람이 있을지 모르겠다. 그러나 역사와 상황의 진실이 요청해서 이른바 현실참여의 시를 쓴다고 할 때에도, 그럴수록 자연이성으로서의 순수·허무·영혼·법열 같은 것들을 거쳐오는 과정이 필요하며, 한 차례 거쳐온 후라 하더라도 그것들을 아주 잊어버리거나 배척만 할 것은 아니고 동양의 옛 지식인들이 그랬듯이 가령 실천적 유가儒家와 명상적 도가道家를 한몸에 겸전兼全하는 지혜도 외면할 일은 아니지 않

겠는가 새삼스레 생각해본다. 유가도 도가도 될 수 있다는 점을 임어
당林語堂은 중국의 경우를 들어 말할 때 공직에 나가면 유가가 되고 재
야의 몸이 되면 도가가 된다고 하였다. 그러나 역시 중국인으로서 석
학인 오경웅吳經熊은 임어당의 그 견해를 수정해서 어느 때 어디에 있
든 인간에게서는 그 두 가지 요소가 동시에 작용할 수 있다고 하였다.
서양에서도 단테가 행동과 명상을 수레의 두 바퀴에 비유한 것이 같은
뜻의 생각이었다고 볼 수 있다.

　신동엽의 시 작품들이 민족의 역사적 현실에 관련하여 '껍데기'와
'알맹이'를 분별하고 있는 한 특징이 있다. 이 경우에도 그 분별을 신
동엽이 단순히 시사적時事的 차원에서 민족의 또는 국가의 이익을 강조
한 것으로 보지 말아야 한다. 그러한 차원에서라면 신동엽의 시정신을
피상적이고 유동적이고 편파적인 것으로 보게 될 것이다. 그러나 그가
하나의 평론으로 발표한 「시인정신론」에서, 이른바 차수성次數性 세계
에 분해되어 산만하게 유동하는 의식들을 경계하고, 생명의 대지인 원
수성原數性 세계에 지향하며 인류의 선지자先知者가 되는 것을 시인의
사명으로 여겼다는 그 깊이에 들어가서 그의 '알맹이' 사상을 보아야
하는 것이다.

2. 알맹이의 시

　사람마다 타고난 천품과 성장한 과정 및 환경이 형성해준 개성을
지니고 있다. 말할 것도 없이 예술가, 정신작업자의 개성은 상대적 특
수성 또는 개인주의의 차원을 넘어서서 보편성에 참여하고 조화를 이
루는 의미에서의 개성이다. 그것은 건전한 의미에서 '자기다운 점'을
말하는 것이다.

신동엽다운 점은 그가 한국의 시골 농촌사람인 것이다. 생장과정에 근거하는 이 점은 그로 하여금 모더니즘에 거리를 두게 한 것이다. 그리고 그런 나름의 인생적 뿌리에서 신동엽은 시를 잉태하였다.

다시는
못 만날지라도 먼 훗날
무덤 속 누워 추억하자,
호젓한 산골길서 마주친
그날, 우리 왜
인사도 없이
지나쳤던가, 하고.

—「그 사람에게」 2연

이런 것은 신동엽의 시의 한 원초 형태이다. 여기에서 "호젓한 산골 길" "우리 왜/인사도 없이/지나쳤던가" 등은 아름다운 하늘 밑, 쓸쓸한 세상살이에 연관된 넓고 그윽한 폭을 느끼게 한다. 그리고 이런 원천에서 그는 스스로를 가리켜 말하곤 했던 "야윈 원인으로서의 착함"을 지닐 수 있었다.

아니오
미워한 적 없어요,
산마루
투명한 햇빛 쏟아지는데
차마 어둔 생각 했을 리야.

아니오
괴뤄한 적 없어요,

능선(陵線) 위
바람 같은 음악 흘러가는데
뉘라, 색동 눈물 밖으로 쏟았을 리야.
아니오
사랑한 적 없어요,
세계의
지붕 혼자 바람 마시며
차마, 옷 입은 도시(都市)계집 사랑했을 리야.

—「아니오」 전문

여기에서 착함은 "옷 입은 도시계집"으로 표상된 가공적이고 야박한 사회에 대해 사랑하기를 거부하는 상태로 나타나기도 한다. 작품활동을 한 10년쯤의 기간에 걸쳐서 발표 시기순에 별 관계없이, 그의 마음의 갈피들은 위 두 편의 시에서 보듯이 확장되어 나온 것이다. 여기에다 민족의 역사적 현실에 대한 인식과 의지가 투입되어 용해, 재창조될 때 민족과 역사의 "오, 비본질적인 것들의/괴로움이여"(「살덩이」)가 되고, 마침내 「껍데기는 가라」가 되는 것이다.

껍데기는 가라.
사월도 알맹이만 남고
껍데기는 가라.

껍데기는 가라.
동학년(東學年) 곰나루의, 그 아우성만 살고
껍데기는 가라.

그리하여, 다시
껍데기는 가라.
이곳에선, 두 가슴과 그곳까지 내논
아사달 아사녀가
중립(中立)의 초례청 앞에 서서
부끄럼 빛내며
맞절할지니

껍데기는 가라.
한라에서 백두까지
향그러운 흙가슴만 남고
그, 모오든 쇠붙이는 가라.

—「껍데기는 가라」 전문

위에 든 세 편의 시에서 형태면을 보면 김수영이 지적한 대로 "소월의 민요조에 육사의 절규가 삽입되었다"는 것이 적절한 표현일 것 같다. 그리고 시의 내용, 시의 정신을 보면 「껍데기는 가라」 속에 많은 이야기가 있다.

「껍데기는 가라」 속에는 그의 장시 「이야기하는 쟁기꾼의 대지」, 서사시 「금강」, 평론 「시인정신론」의 요소들이 곁들여 있다. 어떤 이는 바로 이 「껍데기는 가라」가 시사적 차원의 편협성 및 지나치게 소박한 현실인식의 본보기라고 할지 모르겠다. 이 시의 작품적 형상성 및 완결성 여하에 대한 검토는 뒤고 미루고, 우선 이 시의 내용에 관련하여 앞에 제시한 질문의 가능성에 대해 논급할 필요가 있다. 이 점은 또 단순히 한 편의 시만을 위한 문제가 아닐 수도 있다. 이 시대에 우리 민족이 처한 역사적 현실과 그 속에서의 시인의 정신자세, 또 더 나아가서는 세계관과 우주관 등의 문제를 이 시의 경우를 빌어 생각해 볼 수 있다. 한 편의 시를 통해 현실·전통·역사·종교·우주에 걸치는 어려운 문제들을 캐어보는 일은 서양에서 가령 T.S. 엘리어트의 작품을 두고 생겨나는 일과 같은 것이며, 그런 유형의 사유 행위는 한국문학 속에서도 기도될 수 있는 것이다.

「껍데기는 가라」에서 "모오든 쇠붙이"에 대치되는 "향그러운 흙가슴"에서부터 생각해보자. 신동엽의 시세계에서는 이러한 류의 개념, 즉 '흙가슴, 대지' 등이 뚜렷이 의미하고 있는 것이 있다. 이 대목에서 어차피 그가 남긴 한 편의 평론 「시인정신론」[3] 속에 옮겨가 살펴보고자 한다.

신동엽은 오늘날의 시인들이 글자 다루는 공상과 기술만을 문제삼아 "시업가詩業家"가 된 경향을 비판하면서 모름지기 시인은 "시인정신"과 "시인혼"을 지녀야 한다고 주장한다. 시업가는 그가 타기해 마지않는 이른바 "맹목적 기능인"이며, 시인은 생명의 원초적 대지에 뿌리박은 존재 또는 그 대지에 돌아가는 사람이라고 말한다. 그러므로 그의 시인정신론은 하나의 세계관, 우주관을 모색한다.

그의 독특한 화법에 의하면 그 생명의 대지는 "원수성原數性 세계"이고, 현대문명 속에 분해된 맹목적 기능자 사회가 "차수성次數性 세계"이고, 전경인적全耕人的 인간회복을 거쳐 대지에 돌아가고자 하는 사람 또는 그러한 가치관의 세계는 "귀수성적歸數性的 세계"로 된다.

시란 바로 생명의 발현인 것이다. 시란 우리 인식의 전부이며 세계 인식의 통일적 표현이며 생명의 침투며 생명의 파괴며 생명의 조직인 것이다. 하여 그것은 항시 보다 광범위한 정신의 집단과 호혜적 통로를 가지고 있

---

3) 《자유문학》, 1961. 2.

어야 했다.

　…시인이란 인간의 원초적, 귀수성적인 바로 그것이다. 나는 생각한다. 시는 궁극에 가서 종교가 될 것이라고. 철학·종교·시는 궁극에 가서 하나가 되어 있을 것이다. …차수성 세계가 건축해놓은 기성관념을 철저히 파괴하는 정신혁명을 수행해놓지 않고서는 그의 이야기와 그의 정신이 대지 위에 깊숙이 기록될 순 없을 것이다. 지상에 얽혀 있는 모든 국경선은 그의 주위에서 걷혀져 나갈 것이다. 그는 인간의 모든 원초적 가능성과 귀수적 가능성을 한몸에 지닌 전경인임으로 해서 고도에 외로이 홀로 떨어져 살아가는 한이 있더라도 문명기구 속의 부속품들처럼 곤경에 빠지진 않을 것이다. 하여 시인은 선지자여야 하며 인류 발언의 선창자가 되어야 할 것이다. (중략)

　그리하여 대지 위에 다시 전경인의 모습은 돌아와 있을 것이고 인류 정신의 창문을 우주 밖으로 열어두는 서사시는 인종의 가을철에 의하여 결실되어 남겨질 것이며… 그리하여 그것은 곧 귀수성 세계 속의 씨알이 될 것이다.

　신동엽의 이러한 사유형태는 어떤 고전적 철학 이론에 직결되는 것은 아닐 것이다. 그러나 한 시인 나름의 세계인식, 우주인식의 모습으로서 뜨거운 열기와 함께 진지성이 충만해 있다. 또한 신동엽은 말하기를 "우리 인류 문명의 오늘이 있은 것은 오직 분업문화의 성과이다. 그러나 그뿐 그것은 이 다음에 있을 방대한 종합과 발췌를 위해서만 유용할 뿐"이라고 하고 그 종합, 귀수성의 단계를 "최대재最大在의 원圓"이라고도 하였다. 이러한 발상은 다분히 신기한 데가 있다.

　신동엽의 사유형태가 평행선 위에서 그것과 대비되기는 어려운 일이지만, 역사진화의 과정을 거쳐 우주의 최종적 통일 단계인 오메가 포인트Omega point에 지향하는 떼이야르 드 샤르댕의 사상을 참조케 하는 바가 있다. 인간을 우주사宇宙史의 결정으로 보는 샤르댕은 니체가 집착했던 개별 인격의 가치를 과소평가하지 않으면서도, 종국적으로는 "만인의 윤리적 연대성 및 합일에 바탕을 둔 사랑의 메시지"를 인류에게 전달하고자 하였다. 이러한 역사관·우주관은 와해된 파편으로서의 기능인이 된 현대인들에게 '귀의할 본향'에 대한 소망을 갖게 한다. 샤르댕이 본 역사의 진화 안에서는, 인간들이 지닌 '자유' 탓으로 보편적 연대의식 및 협력의 성취 여하가, 인류가 가치 있는 완성점에 도달하고 못하는 열쇠가 될 것이라고 하였다. 이 점은 인간이 타력적他力的으로 살아갈 것이 아니라, 자력적으로 사명을 지니기를 촉구하는 요인이 되기도 한다.

비록 사상구조에 있어 상당한 거리가 개재하지만 신동엽의 "최대재最大在"를 오메가 포인트에, 귀수성적 노력을 자유의지에 의한 사명에 대조해보면서 신동엽의 「시인정신론」이 지니는 건전한 직관력과 역사관 및 우주관의 심층을 긍정할 수 있게 되는 것이다.

원칙적으로 한 시인의 한 편의 시는 그 시인이 인생관·세계관·우주관 등을 진지하게 사유하며 그것을 생활해가는, 인격 총체의 결실이라고 보아야 할 것이다. 그리하여 시 「껍데기는 가라」에서 볼 때 "알맹이", "두 가슴과 그곳까지 내논" 알몸, 모든 쇠붙이에 대치되는 "향그러운 흙가슴"은 귀수성 세계, 최대재로서의 대지에서 자기회복을 성취한, 인간다운 인간인 것이다. 이 기본 바탕 위에서, "생명의 침투며 파괴며 조직인, 인식의 전부" 위에서 한국민족의 역사적 현실의 구체성을 다 파고들어, 4·19, 동학, 국토분단의 부조리를 용해해내고 헹궈내려 한 것이다. 그러한 시혼의 내용을 알 때, 이 한 편의 시의 내달음과 힘참의 절규가 이 시대 이 땅의 사람들에게 진지하게 납득되어 들어갈 수 있을 것이다. 결코 국제정세의 부속품일 수 없는 민족, 부당한 경계선과 기성 관념을 파괴하는 정신혁명의 선지자적 목소리가 여기에 있음을 깨달을 수 있을 것이다.

신동엽의 시정신에는 귀수성적 세계라는 장구할 수도 있고 궁극적일 수도 있고, 종교적일 수도 있는 유장성悠長性이 있다. 이것은 육사가 「광야」에서 "천고의 뒤에 목놓아 부르게 하리라"고 한 유장성과 흡사하다. 그러나 이런 유장성은 당위론적 역사관의 기본으로 해놓고, 가깝게 보아 '기성관념'의 파괴에서는 어떠한 현실적 대안을 보여줄 수 있을까. 이런 생각의 면에서는 그의 「산문시·1」을 볼 수 있다.

스칸디나비아라든가 뭐라구 하는 고장에서는 아름다운 석양 대통령이라고 하는 직업을 가진 아저씨가 꽃리본 단 딸아이의 손 이끌고 백화점 거리 칫솔 사러 나오신단다. 탄광 퇴근하는 광부들의 작업복 뒷주머니마다엔 기름 묻은 책 하이데거 러쎌 헤밍웨이 장자(莊子) 휴가 여행 떠나는 국무총리 서울역 삼등대합실 매표구 앞을 뙤약볕 흡쓰며 줄지어 서 있을 때 그걸 본 서울역장 기쁘시겠소라는 인사 한마디 남길 뿐 평화스러이 자기 사무실 문을 열고 들어가더란다. …애당초 어느쪽 패거리에도 총 쏘는 야만엔 가담치 않기로 작정한 그 지성(知性) 그래서 어린이들은 사람 죽이는 시늉을 아니하고도 아름다운 놀이 꽃동산처럼 풍요로운 나라

—「산문시·1」부분

지구 위 스칸디나비아 반도에 실제로 있는 일들이 시를 통해 서울에 섞여들었다. 지정학적 위치와 역사적 상황이 이유가 되어 이런 시를 유치하다고 말할 수는 없다. 역시 알맹이의 사상과 대재에의 궁극적 역사관이 이 시를 뒷받침하고 있기 때문이다. 이렇게 해서 기성관념의 껍데기는 불가불 부서져 나가는 날이 있기를 우리가 왜 소망할 수 없겠는가.

3. 「금강」의 흐름

신동엽은 서사시 「금강錦江」외에 두 편의 장시를 썼다. 하나는 그의 문단 등단작인 「이야기하는 쟁기꾼의 대지」이고 다른 하나는 「여자의 삶」이다. 이 두 작품은 「금강」에 담긴 역사의식의 시혼에 일맥 상통하고 있다.

신동엽은 대학에서 역사학을 공부한 일도 있지만, 민족의 역사에 대한 완강한 꿰뚫음의 눈길을 지니고 있었다. 그 눈길이 알타이 고원高原으로부터 출발하여 동쪽으로 뻗어나왔고 태백의 계곡에 자리잡은 기상에서부터 서사시를 잉태시키는 것이었다.

조국강토의 계곡에는 일찌기 생산과 평화의 시대만이 있었고, 이 '생활의 시대'에서 시인이 보는 주인공은 근로하는 민중이며 여자였다. 「이야기하는 쟁기꾼의 대지」에서 "어두운 대지 한가락 서기瑞氣있어, 무릎 모두우고 일어 앉는 그림자. 헝클린 앞가슴 아무려 여미며 비녀는 입에"할 때 그 주인공이 여자이다. 「여자의 삶」에서 신동엽은 여자를 "밭" "집" "평화"로 보고, 남자를 "바람"으로 보았다. 씨를 나르는 바람이라고 하였다.

그러나 이 시에서 시를 기다리는 밭, 여자는 선택적 의지를 지닌다. 살기의 눈, 모략의 입, 화폐 냄새 나는 피, 전쟁을 좋아하는 종자는 받기를 거부한다는 것이다. 그리고 이 여자는 생활 속에서 뛰는 여자이다. "가마니 속에/솔방울 고자배기 따 이고/ 한 손으로 흐르는 젖 싸안으며/맨발 길 삼십 리/울렁이며 뛰던/아낙네의 종아리." 이렇게 활력 있는 여성이다. 신동엽에게 오면 여자도 퇴폐와 허영의 냄새가 될 수 없고 근로하고 생산하는 근육, 알몸이 된다. 이러한 두 장시의 맥박과 분위기가 「금강」에 이어지는 것이다.

「금강」은 서화序話와 후화後話, 즉 작품의 앞과 뒤에서 1894년 3월의 동학 농민혁명, 1919년 3월의 기미 독립운동, 1960년 4월의 4·19 혁명을 맥을 이어 다짐해둔다. 이것이야말로 한국 근대 민중사의 도도한 흐름임을 일깨우고 있는 것이다. 기본적으로「금강」은 이와 같은 역사의식을 바탕으로 하여 씌어졌고, 또 작품 속에서 실제로 시대 장면이 3단계의 시기 사이를 왔다갔다하면서, 주된 흐름을 갑오 농민혁명에 두었다.

「금강」에서 첫째로 주목할 점은 그가 동학사상을 다루고 있으면서도 그리스도와 석가를 최수운崔水雲의 득도得道 차원에 선행시켜 존중한 점이다. "2천년 전/불비 쏟아지는 이스라엘 땅에선/선지자 하나이 나타나/여문 과일 한가운델/왜 못박히었을까./3천 년 전 /히말라야 기슭 /보리수나무 투명한 잎사귀 그늘 아래에선/너무 일찍 핀/인류화人類花 한 송이가/서러워하고 있었다."는 대목이 그것이다.「시인정신론」에서도 그는 이런 류의 발언을 한 일이 있었다. 즉 성서나 불경이나 5천언(五千言,『노자老子』)을 남긴 사람들은 세계정신의 원초적이며 종말적인 인식 위에 개안開眼했던 위대한 대지의 철인이요 시인이었다고 하였다. 이와 같은 원초적·대지적 세계에 수운水雲 또는 동학을 동참시킬 뿐, 그는 동학으로 인해 편협한 집착을 드러내지는 않았다. 즉 신동엽은 대지적 원천성과 세계적 보편성 위에서 서사시「금강」을 썼다는 것이다.

이 서사시에는 이 땅 민생의 장구한 역사가 담겨 있다. 원래 유한有閑도 착취도 없고, 두레 형식의 협동적 근로와 생산과 우애와 축제가 있던 땅이었다. 그런데 언제부터인가 큰 낙지, 작은 낙지, 거머리, 빈대 꼴인 부패한 벼슬아치들에다, 모화관 숙소에 거드름을 피우며 들어오는 대국 상전이 모두 민생을 괴롭혔다. 동학은 빼앗기고 굶어죽게 된 백성들이 참을 수 없어 일으키는 각지의 반란 위에 이루어진 개혁 의지였다. 백성이 당하는 참상을 그대로 순하게 그려놓아도 슬픈 서사

시가 된다.

　1893년. 허리띠 조른 백성의 삽과 지게의 행렬 3년. 부녀자까지 동원된 부역의 결과로 전라도 고부군 만석 저수지와 팔왕리 저수지가 이루어졌다. 가을이 되니 군수 조병갑은 농민들에게 또 저수지 수세를 배당하였다. 한 마지기당 쌀 서 말. 엎친 데 덮친다. 호남 전운사 조필영은 호남지방 납세미를 배 태워 보냈는데 서울 가서 되어보니 5천 석이 모자란다. 미안하지만 다시 징수하겠노라고, 이속吏屬 앞세워 마을 뒤지고 나섰다. 익산면에선 영수증 없는 3천 8백 석의 세미稅米 거둬 저희끼리 나눠먹고 다시 고지서를 내돌렸다. 곤장질·단근질·주리틀기로 난리를 피우며 거뒀다. 오지영을 선두로 3천 명의 농민이 익산 관아에 모여 시위하였다. 고부군에선 5천 명의 농민이 관아에 쇄도하여 시위하였다. 잔창혁은 농민대표로 군수에게 협상하러 들어갔다가 형틀에 올려 맞아죽었다. 이 전창혁이 바로 전봉준의 아버지였다.

　그날 새벽
　매에 못 견뎌
　급기야 전창혁이 죽었다.

　눈은 닷새째나
　산과 들을 덮었다.
　날리다 멎고
　멎었단 다시
　펑펑 쏟아졌다.

　눈 벌판을
　소요하는

된장찌개
동김치 냄새,

마을은
쥐죽은 듯
삼엄했다,
웃음소리 하나, 거리
한가하게 나다니는
그림자 하나
찾아볼 수 없었다.

―「금강」부분

신동엽의 시적 경제의 기술은 이런 대목에서 잘 드러난다. 감정의
절제와 언어의 정돈은 시 속에 의미와 생각을 팽배케 하고, 이것이 독
자에게 전달되었을 때 더욱 뿌듯한 충격을 준다. 뒤에 곧 동학군의 사
령관이 되는 전봉준은 아버지의 시체를 관가에서 메고 나올 때에 또한
침착하고 조용하다. 이것은 계속되는 긴장의 조직이다. 잠든 골짜기는
회오리바람을 잉태한 증거라고 한 노자의 말에 해당되는 분위기이다.
마침내 전봉준이 농민군을 이끌고 조병갑의 관아를 쳐들어갈 때 "그들
은 벌써/관아를 향해 뛰고 있는 발이/아니었다./신들린 사람처럼/힘이
전신에 솟구쳐/견딜 수 없어, 그저 달리고 있었다./그건 기맥힌 하나
의/슬픔이었을까./수백 년의 누더기 속서 풀려나와/고삐를 스스로 끊
고/뛰고 있었다." 이런 표현으로 된다. 역시 절제된 표현이긴 한데 여
기에는 큰 기마대가 내달리는 말갈기와 발굽소리 같은 것이 발생한다.
　제2세 동학 교주 해월海月이 피해 다니면서도 곳곳에서 손을 놀려
일을 하며 "생산하지 아니하면/양반보다 나을 게 없지 아니한가" 말하

446

는 데에선 동학의 철리가 생동한다. 그리고 결국 공주公州 우금티 고개에서 동학군이 일본군 제5사단의 신식 화력 앞에 전멸하는 장면을 "내 영혼은 여기서/승리했노라./만세,/만세를 불렀노라./ …알맹이를 발라서,/던졌노라"로 처리된다. 역시 알맹이의 사상이 실현된다. 그리고 "밀알 한알이 썩지 않으면" 하는 말로 시작하여 "백제,/옛부터 이곳은 모여/썩는 곳"이라는 표현으로 서사시는 매듭을 짓는 셈이 된다.

이 서사시 「금강」은 앞에서도 언급한 바와 같이 동학 농민혁명이 주된 내용이지만 기미 독립운동, 4·19 혁명에까지 정신사적 맥락을 뻗쳐 구성하였다. 그 끝부분 '4·19' 대목에 와서, 그 혁명이 두루 알려져 있듯이 진부한 구정객舊政客들에 의해 좌절되고 만 결과가 되었다. 그러므로 이 서사시에서 신동엽은 그 좌절된 4·19 혁명의 이상이 "우리들의 푼담한 슬기와 자비慈悲에 의해" 민족사의 하늘에 재현되기를 바라 "찬란한 혁명의 날은 오리라"고 노래하였다. 동학·기미·4.19로 이어진 정신사적 맥락도 결국 신동엽 특유의 귀수성적 생명의 대지에 연결되기를 그는 바란 것이며, 그러한 정신적 차원에의 지향점들은 서사시 「금강」 안에 누누이 나타나 있다.

4. 맺음말

신동엽은 시작업뿐 아니라 이론작업면에서도 능력을 보였다. 앞에서 그의 시정신의 근거로 고찰된 「시인정신론」 외에도 그는 시단 단평들을 쓰는 일이 있었다. 단평 규모로서는 「60년대의 시단 분포도」[4]가 대표적인 글이며, 신동엽 자신이 현대 한국시의 상황을 어떻게 보았는지를 알게 하는 한 자료가 되고 있다.

---

4) 《조선일보》. 1961. 3. 30~31.

신동엽은 자신이 속해 있던 1960년대의 시단을 다음과 같은 5개 유파로 분별해 보았다.

① 향토시의 촌락 : 한국적 정서의 원천이기도 하지만 이조적(李朝的)인 농촌, 변하지 않는 전원풍취를 그린다. ② 현대감각파 : 언어와 기교의 세련을 보이는 모더니스트들. 유리창 안쪽에서 실내악이나 유미주의에 묻혀서 세상을 내다볼 뿐이다. ③ 언어세공파 : 한국적 다다이즘이라고 할까, 난해성을 옹호하는 경향. 문자를 재료로 하여 백화점 문화의 장식물 역할을 한다. ④ 시민시인 : 도시(서울) 소시민의 육성(肉聲)의 노래이다. 역사와 사회에 대해서는 수동적 자세를 취한다. ⑤ 저항파 : 세계사와 조국의 인생적 현실을 능동적 지성을 가지고 밝히려 함으로써 역동적 화술을 보인다. 사회개조에의 새로운 물결이 멀지 않아 이 근처에서 싹틀 것을 믿는다.

이상과 같은 분별은 신동엽의 안목 자체를 보여주기도 하지만 현대 한국 시단의 상황을 파악하는 데에도 상당한 참고가치를 지닌다고 볼 수 있겠다. 이런 가운데서도 특히 주목되는 것은 신동엽이 김수영을 본 자세라고 할 수 있다. 두 사람 다 60년대 시단에서 첨예한 현실의식을 지닌 시인으로서 대표적 존재였기 때문이다. 1961년에 신동엽이 시단 분포를 보았을 때는 김수영을 "역사와 사회에 대해 수동적 자세를 취하는" 시민시인 계열에 포함시켰다. 그러나 1968년에 김수영이 갑자기 세상을 떠나자 신동엽은 다음과 같은 문맥을 담은 추도문을 썼다.
"그는 말장난을 미워했다. …그는 기존질서에 아첨하는 문화를 꾸짖었다. 창조만이 본질이라고 굳게 믿었다. 그래서 육성으로, 아랫배에서부터 울려나오는 그 거칠고 육중한 육성으로, 피와 살을 내갈겼다.(《한국일보》, 1968. 6.) 그만한 시간적 거리를 거쳐 신동엽이 김수영을 달리 보았고 김수영 자체가 그렇게 변모했던 것이 사실이었다. 즉 역사와 사회에 대해 수동적이었던 데서 능동적인 데로 발전한 것이다.

그러면 반대로 김수영에 의해서 최초로 예리한 평가를 받은 신동엽의 결말은 어떻게 되는 것인가. "시적 경제를 할 줄 아는 기술, 세계적 발언을 할 줄 아는 지성, 문명비평의 차원, 민요조에 절규가 삽입되어 성공한 아담함", 그러나 "소비니즘에의 우려". 이런 김수영의 지적에 다른 답변을 들려줄 수 있겠는가. 신동엽을 긍정적으로 평가한 대목은 옳다고 필자는 생각한다. 그리고 쇼비니즘에의 우려를 표한 점에 대해 필자는 다르게 생각한다. 김수영 자신으로서도 세계적 발언, 문명비평의 차원을 가져다 붙여주었던 것이며, 필자가 이 소론에서 신동엽의 「시인정신론」, 서사시 「금강」, 그 밖의 작품들을 토대로 하여 살펴본 결과 그의 시세계에는 보편적 세계관의 튼튼한 토대가 있었다. 또한 그에게서는 영적인 종교적인 우주관까지 추구되고 있음이 그의 글 군데군데에서 강하게 나타나 있다.

그리고 김수영이 1968년에 쓴 「시여 침을 뱉어라」에서 "시는 온몸으로! 형식이 내용이 되고 내용이 형식이 된다"고 한 각성에 걸맞는 인식도 이미 그의 「시인정신론」에 나타나 있었던 것으로 보인다. "시는 생명의 발현, 인식의 전부, 생명의 침투·파괴·조직"이라고 한 것이 그것이다.

그러면서도 이 두 시인의 작품 사이에 개성적인 차이가 있는 것은 사실이다. 가령 김수영이 세상을 떠나던 해에 쓴 「의자가 많아서 걸린다」라는 시는 소시민적 갈등의 범위를 벗어나지 않은 것이었다. 이런 면은 신동엽에게는 원래 없는 것이며, 어떤 경우 민요조의 지나친 담박성이 드러나는 수가 있다. 이것은 종로의 말리서사茉莉書舍 시절을 추억하는 김수영과, 호젓한 산골길을 추억하는 신동엽의 개성적 면모 사이의 차이이다. 그리고 그렇게 다른 만큼의 몫과 역할이 또한 있을 것이다.

　신동엽이 세상을 떠난 지 벌써 10년, 그의 시에 주어진 영광 또는 의문의 내용을 재확인하고, 그의 문학유산이 차지할 문학사적 비중을 밝혀보려 하였다. 그러나 신진 문예비평가들이 더욱 냉철하고 충실하게 신동엽의 시세계와 문학사적 의미를 밝혀내고 있다. 또한 신동엽의 시는 앞으로 문학사 안의 문헌자료로 남는다기보다 살아 움직이는 어떤 힘으로 실재하게 될 것 같다. 이것은 한마디로 '민족적인 것'의 힘이며, 이 힘의 비밀과 의미 또한 진지하게 탐구될 대상인 것이다.

(1979)

현실의 바닥에서 일어나는 노래
― 시집 『농무』론

시집 『농무』의 출현

한국 현대문학사의 70년대는 고난의 절정기이며 동시에 문학의 내부비축이 힘을 가시고 분출하기 시작한 때이다. 60년대는 4·19 민주혁명이 5·16 군사쿠데타에 의해 좌절한 속에서 이른바 참여문학이 추진된 시기이다. 그 참여가 작품으로 육화되면서 시에서는 신경림이 《창작과비평》 70년 가을호에 「눈길」, 「파장」, 「산 1번지」를 발표하였다. 소설에서는 황석영이 《창작과비평》 1971년 봄호에 470여 장 분량의 「객지」를 발표하였다. 신경림과 황석영의 이 작품들은 창작면에서 한국 70년대 리얼리즘 문학의 분출을 여유 있게 증명한 기념비적 작업이었다. 이 시점은 마침 70년대 리얼리즘 논의의 출발점이기도 하였다. 1970년 4월호 《사상계》지가 마련한 좌담 「4·19와 한국문학」에서 리얼리즘 논쟁이 발단되어 김현·김양수가 리얼리즘을 반대했고 김병걸·임헌영·염무웅·필자가 리얼리즘을 지지했는데 사실상 그 파장은 더 넓게 번져 있었다.

그리고 이에 앞서서 4·19 민주혁명은 60년대의 문학계뿐 아니라 사회 전반에 시민의식을 드높였다. 이 시기에 김수영은 시와 평론을 통해 참여문학을 추진했고 신동엽은 장편서사시 「금강」을 발표해 갑오 농민전쟁, 기미 독립운동, 4·19 민주혁명을 민족의 근대 정신사 흐름으로 엮어 놓았다. 1966년 1월에는 계간 《창작과비평》지가 창간되었고, 이 잡지에 연재된 아놀드 하우저의 『문학과 예술의 사회사』를 통해 19세기 시민민주주의 대두 단계의 발자크 리얼리즘이 소개되었다. 69년에 백낙청이 발표한 평론 「시민문학론」은 60년대 한국 현실의식 문학의 풍성한 활력을 과시한 것이었다.

이와 같은 바탕 위에서 신경림의 시가 《창작과비평》지에 발표되기 시작한다. 신경림은 1956년에 《문학예술》지를 통해 시단에 나왔다. 그의 등단기 대표작은 「갈대」로 꼽힌다. 이 시는 얼핏 보기에 한편의 서정시라 할 수 있다.

바람도 달빛도 아닌 것.
갈대는 저를 흔드는 것이 제 조용한 울음인 것을
까맣게 몰랐다.
— 산다는 것은 속으로 이렇게
조용히 울고 있는 것이란 것을
그는 몰랐다.

—「갈대」중에서

「갈대」는 신경림의 한낱 감상적 발상이 아니다. 그는 시 「갈대」에 관해 다음과 같이 말하고 있다. "내 고향 마을 뒤에는 보련산이라는 해발 8백여 미터의 산이 있다. 나는 어려서 나무꾼을 좇아 몇 번 그 꼭

대기까지 오른 일이 있다. 산정은 몇만 평이나 됨직한 널따란 고원이었다. 그 고원은 내 키를 훨씬 넘는 갈대로 온통 뒤덮여 있었다. 발 아래 내려다 보이는 강에서 불어 올라오는 바람에 갈대들은 몸을 떨며 울고 있는 것처럼 생각되었다. 갈대들의 울음에서 나는 사람이 사는 일의 설움 같은 것을 느끼곤 했었다."[1] 이 느낌을 뒷날 그가 시로 썼다는 것이다. 고향의 자연에서 그는 서정을 얻었다. 그리고 소년 시절에 그는 이미 '사람이 사는 일의 설움'을 알았다. 6·25 전쟁의 학살, 마을 가까이에 있는 광산 노동자들의 삶, 시골 장터 풍경, 무엇보다도 절망에 가까운 농촌경제의 파탄을 그는 몸으로 겪어 알고 있었다. 루카치가 "서정시도 시대의 큰 흐름을 드러내는 수가 있다"고 한 말이 시 「갈대」에도 해당되는 것으로 보인다. 그리고도 '서정성'은 그것대로 중요하다. 그것은 시의 원초적 정서이며 또한 자연을 모태로 하는 감수성이기 때문이다.

이렇게 시를 쓰기 시작한 신경림은 바로 낙향하여 약 10년 동안 시를 멀리하며 지낸다. 여기에는 그의 의식세계에 밀어닥친 어떤 고뇌의 흔적이 있다. 낙향 시기에 그는 소읍 서점의 진열대도 쳐다보기를 싫어했다고 한다. 그가 실의에서 벗어나 다시 삶의 현장으로 나서는 계기는 어디에 취직이 되었다든가 그런 것이 아니다. 어느 해 가을 그는 들로 나가 어느새 벼가 누렇게 익은 것도 모르고 장터 뒷골목에서 술이나 마신 자신을 부끄럽게 여긴다. 그는 '이렇게 살아서는 안 된다' 생각하고 남들이 사는 삶의 현장을 보러 나서서 문경·제천·원주 등지의 장터를 둘러본다. "어디서나 열심히 사는 사람들의 모습이 보였고, 그것은 내게 언제나 새롭고 싱싱한 감동을 주었다. 이렇게 나는 여행이랄 것까지는 없는 나들이를 하면서, 죽음과 같은 실의에서 벗어나

---

1) 신경림, 「내 시에 얽힌 이야기들」, 『한밤중에 눈을 뜨면』, 나남, 1985, 256쪽.

삶의 현장으로 되돌아올 수 있었다."[2]

　이렇게 삶의 현장과 구체성 속의 생동감을 통해 비로소 그는 재기하게 된다. 이것은 그가 일상적 삶의 표피에 머물지 않고 그 이상의 정신차원을 갖는다는 것을 의미한다. 삶의 구체성과 생동감에 의거하느니만큼 그 정신차원은 어떤 초월적 신비주의에 흐르지 않고 진취적 이데올로기 성향을 띤다. 그리하여 1965년부터 그 다음해에 걸쳐 서울의 여기저기 지면에 시를 다시 발표하는데 이 작품들은 사회의 총체적 구조에 관련해 어두운 탄식 아니면 격렬한 분노를 드러낸다.

　더욱이 이러한 시들이 여성잡지인 《여원》이나 《여상》에 발표된 데에 주목하게 된다. "눈 오는 밤에 가난한 우리의/친구들이 미치고 다시/미쳐서 죽을 때/철로 위를 굴러가는 기찻소리만/들을 것인가 아무렇게나/살아갈 것인가 이 산읍에서"(「산읍일지」), "전표를 주고 막걸리를 마시자./이제 우리에겐 맺힌 분노가 있을/뿐이다. 맹세가 있고 그리고 맨주먹이다"(「원격지」). 시와 잡지의 성격이 다소 어울리지 않는다. 이와 같은 작품 발표는 신경림이 10년 전 등단 무렵 명동 주점가에서 사귄 벗들이 여성지 편집을 맡고 있었던 데에서 가능하게 된 일이다. 잡지의 편집자는 마지못해 발표해주었을 것이고 시인 신경림은 요령이 없는 체질이있던 셈이다.

　1966년에 신경림은 서울로 이사해 홍은동 막바지에 살게 된다. 이곳은 전국 각지에서 온 가난한 실향 농민들이 모여서 사는 곳이었다. "이곳이야말로 이 시대의 삶의 온갖 모습들이 모여 범벅을 이루고 있다는 느낌이었다. …가령 홍은동에서의 4년여의 삶이 없었다면 시골서 겪은 일들을 형상하는 일이 쉽지 않았을는지도 모른다"[3]고 신경림은 생각한다. 홍은동 생활을 시작하면서 신경림은 이 산동네를 소재로

---

2) 앞의 책, 99쪽.

3) 신경림. 「나의 시, 나의 길」, 《시와시학》, 1993년 봄호, 102~03쪽.

하여 「산 1번지」를 썼다. 마침 어느 신문사로부터 청탁을 받았었다.

> 해가 지기 전에 산 일번지에는
> 바람이 찾아온다.
> 집집마다 지붕으로 덮은 루핑을 날리고
> 문을 바른 신문지를 찢고
> 불행한 사람들의 얼굴에
> 돌모래를 끼어얹는다.
> 해가 지면 산 일번지에는
> 청솔가지 타는 연기가 깔린다.
> 나라의 은혜를 입지 못한 사내들은
> 서로 속이고 목을 조르고 마침내는
> 칼을 들고 피를 흘리는데
>
> ―「산 1번지」 중에서

이 시는 "신문에 나가기에는 너무 어둡다" 하여 발표되지 못했으며, 다른 잡지사에서도 청탁이 있어 신문사로부터 찾아다가 주었더니 그 잡지에서도 발표를 하지 않았다. 그리하여 이 시는 1970년 가을호 《창작과비평》지에 발표되기까지 5년 동안을 묵혀야 하였다. 이때 신경림을 《창작과비평》에 소개한 사람은 동향 출신의 문학평론가 유종호였다.

이렇게 시작된 신경림의 시와 《창작과비평》의 만남은 결국 필연이었다. 그 뒤 신경림의 시는 더욱 활력과 여유를 가지면서 《창작과 비평》 71년 가을호에 「농무」, 「전야」, 「서울로 가는 길」, 「폐광」, 「오늘」 등 5편을 발표한다. 그리고 74년에 시집 『농무』가 창작과비평사에서 재간행되는데 이때까지 발표된 신경림의 시 전부가 이 시집에 수록되었다. 시집 『농무』가 지니는 의의에 대해서 백낙청의 발문이 적절히 말해준다. "이제 우리는, 보아라 이런 시집도 있지 않은가, 라고 마음 놓고 말할 수 있게 되었다. 그리고 이 말을 무슨 시론상詩論上의 논전을 하려는 기분에서보다, 이제까지 시로부터 소외되어온 대다수 독자들 과 민중 앞에 겸허하게 묻는 마음으로 할 수 있는 여유마저 갖게 된 것 이다." 이 발문에서는 '여유'라는 말에 강한 함축이 담겨 있다. 신경림 시의 재대두가 문학사적으로 다행한 일이라는 뜻을 절제하며 드러내 고 있는 것이다. 얼마 뒤 신경림은 이 시집으로 제1회 만해문학상을 받는다. 이렇게 하여 시집 『농무』의 출현 의의는 더욱 널리 더욱 튼튼 히 정착되었다. 이 글은 시집 『농무』에 실린 작품들의 범위에서 신경 림 시세계의 형성과 정착을 밝히고, 그 작품들의 의미와 예술적 성취 에 대해 평가하고자 한다.

인간과 현실에 대한 정직한 애정

신경림은 가난한 농촌에서 자라났지만 삶의 체험으로 보면 풍요하 고 다행한 여건을 지녔다.

"내 고향 마을은 여느 농촌은 아니었다. 10여 호 가운데 우리들 대 소가 몇 집을 빼고는 모두 여남은 마지기 논밭을 얻어 농사를 짓는 소 작농들이었지만, 농한기에는 광산에 나가 금을 캐었다. 바로 마을 뒷 산뿐 아니라 멀고 가까운 산 여러 군데 금광이 있어, 이것이 적잖이 벌 이가 되었던 것이다. … 우리집은 늘 광부들로 들끓었는데 대부분 북 쪽에서 피난 온 사람들이었다. 특히 파수마다 하는 돼지도리기 때는 얼근히 취한 광부와 그 아내들이 냄비 따위를 두드리며 신바람나게 한 판 놀아, 보는 우리들까지 즐겁게 했다. 그들은 그 무렵 유행하는 대중 가요가 아니면 「어랑타령」이니 「궁초댕기」 같은 관북 민요를 많이 불러 나로 하여금 먼 곳에 대한 그리움에 들뜨게 만들었다."[4]

　이와 같은 성장환경은 단순하고 폐쇄된 두메산골과 달리 개방된 복합 사회로서 일찍부터 신경림에게 민중적 정서를 익히게 하였다. 또한 그의 할머니는 읍내 장터에서 국수틀집을 내고 있었고, 아버지는 여러 식구의 생계를 도모하느라고 농사, 광산일, 농협 근무, 상업에 전전하다가 끝내 파산이나 다름없는 지경에 이른다. 신경림이 서울에서 대학에 다니며 문단에 나올 당시 시단은 신이니 존재니 하며 알쏭달쏭한 시들이 판을 치는 상황이었으므로 숫된 민중정서가 몸에 밴 그로서는 끼여들기가 어려웠다. 그때 설상가상으로 시골집으로부터 학비 조달이 어렵게 되니 결국 그는 낙향하고 말았던 것이다. 이리하여 가난과 실의의 체험이 또한 그를 단련시켰다.

　다른 한편으로 신경림은 시골 고등학교 재학 시절에 훌륭한 두 은사를 만난다. "국어선생님이 문학평론가 유종호 형의 부친이신 유촌柳村 선생님으로서 30년대에 신문이나 잡지에 글을 발표한 일도 있는 기성 시인이었다. 유선생님은 때때로 나를 교무실로 부르기도 했다. 최근에 어떤 잡지에서 좋은 시를 보았는데 그것을 읽었는가, 그는 대개 이런 것을 물었다. … 선생님은 나를 제자라기보다 친구처럼 생각하시는 듯 많은 얘기를 하시기도 했다. … 나이 차가 유선생님에 비해 훨씬 적은 정춘용 선생님은 더욱 나를 친구처럼 대해주셨다. 그는 문학에 대해서뿐 아니라 세상 돌아가는 일을 이것저것 얘기하고, 때로는 그가 지금 겪고 있는 어려움을 털어놓기도 했다."[5] 정춘용 선생은 뒤에 변호사가 되었다. 그는 사회과학적 안목으로 신경림에게 영향을 미쳤을 것이다. 특히 유촌 선생은 시단에 나온 후 신경림이 찾아갔을 때 대견해하면서도 "시시한 소리나 하려면 아예 글을 안 쓰는 것이 낫다"는

---

4) 앞의 글, 93쪽.

5) 신경림, 「나의 첫 글동무」, 『한밤중에 눈을 뜨면』, 나남, 1985년, 107~10쪽

그의 지론을 들려준다. 이러한 충고도 신경림의 문학적 지조에 영향을 미쳤을 것이다. 이와 같은 은사들을 가졌던 것은 성장기의 신경림에게 있어 큰 행운이었다. 가난한 집안 살림, 광산촌의 민중정서, 은사들의 넉넉한 사랑을 거치고 서울 이사 후 60년대 말 서민사회의 전형적 상황이라고 할 홍은동 생활에서 신경림 시세계의 알맹이들이 영글었다고 보여진다. 특히 홍은동에서 산 4년여의 체험은 비교적 짧은 기간에 삶의 여러 모습을 알게 하였다. "사람 하나하나가 때로는 크고 위대한 우주같이 느껴지기도 했고, 또 때로는 지푸라기처럼 하잘것없고 허약한 존재처럼 생각되기도 했다"는 것이다. 어려운 생활 속에서 얻은 사람 하나가 '위대한 우주' 같았다는 깨달음은 매우 중요하다. 이 깨달음의 큰 창을 활짝 열어젖혔을 때 신경림은 시골 시절의 풍요한 삶을 시로 형상화할 수 있었다. 그 농촌의 삶은 실상 형상화의 대상이 되기에 족하고도 남을 만큼 그 자체로서 생동하고 있는 것이었다. 거기에는 아픔과 절망만 있는 것이 아니었다. 이 점에 대해 신경림은 어느 강연 원고를 통해 다음과 같이 말한 바 있다.

뙤약볕이 내려쬐는 담배밭에서 수건으로 얼굴을 싸매고 담배잎을 따는 여인에게서, 메나리를 부르며 김을 매는 농부들에게서, 쇠전에서, 광산에서, 공사장에서, 백중날, 잔칫날, 혹은 운동회날, 끈질기고 꿋꿋한 생명력을 볼 수 있었던 것은 제게 더없는 기쁨이었습니다.

저는 생각했습니다. 이러한 현실, 이러한 삶이 사상되어 있는, 빠져 있는 시가 어떻게 참다운 시가 될 수 있겠느냐고 생각했습니다. 이러한 현실 이러한 삶이 시로 이어지고 형상화되어야만 그 시가 정말로 살아 있는 시, 살아 있는 글이 될 수 있다고 생각했습니다.

바꾸어 말하면, 저는 다른 자리에서도 여러 번 얘기한 바 있습니다만, 우리의 시는 민중의 삶 속에 깊이 뿌리박은 것이 아니어선 안 된다고 생각

합니다.[6]

　가난과 부조리에 대해 아파하는 마음과 더불어, 삶의 대지에 뿌리 박은 끈질긴 생명들에 대한 긍정과 찬미에서 비로소 '신명'이 가능하며 시 「농무」가 형상화될 수 있었다.

　　　징이 울린다 막이 내렸다
　　　오동나무에 전등이 매어달린 가설무대
　　　구경꾼이 돌아가고 난 텅 빈 운동장
　　　우리는 분이 얼룩진 얼굴로
　　　학교 앞 소줏집에 몰려 술을 마신다
　　　답답하고 고달프게 사는 것이 원통하다
　　　꽹과리를 앞장세워 장거리로 나서면
　　　따라붙어 악을 쓰는 건 쪼무래기들뿐
　　　처녀애들은 기름집 담벽에 붙어 서서
　　　철없이 킬킬대는구나
　　　보름달은 밝아 어떤 녀석은
　　　꺽정이처럼 울부짖고 또 어떤 녀석은
　　　서림이처럼 해해대지만 이까짓
　　　산구석에 처박혀 발버둥친들 무엇하랴
　　　비료값도 안 나오는 농사 따위야
　　　아예 여편네에게나 맡겨두고
　　　쇠전을 거쳐 도수장 앞에 와 돌 때
　　　우리는 점점 신명이 난다

---

6) 신경림, 「나는 왜 시를 쓰는가」, 『삶의 진실과 시적 진실』, 전예원, 1982, 45쪽.

한 다리를 들고 날라리를 불거나
고갯짓을 하고 어깨를 흔들거나

—「농무」 전문

　시집 『농무』가 나올 때까지 발표된 신경림의 시 전반에 걸쳐 있는
여러 가지 요소가 모여 하나의 작품으로 성취된 것이 신경림의 대표작
이라 할 「농무」이다. 농무는 음악과 춤의 연속 안에 있다. 징이 울리는
데 막이 내렸다는 것은 끝판에 다시 일어나는 음악이다. 오동나무에
전등이 매어달린 것은 어설픈 소읍의 서경적 구체성이다. 꺽정이처럼
울부짖는 것은 억압과 소외에서 인간을 해방하려는 정감적 격동이다.
비료값도 안 나오는 것은 파탄된 농촌경제의 현실이다. 농사는 여편네
에게나 맡겨둔다는 것은 고난 속의 인간신뢰이며 애정의 표현이다. 철
없이 킬킬대는 처녀들은 천진한 생명력이다. 날라리를 불며 "한 다리
를 들고" 여기에 설명이 생략된 의미의 단계, 섬광 같은 리듬의 거동,
이것을 '신명'이라고 해도 좋다. 다단한 '현실'을 함축한 신명에 신경
림 시의 특징이 있다.
　현실을 가지고 신명을 만드는 데엔 인간에 대한 '정직한 애정'이 있
어야 한다. "못난 놈들은 서로 얼굴만 봐도 흥겹다"(「파장」). 이 한 행은
신경림 시의 '핵'이라고 할 만하다. 여기에 맥락을 같이하는 두 편 「친
구」와 「산읍기행」도 되새겨보지 않을 수 없다.

봉당 멍석에까지 날아오는 밀겨.
십 년 만에 만나는 나를 잡고 친구는
생오이와 막소주를 내고
아내를 시켜 틀국수를 삶았다.
처녀처럼 말을 더듬는 친구의 아내.

나는 그녀의 아버지를 안다.
자전거를 타고 술배달을 하던
다부지고 신명 많던 그를 안다.
몰매 맞아 죽어 묻힌 느티나무 밑
뫼꽃 덩굴이 덮이던 그 돌더미도 안다.

그래서 너는 부끄러운가, 너의 아내가.
그녀를 닮아 숫기 없는 삼학년짜리 큰자식이.
부엌 앞의 지게와 투박한 물동이가.

―「친구」 중에서

장날인데도 어디고 무싯날보다 쓸쓸하다.
아내의 무덤을 다녀가는 내 손을
뺏뺏한 손들이 잡고 놓지를 않는다.

―「산읍기행」 중에서

　인간에 대한 정직한 애정이 더욱 곰삭으면 연민이 될 수 있다. 이 경우 연민은 상대만 가엾게 여기는 것이 아니라 자신까지도 가엾게 여기는 것이다. 이것은 곧 인간에 대한 한없는 관대함이다. 그러면서 이것은 병적으로 도취한 감정이 아니라 낙관적으로 일어서는 마음이다. 이 경지에서는 폭풍우가 지나간 다음의 평온이라든가 현실도피가 아닌 것으로서의 한적함이 긍정될 수 있다. 이러한 연민은 동양인의 심성에서 더욱 능숙해진다. 그것은 아리스토텔레스가 말한 카타르시스 다음의 순수한 기쁨보다 더 느긋하고 풍부할 수 있다. 그리고 그 안에서 사람들은 약하고 겁많으면서도 함께 어깨를 겯고 흐뭇하게 살 수 있다. 문학에 있어서 인식의 큰 틀이라고 할 '총체성'도 그것이 양적인 규모일 수만은 없다. 어디에서나 사람들이 마음 편히 낙엽을 깔고 앉을 수 있는 검은 흙의 대지 같은 것, 거기에서 역사의 총체성을 보아야 한다.

신경림의 짤막한 에세이 「낙엽에 대하여」는 어린시절 시골집에서 산수유 고목의 가을 낙엽 무더기가 바람에 요란한 소리를 내며 밀려다니던 데 대한 기억으로 시작된다. 그는 그 낙엽 소리가 무서워서 이불을 뒤집어썼다. 결혼 후 아내와 함께 서울로 이사 온 뒤에도 그는 낙엽에 관한 정서를 끌어안고 있다. 홍은동 단칸방에 살 때 시인 김관식이 소줏병을 들고 찾아왔다. 그때의 광경을 신경림은 다음과 같이 쓰고 있다.

우리는 등나무 아래 낙엽 위에 주저앉아 술판을 벌였다. 해가 넘어가기 전서부터였다. 해가 넘어갔을 무렵에는 동리 사람 몇이 동석했다. 역시 고인이 된 시인 백시걸도 우연히 자리를 같이하게 되었다. 술병이 비면 아내가 십분도 더 걸리는 구멍가게로 달려가서 다시 술을 가지고 오곤 했다. 우리는 엉망이 되도록 취했고, 끝내는 그 자리에 쓰러져 낙엽 위에서 낙엽에 덮여 잠이 들고 말았다.

김관식도 백시걸도 갔고, 술 심부름을 하던 나의 아내도 갔다. "어느 새 나는 아내도 없어지고 …"라는 어느 시인의 시를 생각하며, 나는 새삼스럽게 올 가을의 나뭇잎 소리를 들을 것이 두렵다.[7]

이 에세이는 신경림이 1972년에 쓴 것이지만 1977년에 낸 그의 첫 산문집인 『문학과 민중』에 수록하였다. 책 제목이 '민중'을 표방했고 대체로 이론투의 글들인데 그 속에 이 '낙엽' 이야기가 들어 있다. 낙엽을 두려워했고 낙엽이 덮인 흙 위에서 다시 낙엽을 덮고 취해 누워

___
7) 신경림, 「낙엽에 대하여」, 『문학과 민중』, 민음사, 1977, 145쪽.

있다. 그러나 혼자가 아니라 친구들과 함께. 그리고 그 사람들은 차례로 흙 속으로 갔다. 이러한 경로를 밟으며 신경림의 시는 현실세계의 총체성에 참여하고 있다. 감상이 아니면서 또한 도식적 계산이 아닌 데에 그의 시가 있다. 인간에 대한 애정과 연민의 시로써 그는 역사와 현실의 가운데를 걸어 나아가고 있다.

총체성, 즉 역사와 사회의 전체적 구조 복판으로 들어가는 일은 또한 애정과 연민만으로 보장되기는 어려울 것이다. 마음이 순수했던 다른 어느 시인은 그야말로 연민에 겨워 울기를 밥먹듯 했다고 한다. 그러나 신경림은 다르다. 그는 바람에 휩쓸리는 낙엽의 소리를 두려워하기도 하지만 결코 울고만 앉아 있는 형이 아니다. 보통 사석에서 그는 흔히 농조의 사투리로 "냅둬" 소리를 잘한다. 그냥 내버려두라는 뜻이다. 그만큼 관대하고 달관한 듯하다. 그러나 꼭 그러고만 있는 것도 아니다. 간혹 못 참을 대목에서 그는 어스름 달빛 속의 죽창처럼 분연히 일어선다. 그곳이 비록 주석이라 하더라도 그는 흐물흐물 풀어져 있는 것만은 아니다. 가령 5공 독재 시절에 어느 선배 시인이 문제의 한 검시를 기리켜 "그도 사람은 참 좋은 사람인데 …" 한 데 대해 신경림은 참지 못하고 대들었다. 또 한 후배가 돈내기 바둑에서 이기기만 하는 한 노인을 가리켜 천재라고 평한 데 대해 그는 "그것이 천재냐, 사기꾼이지!" 하고 일갈을 하였다. 또다른 어느 자리에서 후배 두 사람이 처세에 관해 격 높은 담론을 주고받았다. 그러다가 그 중의 선배격인 사람이 국내에서 사람들이 고생하고 있을 때 너는 외국에 가 있었다고 하였다. 그 중의 후배격인 사람이 불복하고 대드는 자세를 취하였다. 이때 더 큰 선배인 신경림이 번개 치듯 튀어 일어서며 자기가 앉아 있던 의자 다리가 일단 바닥에서 뜰 정도로 집어들었다. 곧 던져버릴 수도 있는 기색이었다. 그러나 그 찰나에 그는 착한 본성을 회복해 미처 의식하지 못한 행동을 눙치고 앉으며 자기가 공격하려던 후배를 따스

현실의 바닥에서 일어나는 노래 463

히 타일렀다. 그 후배는 충심으로 자성하고 분위기는 원만히 풀렸다. 신경림은 시에서도 때로는 불끈 일어서고 있다.

"녹슨 삽과 괭이도 버렸다/읍내로 가는 자갈 깔린 샛길/빈 주먹과 뜨거운 숨결만 가지고 모였다/아우성과 노랫소리만 가지고 모였다"(「갈길」). 시인은 이기는 일에만 불끈 일어서는 것도 아니다. "깡마른 본바닥 장정이/타곳 씨름꾼과 오기로 어우러진/상씨름 결승판. 아이들은/깡통을 두드리고 악을 쓰고/안타까워 발을 동동 구르지만/마침내 나가 떨어지는 본바닥/장정. 백중 마지막 날"(「씨름」). 이렇게 지면서 도전하는 한판도 시가 된다. 심지어 신경림은 가난에 못 이겨 아편 장수의 길 안내를 한 것도 시로 썼다. "아편을 사러 밤길을 걷는다/진눈깨비 치는 백리 산길"(「눈길」). 이것은 남들에 대해서뿐 아니라 자신에 대해서도 가지는 정직과 여유이자, 너나를 가리지 않고 삶의 밑바닥에 부여하는 끝없는 관대함으로서 역시 연민이다. 이만한 여유가 어디에서 나올까. 그는 현실을 과학적으로 아는 데서 힘을 얻고 있다.

한국의 농촌은 1910년에서 시작하여 1919년에 끝난 토지조사사업에 의해서 완전히 유형지어졌다. 이 토지조사사업은 농민을 마침내 토지 그 자체로부터 분리시켰으나 지주와의 봉건적 착취관계는 자유계약이라는 형태로 그 겉모양만 달리한 채 여전히 계속되었다. 토지를 잃은 농민의 대다수는 외국에서의 예와 같은 공업노동자나 농업노동자로 전신하지 못하고 종래의 봉건적 영세농적 생활양식 아래 순전한 소작농으로 재편되었다. 한국의 근대적 산업이 그들을 받아들일 만큼 성장해 있지 못한 까닭이었다. … 농촌에 있어서의 계급적 대립의 첨예화 ─ 이것을 빼놓고는 한국의 농촌은 결코 파악될 수 없다.[8]

---

8) 신경림, 「농촌현실과 농민문학」, 《창작과비평》 1972년 여름호, 273쪽.

시집 『농무』가 나오기에 앞서서 신경림은 위 논문을 썼다. 그는 이미 오래 전에 이런 정도의 구조적 파악을 하고 있었으며, 실상 이 논문에서는 경제사학 분야의 면밀한 통계마저 인용하고 있다. 일인들의 이른바 토지조사사업이 빚은 한국 농촌의 결정적 파탄은 알 만한 이들은 다 아는 사실이다. 그러나 서정적 가락으로 농촌을 노래하는 시인이 식민지 시절의 경제사학자 전석담이라든가 일본인 조선사학자 하따다 旗田巍의 연구를 참고하면서 본격적으로 한국 농촌현실의 본질을 꿰뚫어본 예는 드물 것이다. 신경림의 이러한 측면이 그로 하여금 '한 다리를 들고 날라리를 부는' 한의 농무를 쓸 수 있게 하였다. 그리고 해방 후 반세기를 지나면서 한국 농업경제의 부조리는 계속되어오고 있다. 이제는 이른바 개방화니 세계화의 추세에서 가장 시달리고 희생되는 몫이 또한 농촌에 돌아오고 있다. 그러나 바로 이러한 현실의 오늘과 내일에 있어서 농촌은 아직도 민족문화의 고향이라는 당위적 인식이 우리에게 필요하다. 시집 『농무』와 거기에 이어지는 신경림 시의 주된 흐름은 이와 같은 역사의식 위에서 우리에게 계속 소중하다.

쉬움과 가락에 관하여

신경림의 시는 쉽고 가락을 담고 있다는 것이 특징이기도 하다. 이 점에 대해서는 신경림 자신이 원래 의식하고 있다.

표현이 쉽다는 것이 수준이 낮다는 것은 되지 않습니다. 쉬운 표현 속에 얼마든지 깊고 넓은 뜻이 담길 수 있음은 다시 말할 것도 없습니다. 이것은 좀 우스운 얘기지만 어려운 표현으로는 얼마든지 거짓말을 할 수도 있다는 사실도 덧붙여 말씀드리고 싶습니다. 이것은 제 경험에 의한 깨달음입니다. … 여기서 저는 구체적으로 시가 민중으로부터 사랑을 받기 위해서 시 속에 우리 고유의 민요적 가락을 되살리는 것이 어떻겠느냐 말씀드리고 싶 습니다. … 아직도 농민들 사이에 전승되어 오고 있는 민요 가락처럼 저에 게 커다란 감동을 준 것은 없었습니다. 결코 정교하게 다듬어진 것은 아니 었지만 거기에는 우리의 어떠한 현대문학 작품도 형상화하지 못했던, 이 민족의 한과 설움, 견딤과 참음, 끈질긴 생명력이 넘치고 있었습니다.[9]

신경림이 민요에서 무엇보다도 '생명력'을 느낀 것이 중요하다. 시 에 있어서 가락은 한낱 정서적 충동 이상의 것이다. 시는 원래 생명이 동요하는 리듬에서 시작되며, 시의 마지막 행이 끝나는 데까지 바닥에 깔려 있는 것이 리듬이다. 신경림의 시 「씨름」을 다시 본다.

난장이 끝났다. 작업복
소매 속이 썰렁한 장바닥.

(……)

상씨름 결승판. 아이들은
깡통을 두드리고 악을 쓰고
(……)
마침내 나가떨어지는 본바닥
장정. 백중 마지막 날.

—「씨름」 중에서

의미가 이어지는 행의 대목들을 뽑은 것인데, 각 행에 담긴 낱말들

---

9) 신경림, 「나는 왜 시를 쓰는가」, 『삶의 진실과 시적 진실』, 전예원, 1983년, 49, 52~53 쪽.

은 산문으로도 손색이 없이 이어진다. 때로 종지부가 행의 중간에 들어앉기도 하면서 어디에선가 행은 끊어져 별행으로 넘어간다. 이것은 시의 호흡 단위가 거기에서 끊어지곤 한 것이다. 이렇게 하여 작품의 마지막 행을 읽었을 때 독자는 이것이 산문이 아니고 시임을 저절로 깨닫는다. 이 과정에 계속 리듬이 깔려 있었던 것이다. 그러면서 시의 주제가 강대국 외세에 밀리는 민족주체의 허전함을 환기시킬 때 '씨름'은 그 이상의 정신 차원으로 계속 동요하는 음악이 된다.

우리나라 민요에서는 고려속요나 김소월의 시에서처럼 3음보가 더 원형질에 가깝다고 하지만, 2음보나 4음보 등 짝수 음보도 많이 있다. 좀더 정감이 짙을 때엔 3음보가 되고 의식이나 의지가 내포될 때엔 4음보가 되는 것 같다. 같은 자연에 대해 쓴 시의 경우 3음보를 많이 지닌 박목월의 시는 다음과 같은 대목을 보인다. "산이 날 에워싸고//그 믐달처럼 살아라 한다"(박목월, 「산이 날 에워싸고」). 신경림은 민요를 의식하지만 그의 시에는 4음보가 많다. 가장 음악성이 높은 「목계장터」의 경우도 그러하다. "산은 날더러 들꽃이 되라 하고/…/물여울 모질거든 바위뒤에 붙으라네." 박목월의 시에는 '그믐달처럼 사위어지는 목숨'이라는 슬픈 감정이 있고, 신경림의 시에는 맵찬 산서리나 모진 물여울도 견뎌내라는 의지가 있다. 의식과 형식의 조화에 있어서 이와 같은 차이는 별도로 살펴볼 만한 내밀한 이치이다. 전통 민요의 음보도 변모, 발전할 수 있으며, 정체가 아닌 발전 속에 오히려 전통의 참뜻이 담겨 있는 것이기도 하다.

그러나 시에 있어서 리듬은 음보만으로 헤아릴 일도 아니다. 또 한국 시에서는 압운이나 각운의 형태가 잘 나타나지 않는다. 인간과 자연, 그 존재의 원초적 상태에서 생명감이 썩터나는 동요의 리듬에서부터 시는 시작된다. 이 단계는 어떤 느낌의 해방이기는 하지만 아직 귀에는 들리지 않고 가슴으로만 들리는 음악이다. 또한 아직 설명이나 개념 이전의 상태이다. 그 다음 단계가 낱말들로 분출되는 음악이다. 느낌의 해방 단계 즉 창조적 직관의 리듬과 사회적 메시지를 담을 수 있는 낱말들의 리듬이 행복한 조화를 이룰 때 우수한 시가 탄생한다고 자끄 마리땡은 말한다. 이만한 시는 그야말로 시 이상의 그 무엇이다. 이러한 시는 빛과 그림자, 알맹이와 껍데기를 함께 알아차리며, 인간들의 가슴속 분단의 벽을 허물 수도 있는 것이다.

　신경림은 타고난 자질로써 자신을 에워싼 여러가지 역경을 감당해 오히려 활용할 수 있었다. 또 다행하게 주어진 여건들도 그것대로 선용할 수 있었다. 그리하여 한국 현대시의 단계에 나름의 독보적 경지를 이루고 시집『농무』로써 평론가 유종호의 말처럼 '현대의 고전'이 되게 하였다. 이 경지에 대한 평가를 위해 필자는 신경림의 작품 자체와 그의 이론들 스스로가 의미체계를 조직케 하는 방법을 취해보았다. 중요한 것은 한 시인의 시세계 자체이며, 증명의 자료들도 되도록 그 자체에서 제시될 필요가 있기 때문이다.

　끝으로 한 가지 덧붙일 말이 있다. 쉬움과 가락은 신경림의 시가 대중에 소통되는 마지막 성취이다. 이 단계에서 그 농민 속의 민중적 생명력을 보면서, 거기에 더하여 인간존재의 근원으로부터 들려오는 음악도 더욱 귀기울여 듣기를 바란다는 것이다. 여기에서 그의 시는 더욱 보편적 의미의 풍요와 결실을 지니게 될 수 있지 않을까 생각한다. 시집『농무』에 이어 벌써 많이 전개되었고 앞으로 더 전개될 그의 작업이 민족통일의 자리에서도 시 이상으로 역사에 이바지하는 창조적 실질이 되고, 바로 그러한 기여 때문에 그의 시가 계속 빛날 수 있기를 바란다.

(1995)

저자 연보

【출 생】

1936. 12. 10. 음력 9월 7일, 京畿道 廣州郡 實村面 悅美里 476
번지에서 父 具然卓과 母 李曾浣(本貫 延安)의 長男으로 태어남.
本貫은 綾城.

【학 력】

1971. 2. 27.　明知大學校 국어국문학과 졸업.
1977. 9. 10.　同 大學院 국어국문학과 碩士課程, 文學碩士.
1985. 8. 31.　中央大學校 大學院 국어국문학과 博士課程, 文學
　　　　　　　博士.

【경 력】

1963. 2. 1.　文學評論을 발표하기 시작함.
1971. 6. 1.　천주교 서울대교구 가톨릭 출판사 主幹.
1971. 9. 1.　德成女大 講師, 이후 明知大, 世宗大, 亞洲大,
　　　　　　 中央大 講師.
1983. 3. 1.　水原大學校 국어국문학과 敎授.
1986. 3. 1.　中央大學校 文藝創作科, 藝術大學院 出講.
1987. 3. 1.　水原大學校 畿甸文化硏究所長.
1989. 3. 1.　水原大學校 人文大學長.
1995. 3. 1.　明知大學校, 東國大學校 大學院 出講.
1996. 11. 1.　水原大學校 畿甸文化硏究所長.
1993. 2. 23.　민족문학작가회의 부회장.
1996. 1. 19.　사단법인 한국민족예술인총연합(민예총) 이사장.
1999. 3. 1.　水原大學校 人文大學長 재취임.
1988. 11. 20.　樂山(金廷漢)文學賞 수상.
1997. 6. 3.　한국일보사 八峰批評文學賞 수상.

【가족】

1967. 3. 25. 詩人 金閏喜(本貫 慶州)와 결혼
1970. 9. 17. 딸 瑞英 태어남.
1973. 1. 22. 아들 瑞會 태어남.

【論文·評論 및 主要 短評】

「歷史를 사는 作家의 책임」(改題),《新思潮》, 신사조사, 1963년 2월호.
古典鑑賞「金鰲新話」,《漢陽》(日本 東京), 漢陽社, 1964년 9월, 連載-
　　「洪吉童傳」,「許生傳」,「春香傳」,「沈淸傳」,「鬼의 聲」,「自由鍾」.
「韓國 現代小說을 診斷한다」,《現代文學》(통권 157호), 현대문학
　　사, 1968. 1.
「中興과 墮落의 文學」,《現代文學》(통권 166호), 현대문학사,
　　1968. 10.
「60年代 詩의 主流」,《詩人》(月刊 詩專門誌), 韓國詩壇社, 1969.
　　12.
「한국 리얼리즘文學의 形成」,《창작과비평》(통권 17호), 창작과비
　　평사, 1970. 여름.
「韓國 現代文學의 指向」,《狀況》(통권 3호), 狀況社, 1972. 여름.
「이야기와 思想」,《창작과비평》(통권 29호), 창작과비평사, 1973. 가을.
「朴斗鎭 詩集『高山植物』」,《창작과비평》(통권 33호), 창작과비평
　　사, 1974. 가을.
「韓國文學史 底邊 硏究 — 高麗俗謠와 傳統의 繼承」,《창작과비평》
　　(통권 39호), 창작과비평사, 1976. 봄.
「70年代 批評文學의 現況」,《창작과비평》(통권 41호), 창작과비평
　　사, 1976.
「4·19와 韓國文學」,《韓國文學》, 한국문학사, 1977. 4.
「위험한 사상의 올가미」,《조선일보》, 조선일보사, 1978. 10. 3. 金
　　東里씨와의 논쟁.
「素月의 意識世界, 詩精神에 대한 確認」,『未發表 素月詩集』(中央
　　新書·21), 중앙일보사, 1978.

「申東曄論」,《창작과비평》(통권 51호), 창작과비평사, 1979. 봄.
「産業化 時代와 文學」,《文藝中央》, 중앙일보사, 1979. 여름.
「라틴 아메리카의 知的 風土」,《창작과비평》(통권 53호), 창작과비
　　평사, 1979. 가을.
「제3세계 문학론」,《씨올의 소리》(통권 87호), 씨올의소리사,
　　1979. 9.
「문학과 이데올로기」,《月刊中央》, 중앙일보사, 1979.12.
「채만식의 작품세계」,『한국문학대전집 · 5』, 태극출판사, 1979.
「튼튼한 뿌리의 文學 — 崔曙海의 작품세계」,『한국문학대전집 ·
　　15』, 태극출판사, 1979.
「土俗의 삶 · 善意의 人間像 — 方榮雄의 작품세계」,『한국문학대
　　전집 · 28』, 태극출판사, 1979.
「주인이 바뀌는 時代의 悲劇 추적 — 趙廷來의 작품세계」,『한국문
　　학대전집 · 31』, 태극출판사, 1979.
「素材와 想像力」,《창작과비평》(통권 55호), 창작과비평사, 1980.
　　봄.
「제3세계 문학에의 전망」,《실천문학》, 전예원, 1980. 3.
「삶의 자리 복판의 소설」,《세계의문학》, 세계의문학사, 1981. 봄.
「제3세계 문학의 현재와 가능성」,《대학신문》, 서울대신문사,
　　1981. 11. 2.
「古典『詩話』의 文學史的 受容考 — 한국 批評文學史의 古典文學
　　期 遡及」,『국어국문학』제86집, 국어국문학회, 1981. 12.
「분단시대와 한국문학 — 분단상황과 이데올로기」,《연세춘추》, 연
　　세춘추사, 1982. 3. 22.
「文學과 世界觀의 문제」,『韓國文學의 現段階 · 1』, 창작과비평사,
　　1982.
「民族文學의 傳統 — 詩文學史를 통한 考察」,『亞細亞文化 · 5집』,
　　고려대 민족문화추진위원회, 1982.
「民族詩의 現場」,《대학신문》, 서울대신문사, 1983. 8. 29.
「리얼리즘을 다시 批判하는 사람들에게」,《서울신문》, 서울신문사,

1983. 11. 19.

「80년대 批評文學의 展開」, 『韓國文學의 現段階 · 2』, 창작과비평
　　사, 1983.

「爭點으로 본 韓國文學 — 하나의 止揚, 民族文學論」, 《대학신문》,
　　서울대신문사, 1984. 10. 15.

「분단현실과 문학의 창조성」, 《서강학보》, 서강대학보사, 1985.
　　9. 13.

『韓國小說의 傳統研究』, 中央大學校 大學院 博士學位論文, 1985.

「소설과 총체성의 관문」, 『한국문학의 현단계 · 4』, 창작과비평사,
　　1985.

The Development of Critical Literature in the 80s, KOREA
　　JOURNAL, UNESCO, July 1986.

「제3세계 문학이 지향하는 것」, 《新東亞》, 동아일보사, 1986. 12.

「아름답고 힘찬 초인(超人)의 시」, 『이육사의 시와 산문』, 범우사,
　　1986.

「이야기책의 小說史的 位置考」, 『畿甸語文學』 제1집, 수원대학교
　　국어국문학회, 1986.

「분단 — 그 극복의 場으로서의 문화」, 《연세춘추》, 연세춘추사,
　　1987. 5. 18.

「역사적 사건과 詩的 수용」, 5월 광주항쟁 시선집 『누가 그대 큰
　　이름 지우랴』, 《月刊朝鮮》, 조선일보사, 1987. 10.

「민족 主體意識의 高揚 및 民族文化 活性化의 촉진」, 고려대 평화
　　문제연구소 연구 논문, 1987.

「문학과 超越的 가치」, 《月刊朝鮮》, 조선일보사, 1988. 1.

「신춘문예와 茶山 마을」, 《月刊朝鮮》, 조선일보사, 1988. 2.

A Valuable Development in the Literature of 1980s, THE
　　INHA TIMES. 인하대학교 영자신문사, February 20. 1988.

「문학에 나타난 韓美 관계」, 《月刊朝鮮》, 조선일보사, 1988. 3.

「분단 현실과 문학」, 《月刊朝鮮》, 조선일보사, 1988. 5.

「金香淑의 『同時代人』」, 《東亞日報》, 동아일보사, 1988. 7. 30.

「불행과 패기의 역사」, 《창작과비평》(통권 63호), 창작과비평사,
    1989. 봄.
「吳章煥論」, 《詩文學》(통권 215호), 詩文學社, 1989. 6.
「民族文學史復元の課題 ― 北韓文學に對する南韓文壇の受容と批
    判」, 《季刊民濤》(在日文藝誌), 民濤社(日本 東京), 1989. 9.
「한국 문예비평의 오늘」, 《月刊中央》, 중앙일보사, 1990. 10.
「開化期 文化의 自主的 位相 ― 開化期 文學史의 底邊硏究」, 『皐雲
    李鍾郁 博士 古稀紀念學術論文集』, 刊行委員會, 1990.
「진리와 약한 인간의 만남」, 한무숙 『만남』, 을유문화사, 1990.
「親日文學」, 『한국 근현대문학연구 입문』, 한길사, 1990.
「광의의 리얼리즘 문학론」, 《창작과비평》(통권 77호), 창작과비평
    사, 1992. 가을.
「自然과 리얼리즘」, 《녹색평론》, 녹색평론사, 1992. 9 · 10.
「표현의 자유엔 책임이 따른다」, 《中央日報》, 중앙일보사,
    1992.10. 31.
「문학과 생명운동」, 《녹색평론》, 녹색평론사, 1993. 1 · 2.
「국문학 연구의 재인식과 방향」, 『민족문학사 연구』(제3호), 민족
    문학사연구소, 1993.
「90년대 시의 성찰」, 《시와사회》, 시와사회사, 1993. 겨울.
「우주와 감자싹의 시」, 《문예중앙》, 중앙일보사, 1994. 겨울.
Der Friedensgedanke in der koreanischen traditionellen
    Dichtung, 독일 레겐스부르크 ‘세계 문학의 날(1994. 11.
    4.)’ 주제 발표.
「구상 시의 현대시사적 위상」, 『文兼 全英雨 博士 華甲紀念論叢』,
    수원대학교 국어국문학회, 1994.
「삶의 바닥에서 일어나는 노래」, 『신경림의 시세계』, 창작과비평
    사, 1995.
「시대를 책임지는 문학」, 《실천문학》, 실천문학사, 1995. 가을.
「세계 현실의 변동과 한국문학」, 《내일을 여는 작가》, 민족문학작가
    회의, 1995. 가을.

「말의 완벽주의와 현실 — 정희성의 신작시에 대하여」, 《민족예
　술》, 민예총, 1996. 9.
「문학과 현대사상」, 《녹색평론》, 녹색평론사, 1996. 11. 12.
「김정한론」, 『한국예술총집』, 예술원, 1997.
「문학사와 근대성·근대기점」, 『한국근대문학연구』, 태학사,
　1997.
「비무장지대와 민족문학」, 《시문학》, 시문학사, 1997. 7.
「사회 변동과 소설적 반응 — 60·70년대 소설사」, 『한국 현대문
　학사』, 시문학사, 2000.
「오늘 문예비평은 무엇인가」, 《내일을 여는 작가》, 민족문학작가회
　의, 2000. 가을.

【저서 및 공저(단행본)】
『求道의 言語』, 가톨릭출판사, 1975.
『韓國文學史論』, 大學圖書, 1978.
『문학을 위하여』, 평민사, 1978.
『民族文學의 길』, 새밭, 1979.
『의로운 사마리아 사람』(에세이집), 성바오로출판사, 1979.
『對話集 — 金壽煥 추기경』(편저), 지식산업사, 1981.
『분단시대의 문학』, 전예원, 1981.
『제3세계 문학론』(공저), 한벗, 1982.
『신동엽 — 그의 삶과 문학』(편저), 온누리, 1983.
『韓國文學과 歷史意識』, 창작과비평사, 1985.
『韓國小說의 傳統 연구』, 중앙대학교 대학원, 1985.
『자연과 리얼리즘』, 태학사, 1993.
『문학과 현대사상』, 문학동네, 1996.
『한국 근대문학 연구』(공저), 태학사, 1997.
『민족시인 신동엽』(공저), 소명, 1999.